日本文学の見取り図

宮崎駿から古事記まで

千葉一幹
西川貴子
松田　浩　編著
中丸貴史

シリーズ
世界の文学をひらく 5

ミネルヴァ書房

はじめに

一　地図・見取り図としての本書，事典としての本書

　初めての地を訪れる時，みなさんは，最初に何を手に入れようとするでしょうか。

　多くの人は，地図を入手しようとするのではないでしょうか。『日本文学の見取り図──宮崎駿から古事記まで』と題される本書は，新たに，あるいは再度，日本文学について知りたいと思う方々へ，地図・見取り図を提供したいという願いをこめて企画されました。

　今日，日本に暮らす多くの人は，何かについて調べたり，あるいは知りたいと思ったら，まずスマートフォンやパソコンを開き，インターネットにアクセスするのではないでしょうか。そうすれば，瞬時にいろいろな情報が手に入ります。しかし，そうして入手した情報が正しいかどうかをどうやって識別するのでしょうか。しばしば指摘されるように，インターネット上にある情報は，玉石混交であり，真偽不明のものや明確なデマも少なくありません。また，ウィキペディアに代表されるように無署名のものも多く，そこに記されたことが仮に間違いであり，その情報を信じて利用した結果不利益が発生しても，その責は使った人が背負わねばなりません。

　このようにインターネット上にあふれる真偽不明の，あるいは怪しげな情報に出会ったときこそ，本の出番です。ちゃんと署名があり，複数の人の目で確認され，校閲の済んでいる本に書かれていることは，信頼に足るものなのです。

　また，インターネットで検索した際に表示される情報は，その時点での閲覧数に応じて並べられるだけで，必ずしも調べたいことについて重要な順番に並んでいるわけではありません。

　その点，本書では，たとえば，『古事記』について，あるいは夏目漱石について，現在の研究水準から知っておいてほしいこと，また知っておくべきことを中心に書いてあります。ですから，この本の項目を読めば，『古事記』や夏目漱石についていま知っておくべきことやヴィヴィドなテーマが把握できます。つまり，あふれる情報の中で，本書は日本文学について知っておいてほしい事柄を素早く手に入れることを可能にしてくれます。とすれば，まずこの本は事典のようにして使うことが想定されます。『源氏物語』についてレポートを書かねばならない，あるいは宮沢賢治について卒論のテーマを探している，そうした時にこの本は役に立つでしょう。

　事典のように使えると書きましたが，しかしこの本はやはり事典ではありません。たとえば，『新潮日本文学辞典』には，3000近い項目が取り上げられています。対して，本書は，100あまりの項目から成っています。項目の選定などについては，「序──日本文学をひらくために」でくわしく触れられていますので，ここでは言及しませんが，項目を厳選したからこそ，この本は，日本文学の地図・見取り図として機能するのです。地図は，その場所にあるすべてのものを書き込むのでなく，多くの人に必要なものに限定して記載するからこそ，役立つのと同じです。

　この本は通読すると日本文学の全体像が把握でき，かつ今日本文学を学ぶうえで重要なテーマや問題意識がわかるように書かれていますので，最初から最後までじっくり読んでいただきたく思います。そうす

ると一見断片的に見える日本文学に関する情報が，有機的に結びつき，その全体像が見えてくるはずです。全体像の把握と重要なテーマの選別は，インターネットの検索では決してできないことです。

二　本書の使い方

では，本書はどのようにして使ってもらえればよいのでしょうか。

本書の構成は読者の方々に，先にも触れましたが日本文学の見取り図を手に入れられるように，他方で事典のようにして使ってもらうことを意識しつつ配列してあります。

まず，事典のようにして使いたいという方は，「第Ⅱ部　日本文学史を彩る（作った）名作・作家たち」から読んでいただくといいでしょう。作品・作家を厳選しただけでなく，その項目を今日本において書くうえで最も相応しい執筆者に書いてもらいました。つまり，それぞれの項目を読めば，その項目について必要な知識を確認でき，またどういうことが問題になっているか一目瞭然となります。

つぎに，日本文学を学ぶうえで，また日本文学研究において現在どんなテーマが熱く語られているかを知りたい方は，「第Ⅰ部　日本文学の今を知る——テーマ・話題」を読んでいただくとよいでしょう。取り上げられた「メディア」「資本主義」「神話と正史」などの項目は，いま日本文学において，また日本文学研究をするうえで関心を集めているテーマなのです。それゆえ，この第Ⅰ部を通読すると，現在の日本文学や日本文学の研究状況が概観できます。また，研究書を読んだり，あるいは大学の専門の講義を聴いたりする際に役立つ基礎知識を得ることができ，研究書や講義を理解する手助けになるはずです。

最後に「序——日本文学をひらくために」は４名の編者が座談会形式で，この本の趣旨やその背景等について語っています。まず座談会の前提として，「シリーズ・世界の文学をひらく」の一冊として企画された本書の視点についてお話します。

この「文学をひらく」の「ひらく」には，一つは啓蒙つまり蒙を啓くという視点があります。文学についてわかりやすく語り，知識を得てもらうという点です。

「ひらく」にはもう一つの視点があります。本書の題名には「日本文学」という国名が入っています。こうした何々文学という名称つまり国民文学は，近代社会において生まれた国民国家という国家形態と密接に結びついています。たとえば江戸時代は，薩摩藩や水戸藩などと藩に分かれており，そこで暮らす人々には自分が日本人だという意識はないか，あっても希薄でした。明治維新以降，政府の実施した様々な政策，国民意識の形成のうえでとりわけ重要だったのは，教育と戦争でしょうが，それらを通じて日本で生まれ育った者たちは自分が日本人だという意識を当たり前のように持つようになったのです。『古事記』『万葉集』から始まり，村上春樹の『1Q84』などまでに至る文学作品を日本文学と総称するようになったのも明治維新以降のことなのです。つまり日本文学という呼称は，明治維新以降の国民国家の生成と不可分ということです。そうすると「日本文学」にはどうしてもナショナリズム的な側面が伴われてしまいます。ナショナリズム即悪ということではありませんが，排外主義に結びつきやすいものでもあります。つまり，この本は日本文学について語っていますが，日本の中に凝り固まるのではなく，日本文学の外へとひらかれていってほしいという思いも込められています。

そこで「序」では，このような視点を踏まえて，「日本文学をひらく」とはどういうことかを編者４人で具体的に論じています。冒頭において，「文学」の「歴史性」ということを語っています。「日本文学」というと『古事記』『万葉集』から始まって夏目漱石等を経て現在にまで至る作品群の総称であり，そういう

実体があるかのように思われる人も多いでしょう。そういう先入観を捨ててもらいたいという意図で語られています。続く,「編集意図」でも各編者がこの本の編集に携わった率直な思いを述べると同時にいかにして「日本文学」という固定観念を解体するかということ,つまり先入観から解き放たれていくかという方法が指摘されています。さらに,「起源・古典・交流・翻訳」4つのテーマから議論を深めています。一見相互関係がはっきりしないと思われるかもしれませんが,実は密接に結びついています。

　では,この4つのテーマを結びつけるものとは何でしょうか。それは,一言でいえば,相対化ということです。「起源」は,日本文学は『古事記』をもって始まるということではなく,『古事記』を日本文学の始まりという見方自体に起源がある,特定の視点によるものだということが指摘されています。「古典」も『源氏物語』は日本の古典であるという見方自体特定の観点から言われ始めたもので,「古典」自体が創造されたものだということを指摘しています。「交流」「翻訳」も「日本文学」というと日本だけで完結しているように思われますが,他国との交流なしにたとえば『古事記』や『万葉集』といった作品群も形成されなかったわけですし,外国文学あるいは訓読を含めた外国の書籍の翻訳なしに日本文学はあり得なかったということが指摘されます。つまり「日本文学」という名称を本書は使っていますが,それは決して閉じたものではなく,様々なレヴェルでひらかれたものであるということです。本書の基盤にあるそうした考えを読者に伝えたいという思いから,「序」を設けました。

　本書は100余りの項目によって日本文学を概観しよう,見取り図を作ろうという意図で作られましたが,ここに提示された見取り図は,唯一絶対的なものではありません。もちろん編者として最高の見取り図を提示したつもりですが,他の見方を排除したいかというとそうではありません。この本は,日本文学についての議論を終わらせるために書かれたのではなく,むしろ議論をより活発化するために,多くの人にひらかれた議論が起こることを願って編まれました。

　さあ,みなさん,日本に,日本文学に閉じこもるためでなく,日本文学を基点として新しい世界へ,ひらかれていくために,見取り図としての本書のページをめくってください。

編者代表　千葉一幹

目　　次

第Ⅰ部　日本文学の今を知る──テーマ・話題

第Ⅱ部　日本文学史を彩る（作った）名作・作家たち

序——日本文学をひらくために

1 「文学」の歴史性

〈千葉〉 ここでは，「世界の文学をひらく」というシリーズの一冊として，この本を編むことの意義について，編者４人で語りたいと思います。

　そこで私から口火を切りますと，多くの読者のみなさんは，高校までの国語の授業でサブテキストとして国語便覧や日本文学史の本が使われていたため，「日本文学」あるいは「日本文学史」についてはなじみがあるかと思います。そうすると，『古事記』『万葉集』から始まる確固とした「日本文学」なり「日本文学史」というものが存在しているように思ってしまう。しかし，そうした概念は，歴史の一過程，明治維新以降につくられた，「創造」されたものであると気づかない（知らない）まま現在にいたっているのではないでしょうか。

〈松田〉 古典分野の一例をあげてみると，大伴家持の長歌の一節にメロディをつけた「海ゆかば」という曲があります。「海ゆかば　水漬く屍，山行かば草むす屍……」という歌詞で，たとえ海山で死すとも天皇のために戦い，振り向いたりはしないという決意を歌うものですが，これは1937年に作曲され，翌年から NHK で放送されて，太平洋戦争末期には玉砕や戦死者のニュースにも使われました。こうした国民精神は古代から脈々と続くものだという理解の上での使用でしょう。しかし，実際に『万葉集』巻18に収載された家持の長歌では，そのように勇猛に戦うのは大伴・佐伯氏の先祖代々に託された役目であり，ほかの氏族とは違う，わが氏族だけの特権だという氏族意識として歌われたものです。それが，戦前・戦中にはすべての国民の精神性として歌われたというのは家持の意識とは正反対ですね。日本文学あるいは日本文学史が創造されたものだという視点でとらえるなら，そもそもこの歌を載せる『万葉集』そのものが，明治近代国家によって国民精神を

代表するものとして価値づけられて「国民歌集」という役割を担うようになったものでした。

〈千葉〉 近代文学でいうと，宮沢賢治は，その評価の振幅が激しいですね。生前賢治は，一部の詩人，作家を除き，世間的にはほぼ無名の存在でした。しかし，現在では最も名の知れた作家の一人です。彼の作品中とくに有名な「雨ニモマケズ」の評価にも紆余曲折があります。第二次世界大戦中は，戦争遂行のため，耐乏精神の象徴のような文脈で使われ，戦後ファシズム協力の詩として批判されたりします。他方，「雨ニモマケズ」は，植民地支配下の朝鮮半島において日本からの独立運動の闘志たちの間では抵抗精神を表す詩として共有されていたという話もあります。同じ詩が本国と植民地では，正反対の価値を担っていた。このように，同じ作家や同じ作品でも，時代や地域によりまるで異なる意味付けがされたりします。

〈西川〉 たしかに松田さんや千葉さんのおっしゃる通りだと思います。ただ，いろいろの見方がある，解釈は多義的だということはわかっても，ではどう読むのがよいのか，どういう読み方が「正しい」のかなんて，読む側は混乱することにもなりかねません。とりわけこの本は，初学者向けのものです。そのことも考慮する必要があると思います。

〈中丸〉 これから日本の文学を勉強しよう，あるいは再度学び直したいという方には，研究者にとっては自明と思われる前提や，専門的な議論を提示するだけでは消化不良を起こしてしまうかもしれない。

〈千葉〉 たしかに最初からこの本に接するハードルを上げるのは望ましくない。ただ本書の第Ⅱ部では，日本文学の代表的作品・作家を紹介するという体裁をとっていますが，同時に，先ほど述べた文学史は創造されたものだということも読者に伝えたい。そのために，多くの論者に参加していただくことにより，多様な視点から文学にアプローチできるようにしました。作品・作家をあえて新しい時代から配置

したのも，これまでとは違った角度から文学を概観してもらいたいという意図からです。

そこで編者のみなさんから，この本を作るにあたっての編集意図や意欲をそれぞれ語っていただけるでしょうか。

2 編集意図

〈中丸〉 本書において作品・作家を新しい時代から配置しているというのは，要するに，文学史なり文学というのは，初めから順序が決まっているのではなくて，事後的に，その時代時代の価値意識あるいはイデオロギーによって配列されていくのだから，われわれも現在から過去を見ることしかできないわけだから，そういう意識のもとで，ということですよね。

さて，私は松田さんとともに古典を担当したのですが，本書はシリーズ「世界の文学をひらく」のなかの一冊なのですよね。だから，他の地域の文学と体裁をある程度整える必要があって，古典にあたえられた作品数は30ということになってしまった。日本の古典を30にしぼるなんて無謀だと思いました。研究の質量から考えても，古典編と近現代編の2冊にできないかと思いました。ただよくよく考えると，ドイツやフランス，アメリカ，中国などとともに1冊で日本文学を概観できるというのは，読者からすると手に取りやすく読みやすいだろうし，かえってこちら側の方針を明確に打ち出せるのではないかと思いなおしました。あえて1冊にするということに意味があると。

だからこそ，従来であれば入ってこないであろう作品・作家群，たとえば勅撰三集，菅原道真，『本朝文粋』，五山文学，菅茶山（江戸漢詩）などを入れました。類書ではなかなかないことではないでしょうか。でも，これは奇をてらったのではなく，これまで，入れられるべき作品であったこれらの作品が，入っていなかったという状況を「是正」するものでもあります。日本で書かれた漢文（日本漢文）は，日本文学を世界に位置づけるときに重要な要素です。ですが，なかなか初学者にはとっつきにくいのも事実でしょう。本書では他の項目もそうではあ

りますが，第一線で活躍している研究者にわかりやすく書いていただきました。

〈西川〉 近現代文学の作家項目をリストアップする際に意識したのは，従来の「日本文学」の枠組みを問い直すことになるような作家を入れたいということでした。紙数は多くをさけなかったのですが，例えば，今回取り上げた多和田葉子は，本書と同シリーズのドイツでも取り上げられています。多和田葉子はドイツ語でも日本語でも創作活動している作家です。また，アメリカで生まれ，日本に移住し日本語で創作活動を続けているリービ英雄も取り上げました。現在の時代状況のなかで「日本文学」というものを考えたいという思いがありました。作家項目を現代から遡る形でリストアップしているので，そうしたメッセージも伝わりやすいかな，と思っています。その他，女性文学・沖縄文学というように，テーマを抽出した日本文学のアンソロジーや概説書では取り上げられるものの，通史的な初学者向けの日本文学史の書では取り上げられることが少なかった，川上未映子，川上弘美，吉本ばなな等，現在，幅広く読まれている女性作家や，沖縄戦を小説に書くことにこだわってきた目取真俊も外せない作家として取り上げました。

〈千葉〉 私が，まず指摘しておきたいことは，宮崎駿という項目を入れたことです。文学研究者には，漫画やアニメに対する拒絶反応は未だにかなり強く，宮崎駿作品が日本文学に含まれることに否定的見解を持つ人も多いでしょう。しかし，海外では，漫画やアニメは，随分前から現在の日本文化の代表的コンテンツになっています。本当はもっと種々の漫画やアニメの作品や作家を取り上げたかったのですが，今回は宮崎駿だけにとどめました。

また，執筆者を日本文学関係の人に限定しませんでした。本書は日本文学を対象とした本なので，ナショナルなものを前提にしていますが，しかし自国優先主義的なものではありません。この本は，従来の「日本文学史・国文学史」においては排除された漢文＝文学（そもそもかつては漢文こそ文学の本流でした）を積極的に取りいれ，また海外のダムロッシュやカサノヴァ，モレッティといった研究者の唱える「世界文学」という視座も導入し，「日本」とい

う国名を含みつつ，そこに自閉せず，他なるものへと開かれた形を意図しました。

　また，モレッティが「世界文学」という場合，そこでは，いわゆる正典（カノン）批判という側面があることが指摘されています。日本の文学研究は，明治維新以降の西洋化＝近代化の過程で始まったものです。そこでは西洋の学問が準拠枠となっており，西洋の古典が正典として想定されていました。しかし，モレッティは，そうして正典を読むことは断念して，「いかにテクストを読まないかを学ぼう」と提起しています。その技法をモレッティは「遠読」と呼びましたが，古代から現代にまで至る日本の文学を網羅したこの本は，「遠読」のための本ともいえます。また，この本は，ドイツ文学やフランス文学，アメリカ文学，中国文学などからなるシリーズの一冊ですので，まさにモレッティのいう「テクストを読まない」で「世界文学」にふれるための入門書ともいえます。

〈中丸〉　世界文学ということでいいますと，10年くらい前に，海外漢文講座というのを手伝っていたことがあります。対象は，イタリアやドイツ，ハンガリーなどの大学の日本関連学科でしたが，なぜそのような講座を海外の，それもヨーロッパの大学が必要とするのかというと，彼らからすれば，日本は東アジアにあって漢文文化圏にあるわけで，漢文文化圏の日本について学ぶのに，日本人がどのようにしてリンガ・フランカたる漢文を読んでいたかを知る必要があるという認識だったからです。日本国内にいたらそういう発想はでてこないでしょう。たしかに外から，それもアジアではなくヨーロッパくらい離れたところから見たときにそういう発想がでてくるのだと思うのです。

〈千葉〉　日本文学を世界にむけてひらくというテーマが出てきたところで，では文学をひらくには具体的にどういうことに留意すればいいのか，「起源・古典・交流・翻訳」という4つの視点から話していただきましょう。

③ 「起源・古典・交流・翻訳」からのアプローチ

① 起　源

〈千葉〉　文学をひらく，一つの国民文学に自閉しないためには，「起源」すなわち文学の始まりを意識してもらう必要があります。

　ベネディクト・アンダーソンの『想像の共同体』(1987年）や柄谷行人の『日本近代文学の起源』(1980年）は，「文学」の成立と国民国家創成とが密接に結びついていることを明らかにしました。日本において国民国家と呼べる体制が生まれたのは，明治期です。つまり「文学」という概念自体歴史的なものなのです。

　この文学の起源を問うという試みは，ポストコロニアリズムの文脈で生まれてきたといえます。

　日本は，幸い植民地化を免れましたが，やはり西洋の影響下で国民国家が成立しました。「文学」の起源の歴史性を問うことは，日本人が持っている暗黙のうちの西洋中心主義を明るみに出すことになります。また，国民国家と文学の結びつきを明らかにする試みは，ナショナリズムを批判的に見，自国に凝り固まらないという意味もあります。このように歴史を批判的に考察することで，太古から続く「伝統」と見なされたものが実は近代において「創造」されたものだというような指摘がなされるようになります。

〈西川〉　たしかに千葉さんがまとめてくださったような意味が，「文学」の起源を問うという試みにはあるわけですが，他方，こうした批判理論に対しては，伝統が発見されたり古典が創造されたりすることを指摘することにもはや食傷気味になっているという指摘もあります。そうした側面も考慮する必要があるのではないでしょうか。

　そもそもこの本は，日本文学を概観するという趣旨の本であり，ナショナリズムに批判的な文脈で問うことだけを強調すると，本書自体が矛盾した試みになってしまいます。

　文学史を批判するというなら，文学史はいらないということにならないか，批判しつつもやはり文学には意味があるという必要がある。そこで求められ

るのが，文学の価値を説くということではないでしょうか。

〈千葉〉　ナショナリズム批判の問題については西川さんがおっしゃった通りだと思います。今日トランピズム的動き，リベラリズムへの批判的潮流があるなか，ナショナリズムを否定的にとらえるだけの従来からあるリベラルな立場だけでは不十分ではないか。それはナショナリズムを肯定せよということではなく，ナショナルなものを批判・否定するだけでは，決して多くの人々の心をつかむことは困難なのではないかということです。

〈松田〉　文学史というものもまた「歴史」であるから，今という時代を生きるわれわれと文学との間で生まれる意味によって新たに構築されていかなければならないのではないでしょうか。新型コロナ蔓延や混迷する国際政治状況などさまざまな問題が現代社会にはあるわけですが，今を生きる人々に届くような形で，文学史を語る必要があるのだと思います。

　そのためにも，近代において「国民国家」「国語」等の概念で蚊帳の外に置かれ，「漢文学」と括られてしまった〈日本文学〉も含めて，文学を俯瞰できるような視座が求められると思います。

〈千葉〉　「漢文学」，換言すると「東アジア漢文文化圏」の問題は翻訳の所（7-9頁を参照）で論じてもらうとして，現代社会において文学を学ぶ価値ということは何らかの形で提示する必要がありますね。

〈中丸〉　ナショナリズムと文学の関係を批判的にとらえ，国民文学という枠組みを取り払ったほうが，文学はもっと自由になれる，面白くなると思うんですよね。ナショナリスティックに文学をとらえたときに，古典や神話が「起源」として，祭り上げられてしまう。そこでは勝手に出入国管理が行われ，現代の価値観の服を着せられてしまうわけで，それがなければ自由に行き来できて，時代にあった服を着られたものを，とても窮屈になってしまっているのだと思うのです。本来そうした価値観を相対化する場である大学が，日本の場合は近代国家と同時につくられたために，文学部にしても国民文学を前提としたものになってしまったわけです。日本の場合は近代に急いでいろいろとつくったためにこうした窮屈なことになっているのだろうと思います。

　自由な文学論というのは，研究者のなかではいろいろと提示されてますが，大学のなかで自由に議論しているあいだにその外では，むしろバックラッシュともいえる現象が起きてしまっていて，そことの溝を埋める努力を研究者の側には求められているのだろうと思います。

〈千葉〉　大学の外との関わりという視点はとても大切だと思います。われわれが文学研究をできるのも国民文学の創成の恩恵ともいえますから。

　カサノヴァの「世界文芸共和国」（『世界文学空間』）は，文学・芸術の世界における権力闘争が，政治的権力争いと合致しないことを指摘しますが，文学・芸術の持つ反逆のイメージが，人々を文学・芸術に吸引する要因となります。つまり芸術性が資本の論理（わかりやすくいうと金儲け）と結びつき大衆消費文化の一翼を担うことになります。日本において国民文学の先陣を切ったともいえる正岡子規の活動も，写生というスローガンを通じて短歌や俳句を特権層から分離し国民文学へと飛躍させました。大正時代に顕著になる小説の隆盛もしかりです。大衆性の獲得なしには，実は文学の持つ威光の形成も困難であったわけです。それにより失われたものもあったでしょうが，大衆化，国民文学の創成に関し，その光と影の双方に視線を注ぐ必要があるのではないでしょうか。

　また，ナショナリズムと「文学」の起源に批判的に視線を注ぎつつ，如何にして文学の価値を説くのか。水村美苗（みずむらみなえ）の「日本語滅亡論」から10年以上の歳月が経過し，人文学研究の価値が問われている現在，批判的視線を維持しつつ，人文学や文学の価値をわかりやすく説くということが求められているのではないでしょうか。

② 古　典
〈中丸〉　水村美苗の主張は真っ当なものであり，またそれを生かすためにも「古典」について考える必要を感じます。

　『源氏物語』が古典であることはだれも疑わないでしょう。でも，書かれた当初から古典であったわけでないことはあまり意識されていないのではないでしょうか（書かれた当初は，現代文学であった！）。

それではいつから古典になったのでしょうか。古ければ自動的に古典になるのでしょうか。あるいは教科書に載っているから古典なのでしょうか。

古典とは，まず第一に規範となるべきテクストのことであり，テクストは時を経て古典になる。古典となるためにはいくつかの要件がありますが，大きくいうと二つあるように思います。

一つは，引用されること＝典拠となること。テクストの原義は織物ですが，テクストはそれ以前のさまざまなテクストが織りこまれることによって成立しています。しかし，織りこまれるテクストは何でもいいというわけではありません。とくに前近代においては，しかるべきテクスト＝古典をふまえることが要求されたわけです。引用されるというのは古典となる第一歩でもあり，それが定着すれば，古典となったということになるのではないでしょうか。

もう一つは，註釈がつけられるということ。書かれた当時にはわかっていたことも，時が経るにしたがってわからなくなってしまったり，そのテクスト自体が難解であったりしたときに，解説も含めてなされるのが註釈で，これはなかなか労力のいる仕事です。だからどんなテクストにもなされるものではありません。やはり「読むべし」とされたテクストにこそつけられる。それは同時に，そのテクストが学問の対象となったということでもあります。

だから古代日本においては，まだ日本のテクストは古典ではなかった。日本は東アジア漢文文化圏にあったから，大陸の漢文で書かれたテクストが古典として存在していました。仮名が漢字からつくられた——仮名に対して漢字は真名と呼ばれた——ということはご存知でしょうが，それゆえに仮名テクストは，当時にあっては漢文に対して一段下の位置づけでした。日本文学が面白いのは，『源氏物語』のような優れたテクストが誕生したことによって，引用はもちろん，平安時代後期になると註釈がつけられるようになったことです。註釈は学問の言葉である漢文でつけられるものであったから，仮名のテクストに漢文で註釈がつけられるという面白い事態が起きたわけです。

〈千葉〉　齋藤希史が，明治初期までは頼山陽の『日本外史』こそ当時の知識人の古典ともいうべき著作

であったと指摘していますが，今日ではその価値がほぼ忘却されている。このように，古典の内実も大きく変容する。とすれば古典に普遍的価値があるのかという疑問が湧いてきます。

〈中丸〉　おっしゃる通り「古典」というのは流動的なものだと思います。だから，古典「である」ことの価値に対して，「する」価値の方もきちんと見ていく必要があると思います。註釈する，引用する，そして「読む」ということも「する」ことの価値でしょう。

〈西川〉　古典が創り出されるものであり，その際，引用・註釈という行為が大きく関わるというのはその通りだと思います。ところで，『源氏物語』の例を考えると，仮名書きということとも関わりますが，そこには，時に「紫式部という女性の書き手によるもの，宮中で女性に享受されていた」ということは働いてはいないのでしょうか。仮名のテクストに漢文で註釈がつけられるという事態は，「男性知識人」たちによって註釈をつけるべきものとして選定されていくということになるのでしょうが，その際，『源氏物語』の中身だけではなく，他の要素（女性の書き手である等）は関わってはいないのかな，と思いました。古典が創り出される際に働く力学，つまり，引用，註釈される際の選定に働く力学として，ジェンダーの問題が気になります。

〈中丸〉　ジェンダーの問題は漢字（男文字）と仮名（女文字）を考えるうえで重要なのですが，『源氏物語』は宮中で男女問わず享受されたテクストというのもミソだと思います。漢文と違って仮名の世界は男女にひらかれていたわけです。とはいえ，男性が物語を読んでいることをおおっぴらにすることはやはり憚られていたわけで，それが引用され註釈がつけられるまでになるというのは，ジェンダーの問題からも考えるべき問題だと思います。

〈松田〉　千葉さんや西川さんのコメントにも関わりますが，中丸さんの指摘に共感しつつも，以下の二つの要素にも言及があってよいと思います。

一つ目は，ある時代においてあるテクストが「古典」として現れるという側面です。たとえば平安時代の女流日記は，近代に至って古典としての地位を急激に高めますが，そこには近代的自我の形成と内

5

省的思考に価値が見いだされるという状況があってのことともいえそうですし，日記文学でもまず「古典」としての地位を得たのが『土左日記』（『土佐日記』とも）であったということにもジェンダーの視点[13]なども盛り込めそうです。

　二つ目は，カノンとしての古典をつくろうとする運動です。たとえば，『万葉集』巻11・12は「古今」の分類で「柿本 朝臣人麻呂之歌 集」（古）と天平期（今）の歌を分けて配列しており，漢籍こそが古典であった時代にあって，参照すべき「古」の歌として人麻呂歌集を措定しようとしています。こうしたところに，『万葉集』の歌の価値というものを保障するものとしての「人麻呂歌集」をカノンに位置づけていくという働きも見える気がします。

〈中丸〉　一つ目については，第Ⅰ部の「日記」（68-69頁）と第Ⅱ部の『土左日記』（222-223頁）でも述べていますのでそちらをご参照いただければと思います。二つ目については，主体的に古典をつくっていこうという動きについて，全時代的に考えていっても面白いのではないかと思います。

③　交　流
〈西川〉　どういう作品が古典となるか，それについて考察するには，「交流」という視点も不可欠ですね。

　先程の千葉さんとのやり取りのなかで，松田さんから，近代において「国民国家」「国語」等の概念のもと蚊帳の外に置かれ，「漢文学」と括られてしまった日本文学がある，という指摘がありました。何を「日本文学」ととらえるのか，何が日本の古典なのか。日本語で書かれたものとするのか，それではその場合の日本語とは何なのか。例えば，アイヌ語で書かれた文学，旧植民地で書かれた文学はどうするのか――。括る際には葛藤が生まれます（本書でも拾いきれなかったものは多々あります）。

　水村美苗は『日本語が亡びるとき』（2008年）で，書き言葉は自分たちが発明するものではなく，ほとんどが「外」から伝来したものだと指摘しています。そして，そうした「外」との交流のなかで，話し言葉と書き言葉の「二重言語者」が誕生し，国民文学としての小説が栄えるようになったと説明していま

す。いきなり「日本文学」というものが生まれたわけではない，様々な交流のなかで，言葉やテクストが作り出されていったということは，当たり前のことですが重要です。漢文の話に戻れば，東アジアでは，古くは，各国の人々が漢文による筆談で交流していた。そのため漢文を自国語に翻訳して読む「訓読」が東アジアでは生まれており，日本における訓読（文）も東アジアの他の訓読の原理と比較し考えていく必要があるという指摘があります。[14]中丸さんもあげられていた漢文文化圏という発想です。

　こうしたことは，いわゆる「国語」という枠組みに留まっていては見えてこない。「日本文学」という枠組み自体を問い直す時，鮮明に見えてくる問題だといえます。ですので，とりあえず，まず「日本文学」として括る作業を，その枠組み自体を問う作業をしてみることも必要ではないでしょうか。

〈中丸〉　「交流」を意識するときはどんなときかというと，相手を「他者」と認めたときであり，自分は何者かという意識が高まったときではないでしょうか。だから「交流」には，他者と交わる一方で，アイデンティティを生成させるという側面があって，古代において，古代的なナショナリズム（＝「本朝意識」）が高まるのは，他者との交流が前提としてあり，成熟したときであるわけです。しかし自己意識というのは，固定的・確定的なものではないから，さまざまな他者と交流することによって揺れ動きます。括りや枠組みは，そのときの自己意識や認識のありかたの一つであり，絶対的ではありえませんが，しかし，それがないということもありえないので，そうした枠組みがつくられた背景にあるイデオロギーを浮かびあがらせることもできるのではないでしょうか。

〈西川〉　中丸さんのおっしゃる通り，枠組みを見ることで，その枠組みがつくられた背景にあるイデオロギーも浮かびあがらせることができますね。また，ナショナリズムの問題とは少し異なりますが，自己意識や認識のありかたが他者との交流のなかで生まれてくるというのは，例えば夏目漱石が，西洋文明との出会いのなかで，漢詩の世界・漢文学を再発見していったこととも繋がると思います。

〈松田〉　話し言葉と書き言葉という問題は，『万葉

集』の「東歌」「防人歌」などについてもかかわってきますね。古代においては列島内部でも通訳が必要なほどに中央の言葉と地方の言葉はかけ離れていましたが、『万葉集』に見る東国の人々の歌は、読んでおよそ理解できる範囲でしか中央の言葉とズレていません。中央の言葉の文化に組み込む姿も見えますし、同時に、ズレを抱えることで、自己としての中央を明らかにさせてもいます。また、『万葉集』には日本を「言霊の幸ふ国」と呼び、自らの言語をもって国を賛美する表現がありますが、それが遣唐使船を送り出す歌に集中するという点にも、交流が生み出す自己意識が感じられそうです。

〈西川〉 「東歌」「防人歌」の例は興味深いです。他にも、話し言葉と書き言葉の二重言語の獲得という場で生起していたこととしては、例えば「方言」と「標準語」という問題がありますし、語り物が書かれたテクストとして残され流通していくなかで、語り手やそれまでの聞き手が排除されていくという事態があったこと等もあげられます。

〈千葉〉 「交流」のなかで重要になってくるのは、話し言葉ではなく、むしろ書き言葉ではないでしょうか。もちろん書き言葉は、話し言葉の持つ多様性を捨象し、その形骸を固定化したものという面もありますが、同時に言葉の持つ抽象性・普遍性をより高度に実現できるのは書き言葉であるともいえます。漢文文化圏という主張そのものも共通の書き言葉の存在をより端的に示唆するものと思われます。ただ、それは書き言葉のみが大切だというのではなく、話し言葉あるいは外国語との接触のなかで書き言葉自体も陶冶され、精錬（場合によっては堕落？）されていくのではないでしょうか。

〈西川〉 千葉さんのご指摘はもっともだと思います。たしかに、「交流」のなかで重視されていくのは、書き言葉ですし、話し言葉あるいは外国語との接触のなかで書き言葉自体も陶冶されていくといえます。実際に「形」として残っているのは、書かれたテクストですし。もちろん、話し言葉を理想化して称揚したり、書き言葉自体を否定したりするつもりはありません。ただ、どうしても日本文学や日本文学史についての話になると、書き言葉のみに焦点があてられがちであるということがあります。書き言葉

（＝言文一致体）は、抽象性・普遍性が高いがゆえに、この形式で書くという制度性・政治性が見失われがちであるのではないかと思ったので、話し言葉と書き言葉の対立関係の話をしました。

マクロの視点とミクロの視点から、様々な交流による生成の場としてテクストを見ていくなかで、ささやかでも、「日本」を「ひらく」ような文学の見取り図を語ることができればと考えます。

④ 翻 訳

〈松田〉 今の議論で鮮明になってきた書き言葉の陶冶という問題は、日本文学における「翻訳」が果たした役割を考えることにもつながりますね。

一般に翻訳文学というと、海外の小説を日本語に訳した翻訳小説ですとか、あるいは外国小説の翻案などが思い浮かぶと思います。もちろんそれらは日本文学の幅を広げ、思考や思想・文化の拡充に寄与していますが、ここでは、これまでの話題に沿って「翻訳」と書き言葉の関係を考えてみたいと思います。

「翻訳」というと単純に外国語を母語へと移し替えるだけのことのように考えられがちですが、実際にはそれに留まるものではありません。そこには見るべき特質が様々にありますが、ここではとくに、母語による文学・書記行為全般への働きかけとして、新たな文体の生成という働きを取り上げてみます。

幕末から明治にかけて、西洋言語を漢文訓読法を使って翻訳するということが行われました。外国語文の一単語ごとに和訓が与えられて、それら一単語ずつを漢文訓読のように助詞を補いつつ並べ替えるのです。こうしてできあがる翻訳の文体は、それまでの日本の書き言葉であった候文とも和文・漢文・漢文訓読体とも異なる新たな文体でした。山田潤治は、こうした新しい「直訳」の文体に「口語」という要素が盛り込まれることによって「言文一致体」という新たな文体が生成されてゆくことを鋭く指摘しています。[15]近現代の文学の基盤となる新たな文体が「翻訳」によって獲得されたというわけです。

実はこうした問題は、古典文学にも見られます。上代においては、日本語を書記するための固有の文字は無く、すべてが漢字で書記されていました。そ

うした環境のなかで日本語を書記するということは，母語を漢字に翻訳し，漢文の枠組みを使用しつつ書くということでもありました。万葉仮名で一字一音形式で書記された東大寺仮名文書であっても，それを子細に見れば，それが仮名で書かれつつも，漢語・漢文体の枠組みのなかで，つまりは訓読によって得られる文体で記されていて，決して口頭の言語を文字に写し取ったものではありません。「和文」が生成されるのも，こうした漢文の枠組みのなかから，訓読という方法をもって生み出されたものだったことは西澤一光が備述しているところです。

　そう考えてみると，日本文学といったときの「日本」という枠組み自体もとらえ返す必要が出てきますね。何しろ，それを書くための文体が外国の書き言葉と日本語との接触・翻訳のなかで生まれたものなのですから。

〈千葉〉　松田さんは，漢文訓読法の応用を元に口語的要素をもりこんだ言文一致体が成立したこと，また古典の世界における和文の成立においても口頭の言語を文字に写し取ったのではなく漢文の訓読を通じて形成されたという指摘をされていますが，そこには西川さんが指摘した話し言葉と書き言葉の二重性の問題との共通点が見えると思います。

〈松田〉　まさしく。書き言葉というものが持つ抽象性・普遍性という性質が漢文文化圏の本質であると思いますし，そうした基盤があって近代の翻訳が新たな文体を生み出すこともできたということだと思います。

〈中丸〉　日本では漢文を摂取するにあたって訓読で読むという方法を選びましたが，これも一種の翻訳であり，文体の問題でもありますね。同時に，訓読は解釈の問題でもあって，そこには註釈が加えられることになります。例えば，この漢語は和語でいうと〇〇になるとか，その逆も行われているわけです。

〈松田〉　何しろ「訓」とう言葉が「解釈」という意味ですから，まさに訓読自体が解釈ですね。訓を示す註は，『日本書紀』にも見られますが，漢籍を読む場合だけでなく，自らが漢文で書く際にも訓を示すというのが面白いところです。そこに，書記言語としての日本語の生成の一端が見えてきますね。

〈中丸〉　もう一点。註釈や翻訳をされるテクストというのは，それなりに選ばれたものでなければなされないわけで，「古典」については先ほど述べましたが，翻訳されるということは，世界文学となる条件になるのだろうと考えます。

〈松田〉　ある書物・作品に翻訳・註釈すべきものとしての価値が見いだされることが大事ということですね。律令国家が求めた儒教経典などもそれにあたるでしょうね。『論語』も古代から訓読されていた証拠がありますね。

〈西川〉　翻訳するものを選ぶという点では，選ぶ時に働く力学も大きいでしょうね。例えばサイデンステッカーによる谷崎潤一郎や川端康成の作品の英訳の選択には，戦後のアメリカが求める日本像の問題とも深く関わっているといえます。

〈松田〉　やはり「翻訳」すべき価値を見いだす際には翻訳する／される言語とその言語を使用する国や文化が抱える思想性も外すことはできませんね。

〈西川〉　最後に加えておきたいのですが，「翻訳」には創造行為としての機能もありますね。例えば，黒岩涙香は，ガボリオの探偵小説『ルージュ事件』（L'Affaire Lerouge）を『裁判小説　人耶鬼耶』（1888年）として翻訳した際に，結末を少し変えています。すなわち，殺人犯とその恋人が金と遺書を残して自害し，その遺書に感じ入った探偵が事件の関係者の賛同を得て，遺された金とともに寄付を募って万国死刑廃止協会を設置し，死刑廃止主義を演説しながら世界を巡回するという結末に変えることで，現行の法律や裁判に対する不信を明示しました。そこに翻訳者の創造行為を見てとることができます。

〈松田〉　そうですね。私は「翻訳」における書記言語の生成の問題を提起しましたが，文学的営為としての「翻訳」や「翻案」そのものが，創造的な営みであることは古典文学の時代から一貫しています。その意味でも，「翻訳」は日本文学の「日本」の枠組みの根幹に関わってくると言えそうです。

〈千葉〉　作品を作るのは，作者だけでなく，読者もまた読むことを通じて作品創造に寄与している。というのも翻訳も含め読むことは，解釈することであり，新しい読み＝解釈の提示を通じて作品を更新していること，日本文学を新しくひらいていくことです。「起源・古典・交流・翻訳」という4つの論点は，

固定的な視点で日本文学をとらえるのでなく，より自由な視点で日本文学に触れてもらうために必要なことなのです。

　皆さんの話を聞きながら，自分が大学生の頃のことを思い出しました。私は大学でフランス文学を学ぼうと思っていましたが，1年生では文学の講義はなく，2年生後期からやっと専門科目が始まりました。フランス文学史という科目でしたが，それは，フランス語の研究書を日本語に訳すというだけのものでした。大変裏切られた気分になり，自分で本を読んでいた方がいいと思い，学校から遠ざかってしまいました。あの時の私が，今ここで皆さんが話されたようなことを講義で聞くことができたら，私の人生も随分と変わっただろうと思いました。

　本書を手に取る読者，とくに初学者の方には，日本文学を学ぶことの楽しさを少しでも感じてほしいと思います。なにより，学ぶことは楽しい，本書を通じて，哲学者ニーチェの書名でもある「楽しい知識」に触れていただけたらと思います。

注
▷1　文部省が編纂した音楽の国定教科書には「海ゆかば」が収載されている。

▷2　デイヴィッド・ダムロッシュ ハーバード大学教授。『世界文学とは何か』（原著2003）翻訳（国書刊行会・2011）において，特定の地域，時代に作品を結びつける読み方に対して，その作品が生まれた地域を離れた場所での読みやまた翻訳によって，作品の可能性が広がるという主張を展開している。

▷3　パスカル・カサノヴァ（1959〜2018）。『世界文学空間』（『世界文芸共和国』（原著1999）翻訳（藤原書店・2002））において，パリを中心とした，世界規模での文学場の歴史的生成とその支配構造を描き出した。

▷4　フランコ・モレッティ（1950〜）米国スタンフォード大学教授。著書に『遠読』（原著2013）翻訳（みすず書房・2016）等。

▷5　二松学舎大学の海外漢文講座。イタリアのカ・フォスカリ大学，ドイツのハイデルベルク大学，ハンガリーのエトヴェシュ・ロラーンド大学などに，インターネットで同時双方向型の授業を実施。同大学は，現地での講座も行っており，上記の大学以外に，タイのチュラロンコーン大学，ベトナムのハノイ人文社会科学大学に講師を派遣して漢文の集中講座を開講。対象となった海外の大学はそれぞれ，その国を代表するトップレベルの大学である。

▷6　リンガ・フランカ（lingua franca）は本来，中世以降，地中海海域の交易の場において使用された混成語を指す語で，国際共通語などと訳されることが多いが，「国際」が国を前提とした言葉であることを考えると，必ずしも適切な訳語とはいえない。重要なのは，異なる母語をもつ人々との間での共通語という点である。古代東アジア世界においては漢語漢文が，現代においては英語がその役割を果たしているといえよう。

▷7　ベネディクト・アンダーソン（1936〜2015）アメリカの政治学者。

▷8　柄谷行人（1941〜）哲学者・評論家。著書に『探求Ⅰ・Ⅱ』『トランスクリティーク』等。

▷9　第二次世界大戦後，それまで欧米の植民地であった地域は，政治的に独立を果たしたものの，文化的にはかつての宗主国の影響を受け続ける。そうした国に無意識に残る西洋中心主義的思考を批判的に検討するというのがポストコロニアリズムである。

▷10　齋藤希史『漢文脈の近代』（名古屋大学出版会・2005）での指摘。

▷11　水村美苗（1951〜）小説家。作品に『續明暗』『本格小説』など。『日本語が亡びるとき——英語の世紀の中で』（筑摩書房・2008）で英語が半ば普遍語のような地位を獲得しつつある中，エリートのための英語教育の必要性を指摘しつつ，日本語を滅亡させないために文学教育が不可欠であることを説いた。

▷12　例えば『勅語修身訓話』（吉岡書店・1893）では，才芸ともに優れた「婦女の鑑」として『源氏物語』を書いた紫式部が紹介されている。また下田歌子は，「日本の女性」の研究に取りかかったところ，同性として共感したので，女学校で『源氏物語』の講義をした旨を述べている（『源氏物語講義』実践女学校出版部・1934）。

▷13　この点は鈴木登美「ジャンル・ジェンダー・文学史記述」（ハルオ・シラネ・鈴木登美編『創造された古典——カノン形式・国民国家・日本文学』新曜社・1999）。

▷14　中国文学者・金文京（1952〜）『漢文と東アジア』（岩波新書・2010）による指摘。

▷15　山田潤治「明治二〇年代の翻訳と日本近代文学の《生成》」（井上健『翻訳文学の視界——近代日本文化の変容と翻訳』思文閣出版・2012）。

▷16　漢文の格・文章構造の内部から和文が生成されることについては，西澤一光「上代書記体系の多元性をめぐって」（『万葉集研究』25集・塙書房・2001）の精緻な論がある。

▷17　エドワード・ジョージ・サイデンステッカー（1921〜2007）アメリカの日本文学研究家。

▷18　エミール・ガボリオ（1832〜73）フランスの小説家。

第 I 部

日本文学の今を知る

テーマ・話題

一　超時代編

1 メディア——古典
日本古典文学を伝えたメディア

1 メディアとしての古典籍

　すべての古典文学作品は，それが口承に発するものであるにせよ，文字情報として今日まで伝えられてきた。その文字を保存し，守り伝えたメディアが書物である。ここでは基本的に江戸時代以前を対象とするので，古典籍という言葉を使用することとしたい。

　これまでの日本古典文学研究では，古典籍に保存された文字および絵画テキストばかりに注意が向けられて，テキストを保存する道具自体を意識的に観察することは，あまり行われてこなかったのではないだろうか。そこにメディアという概念を持ち込むと，古典籍は俄（にわか）にその存在感を増してくるのである。

2 日本古典籍の特徴

　漢字を用いた国々の書物史の中に，日本古典籍を据えて見ると，その際立つ特徴が明らかとなる。古典籍にはその作り方である装訂の種類が複数存している。日本で用いられた装訂のほとんどは，中国で発明されて日本に伝わったと考えられる。それは朝鮮半島の国々でも同様であったはずである。日本古典籍の大きな特徴は，複数の装訂を同事並行的に用いた期間が，中国や朝鮮半島に比べて非常に長いということである。中国では唐代に発明された印刷術が，均一のテキストを広く行き渡らせるものとして尊重され，量産に適する装訂がもっぱら利用されて，他の装訂は駆逐されることとなったのである。

　印刷術は8世紀には日本に伝わったものの，出版はほぼ内典（仏教関係書）に限定され，外典（げてん）（仏教以外の書物）は写本として作られる時代が長く続いた。日本の文学作品を含む外典写本を眺めると，その装訂のみならず，形や大きさ，あるいは表紙の色・デザインなどが実に多彩であることに驚かされる。

　目的を同じくする道具に複数の種類がある場合，必ず使い分けが行われているのは，古今東西を問わない真理であろう。日本写本が形態的に多彩であるのは，目的に応じた装訂と造本の使い分けが行われた結果らしいのである。

3 基本的な装訂の種類

　日本の古典籍で主に使用された装訂は，「巻子装（かんすそう）・折本装（おりほんそう）・粘葉装（でっちょうそう）・綴葉装（てつようそう）（列帖装（れつじょうそう））・袋綴装（ふくろとじそう）」の5種である。大陸からの伝来の順もほぼこの通りであったと考えられる。この5種の形態と特徴について，極簡略に確認しておきたい。

　「巻子装」は紙を使用する書物の最初の装訂であり，初めて日本に伝わった

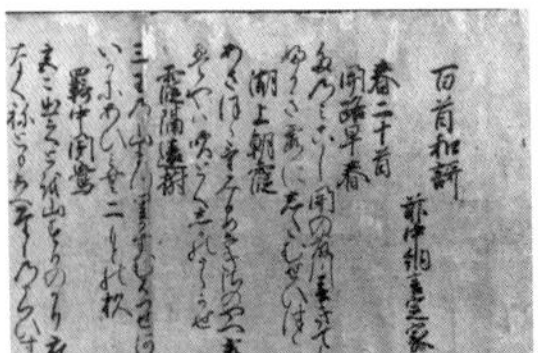

▷1　現在は「書物の外側のデザイン」の意味で理解されているが，古典籍では製本の仕立てを意味する。「装丁・装幀・装釘」などの表記もあるが，ここでは「装訂」を使用する。

図1　巻子装の例　〔藤原定家詠〕『藤川百首』〔室町中後期〕写　1軸
（個人蔵）

装訂と考えられる。紙を横に長く貼り継ぎ，末尾の軸で巻き取り，先端の表紙に付した紐で固定して保存する装訂である。冊子体が登場すると使用頻度は減少するものの，近代に至るまで息長く用いられ続けた装訂であった。

「折本装」は巻子装の扱いにくさを解消するために生まれたらしいもので，巻子装同様に長く継いだ紙を，巻かずに折り畳み，上下に表紙を付した装訂である。ひっくり返しても形が変わらないので，後世になるほど裏面の使用も目立ってくる。裏表紙を大きくして本体を包み込む形態のものもある。

「粘葉装」は806（大同元）年に僧空海が唐より持ち帰った「三十帖冊子」で使用される装訂であり，伝来の年代が唯一明らかである。料紙を縦半分に折り，折目近くに糊付けして，同じ形状の紙を貼り重ねた装訂である。冊子体の原初形態ともいえるものだが，糊を多用するために紙を食する虫の害に合いやすく，経年劣化も加わって，糊が剝がれてばらばらになりやすい難点がある。

「綴葉装」は異称の多い装訂で，「列帖装」や「大和綴」などとも呼ばれる。5枚前後の紙を重ねて縦半分に折ったものを，必要数重ねて，折目に開けた穴に糸を通して綴る装訂である。日本の発明とも考えられたが，敦煌で同形態が見付かり，やはり大陸伝来であると考えられる。糸が切れるとばらばらになるのが欠点であり，実際に欠落を有する例は多い。紙を縦長にして，高さの半分で切断して重ねた，元の紙の4分の1の大きさの長方形の本を「四半本」と呼び，長辺を3等分した折り目を切断して重ねた，元の紙の6分の1の大きさのほぼ正方形の本を「六半本」と呼ぶ。この2種が綴葉装の基本的な形である。

「袋綴装」は縦半分に折った料紙を重ねて，折目と反対側を紙縒や糸で綴じた装訂である。紙の表面しか使用しないので，薄い紙や一度使用した紙の裏面を利用することが多い。印刷物の製本に適しており，江戸時代の版本の基本的な装訂であったため，残存数も極めて多く，和本を代表する存在となっている。

この5種をその特徴で区別すると，紙を糊で繋ぎ合わせるのが巻子装・折本装・粘葉装であり，綴葉装と袋綴装は紙に穴を開け紙縒や糸で綴じたものである。紙の表面のみの使用を原則とするのが，巻子装・折本装・袋綴装だが，前2者特に折本装には裏面を使用した例は少なくない。紙の両面を使用するのは粘葉装と綴葉装である。冊子と呼べるのは粘葉装・綴葉装・袋綴装となる。

４ 装訂と保存内容の関係

装訂の使い分けの実態を明らかにするには，それぞれの装訂に保存された内容を確認していけばよい。書物に関する故実が良く守られており，用例を一定数確保できる南北朝以前，即ち14世紀以前に書写された古典籍，およびその断簡である「古筆切」[2]を対象として，検討を加えてみたい。

巻子装は保存する内容を選ぶ，装訂として格の高いものである。内典・外典ともに漢字で書かれたものは保存され，それらの多くには，文字部分の上下の横線と行間の罫線を有するのが普通である。この枠線は，紙以前に用いられていた，1行毎に独立していた木簡・竹簡の名残であると説明されている。

平仮名書きでは，勅撰集に代表される和歌作品は保存される。散文作品の場

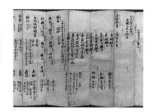

図2　折本装の例　『源平系図』〔江戸前期〕写　1帖
（個人蔵）

図3　粘葉装の例　仁海撰『護摩達磨』1107（嘉承2）年写　1帖
（個人蔵）

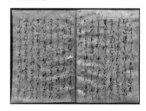

図4　綴葉装の例　『伊勢物語』〔室町中後期〕伝宗梅写　1帖
（個人蔵）

図5　袋綴装の例　『源氏小鏡』〔寛永〕刊古活字　3冊
（個人蔵）

▷2　欠落があり読み通せない書物を，今日の1ページ単位などで切断して，書の美術品としたもので，江戸時代にその蒐集が流行し，筆者の鑑定書を付して流通した。断片であっても，貴重な古写本の情報を伝える学術的価値の高い存在として注目されている。

▷3　仏教の信者が守るべき基本的な戒めである「五戒」の一つで，嘘を付いてはならないということ。

▷4　鎌倉時代の注釈『紫明抄』，鎌倉初期には成立していた『源氏物語系図』には，巻子装の例が確認できる。絵入り本とはもちろん有名な国宝『源氏物語絵巻』である。

▷5　「伝書」は日本の芸道で師が弟子に与えた，芸術や武術の流派の奥義や秘伝を記した書物のこと。免許状的な性格を有し，年月日と師弟の名前が記されるのが基本。芸道の系図は，師弟関係を血統の系図の形式で示したものである。

合，歴史物語や軍記物語などの一応史実に基づく物語は保存されもするものの，作り物語は原則保存されなかったようである。創作は不妄語戒を破る行為と見なされて，作り物語の社会的地位が低かったことによるものであろう。その一方で，『源氏物語』の注釈書や人物系図，絵入り本には巻子装が確認でき，注釈や系図，挿絵は巻子装に保存するという規範の存在が窺われるのである。随筆や説話集あるいは仮名日記などは，巻子装の古例を殆ど確認できないので，基本的に保存されないと考えられるが，なお検討が必要であろう。

　折本装は不思議な装訂である。経典を中心に内典の使用例は数多いが，漢字・平仮名を問わず外典の使用例は少ない。室町以降には，芸道の伝書や系図類で，江戸時代には書道の手本やガイドブック的な版本での使用が増大する。前者は巻子装との近縁性を窺わせ，後者は手を離しての安定性や，目的部分を探しやすく，裏面の使用も可能といった，その特性が重宝がられたのであろう。古い時代の折本装は，内典と縁の深い装訂であると考えられていたためか，文学的な作品を保存する器としては認知されていなかったようである。

　粘葉装は平安時代には内典・外典共に用いられている。西本願寺本『三十六人家集』，1120（保安元）年写の東大寺切本『三宝絵詞』など，平安の仮名作品も確認できる。南北朝以降にはほぼ仏書に限定されるようになるのは，虫の害に弱く，ばらばらに分離しやすい性質が嫌われてのことと考えられる。

　綴葉装は，粘葉装に遅れて普及したらしく，平安の仏書は珍しい。猪熊本『肥前国風土記』，東京国立博物館蔵元永本『古今和歌集』などが，平安期の例として注目できる。鎌倉になると，韻文散文ともに平仮名作品の例が目立つようになるが，和歌では四半本の使用が目立って六半本の例が少なく，物語類や仮名日記では圧倒的に六半本が用いられ四半本が極めて少ない傾向が認められる。以後，両者の使用傾向の変化はあるものの，江戸期に至るまで息長く使用された装訂であり，特に文学作品とは縁の深い存在であるといえる。

　袋綴装は，11世紀頃から確認できるが，古例は手紙や和歌懐紙などの裏面の利用が目立つ。文学作品にも広く用いられるようになるのは室町時代頃からである。江戸時代の版本での使用が広まると共に，綴葉装に保存されていたような仮名作品での使用例が増大し，ついに和本を代表する装訂となるのである。

⑤　装訂のヒエラルキーと改装

　装訂と内容の相関関係を確認して浮かび上がってくるのは，装訂にヒエラルキーが存在する事実である。保存内容の選り好みが激しい巻子装が最も高位であり，何でも保存する袋綴装は下位の存在である。綴葉装はその中間に位置するが，同装訂でも四半本の方が六半本より格上となる。折本と粘葉装は文学作品に関しては使用例が少なく，定位が難しい。

　この関係が明らかになると，同一作品に複数の装訂の本が存する場合，そこに保存されるテキストの研究的な信頼度は自ずと明らかになる。巻子装は基本的に，献上・奉納・清書など特別な目的がなければ製作しないようなのである。巻子になりにくい物語の場合，四半本は六半本よりも書写態度が謹直で，能筆

である場合が多いといえる。四半本に保存されたテキストは素性が良く，研究的な価値も高いものであることが期待できるのである。

　また，作品の側から装訂との相性を確認すると，『源氏物語』や『伊勢物語』の古写本は，綴葉装であることが多いのに対し，『平家物語』は袋綴装が圧倒的であるなどの，作品の性質に由来する差異に気付かされる。同じ歴史物語でも，古写本では『大鏡（おおかがみ）』は四半本しか確認できないのに，『栄花物語（えいがものがたり）』は六半本が圧倒的である。前者の方が史書的で，後者の方は巻名をはじめとして物語性が強いという，各々の作品の性格の違いを，書物の形態が示しているといえよう。

　注意が必要であるのは改装の問題である。すべての冊子本は巻子装に改められるし，袋綴装を綴葉装にした例は少なくない。仮名作品の古写本の巻子装は，その殆どが冊子改装本なのである。改装本であることを見逃して，装訂から様々な判断を下すと，却ってそのことが仇となりかねないのである。それを防ぐためにも，古典籍を対象とする研究には書誌学の知識が必須である。

［6］商品としての版本

　江戸初期頃に商業出版が確立し，以後商品としての版本が大量に生産されるようになる。袋綴装を基本とするそれらは，縦横の長さの規格である判型に従って生産された。判型とそこに保存される内容とに，密接な相関関係があったことは，よく知られている。時として，意図的に規範性をずらした版本も存しているので，版本に接する際には，判型を意識することが大切なのである。また版本は，ジャンルや内容に応じて表紙の色や模様，あるいは題名などのデザインが決められることも少なくない。作者を越えて出版者の意識や意図を汲み取ることが，商品たる版本には必須となるのである。

　以上のように，古典籍の装訂に注目しただけでも，作品やテキストの様々な特性を明らかにすることが可能なのである。メディアとしての書物は，多様な情報の集積体である。より高度なテキスト解釈を行うためにも，書物が有する多彩で有意義な情報を活用して，テキストの性質や特性を見極めることが，今後の研究には求められているのではないだろうか。　　　　　　（佐々木孝浩）

▶6　基本の判型は大きい方から順に，大本・半紙本・中本・小本となる。またそれらを高さの2分の1，3分の1，まれに4分の1で切断した横本も存している。

参考文献
藤井隆『日本古典書誌学総説』（和泉書院・1991）／井上宗雄ほか『日本古典籍書誌学辞典』（岩波書店・1999）／山本信吉『古典籍が語る——書物の文化史』（八木書店・2004）／櫛笥節男『宮内庁書陵部 書庫渉獵——書写と装訂』（おうふう・2006）／堀川貴司『書誌学入門 古典籍を見る・知る・読む』（勉誠出版・2010）／中野三敏『書誌学談義 江戸の板本』（岩波書店・2015）／佐々木孝浩『日本古典書誌学論』（笠間書院・2016）

一　超時代編

2 メディア——近現代
「作家」という職業

1 文学では食べられない！

　「作家」という職業が成立したのはいつかと問われたとき，1919年と答えるのがもっとも説得力があるだろう。それ以前に，小説家専業で生計を立てるのは大変むずかしかったからだ。近代日本を代表するベストセラー作家として，夏目漱石が思い浮かぶが，漱石は小説家であると同時に，朝日新聞社社員でもあった。漱石は専業作家というより，兼業作家といったほうがより適切だろう。妻と七人の子どもを養っていく経済力が安定していたとすれば，新聞社の月給・賞与が重要な鍵を握っていた。

　漱石は1914年12月から翌年3月にかけて，自ら家計簿をつけていた[1]。家計簿の印税収入を一年に換算すると，3000円前後となる。漱石には朝日新聞社からの3000円の月給・賞与があったので，年収は6000円前後だった。1920年の東京府知事の年俸と同じである[2]。同時代の文学者から見れば，並外れた収入だった。

　たとえば，岩野泡鳴の年収を日記の記載によって計算すると，1913年は約917円，14年は約1437円，15年は約1308円，16年は約699円，17年は約828円だった。泡鳴には定職がなく，原稿料は安く，単行本は出版できても多くは原稿料を支払われるだけで，印税契約を結べても再版はなかった。1916～18年は小説集すら出版できなかった。出版ビジネスは，1904年に日露戦争が始まって以降，不景気続きだったのである。

　1968年にノーベル文学賞を受けた川端康成は，中学生の頃から「文学者」を志していた。しかし，1916年1月11日の日記にはある小説に描かれた「作家の痛ましい生活難」を読んで，「志望の確信」が「ぐらつ」くとあった[3]。文学では食べられない現実が中学生の川端を直撃したのである。

2 1919（大正八）年，文壇の黄金時代始まる

　文学では食べられない状況は，1919年に一変する。4月に創刊された総合雑誌『改造』がコンテンツを確保するために，原稿料を値上げしたことがきっかけだった。たとえば，相場が400字1円の作家に，『改造』の編集部は1円80銭を払った。『改造』の原稿料を聞けば，他の雑誌も値上げせざるを得なくなった。1円が2円になり，他誌の値上げを知った『改造』がまた値上げをするという連鎖が生れた[4]。芥川龍之介のように短編小説ばかり書いていても生計が成り立つようになった。専業作家の道が開かれたのだ。

　そのうえ，第一次世界大戦景気の中で，小説を掲載する雑誌が増えた。岩野泡鳴は，1919年の日記に，小説20編を発表して，印税を含めて収入が4500円余

▷1　「日記一三」「日記一四」（『定本漱石全集　第二十巻』岩波書店・2018）。

▷2　週刊朝日編『値段の明治大正昭和風俗史　上』（朝日文庫・1987）。

▷3　「大正五年　当用日記」（『川端康成全集　補巻一』新潮社・1984）。

▷4　広津和郎『年月のあしおと』（講談社・1963）。

あったと記している。泡鳴は貧乏生活を脱したのである。

　見逃せないのは，出版ビジネス自体が好調になったことだ。泡鳴がふたたび単行本を出版できるようになったのはそのおかげだった。そして，ベストセラー作家が何人も誕生する。

　島田清次郎と有島武郎が代表的な作家だ。島田は自伝的書き下ろし長編小説「地上」シリーズ全4冊を発表して一世を風靡した。『地上　第一部　地に潜むもの』（1919年6月刊）は，1927年8月に，270版を記録した。1924年1月時点の広告から『有島武郎著作集』全16冊（1917年10月～23年11月刊）の総増版数を計算すると，813版になる。

　社会が文学を求めていたといってよいだろう。作家の経済力が向上するとともに，社会的な地位も上昇し，作家は青年男女の憧れの職業となった。川端は1921年に，まさに文壇の経済的黄金時代まっただ中にデビューする。心配は取り越し苦労に終わったのである。

3　円本ブームの光と影

　黄金時代は1923年9月1日の関東大震災が引き金となって終了した。日本経済は，1920年3月の恐慌以来，不景気に苦しんでいたが，関東大震災のために，不景気が一層深刻になった。その結果，雑誌も単行本も売れなくなったのである。

　出版ビジネスを救ったのは，1926年10月に発表された改造社の「現代日本文学全集」，いわゆる円本だった。円本は1冊1円で単行本3～4冊分のコンテンツを収録するものだ。大量生産大量消費による価格破壊で購買者の拡大をねらった改造社の賭けは成功した。予約者が25万人に及ぶことがわかると，他の出版社も続々と追随した。円本ブームの始まりである。

　円本に収録された作家は巨額の印税を手にした。たとえば，部数を23万部と確定できる志賀直哉が1928年に改造社から受け取った印税は，印税率8％とすれば，2万1337円60銭だったはずだ。

　しかし，円本ブームによって，雑誌や単行本は売れなくなった。昭和恐慌の中，購買者の経済力は限定されていた。お得な円本を購入すれば，他を購入する余裕はなかった。雑誌の休刊・廃刊が相次ぎ，単行本は出版されず，多くの作家たちの生活は苦しくなった。原稿の売り込みに奔走する日々がやってきた。川端は1934年に発表した文章の中で，「文士の花やかさの食膳の匂いをかがされただけで，青春十年の貧乏暮しは，私達の性格や，作品少なくとも健康には，馬鹿にならぬ関係があると思う。」と述べている。中学生の頃の心配が現実のものとなったのである。

4　黄金時代，ふたたび

　円本ブームの反動による不景気で，いわゆる純文学系の作家たちの発表媒体は限定されるようになった。1930年前後には，原稿料を払う雑誌が総合雑誌3種，文芸雑誌1種に限られたこともあった。生計を立てるためには，純文学系

▶5　網野菊，1928年7月7日付志賀直哉宛書簡（『志賀直哉宛書簡』岩波書店・1974）。1円の並製が13万8200部，1円40銭の特製が9万1800部だった。

▶6　「文学的自叙伝」（『新潮』1934年5月）。

の作家であっても，新聞や婦人雑誌などに，通俗的な長編連載小説を発表することを考えざるを得なくなった。横光利一が1935年に発表した「純粋小説論」はその宣言と解釈できる。

　作家たちの苦しい生活を救ったのは，当時隆盛だった映画産業だった。1935年以降，純文学系の小説も続々と映画化されたからだ。1作につき300円前後となる著作権料は恵の雨だった。なお，菊池寛，吉川英治，吉屋信子といった人気作家であっても，収入の柱は原稿料だった。原稿料は，特例はあるものの，婦人雑誌・大衆雑誌で400字10円が最高だった。作家が高収入を維持するためには持続的に大量に書くしかなかった。

　そうした状況は1939年に一変した。単行本が文学書を軸に売れ出したのである。「書物は出しさえすれば売れる」といわれたほどだった。純文学系の作家の小説でも万単位で売れるようになった。第一の要因は1937年7月以降，日中戦争が本格化して軍需産業が隆盛となり，購買力が上昇したことだろう。また，円本ブームの結果，文学に関心を持つ購読者層が拡大したことも見逃せない。ファシズムによる言論統制があったものの，ふたたび訪れた黄金時代は少なくとも1943年までは続いた。伊藤整は「単行本がよく売れたから，私たちの生活は楽になった。」と回想している。

⑤「作家」は「現代の英雄」となった！

　第二の黄金時代をもたらした分厚い購読者層は1945年以降も作家たちを支えていた。文芸評論家の荒正人は1957年に『小説家　現代の英雄』（光文社）を出版する。荒は「作家」が「現代の英雄」となったことを宣言した。荒が根拠としたのは，1955，56年の確定申告額だった。1955年の作家1位の吉川英治は2157万3000円で，全国1位の松下幸之助は1億2056万円だった。吉川の約6倍でしかない。一方，1957年の第一銀行の新制大学卒の初任給は月額1万2700円だったので，吉川はほぼ1700カ月分稼いでいたことになる。ちなみに，川端は1024万4000円で9位に入っていた。

　荒が「小説を書くという仕事は，あたれば有利な事業に匹敵する」，「食えぬ作家という一般的な存在は消えてしまった」と述べたのもうなずける。

　既成の新聞，文芸雑誌，総合雑誌のほかに，新たに中間小説誌，週刊誌なども加わって，市場は拡大した。特に，中間小説誌の躍進はめざましく，月刊の『小説新潮』は1954年に発行部数が40万部近くに達していた。ただし，中間小説の全盛期（1960〜70年代）であっても，雑誌の原稿料は高額とはいえず，流行作家は大量に執筆する必要があった。

　こうした昔ながらのスタイルの他にさまざまな作家生活が生れた。森村誠一や赤川次郎は，映画化と文庫を中心にテレビ広告や主題歌などを組み合わせた角川商法のメディアミックスの成功によって（1970〜80年代），高額所得者ランキングの上位を占めた。また，吉行淳之介は司会などのタレント活動をすることで執筆量の少なさを補った。1971年の松本清張以降，高額所得者ランキングの作家1位は1億円を超えていた。市場が一層拡大する中で，作家たちは新し

▷7　和田芳恵『ひとつの文壇史』（新潮社・1967）。

▷8　東京堂編『出版年鑑昭和十五年度版』（東京堂・1940）。

▷9　永嶺重敏「円本ブームと読者」（『モダン都市の読書空間』日本エディタースクール出版部・2001）。

▷10　「昭和前期の『新潮』」（『新潮』1955年4月）。

▷11　週刊朝日編『値段の明治大正昭和風俗史　上』（朝日文庫・1987）。

▷12　大村彦次郎『文壇うたかた物語』（筑摩書房・1995）。

▷13　校條剛『ザ・流行作家』（講談社・2013）。

いライフスタイルを模索し実践していたのである。

6　「英雄」たちのその後

　作家の経済力のピークは，高額納税者ランキングを見る限り，1986年である。赤川次郎が８億6100万円で全国第６位に入っている。１位は15億8389万円なので，赤川の約1.8倍にすぎない。ランキングの発表は2004年で終了する。2004年の全国１位の36億9238万円に対して作家１位の西村京太郎は１億4887万円である。全国１位は西村の24.8倍である。作家の経済力が衰えたことは明らかだろう。

　作家を支えていた新聞・雑誌・単行本などの紙媒体のメディアがことごとく売上げを低下させていることから，市場が縮小し分厚かった購読者層が解体したことがわかる。荒が絶滅を宣告した「食えぬ作家」が復活し，中学生の頃の川端の心配がふたたび現実化しているのである。

　現在，市場を拡大し購読者数を増加させるためにさまざま方策が実行されている。たとえば，電子版の文芸誌や，ネットに作品を無料公開することなどによって，購読者の注目をひく戦略が各出版社で行われている。

　そうした試行の中で特に注目されるのは，村上春樹の海外市場の開拓である。村上は早い段階から，「積極的にアメリカのマーケットを開拓しよう」と決意し，それを実行していた。[14] 村上は日本語人口によって限定される小さな国内市場からの脱出を図り成功した。ノーベル文学賞候補になったことはその証しである。

　現在，われわれは「作家」という職業に関わる歴史的転換期に立ち会っているといえるだろう。

（山本芳明）

▷14　村上春樹『職業としての小説家』（スイッチ・パブリッシング・2015）。

参考文献
山本芳明『カネと文学――日本近代文学の経済史』（新潮選書・2013）／同『漱石の家計簿――お金で読み解く生活と作品』（教育評論社・2018）／フレデリック・ルヴィロワ，大原宣久・三枝大修訳『ベストセラーの世界史』（太田出版・2013）／柳美里『貧乏の神様　芥川賞作家困窮生活記』（双葉社・2015）／校條剛『作家という病』（講談社現代新書・2015）／飯田一史『ウェブ小説の衝撃――ネット発ヒットコンテンツのしくみ』（筑摩書房・2016）／同『いま，子どもの本が売れる理由』（筑摩選書・2020）

一　超時代編

3　異界──古典

▶1　「異界」の語は民俗学においては1970年代後半に使用されるようになり，1980年代半ば以降，文学研究，評論などで広く用いられるようになったという。池原陽斉「「異界」の意味領域──〈述語〉のゆれをめぐって」（『東洋大学人間科学総合研究所』13号，2011），「「異界」の展開──意味領域の拡散をめぐって」（『同前』14号，2012）。

[1] 異界の起源

　現存する最古の書物の一つ，『古事記』（以下，『記』）は，こちら側の世界とは異なる世界──異界──の一つ「黄泉国」の起源をかたる。

　イザナキ（男神）と結婚して，日本列島と山・川・海・風などの神々を生んだイザナミ（女神）は，火の神を出産したことで病み，去る（「神避る」）。男神は黄泉国へと追い往く。難なく追い往くことができる黄泉国は，まだ男神にとっての異界ではない。しかし，女神の禁止を破って黄泉国の建物の中を見た男神が，女神の身体の各部位にウジがごろごろとたかり，雷神が発生しているのを見，畏れて逃げ帰るとき，黄泉国は男神にとっての異界となる。自らの世界とは異なる世界には異形の存在がおり，その姿形との直面は見る者に「畏れ」を生じさせ，見たとたんに即座に距離をとり，もとの世界に戻らねばならないのである。

　異界となった黄泉国からの帰路は，黄泉国の存在たちに次々と追われ，容易ではない。黄泉の軍勢を「黄泉ひら坂」で追い返す時，男神はこちら側の世界を「葦原中国」と称する。黄泉国という異界が成立することで，はじめてこちら側の世界が名指される。こちら側の世界じたい，異界との直面によってはじめて明確に立ち上がることが示されていよう。

　男神が道をさえぎる神である巨大な岩で「黄泉ひら坂」を塞ぐと，女神は男神に，以降「汝が国の人草」を一日に千頭絞殺すると言い，男神はそれなら私は一日に千五百の出産小屋を建てようと言う。互いに異界どうしである黄泉国と葦原中国の起こりは，「人」の生と死の起源でもあった。しかし，互いに相容れない生と死を規定する両神の言葉は「愛しき我がなせの命」「愛しき我がなに妹の命」と，夫婦どうしの親しい呼び掛けの言葉をともなっている。生と死とは分断され，往還不能とされる一方で，生も死も互いに相手との関係の継続の中に成り立つのである。異界が発生することではじめてこちら側が発生し，異界との関係のなかにこそ，こちら側が存立しうることを神話はかたる。

[2] 異界と天皇

　同書のヤマサチビコの海神宮訪問譚では，海神の世界への道行きは海の道を知る神の知恵を借りて可能となっており，海神の世界たる「海原」は最初から陸にとっての異界として登場する。ヤマサチビコは海原へ行き，海神の娘トヨタマビメと結婚，その名に示される山の霊力（「さち」）に加えて海の霊力も得て帰還する。天皇の祖先は「天」という「地」にとっては異界である世界から

降ってきたが，それだけでは天皇たるには十分ではなく，稲作の水と海産物とを掌る海原の力をも掌握しなければならなかった。異界の力の占有は権力を成立させる根源でもあった。

ヤマサチビコが禁を破って「産殿」の中のトヨタマビメの「本つ国の形」，すなわちワニの姿を見てしまうと，トヨタマビメは「海坂」を塞いで帰り，こちら側にはその異界の威力を帯びた子，ウガヤフキアヘズが残される。そもそも「天」の世界，「高天原」は「地」の天皇ならざる人にとっては往来不能な異界としてあるが，海原も，天皇権力の根源として越え難い「海坂」の向こうの異界であり続け，天皇の超越性を保証するのである。

しかし，『記』によればその後，トヨタマビメは子を養育する妹・タマヨリビメに「附」けて，夫への歌を献上し，夫君も答歌を贈っている。海坂は塞がれたはずである。にもかかわらず，歌を身に帯びた存在は「坂」という境界を越え，異界からこちらへ来ることができるし，こちらから歌を贈り返すこともできるのであった。越え難い「坂」の向こうとこちら側とは，ここにおいても，まったく関係が断絶したわけではなく，歌の言葉という特殊な回路が用意される。天皇はその回路を掌握しようとするであろう。

ヤマサチビコと同様，「根の堅州国」という異界に行って宝物と女を獲得して帰還し，偉大なる国の主神，オホクニヌシとなったのは出雲国のオホアナムヂ神であった（ただし，異界の女との間に子はおらず，天皇との差異化がはかられている）。異界訪問譚の様式は後世まで，英雄や優れた支配者・能力者，高僧などの存在を根拠づける経歴語りを支えている。

3 境界という領域

こちらと異界とが接し合う磁場が境界領域である。異界の名を冠して「黄泉ひら坂」「海坂」などと呼ばれるところにも，境界自体が畏怖の対象であったことがうかがえる。『記』のトヨタマビメが「海辺の波限」という境界領域に造った「産殿」の中で，ワニとなって子を出産したように，境界は，異界の存在が異形を露わにしてこちら側に姿を見せる場であり，双方の出会いの場であった。

旅行く者たちが通過を余儀なくされる各地の坂には，それぞれの地に固有の荒ぶる神がいて，交通を妨害すると考えられたことが『風土記』から知られる。『万葉集』には「……参昇る　八十氏人の　手向けする　恐の坂に　幣奉り……」（6-1022），「……鳥が鳴く　東の国の　恐きや　神のみ坂に……」（9-1800），「ちはやふる　かみのみさかに　ぬさまつり　いはふいのちは　おもちちがため」（20-4402）など，紀路，東路（足柄坂），信濃路（神坂峠）など各地の坂を「恐の坂」「神のみ坂」などと呼び，幣帛をささげて手向けをし，命の無事を祈って通過することがよまれる。足柄坂は『記』でヤマトタケルが「足柄坂本」に到ったとき，「坂の神」が白鹿と化して来立った場所である。共同体を離れて道を行き，旅寝する行為はそれ自体，異なる世界に身を置くことであったろうが，坂，渡り瀬，海峡，岸辺，山の辺や野辺などは，異界の存在と直面する可能性の強い磁場であった。出会ってしまったら，異界の側へと連れ去ら

▷2　歌の「われ」については，猪股ときわ『古事記』の歌の「われ」——「たぐい」としての自己」（『物語研究』2018年3月）。

▷3　猪股ときわ『異類に成る——歌・舞・遊びの古事記』（森話社・2016）。

▷4　猪股ときわ『古代宮廷の知と遊戯——神話・物語・万葉歌』（森話社・2010）。

れ，死ぬ危険性がある。ヤマトタケルは「蒜（ひる）」という呪物で白鹿を打って相手を退けたが，万葉人たちは贈り物をささげ，「いはひ（斎ひ）」を行い，その行為を歌によみあげることで境界を越え行こうとした。「……近江道（あふみち）の　相坂山（あふさかやま）に　手向して　吾（わ）が越え往かば……」（13-3240），「あづま道の　手児（てこ）のよびさか　こえていなば……」（14-3477）などと，坂を越える行為じたいを歌によむのは，境界領域に出現するかもしれない異界の存在に対してその領域を越えるこちら側の「吾」を定位し，無事の通過を果たそうとするからである。境界を往来することが可能な歌であればこそ，こちら側の言葉を向こう側へと届けることができる。

4　異界との交感

　人為的な建造物であっても，村堺，道，衢（ちまた），市（いち），殿舎の門，戸，敷居などなどは，共同体の内と外，共同体と共同体の間，家の敷地の内と外，家屋の中のあちらとこちらといった「こちら側」と「向こう側」とを成立させると同時に，両者の交感（時に闘いになる場合もある）が起こる境界領域であった。

　市は物の交換の場であるばかりでなく男女が歌を掛け合う「歌垣（うたがき）」が立ち，歌の交換が行われる場であったことが倭の椿市などからうかがえる。『記』のヤチホコ神がヌナカハヒメの「家」に至って，「戸」の「内」側のヌナカハヒメと歌を歌い合ったように，家屋の戸も内と外とが歌を交わし合う場であったことが了解される。同様に，『仁徳記』で女鳥王（めどりのおおきみ）が機織りする「殿戸（とのと）」の「閾（しきみ）」（敷居）の上に坐して仁徳天皇が歌い，中の女鳥王が即座に歌を返すというやりとりがあるのも，敷居が歌を歌う場であったからであろう。異世界を往還可能と考えられた歌という言葉でなら，両者が世界を異にするまま交流・交感することもできたのである。境界領域は歌声と歌う行為の発生するトポスであった。[13]

　逆に歌う行為や歌声が，異界との通路を開き，その場を境界領域となすこともあったろう。宴で起源の時を抱えた歌が歌われ，旅先でその場の地名をよみあげると，その場に土地神との回路が開き，神話的時空が立ち上がるはずであったろう。神の託宣に用いられた琴などの楽器も，特殊な音声によって場を揺るがし，異界との回路を開く装置であったと考えられる。[14]

5　異界を語る

　仏教経典や仏教説話，神仙譚や志怪小説といった漢籍は新たな異界をもたらした。9世紀ころの仏教説話集『日本霊異記（にほんりょういき）』は死者を地獄（「黄泉」とも）へ連れ去る「牛頭人身」の「鬼」や冥界（めいかい）を統（す）べるエンラ王，鉄の釘を頭から打たれる地獄の責め苦のさまを克明に描き，後世の説話類の嚆矢となった。冥界を語るのはいったん死んで蘇生した当人である，と『日本霊異記』は記す。仏教説話にとって，まざまざと地獄を語り，記すことは，この世をいかに生きるかの教えを示すことであった。

　平安の物語，『うつほ物語』の冒頭には唐に派遣された清原俊蔭（としかげ）が「波斯国（はしこく）」

へ漂着し，そこから三人の仙人の弾琴する栴檀（せんだん）の林，西方の「阿修羅（あ　す　ら）」の住む山へ，さらに西方の「険しき山」の七仙人のもとへと異界巡りをしつつ秘琴とその琴を弾く手法を得て帰国する，異界訪問の物語が描かれる（「俊蔭」）。俊蔭が行く先々では秘琴の音に惹かれて「天稚御子（あめわかみ　こ）」「天女」「天人」が下り，ひいては「文殊」や「仏」までもが「獅子」や「孔雀」に乗って出現するという奇瑞が起こる。ただし「仏」の世界そのものが描かれることはない。

6 異界への通路を開く

　『竹取物語』では，難題を受けたかぐや姫の求婚者たちは「天竺（てんじく）」や「東の海の蓬萊（ほうらい）といふ山」「唐土（とう　ど）」などに実際には行かない。物語の終盤，十五夜に「月の都の人」から「かの都の人」である「天人」たちや「王」が「雲」に乗り，「天」からかぐや姫を迎えに来るが，月の世界そのものは描かれない。異類の住む異界は物語内世界の外側に確かに存在すると登場人物たちに強く認識されているが，物語内に直接呼び込まれることは稀である。

　しかし『竹取物語』では，くらもちの皇子が嘘の異界訪問譚を語る。「蓬萊の玉の枝」を得るために海を漂い，「鬼のやうなるもの」に出会って殺されそうになったり，「いはむ方なくむくつげげなる物」に「食ひかから」れたりしながら蓬萊とおぼしき国へと至った，というのである。『うつほ物語』の俊蔭の漂流譚は当人の日記類に記されて蔵に収められている（「蔵開き（くらびら）」）。異界を語るのは，困難を経て向こう側へ行って帰還した語り手たちである。説話類は，帰還した語り手もしくはその聞き手，記録類から聞き知ったという立場で異界を語り，作り物語は偽りを語る場や日記の所在を物語の中に用意して異界を抱え込む。

　一方，『源氏物語』は異界そのものも，異界の存在がこちらへ出現する奇瑞も語らない。物の怪等が出現したようだと登場人物に受け止められるだけである。『万葉集』の歌の多くも，黄泉国や高天原そのものはよまない。しかし，人にとって自然現象全体が異界ないし異界への入口，境界であったととらえるならば，掛詞や序詞といった歌の技法は自然と人とをつなぐ装置であり，物語は歌や和歌をよむ時空を語り，得体の知れない何かが出現しそうな舞台を語ることで，異界とこちら側との境界領域を紡ぎ出そうとするのである。

（猪股ときわ）

図1　『春日権現験記』巻6
春日大明神に導かれた興福寺の舞人・狛行光（こまのゆきみつ）の地獄巡りの場面（部分）。牛頭・馬頭など，異形の獄卒らが亡者らを苦しめている。
（国立国会図書館デジタルコレクション）

図2　鎌倉・英勝寺の「三霊社権現」
崖に掘られた真っ暗な隧道を辿ることは，ミニチュアの異界巡りであろう。隧道の中ほどに石仏が安置されている
（筆者撮影）

参考文献
神野志隆光・山口佳紀校注『古事記』（「新編日本古典文学全集1」小学館・1997）／多田一臣『万葉集全解』全7巻（筑摩書房・2010）／西郷信綱『古代の声〈増補版〉——うた・踊り・市・ことば・神話』（朝日選書・1995）／小松和彦『異界と日本人』（角川ソフィア文庫・2015）／永藤靖『共振する異界——遠野物語と異類たち』（三弥井書店・2020）

一　超時代編

4 異界──近現代

［1］異界・物語・シャーマニズム

　異界とは何か。いくつかの異界がある。

　たとえば，生と死という分割がもたらす，この世にたいするあの世，此岸にたいする彼岸，いわば死後に肉体を離れた魂が向かう他界がある。フォークロア的には，海のかなたの海上他界，はるかな山の高みの山中他界，そして，地の底に横たわる地下他界などに分類される。また，ここではないどこか，としてのアナザーワールド（異次元の世界）がある。それは，幽冥の境を接しながら，この世界のすぐかたわらに見えない世界として存在する。あるいは，村はずれの向こう側には異郷が広がっている。異界はときに懐かしい海のかなたの源郷として「妣の国」と呼ばれ，ときには未知なる異境としてエキゾシズムの対象になるかもしれない。

　興味深いことには，こうした異界や異郷は，物語の発生と抜き差しならぬ関わりを有している。たぶん，物語は大きくは二種類しか存在しない。ひとつは，こちらの世界から境を越えて異界を訪れ，そこでさまざまな異界の存在との出会いと別れを重ねてこちらに還ってくる物語である。いまひとつは，異界を背負ってこちらに流れ着いた異人，それゆえマレビトとしての神や妖怪や人が，こちらの世界で人々に歓待され／忌避される物語である。

　それをシャーマニズムの形式になぞらえれば，前者の異界訪問譚は，シャーマンの身体から離脱した霊魂が異界を巡って還ってくる「脱魂」型に拠っており，後者の異人来訪譚は，外なる神や死者や霊魂がヨリマシ（尸童）に憑く「憑依」型に支えられている。折口信夫風に，物語とはモノ（霊）による一人称語りであってみれば，霊魂を跳ばす技法としてのシャーマニズムが物語と深いところで結ばれているのは，けっして偶然ではありえない。

　それにしても，訪れるマレビトを迎える物語においては，転校生やよそ者，移民，エイリアンなどが主人公となるが，かれらがそれぞれに背負っている異界の姿があきらかに語られる場面は，意外なほどに少ない。たとえば，大江健三郎の「飼育」という短編小説は，戦時下の山村を舞台として，不時着した黒人兵が足に鎖をつけて動物のように飼われるが，この黒いマレビトがいかなる世界からやって来たのか，村人たちが想像を巡らす場面は皆無である。そうした関心はあくまで不在なのだ。それは逆説的ではあるが，日本のシャーマニズムのほとんどが「憑依」型であり，「脱魂」型が少ないことと関係があるのかもしれない。異界への想像力が稀薄なのである。

2 泉鏡花「龍潭譚」をめぐって

　ここでは，明治以降の近現代文学のなかに描かれてきた異界の諸相に眼を凝らしてみることにする。そうした異界は，近代以前の神話・伝説・昔話のなかに語られてきた異界とのあいだに連続する相と，切断する相を認めることができる。柳田國男の『遠野物語』などは，その連続／非連続を浮き彫りにするための大切な資料といっていい。そこに顕れる異界的なるものは，近代以前を刻印されながら，同時にゆるやかに寄せてくる近代の影を背負わされている。とりわけ『遠野物語』（1910年）から『遠野物語拾遺』（1935年）へとたどりなおすとき，その変容の痕は鮮やかに浮かびあがるはずだ。

　同時代において，その『遠野物語』の価値を深いところで理解することができた泉鏡花は，異界との親和性がきわめて高い作家であり，その作品のなかには多様な異界が描かれていた。たとえば，ここでは「龍潭譚」という小説を取りあげてみる。幼い少年が神隠しに遭う物語であるが，細密画のように丁寧に，この世からあの世へ，山中他界へと誘われてゆく道行きがたどられている。

　ミチオシエ（道教え）の異名をもつハンミョウという虫によって，少年は山という異界へと，異形の母なるモノのかたわらへと導かれてゆく。母なき少年にとっては，そこはもうひとつの「妣の国」でもあったかもしれないが，けっしてあたたかい母胎のようなものではない。それでも，少年は癒やしを得て，なんとかこちらの世界へと還ってくる。この精神の旅が神隠しのプロセスに重ねられながら，「龍潭譚」はかろうじて近代の小説として成立している。最後に池が決壊する場面などは，幼い少年の無意識界が破れたことを暗示していたのかもしれない。心理主義的な解釈は拒まれていない。

3 深沢七郎「楢山節考」をめぐって

　高度経済成長期にさしかかるころ，あらたな棄老伝説が不意に出現して，現代文学は深刻な衝撃にさらされることになった。むろん，深沢七郎の「楢山節考」という短編小説である。これは棄老譚の伝統的な枠組みをひそかに継承しながら，形式的には歌物語風の装いを凝らして，創造された現代版姥棄て伝説といえるものだ。奇妙な民謡らしき風情の歌が引かれて，そのモドキのような解説が地の文としてくっついている。日本の棄老伝説のさきがけをなす『大和物語』にならって，歌物語の形式を踏んでいたと思われるが，さだかではない。

　この村には，70歳になると老人たちはみな，楢山に捨てられるという風習があった。この山はまさしく山中他界そのものであるが，七つの谷や坂を越えてたどり着くと，そこはすでに現世的な他界に地続きであり，捨てられた老人は経を唱えながら，鴉たちについばまれて死んでゆく。老いたる母を背負って楢山に捨てにゆく息子にかかわる心情的な描写は，意外なほどに，現代風の母を思い／子を思う情緒の行き交いに感じられる。これはあえて現代の小説として提示されているのだ。歌物語や謡曲といった古典のなかの棄老譚は，かぎりなく情緒を稀釈したものになっている。

　くりかえすが，ここに描かれていたのは，老いから死へと連なる時間を村か

図1　深沢七郎『楢山節考』（新潮文庫・1964）

ら楢山へといたる道行きに転写し，現世の延長上に像を結ばれたあの世であり，他界の情景であった。たとえばそれは，『遠野物語』の姥棄ての地であるデンデラ野（蓮台野）と比べてみればあきらかだが，実は，思いがけず劇的に仮構された山中他界の姿だったのである。デンデラ野が抱いていた土着の乾いたリアリズムを思えば，深沢の「楢山節考」にはある種の湿り気が感じられるといってもいい。

4 安部公房『砂の女』をめぐって

　いくらか唐突ではあるが，安部公房の『砂の女』（1962年）を異界論の視座から読んでみたいと思う。この小説では，昆虫採集の男がまぎれ込んだ海辺の村で，砂の穴へと誘導されて，捕われの身となり，砂の女との奇妙な生活を送ることになる。蟻地獄のような砂の穴は複数あって，ほかにも絵葉書売りのセールスマンや政治的な勧誘をおこなう学生といった，いずれも村をたまたま訪れたマレビトたちが監禁されているらしい。

　この砂の穴を抱いた村は，ある位相ではマレビトたちの来訪を迎え，かれらを歓待しているのかもしれない。とはいえ，それは陰画としての歓待といったところで，来訪者は奴隷として砂掻きの労働に酷使されながら，砂の女による性的な接待を提供されているのである。こんな不条理がまかり通る世界は，捕われの男にとってはおそろしい異界そのものではなかったか。砂の村は現代の辺境であり，法制度的な庇護の届かない，この世の彼岸に横たわる反ユートピアであったはずだ。

　にもかかわらず，この小説は最後にいたって，定住と漂泊の二元論を反転させる。メビウスの輪のように，内部と外部とは奇妙によじれながらつながっていて，もはやこの砂の村という異界はその異界性のほとんどを喪失している。定住への呪縛を逃れて，広やかな世界への脱出を乞い願っていたはずの男は，砂の穴に留まることを選ぶのである。『砂の女』は異界とは何か，という問いそのものを大きく転換させる小説となった。

5 萩原朔太郎「猫町」をめぐって

　この幻想的な作品について，わかった振りして語ることはやめておく。萩原朔太郎の「猫町」である。これが日常に飽いた詩人による，「旅への誘い」の書であることは否定しようもない。ともあれ，その「旅への誘い」すら色褪せた場所から，あらためて独特な方法による散策の旅が開始された。たとえば，迷子になることだ。見慣れているありふれた郊外の町を歩きながら，「或る第四次元の世界——景色の裏側の実在性」へといたるミステリーツアーが，不意に始まるのだ。もうひとつの異界巡りの旅である。

　北陸のある温泉の町に滞在していた。迷子になり，辺鄙な山のなかで繁華な美しい町に出会った。にぎやかにして静かな雑踏，すべての人や物が影のように往来していた。そして，調和が破れて，不意に猫の町が顕れた。町の街路を猫の大集団がうようよと歩いている。人間の町が一瞬にして，猫ばかりが住ん

図2　安部公房『砂の女』（新潮文庫・2003）

▷2　異論はあるにちがいない。深沢七郎は非人間的な酷薄さにおいて，描写がきわだつ作家として語られるのがつねであるからだ。深沢は『流浪の手記』（徳間文庫・1987）の「初刊本まえがき」のはじまりに，「流浪の終点は死である」といい，『生きているのはひまつぶし』（光文社文庫・2010）には，「人間が死んで，この世から片づいていくのは清掃事業の一つだね」と書いていた。それをどう読むかはさまざまだが，深沢はむしろ，みずからの死を小動物のように怖れている。乾いたニヒリズムはむしろ，本身を隠すための衣裳であったかもしれない。深沢の旅がひたすら現実からの逃亡をめざすものであったことを，記憶に留めておくことにしよう。

でいる町へと変化を遂げたのだ。第四次元のもうひとつの宇宙，景色の裏側を見た，と朔太郎は書いた。いまも記憶には，あの不可思議な人外の町，奇怪な猫町の光景が灼きついている。

　なんとも魅惑にみちた旅への誘いであった。近代が発見した異界がそこには，ほんのつかの間，露頭の鉱脈をさらしていたのではなかったか。そんな異界探しの旅のかけらなら，誰もが体験しているのかもしれない。

6　物語と異界のあわいに

　思えば，巨大な災厄の訪れのなかでは，無数の壊れた風景の断片にいやおうもない邂逅を強いられる。昨日の日常はすっかり潰え去り，洗い流されて，むきだしの異界が転がっている。わたし自身が東日本大震災のあとに目撃した泥の海は，まさしく世界がひとたび死んで，やがて再生のときを迎えようとしている移ろいゆく風景であった。つかの間の異界は残酷にして，圧倒的な荘厳さに包まれていた。ただ息を呑んで，立ち尽くすことしかできなかった。

　それを異界と呼ぶことがはたして適切なのかは，わからない。異界的なるものを秘境とつなげることによって，何か異相の問いが生まれてくるような気がする。この秘境なき時代を生かされている者たちにとって，異界のもつ衝迫力はいつしか微弱なものと化している。大きな災害の現場や，肉片が飛び散る戦場こそが，最後の秘境として再発見されることになるのかもしれない。そう考えると，文学はあらためて秘境への，異界への秘められた回路として甦りを果たすのではないか，などと考えてみたくなる。

　異界と物語の関係には，いまだ数も知れぬ問いが埋もれている。異界との交渉なしには，異界に由来する人やモノとの遭遇なしには，いかなる物語も生き生きと起ちあがることはない。たとえば，物語は差別の構造とは無縁に輝くのか，善悪の彼岸に生きながらえるのか。柳田國男や折口信夫といった民俗学を創った人々が，物語・異界・差別といったテーマにたいして，独特の嗅覚と想像力を働かせて，それぞれに深い思索をくり広げていたのは，偶然ではない。文学の発生に絡みつく闇にこそ眼を凝らさねばならない。

（赤坂憲雄）

▷3　もし仮に，それが猫の町ではなく，たとえば犬の町や豚の町であったとしたら，このつかの間の異界はまるで異なった色彩とサウンドスケープを有していたにちがいない。近現代文学のなかの異界の掘り起こしと，そのスケッチは，とても愉しげな仕事のひとつだと思う。

図3　萩原朔太郎『猫町　他十七篇』（岩波文庫・1995）

参考文献
『鏡花小説・戯曲選　5』（岩波書店・1981）／赤坂憲雄『物語からの風』（五柳書院・1996）／柳田国男『山の人生』（角川ソフィア文庫・2013）／ミルチア・エリアーデ，堀一郎訳『シャーマニズム』上・下，（ちくま学芸文庫・2004）／石崎等編『安部公房『砂の女』作品論集』（クレス出版・2003）

一　超時代編

5 ジェンダー——古典

1 古典文学とジェンダー？

　古典文学でジェンダーを問えるのか？　そこから疑問を持つ人も多いだろう。文学はフェミニズムの重要な戦場である。その役割が与えられているのは現代文学だけではない。むしろ，フェミニズムという言葉を知らずに書かれた古典文学の中に，女性の社会的地位について考えさせる表現があることに気づくことは重要な意味があった。性規範が社会的につくられたものであることを問い直すには，むしろ恰好の分析対象といえる。さらに，女性という枠にとらわれず性規範を問う概念としてジェンダーを理解すれば，古典文学の中のジェンダーの綻びに気づくことが，現代に生きる我々の性と生に大きな影響を与える可能性がある。もちろん，そうした可能性は古典文学に限らず，さまざまな場にあるのだが，ここでは古典文学の具体的な描写をみながら，古典文学とジェンダーというテーマについて考えてみたい。

2 物語文学とジェンダー

　本項で取り上げる作品は，基本的に物語文学である。古典文学のさまざまなジャンル——たとえば，歴史物語や日記，随筆，和歌など，作り物語ではなく現実世界を色濃く反映した作品にも，ジェンダーを窺う契機はある。女性の置かれた社会的立場を歴史的に検討する女性史という研究の蓄積もあり，日本の歴史におけるジェンダーは，その時代に生きた人々の実際を問うかたちで明らかにされてきている。

　では，なぜ物語文学を俎上に載せるのか。冒頭に述べたように，ジェンダー論は綻びを問うものである。実際に起きた事象の背後には，たくさんの起きなかった出来事がある。物語文学が示してくれるのは，実際に起きることがなかった出来事の方であり，ジェンダー論で問うべき綻びは，そうした現実では起こり得ないことを契機に姿を見せるのである。

　たとえば，『我が身にたどる姫君』という中世の作り物語がある。数世代に亘る宮廷を中心とした長大な物語だが，この物語は，女帝の誕生を描く。日本では，推古天皇をはじめ数人の女帝（女性天皇）がいるが，平安時代以降，江戸時代までは女帝の空白期間である。長い空白のあいだに描かれた物語に女帝が登場することは，人々の想像の中に常に女帝の可能性があったことを意味する。単なる物語ではないかと思うかもしれない。しかし，物語の想像は，必ず現実と切り離せないところに存在するのである。人々がさまざまに思い描くものは，基本的に残らない。しかし，物語はその一端を留める。もちろん，一端

▷1　本項に関する用語について，歴史的な政治活動と関わるため定義することは困難であるが，便宜上，簡単にまとめておく。女性の権利獲得に端を発する「フェミニズム」，社会的につくられた性概念を意味する「ジェンダー」，性的マイノリティの解放意識から用いられる「クィア理論」，性そのものを広く対象とする「セクシュアリティ」。そして，こうした理論や主張は，時に文学による表現を介して行われてきた。たとえば，イプセン『人形の家』やアリス・ウォーカー『カラーパープル』が女性のあり方を新しく示したように。日本でも平塚らいてう等による雑誌『青鞜』は文芸誌として刊行されている。

図1　イプセン（島村抱月訳）
『人形の家　イプセン傑作集』
（早稲田大学出版部・1913）
（国立国会図書館蔵）

を留める可能性は，物語だけでなくさまざまなものにあるが，作り物語の持つ自由さはその可能性を高くする。特に綻びを見つめるジェンダー論にとって物語文学が極めて重要な意味を持つことを主張しておきたい。

3 普通とは何か——『とりかへばや物語』

　ジェンダーの綻びという点で，これほど相応しい作品はないだろう。平安時代末期の作り物語である『とりかへばや物語』である。性別を入れ替えて宮廷に出仕する兄妹（年齢差は明示されないが便宜的に用いる）の物語で，現代でもさまざまなかたちで読み継がれている。身体的な性を偽るという秘密を抱えた彼らにとって，社会的規範からの逸脱は危機に直結する。極めて意識的に規範を踏襲しようとする彼らの行動と，にもかかわらず困難に陥る葛藤は，貴族社会におけるジェンダーのあり方を端的に示すのである。

　『とりかへばや物語』が詳細に語るのは，男装して官人として働く女主人公である。幼少期，快活で社交的な性格で，人見知りで内に籠もりがちな若君と入れ替えて誤認されるようになり，果ては男装しての元服，出仕へと至る。生まれ持った性別と性格の不適合を見つめる父親の「とりかへばや（交換したい）」というため息が二人の行く末を決めていく。

　多くの例を挙げる紙幅はないが，女主人公は，元服して出仕すると，自分のように男装している女性がいないことに気づく。結婚した四の君とは肉体関係を持たないまま無難な関係を築き，時には夜の御殿に向かう女御の姿を見て自分がその立場だったら……と想像する。女主人公は女としてのふるまいを意識的に学習していくのである。物語の後半，兄妹は再び性別を入れ替えて再び世に出て行く。女主人公は尚侍として出仕したのち，帝の侵入を許し契ることになるが，その際，「世の常の女」として情けのないふるまいはするまい，と自己規定していく。男装を解いてのちは，女性を装うといってもよい。だが，彼女が思う「世の常の女」なるものは本当に存在するのだろうか。理想的な女性である四の君や男君の子を身籠もる女東宮，あるいは女主人公と帝寵を争う女御たちに至るまで，それぞれが苦悩を抱えている。むしろ，彼らから見れば中宮として栄達していく女主人公こそが女の規範となるのである。『とりかへばや物語』は，装い，模倣することだけが「正しく」ジェンダーを体現するという捻れを見事に描く作品といえるだろう。

4 性を越境する

　過剰なジェンダーとしての異性装は，『とりかへばや物語』によって突然，文学上に表れたわけではない。むしろ，日本古典文学において異性装は伝統的ともいえるほどの例がある。たとえば『古事記』はいくつかの異性装を描く。悲劇の英雄であるヤマトタケルは，若き日の西征の際，クマソタケルたちの宴に入り込むため女装する。兄を殺す荒々しさが描かれる一方で，クマソタケルたちを魅了する少女の姿に変貌するところはまさに性を越境する英雄の条件を示していよう。また，よく知られる例に，アマテラスの男装がある。本項では

▷2　『とりかへばや物語』の現代的享受として，氷室冴子による小説『ざ・ちぇんじ』（集英社・1983）やさいとうちほによる漫画『とりかえ・ばや』（小学館・2012〜18）など広い読者層を獲得している。そもそも，現在読むことのできる『とりかへばや物語』は改作されたものであり，中世の女性による評論『無名草子』が批判的に語る原作は残っていない。題材の興味深さが時代を超えて創作意欲を刺激する作品といえよう。

図2　『落久保物語絵巻』
平安初期の『落窪物語』は母亡き娘の苦悩と女としての幸せ——結婚，子だくさん，子の栄達——に至る結末を語る。
（国立国会図書館蔵）

▷3　ヤマトタケルの女装に用いられたのは伊勢神宮に仕える叔母ヤマトヒメから渡された衣料であり，伊勢神宮に祀られるアマテラスとその巫女ヤマトヒメを憑依させるような構造でもある。異性を纏うことは単なる演技に留まらず，異性の力を纏うことなのである。

　本項では古代文学を中心に扱ったが，異性装としては芸能者の問題もある。男装する白拍子や現代にも受け継がれる歌舞伎あるいは宝塚など異性装は幅広い時代に登場する。扱う紙幅はないが，著名な『青砥稿花紅彩画』の弁天小僧など，女装した男を男性芸能者が演じるような倒錯は舞台芸能の中に息づいており，ジェンダーの綻びを窺う契機となろう。

▷4　類する例に、『日本書紀』における神功皇后が新羅に攻め込む際、男装している場面がある（仲哀天皇紀9年）。神意を受けた征伐であり、アマテラスの男装を意識していよう。

図3　男装するアマテラス
（沢田撫松『日本女史』紫明社・1911）

▷5　「クィア理論」については1で触れたが、「クィア（変態）！」という世の中から投げかけられる否定的な言葉を取り込んで逆照射する分析手法である。日本の前近代には、まさにクィアな性、関係、行為が数多くあり、近代以降、それらは退けられてきた。しかし、たとえばゲイに絞ってみても、前近代の中でもその扱いはさまざまである。重要なのは、そうしたさまざまな抑圧あるいは理解が文学の中から窺えることである。

▷6　「女にして見たい」が通例だが、「自分が女になって光源氏を拝見したい」と読む可能性も指摘されている。

図4　歌川広重『源氏物語五十四帖　桐壺』
（国立国会図書館蔵）

それを取り上げてみたい。

　アマテラスは、弟スサノオが高天原にやってくるのを聞いて、武装して出迎える。この武装が男装である。すでに戦う者は男であるというジェンダーロールが成立していたといえよう。弟が進軍してきたと考えるアマテラスと、その疑いを晴らしたいスサノオは、「うけい」という誓約を行って決着をつけるのだが、その際、スサノオは自身の持ち物から生まれた神が女性であるから自分が正しいと主張し勝利する。この勝敗の論理について、『古事記』は多くを語らないが、戦う者は男であるというアマテラスの装いと、女の神を生む者に戦いの意志はないという主張との間に連関を見ることは可能だろう。古代の女性が男装をするのは戦うためであり、逆に言えば、女の装いでは不可能なものとして戦いがあったのである。アマテラスのふるまいは不可能を可能にするものだった。

　男と女には異なる役割があるというのが社会的規範である。だが、古代からその規範を乗り越える神や人は語られてきた。性という強固な規範を越境することで、彼らは英雄の条件を満たし、世の中を再構築する役割を果たしていくのである。『とりかへばや物語』の異性装とその後の栄華の物語は、古代から脈々と受け継がれた性の越境の魅力に支えられているといえるだろう。

5　『源氏物語』とジェンダー

　最後に、『源氏物語』に触れておきたい。『源氏物語』ほど、さまざまな理論でもって読み解かれてきた作品はないだろう。現代の文学研究という意味だけでなく、それぞれの時代の、それぞれの論理でもって読み解かれてきたのである。しかも、我々は平安時代末期に藤原伊行によって記された『源氏釈』に始まる注釈の歴史から、時代や享受集団による『源氏物語』の読みの論理を明確に知ることができる。さらに、『源氏物語』の影響下にあるさまざまな物語や日記、歌、近世では能などの芸能、近代以降は現代語訳や漫画化など、あるいは教育や教養としての長い歴史。『源氏物語』がさまざまな読み手の要求に柔軟に、且つ終わることなく応えてきた作品であることは論を俟たない。

　『源氏物語』は、単純に男と女という関係が成立しない身分社会が舞台であり、光源氏と女性たちとの関係は複雑なものを孕んでいる。特に、後見から始まる紫の上との関係は、父と娘として玉鬘物語に変奏され、さらに他者から投げかけられるかたちで女三の宮との婚姻へと展開する。紫の上や玉鬘は、置かれた状況の中で女性としての生への洞察を深めていく。そうした意味で、『源氏物語』はクィアな物語である。

　女性たちの苦悩に対置される男として光源氏はいるのだが、当然、男なるものも一枚岩ではない。たとえば、光源氏に対して用いられる表現に「女にて見る」というものがある。美しい青年である光源氏を「女にして関係を持ちたい」と解釈される。光源氏が女性的な美を持つことを示す表現であると同時に、称賛に留まらず性差による抑圧／被抑圧の関係性が幻視されていることに注目したい。相手を女にしてみたいと幻想する時点で、自身と異なるカテゴリーに

相手を置こうとする分断が行われているのである。

　『源氏物語』はジェンダー論を受け入れてきた数少ない日本の古典文学である。女性性を問うだけでなく，男の物語としても多くの問題を孕んでいるからこそジェンダー論的問いかけが重要な意味を持つことを指摘しておきたい。

６　未来のためのジェンダー論

　古典文学において，ジェンダーはすでに流行のトピックではない。シンポジウムのテーマとして掲げられることはあるが，個別の論文でジェンダーを銘打ったものは極めて少ないといえよう。ジェンダーの概念を取り入れることで文学作品自体に新たな読みを導入する手法に，すでに目新しさがなくなっていることもあるだろうが，セクシュアリティやクィアのような新しい視点がさまざまな分野で提案されていることも大きい。ジェンダー論がそうした新しい概念に取って代わられたというより，現代社会から生み出された理論を用いることに古典文学研究が消極的になっているのである。

　ジェンダーをはじめ社会学的な理論を作品分析の方法に用いると，一つの作品に留まるということができない。特に物語作品に留まろうとすれば，登場人物を限りなく実体的な存在として仮構することになろうし，断片的な情報しか残らない作者についてイメージを重ねる独善的な研究になりかねない。あるいは読み手自身が囚われているジェンダーを表明することもあろう。そうした危険を避けた研究もまた一つの道であることは否めない。

　しかし，冒頭に述べたように，ジェンダーは綻びに気づく手がかりである。私たちには，世の中は男女に二分できるという誰かにとって都合のよい期待が刻み込まれている。それを疑うところから見える綻びは，世の中を単純化しようとする権力の欺瞞に気づくことである。同時に，つくられた分断を拒み，個の生による連帯を可能にもするだろう。それは時に文学研究の枠組みから外れることになるかもしれない。だが，「文学研究」の枠組みの範疇に留まることが学問的真摯さであるという思考もまたつくられた分断なのだ。綻びへのまなざしを得るジェンダー論は，古典文学研究を未来に繋ぐ一助であると述べて本項を閉じたい。

（本橋裕美）

参考文献 ───────────────────────────────

　『我が身にたどる姫君』上・下（「中世王朝物語全集」笠間書院・2009，2010）／『とりかへばや物語』『古事記』『源氏物語』（「新編日本古典文学全集」小学館）／ジョナサン・カラー，荒木映子・富山太佳夫訳『文学理論』（岩波書店・2003）／サラ・サリー，竹村和子訳『ジュディス・バトラー』（青土社・2005）／木村朗子『乳房はだれのものか』（新曜社・2009）

一　超時代編

6　ジェンダー——近現代
村上春樹「納屋を焼く」と男性性の不協和音

1　男性性の現在とフェミニズム

　本項目ではジェンダー・セクシュアリティをめぐる様々な問題の中でも「男性性」に焦点を当ててみたい。男性性は現代という時代を背景として新たな形で解かれるべき「問題」になっていると考えられる。

　男性性とそれへの意識の変化の歴史を素描しておこう。近年の男性性への反省は、フェミニズムへの「応答」として起こってきた。日本においてメンズリブ運動が起こって、家父長制にからめとられた男性性からの離脱が追求され始めたのは1970年代である。そして、学問的な男性学そして男性性研究が明確な形を取るのは1980年代から90年代であった[1]。このような反省は、基本的に同じ時代のフェミニズム（第二波フェミニズム）による、家父長制批判とジェンダー概念の提示への応答として起こった。ジェンダーが男性中心的な家父長制の要請で構築されているとするなら、押しつけられた「女らしさ」を拒否することはフェミニズムにとって重要課題となった。そうであるなら、同じ体制のもとで構築された「男らしさ」も反省を迫られたのである。

　そうだとするなら、現代の男性性がいかなる変容をこうむっているのかという疑問も、それがいかなる（新たな）フェミニズムとそれをとりまく状況に応答・反応しているのかという観点から答えられるべきだろう。

　これについて示唆的なのは、サラ・バネット゠ワイザーによる「ポピュラー・フェミニズム」と「ポピュラー・ミソジニー」という概念である[2]。1990年代以降のフェミニズムを説明する言葉として、ポストフェミニズムという言葉が使われる[3]。ポストフェミニズムとは、新たなフェミニズムの「波」というよりは、かつてフェミニズムが集団的に追求した基本的目標は達成され、解放された女性たちの自己実現は、あとは開かれた労働市場において行われるといった、新自由主義と親和性の高い観念である。そこでは、例えばフェイスブック社のCOOのシェリル・サンドバーグ（『リーン・イン』）のような人物や、さらにはメディア上のセレブたちが「フェミニズム」を前面に押し出す。

　こういった動きはフェミニズムをポピュラー化させることに確かに貢献した。だがそれは、フェミニズムをグローバル・エリートのものとしてしまい、そこから多くの女性たちを排除することにつながっている。それだけではなく問題は、バネット゠ワイザーが述べるように、ポピュラー・フェミニズムへの反動の形で男性の側に新たな形のミソジニー（女性嫌悪）が生じていることだ。

　そのミソジニー（ポピュラー・ミソジニー）は、ルサンチマン[4]の産物である。新たなミソジニーを抱く男性たちは、フェミニズムによって自分たちが「逆差

▷1　これについては『新編日本のフェミニズム12　男性学』（岩波書店・2009）所収の伊藤公雄「男性学・男性性研究の過去・現在・未来」および大山治彦・大束貢生「日本の男性性運動のあゆみⅠ——〈メンズリブ〉の誕生」を参照。

▷2　Sarah Banet-Weiser, *Empowered: Popular Feminism and Popular Misogyny* を参照。その序文は『早稲田文学』2020年夏号に所収（田中東子訳）。

▷3　これについては、参考文献の McRobbie（2009）および河野（2017）を参照。

▷4　強者に対する弱者の憎悪や復讐衝動などの感情が内攻的に屈折している状態。ニーチェやシェーラーによって用いられた語。怨恨。遺恨。

別」されていると主張する。その極端な例は，アメリカにおけるインセル（Insel，「不本意な禁欲者」の略）だろうか。「ポリコレ（ポリティカル・コレクトネス）」への反感を政治的行動原理とするような人々である。

新たなミソジニーは，階級的怨嗟である点で，女性だけではなくある種の男性に対する嫌悪でもある。というのは，先述した男性性の歴史において，1980年代にはすでに，フェミニズムに応答した新たな男性性を獲得できることは，中流階級の階級的特権に結びつけられるものになっていたのだ。ポピュラー・ミソジニーはそのような男性に対する階級的ルサンチマンでもある。

つまり，ポストフェミニズムにおいて女性内部での階級格差が新たな形で問題になっているのに並行する形で，（決して対称的というわけではないが）男性性の問題においても階級分断が改めて問題になっている。

2 「納屋を焼く」の場合

以上のような事態は，英米だけのものではない。日本も（独特の文脈はあるだろうが）そのようなグローバルな変化の一部に巻きこまれている。このような事情を示す作品とその翻案を検討したい。村上春樹の短編「納屋を焼く」（1987年）と，その翻案である，イ・チャンドン監督の韓国映画『バーニング劇場版』（2018年）である。さらに，村上の「納屋を焼く」はウィリアム・フォークナーの1939年の短編「納屋を焼く（納屋は燃える）」からタイトルを取っている。この三作品の響き合いと不協和音から，上記のような男性性の現在が見えてくる。また，この翻案ネットワークを検討することで，村上春樹という「日本文学」作家の作品がいかなる形でグローバルな文化に参加しているのかということが分かるだろう。「日本文学」を国際的な翻案のネットワークの中で創造的に読み直すということが，本項目のもうひとつの目的である。

村上の「納屋を焼く」は曖昧さにあふれた作品である。登場人物は語り手の「僕」と「彼女」と，「彼女」がアフリカから一緒に帰ってくる恋人の「彼」の三人。「彼」が納屋を焼いてまわっているというのは一体本当なのか，最後に姿を消してしまった「彼女」は一体どうなってしまったのか。これらの謎は，この三人の関係の曖昧さと一体のものである。一見作品はホモソーシャル的な構造を持っているように見える。イヴ・コゾフスキー・セジウィックによればホモソーシャル関係はミソジニーとホモフォビアで成り立っている。男同士の関係から女性は放逐されるが，決してそれは同性愛関係であってはならない。

「彼」は「僕」に納屋を焼いているのだという告白をした10日後に納屋を焼いたと主張する。同時に「彼女」は忽然と姿を消す。「彼」が「納屋を焼く」と言っているのは，「彼女」を殺すことだったのか？　それが読者の脳裏に浮かぶ疑いだろう。それが本当だとすれば，「彼女」は「僕」と「彼」の不思議な関係の間から追放されたということになり，そこにはホモソーシャル関係の典型が見いだせるかもしれない。

しかしながら，納屋を焼くという不思議な行為についての「僕」と「彼」のやりとりに，「彼女」が「納屋ってなあに？」と訊き，「男同士の話さ」という

▷5　中河伸俊は，1989年の文章ですでに，「サーヴィス化・消費社会化とフェミニズムの攻勢を受けとめて手直しされたアッパー・ミドルクラス（専門職，管理職）の男性像」がヘゲモニーを握りつつあったと述べている（中河伸俊「男の鎧──男性性の社会学」渡辺恒夫編『男性学の挑戦──Yの悲劇？』新曜社・1989，21頁）。

図1　村上春樹『蛍・納屋を焼く・その他の短編』（新潮文庫・1987）

▷6　同性同士の社会的なつながり。アメリカの文学者のイヴ・コゾフスキー・セジウィック（1950～2009）は，イギリス文学の古典的名作に含まれる，同性愛嫌悪（ホモフォビア）と女性嫌悪（ミソジニー）をともなう異性愛男性同士の絆をホモソーシャルな関係と呼び，分析した。

「彼」の返答に，「彼女」が村上春樹の男性登場人物の専売特許である「やれやれ」という言葉で応答するとき（74頁），二人のホモソーシャル関係に対して作品はアイロニー的な距離を取っているようにも読める。はっきり言えば，二人の関係はホモソーシャル関係ではなくホモセクシュアル関係だという読みにも，この作品は開かれているのだ。

3　『バーニング』の場合

　『バーニング　劇場版』による「納屋を焼く」の翻案は，根本的なところでこの短編の人間関係とジェンダー・セクシュアリティ関係をひっくり返している。というのも，『バーニング』は設定を一変させ，原作では30歳くらいであった「僕」をおそらく20代前半の小説家志望の青年ジョンスに設定し，「彼女」に相当するヘミはジョンスの幼なじみという設定にしている。そして，ヘミをめぐるジョンスと「彼」＝ベン[47]との関係は，ホモセクシャルはおろかホモソーシャルともほど遠く，敵対的な関係になっている。

　村上春樹の原作にあったかもしれないミソジニーは，『バーニング』においては女子のヘミに向けられるよりは，ジョンスからベンに向けられると言った方がいいかもしれない。男性から男性にミソジニーが向けられるとはどういうことか，というのは，本項の前半ですでに述べた通りである。つまり，ジョンスのベンに対するルサンチマンは，階級的なそれなのであり，彼はベンのアッパー・ミドルクラス的な男性性に対する怨嗟を爆発させるのだ。もちろん，表層的な水準では，単にヘミをめぐる嫉妬というとらえ方もできる。また，最後の殺害のシーンの体の動きはジョンスとベンとの性交を示唆しているようにも見え，その限りで村上版「納屋を焼く」について提示した読み（二人の同性愛関係）の余地は残される。だが，ジョンスを結末の凶行へと駆り立てるものは，1990年代に急速な成長を遂げ，アジア通貨危機を経て急激に新自由主義化した韓国社会の歴史から帰結した状況である。

　より具体的には，まずジョンスの父の経歴によってその歴史は映画の中に刻みこまれる。ジョンスの父は，詳細は不明だが，行政処分を下しに来た公務員に対する傷害事件を起こし，劇中で裁判にかけられている。その裁判の弁護士で，父の学生時代からの友人であるパク氏によれば，彼は（おそらく）1990年代にカンナム（江南）に不動産投資をするよう誘ったが，それを断って畜産業を始めたが失敗して貧困に陥った。カンナムは90年代に再開発（ジェントリフィケーション）が進められ，今では高級住宅地域となっている。[48]ジョンスの家族は，高度成長から新自由主義へと駆け足で移行した韓国の歴史の負け組である。

　それと好対照なのが，まさにそのカンナムの高級マンションで，遊ぶようにして富を得つつ優雅な生活を送るベンである。彼は柔和な微笑みを絶やさない，ミドルクラスの新たな男性性の鑑のような人物だ。彼の職業について詳細が語られることはないが，おそらく彼は富が富を生むような，金融資本的な新自由主義経済の勝ち組だろう。

▷7　「ベン」は韓国人であるが，英語名をつけるのは韓国のミドルクラスの風習である。英語名を持っていることが，彼の階級を表現している。

▷8　この歴史的瞬間を描いた映画としてはキム・ボラ監督『はちどり』（2018）がある。『はちどり』は1994年に設定された中学生の少女の苦難の成長物語であるが，その背景には韓国の急成長の否定的な面を象徴する聖水大橋の崩落や，主人公の住むカンナムの再開発がある。

　村上の「納屋を焼く」でそうだったように,『バーニング』で納屋(この場合はビニールハウス)を焼くのは,貧者ではなく勝ち組である。ベンは「役立たずで目障りなビニールハウス」が彼に「焼かれるのを待っている」と自分の行為を正当化する。それは新自由主義者による,貧者たちに仕掛けられた闘争なのである。ジョンスによるベンの殺害と,彼のポルシェを「焼く」ことは,そのような新自由主義勝ち組への復讐なのだ。

4　フォークナーを取り戻す

　つまり,『バーニング』は村上の「納屋を焼く」を原作としていると謳っていながら,じつのところ村上版「納屋を焼く」からフォークナー版の「納屋を焼く」を取り戻す作品であるとさえ言っていいかもしれない。

　フォークナーにおいて納屋を燃やすことは,小作農として雇用主に搾取・抑圧されていることへの反抗であった。村上はそのようなフォークナー作品のタイトルを奪用し,納屋を焼くという行為を,ギャツビイ的(スコット・フィッツジェラルドの小説『グレート・ギャツビー』の主人公)な勝ち組ミドルクラスである「彼」に行わせる。『バーニング』は村上による転倒を引き継ぎつつ,それをさらに転回させ,燃やす行為を貧者の手に取り返すのだ。(もちろん,「農場」を再導入したこと,そして権威への発作的暴力を行う「父」を再導入したこともフォークナーを意識したものだろう。)この作品には,ライフスタイルを持っておしゃれにパスタを手料理するミドルクラス──こう言ってよければ,村上作品の主人公の基本形──への批判が込められてはいないか。

　だが問題は残る。現在においては,先に述べたようにミソジニーの中に階級問題が含まれているにもかかわらず,階級問題が十分に意識化されず,階級問題であるはずのものが個人的な男性性の問題へとずらされる,ということが往々にして起こる。たとえば最初に触れた「インセル」の暴力にもなぞらえられた映画『ジョーカー』(2019年)の暴力が,階級的・集団的な暴力革命なのか,それともポピュラー・ミソジニー的なルサンチマンの個人的で十分に社会化されていない暴発に過ぎないのか,というのは決定不可能な「問題」である。そのような問題が,『バーニング』にも残されているだろう。　　　　(河野真太郎)

参考文献

McRobbie, Angela. *The Aftermath of Feminism: Gender, Culture and Social Change*(Sage・2009)／河野真太郎『戦う姫,働く少女』(堀之内出版・2017)／イヴ・コゾフスキー・セジウィック,上原早苗・亀澤美由紀訳『男同士の絆──イギリス文学とホモソーシャルな欲望』(名古屋大学出版会・2001)／イ・チャンドン監督『バーニング　劇場版』(ツイン・2019)／渡辺恒夫編『男性学の挑戦──Yの悲劇?』(新曜社・1989)／ウィリアム・フォークナー,龍口直太郎訳『フォークナー短編集』(新潮社・1955)／村上春樹『蛍・納屋を焼く・その他の短編』(新潮社・1987)

一　超時代編

7　戦争——古典

1　「戦争」を論じるということは

　日本において「戦争」という単語は新しい。『ジャパンナレッジ版　日本国語大辞典』の用例をみると，『書言字考節用集』（1717年）が日本における初出とある。おなじくジャパンナレッジ版『群書類従』を見ると，16世紀成立『加越登記』『末森記』に見られ，時代は遡れそうである。ただし，1631（寛永8）年5月成立の『里見代々記』には，「諸国大名戦争ひ休事なし」とあるので，[1]「戦争」という熟語ではなく「いくさあらそひ」と読まれていた可能性がある。『史記』「秦始皇本紀」「三十四年，（略）人人自ら安楽し，戦争の患ひ無く」にも見える語であるので，言語としては古い。[2]しかし，日本で熟語として定着したのは遅く，「いくさ」「合戦」等の語が用いられた。

　このような話題からはじめたのは，「戦争」と言ったとき，われわれは近現代の戦争を，とくに第一次世界大戦以降の戦争を思い浮かべるからである。[3]20世紀以降の戦争は国力を総動員した「総力戦」となった。戦争の質が大きく変化したのである。冷戦時代は，核を使用した第三次世界大戦が人々のなかに暗い影を落とすことになった（小説では安部公房『方舟さくら丸』（新潮文庫，1990年）や大江健三郎の多くの小説があげられよう）。そして1989年12月3日，地中海で行われたマルタ会談で，冷戦の終結がソビエト連邦書記長・ゴルバチョフとアメリカ合衆国大統領・ブッシュとによって宣言された。そして時代は民族紛争を中心とした戦時下へと移行した。民族紛争，あるいは大国への反発を原因とするテロリズムへと発展していくことになる。2021年現在は，米中戦争，あるいは米朝戦争が起こるかもしれない危機感がある。それとともに，湾岸戦争以来の対イスラム社会との「戦争」（アメリカの石油利権をめぐるものだろう），9.11の同時多発テロを経てのテロとの「戦争」（テロリズムを相手にした「戦争」は成り立つのだろうか？），少数民族への国家的暴力など，尽きることのない「戦時下」が地球を覆っている。したがって，20世紀終わりから21世紀にかけての〈戦争論〉は総力戦，テロリズムと切り離せないのである。

　「戦争」という言葉は，「テロとの戦争」などのように比喩的に使用されもする。"自分たち"（じつは戦争によって逆に〈集団〉として強制的にあるいは内発的に生産される側面もある）に損失を与えるものを排除したいときに「戦争」という比喩が用いられる事態となってしまった。それも肯定的にである。[4]

2　「戦争」につきまとうものは

　「戦争」について語ることは難しい。[5]カイヨワは「戦争は集団的，意図的かつ

▷1　『群書類従』第21輯下「合戦部」，引用は14頁より。

▷2　吉田賢抗『史記 一（本紀）』（「新釈漢文大系38」明治書院・1973）。引用は345頁より。

▷3　日本人にとっては「太平洋戦争」であろうが，ヨーロッパにおいては第一次世界大戦がトラウマとなっている。対して，参考文献のピンガー（2011・上）はトロイア戦争もまた総力戦であり，その歴史は長いとする。

▷4　「テロとの戦争」の他にも，「ウィルスとの戦争」「情報戦争」「経済戦争」「貿易戦争」とさまざまなあらそい事を「戦争」という比喩で語る。「角福戦争」（田中角栄と福田赳夫の間での権力闘争）などまでもが，である。「貧困戦争」など，人々を貧困から救出することまでもが「戦争」とされたりもする。敵と認定したものを殲滅し，勝利する欲望が垣間見られよう。

　しかし「戦争」をするよりも大切なことは「外交」だろう。「外交」能力が高いものだけが平和裡に，「共存社会」「平等社会」を生むのではないか。比喩的に語るなら「外交」を！

　「戦争」という比喩に酔っている限りでは，実際に「戦争」が起こっても馴れてしまうのではなかろうか。

▷5　参考文献の西谷（1992）を参照。

組織的な一つの闘争である」[6]と戦争を定義しようという。もちろんこれでは不十分であろうが、国家間における戦闘のみを「戦争」とは言えない以上、この広すぎる定義に従うほかはないだろう。

　そしてカイヨワは、「戦争」が日常的に禁止されていることが許される「道徳的規律の根源的逆転がともなう」ものであり、それは「祭り」と社会の熱狂と痙攣という点で類似性を持つと述べる。

　アインシュタインに戦争をなくすことは可能かと問われたフロイトは、「心的な姿勢は、戦争にあくまでも抵抗するものであり（略）戦争の残酷さにたいする反感だけではなく、戦争にたいする美的な観点からの嫌悪感も働いているよう」[8]だと述べている。「死への欲動」（タナトス）と「生を統一し、保存しようとする欲動、（略）エロス的な欲動」[9]とが協力し対抗する。そのエロスの欲動に重心を置くことに戦争を停止させる可能性を求めている。しかし、「虐殺と陵辱と略奪」[10]が「戦争」の要素、あるいは「狩猟採集を行う部族社会」[11]の報復の手段であるとされる[12]。死への欲動が外部へと向かうときの力はやすやすとは止められないだろう。

　藤井は「戦争という人類的な悪を辞めさせるためには、その根源的な成立理由を曇りなく明るみに曝すことから始まろう」[13]と述べている。だが、戦争の根源的な成立理由がわかったとしても戦争を止めることはできるのだろうか。「戦争は悪である」という否定文では、戦争は止められないのではないか。近代を西洋中心主義であると批判するラトゥールに倣えば、「平和」「悪」「正義」[14]という概念自体を再考し、新たに作り上げなければ、西洋的概念で作られた「戦争」に対する〈否定〉は不可能なのではなかろうか。

　サブカルチャーの世界においても、1970年までは一部の例外を除いて、明確な「悪」を倒す「正義」[15]が称揚された。子どもたちも正義のヒーローにあこがれたものである。このあこがれ、擬似的な暴力行為を否定はしない。「ごっこ遊び」が、死への欲動と生への欲動とのバランスの取り方、「暴力」のダークな側面を身につけるプロセスだと考える。欲動を抑圧することは主体の形成に悪影響を与えることは、トラウマをめぐる議論とつながる。トラウマとなった体験を、語ることや追体験することで、人はトラウマから少しずつでも回復することができる。そして「ごっこ遊び」を通して、人は血が熱くて鉄臭く、そして傷は痛いということを、暴力行為を「まねぶ（まねる）」なかで「学ぶ」のである。人はなぜこの体験を記憶し続け、人生の教訓にできないのかが重要なのではなかろうか。そして、1990年以降のサブカルチャーは「正義と悪」とは相対的なものでしかなく、どちら側にも「正義」があること、そのために二つの「正義」がぶつかり合うことの哀しみを描き始めた[16]。

　しかし、20世紀の終わりに「正義と悪」とは相対的なものだという認識にようやく多くの人が辿り着いたのだが、21世紀になると、もはや「絶対的な正義も悪もない」という認識だけでは暴力の連鎖は止められなくなってしまった。

▷6　カイヨワ, ロジェ『戦争論』（法政大学出版局・1974）。引用は7頁より。

▷7　カイヨワ, 前掲書。引用は239頁より。

▷8　フロイト, ジークムント『人はなぜ戦争をするのか　エロスとタナトス』（光文社古典新訳文庫・2008）。引用は37頁より。

▷9　フロイト, 前掲書。引用は24頁より。

▷10　参考文献の藤井（2018）を参照。引用は41頁より。

▷11　参考文献のピンカー（2011・上）を参照。引用は107頁より。

▷12　「戦争」には「報復」「復讐」という側面もあることを覚えておきたい。

▷13　参考文献の藤井（2018）。引用は157頁より。

▷14　参考文献のラトゥール（2002）を参照。

▷15　例外的なものとして、アニメでは『海のトリトン』（朝日放送・1972）,『新造人間キャシャーン』（フジテレビ・1973〜74）,『無敵超人ザンボット3』（名古屋テレビ・1977〜78）『機動戦士ガンダム』（名古屋テレビ・1979〜80）などがあげられるだろう。マンガだと『仮面ライダー』『キカイダー』シリーズの原案者・石ノ森章太郎がマンガ化した『仮面ライダー』（1971）,『人造人間キカイダー』（1972〜74）をあげておきたい。

▷16　たとえば, アニメ『機動戦艦ナデシコ』（テレビ東京・1996〜97）や, 実写ものの平成仮面ライダー・シリーズなどがある。

3　「戦争」について文学研究が語れることは

　さて，「戦争」をめぐる言説を見てきたが，本項は「戦争とは何か？」「なぜ戦争は起こるのか？」「戦争はどうしたらやめられるのか？」という問いに答えることを目標とはしない（現段階ではできない）。したがって，戦争が「いかに」語られるかという，再現前化＝表象の問題として考えていこうと思う。

　ホメロスの叙事詩，西欧中世騎士物語，日本の記紀における異部族討伐譚，国内の内乱を描く軍記物語，日中・太平洋戦時中の戦意高揚のための小説，戦後に発表された戦争の悲惨さを描く小説，未来に起こりえるかもしれない戦争を描くSF的な小説……。「戦争」をめぐる言説は多く紡がれてきた（いる）。

　上野は，「「文学という制度」のなかで生産されてきた戦争の語りには，近代日本文学の限界が現れているのではないか」という疑問を提示し，「小説のかたちで書かれたものはすべて，感傷の言語で語られています[17]」と述べる。その上で「記憶」という問題系を重要視する。「記憶についての新しい合意形成」がつねになされるべきであり，「記憶とは，共有の現在として常にその場でくりかえし再構築されるべきなにものかである[18]」としている。物語化しきれない記憶の力，対話のなかで発話者と聞き手とが関係をつねに刷新し再確認していく記憶を語る場のあり方の重要性を言うのである。ただし，この記憶を語るときの場の問題，断片化された〈物語＝記憶の語り〉の内部にあるコンテクストやコード，語る主体の立ち位置，登場する人物の語られ方が重要であろう。「なにが」語られているかだけでなく「いかに」語られているかを論じることは，文学理論（セオリー）を経た文学研究の得意とするところである。その上で，どのようなコンテクストやコードのもと，「なにが」語られて・い・な・い・の・かを見いだすことが可能となるし，「なにを」言い間違えてしまっているかに気づくこともできる[19]。テクストの詳細な分析を通して，"常識"を疑い，疑義を提出し，異議申立てをするのが文学研究なのだ。文学はそして文学研究は，戦争そのものと闘うことはできないだろう。しかし，戦争を望む言説や美化する言説に抗うことはできる[20]。そして，戦争から逃走することで闘争することの可能性を示すこともできるのである[21]。ラトゥールが指摘するように，"われわれ"が今依拠している"常識"としての「戦争」「平和」「敵」などの言説は近代西洋が創り出した概念であろう[22]。もちろん，「理論」もである。しかし，「理論」は自らを変容させていく力を内在化している。そこから「戦争」概念，戦争をめぐる言説を変容させていく可能性はあるだろう。それがフロイトが期待を寄せた「文化の発展」と手を結ぶのではないか[23]。

4　「戦争」の連鎖を断ち切るためには

　新井が「高麗氏系図」について興味深い指摘をしている[24]。鎌倉幕府滅亡から南北朝内乱期にかけての出来事である。鎌倉幕府方の武蔵国の住人である高麗行持（ゆきもち），行勝（ゆきかつ）兄弟が新田義貞軍との戦闘で討ち死にした（1333年）。この兄弟の甥の息子・行高（ゆきたか）（19歳）は，1337年に北畠顕家（きたばたけあきいえ）軍に参加し，1352年には新田義興（にったよしおき）軍に参じ足利氏と戦ったという。このとき行高の弟・則長（のりなが）（27歳），高広（たかひろ）（31

▷17　参考文献の川村・上野ほか（1999）を参照。引用は39〜40頁より。

▷18　参考文献の上野（1999）を参照。引用は54頁より。

▷19　高木信『亡霊たちの中世──引用・語り・憑在』（水声社・2020）／同『亡霊論的テクスト分析入門』（水声社・2021）を参照。

▷20　中丸貴史「軍靴の響く場から「文学」を叫ぶ」（『日本史研究700号』2020）を参照。

▷21　参考文献の高木（2009）を参照。

▷22　参考文献のラトゥール（2020）を参照。

▷23　フロイト，前掲書。引用は38頁より。

▷24　新井孝重「内乱期…」『日本中世合戦史の研究』（東京堂出版・2014）を参照。

歳）が死亡した。合戦には敗北し，行高は郷里には帰られなくなったという。そして1357年，郷里に戻っていた行高は70歳のとき，死に臨んで「けっして戦はするな」と言い残して息をひきとったという[25]。

　これは殺生を生業とする武士が地獄へ堕ちることを怖れて仏教にすがったというのとは違う。凄惨な戦場を生きた，歴史に大きく名を残すことのなかった一人の武士の強い思いである。このような記録はほとんど残っていない。が，氷山の一角の可能性は高い。軍記物語は，このような厭戦の武士たちを描かない。つまり厭戦の武士を〈不在の原因〉として，戦う武士たちの表象は構造化されているのである。

　『平家物語』巻第九「二度之懸」に武蔵国の住人・河原太郎，次郎兄弟が登場する。「大名」ではない自分たちは己の手で手柄をあげなければならないと，二人で先陣をきって城内へ切り込み，討死を遂げている[26]。その後河原家がどうなったのかは描かれていないが，彼らの死を契機として合戦が始まったとだけされる。『平家物語』ではこれ以上の記述はないが，無名の多くの「河原兄弟」の末裔たちが，厭戦気分に染まり，非戦の道を歩んだ可能性はあるだろう[27]。

　軍記物語は「死の美学化」の傾向があると同時に「残酷な戦場」を描く。"われわれ"がいかにそこにコミットし，戦場の血の臭い，苦痛の叫びを聞き取れるのかが，問われているのである。軍記物語に感動し，男たちの美しい友情や主従関係，武士たちの潔い最期などと言ってすませている場合ではない。『平家物語』巻第九「木曾最期」では，深田にはまった義仲が敵の矢に射られたとある。想像してほしい。地面から頭だけを出した武将の眉間に，矢筈だけが見えるだけまでに突き刺さった（後頭部からは矢尻が突き出ている）姿を。『平家物語』は義仲の最期を美化して描くが，精読すれば，その死に様は〈美的〉ではない。このようにして〈死の美学化〉から身を翻していかねばならない。

　戦争は人殺しをする。だから戦争を描くものは遠ざけよう。逆に，みんなが生き延びるために戦争はしかたない。自己犠牲の精神を描く戦争文学を読もう。これはどちらもまちがったスタンスであろう。死の無惨さと戦争の残酷さをみんなで学ぶことこそ重要なのだ。
（高木　信）

参考文献
川村湊・上野千鶴子ほか『戦争はどのように語られてきたか』（朝日新聞社・1999）／大塚英志『「暮し」のファシズム──戦争は「新しい生活様式」の顔をしてやってきた』（筑摩選書・2021）／高木信『「死の美学化」に抗する　『平家物語』の語り方』（青弓社・2009）／西谷修『戦争論』（講談社学術文庫・増補版・1998）／スティーブン・ピンカー，幾島幸子ほか訳『暴力の人類史』上（青土社・2015）／藤井貞和『非戦へ　物語平和論』（水平線・2018）／ラトゥール・ブリュノ，工藤晋訳『諸世界の戦争──平和はいかが？』（以文社・2020）

▷25　厭戦気分を表出したものとして『万葉集』防人歌をあげてもよかろう。しかしそれを，たんなる悲愁を帯びた歌として "常識" のなかへと回収してはならないだろう。簡単に「共感できる」ですませても意味がない。

▷26　市古貞次校注・訳『平家物語2』（「新編日本古典文学全集46」小学館・1994）。引用は213頁より。

▷27　戦国時代は軍師兼外交官の僧侶が他国との媒介者となった。それは自国に有利になる戦略を実行する存在であった。しかし現在求められるのは，自国中心主義者ではない。真の意味での〈媒介者＝多重所属者〉による交渉である。

図1　『平治物語絵巻』「三条殿夜討巻」

　『平家物語』のなかでも一般的に流通している（教科書などに採用されている）本文は，いわゆる語り本系の覚一本である。『将門記』や『太平記』『義経記』などでは，残酷な戦闘の場面が描かれることがあるが，覚一本には「虐殺・陵辱・略奪」のシーンは匂わせる程度にしか描かれない。戦場を美化している。『平家物語絵巻』でも，首まで深田に沈んでいるはずの義仲が，馬上にいるかのように描かれている。このような死を美学化する傾向のテクストもあれば，リアルに戦場を描こうとするテクストもある。絵巻は視覚的テクストであるので，文字テクストに書かれていないことも描くことになる。しかし，とそれでも述べておきたいのは，「描けば免罪される」というわけではないということだ。生き延びた人間が〈戦場で死んだ者〉を描く／書くということは，特権的な立場にあるということだと肝に銘じて，享受者はテクストを観る／読むことをせねばならないだろう。
（国立国会図書館デジタルコレクション）

一　超時代編

8 戦争──近現代

⌜1⌟ 日清戦争と文学

　近代文学が出版メディアに掲載され流布されるものである以上，近代文学の展開は，近代日本が経験した戦争の歴史と深く関わっている。戦争への胎動が始まれば出版メディア上では活発な言論が展開され，いざ戦争が始まれば，戦局を報じ，あるいは戦意の高揚を促す言説が飛び交うからである。明治期以降の文学の歴史は，この国の戦争経験およびその記憶と切り離しがたく結びついていると言えよう。

　近代文学と戦争の関係が最初に顕在化するのは，日清戦争においてである。そして，この戦争と深く関わる形で言論界に登場し，文学史にその名を残していった一人が国木田独歩である。徳富蘇峰の知遇を得て民友社に入社し，『国民新聞』の記者となった独歩は，その直後に日清戦争が始まると自ら志願して海軍の従軍記者となり，戦地から弟に向けて書き送る通信文という体裁の従軍記を『国民』紙上に発表して好評を博す（ただし，書籍としてまとめられ刊行されるのは，独歩没後の1908（明治41）年である）。戦後，佐佐城信子との情熱的な恋愛と結婚，さらにはその破綻を経験した後，本格的に小説家としての活動を展開し，「牛肉と馬鈴薯」ほかの作品によって，いわゆる「自然主義」の動向を体現する一人として認知されたものの，小説だけで身を立てることの叶わなかった独歩は新聞記者／雑誌編集者としてジャーナリズムに関わりつづけ，後年には自らの筆名を冠した出版社・独歩社も興した。

　日清戦争と文学の関わりとしては，明治期文学の動向をリードした文学結社・硯友社の領袖・尾崎紅葉との密接な関係で知られ，当時における代表的な出版社だった博文館が大きな成長を遂げたことも注目される。1895（明治28）年に日本初の総合雑誌『太陽』を発刊，以後次々と雑誌を発刊して勢力を拡大していったこの出版社は，日清戦争が始まると『日清戦争実記』と題して，写真をふんだんに用いて戦況を報ずる出版物を大々的に定期刊行して（月三回刊）全国的な販売網を確立，その後の出版ジャーナリズムの規模を変える画期となった。ちなみに，紅葉門下から出発した小説家・泉鏡花はその出発期に博文館社長・大橋乙羽宅に寄寓し，編集業務に従事しながら小説を書き続けた時期を持つが，日清戦争の戦場を舞台とする内容を持つ小説「海城発電」（『太陽』1896年1月）をはじめ，この時期に書かれたいくつかの作品は，『日清戦争実記』掲載記事など当時の戦争報道記事を典拠としていることが指摘されている。

図1　石原貞堅『絵本日清戦争実記』（1894）
（国立国会図書館デジタルコレクション）

▶1　吉田昌志「泉鏡花「海城発電」成立考」（『青山語文』1993年3月）。

2 日露戦争と文学

　日清開戦の10年後，日本はロシアと戦争を行うことになる。この戦争をめぐっては，開戦に至る前の段階から主戦論者と非戦論者とが論戦を展開しており，文学者もまたこの議論に関与した。中でもとりわけ有名なのは，与謝野晶子「君死にたまうことなかれ」（『明星』1904年９月）だろう。「旅順口攻囲軍の中に在る弟を嘆きて」という副題を持つこの詩で晶子は，「戦ひにおほみづからは」出ることのない「すめらみこと」（天皇）は「死ぬるを人のほまれ」とは思わないはずだと強い調子で詠じ，物議を醸した。

　田山花袋のように，この戦争が始まるやいなや，従軍記者として軍に帯同した文学者もいた。1902（明治35）年に発表した『重右衛門の最後』で本格的に小説家の道を歩み始め，博文館で編集作業に従事しながら執筆活動を続けていた花袋は，日露開戦を受けてさっそく『日露戦争実記』および臨時増刊『日露戦争写真画報』の刊行を開始した博文館の意向を受け，「私設第二軍従軍写真班主任」として戦地へ向かうこととなった。宇品で第二軍軍医部長だった森鷗外と面談した後に戦地へ渡った花袋は，第二軍に随行して凄惨な戦場の情景にも立ち会うが，激戦地だった遼陽への到着を目前にして熱病に倒れ，帰国するに至る。この間，『日露戦争実記』にいくつかの文章を寄稿する一方，日記を書き続けていた花袋は，帰国後にこの日記を再構成した『第二軍従征日記』（博文館，1905年１月）を刊行する。かつて国木田独歩が日清戦争の従軍記を弟への通信文という体裁で綴ったことと呼応するように，花袋がここで選択したのは日記という体裁だった。圧倒的な戦場の光景を文学者が綴るにあたって通信文や日記といったプライベートな回路を必要としたことは注目すべきだろう。こうした回路によって，戦場経験はあくまで個人の感慨として語られ，「美学化」▷2されることとなる。

　一方，日露戦争を実際に戦った将校によって書き綴られた櫻井忠温『肉弾』（英文新誌社，1906年４月）のような戦争文学も存在する。愛媛県松山に生まれ育ち，松山中学では当時英語教師として赴任していた夏目漱石の教えを受けた経験も有する櫻井は，その後士官候補生として陸軍に入り，日露戦争が始まると陸軍少尉として旅順口攻囲戦に加わるが，そこで重傷を負い，生死の境をさまよいながら野戦病院に運ばれる。どうにか一命をとりとめた後，櫻井は長い療養生活の中で自らの戦場経験をまとめた。その迫真の戦闘描写は読者のナショナリズムを強く刺激するもので，息の長いヒット作となったのみならず，欧米各国でも翻訳が刊行された。

3 日中戦争と文学

　戦争と文学（者）が再び急接近するのは，1937（昭和12）年の日中開戦以後の時代である。日中戦争の開始は国内に軍需景気をもたらしたが，文学を含む出版界も例外ではなく，ベストセラーが続出する事態となった。▷3また，この戦争では多くの文学者が総合雑誌の派遣する従軍作家として中国大陸に渡った。『中央公論』から尾﨑士郎と林房雄，『日本評論』から榊山潤，『文藝春秋』か

図2　田山花袋『第二軍従征日記』（1905）
（国立国会図書館デジタルコレクション）

▷2　紅野謙介「想像の戦争 戦場の記録『愛弟通信』『第二軍従征日記』『大役小志』を中心に」（小森陽一・成田龍一編『日露戦争スタディーズ』紀伊國屋書店・2004）。

▷3　山本芳明『カネと文学——日本近代文学の経済史』（新潮社・2013）。

図3　白星社編『日支事変写真帖』(1931)
（国立国会図書館デジタルコレクション）

▶4　河原理子『戦争と検閲　石川達三を読み直す』（岩波書店・2015）。

▶5　小田切進は「十二月八日の記録」（『文学』1961年12月）および「続十二月八日の記録」（『文学』1962年4月）において，高村光太郎，広津和郎，中河与一，伊藤整，上林暁など多くの文学者が寄稿したエッセイについて，批判的な考察を行っている。

ら岸田国士，『改造』から三好達治をそれぞれ派遣され，現地報告を執筆している。また，日中開戦の年に設置された内閣情報部によって，作家たちによる「ペン部隊」の組織も要請されたのも同じ頃である。要請を受けた日本文芸家協会会長・菊池寛からの呼びかけに応じた作家は吉川英治，岸田国士，瀧井孝作ほか総勢20名以上に及び，その中には林芙美子と吉屋信子という二人の女性作家も含まれていた。「ペン部隊」の作家たちは，1938（昭和13）年9月に陸軍班と海軍班に分かれて日本を発ったが，中でも林芙美子は同年10月の漢口占領に「一番乗り」を遂げた作家として注目を集めた。

　こうした動向の中にあって，注目すべき動きを見せたのが石川達三である。ブラジル移民の経験を踏まえて執筆した小説「蒼氓」で1935（昭和10）年に第1回芥川賞を受賞していた石川は，日中戦争が始まるとすぐに，自ら志願して『中央公論』の特派員となり，南京事件直後の南京をはじめ上海ほかを取材する。その成果は小説「生きてゐる兵隊」としてまとめられ『中央公論』1938年3月号に発表されるが，戦地における日本軍兵士の非道さが随所に描写されたこの作品は，即日発禁処分となり，石川および『中央公論』関係者には有罪判決が下された。もっとも，石川自身には反戦の思想があったわけではなく，この小説はあくまで戦場の現実を国民に伝えたいという熱意に基づいて執筆されたものだった。

　石川とは違う角度から中国戦線の様子を描き出したのが，火野葦平「麦と兵隊」（『改造』1938年8月）である。1937（昭和12）年に発表した「糞尿譚」が翌年2月に第6回芥川賞に選ばれた際，すでに兵士として出征していた火野に対しては，文藝春秋社からプレゼンターとして派遣された評論家・小林秀雄による陣中授与式が行われ，その模様は『文藝春秋』誌上で報じられた。さらに，軍の意向によって，それまで所属してきた隊を離れ報道部へ転属させられ，以後その文筆の力による貢献を求められた火野は，徐州戦線に同行しながら従軍手帳にメモをとり続ける。「麦と兵隊」はこのメモを元に書き上げられた。軍に所属する立場で書いた火野にとって，軍の機密を守ることのみならず，敵や友軍に関する表現の細部に至るまで，かなり厳しい検閲がかかることは自明のことであり，実際，作品発表に当たっては，原稿にあったはずの様々な記述が削除されたことを，火野は後年に明かしている。しかし，そのような制約の下にあっても（あるいは，そうであればこそ），火野は戦場の現実について，中国へ侵攻する軍隊に身を置いたまま，時差なく書くことを選択した。

4　アジア太平洋戦争とその後

　その後，中国との戦争は長期化し膠着状態に陥ったが，それを一気に打破するものとして受け止められたのが1941（昭和16）年12月8日の対米英開戦だった。この時，多くの文学者たちも反応を示したが，それらはいずれも閉塞感を打破し新しい世界の歴史を刻むものとして，この開戦を歓迎するものだった。もっとも，翌1942（昭和17）年には情報局（1940年に内閣情報部と各省の情報関係部門を統合して成立）の指導の下で日本文学報国会が成立し，本格的に言論

統制が行われていくこととなる時流の中では，少なくとも表向きは戦時体制に迎合的な言辞を書いてみせることが，多くの文学者にとって必須とされる時代でもあった。[6]

戦時下における文学の中で，とりわけ時局と緊密な関係を結んだのは詩である。戦意を高揚させるべく書かれた夥しい戦争詩が新聞や雑誌に掲載されたのみならず，多くの詩人が参加する『辻詩集』（日本文学報国会編，1943年）のようなアンソロジーの刊行もなされた。また，それらの戦争詩はしばしば朗読されたり，音楽をつけて歌われたりすることで，「声の祝祭」というべき状況が出現していた。[7]

次第に戦局が悪化するとともに雑誌や新聞の統廃合とページ減が進むと，そもそもメディア上に掲載される文学作品そのものが大幅に減少していった。しかし，1945（昭和20）年8月に戦争が終結すると状況は一変する。戦時下の言論統制が解かれると，人々はそれまでの空白期間を埋めるように本を求め，それに応じるべく多くの書籍や雑誌が刊行された。もっとも，このとき言論の自由が確立されたわけではなく，戦時下とは異なる統制が存在したことには留意する必要がある。すなわち，GHQによる検閲の問題である。そして，戦争の記憶を書き綴る文学作品に関して，この検閲はしばしば作品本文に傷跡を残すこととなる。例えば，戦争末期に召集されてフィリピン戦線に送り込まれ，戦場で捕虜となった大岡昇平は，自らの経験を「俘虜記」（『文学界』1948年2月）以下の連作として発表したが，その本文には少なからぬ修正や削除が求められた。[8]

大岡以外にも，戦後に登場した作家には兵士としての自らの体験を書き綴った者は少なくない。すなわち，「桜島」（1946年）の梅崎春生，「審判」（1947年）の武田泰淳，「真空地帯」（1951年）の野間宏などである。一方，坂口安吾「白痴」（1946年）のように少なからぬ作家たちが，都市で空襲にさらされた経験を踏まえた作品を残したが，中でも戦争末期に広島および長崎に投下された原子爆弾を描いた文学については特記されるべきだろう。出身地の広島で被爆した原民喜が，その体験の直後に「原子爆弾」という直接的なタイトルのもとに書き綴った小説は，GHQによる検閲を考慮して「夏の花」と改題された上で1947年に発表された（『三田文学』1947年6月）。同じく広島での被爆を描いた文学には大田洋子の諸作品もある。長崎については，医師・永井隆が自ら被爆しながら救護活動に当たった経験を記した『長崎の鐘』（1949年）が名高い。

（大原祐治）

▷6　戦時下においては，直接的に反戦的な言辞を書き連ねたものでなくとも，時局にふさわしくないという理由だけで文学者の言論は制限された。例えば，谷崎潤一郎の「細雪」は『中央公論』1943年6月号に掲載予定だった第三回分の掲載が差し止められた上，谷崎が知人に配る目的で作成しようとした私家版さえ印刷頒布が禁じられた。

▷7　戦争と詩の関係について網羅的に論じた坪井秀人『声の祝祭──日本近代詩と戦争』（名古屋大学出版会・1997）には，戦争詩を朗読したラジオ放送の記録音声が付録CDとして収められている。

図4　大岡昇平『俘虜記』（1948）
（個人蔵）

▷8　中野好夫によるインタビューで語っているように（「《作家に聞く》第十六回　大岡昇平」『文学』1953年5月）），大岡は当初原稿に記した「敵」という文字を，GHQによる検閲を意識した初出誌編集サイドの意向を受けてアメリカを意味する「米」という文字に書き改めている。このことは，『群像日本の作家19　大岡昇平』（講談社・1992）に収められた自筆原稿の写真で確認することができる。

参考文献
『コレクション戦争と文学』全20巻・別巻1（集英社・2011〜13）／石川巧・川口隆行編『戦争を「読む」』（ひつじ書房・2013）／安田武『戦争文学論』（勁草書房・1964）／西田勝『近代日本の戦争と文学』（法政大学出版局・2007）／川口隆行編『〈原爆〉を読む文化事典』（青弓社・2017）

一　超時代編

9　政治と文学──古典
文章経国思想
<small>もんじょうけいこく</small>

▶1　187（中平4）〜226（黄初7）年、三国魏の初代皇帝。曹操の第二子。漢の諸制度を改革し、九品中正の法を施行するなど、政治家として有能である一方、文学の才にも秀で、建安文学（父曹操や異母弟曹植が中心）を牽引する存在として様々なジャンルの作品を残した。なかでも文学批評家として完成した『典論』「論文」は「毛詩大序」に次ぐ文学論であり、古くから重んじられている。

▶2　前漢の後半から儒家思想が優越した地位を持ち始めた。儒者の董仲舒の献策に基づき、武帝が礼楽事業を展開し、五経博士を設置することにより、儒教を国教として格上げ・尊崇したが、武帝期から100年あまりの歴史の展開のなかで、その地位が徐々に確立していった。

▶3　漢の毛亨伝とされる『詩経』（毛詩）の冒頭の「関雎」篇につけられた序文で、中国最初の詩歌論である。「毛詩序」、「詩大序」ともいう。作者不明、後漢の儒者と思しき人物の撰。「詩者、志之所レ之也。在レ心為レ志。発レ言為レ詩。情動二於中一而形二於言一」、「治世之音安以楽、其政和。乱世之音怨以怒、其政乖。亡国之音哀以思、其民困。故正二得失一、動二天地一、感二鬼神一、莫レ近二於詩一。先王以レ是経二夫婦一、成二孝敬一、厚二人倫一、美二教化一、移二風俗一」など政教主義の詩歌本質や効用論を唱えたものとして有名である。『古今和歌集』の歌論がそれを踏まえたこともよく知られている。

1　曹丕における「文章経国」
<small>そうひ</small>

　「文章経国」の概念は魏文帝曹丕が著した『典論』「論文」の「蓋文章，経国之大業，不朽之盛事」（蓋し文章は，経国の大業にして，不朽の盛事なり）に由来する。漢の「儒教国家」以来，「故博采風俗，協比声律，以補短移化，助流政教」（故に博く風俗を采り，声律を協比し，以て短を補ひ化を移し，政教を助流す。『史記』「楽書」），「故古有采詩之官，王者所以觀風俗，知得失，自考正也」（故に古に采詩の官有り，王者の風俗を觀，得失を知り，自ら考正する所以なり。『漢書』「芸文志」），「先王以是経夫婦，成孝敬，厚人倫，美教化，移風俗」（先王は是を以て夫婦を経にし，孝敬を成し，人倫を厚くし，教化を美しくし，風俗を移す。「毛詩大序」）というように，「文」が儒教の従属下に置かれていて，統治を補助する道具としてしか捉えられなかった。こうした政教的な文学観の束縛を脱し，「文」の自立を宣言したのが，この曹丕の「論文」である。ここで「経国の大業」・「不朽の盛事」と大々的に持ち上げられた「文章」は，「奏議」「書論」「誄銘」「詩賦」といった特定の諸文体を指す。「奏議」「書論」「誄銘」における政治的，社会的意味はいうまでもないが，曹丕を代表とした魏の文学者による詩賦は，個人の実生活，思想と感情を表現するもので，諷刺教化を旨とした漢賦とは一線を画していた。このように，「論文」でいう「文章」は治政に資する理論と見解を述べ，または社会生活・個人生活の実態を表すという，「文」自体の実用的な働きと主体的な価値を持っているため，「経国」・「不朽」と関連していると同時に，儒教的な「美刺」（賛美と批判）や「教化」の文学効用論を離れたところから，「文学の独立」「文学の自覚」と認識され，称賛されてきた。

　さらに踏み込んでいうと，「経国の大業」と「不朽の盛事」は，それぞれ文学の政治的，芸術的側面を捉えたものであり，特に後者（主に詩賦）は生命の短さ・儚さと対照する文脈（「年寿は時有りて尽き，栄楽は其の身に止る。二者は必至の常期あり，未だ文章の無窮なるに若かず」）で「文章」による名声の永遠と不朽を強調する。人間存在への目覚めによって率直な感情表出が重んじられている魏晋の時代では，「文章」で「経国」するのと比べ，それで限りのある生命を「不朽」にするほうがより文人らの理想に近いというのも事実である。

　『典論』「論文」の「経国」と「不朽」のアンバランスはさておき，小島憲之が「経国の大業」＝対策文，「不朽の盛事」＝詩賦という関係を指摘するのは，この言説の二面性に着目したためであろう。しかし，「文章経国」の意味をすべて対策文が担っているかといえば，そうでもない。小島自身も日本の「文章経国」理念の独自性に気づき，「文章経国」を「借用物」とした。

2 嵯峨天皇における「文章経国」

日本において，「文章経国」はふつう，漢詩文隆盛の嵯峨朝特有の文芸理念ひいては統治理念として知られている。

『凌雲集』序の「文章経国之大業，不朽之盛事」（文章は経国の大業にして，不朽の盛事なり）と，『経国集』序の「魏文典論之智，経国而無窮」（魏文典論の智，経国にして無窮なり）から，日本における「文章経国」の受容が確認できる。いずれもそのまま曹丕の「文章経国」を引いているのだが，嵯峨天皇の場合，「文章」の意味も「経国」の意味も魏文帝のものとは異なっている。嵯峨天皇における「文章」とは「詩賦」のみであり，なかでも詩は絶対的な位置を占めている。『経国集』には対策文もあるが，それはほとんど8世紀のもので，嵯峨朝に作られたものではない（桓武天皇治世の801年，菅原清公策問の「調和五行」「治平民富」が最後）。また同じ「詩賦」といっても，嵯峨天皇が熱中していた詩賦は形式を重んじた六朝美文主義の現れであり，魏文帝における詩賦は基本的に個人の思いを述べる抒情的詩文である。以上の違いは両者における「経国」の意味の相違を決定的にしてしまう。

嵯峨天皇の愛好は君臣ともに「あや」の世界，唯美的な「異国文学」の世界に遊ぶことである。「異国文学の愛好」のためになされた君臣和楽の奢侈的な文遊は明らかに律令的精神に反しているので，それを「文章経国」と標榜し正当化したのだというのが通説である。つまり，中国元来の内実にかかわらず借りてきた「文章経国」の理念は，小島憲之の「借用物」をはじめ，松浦友久の「デフォルメ」[4][5]，後藤昭雄の「律令官人と宮廷詩人という矛盾する存在の共有」[6]，鈴木日出男の「君臣唱和の観念的連帯」[7]と藤原克己の「抽象的観念的なもの」[8]など，中国の理念との矛盾と，日本「文章経国」のオリジナリティという方向で，理解・解釈されているのである。

そもそも，嵯峨天皇における「文章」の意味が曹丕のものとは違っていた以上，「経国」の意味もおのずと変質してくるはずである。政論文章をもって政治を行うのではなく，詩賦製作自体に「経国」の意味を与え，それを詩文創作，漢詩文集編纂の指導思想にするというのが，嵯峨天皇の「文章経国」の本質であろう。嵯峨天皇の中で「文章」と「経国」はまったく矛盾せずに共存していることを前提に，この問題を考えるべきである。

さらに，滝川幸司が指摘したように，君臣唱和の文壇や勅撰三集の編纂は嵯峨天皇の私的意志によるもので，したがってこの理念は極めて嵯峨天皇の個人的な色彩の濃いものであるということを言い添えておく[9]。詩文世界の君臣和楽は，儒教的理想政治を象徴しており，嵯峨天皇一人によって建てられたユートピアともいえる。この観点から見れば，嵯峨天皇最後の長文である薄葬遺詔が藤原家によって否定され，反故にされてゆく過程は，文章経国時代の終焉を端的に象徴するものとでも捉えられよう。

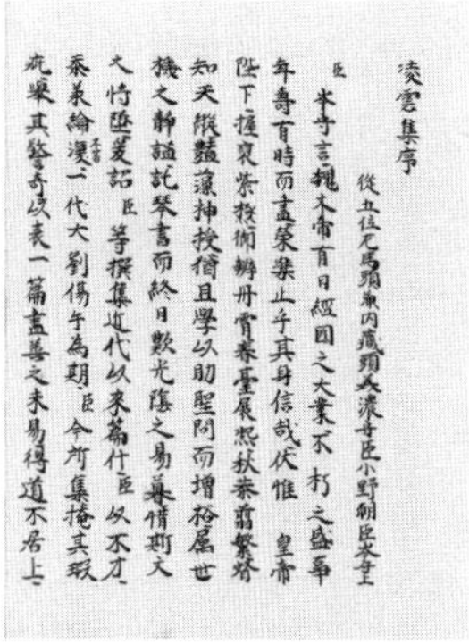

図1 肥前松平文庫本『凌雲集』
（国文学研究資料館蔵。DOI 10.20730/100223119）

▷4 小島憲之「「文章経国」の論」（『国風暗黒時代の文学 中（上）』塙書房・1973）。

▷5 松浦友久「上代漢詩文における理念と様式」（『文学』34～3，1996年3月）。

▷6 後藤昭雄「宮廷詩人と律令制官人と——嵯峨朝文壇の基盤」（『国語と国文学』56-6，1979年6月）。

▷7 鈴木日出男「嵯峨文学圏」（『文学・語学』68，1973年8月）。

▷8 藤原克己「文章経国思想から詩言志へ」（『菅原道真と平安朝漢文学』東京大学出版会・2001）。

▷9 滝川幸司「勅撰集の編纂をめぐって——嵯峨朝に於ける「文章経国」の受容再論」（『アジア遊学』188号，2015年9月）。

③ 「文章経国」から「詩言志」（詩は志を言ふ）へ

　嵯峨天皇の崩御にしたがい，文章経国思想も消え去ってゆき，文人儒者の詩人無用論が盛行するようになった。「勅撰三集時代の文章経国思想による詩の公的価値保証が，もはや全く権威を失った」（藤原克己）のである。かつて文人儒者が異国的な詩空間を想像し君臣で唱和することによって，自ずと「経国」の意味を持ち，「律令官人と宮廷詩人の合体」でありえたのだが，菅原道真らになると，詩人存在の本来の意味を自らのうちに求め，詩を「私的に自らの心を慰める糧」としてゆくなかで，「詩言志」の原点に立ち返るに至った。道真において，「詩言志」は詩の本源的な定義であり，内発的な感興，つまり「実人生裡の自然や人事に触発された感動を歌」（藤原克己）うことを意味する一方，「毛詩大序」の政教的精神に則って比興諷刺という「詩臣」たる使命も意味していた。

④ 史的観点における「文章経国」

　ところで，以上のような文学本位の観点とは異なり，当時の社会，文化的全体に通底する「経国思想」という史学的な観点も存在している。社会史的，制度的意味での「文章経国」は広く「文を通しての統治」（文治）を意味しており，統治，学問，文芸，儒教の密接的なつながりを特徴としているため，時間範囲は7世紀末にまで遡ることができ，必ずしも弘仁時代独自のものでないことに注意されたい。嵯峨天皇の時代に限っていえば，「経国治家，莫善於文。立身揚名，莫尚於学」（国を経め家を治むるには，文より善きは莫く，身を立て名を揚ぐるには，学より尚きは莫し）（『日本後紀』弘仁3年5月21日勅）を指導思想に掲げたという文章科の教育制度の充実，文人登用制度の整備，文人官僚の結束力と連帯感の強化，良吏による政治改革の推進など，儒教的文治思想を，具体的な施政方針を通して広義的に「文章経国」と理解することができる。この意味でいえば，「文章経国」は抽象的・観念的なスローガンではなくなるが，「文章経国」＝「儒教的文治主義」という捉え方は，嵯峨天皇独自の「文章経国」に即したものではなく，7世紀末から10世紀初までの律令政治の基本的統治理念をまとめるのに便乗的な表現にすぎなかろう。

　また，812（弘仁3）年勅が唐の太宗『帝範』「崇文篇」の「夫功成設楽，治定制礼。礼楽之興，以儒為本。弘風導俗，莫尚於文，敷教訓人，莫善於学」（夫れ功成りて楽を設け，治定まりて礼を制す。礼楽の興れること，儒を以て本と為す。風を弘め俗を導くには，文より尚きは莫く，教を敷き人を訓ふるには，学より善きは莫し）を踏まえていることから，奈良朝・平安朝における文章経国説は，『典論』「論文」のみならず，唐の太宗の政策論（礼楽思想に基づいた儒教的文学観）に根ざしていたとする説も，こうした史的観点で捉えるものと認識されよう。

⑤ 勅撰漢詩文集と「文章経国」

　いったい，勅撰漢詩文集を編纂するための理念として，「文章経国」が導入

されたわけであるが，それはあくまでも序文の主張であり，詩作実践とそぐわないという指摘がある。確かに『経国集』対策文以外，勅撰三集に収録された詩賦の実作はほとんど「脱政治性」の美文で，政治性との関連が皆無である。序文は詩論や文学理論を掲げ，文学の政治性や倫理性を強く打ち出すものであって，具体的・個別的な詩文の実作性をそのまま反映したようなものではない（同じ現象は『古今集』をはじめとした勅撰和歌集の序文と集中作品の関係にも見られる）からである。このように，勅撰漢詩文集の「文章経国」思想のほとんどは，序文において詩文集が国家事業の勅撰に成り得る根拠を論理づけたものであったが，その現れは序文に限らない。ウィーブケ・デーネーケが，『凌雲集』では天皇を中心とした政治的なコスモロジーをなす配列意識と，閨怨詩が辺塞詩の創作空間に融合したという空間意識が見られ，「経国性」と「唯美主義性」とが相互に補充する側面があると説くが[10]，『古今集』の「内なる礼楽」を想起させる捉え方でたいへん興味深い。

6　文学自立の時代

　デーネーケはまた，「文章」と「経国」のつながりの深層を探ろうとして，嵯峨天皇にみる「文章の近代性」「文学的自覚」に焦点を当て，嵯峨天皇と魏文帝の多面的な類似性を見出し，嵯峨朝を日本文学史における革命的な時期として認めることによって[11]，「文章経国」の新たな意味を照らし出した。嵯峨朝の勅撰漢詩文集の文学史的重要性を認識するためには，このような，従来の「文章経国」論を超越した視点が欠かせない。つまり，文章と文学の文学史的価値に注目しているからこそ，中国「文章経国」論の原点に立ち戻ることができ，「文章経国」本来の意味を嵯峨朝にも見出したのである。したがって，「文章経国」は「中国のそれに共通する意味」（文学の自立）と，「日本独自の意味」（勅撰漢詩文集の正統性を支える観念的，抽象的理念）の両方を備え持つことになるが，この点についてはさらなる検証と議論が望まれる。　　　　　（尤　海燕）

[10]　ウィーブケ・デーネーケ「「国風」の味わい——嵯峨朝の文学を唐の詩集から照らす」（『アジア遊学』188号，2015年9月）。

[11]　ウィーブケ・デーネーケ「嵯峨朝における「文章経国」再論」（『アジア遊学』162号，2013年3月）。

参考文献
与謝野寛編纂校訂『懐風藻・凌雲集・文華秀麗集・経国集・本朝麗藻』（「覆刻日本古典全集」現代思潮社・1982）／王運熙・楊明『中国文学批評通史』二（魏晋南北朝巻）（上海古籍出版社・1996）／李沢厚・劉綱紀『中国美學史』（魏晋南北朝編・上）（安徽文藝出版社・1999）／滝川幸司『天皇と文壇』（和泉書院・2007）／波戸岡旭『上代漢詩文と中国文学』（笠間書院・1989）／溝口雄三・丸山松幸・池田知久編『中国思想文化事典』「儒教」（東京大学出版会・2001）

一　超時代編

10 政治と文学──近現代
立身出世

1 近代日本社会の動力源

　日本の近代化において，立身出世という欲望が果たした役割は，決して小さなものではなかった。血統や属性が重要であった時代とは異なり，近代においては個人の能力が重視されるようになり，職業選択の自由もまがりなりにも保障されるようになった。少なくとも原理的には，どのような人間に対しても社会的上昇移動の可能性が開かれたのである。また，個人が社会的に上昇しようと努力することは，親に対する孝行であり，また故郷の名誉になり，ひいては国家の発展にも寄与するとして，立身出世には積極的な価値が付与された[1]。そして，立身出世を目指した人々によって，日本の近代化が推進されていったのである。近代日本社会は，立身出世という欲望によって駆動されていたと言ってもいいかもしれない。

　明治の初期において，多くの人々を立身出世に駆り立てた書物として，よく挙げられるのは1872（明治5）年にその初編が刊行された福沢諭吉の『学問のすゝめ』である。そこで福沢は「人は生まれながらにして貴賤・貧富の別なし。ただ学問を勤めて物事をよく知る者は貴人となり富人となり，無学なる者は貧人となり下人となるなり」と述べた。そのように学問によって立身出世することの重要性を述べたこの書は，この時代のベストセラーとなり，大きな影響を与えることとなる。

　また，『学問のすゝめ』とほぼ同じ時期に刊行され，同じく大きな影響を与えたものとしては『西国立志編』（1870年）も見逃せない。サミュエル・スマイルズの著書 Self-Help を中村正直が訳したもので，欧米における成功立志談が数多く収められている。「天ハ自ラ助クル者ヲ助ク」という独立独行の精神を説いたこの書物も多くの青年を立身出世へと駆り立て，また『東洋立志編』（1880年）や『日本立志編』（1879年）のような数多くの類書を生むこととなった。

2 上京者たちの物語

　しかしそれはまた，激烈な競争社会の出現でもあった。日本における立身出世が，社会的ダーウィニズムを背景にしていたことはよく知られている[2]。それは輝かしい成功を夢見るものであると同時に，競争社会から脱落することの恐怖に煽られたものでもあった。

　立身出世するためには，都会に出なければならない。そのような都会に出た者にとっての夢は，いつの日か故郷に錦を飾ることであった。それと同時に，

▷1　立身出世にはしばしば「家のため」「国家のため」などという大義名分が伴う。立身出世が個人的卓越の野心だけに動機づけられていると考えるのは不正確であり，家族などの第一次集団の社会的期待や，より広い共同生活の秩序への同調という動機づけを無視すべきではないだろう。

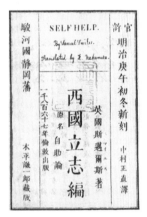

図1　中村正直『西国立志編』第1編（須原屋茂兵衛・1870）
（国立国会図書館蔵）

▷2　ダーウィンの進化論を直接社会現象の説明に応用し，人間社会においても生存競争が行われることによって自然淘汰がされ，優れた者が生き残り，その者によって社会や人類の進歩が担われるという考え方のこと。

▷3　『世路日記』はわずか数年の間に複数の出版社から相次いで刊行されており，『西国立志編』に匹敵するベストセラーであったとされる。

競争社会に身を置く緊張感からの逃避場所として「故郷」への幻想が増幅することにもなる。たとえば，1880年代のベストセラーである菊亭香水『世路日記』は，地方の高等小学校の教師であった久松菊雄が大阪に遊学し，立身出世を目指す姿を描いているが，菊雄はしばしば故郷を思い描き，衣錦還郷の夢を果たせないまま異郷の地で朽ち果てることへの不安を吐露するのである。

また，宮崎湖処子『帰省』(1890年)においては，6年前に上京して以来，初めて帰省する「我」の目を通して故郷の姿が描かれる。そこでの故郷は，都会での立身出世競争によって疲弊した「我」を癒すようなものとして現れるのであり，「我」は「功名富貴は波上の花に似て，追うに従うて益々遁る」と思う。立身出世に駆り立てられることの虚妄が自覚されるのである。

1890年前後に書かれた立身出世が描かれた小説を，もう2つほど見ておこう。二葉亭四迷『浮雲』の主人公である内海文三は，14歳の時に父親が亡くなり，叔父を頼って上京する。そして，優れた成績で学校を卒業した文三は，下級の事務官吏となる，という経緯だけを見れば，文三の人生は立身出世の成功譚のようにも思われるが，ある日，役所を突然諭旨免職となってしまうところから『浮雲』という小説は始まるのである。

文三とは比べものにならないくらいのエリートコースを歩んでいたのが，森鷗外「舞姫」の主人公である太田豊太郎だ。父親を早くに亡くした豊太郎は「十九の歳には学士の称を受けて，大学の立ちてよりその頃までにまたなき名誉なりと人にも言われ，某省に出仕して，故郷なる母を都に呼び迎え，楽しき年を送ること三とせばかり」過ごすが，その後，洋行せよとの命を受ける。そしてベルリンへと赴いた豊太郎は，そこでエリスという少女と出会い，立身出世か恋愛かという選択を迫られることになる。

立身出世譚は多くの場合，上京者たちの物語でもあった。そして，それはまた，高度経済成長以前の日本において存在していた，都会と地方の圧倒的な格差を前提としていたことも確かだったろう。

③ アスピレーションの行方

明治の初期には多様な立身出世のルートがあったが，1880年代に教育制度が整備されることによって，立身出世するために最も必要なものは帝国大学を卒業することであるという認識が確立していった。1890（明治23）年から毎年刊行された『東京遊学案内』のように，上京して各種学校を目指す者たちを対象とする学校案内も多く登場し，受験競争はだんだん加熱していくこととなる。

だが，もちろんそのような正統な学歴コースに乗れない者たちも少なからずいた。たとえば，田山花袋『田舎教師』(1909年)の主人公である林清三もその一人である。「家が貧しく，とうてい東京に遊学などのできぬ」ためにとりあえず小学校の教師となった清三は，上京する夢を果たせないまま病気となって亡くなるのである。

アメリカの雑誌 SUCCESS に倣って1902（明治35）年に創刊された『成功』は，そのような正統な学歴コースに乗れないまま立身出世への欲望を募らせて

図2 菊亭香水『世路日記』(東京稗史出版社・1884)
（国立国会図書館蔵）

▷4 宮崎湖処子（1864〜1922）詩人・小説家。代表作に『帰省』，『叙情詩』（国木田独歩や田山花袋などとの共著）など。

▷5 学校での文三は「唯一心に，便のない一人の母親の心を安めねばならぬ，世話になった叔父へも恩返しせねばならぬ，と思う心より，寸暇を惜んでの刻苦勉強に学業の進みも著るしく，何時の試験にも一番と言って二番には下らぬ程」であったとされる。

▷6 1886（明治19）年に帝国大学を頂点とする学校序列ができ，その翌年に官吏の任用試験制度ができている。そのため，官吏になるためには中学校から高等学校を経て帝国大学へと進む正統な学歴コースを辿ることが必須になった。

図3 『東京遊学案内』(少年園・1890)
（国立国会図書館蔵）

いく青年たちのための雑誌だった。様々な分野で立身出世した者たちの立志談や伝記が掲載され，あるいは工手学校などの，すぐ手に職がつけられる学校が盛んに紹介された。『成功』が刊行される前から *SUCCESS* に興味を示していたという国木田独歩の小説「非凡なる凡人」（1903年）では，『西国立志編』を読んで「殆ど暗誦するほど熟読した」桂正作という人物が描かれる。小学校を卒業したあと「工業で身を立つる決心」をした彼は上京し，新聞売りなどをしてお金を貯め，工手学校の夜学部に入学する。そして横浜の会社の電気部の技手として働きながら，同じく上京してきた二人の弟の世話をする正作の姿は，正統な学歴コースに乗れないまま立身出世への欲望を募らせていく者たちにとっての一つの理想的な選択肢を示していたと言えるだろう。

　『成功』を刊行していた成功雑誌社の記者だった堀内新泉は，1900年代から1910年代にかけて「立志小説」と冠された数々の小説を書いている。『人の兄』『観音堂』『人一人』『故郷』などといった小説群だが，それらはいずれも貧しいために正統な学歴コースに乗れない者が事業を志して奮闘していく様を描いている。堀内の小説は現在ではほとんど顧みられることはないが，同時代における影響力は少なくなかったはずだ。

　資本を欠いた者にとっての立身出世として，もう一つ見逃せないのが陸軍士官学校を経て軍人になるというコースである。高等学校から帝国大学へと進んでいくルートとは違い，官費が支給される陸軍士官学校は貧しい者たちにとっての有力な立身出世の入り口であった。そのような者を描いた小説として，志賀直哉「佐々木の場合」（1917年）が挙げられる。佐々木という陸軍将校が，陸軍士官学校の入学前に書生をしていた家の富という女中に結婚を申し込もうとするが拒絶される。立身出世を果たした者と結婚するのが女性にとっての幸福なのだという社会通念を微塵も疑わない佐々木は，富が自身の申し出を拒絶するのは「紋切り型の道義心と犠牲心」のためだと思うのに対して，語り手である「自分」は，「佐々木には女の今持っている幸福が如何なものかは本統に解っていない」のではないかと思うのである。

　立身出世主義に根本的な批判を投げかけていた作家としては，夏目漱石を挙げないわけにはいかない。『門』（1911年）では，主人公の野中宗助が歯医者の待合室で『成功』を読んでみる場面があるが，その雑誌が宗助にとって「非常に縁の遠いもの」であるとされていることは象徴的だ。漱石の作品の多くにおいては，あくせくと立身出世を願うようなタイプとは正反対の人物が多く描かれる。もちろんそれは漱石作品の登場人物が，ある程度経済的な豊かさを持っていた故でもあるだろう。だが，最後の小説『明暗』（1917年）において，「むやみに上流社会の悪口をい」う小林という人物が登場することによって，そうした漱石の作品世界の枠組みが批判的に捉え返されることになる。

　1920年代以降，プロレタリア文学が隆盛になっていくことは，立身出世という欲望を成り立たせていたものが徐々に相対化されていったことを示している。立身出世というのは，今ある社会の枠組みを前提としており，そのなかでの自身の栄達を目指すものである。だが，社会主義・共産主義の考え方が広まって

▷7　国木田独歩（1871〜1908）自然主義文学の代表的な作家とされる。代表作に，「窮死」「竹の木戸」など。

図4　成功雑誌社の広告
（『東京朝日新聞』1906年4月2日）

図5　堀内新泉『故郷』（成功雑誌社・1915）
（国立国会図書館蔵）

▷8　たとえば『三四郎』（1908）における広田先生である。小川三四郎は熊本から帝国大学に入学するために上京する途上で広田先生に出会う。そこで「熊本より東京は広い。東京より日本は広い。日本より（略）頭の中のほうが広いでしょう」と言われ，三四郎は「真実に熊本を出たような心持ち」がするのである。

いくにつれ，個人の立身出世を願うのではなく，社会の変革を志向する小説が多く描かれていくようになるのであった。

4　女性にとっての立身出世

　最後に，女性と立身出世との関わりを見ておこう。有島武郎『或る女』(1919年) のヒロイン・早月葉子は十四五歳の時からアメリカで新聞記者の修業をしたいという願いがあったというが，もちろんそのようなことは許されなかった。立身出世が積極的な価値を与えられるのは，通常は男性に対してのみであって，女性は夫や息子の立身出世をサポートすることしか期待されなかったのである。ただし，夫が死ぬなどした場合は別であった。そのような女性を描いた小説として，芥川龍之介「一塊の土」(1924年) を捉えることもできるだろう。お民は夫の死後，姑のお住から再婚を勧められても拒絶し，「骨身を惜しまず，男の仕事を奪いつづけ」る。お民が外で働く分，家事はすべてお住がやるようになり，お住にはそれがだんだん負担になっていく。だが，お民は世間で「嫁の手本」「今の世の貞女の鑑」とまで讃えられるようになり，腸チフスで突然お民が亡くなった後には三千円の貯金と一町三段ばかりの畑が残されたのであった。
　井伏鱒二「遥拝隊長」(1950年) でも夫の死後に大金を稼ぐ女性の姿が描かれており，女性と立身出世について考える際に逸することのできない作品となっている。主人公である悠一の母親は「過労と貧困による栄養不足のため」に夫が亡くなった後，宿屋の住み込み女中などをしながら働いて金を貯め，コンクリート造りの門柱つきの立派な家を建てる。それによって「近所の人たちも一もく置かないわけにいかなかった」とされるので，母親の立身出世はいちおう成功したと言っていいだろう。その後，母親が願ったのは息子の立身出世だった。陸軍幼年学校に入った悠一は中尉にまでなるが，戦場での事故のため「気違い」となり，村へと帰ってくる。初めは「この隣組内に将校が帰って来ると鼻が高い」などと言っていた村人たちも，敗戦を機に悠一への見方をあらため，悠一の病気は「親の因果が子に報う譬えばなし」とまで評されるようになる。そこでは，立身出世を果たした女性に対して，周囲の者たちが抱いていたであろう複雑な感情が見事に描かれているように思われる。　　　　　　　　(滝口明祥)

▷9　津田が「君見たいにむやみに上流社会の悪口をいうと，さっそく社会主義者と間違えられるぞ。少し用心しろ」と言うと，小林は「笑わかせやがるな。こっちゃ，こう見えたって，善良なる細民の同情者だ。僕に比べると，乙に上品ぶって取り繕ってる君達の方がよっぽどの悪者だ。どっちが警察へ引っ張られて然るべきだかよく考えて見ろ」と答えるのである。

▷10　井伏鱒二 (1898〜1993) 小説家。1920年代末にデビューして以降，息の長い活躍を示した。代表作に『多甚古村』『黒い雨』など。

参考文献
竹内洋『立身出世主義──近代日本のロマンと欲望』(日本放送出版協会・1997)／竹内洋『立志・苦学・出世』(講談社・1991)／作田啓一『価値の社会学』(岩波書店・1972)／前田愛『近代読者の成立』(有精堂・1973)／成田龍一『『故郷』という物語──都市空間の歴史学』(吉川弘文館・1998)／和田敦彦『メディアの中の読者──読書論の現在』(ひつじ書房・2002)／木村涼子『〈主婦〉の誕生──婦人雑誌と女性たちの近代』(吉川弘文館・2010)

一　超時代編

11　旅——古典（古代・中世）

1　古典作品における旅人，その危険な旅路

　古典文学における旅は，その大半が，現代のわれわれが考える娯楽としてのそれと大きく趣を異にする。寺社参拝を目的とした物見遊山の旅が庶民に広く流行するのは，室町時代以降，江戸時代を待たなければならず，それ以前の文学作品に見られる多くの旅人は，地方に赴任する官人や，労役に徴集された役民など，行政に要請された人々である。彼らの旅路は，住み慣れた土地を離れる悲しみと，見知らぬ世界への不安といった，ある種のものものしさを湛えている。それは彼らが文字通り命がけの旅路を辿っていたことに起因する。

　現存最古の歌集である『万葉集』には，旅の道中に出逢った，行き倒れの死者を悼む歌，通称「行路死人歌」が載る。

　　柿本朝臣人麻呂の香具山の屍を見て，悲慟しびて作れる歌一首
　　　草枕旅の宿りに誰が夫か国忘れたる家待たまくに（巻3・426）

　「草を枕とする旅の宿りに，一体誰の夫が，自分の故郷を忘れているのか，家では家族が待っているだろうに」くらいの意。

　大化の改新の詔（646年）において，初めて大々的に交通整備の方針が打ち出され，七道も程なく完成。それに伴い，物資の輸送，人々の往来も盛んになってはいた。しかし，「諸国の役民，郷に還らむ日，食糧絶え乏しくして，多く道路に饉ゑて，溝壑に転び塡るること，その類少なからず」（『続日本紀』・712（和銅5）年正月乙酉〈16日〉）との記事から分かるように，諸国から徴集された役民が，帰国の道半ばにして少なからず餓え，死亡している。これは，他の共同体（国・郡・里）から訪れた旅人を受け入れ救済する体制が，各共同体に培われていなかった，寧ろ，そうした得体の知れない存在（旅人）を排除する向きがあったことを意味する。上記の「香具山の屍」も，そうした犠牲者の一人なのだろう。予期せぬ怪我や病気に見舞われたが最期，為す術もなく行き倒れるしかない旅人達は，明日はわが身とて，行路死人に哀悼の歌を捧げたのである。

　平安時代の文学では，旅路に遭遇する盗賊（盗人・引き剝ぎ・海賊）を恐れる場面が散見する。平安初期成立の日記体の紀行文，『土佐日記』では，土佐国から都への船路において，ことあるごとに海賊襲来に脅える様子が描かれる。「海賊報いせむといふなることを思ふへに，海のまた恐ろしければ，頭もみな白けぬ。」（1月21日），「海賊は，夜歩きせざなりと聞きて，夜中ばかりに船を出して（略）神仏を祈りてこの水門をわたりぬ。」（同30日）など。平安中期成立の『更級日記』では，盗賊の出没で有名な奈良坂（大和から山城へ通じる坂），栗駒山（宇治市南東の丘陵。栗隈山とも）などの山越えを恐れる描写があ

▷1　『万葉集』には，十七条憲法制定でお馴染みの，聖徳太子の歌が載る。
　　上宮聖徳太子の竹原井に出遊しし時に，龍田山の死れる人を見て悲傷びて作りませる御歌一首
　　　家にあれば妹が手まかむ草枕旅に臥せるこの旅人あはれ　　　（巻3・415）
「家にいたら妻の手を枕としているだろうに。草を枕の旅路に倒れているこの旅人よ。ああ。」というもので，道半ばで倒れた旅人を憐れみ鎮魂する「行路死人歌」の典型を示している。他の万葉歌人らによる「行路死人歌（山上憶良の巻5・886～891，田辺福麻呂の巻9・1800など）」の鎮魂歌としての機能は，この偉大なる聖人の歌によって，より高められているといえよう。

る。飢餓による行き倒れとは異なるが，弱く裕福な貴族の抱える旅の不安とは，こうしたならず者との遭遇であった。

2　旅人が志向するもの，言葉の普遍性について

　孤独，尚且つ危険と隣り合わせの旅において，旅人は不安な心にどう対処したのだろうか。旅路において詠われた和歌によると，彼らの心が向かう先に2つの型があることが知られる。『万葉集』の歌で確認しよう。

　　　印南野の浅茅押しなべさ寝る夜の日長くあれば家し思はゆ（巻6・940）

のように，家郷を偲ぶ，家（妹）に向かう型，そして，

　　　庵原の清見の崎の三保の浦の寛けき見つつもの思ひもなし（巻3・296）

のように，旅先の景をほめるなど，土地に向かう型である。前者は，旅人が所属する最も安全な場所（＝家），最も安定した対関係（＝妹）を志向することで，いわば異世界に漂泊する不安定な我が身を確固たる存在として家郷に繋ぎ止めようとするものである。後者は，旅行く土地の地名を詠み込み，賞讃することで，土地霊と繋がり，行路の安全を確保する狙いが源にはある。だが何より，旅人にとって未知なる恐ろしい土地が，行政区画の地名として掌握されることの齎す安堵感は計り知れない。加えて，地名はそれ自体が持つ音のままに機能するという前提が旅人を救った。例えば，

　　　家人は帰り早来と伊波比島齋ひ待つらむ旅行くわれを（巻15・3636）

は，旅路に現れた「伊波比島」を「齋ひ」の意に転じているが，旅人からしてみれば，この島の実態など実は関係なく，島の持つ「イハヒ」の音が家人の「齋ひ」を導く拠り所となる点が重要である。未知なる土地の地名は音に分解されその音のままに働くことで，得体の知れぬ恐ろしい場所ではなくなるのである──こうした発想が，歌枕の成立にも関わっていくことになる──。

　以上を踏まえて，平安初期成立の歌物語，『伊勢物語』の高名な旅の章段「東下り」の歌を見てみよう。自身を無用の存在と思い込んだ男が東国へと旅立ち，辿り着いた隅田川にて，その地にそぐわぬ名を持つ都鳥を見て詠う。

　　　名にしおはばいざ言問はむ都鳥わが思ふ人はありやなしやと

　都にいる思い人を志向する点は先述の家（妹）に向かう型にあてはまる。一方で，この歌には地名が現れないが，聞けば誰しも都を思い起こす鳥の名は，家郷との隔絶の感に苛まれた男の心に僅かながらも安らぎを与える。地名よろしく，旅路に出逢うものの名が持つ音の普遍性は，そのものの実態よりも優先して，旅人の心に寄り添う存在を作り上げる。

　旅人の心を支えるのは言葉である。

　　　　　　　　　　　　　　　　　　　　　　　　　　　　　　（萩野了子）

▷2　『更級日記』の中で，作者（菅原孝標女）の母親が方々への物詣でに二の足を踏む態度として，「初瀬には，あなおそろし。奈良坂にて人にとられなばいかがせむ。石山，関山越えていとおそろし。鞍馬はさる山，率て出でむいとおそろしや」（下線は引用者）と，奈良坂越えにおける盗賊との遭遇に脅える様が描かれている（奈良坂で盗賊に遭遇する話は，平安末期成立の説話集『今昔物語集』にも複数見られる）。加えて，関山（逢坂山），鞍馬山などの（山道の険しさを含めた）山越えそのものが，恐ろしい行為だという。山道は当然「坂」であるが，それは同時に「境」でもある。よって山（坂）越えの道のりは，異世界との境界をさまようことを意味するから，盗賊のみならず，得体の知れない恐ろしいもの・出来事に出くわす可能性が極めて高いと考えられてきた。ただし，そうしたことに恐れを抱く母親について作者は，「いみじかりし古代の人にて（母はひどく昔気質の人なものだから）」と評し，不満を漏らしている。

▷3　大浦誠士「万葉羈旅歌の様式と表現──「地名」を歌うことを中心に」（『万葉集の様式と表現』笠間書院・2008）参照。

参考文献

中西進『万葉集　全訳注原文付』全4巻（講談社文庫・1978）／青木和夫・笹山晴生・稲岡耕二・白藤禮幸校注『続日本紀』（「新日本古典文学大系12〜16」岩波書店・1989）／菊地靖彦・伊牟田経久・木村正中校注『土佐日記　蜻蛉日記』（「新編日本古典文学全集13」小学館・1995）／片桐洋一・高橋正治・福井貞助・清水好子校注『竹取物語　伊勢物語　大和物語　平中物語』（「新編日本古典文学全集12」小学館・1994）／多田一臣『人物叢書　柿本人麻呂』（吉川弘文館・2017）／櫻井満監修，尾崎富義・菊地義裕・伊藤高雄『万葉集を知る事典』（東京堂出版・2000）

一 超時代編

12 旅——古典（近世）

1 江戸時代の旅

徳川氏が幕藩体制を確立し，政治・経済的な基盤が安定すると，都市部と地方を結ぶ交通網は次第に整備され，人々の移動手段や物流システムは従来に比べて飛躍的に拡充された。五街道（東海道・日光街道・奥州街道・中山道・甲州街道）や脇街道（五街道から分岐した主要な街道）といった全国の陸路が管理され，海や河川，運河などを利用した水運（海運や内陸水運）の環境も整えられた。また，三貨（金貨，銀貨，銭貨［銅や鉄］）による貨幣制度が確立し国内の経済活動が活発に行われるようになると，人々は物心両面での充足を求めるようになった。貨幣経済が充実し，旅中の安全も確保されたことで，旅に対する人々の意識や欲求も江戸時代以前とは大きく変化したのである。

江戸時代の旅とひと口にいっても，例えば大名の参勤交代のような公務に付随する旅，諸国巡礼や寺社参拝といった宗教的・儀礼的な目的で行われる旅，温泉湯治や名所旧跡の見物を目的とする観光の旅など，その目的や内実はじつに多様であった。いずれにしても，旅は辛く苦しいもの，危険をともなうものという従来のイメージから一転し，気軽に楽しむことができる身近な娯楽のひとつとして旅が認識されるようになったことがこの時代における最大の特色と言えるだろう。

2 旅文化の普及と視覚化される名所

誰もが容易に旅することができるようになった江戸時代には，旅行に関するさまざまな情報を記載した書籍が数多く出版されている。道中記あるいは案内記などと総称されるそれらの書物は，旅行先の地理・歴史・文化，旅程（目的地までのおもな経路や移動距離，所要時間など），名所旧跡に関する具体的かつ実用的な情報を読者に提供するという，いわば現代における旅行ガイドブックのような役割を果たしていた。江戸時代における商業出版システムの確立や出版文化の隆盛が，旅行ブームや旅文化の普及を下支えしたことは注目すべきであろう。

江戸時代前期には，『京 童』（1658（明暦 4 ）年刊），『東海道名所記』（1659（万治 2 ）年成立か），『江戸名所記』（1662（寛文 2 ）年刊）などの名所案内記が登場し，それぞれが当時の読者の需要に応えたが，その後も『都 名所図会』（1780（安永 9 ）年刊）や『江戸名所図会』（1834（天保 5 ）～36（同 7 ）年刊）といった地誌類が好評を博し，江戸時代を通じて日本各地の名所旧跡を題材とした著作が次々に出版された。

図1　中川喜雲『京童』巻一
（国立国会図書館蔵）

図2　秋里籬島『都名所図会』
巻六
（国立国会図書館蔵）

名所図会には各地の名所旧跡に関するさまざまな情報とともに，精緻に描かれた挿絵が付録される。そうした挿絵に描かれた名所旧跡の様子を目で見て楽しむことができた点も，名所図会が当時の人々に愛好された理由の一つであったと考えられる。また，多くの名所案内記や名所図会には，名所旧跡に関する逸話や伝承が多数収録されている。多くの読者がそうした土地にまつわる逸話や伝承に対して興味・関心を抱いていたことを示唆している。

③ 旅によって見出された「地方」

江戸時代には，例えば『西鶴諸国ばなし』（1685（貞享2）年刊）や『諸国里人談』（1743（寛保3）年刊）など，書名に示された通り「諸国」に題材を求めた作品が数多く刊行されている。また，多くの国学者や漢学者，歌人たちがそれぞれの学問や創作活動の傍ら諸国を旅して紀行文を書き綴っている。

博物学や考証学など，同時代の学問的な関心とも相まって，当時の人々のまなざしはしばしば「地方」に向けられた。そして，旅によって見出された「地方」は，作者・読者双方の想像力と好奇心をかき立てていったのである。

④ 虚構化される旅

江戸時代の旅と文学について考える上で，とりわけ重要な作品の一つが松尾芭蕉の『奥の細道』（1694（元禄7）年成立）であろう。芭蕉門下の森川許六は「旅は風雅の花，風雅は過客の魂。西行・宗祇の見残しは皆俳諧の情なり。（旅は俳諧の花であり，俳諧は旅する者の魂である。西行や宗祇が詠み残したものはすべて俳諧の真情である。）」と述べているが，ここには許六のみならず芭蕉にとっての旅と創作活動の関係性が端的に示されている。すなわち，旅と俳諧とは切っても切り離せない関係にあり，和歌や連歌といった日本の古典文学の伝統とのつながりを確かめつつ，そうした伝統から離れて俳諧としての新しみを模索する上でも，彼らにとって旅は創作上きわめて重要な契機だったのである。

一方で，江戸時代には滑稽な主人公が各地を遍歴する『竹斎』（1623（元和9）年頃成立か）や十返舎一九『東海道中膝栗毛』（1801（享和2）～14（文化11）年）などの作品が度々好評を博したことも知られている。すなわち，面白おかしく旅をする主人公が登場する作品が広く読者に歓迎されたのである。読者は，ある時は愉快な主人公の視点に立って旅を楽しみ，またある時は主人公が繰り広げる滑稽な騒動を傍観者的な立場から面白がった。そして，紙面上でのささやかな虚構の旅を楽しんだ人々は，現実の旅に対する憧れを強くしたのである。

（田中　仁）

参考文献
井本農一ほか校注・訳『松尾芭蕉集（2）紀行・日記編　俳文編　連句編』（「新編日本古典文学全集71」小学館・1997）／中村幸彦校注・訳『東海道中膝栗毛』（「新編日本古典文学全集81」小学館・1995）／神崎宣武『江戸の旅文化』（岩波書店・2004）／板坂耀子『江戸の紀行文　泰平の世の旅人たち』（中央公論新社・2011）／鈴木健一『江戸諸國四十七景――名所絵を旅する』（講談社・2016）／鈴木健一編『東海道五十三次をよむ』（三弥井書店・2020）

▷1　例えば歌川広重「名所江戸百景」や葛飾北斎「富嶽三十六景」のような各地の名所や道中の風景を描いた浮世絵が数多く世に出され，いずれも好評をもって迎えられた。

▷2　国学者・本居宣長（1730～1801）は吉野・飛鳥地方を旅行したのちに『菅笠日記』（1772（明和9）年成立か）を著している。また，鈴木牧之（1770～1842）は，自ら生まれ育った雪国での人々の生活，習俗，逸話などを『北越雪譜』（1837（天保8）年初編刊）に書き記し，菅江真澄（1754～1829）は東北地方の各地を旅行して多数の紀行文を著述したことで知られる。

▷3　『韻塞』（李由・許六編，1696（元禄9）年序）に「風狂人が旅の賦」として，また，『風俗文選』（許六編，1753（宝暦3）年刊）に「旅ノ賦」として収録された許六の文章の一節。許六について芭蕉は，有名な「許六離別の詞（柴門ノ辞）」の中で「画はとって予が師とし，風雅はをしへて予が弟子となす（絵については私の師とし，俳諧についてはわたしが教えて弟子としている）。」と述べており，彼らが互いに才能を認め合う間柄であったことがうかがえる。

図3　十返舎一九『東海道中膝栗毛』巻一
（国立国会図書館蔵）

一　超時代編

13 旅──近現代
風景／観光

▷1　『たが身の風景』（読売新聞社・1976）。

▷2　「「内面」の発見」という言葉は，参考文献の柄谷（1980）より引用。

▷3　「風景」の発見に関しては，参考文献の柄谷（1980）および李（1996）等に詳しい。

▷4　国木田独歩（1871〜1908）は詩人・小説家。「武蔵野」（『国民之友』1898）は代表作。

▷5　イワン・セルゲービチ・ツルゲーネフ（1818〜83）はロシアの小説家。

図1　国木田独歩
（『明治大正大学全集』第22巻・春陽堂。国立国会図書館蔵，近代日本人の肖像）

1　「風景」の発見

　現在でもよく使われる言葉である「風景」。柄谷行人は，著書『日本近代文学の起源』（講談社，1980年）で「風景」とは「一つの認識的な布置」であり，実は明治20年代に発見されたものなのだと指摘している。もちろん自然は明治期になって突如できたものではない。しかし，池田弥三郎（1914〜82）も「風景というものは，ながめられる自然界の側にあるのではなく，ながめる人間の側にあるものだ。そこに，ながめる人間がいなければ，そこに，風景というものは存在しえないのである」と言っている。眺める人間が美しい（あるいは寂しい等）という形で，取り上げるべきものとして自然を認定した時，それが「風景」として認識され，提示されるのである。「風景」は知覚する人間側の意識によって作りあげられたものだといってよい。歌枕や名所絵をはじめ，和歌や俳句，絵画，演劇，物語でも特殊な場面・場所として，自然の景色は描かれているが，現実の生活空間の中で，観る者個人がそれを眼前の現象として捉え，「風景」として再現前化するのには，超越的な視点から俯瞰するような遠近法の視線を獲得し，「風景」を個人の心象（イメージ）として捉える意識（「内面」の発見）が当然のものとして浸透するという過程が必要だった。そうした見方が，暗黙の了解として，一つのコード（約束事）として内面化される必要があったのである。また，「風景」をありのままに写したり，作者の内面を語ったりするのに最適な文体＝言文一致体が普及したことも一つの要件となっていた。

　例えば，国木田独歩「武蔵野」は，「自分」が見て感じた「今」の武蔵野の詩趣を発見していく過程を言文一致体で語った作品である。ここで，「自分」は古地図に記された「古戦場」や歌に表れる「萱原のはてなき光景」といった武蔵野の昔のイメージに興味を抱きつつも，むしろ，ツルゲーネフの小説「あひびき」中の自然描写と重ねあわせることで，落葉林の美や，見過ごされがちであった町外れの生活の場に武蔵野の詩趣を見出していくのである。

2　「故郷」を語ること

　では，「風景」として選び取られ，語られたものとはどのようなものだったのだろうか。先にあげた「武蔵野」における「自分」が，武蔵野の町外れに住んでいたわけではないということに注意したい。彼は，その土地の外部からやってきて，武蔵野の町外れに住む人々の生活に詩趣を見出していくのである。外部からその場を（あるいは自分の生活圏であっても自分の住む場を）対象化した時，「風景」は語られる。

例えば「故郷」について考えてみよう。「ふるさとは遠きにありて思ふもの／そして悲しくうたふもの／(略)／ひとり都のゆふぐれに／ふるさとおもひ涙ぐむ／そのこころもて／遠きみやこにかへらばや」とは、室生犀星（1889〜1962）の詩[7]の一節だ。この詩にも表れているように、「故郷」を離れた時にこそ、そこは懐かしく思い出されるのである。「故郷」を離れた者の視線から（実際に離れなくても、そういう視線を共有することで）、「故郷」の「風景」は意味があるものとして浮上し、美的に語られていくことになるのである。

③ 「日本」の「風景」

「風景」として選び取られ語られたものについて考える時、もう一つ重要になってくるのは、「日本」の「風景」というイメージである。そして注意したいのは、「日本」という国家が一つのまとまりとして意識されるようにならなければ、「日本」の「風景」という認識も出てこないということである。

日清戦争（1894〜95）中に出版されベストセラーになった志賀重昂（1863〜1927）の『日本風景論』（政教社、1894年）は、そうした意識がこの時期、定着していたことをよく表している。志賀は、日本人が日本の山水の真の美を称えるのは単に自分たちの郷であるからではなく、日本の山水が本当に美しいからであり、外国の客も皆、日本をあたかも「現世界における極楽土」と捉えていると主張した。この書では、和歌や漢詩、俳句を用いつつ、地学の観点も用いて、海流や水蒸気、火山等を説明し、名所としてよく知られた場のみならず、それまで無名であった場も「日本」の「風景」の美として取り上げている。また富士山を「火山岩国たる日本」の名山中の最も名山として位置づけ、富士山を頂点に名山を配置し直し、さらにはそうした山々を苦難に打ち克ち登り、頂上より下瞰する素晴らしい景色を見て語ることを促している。『日本風景論』がベストセラーとなった背景には、「日本」という土地の性質・美を地学の観点から精緻に捉え直し世界に発信しようという欲望と、今まで知られていなかった場を知り、自らの知識として組み込み領有しよう（未知の自然を踏破しよう）という欲望、すなわち、ナショナル（国粋主義的）な欲望とコロニアル（植民地主義的）な欲望があった。そして、こうした欲望は、『日本風景論』をはじめとする様々な書や雑誌・新聞などの情報、学校における地理教育、さらには、鉄道の普及により人々の行動範囲が広がったこととも密接に繋がっていたのである[8]。

④ 「観光」という娯楽へ

鉄道の発達がもたらしたものは、単に人々の行動範囲が広がったということだけではない。例えば、時空間の感覚について。現在でも、駅では時計が設置されていることが多いことに端的に表れているように、鉄道は、時計で刻まれる時間を基に運行する。したがって鉄道旅行の際には、到着時刻も予想できるし、タイム・スケジュールを立て効率よく移動することができる。道の状態によっては足を痛めたり、常に天候などの自然環境に大きく作用されたりしなが

▷6　作品内では「自分」がなぜこの風景に心惹かれるかについて次のように自問されている。「なぜ斯様な場処が我等の感を惹くだらうか。自分は一言にして答へることが出来る。即ち斯様な町外れの光景は何となく人をして社会といふものの縮図でも見るやうな思をなさしむるからであらう。言葉を換へて言へば田舎の人にも都会の人にも感興を起こさしむるやうな物語、小さな物語、而も哀れの深い物語、或は抱腹するやうな物語が二つ三つ其処らの軒先に隠れて居さうに思はれるからであらう。」

▷7　「小景異情（その二）」（『抒情小曲集』感情詩社・1918）。室生犀星は詩人・小説家。

図2　室生犀星『抒情小曲集』（感情詩社・1918）
（国立国会図書館デジタルコレクション）

▷8　明治20年代後半、「地理」への関心が高まっていたことについては、五井信「表象される〈日本〉――雑誌『太陽』の「地理」欄1895-1899」（金子明雄・高橋修・吉田司雄ほか編『ディスクールの帝国――明治三〇年代の文化研究』新曜社・2000）に詳しい。

ら予測のつかないまま旅に出ていたのとは異なり，人々は目的地へ所要時間の大体の目安を立てて快適に向かうのである。より容易く手軽に遠くへ出かけるようになり，新しい娯楽としての「観光」が盛んになった。そして新しく多様な旅行案内や紀行文も次々と出版され，人々のまだ行ったことのない土地への憧れはさらに募るようになってくるのである。[9]鉄道に限らず，船，車，飛行機と交通手段が増加し整備されていくにしたがい，こうした傾向に拍車がかかっていく。

　芥川龍之介「江南游記」[10]は，大阪毎日新聞社海外視察員として芥川が中国を旅行した体験を記した紀行文である。ここでは漢詩をはじめ，池田桃川（1889～1935）『江南の名勝史蹟』や徳富蘇峰（1863～1957）『支那漫遊記』等が参照され，名勝として知られる西湖を訪れた様子が語られている。闇夜に初めて見る西湖を「如何にも西湖らしい心もち」と語り，「この美しい銀と黒とは，到底日本では見る事が出来ない」と喜ぶ一方で，「私」は，だんだん現実の西湖を見ていくうちに思った程美しくはないという思いを抱いていく。そして「大まかな自然に飽き飽きした，支那の文人墨客には，或は其処が好いのかも知れない。しかし我々日本人は，繊細な自然に慣れてゐるだけ，一応は美しいと考へても，再応は不満になつてしまふ」と語る。この「私」の姿からは，旅行案内等でまだ実際に行ったことのない土地への憧れが掻き立てられていたこと，そしてそこで求められていたのが「日本」とは異なるエキゾチックな「美」であり，旅行体験を経て「我々日本人」という意識が強められている様を見てとれる。

⑤　観光×ミステリー

　もちろん紀行文や旅行案内だけではなく，小説や映画などのフィクションの舞台もまた人々の「観光」への欲望を掻き立てるものであった。例えば尾崎紅葉「金色夜叉」の舞台である熱海には文学碑が建てられているし，近年では，アニメ『君の名は。』の舞台を訪れる「聖地巡礼」のツアーも組まれている。

　山村美紗（1931～96）はこうした「観光」を意識して，ミステリを書いた作家の一人である。山村美紗は，京都人も京都の風景も一番ミステリアスで面白いし京都を紹介したいと語り，自身の小説はちょうど新幹線に乗っている時間[11]に手軽に読み終わるように書いていると発言している。山村美紗の作品ではとにかく京都の名所で事件が起こる。事件現場を辿っていくと，京都の名所巡りのような形になっていくのである。特に山村美紗が本格的に作品を書き始めた1970年代，大阪万博後の旅客誘致策として，日本国有鉄道が"DISCOVER JAPAN（美しい日本と私）"[12]というキャンペーンを打ち出した時期であり，ファッション誌等で京都が取り上げられていた時期でもあった。山村美紗のミステリは，まさにこうした機運に乗ったものだったのである。[13]

⑥　「観光」の行方

　筒井康隆（1934～）「ベトナム観光公社」（『SFマガジン』1967年5月）は，「観光」としてあらゆる場，出来事が消費されていく社会を痛烈に揶揄したSF小

図3　『日本風景論』最終ページ（政教社・1894）

（国立国会図書館デジタルコレクション）

図4　東京駅の開通式の写真

（『幕末明治大正回顧八十年史』東洋文化協会・1933。国立国会図書館デジタルコレクション）

▷9　参考文献の中川（2009）を参考にした。同書では，もともとは『易経』の中の言葉であった「観光」（「国の光を観る」行為）が，「自己の自由時間（余暇）のなかで，鑑賞，知識，体験，活動，休養，参加，精神の鼓舞等，生活の変化を求める人間の基本的欲求を充足するための行為（レクリエーション）のうち，日常生活圏を離れて異なった自然，文化等の環境のもとで行なおうとする一連の行動」（内閣総理大臣官房審議室編『観光の現代的意義とその方向』）という定義に至る道程が，国民国家創生のフィクショナルな言説生成にパラレルに対応していると指摘されており示唆に富む。

▷10　『支那游記』（改造社・1925）。

説だ。物語は,「俺」が火星に新婚旅行へ行くため旅行案内所を訪れるところ
から始まる。しかし,火星に行くには,アフリカへ猛獣狩りに行っている観光
部の次長のサインがいると言われてしまい,サインをもらいにアフリカまで行
くことになる。アフリカで会った次長からは地球でも面白いところはあると説
得され,「俺」はベトナムに行き,観光公社のツアーでスペクタクル(大仕掛け
な見せ物)として戦争を遊覧車の中から眺める体験をする。スペクタクルであ
りながら本物の銃弾が飛び交う中,車が木にぶつかり横転したため,「俺」は
外へと逃げ出し,そこで出会った現地の女性とともに,このスペクタクルの戦
争に参加することにする。──話の筋は荒唐無稽だが,ここでは,戦争さえも
がスペクタクルとして,「観光」の手段として消費されていくことが描き出
されている。作品内で「俺」は「精神的に怠惰な人間は,自分で面白さを見つけ
ることができないものだから,マスコミから万人向きの面白さをあたえてもら
って,それで満足する。しかし中には,何でもないことの中から,自分だけに
わかる面白さを見つけるのでなければ気にいらないという人間もいるよ」と得
意気に語る。とはいえ,そんな「俺」も次長に勧められるままにベトナムに行
き,ベトナム観光公社のツアーに参加し,スペクタクルの一員となっていく。
この後,「俺」がどうなるかはわからない。しかし,「こんなすばらしいスリル
を味わい続けて死ねる」と思い,観光会社に雇われる形でスペクタクルを演じ
続ける「俺」が,「自分だけにわかる面白さ」を見つける可能性は低いだろう。
提供されるままに「面白いところ」を欲望し消費し続け,しかし決して満たさ
れることなく,次々と刺激を求めていく人々。もしかしたらこれが観光の行き
着く先なのではないかと読者を戦慄させる。「ベトナム観光公社」は,その荒
唐無稽な筋とは裏腹に「観光」を成り立たせている暗部を抉り出しているので
ある。

　「ベトナム観光公社」が書かれてから,50年以上も経ち,今日の世界の状況
も大きく変わった。しかし,作品が提示する問題が解決したわけではない。こ
の作品を私たちは,単なる馬鹿馬鹿しいものとして笑い飛ばすことはできない
のである。
　　　　　　　　　　　　　　　　　　　　　　　　　　　　(西川貴子)

▷11　山村美紗「私の京都」
(『ミステリーに恋をして──
私と京都と推理小説』光文社
文庫・2007)。

▷12　国鉄。1987年4月に民
営化し,その事業は7株式会
社(略称・JR)に分割して継
承された。

▷13　山村美紗の作品と
"DISCOVER JAPAN"のキャ
ンペーンや女性誌の流行との
関係については,浦谷一弘
「なぜ〈京都〉では殺人事件
が多発(?)するのか──ク
ロフツ・アンノン族・ディス
カバージャパン・古都保存
法」(知恵の会編『京都学の
企て』勉誠出版・2006)に詳
しい。

参考文献
柄谷行人『日本近代文学の起源』(講談社・1980)/李孝徳『表象空間の近代──明治「日本」の
メディア編制』(新曜社・1996)/中川成美『モダニティの想像力──文学と視覚性』(新曜社・
2009)/池田弥三郎『わが身の風景』(読売新聞社・1976)/志賀重昂『日本風景論』(講談社学術
文庫・2014)/筒井康隆『筒井康隆　マグロマル/トラブル』(「日本SF傑作選1」ハヤカワ文庫
JA・2017)

二　古典編

1 神話と正史

▷1　王朝一代の歴史を記述したものを断代史という。中国の25編の正史は基本的に断代史であり，複数の王朝に渡る歴史を記述する通史は『史記』のほかには『南史』『北史』のみである。

▷2　『日本書紀』『続日本紀』『日本後紀』『続日本後紀』『日本文徳天皇実録』『日本三代実録』の六編。中国の正史は紀伝体（帝王ごとの歴史を編年体で記す「紀」と，歴史上の主要人物の伝記を記す「伝」の組み合わせによる歴史叙述方法）によって記されるが，日本の正史は，基本的に編年体のみである。それ故に「一紀」の名が用いられる。なお，六国史の最後の二編の「実録」は帝王一代の歴史を編年体で記したもののことをいう。

▷3　五帝は，黄帝・顓頊・帝嚳・尭・舜の五人。それ以前の帝王である三皇を誰とするかには諸説があるが，唐の司馬貞が『史記』に増補した「三皇本紀」では蛇身人首の伏羲・女媧，および人身牛首の神農の三人であり，その姿からしても神話的色彩が濃いことがわかる。

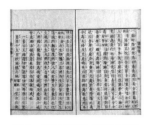

図1　『日本書紀』「国生み段」
（文政3年版本。国立国会図書館デジタルコレクション）

1　神話を配する日本の正史

国家によって正統な歴史として公認または編纂された歴史書を正史とよぶ。その起源は中国にあり，そこでは黄帝から漢の武帝までの歴代王朝の通史である司馬遷『史記』（紀元前91年頃完成）に始まり，『漢書』『後漢書』など中国各王朝の断代史が公認あるいは編纂され，1922年に中華民国が公認した『新元史』まで二十五史を数えるに至る正史がものされた。

中国の律令国家に倣って国家運営が行われた古代日本においてもまた，奈良時代から平安朝初期にかけて勅撰による正史が編纂された。それが，720（養老4）年に成った『日本書紀』を劈頭にして901（延喜元）年に完成をみた『日本三代実録』に至る六編の正史，いわゆる六国史である。

日本の正史は中国の正史を規範として編纂されたが，それにもかかわらず両者の間には神話の有無という決定的な相違がある。

中国の正史の初発たる『史記』は，伝説的な三皇五帝の内，神話的要素の色濃い三皇を歴史叙述から排除する。そこに，徹底した人間中心の歴史叙述の態度がある。しかし，その中国正史を規範として編纂されたはずの日本の正史は，その初発の『日本書紀』において，自らの歴史叙述を神話から始めるのである。

2　『日本書紀』の天地開闢神話と〈今〉

神話とは，神話の語り手にとっての〈今〉まさに存在する事物——例えば，人には必ず死が訪れるという事実や，月が太陽の沈んだ後に天空に現れるという法則，あるいはある氏族が今の職務を担っているという制度など——，そうした実存がどのようにして始まったのかを神々の始源の時にまで遡って語るものである。それ故に神話は〈今〉に存在する実存を保障する機能を持つ。

では『日本書紀』の神話が保障するものは何か。この点をその冒頭部分，天地開闢（天地の始まり）神話の記述から考えてみることにしよう。

『日本書紀』では，神々の誕生以前，天と地が未だ存在しない状態からその神話が歴史として語り起こされる。世界は鶏の卵のように混沌たる状態であったが，やがて陰陽の二気に分かれ，軽く澄んだ陽の気が上に昇って天となり，重く濁った陰の気が下に固まって地となったという。世界は陰陽の働きによって生成したのである。さらにこの陰陽の働きは，その後に展開される「国生み神話」にも継承される。神々の中で始めて婚姻をなしたイザナキ・イザナミの二神は，本州や九州・四国などの，やがて日本の国土となる島々を生み成すが，『日本書紀』はこの二神を陰神・陽神と呼称し，陰陽の神として描く。そして，陰陽神は誰に命令されることなく自律的に国生みを決定・遂行してゆく。

このように『日本書紀』の神話は，世界そして日本の国土の誕生を一貫して陰陽の法則・陰陽神の力によって語る。この神話のありかたが保障しているのは何か——。『日本書紀』における〈今〉に注目して確認してみよう。

天地開闢神話に始まる『日本書紀』全30巻の歴史は，持統天皇が軽皇子（後の文武天皇）に天皇位を禅譲する記事をもって幕を閉じる。文武天皇は701（大宝元）年に大宝律令を施行した天皇であり，これによって日本は本格的な律令国家の時代を迎えることになる。そして，この時代こそが『日本書紀』における〈今〉であった。

大宝律令には，その最高職である太政大臣の職務が「邦を経め道を論じ，陰陽を燮らげ理む」ことであると規定されている。陰陽は万物を生成し，四季の循環をもたらす。しかし，天子（天皇）の政治が過ちを犯すと天がそれに感応して陰陽のバランスは崩れ，様々な天変地異（災異）が現れることとなる。それを防ぐためにも国家には善政が求められ，天下太平が実現すれば陰陽が和順し，天はそれを賞讃して慶雲や神亀などの祥瑞を出現させる。こうした天人相関説に基づく災異・祥瑞思想は，律令国家によって制度化され，その観測・報告・記録が行われた。そうした情報収集の上で，陰陽を調和させる善政を行うことこそが古代律令国家の経営であったのだ。

そうした古代律令国家のありかたを保障するのが，陰陽による世界の生成と陰陽の神が日本の国土を生み成したという『日本書紀』の神話だったのである。

③　六国史の終焉とその展開

『日本書紀』以来，古代律令国家において編纂され続けた日本の正史は，10世紀初頭の『日本三代実録』をもって終焉を迎える。それはまさに日本の律令国家が変質・解体へと向かう時代であった。そして，それと時を同じくして成立したのが，菅原道真による『類聚国史』200巻である。『類聚国史』は，編年体の正史を分解し，神祇・帝王・歳時・政務などの部門別に分類・再配列して，検索の便を図ったものであり，政務や儀式の故実を参照するために用いられ，以後，正史以上に利用されることになる。あわせて男性貴族による日記（古記録）もまた参照される故実の蓄積に寄与する役割を果たした。ここに参照されるべき歴史が直線的な時間軸から解体され，四時の折々に参照され繰り返される規範としての知のアーカイブ（集蔵体）へと転換されてゆくさまを見ることができよう。

そして日本の正史たる六国史が担った歴史叙述における物語的要素は，仮名による「歴史物語」が引き継ぐこととなったのである。　　　　　　（松田　浩）

▷4　神話の定義については，ミルチャ・エリアーデ／堀一郎監修，中村恭子訳『神話と現実』（せりか書房・1973）。

▷5　『日本書紀』の神話の意義についての近年の研究成果は，呉哲男・松本直樹・山田純・（司会）松田浩によるシンポジウム『『日本書紀』神代巻を読む』（『上代文学』123号，上代文学会・2020）に詳しい。

▷6　707（慶雲4）年に没した少納言威奈大村の蔵骨器に刻まれた墓誌（威奈大村墓誌）には，「大宝元年を以て律令はじめて定まる」と記され，『続日本紀』は大宝元年をもって「文物（法律や学問などの文化の所産）」が備わったと記している。

参考文献
神野志隆光『古事記と日本書紀——「天皇神話」の歴史』（講談社現代新書・1999）／遠藤慶太『六国史——日本書紀に始まる古代の「正史」』（中公新書・2016）／遠藤慶太『平安勅撰史研究』（皇學館大学出版部・2006）／山田純『日本書紀典拠論』（新典社・2018）／松本直樹『神話で読みとく古代日本——古事記・日本書紀・風土記』（ちくま新書・2016）

二　古典編

2 和　歌

〔1〕「和歌」という概念

　近現代の歌人がつくる五七五・七七の歌は，一般的に「短歌」と呼ばれ，「和歌」と呼ばれることはまずない。「和歌」とは，中国の詩「からうた（漢詩）」に対する日本の詩「やまとうた」の意で用いられる言葉であり，和漢という認識の枠組みによって成り立つ概念だからである。「やまとうた」の概念は初の勅撰和歌集『古今和歌集』（905年）の両序において明確に打ち出される。そこでは，「やまとうた（和歌）」が人の心から発せられて言葉として結実したものであり，人倫を化し，鬼神をも感じせしむる力を持つという和歌の本質・機能と，その分類法および神代以来の歴史とが語られている。

　ここで注意しておきたいのは，両序で語られる和歌の本質・機能，さらにはその分類法が，中国最古の「からうた」の詩集であり儒教経典でもある『毛詩（詩経）』の「大序」に倣ったものだという点である。このことは，「やまとうた」の概念・価値付けが漢文文化圏に基盤を置いたものであり，同時に「やまとうた」を海彼での「からうた」に比肩するものとして位置づけようとする意識を表している。こうした「やまとうた」の意識は，既に『万葉集』の時代の大伴旅人・大伴家持らにもその萌芽が見られるものであり，さらに勅撰三集に代表される平安朝初期の漢文学隆盛の時代（弘仁貞観文化）を経て，『古今和歌集』両序によって結実することとなる。

〔2〕和歌の修辞と祭式言語

　人倫を化し，鬼神をも感じせしむる力を持つ和歌は，五七調の音数律をもち，さまざまな修辞法を伴う。「山」を導く「あしひきの」や，「母」を導く「たらちねの」といった枕詞や，主想部（心情）を導くために用いられる序詞，あるいは同音を利用した掛詞・縁語といった和歌特有の修辞法は，歌の主想に直接関わるものではない。この点で，和歌は日常的な言語とは一線を画する。

　非日常の言語であるという点で，和歌は「褻」に対する「晴れ」の空間，さらには儀礼的空間を作り出す特殊な言葉であると言われる。そうした和歌の修辞法が特殊な言語であるという認識が如実に表れるのは，託宣などの表現においてである。たとえば『日本書紀』神功皇后紀では，託宣を下す神が自ら名告る言葉が「〈神風の〉伊勢国の，〈百伝ふ〉度逢県の，〈拆鈴〉五十鈴宮に居す神……」のように「神風の」「百伝ふ」「拆鈴」といった枕詞を多用して記述され，また『出雲国風土記』の国引き神話にも枕詞が多用される。こうした点に，和歌の修辞が神の言葉，あるいは祭式における特殊な言葉たる祭式言語との共通性を持つと認識されていたことが確認される。それ故に，和歌は日常の言葉に

▷1　『古今和歌集』には仮名で書かれた「仮名序」と漢文で書かれた「真名序」の二つの序があり，仮名序では「やまとうた」，真名序では「和歌」の語が用いられる。

▷2　漢の毛亨・毛萇によって注釈が施された『詩経』を『毛詩』という。『詩経』の解釈は，もっぱら『毛詩』によって行われた。『毛詩』の各篇には序が記されるが，巻頭の詩篇の序は，『詩経』全般にわたる総論となっており，特にこれを各篇の「小序」に対して「大序（詩大序）」と呼ぶ。

▷3　『万葉集』では，「和歌」ならぬ「倭詩」などの語が用いられる。なお，大伴旅人の歌に対する意識については，松田浩「「報凶問歌」の「筆不尽言」と一字一音の歌と——旅人にとっての歌とは何か」（『古代文学』47号，2008年）などに論じたことがある。

はない呪的な力を持ちうるのである。

　このように和歌の修辞法は，祭式や儀礼という日常とは一線を画する特殊な空間を演出するものとしても機能する。それ故に，和歌における表現は，日常の作者の心ではなく，歌によって作られる非日常的な心・特殊な心を詠むことができるものとなり，さらには七夕の歌では彦星や織姫の心になりきって一人称で悲恋を託つこと，あるいは絵画や物語の中に入り込んでその心を詠むことを可能とするのである。歌を詠むことは，歌が作り出す非日常の世界を生きるという，一種の「演技」として捉えることができるのである。[14]

③ 景と情──二つの文脈の対応

　非日常世界を作り出す和歌の構造的な特徴は，そこに読み込まれる景物（物象）が心情（心象）をかたどるという心物対応構造にある。[15]

　その最も基本的な構造は，前半に景物の文脈を，後半に心情のそれを詠み込む序詞形式である。たとえば，「石走る垂水の水のはしきやし君に恋ふらく我が心から」[16]（『万葉集』巻12・3025）の歌では，「激しく岩を打つ滝の水」という景物を描写する文脈が序詞として掲げられ，その水が激しく「はしる（ほとばしる）」ところから〈ハシ〉という音韻を媒介にして「はしきやし（愛しいことよ）」以下の心情を語る文脈が主想部として導かれる。さらにここでは，激しい滝のほとばしり（物象）が，愛しき思いの激しさ（心象）と重なりあって心情をかたどる。[17]こうした構造を心物対応構造と呼ぶが，そこに，自然の景物と人の心を語る二つの文脈が一つの音韻によって重なりあう奇蹟のような瞬間が立ち現れるのであり，あたかも眼前の自然の景物の中に自らの心を発見したかのような感動が描き出されるのである。[18]

　なお，和歌が心物対応を基本に持つというあり方は，神託が時に和歌的に表現されることにも繋がろう。なぜなら，神の意志を知ろうとすることは，自然現象の中に神の心を読み取ろうとするでもあったのだから。

　歌が全て漢字で表記された『万葉集』の時代から，平安朝のかな文字の歌の時代となると，かな表記によって言葉の同音（同字）への意識がより先鋭化されることとなる。そうした状況に呼応しつつ，『万葉集』の時代において二重の文脈をつくる修辞の主役であった序詞形式は，次第に掛詞・縁語へとその座を譲ることとなる。

　この和歌の特徴は，更なる展開において本歌取などの技法にも繋がってゆくこととなる。自然と心とを重ね合わせる和歌の本質は，形をかえつつ受け継がれてゆくのである。

（松田　浩）

▷4　和歌の「演技」としての性質については，参考文献の渡部（2009）を参照されたい。

▷5　心物対応構造に関しては，参考文献の鈴木（1999）を参照されたい。

▷6　「水が岩石に激しく飛沫をあげる滝の水が「ほとばしる」，そのはしるように「はしきやし（愛しいことよ）」，こんなふうにあなたを恋しく思うのは，他の誰のせいでもない，私の心が原因なのです」。

▷7　一般に序詞形式の歌は，同音反復・掛詞・比喩の3種類の方法で序詞（景物の文脈）と主想部（心情の文脈）とを繋ぐと説明されるが，実のところ比喩とされるものも，景物を語る言葉と心情を語る言葉が同一（同音・同語）であるという点で，音韻として両者が重なるものの範疇にあり，三者はともに景物を語る言葉と心情を語る言葉が同じ音韻を持つことによって重なり合うという点で共通する。

▷8　和歌の本質に二重の文脈を重ねるという性質があることについては，参考文献の渡部（2009）を参照されたい。

参考文献

渡部泰明『和歌とは何か』（岩波新書・2009）／鈴木日出男『古代和歌の世界』ちくま新書・1999）／同『古代和歌史論』（東京大学出版会・1990）／鈴木宏子・鈴木健一編『和歌史を学ぶ人のために』（世界思想社・2011）／古橋信孝『古代和歌の発生──歌の呪性と様式』（東京大学出版会・1998）／谷知子・島村輝編『和歌・短歌のすすめ』（花鳥社・2021）／谷知子『和歌文学の基礎知識』（角川書店・2006）

二　古典編

3 勅撰和歌集の思想

1　勅撰和歌集の始発と政教性

　勅撰和歌集とは，天皇・上皇の命によって作られた和歌集のことで，『古今和歌集』から『新続古今和歌集』まで二十一集が編まれた。

　紀貫之『古今和歌集』「仮名序」は，「今，すべらぎの天の下しろしめすこと，四つの時九かへりになむなりぬる。（略）よろづの政をきこしめすいとま，諸々のことを捨てたまはぬあまりに（略）撰ばせ給ひける（今，帝が天下をお治めになること，四季が九度となった。（略）あらゆる政務をおとりになる暇に，さまざまなことをお捨てにならないあまりに（略）撰ばせなさった）」と，勅撰和歌集を醍醐天皇の治世と強く結びつけている。徳のある天子の御代には優れた詩歌が多く詠まれ，また詩歌の繁盛によって国家の繁栄がもたらされるという儒教の礼楽思想の論理で，その後も受け継がれてゆく。

　また，受け継がれていったのは，その精神のみならず，名称，構成，形態など，多岐に及ぶ。例えば，巻の数は『古今和歌集』にならって二十巻の構成を基本とする。部立も『古今和歌集』の春上・下，夏，秋上・下，冬，賀，離別，羈旅，物名，恋一〜五，哀傷，雑上・下，雑体，大歌所御歌・神遊びの歌・東歌を規範とし，その後は釈教歌が部立に加えられる（『千載和歌集』）などの細かな改編が施される程度で，継承されてゆく。また，奏覧本（竟宴本・撰定本）の装丁についても，巻子装を基本としていたことが明らかにされている。

2　親撰としての勅撰和歌集の誕生

　後鳥羽院勅命の第八番目の勅撰和歌集『新古今和歌集』は，勅撰和歌集史上画期をなす。親撰としての勅撰和歌集の誕生である。このことをよく表しているのが，『新古今和歌集竟宴』（1205年）である。過去の勅撰和歌集に前例はなく，『日本書紀』講読後に開かれた「日本紀竟宴」が先例としてあるだけである。

　輔弼の臣藤原良経は，竟宴に寄せて，次のような歌を詠んでいる。

　　敷島や大和ことばの海にして拾ひし玉はみがかれにけり

　　　　　　　　　　　　　　　（『新古今集竟宴和歌』二・藤原良経）

「大和ことばの海」は，これまでに詠まれてきた膨大な数の和歌を大海に擬えたものである。良経は，大海で拾われた玉が磨かれると，『新古今和歌集』撰集を表現した。この歌の「拾ひし」の主語は，後鳥羽院である。良経は，古代天皇たちが海辺で玉を拾う神事をふまえて，院の親撰を海から玉を拾うという比喩で表現し，寿いだのである。

　この後，『続古今和歌集』『風雅和歌集』も竟宴を行っている。この二集にはその詳細を伝える資料が現存していて（『続古今竟宴御記』『資季卿記』『資平卿

▷1　佐々木孝浩『日本古典書誌学論』（笠間書院・2016）。

▷2　講書の終了を祝って酒宴が催され，漢籍の場合は漢詩，和書の際は和歌が詠まれた。和歌の初見は882（元慶6）年8月29日の『日本紀竟宴和歌』。

図1　後鳥羽院『新三十六歌仙画帖』
（フェリス女学院大学図書館蔵）

▷3　例えば，神功皇后が渚で白玉（白真珠）を拾い，手に載せると光明が四方に発したために，随行者に「これは海神が与えてくださった白の真珠です」と語り，「玉嶋」の地名の由来となったという逸話（『土佐国風土記逸文』「吾川郡玉嶋」）など，天皇が渚で玉を拾う行為には特別な意味があった。

記』など），『新古今和歌集』の竟宴をモデルとしていること，「竟宴」＝「親撰」であること，この三集の場合は「奏覧」ではなく「撰定」と呼ぶべきであること，そして実際上皇が積極的に撰に関わっていたことが明らかにされている[44]。なお，『続千載和歌集』以後は四季部完成の時点でいったん「奏覧」を行い，完成後の奏覧は「返納」と呼ばれた。

③ 王権の空洞化と勅撰和歌集の終焉

　しかし，時代がくだって『新勅撰和歌集』以下の十三代集となると，天皇・上皇以外の人間が実質的に支配するという事態が発生する。例えば，第九代勅撰和歌集『新勅撰和歌集』の勅命を下したのは後堀河天皇であるが，完成前の崩御により，摂関家九条道家が完成へと導いた。室町時代になると，勅撰和歌集の実質的企画・運営は，幕府へと移ってゆく[45]。室町幕府初代将軍足利尊氏は『新千載和歌集』を，二代将軍義詮は『新拾遺和歌集』を，三代将軍義満も『新後拾遺和歌集』を撰進している。足利尊氏以後の勅撰和歌集は，全て将軍の「執奏」というかたちをとって編まれることとなった。つまり，将軍が勅撰和歌集を企画したうえで，形式上天皇に奏上し，勅撰和歌集というかたちをとるのである。公家そして将軍が勅撰和歌集を実質的に支配してゆくという現象は，中世における王権の空洞化を端的に物語っていよう。

　そして，勅撰和歌集は，『新続古今和歌集』を最後に，長い歴史を閉じる。『新続古今和歌集』は，室町幕府第六代将軍足利義教の執奏によって，1433（永享5）年後花園院の命が下り，飛鳥井雅世が撰集した。その後，後花園天皇と足利義政によって，二二番目の勅撰和歌集が企画されたが，挫折し，結局その後勅撰和歌集が編まれることは二度となかった。応仁の乱という外的要因もあったが，室町幕府の衰亡，歌の家二条家の断絶という内的な事情も大きな原因である。勅撰和歌集が本来持っていた本質や目的が形骸化し，移ろいやすい時の権力と結びついたがゆえの必然であった。　　　　　（谷　知子）

図2　後鳥羽院『新三十六歌仙画帖』
（フェリス女学院大学図書館蔵）

▷4　佐藤恒雄『藤原為家研究』（笠間書院・2008）。

▷5　その具体相については，小川剛生『中世和歌史の研究』（塙書房・2017）に詳しい。

参考文献
　『新編国歌大観　第1巻　勅撰集編』（角川書店・1983）／『古今和歌集研究集成　第1〜3巻』（風間書房・2004）／『古今集新古今集の方法　和歌文学論集』（笠間書院・2004）

二　古典編

4　物　語

▷1　『無名草子』でも、『伊勢物語』や『大和物語』を「げにあること」と事実を描いたものとして、「偽り、そら事なり」とする他の物語とは別の扱いにしている。

▷2　現存している作品のなかにも、部分的に散逸して完全な形では読むことができない作品もある。例えば、『浜松中納言物語』は首巻を欠き、『夜の寝覚』は中間と末尾にかなりの分量とみられる欠巻がある。『夜の寝覚』の欠巻部に関しては新出資料などをもとに復元を試みる研究も行われている。

▷3　この物語合の記録は他資料と相違がある。『後拾遺和歌集』は開催日を5月5日とし、『栄花物語』では参加者が20人とされている。

図1　『栄花物語』けぶりの後巻、物語合に関する記述のある箇所
（国文学研究資料館蔵。DOI 10.20730/200019172）

［1］愛好された多くの物語

　1271（文永8）年、後嵯峨院の皇后である大宮院（西園寺姞子）の命で『風葉和歌集』が撰進された。全二十巻（現存十八巻）、勅撰和歌集の形式にならって部立がなされ、現存する限りで約1420首の和歌が並ぶ。一見すると他の歌集と変わりないように見えるが、実はここに収められているのは、すべて物語のなかから撰ばれた和歌なのだ。こうした歌集が作られるということ自体、いかに物語が愛好されていたかが分かるだろう。

　『風葉和歌集』の収載歌は、その序文に「作り物語の歌」から撰んだものであることが示されている。そのため、『伊勢物語』などの歌物語や『大鏡』『栄花物語』といった歴史物語、それに軍記物語や説話も対象としていない。それでも『風葉和歌集』のなかに存在が確認できる物語の数は200あまり。そのなかで現在まで残っているものはわずか24編。無論、作り物語に分類される作品のなかでも『風葉和歌集』に名が見えず、その成立以降に作られたのではないかと推定されている物語も存在する。しかし、いずれにせよ、私たちがいま読むことのできる物語というのは、かつて存在していた数多の物語のほんの一部であるということを忘れないでおきたい。

［2］次なる物語を生み出す営み

　仮名の物語の歴史はそれなりに長い。9世紀末〜10世紀初頭には、かぐや姫の物語として名高い『竹取物語』が成立したとみられている。そこから時を経て、『風葉和歌集』にも名が見えず室町時代の成立と推定される物語まで、およそ500年の歴史があることになる。その長い歴史のなかには、『風葉和歌集』の成立のように、物語愛好の機運を垣間見せてくれる事柄が他にも存在する。

　例えば平安時代後期、1055（天喜3）年5月3日に六条斎院（禖子内親王）の催した「物語合」がある。女房たちに物語を新作させたもので、その作中歌での歌合が記録に残っている。この日に出品された物語として名を残すのは18編。これもまた残念ながら現在読むことができるのはたった1編（『堤中納言物語』収載の「逢坂越えぬ権中納言」）だけだが、それだけの才能が集まっていたことは注目に値するだろう。この文化圏を領導したのは藤原頼通であり、その文化活動に関しては近年、研究が深まりを見せているところである。

　それから鎌倉時代初期には、数々の物語への批評を載せる『無名草子』や、物語に登場する和歌を番えた『物語二百番歌合』（藤原定家作）が生まれた。『物語二百番歌合』は、『源氏物語』と『狭衣物語』のなかから和歌を番えた『百番歌合』（源氏狭衣歌合）と、同様に『源氏物語』とその他10編の物語から

なる『後 百番歌合』(拾遺百番歌合)とで構成されている。

　長い時のなかで，物語は多くの人々に読まれ，愛され，新たな作品を生み出す源泉ともなってきた。それは物語そのものからもよく分かる。後に続く物語は先行する物語の影響を確実に受ける。それは物語の展開や登場人物の設定，引歌をはじめとする表現など多岐にわたり，時には先行する物語を直接取り込むことすらある。『落窪物語』では，作中人物たちが別の物語の主人公である「交野の少将」の噂話をする。『狭衣物語』は作中での蹴鞠の場面で，語り手が『源氏物語』若菜上巻に描かれる蹴鞠を「見た」と語る。これらは他の物語の世界を丸ごと取り込んで，自らの世界の一部としている手法だ。

　古い時代の物語が素朴で未熟にすぎないわけでも，後の時代の物語が模倣や亜流の域を出ないわけでもない。どの物語にもそれぞれの個性があり，達成がある。個々の物語がどのような方法でもって先行する物語に向き合い，新たな創造をしたのか。それを考えることは，物語を読み継いできた人々の営みに触れ，私たちもその一員となることでもある。

3 「作り物語」の外へ

　さて，「物語」と題しながら，仮名の「作り物語」という狭い範囲のなかだけで述べてきてしまった。『風葉和歌集』が対象としなかった他のジャンルまで目を配り，広く「物語」を考えていく必要がある。例えば，軍記物語との関わりはどうか。『狭衣物語』は美貌の貴公子狭衣大将を主人公とした恋の物語だが，その作者とされる宣旨(源 頼 国 女)は，軍事貴族として名高い源頼義・義家の同族である。作中，飛鳥井女君というヒロインが陸奥に下向するかもしれないという展開があり，その背後には前九年合戦の存在を読み取ることも可能だ。時代が下り，藤原定家作とされる『松浦宮物語』では，主人公の橘氏忠が唐で戦乱に巻き込まれる。治承・寿永の乱の時代を生きた定家の経験が反映されているとみられるが，『保元物語』『平治物語』『平家物語』といった中世の軍記物語がテクストとして成立する以前であるにもかかわらず，神の助けを得て戦う氏忠の描写はこれらの軍記物語と比べても遜色ない。そして，『風葉和歌集』とほど近い時期に成立したとされる『石清水物語』では，ついに武士である伊予守が主人公となる。伊予守にもまた東国の戦で武功を挙げるという展開があるほか，武士であることが随所に強調されて描かれており，『平家物語』との関わりも指摘されている。ジャンルの枠にとらわれずに広い視野を持つことで，物語の読みの可能性をひらいていきたい。

(千野裕子)

▷4　散逸してしまった物語であり，主人公とみられる「交野の少将」は色好みの人物として描かれていたらしい。『枕草子』でもこの『落窪物語』の場面を「交野の少将もどきたる落窪の少将などはをかし」と評するほか，「物語は」の段にも「交野の少将」の名が挙げられている。また，『源氏物語』でも作中人物との比較として「交野の少将」の名がみえる。帚 木 巻では光源氏を「交野の少将には，笑はれたまひけむかし」とし，野分巻では恋文を贈ろうとしている夕霧に女房たちが「交野の少将は紙の色にこそととのへはべりけれ」と言っている。

図2　『狭衣物語』蹴鞠の場面 (巻四)，版本の挿絵
(国文学研究資料館蔵。DOI 10.20730/200019807)

参考文献
　樋口芳麻呂校注『王朝物語秀歌選』上・下 (岩波文庫・1987〜89)／川村裕子『王朝文学入門』(角川選書・2011)／片桐洋一・増田繁夫・森一郎編『王朝物語を学ぶ人のために』(世界思想社・1992)／大槻修・神野藤昭夫編『中世王朝物語を学ぶ人のために』(世界思想社・1997)／小峯和明編『日本文学史　古代・中世編』(ミネルヴァ書房・2013)／秋山虔『新装版　王朝女流文学の世界』(東京大学出版会・2015)

二　古典編

5 日　記

1 「日記文学」への疑問

　日本文学において日記といえば『土左日記』を嚆矢として『蜻蛉日記』『和泉式部日記』『紫式部日記』『更級日記』などを思い浮かべるのが一般的であろうか。これらは「日記文学」や「王朝女流日記」としてジャンル分けされており，女性によって「仮名」で私的心情を細やかに記されたと説明される。自照性という言葉が使われることもある。

　対して，漢文で書かれた日記は，男性によって主に儀式や政務が記録されたものであるため，客観性が担保されるとともに，事実の羅列であり無味乾燥な叙述となっている，と言われることが多い。こちらは，古記録とも呼ばれ，主に日本史学の対象となっている。

　そもそも「日記文学」という語は大正から昭和にかけて創られたジャンル概念である。西欧では近代的自我の成立とともに自伝・回想などの文学が生成されたが，日本ではすでに古代に女性の手によって書かれていた！とされたのである。こうした「発見」は，近代化の過程における西欧への劣等感の裏返しともいえる。ゆえに，日記は，仮名／漢文，女／男，私／公，文学／歴史という近代的概念によって見事に分断されている。

2 「記」と日記

　日記の「記」は，書きつけること，記録すること，忘却に備えてあるものごとについて筋道を立てて書くことである。大陸においては，『周礼』の「考工記」，『礼記』などをはじめとして，司馬遷『史記』，揚雄『蜀記』，『西京雑記』，干宝『捜神記』，陶淵明『桃花源記』などがあるが，文体として確立したのは唐代（8〜9世紀）である。日本においても，記紀，『風土記』，『日本霊異記』などをはじめとして，「記」の文学は数多く書かれている。これらは，記録ということに主眼があるゆえに，おのずと史書との親和性が高くなるが，書かれた「事実」というものは，それぞれの認識の結果であり，複数性をもつことを留意しつつ読み解く必要があるだろう。

　この「記」に「日」＝時間性をもたせたのが「日記」である。時間軸に沿って記されたもの（記）ということになる。まずは，国家の記録としての日記（公日記）である内記日記，外記日記，殿上日記などがあげられる。さらに，年中行事や儀礼が重視されるにいたって，個人でも日記（私日記）が記されるようになる。特に，六国史以降これらの日記が残っているのは，『類聚国史』に象徴されるように，「歴史」の時代から，四季のサイクルを繰り返す「類聚」の時代への転換が影響しているだろう。毎年あるいは定期的に行われる儀礼を貴族

▷1　たとえば，三善清行『善家秘記』，都良香『富士山記』，慶滋保胤『池亭記』，菅原道真『書斎記』，藤原明衡『新猿楽記』，大江匡房『洛陽田楽記』『狐媚記』『遊女記』，『陸奥話記』，『将門記』，鴨長明『方丈記』など。大曾根章介「「記」の文学の系譜」（『大曾根章介日本漢文学論集』第1巻，汲古書院・2000）参照。

▷2　『日本書紀』『続日本紀』『日本後紀』『続日本後紀』『日本文徳天皇実録』『日本三代実録』の朝廷によって編纂された6つの正史。正史はその後も企画されたが，いずれも完成することはなかった。

たちそれぞれが記録し，それを蓄積することによって社会がまわっていた，日記の時代ともいえる。院政期には「日記の家」と呼ばれる家も出現した。

　また，旅は時間を視覚的にも示すことになる。渡海日記や参詣記をはじめとする旅行記が日記として書かれたのも必然といえよう。『土左日記』はこうしたテクストの系譜上にもある。

３　一人称叙述としての仮名日記

　仮名文の発達によって，日記を仮名で書こうというのは当然の流れであった。日記を分析するに，□1□で述べたような近代的概念をもちこんではならない。むしろ両者の垣根を取り払ってみることで，漢文／仮名文を問わず，書かれた日記が，〈客観性を装った実は主観的な叙述〉によって「事実」を構成したものであることがみえてくる。書くということにおいて，主観を排することは不可能であり，そこには私的心情も含まれてくる。また，それはそれなりの意志をもって行われるものである。漢文で書かれた日記が，無味乾燥な叙述に感じるのは，文体の差異によるものと，現在の価値観に裏付けされた読み手の先入観による可能性が高い。

　ところで，同じ仮名文であっても，物語が先に発達したのは，やはり，「仮名」そのものの特性によるものが大きいであろう。列島における「うた」や「語り」を書き記すのに，漢文では不都合が多い——注意すべきなのは，仮名とても，うたわれたり語られたりした世界をそのままあらわすものではなく，書かれたものであるということである——。ゆえに，仮名文においては「うた」や「語り」の文学である物語のほうが先に発達したのである。物語は語り手を設定し——場合によっては複数——，語り手が三人称の語りを展開する。日記は一人称の語りであるが，自己を「語る」という点では物語と近接する。『和泉式部日記』の「物語／日記」論争も，書き手が自らを主人公として，自己語りを展開したという点で，日記でもあり，物語でもあるのであって，近代的な枠組み（ジャンル概念）にあてはめようとするのは本末転倒である。

　なお，『蜻蛉日記』や『更級日記』などの回想的に書かれたテクストに対して，その日記としての性格に疑問を向けられることがあるが，そもそも日記の日付というのは形式であって，日記自体も日次で書かれたとは限らない。たとえ一日単位で書いていたとしても，それは一日のある段階からの回想ということになる。これは古記録においても同様で，日次に書いていたとは限らないし，さらにはのちに書き直されることも多々あったのである。　　　　（中丸貴史）

参考文献
松薗斉『日記の家——中世国家の記録組織』（吉川弘文館・1997）／ハルオシラネ・鈴木登美編『創造された古典——カノン形成・国民国家・日本文学』（新曜社・1999）／土方洋一『日記の声域——平安朝の一人称言説』（右文書院・2007）／鈴木貞美『「日記」と「随筆」——ジャンル概念の日本史』（臨川書店・2016）／松薗斉・近藤好和編『中世日記の世界』（ミネルヴァ書房・2017）／中丸貴史『『後二条師通記』論——平安朝〈古記録〉というテクスト』（和泉書院・2019）

①表

②裏

図1　『満済准后日記』1418（応永25）年6・7月（部分）

「黒衣の宰相」といわれた醍醐寺座主満済の日記（自筆本）。①表は具注暦（日の吉凶や年中行事などが注記されたもの）で，天候のみを記し，②裏にその日の出来事を記している。この日記の具注暦は空白行のないものであるため裏に日記を記しているが，ある場合はそこに日記を記している（『御堂関白記』『水左記』など）。
（国立国会図書館デジタルコレクション）

▷3　現存する写本・版本の多くが「和泉式部物語」と題され，また，書き手と目される和泉式部が三人称「女」と記されていることなどによる。

▷4　『九条殿遺誡』には朝起きてすべきことのひとつとして「記昨日事。〔事多日々中可記之。〕（昨日のことを記せ。〔事多き日は日中に之を記すべし〕）」と書いているが，日記を記すタイミングは必ずしも日次ではなかった現実があったともいえる。また，藤原宗忠の『中右記』などは人生の節目節目で自身の日記の記事を取捨選択し，整理していたことがわかる。日記は「日々の純粋な，客観的記録」などではないのである。

二　古典編

6 注　釈

注釈は，功罪あい半ばする犯罪である。

　スマホの画面を指先でスクロールして，その場限りの消費行動に終始する〈読書〉ではなく，強い探求心をいだいてテキストと向き合うとき，気になる表現や字句の傍らに線を引き，行間や欄外にどうしたって書き込みしたくなる。そうした欲望が，人をして〈注釈〉行為へと向かわせる。だが自分の私物ならともかく，図書館などから借りてきた公共物にそうした行為を行えば犯罪だ。既存のテキストに介入し，その文脈に切り込みを入れ，傷つけ，破壊する〈注釈〉行為の犯罪性は，これを「和語」に置きかえるとき可視化される。「注釈」の語に対応する〈和語〉は「もどき」である。「もどき」について，折口信夫は次のように「注釈」する。

> 　<u>もどく</u>と言う動詞は，反対する・逆に出る・批難するなどと言う用語例ばかりを持つものの様に考えられます。併し古くは，もっと広いものの様です。尠くとも，演芸史の上では，物まねする・説明する・代って再説する・説き和らげるなどと言う義が，加わって居る事が明らかです（下線は原文）。

　折口によれば「もどき＝注釈」は，「物まねする・説明する・代って再説する・説き和らげる」といった，既存のテキストをパラ・フレーズ（敷衍・贅言）するだけにとどまらない。さらに進んで，メタ・レベル（外部の視点）から当のテキストに「反対する・逆に出る・批難する」行為をも含みこむ。〈注釈〉行為の始まりは本文批判（テキスト・クリティーク）にあったことに思い至る。

　たとえば在原業平の歌に対し，『古今和歌集』「仮名序」は次のように「注釈」する。「その心余りて言葉足らず。萎める花の，色無くして匂ひ残れるがごとし（ありあまる想いを言葉に表現しきれず，枯れた花の，かすかに盛りの色をうかがわせるかのようだ）」，と。例として挙げられる「月やあらぬ，春や昔の」（古今集・恋五）の歌には，詞書としては異例の，何行にもわたる背景説明の「注釈」が付く。その「詞書＝注釈」がさらに肥大化して，やがては『伊勢物語』四段へと成長していったように，「注釈」の集積として『伊勢物語』はある。

　「注釈」に「注釈」を重ねて次第に肥大化していく過程は，『伊勢物語』六段にも見てとれる。盗み出した女を鬼に喰われ，「白玉か，なにぞと人の問ひしとき」の歌を詠んで後悔の臍を嚙むその後に，「これは，二条の后のいとこの女御の御もとに云々」との「注釈」の言葉が続く。「まだいと若うて」以下は，そのさらなる「注釈」である。どちらももとは「小書き」の注記であったものが，のちに「本文」化したものと思われる。

▷1　折口信夫『日本藝能史六講』（講談社学術文庫・1991）。

▷2　吉川幸次郎『古典について』（講談社学術文庫・2021）は，漢籍受容や古典受容における「注釈」行為を跡付けて秀逸である。

▷3　「月やあらぬ」のこの歌は，白楽天「感月悲逝者（月に感じて逝きし者を悲しむ）」（『白氏文集』巻十三）の「もどき」であり，そのある種の「注釈」でもある。

▷4　片桐洋一『伊勢物語の研究　研究篇』（明治書院・1968）は，『伊勢物語』のテキストの，数次にわたり成立した過程を跡付ける。

▷5　「白玉」の歌に続く「注釈」は，一種の「種明かし」であるが，それまでの「物語」の虚偽性をメタ・レベルから告発する発言ともなっている。

外へ外へと「注釈」のつけ足される『伊勢物語』の方法を逆手に採り，これを内在化したとき，『源氏物語』の「草子地」があらわれる。たとえば藤壺との密会場面を語る「若紫」巻で，語り手は読者を意識して，「いかがたばかりけむ（どのような策を弄したのであろうか）」といぶかってみせる。また「何ごとをかは，聞こえつくし給はむ（申し上げたい万般をどうして申し上げ尽くすことがおできになろうか）」と作中人物に精一杯同情してみせる。語り手がなかば読者の方へ振り向き，自ら語った事柄に，つかのま反省のまなざしを還す。そうすることで既存のテキストをパラ・フレーズしてみせる。ときにはメタ・レベルからそれを対象化し批判してみせる。そうした〈注釈〉行為が，『源氏物語』では「草子地」というかたちで意識化され，〈語り〉の手法として内在化されている。

〈注釈〉行為は功罪あい半ばして，対象となるテキストを価値あるものとして権威づけ，規範化するポジティヴなはたらきをも併せ持つ。

『伊勢物語』でいえば，巻頭に位置する「初冠」の段で，「春日野の，若紫の摺り衣」の歌が詠まれたあと，「ついで，おもしろきことともや思ひけむ（事のついでとして，男は趣深いことと思ったのであろうか）」で始まる「注釈」が付く。源 融によって詠まれた「みちのくの，忍ぶもじ摺り誰ゆゑに」（古今集・恋四）の歌を拠るべき〈本歌〉とし，それを典拠と仰ぎ，参照するかたちで詠まれたことが示されて，「昔人は，かくいちはやきみやびをなん，しける（むかし男は，いち早くこのようなみやびなふるまいに及んでいたのであったよ）」と結ばれる。時代は下って鎌倉初期の『新古今和歌集』のころ，ようやく盛んとなる〈本歌取り〉の手法が，はるかに先取りされていることへの驚きが，この「注釈」を成り立たせる。

〈本歌〉もそうなのだが，「注釈」の対象として価値付けられ，規範化されたテキストを，当時の人々は〈本文〉とか〈本説〉と呼んだ。和文の文章のなかで〈本文〉とあれば，それは漢籍文献を指す。『御成敗式目』編纂時，北条泰時は京都の宮廷を憚り，在京の弟重時宛ての仮名消息の中で，「なにを本説として被注載之由，人（＝宮廷官人たち）さだめて謗難を加 事 候 歟。ま事にさせる本文にすがりたる事候はねども，ただ道理のおすところを被記候者也」と記し，自己弁護につとめなければならなかった。そこにいう〈本説〉や〈本文〉は「律令格式」と総称される法規定の総体であり，法曹界特有のジャーゴン（専門用語）の数々であった。

こうした〈本説〉や〈本文〉の内に，やがて和文のテキストも加えられてくる。世阿弥は『風姿花伝』のなかで，「本説正しく，めづらしきが幽玄にて，面白き所あらんを，よき能とは申すべし」，「本説のままに咎もなく，よくしたらんが出で来たらんを，第二とすべし」と述べる。ここでいう〈本説〉は『伊勢物語』や『源氏物語』を指しており，それらは〈能〉の演目を通して〈注釈〉行為の対象とされ，価値あるテキストの地位を獲得する。はたして慶賀すべきことなのかどうか，それは措くとして。 （深澤 徹）

参考文献
三谷邦明・小峯和明編『中世の知と学——「注釈」を読む』（森話社・1997）／前田雅之『なぜ古典を勉強するのか』（文学通信・2019）／深沢徹『日本古典文学は，如何にして〈古典〉たりうるか？』（武蔵野書院・2021）。

▷6 「あさましかりしをおぼし出づるだに，世とともの御もの思いなるに」との藤壺の想いが記されることから，二人の逢瀬は，これが初めてではない。ただし物語の慣習的表現として「一夜孕み」があり，二人が性的に結ばれたのは，このときが，最初で，最後であったと考えたい。

▷7 『源氏物語』の「若紫」巻自体が，実は「春日野の若紫の摺り衣しのぶの乱れ限り知られず」のこの歌に依拠し，それをパラ・フレーズした「注釈」なのである。

▷8 「注釈」はひとり文学テキストにとどまらず，他のジャンルへも自在に越境していく。法曹界・経済界・芸能界，さらには自然科学の領域にまで拓かれていく。

▷9 『伊勢物語』を〈本説〉とした能の代表的な演目に「井筒」「隅田川」などがある。同じく『源氏物語』を〈本説〉とした演目として「葵上」「野宮」「半蔀」「源氏供養」などがある。

二　古典編

7 仏　教

1 仏教公伝をめぐる言説──イデオロギーとしての大乗仏教

　百済から日本への伝来については史料上，552（欽明天皇13）年とする『日本書紀』の説と「戊午年」（538年）とする『上宮聖徳法王帝説』の説が併存する。前者に対しては552年を末法到来の年と定めた中国由来の見解に基づくとする吉田一彦の指摘が存在し，文章全体も『金光明最勝王経』（703年漢訳）をはじめ中国撰述の仏教典籍をふまえた脚色が目立つ。一方，後者は「元興寺伽藍縁起幷流記資財帳」や「元興縁起」（最澄『顕戒論』所引）といった史料にも認められ，『日本書紀』成立以前から南都の学僧たちの間で共有されていたようだ。

　南北に王朝が並立していた6世紀前半の中国では，江南地方で梁を興した武帝が菩薩戒を受けて「菩薩戒弟子皇帝」と称し，自ら建立した同泰寺において四度捨身を行うなど，大乗仏教の精神に則った政治が展開されていた。その後，中国全土を統一した隋や唐（武）でも菩薩戒を受ける皇帝や皇太子が出現したことにより，大乗仏教は中国を中心とする東アジア地域共有の政治イデオロギー，対外交渉のツールとしての役割を果たすようになっていく。

2 聖武上皇・孝謙天皇による菩薩戒受戒とその意義

　754（天平勝宝6）年，孝謙天皇は聖武上皇・光明皇太后と共に，武則天（則天武后）の戒師・恒景の弟子に当たる鑑真から菩薩戒を受戒した。

　孝謙を支える仏教的権威の象徴が，父・聖武の発願によって東大寺に造立された盧舎那仏像（大仏）だ。『華厳経』『梵網経』の教主である盧舎那仏は，釈迦をはじめあらゆる時空間に遍在する一切の仏と同体とされ，蓮華蔵世界中央の台座上に鎮座する。つまり，平城京は東大寺盧舎那仏像の存在によって仏教的宇宙の中心として観念されることとなり，盧舎那仏の面前で菩薩戒を受けた孝謙は唐に準ずる小中華帝国・日本──蝦夷・新羅・渤海などの服属が想定された──の頂点に君臨する〈菩薩戒弟子天皇〉として，世俗的権威・仏教的権威の双方を身に纏うこととなった。内典（仏典）と外書（儒教を中心とする諸典籍）がともに尊重される〈聖代〉として聖武朝を讃美する薬師寺僧景戒撰『日本霊異記』には，汎東アジア的宗教である仏教の理念に基づき，皇権と仏法が緊密に連携する社会が理想視されていたことを窺わせる説話が散見される。このような認識は，のち〈王法仏法相依相即〉というイデオロギーへと発展する。

3 三国世界観の形成と神国思想の萌芽

　平安時代には最澄や空海を皮切りに，中国への留学・巡礼を果たす学僧が相

▷1　『文選』の編纂者として知られる昭明太子（501〜531）は武帝の長子であり，519（天監18）年，父と共に菩薩戒を受けている。

▷2　「日出ずる処の天子，書を日没する処の天子に致す。恙無きや」（『隋書』東夷伝・倭国）という煬帝宛て書簡の有名な一節は，鳩摩羅什訳『大智度論』を典拠とする表現である。同書は『大品般若経』の注釈書で全100巻という大部の著作だが，百科全書的な用途で広く読まれており，この書簡を起草したであろう聖徳太子も目にしていた可能性が高い（東野治之「日出処・日本・ワークワーク」（『遣唐使と正倉院』岩波書店・1992））。

次いだ。彼らが日本へもたらした彼地の情報や仏教思想，一切経・仏像・図像・法具といった文物は僧俗ともに異国への関心をかき立て，天竺（インド），震旦（中国），本朝（日本）の三国を全世界とみなす三国世界観が確立された。[43]

その一方，世俗社会では唐の弱体化に伴う東アジア地域の流動化に伴い，排外的な風潮が徐々に顕著となっていく。唐・新羅が相次いで滅亡する10世紀前半には「王土」たる日本列島（琉球・蝦夷ヶ島は範囲外）の四囲を区切り，境界外を穢れに満ちた異域と見なすことで，日本は神々によって擁護される特別な国として観念化される（神国思想）。周辺の諸国・諸地域に対する日本の優位を説く主張は三国世界観にも影響を及ぼした。仏法東漸とそれに伴う（とされる）天竺の仏教遺跡荒廃や唐の仏教弾圧と対比するかたちで，日本だけが仏教の隆盛を維持しているとする『三宝絵』中巻序の言説は，その典型といえよう。

4 〈冥界〉と〈顕界〉

『沙石集』が天照大神と第六天魔王との約諾を伊勢神宮における三宝（仏法・僧宝・法宝）忌避の由来とする一方で，「我国ノ仏法，偏ニ太神宮ノ御守護ニヨレリ」と説く（「太神宮御事」）点に象徴されるように，中世における神国思想の形成には仏教の存在が不可欠であった。仏教系の教派（山王神道・両部神道）はもとより，伊勢神道にあっても仏教思想の影響を免れることはできなかった。

神国思想の背景となる世界観を探る手がかりとして，大隅和雄・池見澄隆・末木文美士は各々〈冥-顕〉というタームに注目する。これは鎌倉時代の天台僧・慈円が用いた分析概念であり，神仏や死者といった冥衆の司る超世俗的＝人間にとって不可視の〈冥界〉と，天皇を頂点とする世俗的＝人間が日常生活を送る現実の〈顕界〉とが同一空間内に併存するという前提の下，〈冥界〉からの干渉により〈顕界〉の歴史が形成されていく。このような歴史観は仏法王法相依相即論と相俟って展開し，『愚管抄』のほか『平家物語』『太平記』といった軍記物語においても看取できる。とくに『平家物語』では怨霊，『太平記』では魔や天狗が冥衆に加わることで，各々の歴史理解に明確な個性を与えている。

江戸時代になると仏教諸宗は寺壇制度のもと，生者に対しては戸籍の管理，死者に対しては葬儀や墓所の管理を通じて，それぞれ大きな影響力を及ぼすようになる。また，「仏法即世法」を唱えた鈴木正三の勇猛禅（仁王禅とも）に代表される世俗倫理的教説が，印刷技術の進歩を背景として仮名草子のかたちで広範に普及した。その反面，仏教者が自ら仏教の「非合理」的側面を否定したこともあり，〈顕界〉に対する〈冥界〉の影響力は一定度後退する。〈冥界〉に関する体系的言説の登場は，平田篤胤による復古神道の提唱を待たなければならなかった。

（冨樫　進）

参考文献
池見澄隆編著『冥顕論——日本人の精神史』（法蔵館・2012）／河上麻由子『古代日中関係史——倭の五王から遣唐使以降まで』（中公新書・2019）／上川通夫『日本中世仏教形成史論』（校倉書房・2007）／末木文美士『日本思想史』（岩波新書・2020）／村井章介『境界史の構想』（敬文舎・2014）／吉田一彦『仏教伝来の研究』（吉川弘文館・2012）

▷3　三国世界観には，『日本書紀』『上宮聖徳法王帝説』にて仏教の将来者とされる朝鮮（新羅）が含まれていない。しかし，日本は「仏教公伝」ないし奈良時代以降も様々なかたちで新羅・高麗からの影響を受け続けてきた。

たとえば，部下・劉慎言らを介して円仁の巡礼を支援した新羅人・張宝高（張保皐とも。『入唐求法巡礼行記』）をはじめ，遣唐使廃止前後における日本人僧の入唐・入宋に際し，東シナ海海域を舞台に国境を越えて活躍した朝鮮系商人の果たした役割は決して無視できない。また，新羅滅亡後に朝鮮半島を統一した高麗との間には直接の人的交流こそなかったものの，高麗で版行・印刷された完成度の高い大蔵経（高麗大蔵経）が複数回輸入されたほか，13～14世紀には中国（南宋・元）を介して，禅僧による活発な交流が行われた（横内裕人「遼・金・高麗仏教と日本」（佐藤文子・上島亨編『日本宗教史4　宗教の文化と交流』吉川弘文館・2020））。

三国世界観に朝鮮が含まれない理由として第一に考えられるのは，朝鮮を属国視，ないし敵国視するナショナリズムの存在である。豊臣秀吉による文禄・慶長の朝鮮出兵や明治期の韓国併合を正当化する言説として機能した神功皇后新羅征討譚そのものに対する評価とは別に，歴史的イデオロギーの影響によって日朝文化交流史の重要な一側面が見えにくくなっている事実があることについて，私たちは十分に自覚する必要がある。

二　古典編

8 説　話

①　説話の定義と誤解

　大学で古典文学を教えていると，多くの学生が「説話」とは「庶民の生活が反映された教訓的な話」であると認識していることに気付く。「説話」という用語は，基本的に「話」や「物語」とほぼ同義であり，そこに庶民性や教訓性といった内容に関わる評価は含まれないのだが，なぜこうした誤認が広く共有されているのだろうか。それはおそらく，「貴族の時代が終わり，武士と庶民の時代が始まる」という，近代に創り出された“わかりやすい”「中世」像とも結び付きつつ，説話＝民衆の文学という幻想が根強く残っていることとも無縁ではあるまい。また，中学校・高等学校の国語教育における，教材の選択傾向も大きく関わっているものと予想される。

　では，内容に関わる評価が含まれないのであれば，なぜ「話」でも「物語」でもなく「説話」という語を用いるのか。差別化するからには，やはり「説話」独自の性質を有しているはずだ。こうした観点から，例えば「伝承性」「事実性」「固有名詞への固着」等に「説話」の特質を見いだそうとする議論もかつてはなされていたが，結局，そこから有益な結論が導き出されることはなかった。前近代における「説話」という語は，使用される文脈上，「物語」との使い分けは明確ではない。「説話」が学術用語として「物語」から分節されたのは近代であり，前近代の「説話」からその独自性を見いだすことはできない。近代以降の用例に即し，あえて「物語」との相違を指摘するならば，われわれが「説話」と言う時，そこには「物語の断片」が想定されており，その点で「物語」よりも広い射程を捉えることが可能となる。特定の作者（話者）がいてもいなくてもよいし，あるいは口承・書承で伝えられたものでもよい。話として完結している必要もない。ありとあらゆる「話」が，「説話」研究の対象となるのである。

②　国語教育と説話

　中学・高校の国語教育において，「説話」は古典ジャンルのひとつとして教科書に登場する。高校の教科書に絞って確認してみよう。現行の高等学校国語教科書を発行している10社[1]の教科書を見ると，「物語」「随筆」「日記」「和歌」等と並んで「説話」というジャンルが置かれ，ジャンルごとに「作品」の本文の一部が抜粋される。「説話」の教材として掲載される作品は，出版社によって若干の相違はあるものの，特定少数の「説話集」に偏っている。『宇治拾遺物語』と『十訓抄』は全社に掲載されており，『今昔物語集』『古今著聞集』『沙石集』も掲載率が高い。ほかに，『唐物語』『古本説話集』『古事談』『発心集』『今物語』がそれぞれ１〜３社。これらの成立年代は，『今昔物語集』が院

▶1　高等学校国語教科書「国語総合」「古典Ａ」「古典Ｂ」のすべて，あるいはいずれかを刊行しているのは，教育出版，桐原書店，三省堂，数研出版，大修館書店，第一学習社，筑摩書房，東京書籍，文英堂，明治書院の10社である。

政期，他はすべて鎌倉時代（『唐物語』『古本説話集』は院政期説もあり）と，中世前期に偏っている。まるで，「説話」がこの時代に集中しているかのような印象を与えかねないが，「説話集」は平安前期の『日本霊異記』『三宝絵』や南北朝から室町期の『神道集』『吉野拾遺』『三国伝記』等々，広い時代にわたって存在している。また，近世になっても，「仮名草子」「浮世草子」「読本」「噺本」等の新たなジャンル名を上書きされて存続する。さらに，「説話集」ではなく「説話」単独の形態であれば，あらゆる時代・ジャンルから見いだすことが可能である。

　ここで，教科書に記される「説話」や各「説話集」の説明に注目してみよう。「説話」とは，「さまざまな教訓的考え方や処世術，倫理観や宗教観などを伝えるためにまとめられた文章」（数研出版）であり，その「おもしろさの一つは，実際に生きていた人，実際に起こったできごとから導き出される教訓・戒めや意外性」（三省堂）と，その多様な性質の中から，ことさらに教訓性が強調されている。また，個別の説話集についても，教訓性と庶民性が特出される。『宇治拾遺物語』は「仏教説話，法師・聖人の逸話，民話的説話などを含み，人間的興味を中心とした庶民性・平俗性が特徴となっている」（第一学習社），『古今著聞集』は「総数七百余りの説話が，神祇，文学，和歌など三十編に分類記述されている。教訓的なものも多い」（東京書籍），『沙石集』は「仏教説話のほか，笑い話・昔話など庶民に親しまれた話が収められている」（桐原書店），「主に信心，道徳心の大切さを説いている」（明治書院）といった具合だ。なお，教訓的な説話を集成した『十訓抄』は，説話集研究の対象として決してメジャーとはいえないが，これが全社の教科書に掲載されていることも象徴的である。

　教科書に掲載される「説話」のこうした傾向は，1902（明治35）年の文部省訓令「中学校教授要目」に「訓育主義」が明記されたことと，それに呼応し，以降の教科書に掲載された『今昔物語集』から徐々に不道徳な内容が排除されていったこととも関連するだろう。また，教育現場では，貴族中心というイメージの強い平安時代との対比によって，次代の「中世」を説明する方法が好まれたが，ステレオタイプな「中世」像を体現する要素のひとつとして「庶民性」が重宝されたのではないだろうか。つまり，近代の古典研究が「説話」を独立したジャンルとして位置づけたことと，国語教育の場で与えられた役割によって，教訓性・庶民性を備えた「説話」という幻影が創り出されたのである。これを過去の作品に投影し，「説話」全般に共有される特徴を見いだすという行為はナンセンスであるが，近代人が「中世」に何を求めたのかという意味では，この共同幻想の起源を探ることは有意義である。

　なお，参考文献は単行本を下記参考文献欄に載せ，論文等は右側注に示した。「説話」をめぐる問題を考える際には参照してほしい。

（藤巻和宏）

参考文献——
小峯和明『今昔物語集の形成と構造』（笠間書院・1985）／本田義憲ほか編『説話の講座』全6巻（勉誠社・1991〜93）／説話文学会編『説話から世界をどう解き明かすのか』（笠間書院・2013）／倉本一宏編『説話研究を拓く——説話文学と歴史史料の間に』（思文閣出版・2019）／倉本一宏ほか編『説話の形成と周縁』古代・中近世篇（臨川書店・2019）／説話文学会編『説話文学研究の最前線』（文学通信・2020）／説話と説話文学の会編『日本説話索引』全7巻・既刊2巻（清文堂出版・2020〜）

▷2　国文学研究資料館の国文学論文データベースで，教科書に掲載されるいくつかの説話集名を検索すると，『今昔物語集』2584件，『宇治拾遺物語』920件，『沙石集』493件，『発心集』423件，『古今著聞集』382件，『古事談』369件，『十訓抄』265件であり，全社に掲載される『十訓抄』は，必ずしも研究対象としてメジャーな存在ではないことがわかる。なお，教科書未掲載の『日本霊異記』は1439件である。

▷3　前田雅之「説話研究の現在」（『国文学　解釈と教材の研究』46-10・2001）／竹村信治「今昔物語集と近代のメディア」（小峯和明編『今昔物語集を学ぶ人のために』世界思想社・2003）／千本英史「日本霊異記から今昔物語集へ」（小峯和明編『日本文学史　古代・中世編』ミネルヴァ書房・2013）／藤巻和宏「中世が無常の時代というのは本当か」（松田浩ほか編『古典文学の常識を疑う』勉誠出版・2017）。

二　古典編

9　芸　能

▷1　『風姿花伝』など世阿弥の能楽論は，次のシリーズに収められている。
表章校注『世阿弥　禅竹』（「日本思想大系」岩波書店・1974）。
表章校注・訳『連歌論集・能楽論集・俳論集』（「新編日本古典文学全集」小学館・2001）。

▷2　芸能の詞章・戯曲は，それぞれ以下に収められている。
能：横道萬里雄・表章校注『謡曲集』上・下（「日本古典文学大系」岩波書店・1960/1963）。天野文雄校注・現代語訳『能を読む』角川学芸出版・2013）。
説経節：荒木繁・山本吉左右編注『説経節　山椒太夫・小栗判官他』（平凡社東洋文庫・1973）。信多純一・坂口弘之校注・訳『古浄瑠璃　説経集』（「新日本古典文学大系」小学館・1999）。
人形浄瑠璃・歌舞伎：鳥越文蔵ほか校注・訳『浄瑠璃集』（「新編日本古典文学全集」小学館・2002）。このほか，日本古典文学大系（岩波書店）・新日本古典文学大系（同）・新編日本古典文学全集（小学館）には，人形浄瑠璃・歌舞伎の詞章が多数収められている。
狂言：北川忠彦・安田章校注・訳『狂言集』（「新編日本古典文学全集」小学館・2001）。

1　物狂能における別離のプロット──日本の悲劇の潮流の発端

　芸能の中で演劇のジャンルとして大きく発達したのは，室町時代の京都における能である。とりわけ物狂能は人気が高かった。物狂とは，憑物や悲痛な体験により心身が大きく乱れた人の様子や状態をいい，「親に別れ，子を尋ね，夫に捨てられ，妻に後るる」（世阿弥『風姿花伝』）親しい人との別離のプロットは特に好まれた。能『百万』（観阿弥原作，世阿弥改作）では，幼子を見失った大和国吉野の女性が物狂となり，京都嵯峨野の清凉寺に至り，「百万」と名のって境内の群衆に芸を演じつつ，子との再会を願って待つ。その様子は，「もとより長き黒髪を，おどろ（乱れて生えた雑草）のごとく乱して，古りたる烏帽子ひき被き，また眉根黒き乱れ墨｜と描かれ，物狂の心中を投影している。
　また能『隅田川』（世阿弥の子，元雅作）では，我が子を人身売買者にさらわれた都の女性が物狂となり，後を追い東国隅田川に至るが，川辺で我が子が命を落としたことを知る。草原の簡素な墓前で女性が念仏を唱えると，子の姿が幻に見え，手を取ろうとすると消えてしまう。幻はしばらく「見えつ隠れつ」して女性の心は惑わされるが，夜が明けると辺りは「草，茫々として，ただしるしばかりの浅茅が原（雑草の草原）」が残るばかりであった。このような物狂能の制作が，日本の演劇や語り物に悲痛な別離が多く描かれるきっかけとなる。

2　救いのプロット──芸能は信仰の場から発生した

　ただし『隅田川』以前の初期の物狂能では，『百万』のように別離した相手とめでたく再会するのが定型的な結末であった。観客もそれを予想したから，芸能としての眼目は，悲痛さよりは，物狂の花やかな扮装や舞台で繰り広げる曲舞などの芸にあった。そしてハッピーエンドをもたらす鍵となったのは，寺院など劇中の信仰の場と物狂の信心である。能は，京都の都市芸能となる以前，各地の寺社の芸能であった。寺院が再会の御利益がある場として描かれるのは，芸能が布教の役割を担ったからであると考えられる。能に限らず前近代の日本の芸能には信仰をモチーフとする作品が多く，日本各地の寺社の法会や祭礼では，厳かな儀式とともに芸能が演じられてきた。それは，そもそも芸能の発生が，人々の生活を守るための信仰と関わりが深かったことをうかがわせている。

3　悲劇と救いの共存

　しかし，能が都市芸能として展開すると，信仰でさえ人を救うとは限らない筋の作品も現れる。『隅田川』でも女物狂の亡き子は生き返らない。ただし，女物狂が「南無阿弥陀仏」と繰り返し唱えると，亡き子の幻を目前にする。それ

を一抹の救いと見るか空しさの増幅と受け取るかは鑑賞者次第であるが，幻を喚び起こすきっかけは念仏にあり，そこにも信仰の力がはたらいていた。

　悲劇と救いの共存のプロットは，寺院の説経に由来し室町時代に盛んになった語り物の芸能である説経節[43]にも見られる。簓[44]を伴奏に用い，門付け芸へと展開し，江戸時代には浄瑠璃の影響も受け，操り人形芝居の語りともなった。「丹後国，金焼き地蔵の御本地（由来）」を説き弘めるという『さんせう太夫』は，森鷗外の小説『山椒大夫』の原話でもある。安寿・厨子王の姉弟は人身売買者のさんせう太夫に騙され，母と引き離されて売られ，重労働を負わされる。脱走を図るが捕らえられ，額に焼き金を当てられるが，安寿が母に渡された守りの地蔵菩薩を取り出すと，焼き跡は消える。安寿は厨子王を逃走させて拷問を受け命を落とすが，厨子王は後に丹後国を賜り，さんせう太夫を処刑して姉の仇を討ち，守りの地蔵菩薩を「金焼き地蔵」として安置する。

　説経節の詞章の特徴は，姉弟が焼き金を当てられる際の「金真赤に焼き立て，十文字にぞ当てにける」という即物的表現や，姉弟と生別した母の「厨子王，恋しや，ほうやれ。安寿の姫，恋しやな」という俗語的表現にある。足利将軍家など上層武家に好まれた能には歌語などが用いられたことと対照的である。

④　近世の芸能と人間社会──人形浄瑠璃・歌舞伎・狂言

　江戸時代に展開した歌舞伎の作品に『暫』がある（初代市川団十郎初演『参会名護屋』の一場面を原拠とする）。善人たちを打ち首にしようとする悪徳権力者の前に，主人公が「暫く，暫くー」（ちょっと待った）と声を掛けて現れ，退治する。人々が生活に救いを求める思いが，宗教に加えて，室町時代以降，幅広い層に広がった儒教思想に基づく，社会正義という形で芸能にあらわれる。

　また，近松門左衛門（1653〜1725）原作の『曾根崎心中』など，人形浄瑠璃の心中物の作品では，大坂の巷間の事件に取材し，観音信仰や念仏信仰を織り交ぜながら，周囲に受け容れられない恋愛と心中の結末を描く。中世的な別離の悲運から，庶民の社会を舞台とした悲恋へと，悲劇のプロットが拡がっていく。金銭や家の相続，恋愛などに翻弄される人間の心理が，「げに思へども歎けども，身も世も思ふままならず」などと描かれる。

　能と一緒に演じられてきた喜劇の狂言は，近世に入り筋が整えられ完成した。『棒縛』では，主人が外出時，召使いに家の酒を盗み飲みされないように縛っておいたが，召使いは「かやうに縛られたと思へば，ひとしほ酒が飲みたいではないか」と，機転を利かせて縛られたまま酒を飲んでしまう。下層階級の人々の生活感や願望が，親しみやすい表現でユーモラスに描かれる。

（重田みち）

参考文献──────

藝能史研究會編『日本芸能史』第１〜７巻（法政大学出版局・1981）／西山松之助先生古稀記念会編『江戸の芸能と文化』（吉川弘文館・1985）／日本ビクター企画・制作・著作『音と映像による日本古典芸能大系』映像解説編・総論編（日本ビクター・1991）／近世文芸研究叢書刊行会編『近世文芸研究叢書』第２期芸能篇（クレス出版・1994）／阪口弘之『街道の語り物』（和泉書院・2020）／同『近世都市芝居事情』（和泉書院・2020）

▷３　日本中世には，仏教を布教する寺院の説経（唱導）などから発したと推測される，語り物の芸能が盛んであった。楽器の簡素な伴奏があり，琵琶法師による平家語りが代表的であるが，室町時代には，簓を用いた説経節（古説経）や，平家語りから派生し琵琶を用いた浄瑠璃（古浄瑠璃）も語られた。近世には，浄瑠璃の伴奏楽器は琵琶から新しく日本に到来した三線（三味線）に移り，説経節もその影響を受け（▷４参照），さらに，説経節も浄瑠璃も，操り人形と組み合わせて人形芝居の語りとしても演じられるようになった。

▷４　初期の説経節の伴奏に用いた簓は，竹を摺り合わせて音を出す簡素な楽器である。近世に入ると胡弓や三味線も合わせて用いられた。三味線は，室町時代から展開した芸能である。また，芸能の担い手が移動しながら人家の入口等で行う芸を門付け芸といい，江戸時代の説経節の演じかたとして，門付けする「門説経」が行われていた。17世紀末に刊行された『人倫訓蒙図彙』には，簓・胡弓・三味線を伴奏にした門説経の挿絵がある。

図１　『人倫訓蒙図彙』巻七，門説経の挿絵
（国立国会図書館デジタルコレクション）

二　古典編

10 絵画（絵巻・絵本）

1 絵　巻

　日本の文学作品は，絵巻物として残されることが多い。国宝『源氏物語絵巻』は，部分的にしか保存されていないが，文字の部分は，『源氏物語』として最古の写本である。日本においては，重要な内容であるものや，秘密性の高いものは，巻物として保管された。よって，平安時代や鎌倉時代の文学作品に絵を伴う場合には，巻物化され，絵巻となったのである。

　著名な物語作品としては，『源氏物語』以外に，『狭衣物語』や『住吉物語』『伊勢物語』等の古い絵巻が残されている。これらの物語以外では，『信貴山縁起絵巻』や『伴大納言絵詞』のような説話的な内容も古くから絵画化されている。一方で，『三十六歌仙』のような和歌を中心とする文学作品の場合には，人物絵，すなわち，歌仙絵が描かれるようになり，鎌倉時代にはいくつもの『三十六歌仙絵巻』が作られた。

　同じ鎌倉時代には，軍記物語の作品群も絵巻化されるようになったが，物語や，軍記物の作品群は，なかなか完全な形では残らず，断片的に，所蔵先もばらばらになってしまうことが多い。鎌倉時代後期には，文学作品に入るかは問題だが，『蒙古襲来絵詞』のような記録的な絵巻も作られるようになった。また，この頃には，法然や親鸞等の仏教上の開祖の伝記絵巻も多く作られている。

　室町時代になると，『看聞御記』に記されるように，貞成親王周辺で多くの絵巻が集められていたことが分かる。『看聞御記』には，物語や説話，社寺縁起や高僧伝等のさまざまな作品の具体名が記されている。その中には，古典的な物語ばかりではなく，当時としては同時代に成立した御伽草子の作品群の名前もある。

2 絵　本

　室町時代後半になると，冊子本の絵本も作られるようになり，御伽草子が主な題材となった。室町時代から江戸時代前期にかけて制作された直筆・手彩色の絵本のことを奈良絵本と呼ぶが，現在では奈良で制作されたとの説は，ほぼ否定されている。奈良絵本は，その初期は素朴な絵を伴っていたが，桃山時代頃から金銀を使用した豪華な絵本が作られるようになった。

　江戸時代になると，印刷本（版本）としての絵本も制作されるようになるが，色刷りはまだ行われていない。奈良絵本の絵を真似て，版本の絵に彩色する丹緑本も作られたが，その色彩は，丹（赤），緑，黄色を中心とした淡彩である。丹緑本においては，豪華な奈良絵本と同じような極彩色はほとんど見られない。

　江戸時代前期には，多くの奈良絵本や，版本の絵本が作られている。と同時

に，絵巻物も，最も多く制作されたのは，江戸時代前期である。版本が流布している時代に，おそらくは，その豪華本として奈良絵本や絵巻が制作され，大名家等の富裕層が所有したものと考えられる。したがって，大名家が経済的に没落する江戸時代中期になると，奈良絵本や絵巻のような豪華本はほとんど作られなくなる。

奈良絵本と絵巻は，同じ筆耕（書家）や絵師が制作していることから，奈良絵本・絵巻として同時に考察する必要がある。版本であるならば，刊行年や出版社名が記されるのであるが，奈良絵本・絵巻のような手作りの作品には，署名等をしないという伝統があったので，制作年についても研究者によりさまざまな説が出ていた。しかし，浅井了意（？〜1691）が本文の筆耕を勤めていたこと等が分かり，制作年代や制作地も，より正確に推測できるようになってきたのである。豪華な絵本や絵巻の多くは，17世紀の後半に京都で制作されていたと見て間違いない。

また，浅井了意は，日本文学史上，仮名草子最大の作家として知られている。作家がどのような過程を経て作家となったかは，簡単に明らかにできるものではないが，奈良絵本・絵巻の筆耕を勤めていた了意は，職人としての筆耕という仕事で収入を得，さらにはその仕事によって知識を得ることになり，内容を作る作家となっていったということも推測できるようになった。

17世紀末には，居初つなという女流絵本作家の存在も確認できる。つなは，女性向けの往来物版本の制作者として知られていたが，奈良絵本・絵巻も数多く制作し，しかも，本文と挿絵の両方を担当していた。従来，本の制作は，筆耕と絵師等の男性職人が分業によって行っていたと考えられていたが，その文字も挿絵もこなす，女性が存在していたのである。三百年以上前に，女流絵本作家が存在し，名前が明らかになることは，世界的にも珍しい。

居初つなは，版本の絵本においても，挿絵と本文の両方を執筆していたのであるが，18世紀になると，奈良絵本・絵巻は激減し，多くの絵本は印刷による版本となっていく。版本の絵本は，江戸時代を通じて制作されていたが，時代と共に小さくなる傾向があった。江戸時代後半には，草双紙と呼ばれる絵を中心とした小冊子が多く作られるようになったが，それは，今日の日本のコミックとほぼ同じ大きさである。時を同じくして，一枚物の刷り物も多く色刷りによって作られるようになった。奈良絵本・絵巻は江戸時代前期に京都で作られたが，錦絵と呼ばれる一枚物の作品群は，江戸時代後期に主に江戸で作られている。その題材には，当時の演劇や，文学作品も数多い。　　（石川　透）

図1　絵巻『蓬莱山』（江戸時代前期，本文は浅井了意筆）
（個人蔵）

図2　奈良絵本『鉢かづき』（江戸時代前期，本文・絵画ともに居初つな筆）
（個人蔵）

参考文献───
『日本の絵巻』『続日本の絵巻』全47冊（中央公論社・1987〜93）／若杉準治『絵巻を読み解く』（新潮社・1998）／石川透『入門　奈良絵本・絵巻』（思文閣出版・2010）

二　古典編

11 国　学

図1　国学四大人画像（上から
順に，荷田春満，賀茂真淵，
本居宣長，平田篤胤）
（國學院大學図書館蔵）

1　国学のはじまり

　国学とは，江戸時代に漢籍中心の学問観に対し，日本の古典・古物を対象と
して，日本固有の文化と精神の本質を明らかにしようとした学問・思想である。
日本の古典研究は古くから行われていたが，儒教や仏教が渡来以前の日本固有
の精神や文化を尊重するという態度は，それまでの古典研究とは区別される。
　国学は，江戸時代の貞享・元禄（1684〜1703）の頃に興り，それから幕末期
にかけて普及発展していった。国学の萌芽は江戸初期に，中世以来の古今伝授
といった歌学に対する反発や，古典注釈の集成作業，水戸藩による『大日本
史』の編纂開始など，自国の歴史や文化への意識の高まりに起因する。また，
江戸時代に始まった商業出版により，古典の普及が進み，新たな本文・注釈の
刊行や，刊本への書き入れによって，古典研究が浸透していった。

2　三哲・四大人

　このような時期に，水戸藩では『万葉集』注釈の編集が始まり，最終的に真
言宗の僧である契沖が委嘱され『万葉代匠記』を著した。契沖は，仏家・儒家
の経典・経書の注釈方法を規範としつつ，『万葉集』の本文批判を行った。多
くの用例を検討しながら語法や語義を確定する，契沖の文献学的な注釈方法は，
後の国学の学問体系となっていく。また，契沖は『万葉集』の研究を通じて，
歴史的仮名遣いの誤りを正すなど，古典研究に精力を注いだ。なお，契沖は以
後の国学者とは異なり，儒仏の排斥や精神性の強調などは行っていない。
　契沖に次いで登場するのが荷田春満である。春満は伏見稲荷社（京都）の神
職の家に生まれ，家学の神祇道と歌学を学んだ。その学問には，直接的ではな
いが儒学や契沖の影響が認められ，その対象は国史・法律・歌学・語学・文
学・故実に及ぶ。京都と江戸で門人を集め，将軍徳川吉宗にも知られる存在と
なった。春満は，京都に「皇倭の学（国学）」の学校を創設することを幕府に請
願すべく『創倭学校啓』を作成した。開校することなく春満は没するが，後に
「創造国学校啓（創学校啓）」として流布し，後世の国学に影響を与えた。そこ
には「古語不通，則古義不明焉，古義不明，則古学不復焉（古語通ぜざれば，
則ち古義明らかならず，古義明らかならざれば，則ち古学復せず）」とあり，古
語に通じなければ古典の意味がわからず，古学を復興することは出来ないと主
張している。やはり春満の考えも，古語の究明を念頭に置く文献学的方法であ
ったといえる。このような業績から，春満は国学の祖として位置づけられる。
　春満の晩年に師事した賀茂真淵は，五十歳で吉宗の次男である田安宗武に和
学御用掛として仕え，荷田派を継承し多くの門人を持った。著書も多く，国学

▷1　学問として「国学」の
語を用いた最初の文章である
とされていたが，草稿本には
「倭学」「皇倭学」「古学」が用
いられており，「国学」は使
用されていない。1798（寛政
10）年に，春満の歌集『春葉
集』の附録として刊行された
時に，これらの名義が「国
学」に改められた。さらに，
その後には平田派の門人によ
って「創造国学校啓」として
校訂刊行され，さらに流布し
た。

を体系化させた人物といえる。『万葉集』の研究を行うだけではなく，万葉調の歌を詠んだ。真淵は古典から古意・古道を説き，日本固有の古代精神の意義を強調したことで，国学は儒学に対立する学派として認知されるようになる。

真淵には優れた門人が多く，国学の大成者とされる本居宣長もその一人である。宣長は，真淵入門以前には儒学や契沖の学問に接していたが，1763（宝暦13）年，三十四歳のときに松阪で真淵と対面し，それ以降，書簡を通じて国学の指南を受けた。宣長の緻密で実証的な研究は，国学の研究水準を高め，係り結びの法則や上代特殊仮名遣いの発見なども，宣長の功績と言ってよい。著作も多く，なかでも『古事記』全巻の注釈書『古事記伝』は有名である。また『源氏物語』研究から，「もののあはれ」といった文芸理念を導き出した。

宣長の後継者を自認したのが平田篤胤である。篤胤は宣長から直接教えを受けることはなかったが，宣長を尊敬し多くの門人を育て国学の普及に尽力した。篤胤の取り組みは，それまでの文献学的な国学の範疇を超え，宗教的な側面も打ち出し，幕末の尊王攘夷運動にも影響を与えた。

このように，広くは古典を研究した人々を国学者というが，先の代表する人物のうち，契沖・真淵・宣長を「三哲」，春満・真淵・宣長・篤胤を「国学四大人」と称し重視している。

③ 国学の名義・範囲

国学に相当する学問を，契沖は「歌学」，春満は「皇倭の学」「倭学」「古学」，真淵・宣長は「古学」と称しており，人物によって名義が一定していない。江戸時代には「和学」が一般的であり，国学は和学として理解されていた。宣長は，和学・国学は漢学（儒学）に対しての名義であり，本来は「学問」と称すべきもので，和学・国学を用いることは不見識としている。なお，これらの学問名称が国学に統一されたのは明治以後のことである。また，その学問範囲も，狭義には『古事記』『日本書紀』『万葉集』『源氏物語』『伊勢物語』といった特定の古典研究に基づいた学問，あるいは「三哲」「四大人」によって確立した学問を指すが，広義には神道・歴史・有職故実・文学など日本の諸学問全般の研究を指す。そのため，名義の利用者によって示す範囲が異なるのである。

国学は日本の古典研究に大きな進歩をもたらす一方で，幕末・明治の思想や政治にも影響を与えた学問である。国学が対象とする領域は幅広く，近代には国文学，国語学，歴史学，神道学，宗教学，思想史学など諸学に分化していった。まさに国学とは，日本文化に根ざした総合的人文学といえよう。

（渡邉　卓）

▷2　奈良時代およびそれ以前の日本文献には，後世にはない発音の違いに基づく仮名の使い分けがあった。キケコソトノヒヘミメモヨロおよびその濁音の万葉仮名に二類の使い分けがあり，その書き分けを一般に甲類・乙類と称する。江戸時代に本居宣長が気づき，その門人の石塚龍麿が実例を収集整理し，明治末期に橋本進吉が研究を進め，次第にその本質が明らかとなった。

▷3　本居宣長が提唱した平安時代の文芸理念。外界の「もの」と，感情を形成する「あはれ」との一致するところに生ずる調和した世界を理念化したもの。それを表現した最高作品が『源氏物語』であるとした。

参考文献

久松潜一『國學——その成立と国文学との関係』（至文堂・1941）／重松信弘『近世国学の文学研究』（風間書房・1974）／内野吾郎『文芸学史の方法——国学史の再検討』（桜楓社・1974）／鈴木淳『江戸和学論考』（ひつじ書房・1997）／鈴木暎一『国学思想の史的研究』（吉川弘文館・2002）／渡邉卓『日本書紀』受容史研究——国学における方法』（笠間書院・2012）／田中康二『本居宣長——文学と思想の巨人』（中公新書・2014）

三　近現代編

1　恋　愛

図1　与謝野晶子『みだれ髪』
（国立国会図書館蔵）

▷1　二葉亭四迷『浮雲』
（1887～91）も新時代の恋愛
を模索する。「外科室」(1895)
など泉鏡花の作品はロマンティックな恋愛の流れ。与謝野
晶子の短歌集『みだれ髪』
(1901) は，斬新な装幀も注
目された。

▷2　個の確立については森
鷗外「舞姫」(1890)，三角関
係を用いたライバルとの関係
として，夏目漱石『それか
ら』(1910) や『こゝろ』(1914)
など。

▷3　田山花袋「蒲団」
(1907)，島崎藤村『新生』
(1919) など。

▷4　阿部次郎などだが，文
学としては白樺派などが類似
の思想を持つ。

1　〈恋愛〉は人間の普遍的な営みか？

　時が経ち，どんなに社会は変わっても，恋愛は変わらない……のだろうか。
例えば異性愛ばかりが中心化され，同性愛が最近まであまり取り上げられなか
ったこと一つとっても，人を好きになる気持ちやさまざまな欲求と，それが
〈恋愛〉という概念として社会で認知されるということは，別のことである。

　〈恋愛〉の研究は，それが社会的，歴史的に構築された概念であり，特定の形
式を持っていることを明らかにする。恋愛は，個人が文字通り好き好んで関与
する行為であり，理性ではなく情動として捉えられるため，制度性が意識され
ることは少ないが，その限定を超えて，実はもっと個性ある形でなされてもよ
いし，恋愛しなければならないわけでもない。ここでは，限られた分量だが，
〈恋愛〉に関連する近代文学を通史的に振り返る。関心ある話題を見つけ，見
えない制度を歴史化し，相対化するヒントにしてほしい。

2　〈恋愛〉概念の確立

　近代日本において恋愛を謳った嚆矢は，北村透谷（1868～94）である。彼は
西洋文学やキリスト教の影響を受け，汚辱に満ちた現実世界を離脱させる想念
の世界として文学を夢み，恋愛をその象徴とした。対象の女性をも崇拝する彼
の恋愛は，それまでの男尊女卑とは全く異なる新しい概念であったが，理想で
あるゆえに肉体性を伴わない点では，生身の女性との乖離もあり，むしろ女性
の生き方を規定するものにもなった。ともあれ当時は結婚を親が決め，家の存
続を目的とするのが一般的だったため，恋愛は家制度などの旧習を批判し，個
人を確立するふるまいだと位置づけられ，これが以後長く続くことになる。

　恋愛には他から選ばれること，つまり同性のライバルとの優劣が付随するが，
そこで顕在化する人間性をつきつめて描いた作品も出てくる。さらに文学が人
間や社会の醜悪な面に目を向けるようになり，1905年頃から自然主義が起こる
と，男性が女性に抱く性欲を描くことも恋愛の大きな要素となった。

　女性の側からも，恋愛を，慣習を壊す自由な関係とみるのか，男性の欲望に
よる支配とみて，拒絶する方を自立とするのか，さまざまな模索がなされた。
女性雑誌『青鞜』(1911～16年) では，恋愛やセクシュアリティについて多くの
議論が交わされた。同性同士の恋愛も実現される一方，その頃興隆した性心理
学によって，同性愛が〈異常〉とされることもあり，当事者たちは戸惑い，自
己を矯正することもあった。

　続く大正時代には，人間の堕落にもそのままにとどまった自然主義への批判
から，反省や成長を掲げる大正教養主義が興り，この思想は〈個性〉を重視し

たため、〈恋愛〉はさらにブームになる。〈恋愛〉とは、それぞれ無二の個性がひかれあう点で、この思想の象徴でもあったからである。前述のように、多くの結婚は家のためだったから、恋愛は結婚外にあるように思われ、婚外恋愛が多くの事件にもなった。〈恋愛〉概念はひとまずの確立をみたといえる。[15]

3 〈恋愛〉の限定性と批判

　しかし、労働者の意識が変わり、注目も集まった大正期後半になると、〈恋愛〉自体についても階級的な視点からの懐疑が生じてくる。家を守るための結婚という前提自体、特定の社会階級のものであることは一目瞭然だが、〈恋愛〉は精神性を楽しむ余裕のある階級ならではの行動形態であり、それゆえ打破されるべきなのか、または人間本然の営みであるのかなど、議論が戦わされた。[16]一方、労働者が都市に流入するということは、関東大震災後の都市の再発展や経済構造の変化によって、都市文化が発達するということでもある。都会的で、表現にもモダンな技巧のある恋愛も描かれ、また少女文化も花開いた。尾崎翠（1896〜1971）のように、〈恋愛〉を拒否する小説を描く作家も現れたし、少女雑誌の中では、女性同士の緊密な関係性が頻繁に描かれた。同性愛は抑圧されていたが、いずれ卒業するということを条件に〈無害化〉され、女学生文化[17]などに限定的に表れることは社会に許容されていたといえる。[18]

　ただし、続く第二次世界大戦の時代は、将来の兵士や労働力としての国民を増やすため、国家が異性愛と出産を絶対的な規範とし、個人的な関係への介入がなされることとなった。にもかかわらず、恋愛は非常時にあたって人を浮わつかせるものとして、大きな声で語られるものではなくなった。そうした時期が長く続いたため、戦争終結後には、恋愛というには荒んだ関係や、いわゆる肉体文学などの肉体的快楽の解放が流行ることになるが、そうした狂奔が落ち着くと、個別の関係性を注視する作品がさまざまに模索されるようになる。[19]

　戦後から続いた文学の社会や政治活動への関心は、国際情勢の変化や経済の安定などにより徐々に下火になり、代わって文学が個人的で感性的なものと捉え直される頃には、帯文に「100パーセントの恋愛小説です」と掲げた村上春樹『ノルウェイの森』（1987年）が爆発的に売れるなど、恋愛は改めて文学のテーマとして浮上した。[10]ただし、フェミニズムが興隆する時期でもあり、これまでいわれていた恋愛が、男性の視点や都合に偏っていたのではないか、あるいは異性愛のみに限定されていたのではないか、そもそも恋愛をしなければならないのかという批判的考察も同伴するようになった。それらを含みつつ、現代恋愛（あるいは〈非恋愛〉）小説は、進化し続けている。　　　　　（小平麻衣子）

参考文献
小谷野敦『「男の恋」の文学史』（朝日新聞社・1997）／飯田祐子『彼らの物語——日本近代文学とジェンダー』（名古屋大学出版会・1998）／菅野聡美『消費される恋愛論——大正知識人と性』（青弓社・2001）／内藤千珠子『小説の恋愛感触』（みすず書房・2010）／黒岩裕市『ゲイの可視化を読む——現代文学に描かれる〈性の多様性〉？』（晃洋書房・2016）／田中亜以子『男たち／女たちの恋愛——近代日本の「自己」とジェンダー』（勁草書房・2019）

▷5　有名な著作に厨川白村『近代の恋愛観』（1922）。事件としては、島村抱月と松井須磨子や、柳原白蓮の婚外恋愛、日蔭茶屋事件、有島武郎の情死など。恋愛を扱う小説に有島武郎『或る女』（1919）、宮本百合子『伸子』（1924）、野上彌生子『真知子』（1931）。

▷6　飯田祐子・中谷いずみ・笹尾佳代編『女性と闘争　雑誌「女人芸術」と一九三〇年前後の文化生産』（青弓社・2019）を参照されたい。

▷7　横光利一や龍胆寺雄など。堀辰雄『風立ちぬ』（1938）の読者への影響は大きい。川端康成や堀辰雄は若い男性同士の友情以上の感情も描く。

▷8　吉屋信子などが少女同士の強い感情の代表的な書き手。

▷9　林芙美子『浮雲』（1951）、三島由紀夫『仮面の告白』（1949）、『潮騒』（1954）、大岡昇平『愛について』（1970）など。

▷10　1980年代には、山田詠美、吉本ばなな、江國香織など、ザ・恋愛小説とでもいえる小説が陸続と発表される。

図2　柳原白蓮の恋愛事件を報じる新聞記事
（『東京朝日新聞』1922年10月22日朝刊）

三　近現代編

2 資本主義

1 資本主義の成立と近代

　18世紀半ばにイギリスで発生し，やがて19世紀にかけて欧州全体に拡がった産業革命は，農業中心の社会を工業化へと進展させ，都市を中心とした商品経済を発展させた。その結果，従前の封建制にとってかわる新たな経済体制として資本主義が現れた。農村共同体から離れて都市に集まった人びとは，消費を中心とした生活へと移行し，あらゆるものが商品として取引される状況となる。貨幣が新たな価値体系を構成し，生産手段を持つ資本家と自らの労働力を商品とするしかない労働者という新たな階級意識も生まれていった。こうした商品経済を背景とした社会変革は，近代という新たな時代の到来を意味した。

2 貨幣価値と近代的自我

　日本における資本主義もまた，近代とともに発生する。明治維新後の急速な時代変化に伴う人びとの内面の葛藤は，近代的自我の問題として文学の主要なテーマとなる。貨幣価値に翻弄される個人の問題もその一つであった。例えば，尾崎紅葉「金色夜叉」(1897～1902年，未完)は，金力に眩惑されて富豪のもとへ嫁いだ許嫁を恨んだ男が，学業を捨てて高利貸となり，金権社会への復讐を図ろうとする物語である。資本主義を背景とした金権と恋愛の相克を描いた社会小説として，明治30年代を代表する流行小説となった。

　また，貨幣と商品の問題を繰り返し用いた作家として夏目漱石が挙げられる。[1] デビュー作「吾輩は猫である」(1905～06年)で金満家を「紙幣に目鼻をつけただけの人間」と痛罵するなど，金と権力の結びつきに批判的なまなざしを向けた。人物設定の上でも，例えば，「三四郎」(1908年)の美禰子は，小口当座預金通帳をもつ女性として新しい時代のイメージが付与されているし，「こころ」(1914年)の「先生」は叔父に資産を奪われたことで人間不信に陥った人物として造型されている。漱石作品における資本主義的な意識は，例えば「それから」(1909年)における，かつて結婚祝いとして贈った真珠の指環を三千代が質入れしたことを知った代助が，困窮する夫婦のために金銭を渡そうとする場面で投げかけた言葉などによく表されている。[2]

3 消費空間としての近代都市

　明治大正期に繰り返し開催された博覧会は，近代国民国家と産業資本主義の結びつきを可視化して大衆を近代的消費者へと動員するイベントである。博覧会の経験は，日常においても都市を消費の場とみなす感性を生み出し，ショウ・ウィンドウによる商品陳列や，百貨店という消費空間において，商品はそ

▶1　小森陽一『漱石を読みなおす』(ちくま新書・1995)。

▶2　夏目漱石「それから」(初出『朝日新聞』1909年6月27日～10月14日)「指環を受取るなら，これを受取っても，同じことでしょう。紙の指環だと思って御貰いなさい。」

図1　初期の百貨店（日本橋三越呉服店）
(『東京風景』小川一真出版部・1911。国立国会図書館蔵)

れを欲望する消費者自身の価値を示す指標となった。

こうした都市における消費文化の様態は，しばしば近代文学のテーマとして扱われた。例えば，谷崎潤一郎は，早い時期からこうした状況を作中に取り込んだ作家の一人である。初期作品「秘密」(1911年) では女装して盛り場を独自の視点でまなざす人物を描いたが，都市における消費の欲望を逆手に取った試みともいえよう。これを皮切りに，大正期の谷崎は，近代都市の合理性から離れて遊歩（ヴァルター・ベンヤミン）する者たちを多く描いた。資本主義を相対化するかのような独自の体系を作り出していくさまは，江戸川乱歩ら後続の都市小説，探偵小説の作家たちに多大な影響を与えた。

[4] 成熟する資本主義と文学

第一次世界大戦が招いた戦時特需による未曾有の好景気は，貨幣による社会支配を決定づけた。大正後期の文学がそうした新たな体系との葛藤を扱っていくなかで，大戦と同時期に起きたロシア革命の影響とも相俟って，プロレタリア文学が発生していく。

一方，出版資本主義の成熟は，文学の内容面だけでなく，文壇を取り巻く状況をも変化させた。大宅壮一は「文壇ギルドの解体期」で，文学が商品化されていく状況を扱った。素人の文壇侵入，プロレタリア文学の勃興，純文芸雑誌・出版の不振，文壇内での企業熱の高まりといった，第一次世界大戦，関東大震災といった出来事を通して現出した状況について，かつての徒弟制度的な文壇状況を手工業組合（ギルド）になぞらえながら，それが解体されて資本主義体制へ移行したさまと文壇状況を重ねて論じたのである。

[5] 戦後社会と資本主義

第二次世界大戦の敗戦後，アメリカを中心とした資本主義陣営に属して戦後社会を構築した日本は，1955〜70年代初頭の高度経済成長，1985〜90年代初頭のバブル経済とその反動としての長いデフレ不況といったように，資本主義が生み出す景気の動向とともに展開した。戦後文学も，例えば高度成長と「内向の世代」にみられるように，経済中心の世相と個人の関わりで読み解くことができよう。米ソ二大国の対立が続いた冷戦の終焉が政治思想的決着というよりも経済の変容によってもたらされたように，また，現在のグローバル化した社会が経済を最優先した結果であるように，資本主義という経済体制による支配は今なお継続しているのである。

（日高佳紀）

▷3　谷崎潤一郎「秘密」(初出『中央公論』1911年11月)「いつも見馴れて居る公園の夜の騒擾も，「秘密」を持って居る私の眼には，凡べてが新しかった。(略) 人間の瞳を欺き，電燈の光を欺いて，濃艶な脂粉とちりめんの衣装の下に自分を潜ませながら，「秘密」の帷を一枚隔てて眺める為めに，恐らく平凡な現実が，夢のような不思議な色彩を施されるのであろう。」

▷4　ヴァルター・ベンヤミン (1892〜1940) ドイツの文芸批評家・思想家。近代都市と人びとの有り様を分析した。『複製技術時代の芸術作品』(原著1936) などで知られる。

▷5　大宅壮一「文壇ギルドの解体期——大正十五年に於ける我国ヂャーナリズムの一断面」(初出『新潮』1926年12月)「造幣局で貨幣を造るような，現代の資本主義的画一的普通教育の普及は，あらゆる方面に於て多くの「ファン」を作る。かくて活動ファンや野球ファンと等しく，莫大なる文学ファンが発生する。(略) 流行作家の書いたものでありさえすれば，どんなに馬鹿馬鹿しいものであっても，無名作家の心血を注いだ傑作よりも，比べものにならないほど高い市場価値が発生する。」

参考文献
吉見俊哉『博覧会の政治学——まなざしの近代』(講談社学術文庫・2010)／ヴァルター・ベンヤミン，山口裕之訳『ベンヤミン・アンソロジー』(ちくま学芸文庫・2011)／石川巧『高度経済成長期の文学』(ひつじ書房・2012)／山本芳明『カネと文学——日本近代文学の経済史』(新潮選書・2013)

三　近現代編

3　子ども

▶1　フィリップ・アリエス／杉山光信・杉山恵美子訳『〈子供〉の誕生——アンシャン・レジーム期の子供と家族生活』（みすず書房・1980）。

▶2　参考文献の鳥越編（2001）では，明治初期の科学読み物を近代児童文学の端緒と位置づけている。

図1　巌谷小波『こがね丸』（博文館・1891（明治24））
（大阪府立中央図書館蔵）

▶3　参考文献の河原（1998）。

［1］近代日本における「子ども」と「童話」の成立

　フィリップ・アリエスは近代社会における「子ども」の成立を，大人が「子ども」に向ける配慮のまなざしと，近代的な教育制度の成立との関わりから規定している。もちろん江戸期の日本でも，寺子屋や藩校などで子どもたちへの教育は行われていた。これに対し，1872（明治5）年に学制が公布されて以降，近代学校制度が成立していく中で，子どもたちをめぐるメディア環境と，そこで編成され，発信されるテクストの変容について考えていくことが，近代以降の子どもと文学という問題を扱っていく上では重要となる。

　この時期の子ども向け読み物を追っていくと，学校制度が確立したからといって，それらが必ずしも劇的に変化したわけではなかったことがわかる。かつての日本の児童文学史においては，明治期最大の出版社である博文館が刊行した叢書「少年文学」の第一編である巌谷小波『こがね丸』（1891（明治24）年）をもって，日本の近代児童文学が始まったとするのが定説だった。しかし実際には，幕末から明治期にかけて，数多くの子ども向けの読み物が刊行されていた。また，『少年園』（1888（明治21）年創刊）以降，『小国民』（1889（明治22）年創刊）や，より娯楽色の強い『少年文武』（1890（明治23）年創刊）など子ども向け雑誌が創刊されていく中で，多くの読み物記事が掲載されている。

　これらの読み物には，尋常小学校の『小学読本』や修身科で用いられる読み物教材との関わりのほか，その元になった江戸期から流通していた『イソップ物語』などの説話や，柴田鳩翁『鳩翁道話』（1835（天保6）年）をはじめとする心学道話との接続の問題が指摘できる。たしかに巌谷小波は，御伽草子などの室町時代以降の説話文学を「お伽噺」として改編し，現代の子ども向け読み物の定型を形作っていった。これは，ドイツ語のメルヒェン集のあり方を日本文化に持ち込んだことで，子ども向け読み物をジャンルとして編成したものと言える。しかしここには，江戸期以来の小説をめぐる価値観や子どもに向けられたまなざし，そこでのジェンダー編成など，多様な問題が含まれている。

［2］「童話」から「児童文学」へ

　日清戦争，日露戦争を経て，1907（明治40）年に小学校令が改正された頃から，子どもたちへの関心が高まり，教育においてさまざまな試みが行われた。その中で，子どもが独自な価値を持つ存在として見出され，純真無垢な「童心」を持つ理想化された存在と位置づけられていく。特に，1918（大正7）年に鈴木三重吉が創刊した雑誌『赤い鳥』は，「世俗的な卑下た読みもの」を排除し，明治期に刊行されていた娯楽としての子ども向け読み物との明確な差異化

が図られた。これ以降,『おとぎの世界』(1919(大正8)年創刊),『童話』(1920(大正9)年創刊)など,子どもだけでなく大人も読者として含めた芸術志向の強い雑誌が次々に創刊され,これらの読み物が「童話」と呼ばれるようになる。

「童話」を児童向けの文学とみなす動きは,戦後まで続くことになった[4]。しかし,こうした「童話」への批判として「現代児童文学」が,昭和20年代以降に形作られる。特に,1953(昭和28)年の早大童話会による「少年文学宣言」と,いぬいとみこ,石井桃子らによる雑誌『子どもと文学』(1960(昭和35)年創刊)は,戦後の児童文学の道筋を大きく規定していくことになる。その中で,子どもの成長を描く向日的な物語と,第二次世界大戦の悲惨さを子どもたちに伝えるという枠組みを持った「戦争児童文学」は,児童文学における二つの大きな潮流となった。1978(昭和53)年5月の雑誌『日本児童文学』の特集で指摘された「タブーの崩壊」以降の児童文学は,このように理想化され,様式化された児童文学が再編成されたものと言える。

③ 子ども向けの娯楽読み物

子どもたちの読み物が文学と接続し,大人たちの視線がここに注がれたことは,江戸期以降書き継がれてきた娯楽としての子ども向け小説を大人たちの視界から忘却させていくこととなった。

大正期から昭和期にかけて実業之日本社の雑誌『少女の友』(1908(明治41)年創刊)などで全盛を誇った少女小説は,昭和30年代から40年代にかけてのジュニア小説を経て集英社コバルト文庫へと引き継がれており,これらの小説群は特にジェンダー研究の文脈で再評価されている[5]。

また,明治期に博文館とその関連会社を中心に編成された少年小説は,時代小説やミステリと接続し,赤本と呼ばれた講談のあらすじ本,あるいは「新講談」と呼ばれた講演されることを前提としない新作講談の読み物である「書き講談」などを刊行していた書肆の刊行物に含まれていく[6]。特に,大日本雄弁会講談社(現在の講談社)の雑誌『少年倶楽部』(1914(大正3)年創刊)が少年小説と漫画とを接続させたことは,関西に多かった赤本の流通経路で赤本漫画が生み出され,貸本で広がっていく過程と同時代の動きとしてある。その最も代表的なものが,1911(明治44)年から1924(大正13)年にかけて大阪の立川文明堂から刊行された「立川文庫」である。これらの娯楽としての読み物は,第二次世界大戦中の江戸川乱歩の断筆に見られるように戦時中に一度途切れるが,戦後,マンガと小説とを一つの雑誌メディアに掲載していくというスタイルを生み出していった。このように娯楽としての読み物と児童文学とが切り離されて展開していたことは,戦後の子どもの文化について考えていく上で,注視しておく必要がある。　　　　　　　　　　　　　　　　　　（大橋崇行）

参考文献
本田和子『異文化としての子ども』(ちくま学芸文庫・1992)/文部省編『学制百年史』(帝国地方行政学会・1972, https://www.mext.go.jp/b_menu/hakusho/html/others/detail/1317552.htm)/鳥越信編『はじめて学ぶ日本児童文学史』(ミネルヴァ書房・2001)/今田絵里香『「少年」「少女」の誕生』(ミネルヴァ書房・2019)/木村小舟『少年文学史　明治篇　改訂増補』上・下（童話春秋社・1949)/目黒強『〈児童文学〉の成立と課外読み物の時代』(和泉書院・2019)/河原和枝『子ども観の近代――『赤い鳥』と「童心」の理想』(中公新書・1998)

▷4　「戦後児童文学」については,宮川健郎『現代児童文学の語るもの』(日本放送出版協会・1996)や,佐藤宗子『〈現代児童文学〉をふりかえる』(久山社・1997)などでまとめられている。

▷5　菅聡子編『〈少女小説〉ワンダーランド――明治から平成まで』(明治書院・2008),久米依子『「少女小説」の生成――ジェンダー・ポリティクスの世紀』(青弓社・2013)など。

▷6　少年小説については,高橋康雄『少年小説の世界』(角川書店・1986),二上洋一編『少年小説の世界』(沖積舎・1991)などに詳しい。

三　近現代編

4 病

▷1　結核で死亡した文学者
には、樋口一葉、正岡子規、
斎藤緑雨（1867〜1904）、国
木田独歩（1871〜1908）、二
葉亭四迷、石川啄木（1886〜
1912）、梶井基次郎、中原中
也（1907〜37）、新美南吉
（1913〜43）、織田作之助、島
木健作（1903〜45）、堀辰雄
（1904〜53）などがいる。

1 結核とハンセン病

　結核とハンセン病は、人類史上長い歴史を持つ感染症である。1882年コッホ
によって結核菌が発見された結核は、弥生時代の人骨にも確認されている。近
代、都市への人口集中で結核感染が拡大し地方へも蔓延したことで、昭和20年
代まで「国民病」として猛威を振るった。近代文学の題材となったことは勿論、
結核に倒れた文学者も多い[1]。結核を扱った代表作に、結核を病んだ若い妻と誠
実な夫の純愛を描いてベストセラーとなった徳冨蘆花『不如帰』（1900年）があ
る。正岡子規は闘病生活を「病牀六尺」（1902年）などの随筆に残し、横光利
一は妻の闘病と死を「春は馬車に乗って」（1926年）、「花園の思想」（1927年）
などに描き、堀辰雄も結核療養所を舞台にした『風立ちぬ』（1938年）を著した。

　ハンセン病（旧称らい病）は、らい菌に感染することで皮膚の発疹や末梢神
経障害を生じ、外観に著しい変貌が生じるために古代より差別されてきた。前
近代まで遺伝病とされたが、1873年に病原菌が発見されて感染症としての認知
が世界的に進んだ。日本では民族浄化の号令の下、1930年に国立療養所「長島
愛生園」（岡山県）が開設され、翌年4月には「改正らい予防法」が公布され、
患者は強制隔離政策の対象となった。その抑圧の中で北條民雄『いのちの初
夜』（1936年）、明石海人『白描』（1939年）、収容活動を行った医師小川正子の
『小島の春』（1938年）などが発表された。戦後では、遠藤周作『わたしが・棄て
た・女』（1964年）、宮原昭夫『誰かが触った』（1972年）などがある。1996年に
「らい予防法」は廃止されたが、社会に残る元患者差別を描いたドリアン助川
『あん』（2013年）は、河瀬直美によって映画化された。ハンセン病は、病気が
イデオロギーと結び付けられた結果、深刻な人権侵害をもたらした事例である。

2 水俣病

　水俣病は、戦後の経済発展がもたらした現代の病である。新日本窒素肥料
（株）水俣工場は、1932年以来メチル水銀化合物を未処理で工場排水として
不知火海に流し続けた。それが魚介類の体内で濃縮され、地域住民が食用した
ことで発症した中毒性中枢神経系疾患が、水俣病である。1956年4月に最初の
患者が報告され、石牟礼道子『苦海浄土　わが水俣病』（1969年）が、その被害
を広く世間に知らしめた。水俣病は神経系に多様な障害が出るほか、脳性マヒ
の胎児性水俣病もある。漁業従事者が多い水俣では、生活水準が低かった当時、
獲った魚を食べることが多かった。それが被害の拡大へつながり、「水俣病は、
びんぼ漁師がなる。」というように、貧困と患者への差別という地域社会の問
題も同時に明らかになった。貧しくても豊かな自然と共生してきた地域社会が、

経済発展を優先する企業の進出によって，自然だけでなく人間までもが損なわれたことで，水俣病は経済至上主義がもたらす環境破壊の象徴として位置づけられることになった。

3 が ん

　スーザン・ソンタグ『隠喩としての病』（1982年）で，忌避すべき負の隠喩として言及されたがん（悪性新生物）は，われわれが恐怖と嫌悪を抱く病気である。日本人の死因順位の第1位は悪性新生物〈腫瘍〉であり，3.8人に1人が悪性新生物〈腫瘍〉によって命を落とすことも，このことと無縁ではない。がんの闘病記は枚挙にいとまが無いが，作家にも食道がんの闘病日記『ガン日記』（2006年）を残した中野孝次，乳がんと膵臓がんを患った闘病記『アマゾネスのように』（1992年），『ガン病棟のピーターラビット』（2008年）を遺した栗本薫がいる。日野啓三は，多種にわたるがん体験を作品へ昇華した。乳がん患者に取材した山本文緒『プラナリア』（2000年）は，若い患者のがん寛解後の孤立を描いた。田口ランディ『キュア』（2008年），白石一文『神秘』（2014年）は，がんを共存すべき病気としたが，これには医療技術の進歩ががん患者の生存率を向上させ，がんの致死的イメージが弱まりつつあることの反映である。その一方でがんを抱えながら生きる寛解者への理解と支援という，新たな課題が浮上してきている。

4 認知症

　統合失調症やうつ病などの精神病の中でも，認知症は日本社会の高齢化と関わり，介護福祉ともあわせて大きなテーマである。安岡章太郎『海辺の光景』（1959年）は，認知症の母親が精神病院で死亡するまでを描いて当時の精神病院の問題を描き出した。有吉佐和子『恍惚の人』（1972年）は，認知症を広く世間に知らしめるとともに，回復が見込めない患者の介護を家族が負担することや当時の福祉の支援体制の問題を浮かび上がらせた。佐伯一麦『還れぬ家』（2014年）や中島京子『長いお別れ』（2015年）は，高齢化社会の老老介護問題や，在宅介護では家族が頑張るしかないと医師に言わせる日本社会の限界を突きつけている。

　2019年末に中国湖北省武漢市で流行が確認された新型コロナウィルス感染症（COVID-19）は，2020年前半には世界を席巻し，2021年現在も世界はその渦中にある。この病は人々の身体・生命を脅かし生活行動を変え，市民社会や経済活動に広汎な打撃を与えている。病は，病というだけに留まらず，その時代の国家・社会・人間の諸関係と問題を炙り出す有力なメディアである。そして文学は言語表現を通じ，その様相を過去から未来の読者へ届け続けている。

（木村　功）

▷2　「令和3年（2021）人口動態統計月報年計（概数）の概況」（厚生労働省）による。

参考文献
原田正純『水俣病』（岩波書店・1972）／福田眞人『結核の文化史』（名古屋大学出版会・1995）／藤野豊『「いのち」の近代史』（かもがわ出版・2001）／米村みゆき・佐々木亜紀子『〈介護小説〉の風景』（森話社・2008）／松本雅彦『日本の精神医学この五〇年』（みすず書房・2015）／シッダールタ・ムカジー，田中文訳『がん——4000年の歴史』上・下（早川文庫NF・2016）／木村功『病の言語表象』（和泉書院・2016）

三　近現代編

5　精神分析／家族

▷1　ジークムント・フロイト（1856〜1939）精神分析の創始者。著書に『夢判断』『精神分析入門』などがある。

図1　フロイトの肖像
（pixabay）

▷2　ウージェンヌ・シュー（1804〜57）フランスの小説家。作品に『パリの神秘』（1842〜43）、『さまよえるユダヤ人』（1844〜45）など。

▷3　チャールズ・ディケンズ（1812〜70）イギリスの小説家。作品に『オリバー・ツイスト』（1838）、『クリスマス・キャロル』（1843）など。

▷4　菊池幽芳（1870〜92）茨城県生まれ。

▷5　『乳姉妹』（1903）。姉妹として君江と房江は育てられたが、房江は実は松平公爵の落し胤だった。その事実を知った君江は、自身の野望実現のため自分が公爵の娘と名乗り出るが、元恋人に刺され絶命する。

▷6　自身の出生の秘密や妻の裏切りなどに苦しむ時任謙作の姿を描く。

1　家族小説（ファミリー・ロマンス）

　精神分析の創始者フロイト[1]が提示した概念に、家族小説がある。神経症患者がしばしば持つ妄想の一つであり自分は捨て子で本当の親が別におり、それは高貴な者で自身はそのご落胤だという幻想。19世紀のヨーロッパにはこうした設定の小説がいくつもあった。ウージェーヌ・シュー[2]の『パリの秘密』、ディケンズ[3]の『オリバー・ツイスト』などだ。

　日本でも明治維新以降、家族小説を物語の根幹に据えた小説は書かれていた。今日ではあまり知る人も少ないが、明治期に大変人気のあった小説ジャンルに家庭小説というものがある。この家庭小説の第一人者であったのが菊池幽芳[4]だ。彼の代表作の一つである『乳姉妹』[5]は典型的な家族小説である。文学史に残るような作品で家族小説を作品の骨格にもっているのは、志賀直哉の『暗夜行路』[6]だ。志賀自身が自らの出自に疑念を持ったことがこの作品構想の起点にあったと語っている。志賀は自分は祖父の子ではないかと思ったという。

　家族小説は、近代小説の重要なテーマであっただけではない。散文である小説は、韻文を正統とする文学の範疇外だった。いわば捨て子のような存在だった。そんな小説が、近代になって文学の中心的ジャンルになったのだから、そうした小説の有り様は、捨て子が高貴な者の子として社会的上昇を果たすという家族小説的欲望を体現するものだったのだ。

2　エディプス・コンプレクスと近代社会

　近代小説の原動力のともいえる家族小説は、フロイトが提示した概念の中でも最も名高いエディプス・コンプレクス（以下、エディプス）と不可分だ。エディプスとは、子が持つ、父を排除し母を独占しようとする欲望だが、これは父─母─子からなる閉じた核家族を前提とする。家族小説は、そうした閉鎖的な関係の外部を志向する欲望という点でエディプスのネガともいえる。

　忘れてならないのは、エディプスが依拠する核家族という形態自体、歴史的に見ればかなり特異なものであることだ。前近代社会では、家族は共同体に埋没しており、若者組や娘組といった同世代、性別によるグループの方が大きな意味を持っていた。つまり閉じた核家族は近代社会特有のもので、エディプスも近代社会の成立と不可分の関係にあった。

　父を排除し母との一体化を欲望するエディプスを母の視点で見れば、それは母性愛神話につながる。子が母を欲望するのは、母もまた子に執心しているあるいはすべきだということだからだ。とするとエディプスの持つ母性愛的側面は、女を家庭に縛り付ける装置となる。

　家族小説やエディプスは近代社会や近代小説と密接な関係にあったが，そうした欲望は，日本の社会や小説においてどのような意味を持ったのか。
　評論家の江藤 淳[7]が『成熟と喪失』（1978年）において取り上げたのはこの問題だった。母と子の密着を切断し子の自立を促す父性原理が弱く，子をどこまでも庇護しようとする母性原理が強い日本社会において，子の自立は，家庭における母の役割放棄によってもたらされるとした。そうした母の崩壊を高度経済成長下における自然破壊と結びつけ，安岡 章太郎[8]『海辺の光景』（1959年）や小島信夫[9]『抱擁家族』（1965年）等の小説の分析を通じて明らかにした。

③　ひきこもりと母性愛神話の存続

　ならば女を家庭につなぎ止める母性愛神話は，母の崩壊によって失墜しただろうか。母の崩壊による息子の成熟は，1980年代以降に実現するどころか，むしろ母子密着は昂進したというべきだ。1990年代以降に注目を浴びるようになる100万人ともいわれる社会的ひきこもりの存在は，その証左となる。ラストにおいて主人公碇シンジの成熟拒否の姿を描いたアニメ版『新世紀エヴァンゲリオン』[10]（1995〜96年）やコンビニが生活の全てを覆う人の姿を描いた村田沙耶香の『コンビニ人間』[11]（2016年）などの絶大な人気は，ひきこもりや成熟拒否の問題が今日まで存続していることを示唆している。

　子どもが成熟拒否を続ける以上，女もまた母性愛神話から容易に解き放たれていない。男女平等度を表す「ジェンダー・ギャップ指数」で日本は120位（2021年）という低い位置にある。夫のDVに苦しむパート労働する主婦の犯罪を描いた『OUT』（1997年）などで家族に係留され続ける女性の苦闘を描く桐野夏生[12]の活躍は，母性愛神話存続を裏書きする。

　このように近代核家族はしぶとく生き続けており，それはまたエディプス的なものが決して過去のものではないことを意味している。しかし，少子化の進む日本においては，女性は母性を崩壊させる以前に母になることを拒絶しているともいえる。少子化日本の未来を戯画化して描いたともいえる村田沙耶香の『殺人出産』（2014年）や反出生主義の問題を一つのモチーフにした川上未映子[13]の『夏物語』（2019年）などは，LGBT運動などを通じ多様な家族の有り様が許容されつつある状況も反映し，近代核家族に依拠した家族小説やエディプス的ものの失効の可能性を示唆しているとも考えられる。　　　　　（千葉一幹）

▷7　江藤淳（1933〜99）評論家。作品に『漱石とその時代』等。

図2　江藤淳『成熟と喪失』（講談社文芸文庫・1993）

▷8　安岡章太郎（1920〜2013）小説家。作品に『流離譚』『鏡川』等。

▷9　小島信夫（1915〜2006）小説家。作品に『アメリカン・スクール』『別れる理由』等。

▷10　1995〜96年に放映されたGAINAX製作のテレビアニメ。監督は，庵野秀明。映画版も四作ある。

▷11　村田沙耶香（1979〜）小説家。作品に『授乳』『消滅世界』等ある。

▷12　桐野夏生（1951〜）小説家。『柔らかい頬』『グロテスク』等。

▷13　第Ⅱ部の「川上未映子」▷1（108頁）を参照。

参考文献
ジークムント・フロイト，高橋義孝・下坂幸三訳『精神分析入門』上・下（新潮文庫・1977）／同『夢判断』上・下（新潮文庫・1969）／立木康介監修『面白いほどわかるフロイトの精神分析』（日本文芸社・2006）／江藤淳『成熟と喪失』（講談社・1993）／千葉一幹『コンテクストの読み方』（NTT出版・2021）

三　近現代編

6　日本語

▷1　「井戸は車にて綱の長さ十二尋、勝手は北向きにて師走の空のから風ひゆうくと吹ぬきの寒さ、おゝ堪えがたと竈の前に火なぶりの一分は一時にのびて」（樋口一葉「大つごもり」『文學界』1894年2月）。

▷2　「独逸にて物学びせし間に、一種の「ニル、アドミラリイ」の気象をや養ひ得たりけむ、あらず、これには別に故あり。」（森鷗外「舞姫」『國民之友』1890年1月）。

▷3　「恰と私の二十五の時でした、と某といふ男が話し出した、ですから最う余程以前の事です。」（ツルゲーネフ／二葉亭四迷訳「片恋」春陽堂・1896年11月、1頁）。

図1　坪内逍遙

（『逍遙選集』第八巻・春陽堂・1926。国立国会図書館デジタルコレクション）

▷4　例として、二葉亭のロシア文学の翻訳、山田美妙の「です」体、ホトトギス派の写生文、小杉天外のゾライズムを挙げよう。

▷5　参考文献の平田（1999）。

▷6　島崎藤村「旧主人」（『新小説』1902年11月）。

1　近代の再出発──日本語と文学

　日本文学とは日本語で書かれた文学であると考えるのが一般的には当たり前だろうが、さてその「日本語」とはどのようなものなのか。歴史をたどって浮かび上がってくるのは、「日本語」の流転のさまであり、その流転する「日本語」に棹さして、言葉の可能性を手探りしてきた文学の姿である。

　明治維新を迎え、開国した明治の日本には、膨大な新しい文物と知識が流入した。それらに対応する新漢語をはじめとした新語が次々と作られ、明治の人々の思考と言葉を変えていった。文学もまた「改良」の模索を始める。側注に、江戸から続く和文体（樋口一葉）、変容していく漢文訓読体（森鷗外）、新奇な言文一致体（二葉亭四迷）という明治20年代の例文を引いておいた。19世紀末の小説の日本語には多様な文体が併存していたこと、そしてそこから二葉亭四迷の案出した平明な文体が生き残っていったことが見て取れるだろう。小説以外に目を向ければ、この他に漢詩文があり、新体詩や短歌俳句など韻文があり、とりわけ後者は韻律の中での近代化を模索していた。

　近代国家としての形を整えるため、明治政府、そして知識人たちは国民の共通語を構築する試みを始める。言文一致体と呼ばれる新しい文体が定着したのは、明治30年代後半のことである。教育や言論の場における言文一致体の模索と並行して、文学者も追求を続けた。明治における小説表現の挑戦は、「写実」性の追求が大きな課題となった。坪内逍遙（1859〜1935）の『小説神髄』の提言から始まるそれは、外国文学の翻訳、落語の話体の参照、フランスの自然主義理論の受容など多くの試みを生んだ。日露戦争後に国木田独歩（1871〜1908）、田山花袋、島崎藤村の自然主義作品が一世を風靡するにいたって、われわれが今も馴染む近代小説の文体が定着していく。

　標準化の推進は、標準から遠いところにいる者たちをしばしば苦境に追いやる。たとえば女性の書き手たちのことを考えよう。明治期の女性は、いかに書くか以前に、書くこと自体を獲得するために戦わねばならず、書いたとしても書くことを許される題材が限定されてさえいたのである。

　同様のことは方言の使用においても言えるだろう。島崎藤村の「旧主人」は信州小諸を舞台とする作品である。しかし物語を語る小諸近郊の村出身の女中の一人称語りは、実際にはその地域、その階層の若い女性が使っていたであろう方言を削ぎ落とした、流麗な言文一致体である。方言は、小説の一人称語りを担いえなかったのだ。

2 帝国の日本語

批評家の柄谷行人（1941〜）にならって言うならば，制度として成立した写実的文体は，その出発点の多様性を押し隠し，近代的主体の内面を語る透明な媒体となった。大正末から昭和初頭の文学表現は，自明となり自動化した日本語を再度揺さぶろうとするものだった。その最も先鋭な試みは，横光利一（1898〜1947）ら新感覚派の作品だろう。モダンな都市空間を捉えるため，彼らは人と物と空間の関係性を奇抜な比喩，擬人化，文章の断片化など多彩な修辞を駆使してダイナミックに描こうとした。この他にも，『戦旗』などの左翼系雑誌を見れば，市井の寄稿者による口語まじりの，非規範的日本語の作品が見出される。日本語もまた，階級闘争を行っていたというべきかもしれない。

一方で，標準的な日本語は海を越えてその話者を押し広げていた。日本語を母語としない創作者による日本語文学は，早くも1909（明治42）年には発表されている。日本への留学が日本語で創作する朝鮮人や台湾人，中国人の作家を生み出す回路となっていたのである。台湾でも朝鮮半島でも，日本の統治が開始された初期から日本語教育が推進された。日本語教育は，皇民化の重要な一装置だった。日本語の押しつけは，日本語によって読み書きする現地民族の人々を作り出し，日本の文壇システムに参入する異民族の作家たちを輩出していく。なお，ハワイや北米，南米には，日本人移民が集住地を形成しており，そこでの日本語創作活動があったことも付け加えておかねばならない。

3 現代日本語の挑戦

敗戦とともに大日本帝国は廃滅したが，植民地や移民地の日本語は消え去ったわけではないし，日本国内にも日本語を使用する他民族の人々が残った。朝鮮半島でも台湾でも，日本語で教育を受けた世代の人々が解放後の数十年を生きている。戦後日本国内には，戦前にいた約200万人のうち60万人の在日コリアンが残り，そこから力強い文学活動が生まれ出て，現在まで続いている。

現代では，韓国朝鮮籍以外に，日本語話者ではない外国人の日本語文学が存在感を増している。リービ英雄（1950〜）が先駆的だが，楊逸（1964〜）や東山彰良（1968〜），李琴峰（1989〜）らがいる。逆に，多和田葉子（1960〜）のように外国在住のバイリンガルな創作者もいる。

最後に，情報技術が日本語による文学の姿を変えつつあることを指摘しよう。ワープロを用いて作家が創作するようになったときも，文体が変わるかもしれないという議論があった。携帯電話やモニタ上で読まれる文学作品の姿は，紙の刊行物を想定した創作とは異なった姿をとるのは当然である。日本語の流転は続き，文学を紡ぎ出す日本語もまた，変わり続けていくだろう。

（日比嘉高）

参考文献
『特集＝言と文』（『文学』第8巻第6号・2007）／イ・ヨンスク『「国語」という思想——近代日本の言語認識』（岩波現代文庫・2012）／郭南燕編『バイリンガルな日本語文学——多言語多文化のあいだ』（三元社・2013）／神谷忠孝・木村一信編『「外地」日本語文学論』（世界思想社・2007）／平田由美『女性表現の明治史——樋口一葉以前』（岩波書店・1999）／柳父章『近代日本語の思想——翻訳文体成立事情（新装版）』（法政大学出版局・2017）／山本正秀『近代文体発生の史的研究』（岩波書店・1965）

▷7　柄谷行人『定本　日本近代文学の起源』（岩波現代文庫・2008）。

図2　『戦旗』創刊号（全日本無産者芸術聯盟本部）1928年5月
（名古屋大学蔵）

▷8　「今日は昨日の続きである。エレベーターは吐瀉を続けた。チヨコレートの中へ飛び込む女。靴下の中へ潜つた女。ロープモンタントにオペラパツク。パラソルの垣の中から顔を出したのは能子である。」（横光利一「七階の運動」（『文藝春秋』5年9号，1927年9月））。

▷9　朝鮮からの留学生だった李光洙（1892〜?）は短編小説「愛か」を日本語で書いて発表している（『白金学報』明治学院，19号，1909年12月）。

▷10　たとえば，井上ひさし「ワープロは日本語を変えたか——「人間が馬鹿になる」といわれた器械の功罪」（『文藝春秋』70巻3号，1992年3月）。

三　近現代編

7　探偵小説

図1　日本探偵小説の嚆矢「無惨」
（国立国会図書館デジタルコレクション）

図2　「二銭銅貨」で用いられた暗号
（『新青年』1923年4月）

▷1　ハワード・ヘイクラフト／林峻一郎訳『娯楽としての殺人』（国書刊行会・1992）は，全体主義国家においては探偵小説が抑圧されることを指摘し，探偵小説の成立には民主主義が不可欠であるという。

▷2　欧米では第一次世界大戦後の1920年から30年代にかけて本格探偵小説が流行する。笠井潔「大量死と探偵小説」（『模倣における逸脱』彩流社・1996）は，密室トリック等を通して特権的な死を描く探偵小説の形成には，こうした戦争に

⬚1 日本における探偵小説の成立

　1887（明治20）年に，早くもエドガー・アラン・ポーの世界初の探偵小説「モルグ街の殺人」（1841年）が日本で翻訳される。アーサー・コナン・ドイルのホームズものの最初の翻訳は，1894（明治27）年の「唇のねじれた男」で，以後ホームズ・シリーズも次々訳されていくが，当時は「翻案」といって，原作を忠実に訳しているわけではなく，日本人向けに改訳されたものである。「まだらの紐」（1892年）が「毒蛇の秘密」（1899年）と題して訳されるなど，タイトルから犯人や謎が既に分かってしまう作品もあった。当時は謎解きのために探偵小説は読まれていなかった。

　国産の探偵小説の嚆矢とされているのが，1889（明治22）年に発表された黒岩涙香の「無惨」である。築地である男の惨殺死体が発見される。ベテラン刑事は，被害者が握っていた長い縮れ毛から女を犯人だと推理し，その女の行方を捜しに行く。それとは対照的に若手刑事は，顕微鏡を用いて証拠を検分し，下宿に居ながらにしてベテラン刑事とは別の犯人とその居場所まで特定する。彼は，日本初の安楽椅子探偵であった。

　1920（大正9）年に創刊された雑誌『新青年』は，国内外の探偵小説を紹介し，江戸川乱歩，横溝正史をはじめとする多くの探偵小説作家の活躍の場となった。同誌に掲載された乱歩のデビュー作「二銭銅貨」（1923年）は，アガサ・クリスティー『アクロイド殺し』（1926年）に先行して語り手「私」＝犯人型の叙述トリックを用いた，先駆的探偵小説である。しかし，乱歩はこうした初期の名探偵明智小五郎が活躍する謎解きを主題とする「本格探偵小説」からその後，猟奇性や幻想性などを主眼とする「変格探偵小説」を量産していく。戦時下になると探偵小説は，敵性文学として出版が困難になり，受難の時代を迎える。

⬚2 戦後の探偵小説ブームと社会派推理小説の登場

　戦後になると探偵小説ブームが起こる。横溝正史のような探偵小説家だけでなく，坂口安吾のような無頼派作家，林房雄のような転向作家，そして，大岡昇平，梅崎春生，椎名麟三，大西巨人ら多くの戦後派作家たちも探偵小説を書いた。さらには田村隆一や鮎川信夫といった『荒地』派の詩人たちが多くの海外探偵小説の翻訳を行い，戦後の探偵小説普及に大きな足跡を残した。彼らの中には，本格探偵小説を通して自らの戦争体験の意味を追求しようとした者もいた。

　だが，1957（昭和32）年に松本清張のトラベルミステリ『点と線』の連載が

始まると，トリックの奇抜さや名探偵による名推理よりも，刑事や素人探偵による地道な捜査や犯行動機の社会性を重視する「社会派推理小説」が台頭する。大岡昇平らの反発を招き純文学変質論争を引き起こしながら，現実の諸矛盾を告発するリアリズム文学としての地位を得る。

③ アンチ・ミステリの系譜／新本格以降の探偵小説

1964（昭和39）年に探偵小説でありながら探偵小説であることを拒否する，中井英夫（塔晶夫）のアンチ・ミステリ『虚無への供物』が刊行され，探偵小説というジャンルはひとつのサイクルを終える。作中作と作品内現実を攪乱させながら事件は進行し，最後に，人の死というものを娯楽のネタにして今この本を面白がって読んでいる読者こそがこの事件の真犯人であると名指しされる。その後，再び本格探偵小説受難の時代を迎えるのであるが，80年代後半に入ると，島田荘司の推薦を伴い，「新本格」派と呼ばれる本格への回帰を目指す作家たちがデビューする。他方，90年代の後半に入ると，「新本格」派のような探偵小説の教養主義とは異なる一群の作家たちも活躍する。そのきっかけを与えたのが講談社主催のメフィスト賞であり，持ち込み原稿によってデビューした京極夏彦『姑獲鳥の夏』（1994年）の存在が大きい。見えるものが見えないという密室トリックを駆使したアンチ・ミステリでもある。

④ 本格探偵小説の受難と新展開

京極以降，ジャンルとしての探偵小説の外延はいっそう広がり，多様化する。西澤保彦「七回死んだ男」（1995年），殊能将之「黒い仏」（2001年），山田正紀「ミステリ・オペラ」（2001年）など，特殊な可能世界・仮想世界を設定して，論理的謎解きをするSF探偵小説も現れる。この他にも東野圭吾『名探偵の掟』（1996年），綾辻行人『どんどん橋，落ちた』（1999年）のような，名探偵とボンクラな警察の組み合わせ，ダイイングメッセージ，密室殺人，童謡殺人など本格探偵小説のコードや約束事をパロディにした作品群も書かれる。

その一方で，法月綸太郎「初期クイーン論」（『現代思想』1995年2月）によって提出された「後期クイーン的問題」と呼ばれる本格探偵小説のジャンル的な限界も浮上した。後期のエラリイ・クイーンが，探偵の推理の誤謬性の問題に直面したことから，命名されたものである。法月綸太郎『頼子のために』（1990年）は，そうした難問に応答しようとした作品である。作者と同名探偵・法月は殺人事件の犯人を推理し，その犯人の自殺を幇助したのだが，真犯人は別にいて，知らないうちに真犯人の共犯者の役割を演じてしまう。　　（押野武志）

▷3　綾辻行人，法月綸太郎，我孫子武丸，麻耶雄嵩など京都大学推理小説研究会出身の作家がその中心であった。

▷4　受賞作品が以降のミステリジャンルに影響を与えていく。森博嗣『すべてがFになる』（1996），殊能将之『ハサミ男』（1999）のような本格系もあれば，古野まほろ『天帝のはしたなき果実』（2007），深水黎一郎『ウルチモ・トルッコ　犯人はあなただ！』（2007）のようなアンチ・ミステリ系，さらには，清涼院流水『コズミック　世紀末探偵神話』（1996），舞城王太郎『煙か土か食い物（Smoke, Soil or Sacrifices）』（2001），佐藤友哉『フリッカー式　鏡公彦にうってつけの殺人』（2001），西尾維新『クビキリサイクル　青色サヴァンと戯言遣い』（2002）などの論理性に拘泥しない「脱格系」と呼ばれる作品群も受賞する。

▷5　本格探偵小説が真のフェアプレイを実現するためには，その作品世界が完結した公理系である必要があり，同時にそれを読者に証明する必要がある。そのためには「読者への挑戦」（クイーンの国名シリーズなど）のような小説そのものよりも上位に位置するレベルが必要である。しかし，読者に対しては作品外に「挑戦」を置けばよいにせよ，作中の探偵にそれを見せることはできない。同様に，たとえばある一つの手がかりが真の手がかりなのか，それとも犯人が置いた偽の手がかりなのか，という問題に関して作中人物である探偵には論理的に判断ができない。クイーンの中期以降の作品では，犯人が最初から探偵クイーンの存在を前提としてトリックを仕掛ける。犯人の思惑に乗せられ間違った方向へと推理を進めてしまったクイーンは苦悩する。

冒頭：よる大量死・匿名死の経験が深く関わっていると主張する。

参考文献
中島河太郎『日本推理小説史』全3巻（東京創元社・1993〜96）／笠井潔『探偵小説論』全3冊（東京創元社・1998〜2008）／諸岡卓真『現代本格ミステリの研究——「後期クイーン的問題」をめぐって』（北海道大学出版会・2010）／小森健太朗『探偵小説の様相論理学』（南雲堂・2012）／限界研編『21世紀探偵小説——ポスト新本格と論理の崩壊』（南雲堂・2012）／谷口基『変格探偵小説入門——奇想の遺産』（岩波書店・2013）／押野武志・谷口基・横濱雄二・諸岡卓真編著『日本探偵小説を知る——一五〇年の愉楽』（北海道大学出版会・2018）

三　近現代編

8 文芸批評

▷1　『Xへの手紙・私小説論』（新潮文庫・1962）所収。小林はこの評論を1929年4月に雑誌『改造』の懸賞文藝評論に応募した。自分が一等になると信じて疑わず、一等賞金分の三百圓（ちなみに『改造』の懸賞小説の賞金は千五百圓だった）を前借りしてすべて酒を呑むのに使い果した。小林は、小説家を志していた十九歳のときに初めて会った敬愛する志賀直哉が語った次の言葉を実行していたのである。「君等の年頃では、いくら自惚れても自惚れ過ぎるという事はない。自惚れ過ぎていて丁度いいのだ。やがてそうはいかない時は必ず来るのだから」。果たして『改造』8月号に「様々なる意匠」の当選が発表された。ただし、一等当選ではなく二等当選だった。二等賞金は一等の半分の百五十圓だった。小林は借金の返済ができず大いに弱ったという。後年の小林はこれにふれて書いている。「自惚れだって手をつかねて生ずるものではない、自惚れだって学んで得るのだ」（「文科の学生諸君へ」『現代日本のエッセイ　栗の樹』講談社文芸文庫・1990）。

1 己の夢を懐疑的に語る？

　小林秀雄は弱冠27歳の時に書いた出世作「様々なる意匠」でこう自問して近代批評の地平をひらいた。「詩人にとっては詩を創る事が希いであり、小説家にとっては小説を書く事が希いである。では、文芸批評家にとっては文芸批評を書くことが希いであるか？」。そして、直ちにこう言い添えた。「恐らくこの事実は多くの逆説を孕んでいる」。

　この「事実」は、こう言い換えることができる。詩人にとっては詩を創ることが、小説家にとっては小説を書くことが自分の「夢」を語ることだと言えるかもしれない。だが、はたして文芸批評家にとっては批評を書くことが自分の「夢」を語ることだと言えるか、と。小林自身はこの問いにこう答えていた。「批評とは竟に己れの夢を懐疑的に語る事ではないのか！」

2 己れの懐疑的夢を語る？

　小林のこの反語的断定は、もとはこうだった。「批評とは竟に己れの懐疑的夢を語ることではないのか、己れの夢を懐疑的に語ることではないのか！」。「己れの懐疑的夢を語る」という言い方は、直後に言い直されているように「己れの夢を懐疑的に語る」という言い方よりもこなれない。だから、後に削除されたのだろう。だが、「己れの懐疑的夢を語る」という言い方には「己れの夢を懐疑的に語る」というこなれた言い方にない実が詰まっていなかったか。

　「己れの夢を懐疑的に語る」という言い方には次の含みがある。文芸批評家も「夢」を語るのだ。ただ、それを懐疑的に語る点、すなわち「夢」の語り方が詩人や小説家とちがうだけだ、と。この場合、懐疑は批評家が自分の意志で「夢」に加えるものだろう。他方、「己れの懐疑的夢を語る」という言い方では、懐疑は批評家自身によって「夢」に後から加えられるものではない。懐疑的でない、まったき「夢」が文芸批評家にもあるが、文芸批評家はそれに懐疑を加えて語るところが違うのだというのではない。文芸批評家が懐く「夢」は、後から「懐疑」を添えなくても、そもそも最初から「懐疑的夢」なのだ。批評を書くとはその「懐疑的夢」を語ることなのである。では、最初から「懐疑的」である「夢」とはどんな夢か。「懐疑」という亀裂が最初から走っている「夢」か。だが、「夢」にどうして最初から亀裂が走っているのか。「多くの逆説」はこの「事実」に孕まれている。

3 初めに引用ありき？

　文芸批評家の「夢」には、読むということが不可欠の条件としてある。もち

ろん，詩人にせよ，小説家にせよ，何も読まずに書いている人などいない。詩人や小説家にとっても読むことは書くことの大前提である。しかし，詩人が特定の詩を，また小説家が特定の小説を書くためには，特定のテクストを読むことがつねに必要不可欠な条件として与えられていなければならないなどということはない。ところが，文芸批評を書くためには，特定のテクストを読むことが必要不可欠の条件となる。文芸批評家は他者が書いた特定のテクストに寄りかかることなくしては「己の夢」を語れないのだ。

それは，引用が文芸批評を特徴付けるしるしとなっていることに端的にあらわれている。引用しないと詩や小説が成立しないなどということはないが，引用がなければおよそ文芸批評は成立しない。正確に写し取るのではなくそらで引く場合であっても，誰かが述べた他者の言葉を読み，これに寄生して書くということなしには，文芸批評家は「己の夢」を語れないのだ。その「夢」には，引用された他者の言葉がいくつも突き刺さっている。より正確には，それらが「夢」と同時に懐疑を生むのだ。おそらく，この「事実」が文芸批評家の「夢」を最初から亀裂の走った「懐疑的夢」にしている。

4 言葉の魔術はどこから？

「懐疑」は，引用された他者の言葉に触発されて生じるのだ。文芸批評家自身が物事を懐疑的に見ようとするあれこれの主観的な努力から生じるのではない。「懐疑」は内から来るのではない。外から来るのだ。

再び「様々なる意匠」から引用しよう。「劣悪を使嗾しない如何なる崇高な言葉もなく，崇高を使嗾しない如何なる劣悪な言葉もない」。「きれい」が「穢ない」を，「穢ない」が「きれい」を意味してしまうとき，人は他者の言葉に眩惑され翻弄されずにはいられない。しかし，小林はこの眩惑がなくなってくれたらとは望まない。「もし言葉がその人心眩惑の魔術を捨てたら恐らく影に過ぎまい」からだ。

たとえば，素直に「可愛い！」と言ったのに，可愛くないということを皮肉で言われたと相手に受け止められてしまうことがあるように，生きた言葉の意味は，どういう状況で誰が誰に言ったのか，そのときの関係性で決まる。言葉が「魔術」を揮うのは，言語の意味が他者との関係において発生するからなのだ。眩惑を退けないとは，言葉のこの他者性を引き受けるということなのだ。そして，「己の夢」が最初から亀裂の走った「懐疑的夢」として与えられるのは，眩惑の魔術の源泉である言葉の他者性に心をひらくこのときなのだ。おそらくこの「事実」こそが「多くの逆説」を孕んでいる。小林はそこから批評を始めた。文芸批評を書くとは，言葉の他者性がもたらす「多くの逆説」から「懐疑的夢」を語ることなのだ。「己の夢を懐疑的に語ること」ではない。

（山城むつみ）

図1　小林秀雄の著作（小林秀雄『Xへの手紙・私小説論』新潮文庫・1962）

▷2　1948年6月に日産書房から刊行された『文藝評論』所収の「様々なる意匠」ではそのように記されていた。これは1931年7月に白水社から刊行された『文藝評論』と「装幀は異装」だが「同じ紙型刷」であると最新の第5次小林秀雄全集『別巻Ⅱ』の著書目録に記載されている。1950年に刊行された第一次小林秀雄全集への収録にあたって小林は「様々なる意匠」に少なからず手を入れたようである。

参考文献

小林秀雄『Xへの手紙・私小説論』（新潮文庫・1962）／シェイクスピア，福田恆存訳『マクベス』（新潮文庫・1969）／『小林秀雄』（「新潮日本文学アルバム31」新潮社・1986）／『現代日本のエッセイ　栗の樹』（講談社文芸文庫・1990）／『小林秀雄全集』別巻Ⅰ・Ⅱ（新潮社・2002）

三　近現代編

9　社会と文学

1　公害・震災

　スタンダール[1]は，小説を「大道に沿うてもち歩かれる鏡」に喩えた。小説は社会を映し出すものなのだ。しかし，私小説的傾向を持つ日本の近代小説は，作家の私生活の描写に力点を置く点でスタンダールの小説の定義に反するものだった。日本の小説の非社会性は，被差別部落出身の瀬川丑松が自身の出自を明かしカリフォルニアへと旅立つという，島崎藤村の『破戒』（1906年）に淵源があるというのが通説だ[2]。

　しかし，部落問題を日本作家たちが等閑視していたわけではない。被差別部落の経済問題に取り組む青年を主人公にした，野間宏の『青年の環』[3]（1948〜70年）などもある。戦後文学の金字塔大西巨人の『神聖喜劇』[4]（1960〜85年）では，主人公東堂太郎が被差別部落出身の兵士にかけられた冤罪を晴らそうとする場面が作品のクライマックスになっている。「路地」と名付けられた被差別部落を舞台にした一連の作品を書いた中上健次もいる。

　社会性という観点のみで作品を裁断すること自体生産的なこととは言えないだろう[5]。しかし，社会性の高い出来事や問題に，日本にいる多くの作家が興味を持ち，それを作品化するかと言えば決してそうではない。

　たとえば，1960年代から70年代にかけて日本社会において極めて大きな問題であった公害を描いた作品は決して多くない。石牟礼道子の『苦海浄土　わが水俣病』[6]（1969年）やあるいは有吉佐和子『複合汚染』[7]（1975年）くらいだろう。

　あるいは，日本は地震国であり，地震とそれに伴って発生した災害を描いた作品はこれまで決して多くなかった。関東大震災（1923年）は，首都圏を襲った災害としてここ百年の中で最大の被害を生んだものだが，それを経験した芥川龍之介や谷崎潤一郎あるいは川端康成といった作家たちは，震災の経験を直接テーマにし人口に膾炙した作品を残していない。近いところで言えば，阪神・淡路大震災（1995年）を描いた作品として知られるのは村上春樹の『神の子どもたちはみな踊る』（2002年）くらいだろう。

　こうした中，2011年に発生した東日本大震災に対する作家の反応は例外的とも言えるものだった。川上弘美は，震災後2カ月あまり後に，1994年に発表した「神様」を「神様2011」へと改作し発表し，高橋源一郎は「恋する原発」[8]を震災発生7カ月後に世に問うた。その後も「震災後文学」と呼ばれる多くの作品が発表された。

（千葉一幹）

参考文献

中村光夫『風俗小説論』（講談社文芸文庫・2019）／伊藤整『小説の方法』（岩波文庫・2006）／野間宏『青年の環』全五冊（岩波文庫・2005）／大西巨人『神聖喜劇』第一〜五巻（光文社文庫・2002）／高橋源一郎『恋する原発』（河出文庫・2017）／千葉一幹『現代文学は「震災の傷」を癒やせるか』（ミネルヴァ書房・2019）／アンヌ・バヤール＝坂井・木村朗子編著『世界文学としての〈震災後文学〉』（明石書店・2021）

▷1　スタンダール（1783〜1842）フランスの小説家。作品に『赤と黒』『パルムの僧院』等。

▷2　伊藤整は，「逃亡奴隷と仮面紳士」で日本の作家を社会を忌避する逃亡奴隷に喩えた。また中村光夫は，『風俗小説論』（1950）で日本の小説の弱点を自然主義に始まる私小説的側面にあるとした。

▷3　野間宏（1915〜91）小説家。作品に『暗い絵』『真空地帯』等。

▷4　大西巨人（1919〜2014）小説家・評論家。

▷5　また，ミシェル・フーコー以来，私秘的な世界にも政治は存在しているというのは自明の前提と言ってもよい。だから一見社会性のないプライヴェートな空間を描いた私小説的作品にもミクロレヴェルの政治の存在を指摘することは難しいことではない。

▷6　石牟礼道子（1927〜2018）作家。『天の魚』『椿の海の記』等。

▷7　有吉佐和子（1931〜84）小説家。作品に『華岡青州の妻』『恍惚の人』等。

▷8　高橋源一郎（1951〜）小説家・評論家。作品に『さようなら，ギャングたち』『日本文学盛衰史』等。

三 近現代編

10 占領下・検閲

図版1 太宰治「トカトントン」
（『群像』1947年1月）ゲラ
本文上部に delete（削除）の指示が見られる。この部分は，敗戦に関する回想場面である。筑摩書房版『太宰治全集』（1956）で削除部分が初めて復元された。
（メリーランド大学ゴードン・W・プランゲ文庫蔵）

▷1　警保局図書課。

▷2　民間検閲局。

▷3　出版後の検閲。

▷4　ゲラ刷りの段階での検閲。

▷5　占領期の検閲は，日本の非軍国主義化や民主化を目的に思想統制の一環であったが，「プレスコード」（出版規則）に違反するものは処分された。GHQ／SCAP検閲は基本的に秘匿され，伏字などの検閲の痕跡を残すことを禁じられた。

▷6　いわゆる「逆コース」と呼ばれる時代に入ると，共産主義言説も厳しく監視されるなど，アメリカの意向が強く影響している。

1 近代における言論統制と文学

　読書の際に検閲制度を意識して作品を読むことはあるだろうか。検閲がなくなるまで文学は，表現の自由が保障されていない言論環境，すなわち権力による検査と取り締まりがある環境下で書かれた。「日本国憲法」第21条は検閲を禁止しているが，時の権力が表現を監視・抑圧する状況は近代日本において長く存在した。

2 検閲の歴史

　検閲とは，権力側が表現を検査し，不適当と判断するものについて，発表禁止等の処分を下すことを通常意味する。何を不適当とするか，どのような目的で検閲を行うかということは，権力主体が決定する。近世にも禁書はあったが，近代以降も言論統制は続いた。それらは常に国家および国民のあり方を決めるものとして重要な意味を担っている。以下，近現代の検閲について述べる。

　戦前・戦中においては，内務省が検閲主体となった。社会情勢に反する内容は処分され，警察によって出版物は押収されるなどしたが，ここで重要な意味を持ったのが納本制度である。検閲対象は表現そのものだけではない。図書館も検閲の影響を受けていたことが現代の研究によって明らかにされている。

　第二次世界大戦後には「日本国憲法」が検閲を禁止した。しかし，GHQ／SCAP占領下においては，CCDによって検閲が行われた。新聞・雑誌のようなマスメディアだけでなく，郵便物のようなパーソナルメディアも検閲対象となり，段階的に事後検閲へと変わるものの占領当初は事前検閲を受けなければ発表は許されなかった。GHQ／SCAP検閲は，表現の自由を保障する「日本国憲法」施行以後も持続され，これが完全に終了したのは1949年であった。

　検閲は以上のように基本的には権力による表現の監視システムであり，権力が言論を封じ，思想統制をするための手段である。ただ，これを外部的な抑圧・影響の制度と限定的に捉えてはならない。権力の影響は，検閲の内面化，すなわち自主検閲を可能にするからである。表現が自由であるかどうかという問題は，制度の有無にかかわらず，いつの時代にも存在する問題といえる。

（天野知幸）

参考文献
　紅野謙介『検閲と文学――1920年代の攻防』（河出ブックス・2009）／鈴木登美・堀ひかり・宗像和重・十重田裕一編『検閲・メディア・文学――江戸から戦後まで』（新曜社・2012）／山本武利『GHQの検閲・諜報・宣伝工作』（岩波現代全書・2013）／紅野謙介・高榮蘭・鄭根埴・韓基亨・李惠鈴編『検閲の帝国』（新曜社・2014）／牧義之『伏字の文化史――検閲・文学・出版』（森話社・2014）／金ヨンロン・尾崎名津子・十重田裕一編『「言論統制」の近代を問いなおす――検閲が文学と出版にもたらしたもの』（花鳥社・2019）／安藤宏・斎藤理生・小澤純・吉岡真緒『太宰治 単行本にたどる検閲の影』（秀明大学出版会・2020）

第 Ⅱ 部

日本文学史を彩る（作った）
名作・作家たち

一　現　代

1　宮崎　駿（1941〜）

東京府東京市生まれ

1　宮崎駿，その半生

　宮崎駿の父は，零戦の部品を供給していた宮崎航空機製作所の経営者であった。後には反戦の姿勢を強く打ち出しつつ，航空機への愛を抱き続けた宮崎の相反する志向がこの生い立ちにすでに胚胎している。高校3年生の時に，東映動画の『白蛇伝』（1958年）に衝撃を受けアニメーションへの関心を強める。学習院大学卒業後に東映動画に入社。高畑勲らとともに『太陽の王子　ホルスの大冒険』（1968年）を制作する。1971年には東映動画を退職，TVアニメの『ルパン三世』を監督，ズイヨー映像に移籍し，1974年の『アルプスの少女ハイジ』を制作する。1978年には『未来少年コナン』を監督。『ルパン三世　カリオストロの城』（1979年）で長編劇場アニメの監督デビュー。1982年から漫画連載をしていた『風の谷のナウシカ』を映画化し（1984年），名声を確立する。1985年にスタジオジブリを共同で設立すると，『天空の城ラピュタ』（1986年），『となりのトトロ』（1988年），『魔女の宅急便』（1989年），『紅の豚』（1992年），『もののけ姫』（1997年），『千と千尋の神隠し』（2001年），『ハウルの動く城』（2004年），『崖の上のポニョ』（2008年），『風立ちぬ』（2013年）を監督する。『風立ちぬ』後に引退宣言をするが，2017年にはそれは事実上撤回され，『君たちはどう生きるか』と題された新作を制作中であると明らかにされた。

2　「矛盾」の作家として宮崎駿

　『風立ちぬ』の主人公堀越二郎の親友本庄がくり返し口にする「矛盾だ」という言葉は，宮崎駿の創作の核心を述べたもののように思われる。宮崎はその作品においてさまざまな矛盾を提示し，その解決や解決不可能性を示してきた。
　そのさまざまな矛盾の根幹にあるのは，戦争と平和の矛盾であろう。第二次世界大戦中に，多くの死を生み出した零戦の部品製造で富をなした一族に生を受けた宮崎駿。彼の作品は反戦主義的な思想を基調とすると思われがちだが，むしろさまざまな意味での戦争の避け得なさこそが，中心にある。つまり，平和のために戦争が必要であるという意味での避け得なさ，そして生活する一般の人々が大きな災害のようなものとしての戦争から逃れられないという意味での避け得なさである。『風の谷のナウシカ』『紅の豚』『もののけ姫』『ハウルの動く城』はその矛盾をいかにして解決するかの苦闘として読むことができるが，なんと言っても『風立ちぬ』は，戦争で人を殺す兵器が「美しい」ものであるという決定的な矛盾を，生半可な解決を与えることなく矛盾のままに放り出したような作品になっており，その問いは重い。もちろん零戦のための図面を引く姿はセル画を描くアニメーターの姿に重なるし，戦闘機の設計チームの労働

図1　『戦う姫，働く少女』（堀之内出版・2017）

はスタジオジブリの労働を彷彿とさせる。そこには，アニメという美しく楽しいものの野蛮さへの宮崎の厳しいまなざしがある。

3　技術と自然

　もうひとつの矛盾は技術と自然である。『風の谷のナウシカ』や『となりのトトロ』の成功によって，宮崎駿とジブリはエコロジー的なものとの強い連想関係に置かれてきた。だが宮崎の「エコロジー思想」とは，技術を否定して自然を称揚するといったものからはほど遠い。そのことはとりわけ，『風の谷のナウシカ』の漫画版と『もののけ姫』に顕著に見て取ることができる。

　映画版では自然の自己治癒力として描かれていた『風の谷のナウシカ』の「腐海」[1]は，漫画版では驚くべき形で転回され，じつは人工のものであったことが判明する。ここには，人間の技術を媒介としない生の自然など存在しないという思想があるが，宮崎の恐ろしいのは，そういった技術と文明全体を破壊してしまいたいという衝動を劇化してしまったことである[2]。技術を取り去ったところに自然が表れるといった「浅い」エコロジー思想に，宮崎は与さない。その思想は，神話的な自然，人間文明，そして破壊の後に訪れる第二の自然という形で問題を複雑化させた『もののけ姫』で深められることになる。

4　戦闘美少女と姫

　また別種の矛盾と言えるのは，宮崎における女性像である。宮崎の描く女性たちは，先進的であるのか，それとも保守反動的であるのか，実のところ決し難い。宮崎は，第二波フェミニズム／ウーマンリブ以降の時代にあって，ナウシカやエボシ御前といった，男たちを凌駕する知力や指導力，戦闘力を兼ね備えた魅力的な女性たちを創造してみせた。だがその一方で，『魔女の宅急便』のキキや『千と千尋の神隠し』の千尋のような，ある意味等身大とも言える少女たちが労働市場へと身を投じることで成長をなしとげる姿を描いてもみせた。これらは新自由主義と親和的なポストフェミニズム時代においてはそれぞれに「先進的」な女性像だろう[3]。だがその一方で『風立ちぬ』の菜穂子に表現されるような伝統的女性像への衝動が宮崎作品から不在になったことも，またないように思われる。そういった女性像と，魅力的な老女たちの存在（『天空の城ラピュタ』『千と千尋の神隠し』『ハウルの動く城』などにおける），そして中年も含めた男性たちの男性性（ナウシカの助力者的な男性たちや『紅の豚』における中年性）との関係は，さらに考究されるべき主題である。　　　　（河野真太郎）

参考文献
河野真太郎『戦う姫，働く少女』（堀之内出版・2017）／杉田俊介『宮崎駿論──神々と子どもたちの物語』（NHK 出版・2014）／スーザン・ネイピア，仲達志訳『ミヤザキ・ワールド──宮崎駿の光と闇』（早川書房・2019, Kindle）／宮崎駿『風の谷のナウシカ』全7巻（徳間書店・1983〜95）

▷1　猛毒の瘴気を放つ菌類の森で，巨大な「蟲」たちが支配する世界。人間はマスクなしでは入ることができない。主人公のナウシカは，この森が，千年前の「火の七日間」によって汚染された土壌を浄化していることを発見する。

▷2　漫画版『風の谷のナウシカ』のもっとも感動的なナウシカの台詞は，「いのちは闇の中のまたたく光だ」（第7巻，201頁）というものである。これは希望を述べているというよりは，全ては闇であり，いのちはその中で偶然にまたたき，やがて消える運命にある光だという陰鬱な思想を表している。宮崎駿は漫画版『風の谷のナウシカ』の連載が終わりに近づいた1990年代のはじめのころ，鴨長明の『方丈記』を映像化するというアイデアにとらわれていた（ネイピア No.4651）。この世をうたかたの泡としてとらえる『方丈記』の思想は，「生きろ」という表面上は肯定的なスローガンを唱える宮崎の多くの作品の底流をなしている。

▷3　ポストフェミニズムとは，第二波フェミニズム以降に，それまでのフェミニズムの政治的目標が新自由主義へと吸収される形で限定されていき（例えば労働市場で「ガラスの天井」を突出した個人が破ることこそがフェミニズムであるといったように），その限定からは排除されるフェミニズムはもはや不要であるとされてしまったような状況のことを指す。先進国では1990年代に形は異なれ，そのような状況が生じている。ポストフェミニズム状況とその文化的な表象との関係については，参考文献の河野（2017）を参照。

一　現　代

2 村上春樹（1949〜）

京都府京都生まれ

1 1978年のベースボール

村上春樹は1949（昭和24）年，京都に生まれ，兵庫で育った。1968（昭和43）年，早稲田大学第一文学部入学のため上京。在学中に同級生と学生結婚し，ジャズ喫茶「ピーター・キャット」の経営を始め，卒業後も店を続ける。

転機が訪れたのは1978（昭和53）年4月1日。その日，神宮球場ではプロ野球のシーズン開幕戦となるヤクルトと広島のデーゲームが行われ，ヤクルトファンの村上は外野席の芝生に寝ころび，ビールを飲みながら観戦していた。1回裏，ヤクルトの先頭打者デーブ・ヒルトンが快音を鳴らし，左中間へと二塁打を放つ——，それを見た瞬間，小説を書いてみようと思い立ったという。[1]

かくして，村上は小説を書きはじめた。執筆時の年齢は29歳。同年，ヤクルトは球団創立29年目にして初優勝，初の日本一に輝く。翌年，村上は小説「風の歌を聴け」で群像新人文学賞を受賞し，文壇にデビューした。[2]

2 現実と非現実の境界

『風の歌を聴け』は，29歳の語り手「僕」が，8年前にあたる1970年8月，海辺の街に帰省した際の出来事を回想する物語である。冒頭で「僕」は8年間，文章を綴れなかったと語る。理由は明確には語られない。しかし小説は，パズルを完成に近づけることで初めて足りないピースの空白に気付くような形で，その理由たる「僕」の喪失感がほの見える構造を備えている。

各々が自身の思いを投影させながら，謎めいた空白を埋めていく。この行為が村上作品を読む，ひいては研究する醍醐味の一つだろう。たとえば文芸評論家の加藤典洋は作中に流れる日数を計算し，現実的な時間と非現実的な時間との混在を見つけ，本作が単なるリアリズム小説ではないことを指摘した。[3]

「僕」のその後を描く『1973年のピンボール』（1980年），『羊をめぐる冒険』（1982年），『ダンス・ダンス・ダンス』（1988年）や，自我の内外を並行的に描く『世界の終わりとハードボイルド・ワンダーランド』（1985年）では，明確に幻想性が際立つ。現実と非現実の境界に登場人物たちが引き寄せられ，謎めいた空白も広がりと深度を増した。翻って，1987（昭和62）年に刊行され大ベストセラーとなった『ノルウェイの森』はリアリズムに徹し，作家自らが空白を埋めるかのような小説だった。この作を道標として読むか，次なる迷宮への入口として読むかで，村上作品の見え方は大きく枝分かれしそうだ。

3 コミットメントと暴力

湾岸戦争が勃発した1991（平成3）年から，生活の場をアメリカに移してい

▷1　『村上春樹　雑文集』（2011）所収の「デイヴ・ヒルトンのシーズン」（初出は『ナンバー』1980年10月5日号）等で披露される逸話。『やがて哀しき外国語』（1994）では「デイヴ・ヒルトンがレフト線に綺麗な二塁打を打つのを見て，それで『風の歌を聴け』という最初の小説を書くことになったのだ」と表現されている。

▷2　「風の歌を聴け」（初出『群像』1979年6月号）「今，僕は語ろうと思う。／もちろん問題は何ひとつ解決してはいないし，語り終えた時点でもあるいは事態は全く同じということになるかもしれない。結局のところ，文章を書くことは自己療養の手段ではなく，自己療養へのささやかな試みにしか過ぎないからだ。／しかし，正直に語ることはひどくむずかしい。僕が正直になろうとすればするほど，正確な言葉は闇の奥深くへと沈みこんでいく」。

▷3　加藤典洋編『イエローページ村上春樹』（荒地出版社・1996）。

た村上は，1995（平成7）年，阪神・淡路大震災，地下鉄サリン事件をきっかけに帰国する。同年，心理学者の河合隼雄との対談[14]では，アメリカ滞在時の心境の変化について，小説を書く上で「デタッチメント（関わりのなさ）」よりも「コミットメント（関わり）」を意識するようになり，これまで避けてきた「暴力」を物語に取り込むようになったと述べている。

たしかに『ねじまき鳥クロニクル』（1995年）から『騎士団長殺し』（2017年）にいたるまで，小説には暴力が色濃く導入されるようになった。戦争の暴力や，個人の無意識に潜む暴力の生々しい描写が，村上の言う「コミットメント[15]」と，どういった仕組みで関わっているか注目することは，今後も村上作品を読み解くための鍵となろう。暴力を発露させる潜在意識の物語（「リトル・ピープル」）に，主人公・天吾が「物語を語る能力」で対抗する『1Q84』（2010年）は，作家の問題意識を具象化した点で，とりわけ重要と思える作品だ。

4 村上文学をひらく

2020（令和2）年，父親との思い出をふりかえるノンフィクション『猫を棄てる』が刊行された。日中戦争で徴兵され出征した父の軍歴が詳しく調べられるとともに，父に抱いていたわだかまりが，初めて率直に語られる。この書を手がかりにして，村上作品における戦争，中国，父，あるいは猫などの描かれ方が，少なからず解釈し直されるに違いない。

また，小説集『一人称単数』（2020年）にも，村上春樹を思わせる語り手が過去を回想する形の短編が多い（『ヤクルト・スワローズ詩集』にいたっては語り手の名前が「村上春樹」である）。が，『風の歌を聴け』同様，私小説かと思って読むとハシゴをはずされる。回想する書き手（一人称）が，村上春樹という中心とずれて散らばっていく。収録作「クリーム」で言及される，中心がいくつもあって外周を持たない円とは，ノンフィクションをふくめた作品同士が照り返し合い乱反射する，村上作品群の総称に思えてくる。

新たな乱反射の光らせ方を見つけるとともに，現実と非現実の境界を整理して光源を見定めることも，村上文学をひらくことにつながるだろう。村上ファンにはよく知られた冒頭の神宮球場のエピソードであるが，当時のスポーツ新聞を調べると，ヒルトンは二塁打を左中間ではなく右中間に放ったと書かれている[16]。小説家・村上春樹が誕生したのは本当に神宮球場なのか，原点から疑う必要もある。もちろん，新聞記事の方が間違っている可能性もあるが，だとしても，あまりにかっこよすぎる"誕生秘話"ではないか。　　　　　（佐藤康智）

参考文献
『村上春樹全作品1979～1989』全8巻（講談社・1991）／『村上春樹全作品1990～2000』全7巻（講談社・2003）／村上春樹『1Q84』全6巻（新潮文庫・2012）／同『猫を棄てる──父親について語るとき』（文春文庫・2022）／同『一人称単数』（文春文庫・2023）／加藤典洋『村上春樹イエローページ』全3巻（幻冬舎文庫・2009）／平野芳信『日本の作家100人　村上春樹──人と文学』（勉誠出版・2011）

▷4　『村上春樹，河合隼雄に会いに行く』（岩波書店・1996）。

▷5　このころから村上は様々な形で社会や政治に対するコミットメントを試み始める。地下鉄サリン事件のノンフィクション『アンダーグラウンド』（1997）や，2009年のエルサレム賞受賞スピーチ「壁と卵」など。

図1　『風の歌を聴け』（講談社文庫・2016）

図2　『一人称単数』（文藝春秋・2020）

▷6　「ヤクルトは初回に新外人ヒルトンの活躍で先行した。先頭ヒルトンは右中間二塁打すると水谷が手堅く送った」（『スポーツニッポン』1978年4月2日号）。

一　現　代

3　大江健三郎（1935〜2023）

愛媛県喜多郡大瀬村生まれ

▷1　「爪の間に犬の血がこびりついてとれないんだ。それに石鹼でどんなにこすっても犬の臭いがとれない。／僕は生気のない私大生の掌を見た。細い指の先で爪は伸びて汚れていた。／あなたがこの仕事を引受けたのは失敗ね，女子学生がいった」（「奇妙な仕事」）。

図1　『死者の奢り』（文藝春秋新社・1958）

▷2　「僕は広島の，まさに広島の人間らしい人々の生き方と思想とに深い印象をうけていた。僕は直接かれらに勇気づけられたし，逆に，いま僕自身が，ガラス箱のなかの自分の息子との相関においておちこみつつある一種の神経症の種子，頽廃の根を，深奥からえぐりだされる痛みの感覚をもあじわっていた。そして僕は，広島とこれらの真に広島的なる人々をヤスリとして，自分自身の内部の硬度を点検してみたいとねがいはじめていたのである」（『ヒロシマ・ノート』）。

1　時代を鈍痛で受けとめる小説家

　大江健三郎は，川端康成に次ぐ，日本人二人目のノーベル賞作家として世界的に知られている。1994年，ストックホルムでの受賞記念講演「あいまいな日本の私」で，大江は，日本を西洋の近代化によって引き裂かれた「あいまいな（ambiguous）」国だと定義した。アジアでもヨーロッパでもないこのあいまいさを乗り越えられないまま，日本は侵略戦争へと突き進んでいった。その痛切な反省に立った日本の戦後文学者の最後尾に連なる者でありたい，と大江は宣言する（ここでの戦後文学者がどのような作家たちだったかは，大江の評論集『同時代としての戦後』が最良の導きとなるだろう）。

　さらに，大江は，イギリスの詩人 W. H. オーデン（1907〜73）の「正しい者たちのなかで正しく，／不浄のなかで不浄に，／もしできるものなら，／ひ弱い彼みずからの身を以て，／人類すべての被害を，／鈍痛で受けとめねばならぬ」（深瀬基寛訳）という「The Novelist」の一節を引用する。実際，大江は，このような小説家として生きてきたというほかない。1957年に22歳でデビューして以来，60年以上に及ぶ彼の創作活動は，まさにそれぞれの時代の苦しみを，鈍痛として自らの身体で受けとめ，作品化してきた軌跡なのだと言える。

2　グロテスクな初期小説

　大江の初期小説はグロテスクなイメージに溢れている。デビュー作の「奇妙な仕事」では，三人の大学生が，大学病院で飼われている150匹の犬を撲殺するアルバイトに就く。作品だけを読んでも，比類ない言葉の力に圧倒されるだろう。何しろ，殺される犬たちの血の温かさ，臭いが，否応なしに読者の身体にまとわりついてくるようなのだ。しかし，同時代の状況と照合すると，また新たな側面が見えてくる。同時代の批評家の一人は，杭につながれて大人しく死を待つ犬たちに，占領下の日本の人民の姿を読み取った。それでは，その犬を殺す側に立とうとする若者たちの動機はいったい何だろうか。

　大江の作品は，つねに時代への応答として書かれている。大学病院の地下の水槽に沈んでいる解剖用の死体たち（「死者の奢り」）。戦闘機が墜落し，山奥の村人たちに獣のように飼われる黒人兵（「飼育」）。外国兵に尻をむき出しにされ，《羊》にされる日本人たち（「人間の羊」）。退屈な日常に飽き飽きし，「こいつは勃起させるぞ！」と天皇の爆殺計画を練る少年（『われらの時代』）。涙を流して脅えていた死の恐怖を，天皇への熱狂的な合一によって克服する少年（「セヴンティーン」）。これらのグロテスクなイメージを生んだ同時代の状況を考えながら読むことが，大江文学に近づく第一歩となるだろう。

3　障害のある息子との共生

　1963年，知的障害を持った長男の光が生まれる。このことは，大江の文学に，傷つきやすいものとの共生という新たな主題を導き入れた。『個人的な体験』は，障害のある赤ん坊を殺そうとしながらも，最後にその決意を翻し，共に生きていくことを選ぶ父親を描いた作品だ。ただし，これはいわゆる「私小説」ではない。むしろ，自分に到来した個人的な偶発事を，時代や歴史と接続し，普遍化していこうとする大江の途方もない企ての開始を告げる作品なのだ。実際，本作に続いて取り組まれたのは，『ヒロシマ・ノート』や『沖縄ノート』としてまとめられる，被爆後の広島や，米軍統治下の沖縄への取材だった。そこでは，障害を持った息子の誕生が，大きな暴力を生き延びた，あるいは今もなおその渦中を生きる人びとへの強い共振を育んでいくさまを確認できる。

　大江が描く息子との関係が特異なのは，つねに父子関係の逆転が見られる点だ。父親と息子の年齢差が逆転する『ピンチランナー調書』は典型的な例だが，さらに興味深いのは80年代の『新しい人よ眼ざめよ』の連作だろう。父親は息子が生きるための「定義」を与えようとするが，その試みは反転する。ゴシック体で強調される息子の言葉は，イギリスの詩人ウィリアム・ブレイクの詩句と共鳴し，他者の傷つきやすさの核心に触れる仕方を父親に教えるのだ。

4　「晩年の仕事（レイト・ワーク）」

　2000年以降，大江は「終わり」を意識した作品を発表し始める。それらは，パレスチナ出身の文芸批評家エドワード・サイード（1935～2003）にならって，「晩年の仕事（レイト・ワーク）」と呼ばれる。「晩年の仕事（レイト・ワーク）」とは，有終の美とは反対の，「不調和，不穏なまでの緊張，またとりわけ逆らいつづける，ある種の意図的に非生産的な生産性」（『晩年のスタイル』大橋洋一訳）を特徴とする。実際，大江の老主人公は，「田亀」と呼ばれる機械で死者との交信を図ったり（『取り替え子（チェンジリング）』），アメリカ人女性研究者と共にドン・キホーテ的冒険に挑んだり（『憂い顔の童子』），国際テロ組織の陰謀に身を投じたり（『さようなら，私の本よ！』），父親が遺した「赤革のトランク」の秘密に子どもじみた執着を見せたり（『水死』）と，やりたい放題なのだ。しかし，それらは例外なく失敗に終わり，作品の主導権は小説家から他者へと明け渡される。現時点で最後の小説『晩年様式集（イン・レイト・スタイル）』を締めくくる，「私は生き直すことができない。しかし／私らは生き直すことができる」という詩句は，この主導権の放棄が再生への希望に繋がる道筋を教えてくれている。

（村上克尚）

図2　『新しい人よ眼ざめよ』（講談社・1983）

▷3　「息子がソファの裾のあたりの床に坐りこみ，毛布から出していた僕の片足を，壊れやすく柔らかなつくりものでもなでるように，ゆるやかに曲げた右手の指五本でなでさすっているのだった。穏やかな声で低く，確かめるようにつぶやきもしながら。そしてその言葉は，僕が懐かしさの感情のかたまった，生きたゼリーのようにして震えている，夢のさめぎわにも聞きとっていたものだ。／——足，**大丈夫か？　善い足，善い足！　足，大丈夫か？　痛風，大丈夫か？　善い足，善い足！**」（「無垢の歌，経験の歌」）。

図3　『晩年様式集（イン・レイト・スタイル）』（講談社・2013）

参考文献

『大江健三郎全小説』全15巻（講談社・2018～19）／聞き手・尾崎真理子『大江健三郎　作家自身を語る』（新潮文庫・2013）／松原新一『大江健三郎の世界』（講談社・1969）／野口武彦『吠え声・叫び声・沈黙——大江健三郎の世界』（新潮社・1971）／榎本正樹『大江健三郎の八〇年代』（彩流社・1995）／小森陽一『歴史認識と小説——大江健三郎論』（講談社・2002）／山本昭宏『大江健三郎とその時代——「戦後」に選ばれた小説家』（人文書院・2019）

一　現　代

4　川上未映子（1976〜）

大阪市生まれ

1　歓待の作家——川上未映子

　川上未映子の作品は歓待の精神にあふれている。たとえば，自身の妊娠から出産，子育ての様を描いたエッセイ集『きみは赤ちゃん』（2017年）において，川上は，妊娠期間中に夫である作家の阿部和重が川上が妊婦であることから彼女との性関係を一切もとうとしないことへの苛立ちなどを包み隠さず記述する。こうしたあけすけな物言いは，川上作品の持つ最大の魅力の一つだ。

　こうした歓待の精神は，小説において遺憾なく発揮される。

　いじめ問題を主題化した『ヘヴン』（2014年）において，主人公の「僕」とコジマという少女を執拗にいじめる生徒たちは二人に公園で全裸でセックスすることを強要する。それに対してコジマは自ら服を脱ぎ，いじめる生徒たちの頬をなでにいく。コジマのこの行動は，いじめる者たちの要求に抗うのでなく，逆にそれを全て満たすことで彼らが示す悪意を無化するものであった。と同時にそれは邪悪な意思をもった者たちすら受容する振る舞いでもあった。

　また，反出生主義[1]やAID（非配偶者間人工授精）の問題を描き話題を呼んだ『夏物語』（2019年）もホスピタリティに満ちた作品だ。AIDによって生まれ，育ての親から性的虐待を受けた善百合子，彼女は，子どもの中にはこの世に生を受けたことに苦痛しか見いだせない者もある以上，そうした可能性のある子どもをこの世に送りだすことになる出産を取り返しのつかぬ行為として否定する。そんな善百合子を前にAIDによる出産を選ぶと告げる，本作の主人公夏目夏子もまた歓待精神の権化のような存在だ。彼女は，自身そして生まれてくる子どもを待っている不幸も幸福もすべてまるごと迎え入れようとするからだ[2]。この『夏物語』の作品構造自体，芥川賞を受賞した『乳と卵』（2010年）をリライトした部分を包み込み成立している点で歓待精神を表している。

　川上未映子の作品は，セリーヌやサルトルあるいは夏目漱石，樋口一葉等々先行する作家たちへのオマージュを多く含み，そうした点でも包容力にあふれているが，最後にとっておきのおすすめを一つ。彼女の最初の単著『そら頭はでかいです，世界がすこんと入ります』（2009年）に収められた「私はゴッホにゆうたりたい」は，誰かを，何かを愛を持って受け入れるとはいかなることかを余すことなく伝え，読む者の心を振るわせる。作家としてデビューした時から彼女は歓待精神にあふれていたのだ。

（千葉一幹）

▷1　反出生主義とは，ルーマニアの思想家エミール・シオラン（1911〜95）や南アフリカの哲学者デイヴィッド・ベネター（1966〜）などの主張に代表される，いかなる人間もこの世に生まれてこなかった方がよかったとする思想。

▷2　夏子が善に対して告げる「忘れるよりも，間違うことを選ぼうと思います」は，読む者の心に響く。

図1　『夏物語』（文藝春秋・2019）

参考文献

川上未映子『きみは赤ちゃん』（文春文庫・2017）／同『ヘヴン』（講談社文庫・2014）／同『夏物語』（文春文庫・2021）／同『そら頭はでかいです，世界がすこんと入ります』（講談社文庫・2009）／同『六つの星星　川上未映子対話集』（文春文庫・2012）／千葉一幹『現代文学は「震災」の傷を癒やせるか——3・11の衝撃とメランコリー』（ミネルヴァ書房・2019）／『川上未映子——ことばのたましいを追い求めて（文藝別冊）』（河出書房新社・2019）

一　現　代

5　吉本ばなな（1964〜）

東京都文京生まれ

1　「ばなな現象」と〈癒やし〉の文学

　1987（昭和62）年，日本大学芸術学部文芸学科を卒業した吉本ばななは，卒業制作の「ムーンライト・シャドウ」で芸術学部長賞を受賞。同年，「キッチン」で第6回海燕新人文学賞を受賞し作家デビューした。その後，初の単行本『キッチン』(1988年)を皮切りに，『うたかた／サンクチュアリ』(1988年)，『哀しい予感』(1988年)，『TUGUMI つぐみ』(1989年)，『白河夜船』(1989年)，エッセイ集『パイナツプリン』(1989年)と，2年間に刊行した本がすべてベストセラーになった。映像化も早く，『キッチン』は1989（平成元）年，森田芳光監督・川原亜矢子の主演で，『つぐみ』は1990（平成2）年，市川準監督・牧瀬里穂の主演で実写映画化され，一連のブームは「ばなな現象」と呼ばれた。

　スピリチュアル分野への造詣が深い吉本の小説には，超常現象や予知夢など，不思議な出来事が描かれる。一貫して〈癒やし〉をテーマとして掲げており，近親者の死など愛別離苦を契機に，神秘への感性を覚醒させた人物が，心を蘇生させてゆくといった物語が多い。日野啓三からは「人を殺しすぎる」と苦言を受けたこともあったが，心に深傷を負った人物たちの言葉に陳腐さはない。たとえば『キッチン』では，唯一の肉親であった祖母を喪った女子大生のみかげの第一声は，「びっくりした」「まるでSFだ」といったものだ。絶望的な状況をユーモアある素直な文章でさらりと描き，物事の真理や人情の機微への的確な表現が，「ばなな現象」の背景にあるといえるだろう。

　婚姻制度や性役割を嫌い「心の自由」を尊ぶ吉本の信条の反映か，「不倫」の恋やLGBTの人物，血縁や性愛に囚われない家族が多く登場する。吉本自身，短編小説が得意だと公言しており，『体は全部知っている』(2000年)，『不倫と南米』(2000年)，『デッドエンドの思い出』(2003年)などの短編集がある。奈良美智との共作『ひな菊の人生』(2000年)のように，有名画家が挿絵を描くコラボレーション作が多い点もユニークである。吉本によれば過去世の記憶があるそうで，著名な神秘家や宗教者との交流に基づく対談本も多い。人気エッセイストでもあり，『「違うこと」をしないこと』(2018年)など，エッセイにおいて示される人生訓やスピリチュアルな価値観は，女性読者からの支持も厚い。著作は30カ国以上で翻訳出版され，特にイタリアでの評価が高く，スカンノ賞(1993年)をはじめとした多数の文学賞を受賞している。　　　　　（木村陽子）

参考文献
　木股知史編著『吉本ばなな　イエローページ』（荒地出版社・1999）

▷1　本名は吉本真秀子。父は評論家・詩人の吉本隆明，姉は漫画家のハルノ宵子。2003年から2015年まで筆名を「よしもとばなな」とした。
▷2　第16回泉鏡花文学賞受賞。
▷3　『キッチン』とともに1988年度芸術選奨文部大臣新人賞受賞。
▷4　第2回山本周五郎賞受賞。
▷5　その他の映像作品に，日本・香港合作『kitchen キッチン』(1997)，『アルゼンチンババア』(2007)，『白河夜船』(2015)，『海のふた』(2015)，日本・韓国合作『デッドエンドの思い出』(2019)がある。

図1　『キッチン』（福武書店・1988）

▷6　第100回芥川賞選評。
▷7　第10回 Bunkamura ドゥマゴ文学賞受賞。
▷8　神秘家ゲリー・ボーネルとの共著に『光のアカシャ・フィールド 超スピリチュアル次元の探求』(2009)，チベット仏教の指導者ダライ・ラマ14世との共著に『小さないじわるを消すだけで』(2014)などがある。
▷9　フェンディッシメ文学賞アンダー35賞(1996)，マスケラダルジェント賞(1999)，カプリ賞(2011)。

一　現　代

6　目取真　俊（1960〜）

沖縄県今帰仁村生まれ

図1　『目取真俊短篇小説選集』
全3巻（影書房・2013）
（筆者撮影）

▷1　「水滴」初出『文學界』
（1997年4月，第27回九州芸
術祭文学賞・第117回芥川賞
受賞）「「この五十年の哀れ，
お前が分かるか」／石嶺は笑
みを浮かべて徳正を見つめる
だけだった。起き上がろうと
もがく徳正に，石嶺は小さく
うなずいた。／「ありがとう。
やっと渇きがとれたよ」」。

▷2　「希望」（初出『朝日新
聞』1999年6月26日夕刊）や
「虹の鳥」（初出『小説トリッ
パー』2004年冬季号）では，
沖縄の人間がアメリカ人の幼
児を殺害するというエピソー
ドが描かれた。

▷3　目取真俊『沖縄「戦
後」ゼロ年』（NHK出版・
2005，70頁）。

1　小説に込められた記憶と痛み

　1960（昭和35）年に沖縄県国頭郡今帰仁村に生まれた目取真俊は，1983（昭和58）年に「魚群記」でデビューし，現代沖縄文学を代表する作家として活躍している。

　芥川賞受賞作となった「水滴」では，戦場で親友を見捨てて生き延びた徳正老人の右足が突如としてふくれあがり，その親指の先から滴る水を飲むために戦死した兵隊や親友が姿をあらわす。また，魂を落とした男の身体にアーマン（オオヤドカリ）が宿る「魂込め」では，語り得ない記憶や感情が不気味なアーマンによって表象され，現在を生きる者の身体に送り返された。戦争の記憶が，水やアーマンのかたちをとって身体に回帰してくるとき，記憶は過去の体験ではなく，現在を生きる身体と結びつく体験として顕現する。

　目取真文学においては，沖縄の歴史や理不尽な現実に向き合う登場人物が抵抗としての暴力の発動を強く欲望するケースもある。しかし，抵抗としての暴力の発動によって痛みが拭い去られるわけではない。米兵にレイプされた少女と，その復讐のために銛で米兵を刺した少年が，心身の痛みを抱えながら孤独に生きた60年を描く『眼の奥の森』（2009年）は，戦争・占領によって傷を負った存在を多様に描き出すと同時に，消えることのない痛みが現在にまで引き継がれていることをえぐり出した点において，目取真文学の特徴を如実に示す長編となっている。

2　行動する作家

　両親や祖父母の戦争体験を聞きながら育った目取真俊は，沖縄戦を小説に書くことは「肉親の生きた歴史を共有し，生々しい記憶として生かし続けること」だと述べた。また，沖縄県国頭郡東村高江の森，名護市辺野古の海上など，米軍新基地建設に対する抵抗運動の現場に身を置く作家でもある。

　そのような体験をもとに，目取真俊は戦争の記憶がもたらす苦しみや，基地を背負う島のうめき，そこに生きる人々の怒りをはらむ小説を生み出してきた。その作品には常に，声なき声としての痛みが響いている。　　　　　（村上陽子）

参考文献
目取真俊『虹の鳥』（影書房・2006）／同『眼の奥の森』（影書房・2009）／同『目取真俊短篇小説選集』全3巻（影書房・2013）／新城郁夫『沖縄文学という企て——葛藤する言語・身体・記憶』（インパクト出版会・2003）／スーザン・ブーテレイ『目取真俊の世界——歴史・記憶・物語』（影書房・2011）／鈴木智之『眼の奥に突き立てられた言葉の銛——目取真俊の〈文学〉と沖縄戦の記憶』（晶文社・2013）／尾西康充『沖縄　記憶と告発の文学——目取真俊の描く支配と暴力』（大月書店・2019）

一 現　代

7 多和田葉子（1960〜）

東京生まれ

1 移動と言語の文学

　多和田の作品は，空間から空間，言葉から言葉へと乗継ぐスリリングな旅である。『地球にちりばめられて』（2018年），『星に仄めかされて』（2020年）の連作は，スカンジナビア各国の言葉から自分で言語「パンスカ」を作ってしまう日本人女性 Hiruko が，ヨーロッパを旅していく物語である。乗り間違いが新しい展開を生み，聞き間違いが新しい言語を生み出す。言葉に秘められていた過去の記憶や未来の可能性が，偶然によって取り出される。もちろん読者の私たちが読むのは日本語の文章なのだが，多和田の手にかかるとあっというまに，より合わせられていたものがほどけていくように，日本語が複数の言語に広がってゆく。『地球にちりばめられて』を読んでいると，抹茶は Maccha になってスペイン語の Macho に繋げられ，ボンジュールが盆汁になる。アルファベット・カタカナ・漢字を音によって横断する，こうした言葉遊びに満ちた文体は多和田作品を読む楽しみの一つである。

　言語に対する多和田の意識を知るには，エッセイ集『エクソフォニー　母語の外に出る旅』（2012年）がよい。このなかで多和田は，尊敬するドイツ語詩人ツェランの「詩人はたった一つの言語でしか詩を書くことができない」という言葉を取り上げ，ツェランのドイツ語の中には，フランス語もロシア語も含まれていると言う。上に見たように多和田の日本語も，さまざまな言語が可視化されるように仕掛けられている。「エクソフォニー」の「エクソ」とはもともと「外部」を意味し，「エクソフォン」は「外国人文学」や「移民文学」を指す。つまり，母語ではない言語で書く作家たちの作品のことだが，多和田の作品は，言語のなかに入り込むことで逆説的に母語の外に出ようと私たちを誘っているのだ。[1]

　近年の多和田は東日本大震災と原発事故を連想させる設定を繰り返し使い，事故後の日本をディストピアとして描き出すようになっている。『献灯使』（2017年）は土壌も食べ物も放射能で汚染され，鎖国状態となった日本が舞台である。廃墟と化した都市部では病弱な子供たちが育つ。移動が禁じられた閉鎖的な空間で，言葉はどのような自由を生み出すのか。言葉はどのような力を持ちうるのか。多和田は現実社会を言語から問い直そうとしているといえるだろう。[2]

（榊原理智）

参考文献
多和田葉子『地球にちりばめられて』（講談社・2018）／同『エクソフォニー　母語の外へ出る旅』岩波現代文庫・2012）／同『献灯使』（講談社文庫・2017）／Yoko Tawada, *The Emissary* (tr. Margaret Mitsutani)（New Directions・2018）／同『星に仄めかされて』（講談社・2020）／同『かかとを失くして　三人関係　文字移植』（講談社学芸文庫・2014）／同『雪の練習生』（新潮文庫・2013）

図1　『地球にちりばめられて』（講談社・2018）

▷1　多和田自身もドイツ在住でドイツ語で作品を書く。「母語ではない言葉で書くことになったきっかけがたとえ植民地支配や亡命などにあったとしても，結果として生まれてくるものが面白い文学であれば，自発的に「外へ」出て行った文学と区別する必要はない」（『エクソフォニー』2012）移動をポジティブに捉える多和田らしい言葉である。20世紀は移民の世紀と呼ばれ非―母語で書く作家を多く生んだ。その移民文学の批評性はさらに重要になりつつある。こうした世界的な文脈で多和田作品を読んでみるのもおもしろい。

▷2　この作品は海外での評価も高く，英語訳の *The Emissary* は，2018（平成30）年の全米図書賞（翻訳文学部門）を受賞している。

一　現　代

8　川上弘美（1958〜）

東京都文京生まれ

1　初期の作品世界

　1958（昭和33）年に生まれた川上弘美は，1976（昭和51）年にお茶の水女子大学理学部生物学科に入学した。父親の山田晃弘は生物学者であり，当時は東京大学の教授だった。在学中はSF研究会に所属し，SF雑誌『NW-SF』15号に小説「累累」（「小川項」名義）を発表。大学卒業後は東京大学医科学研究所の研究員をする傍ら，『NW-SF』の編集を手伝った。1982（昭和57）年，田園調布雙葉中学高等学校に理科教諭として着任。1986（昭和61）年，退職とともに結婚し，川上姓となる（2009年に離婚）。その後，2人の子どもの出産を経て，1994（平成6）年，「神様」で第1回パスカル短篇文学新人賞を受賞してデビュー。1996（平成8）年には「蛇を踏む」で芥川賞を受賞した。

　初期の川上弘美作品においては，人語を喋る「くま」や人間の姿に変わる「蛇」などの異類が多く登場し，日常から少しだけ遊離した世界が描かれる。あるいは，一見異類が登場しない作品においても，川上作品の登場人物は，どこかずれている。そしてその作品世界は飄々としているようでいて，時に意外な生々しさを見せることもある。2001年には，70代の老人と30代の女性の交友関係を描いた『センセイの鞄』がベストセラーとなり，川上弘美の名前は一部の読書好き以外の間にも知られるようになった。

2　「神様2011」以後

　2011年に発表された「神様2011」は，デビュー作の「神様」をもとにして，その年の3月11日に起こった東日本大震災以後の世情が反映された書き換えを行った作品である。「土壌の汚染」や「防護服」という言葉が書き加えられることによって，「神様」の世界は変貌する。そして，このあたりの時期を境にして，川上弘美の作品世界も変わっていったようだ。

　たとえば，『水声』（2014年）は姉と弟の関係を軸に1969年から2014年に到るまでの東京の姿が描かれ，転機となる重要な出来事として地下鉄サリン事件までが登場する。ここまで特定の時代や社会が描かれるのは従来の川上作品にはなかったものだ。あるいは，SF色の強い『大きな鳥にさらわれないよう』（2016年）や『某』（2019年）といった作品もある。川上作品への読者の先入観をはぐらかしながら，川上弘美は現在も変貌し続けている。　　　（滝口明祥）

▷1　その期間において，『NW-SF』16号に小説「双翅目」を発表したほか，座談会「女は女を語る」にも参加している。また，フィリップ・K.ディック『暗闇のスキャナー』（サンリオSF文庫・1980）にも解説を寄せている。いずれも「山田弘美」名義。

▷2　「神様」（初出『GQ』1994年7月）「くまにさそわれて散歩に出る。川原に行くのである。歩いて二十分ほどのところにある川原である」。

▷3　パソコン通信のASAHIパソコンネット上で開催された。ASAHIパソコンネットには，筒井康隆が開設した電子掲示板「電脳筒井線」があったことから，文学好きな人々が集まっていた。選考委員は筒井のほか，井上ひさしと小林恭二。

図1　『水声』（文藝春秋・2014）

参考文献
川上弘美『神様』（中央公論新社・1998）／同『センセイの鞄』（平凡社・2001）／同『水声』（文藝春秋・2014）／同『神様2011』（講談社・2011）／原善編『現代女性作家読本1　川上弘美』（鼎書房・2005）／川上弘美読本（『ユリイカ2003年9月臨時増刊号』）（青土社・2003）／『文藝2003年秋季号（特集　川上弘美）』（河出書房・2003）

一　現　代

9　松浦理英子（1958～）

愛媛県松山生まれ

1　性器中心的性愛観に抗して

　寡作な作家である，というのは松浦理英子を語る場合の常套句のようなものとなっているが，やはりここでもそれを繰り返さざるをえない。青山学院大学在学中の1978（昭和53）年に「葬儀の日」で文學界新人賞を取ってデビューして以来40年以上が経過しているわけだが，その間に刊行された単行本はエッセイ集などを含めても，わずか12冊である。松浦と同い年の作家であり，デビューは16年遅い川上弘美の著書が既に30冊を超えていることからも，松浦の寡作さには驚かざるをえない。

　これまで松浦が繰り返し描いてきたのは「性器なき性愛の可能性」であると言えるだろう。1987年に刊行された長編二作目の『ナチュラル・ウーマン』では，語り手である容子と，夕記子，由梨子，花世との関係が描かれる。しかし，少なくとも容子にとって，それらの関係は異性愛と対比される意味での「同性愛」とは違うものだろう。「私，あなたを抱きしめた時，生まれて初めて自分が女だと感じたの」と言う花世とは違い，容子は自身が「女」であると意識したこともなかったのだから。

　続く『親指Ｐの修業時代』（1993年）では，そうした主題を共有しつつも，寓話的な設定で語られることによって多くの読者を得ることとなった。

2　性愛と友愛のあいだで

　2000年代以降の作品では，「性同一性障害」ならぬ「種同一性障害」の主人公が犬に変身する『犬身』（2007年）や，女性と同性同士のような関係を結びたいと願う男性と，レズビアンの女性との同居生活を描いた「奇貨」など，性愛のどぎつさが影をひそめることによって，「性愛」と呼んでいいのかどうかさえ微妙である他者との結びつきへの希求という主題が明確に立ち上がっている。

　泉鏡花文学賞を受賞した『最愛の子ども』（2017年）は，私立玉藻学園高等部二年四組を舞台として，日夏，真汐，空穂という三者の関係が語られる。同級生である「わたしたち」によって語られる物語は，妄想も入り混じっているとされ，虚実が不分明なまま語られていく。そこでは読者は，「レズビアン」というような既成の言葉に絡めとられないような繊細さで三者の関係を見つめていくことが求められているはずである。　　　　　　　　　　　　（滝口明祥）

▷1　『ナチュラル・ウーマン』（トレヴィル・1987）「「あなたはどうなのかしら？　いつかナチュラル・ウーマンになるのかしら？　それとも，そのままでナチュラル・ウーマンなの？」／耳に入った瞬間に心臓の膜を破り血に混じって体中に回りそうな質問だった。／「考えたことないわ。」／辛うじて言葉を返したが，涙が滲んだ。自分が何なのか，いわゆる「女」なのかどうか，私にはわからない」。

▷2　『最愛の子ども』（文藝春秋・2017）「わたしたちはわたしたちの見ていない所で何があったのか想像し，何が起こっているのか，これからどんな成り行きになるのか思いめぐらし，現実に知り得た情報を基にしつつも，わたしたちを納得させ楽しませるストーリーを妄想を織り交ぜて導き出そうとする」。

図1　『最愛の子ども』文庫版（文藝春秋・2020）

参考文献
松浦理英子『ナチュラル・ウーマン』（トレヴィル・1987）／同『親指Ｐの修業時代』（河出書房新社・1993）／同『犬身』（朝日新聞出版・2007）／同『奇貨』（新潮社・2012）／同『最愛の子ども』（文藝春秋・2017）／同『優しい去勢のために』（筑摩書房・1994）／『現代女性作家読本5　松浦理英子』（鼎書房・2006）

一　現　代

10　笙 野頼子（1956〜）

（しょう の よりこ）

三重県四日市生まれ

▷1　選考委員の藤枝静男（1907〜93）より激賞される。『会いに行って　静流藤娘紀行』（2020）では，藤枝からの影響が煎じ詰められる。

▷2　「なにもしてない」（初出『群像』1991年5月号）「十年間ずっと私自身はナニカヲシテキタつもりでいたのだった。だがしてきたはずの何かは自分の部屋の外に出た途端にナニモシテナイに摩り替わってしまった。シテキタシテキタ，と言ってくれる一握りの声は，外の世界の大きな音にかき消されていた。」

▷3　清水良典は1980年代的な「日本のポストモダン世界」と，笙野の作風との，対極的関係を指摘している（「沸騰する石／疾走する烏賊」『笙野頼子　虚空の戦士』2002）。

図1　『金毘羅』（河出文庫・2004）

▷4　順に，『だいにっぽん，ろりりべしんでけ録』（2008），『未闘病記──膠原病，「混合性結合組織病」の』（2014），『笙野頼子三冠小説集』（2007）。

1　80年代の逆境，90年代の脚光

笙野頼子は1956（昭和31）年，三重県四日市市の海沿いにある母の実家で生まれ，両親の住む伊勢市で育った。立命館大学法学部卒業後の1981（昭和56）年，概念としての地獄絵を志向する無名画家の頓挫を物語った「極楽」で群像新人文学賞を受賞し小説家デビュー。しかしその後十年ほど，作品掲載の機会にあまり恵まれず，没原稿の積み重なる不遇時代を送る。

1991（平成3）年，自身の作家歴を反映させつつ，社会に対する「私」のじゅくじゅくした違和を綿密に描いた表題作を含む『なにもしてない』を刊行。念願の初単行本である同書で野間文芸新人賞を受賞したのを皮切りに，1994（平成6）年，「二百回忌」（1993年）で三島由紀夫賞を，「タイムスリップ・コンビナート」（1994年）で芥川賞を，立て続けに受賞する。純文学における新人賞初の〝三冠〟作家となり，俄然注目が高まった。笙野の満を持してのブレークスルーが時代的にバブル崩壊と並行していたことは，新自由主義に傾く国家を批判する近作を読む上でも重視すべき点となるだろう。

2　金毘羅のごとく

『レストレス・ドリーム』（1994年）での〝女〟をめぐる常套句への否。『母の発達』（1996年）での〝母〟に付随する紋切型の解体。『水晶内制度』（2003年）での日本神話の再解釈。『金毘羅』（2004年）での国家神道や近代的自我とは相容れない極私的な祈りの発見。はたまた純文学論争。笙野の作品群は，恣意的な規定によって蔑ろにされる自分の〝居場所〟に言葉を与え，構築，拡大する。現実離れしながらもどこかリアルな幻想，たがの外れた喜怒哀楽へと誘う言語感覚，それらが読者と必ずや共振しうるという信念を武器にして。

同時に，めくるめく生成を防具にして。過去作の登場人物たちがスーパー戦隊風に一堂に集合（習合）する小説や，難病の診断を機に症状と照らし合わせて過去作を読み直す小説，さらには進展した自己解釈をもとにした幾度とない過去作の書き換えを読むにつけ，その軌跡が，脱皮を繰り返す一体の金毘羅のごとく思えてくる。かりそめの規定に抗い蠢（うごめ）く作品群を規定する（論じる）ためには，デビュー作「極楽」の主人公がそこから踏み出すほかなかったように，既成の規定法を疑う第一歩を要するに違いない。

（佐藤康智）

参考文献
笙野頼子『極楽・大祭・皇帝　笙野頼子初期作品集』（講談社文芸文庫・2001）／同『笙野頼子三冠小説集』（河出文庫・2007）／同『レストレス・ドリーム』（河出文庫・1996）／同『母の発達』（河出文庫・1999）／同『水晶内制度』（エトセトラブックス・2020）／清水良典『笙野頼子　虚空の戦士』（河出書房新社・2002）／清水良典編『現代女性作家読本4　笙野頼子』（鼎書房・2006）

一　現　代

11　リービ英雄（1950〜）

アメリカ生まれ

1 移動する私小説作家

　ユダヤ人の父とポーランド系移民の母のもとに生まれ，幼少期を台湾と香港で過ごしたリービ英雄。大学時代にアメリカと日本を行き来するうちに，「日本語で小説を書くこと」に魅せられて，1987（昭和62）年「星条旗の聞こえない部屋」を発表し，「日本語を母語としない」「アメリカ人」の小説家として注目を浴びる。「星条旗の聞こえない部屋」のアメリカ人青年ベンは決してリービ本人というわけではないのだが，そうにちがいないと読者に思わせてしまう設定がなされている。新宿を徘徊しながらベンは，自分の身体に向けられる視線や投げかけられる言葉に反応し，そのことがまた新しい出来事を生む。多くのリービの作品は身辺雑記の文体と独特の五感を通して「ユダヤ人」にも「英語」にも「亡命者」にも，もちろん「日本語」「日本人」にも安住できない移動者の感覚を描き出している。

　リービの身辺雑記は，さまざまな歴史的広がりを持つ。『千々にくだけて』（2004年）では9.11事件によって目的地にたどり着けない主人公を描いている。主人公は事件の只中にいたわけではないが，主人公が受けた余波から逆に事件の重さが感じられる。読者は移動する（あるいは移動できない）主人公の感覚を追体験するのだが，主人公が「白人」と分類されるような身体を持っているがゆえに，読者はある固有の歴史的・社会的・政治的な広がりを感じるのである。ただの身辺雑記に見えたものが，歴史的証言にも社会的批評にも政治的なメッセージにもなっていくダイナミックさをぜひ感じてほしい。

　中国大陸を舞台としたノンフィクション作品もあるリービだが，幼少期を過ごした台湾には最近まで行っていない。五十数年ぶりに台湾をたずねた様子は『模範郷』（2004年）で読むことができる。また，この様子は映像作品にもなっているので併せて見てほしいが，『模範郷』には台中駅前の広場で中年のサラリーマン風の男に Where are you from? と英語で話しかけられる場面がある。それに対して主人公は即座に Here と答える。と同時に，日本の駅前広場でとつぜん英語で話しかけられた若い頃の出来事を思い出すのである。デビュー作品「星条旗の聞こえない部屋」の頃から問われていた，Home とはなにかという問いがここでも問われている。『模範郷』は作者自身がめぐるリービ英雄作品の旅でもあるのだ。

（榊原理智）

図1　『星条旗の聞こえない部屋』（講談社文芸文庫・2004）

▷1　リービ英雄自身が日本語，中国語とどのように関わってきたかについてのエッセイ集も多く出ているので，小説と併せてぜひ参考にしてほしい。

▷2　ドキュメンタリー『異境のなかの故郷』（2014）では，リービが映像作家の大川景子，詩人の管啓次郎，作家の温又柔とともに台湾の旧日本人街を訪ねる様子が撮影されている。

▷3　『模範郷』には，リービと交流のある他の作家の名前が登場する。中国語の「國語」（グオユー）ではない言葉を聞いてリービが衝撃を受ける場面。「かかとを失くすのはこんなときなのか，と心の中の多和田葉子にたずねながら，歩調をゆるめて，それからまっすぐにざわめきへ向って，自動改札を出た」。

参考文献
リービ英雄『星条旗の聞こえない部屋』（講談社文芸文庫・2004）／同『千々にくだけて』（講談社文庫・2004）／同『模範郷』（集英社文庫・2004）／同『異境のなかの故郷』（flow films・2014）／同『日本語を書く部屋』（岩波現代文庫・2011）／同『我的日本語』（筑摩書房・2010）／同『大陸へ——アメリカと中国の現在を日本語で書く』（岩波書店・2012）

一　現　代

12　津島佑子（1947〜2016）

東京都三鷹生まれ

▷1　津島佑子（本名，里子）は，津島修治（太宰治），美知子の次女として生まれた。一歳で父と死別。父親のいない家庭，障害をもった家族というモチーフもまた，津島の文学にたびたび登場する。

▷2　「時の流れと人間の存在との，滑稽なほどのちぐはぐさ。時の流れから人間は逃がれることができないほど密接に生きているはずなのに，いつか必ず，いとも簡単に，その人間はひねりつぶされてしまう。生かされているのか，と思う時のくやしさ。くやしくって，くやしくって，全身で叫びださずにいられなくなる。なにかを書きだす時，人間はそんな激しすぎるような感情を吐き出そうとしているのではないでしょうか。」

▷3　参考文献の木村（2013）を参照。

図1　『夢の歌から』（インスクリプト・2016）

1　「より繊細な現実」へ

　「小説は歴史とちがって，想像力の産物にちがいないけれど，ファンタジーに浸るために読むものでもない。より繊細な現実に近づくために，私たちは小説を読んできたのではなかったか」（『夢の歌から』2016年）と語るのは，白百合女子大学在学中にデビューして以来，およそ半世紀にわたって数々の小説とエッセイを世に送り出した作家・津島佑子である。家族，性，死，記憶，夢，土地，移動，差別などを主題に，「より繊細な現実に」迫ろうとしたその作品は複数の言語に翻訳され，国内外で高い評価を受けている。津島の文学の特徴としてしばしば指摘されるのは，同じテーマやモチーフがさまざまな作品に繰り返し登場するという点である。たとえば，8歳の息子の死という実体験に基づくモチーフは，息子の死後ほどなくして発表された『夜の光に追われて』（1986年）や，晩年の『ジャッカ・ドフニ——海の記憶の物語』（2016年）をはじめとする多くの小説に，虚と実が溶けあうように描き出されている。

2　問い続ける，書き続ける

　物語を紡ぐことを通して己が経験した出来事と向き合うとともに，津島はまた，「日本」「日本人」とは何か，「近代」とは何かといったスケールの大きな問いや，「言葉」「小説」「物語」の可能性など，文学の本質にかかわる問題についても考え続けた。パリ滞在中に着手したアイヌ叙事詩の仏語への翻訳，アジアへの旅，日本の古典文学や，さまざまな土地に遺された口承文芸との〈対話〉。彼女がそうした異文化／異言語体験に多くを学び，それを文学として結晶化させながら思索を深めていったことは，エッセイ集『アニの夢　私のイノチ』（1999年）や，『黄金の夢の歌』（2010年）などの小説からうかがうことができる。

　東日本大震災と原発事故が津島の文学に与えた影響も見逃せない。3.11の後，「ヒグマの静かな海」（2011年）や『ヤマネコ・ドーム』（2013年）など，「核」をめぐる問題や，過去・現在・未来の「日本」に鋭いまなざしを向ける作品を精力的に発表した彼女は，「震災後文学」の重要な書き手の一人と位置づけられている。その最晩年まで，問うこと，そして書くことを手放さなかった津島の文学は，これからも見えないもの，見えづらくさせられているものを見るためのヒントを与えてくれるに違いない。

（山田悠介）

参考文献
井上隆史編『津島佑子の世界』（水声社・2017）／河出書房新社編集部編『津島佑子　土地の記憶，いのちの海』（河出書房新社・2017）／川村湊『津島佑子　光と水は地を覆えり』（インスクリプト・2018）／木村朗子『震災後文学論——あたらしい日本文学のために』（青土社・2013）／津島佑子『快楽の本棚』（中央公論新社・2003）／同『夢の歌から』（インスクリプト・2016）／同『津島佑子コレクション　夜の光に追われて』（人文書院・2017）

一 現　代

13 中上健次（1946〜92）
なかがみけんじ

和歌山県新宮生まれ

1 幼年期の出来事

　1946（昭和21）年，中上健次は和歌山県新宮市の被差別部落に生まれた。病死した先夫とのあいだに五人の子がいた母は，健次の実父とは所帯をもたず，私生児として健次を産む。健次は異父兄姉とともに育つが，やがて母は幼い健次一人を伴い，後添いの夫と新たな家庭を作る。母に捨てられた形の異父兄が24歳の若さで自殺するのは1959（昭和34）年，健次12歳の時だった。

　この幼年期の経験に，中上作品のモチーフは概ね集約する。

　高校卒業と同時に上京した中上健次は，ジャズ喫茶に入り浸り，学生運動に関わる傍ら，同人誌『文藝首都』に参加して研鑽を積む。1969（昭和44）年，兄の自殺に少年が心乱される「一番はじめの出来事」で文壇デビュー。新聞配達のバイトをする予備校生の鬱屈を活写した「十九歳の地図」（1973年）等を経て，1976（昭和51）年，自身の家系を象った複雑な家族関係をギリシャ悲劇のごとく描く「岬」で芥川賞を受賞する。主人公・秋幸の実父との対峙は，『枯木灘』（1977年），『地の果て　至上の時』（1983年）へと書き継がれた。

2 故郷と他所との往還

　家族とは何かを掘り下げる一方で中上健次は，出自である被差別部落をも捉え返す。ルポ『紀州・木の国・根の国物語』（1978年）では紀伊半島に点在する被差別部落を取材し，各地に伝わる神話や歴史と照らし合わせ，物語と差別との結びつきを見出した。同和対策事業を名目とした再開発により故郷の風景が消えゆく中，録音機片手に古老たちの思い出を聴いて廻った。「部落青年文化会」を発足し地元の人々と語らった。日本中，世界中を旅し，故郷を見つめ直した。その往還が，生地をモデルとした「路地」の神話空間としての盛衰を物語る『千年の愉楽』（1982年）や『奇蹟』（1989年）等に結実する。

　『千年の愉楽』が記紀や『平家物語』『太平記』『ユーカラ』の読み換えとして読めるように，数知れぬ物語を内包する中上作品は，国内外の様々な物語を介した再読によって，まだ見ぬ相貌を浮き上がらせるに違いない。あるいは1992（平成4）年に没した小説家が経験できなかった現在から逆照射するのも意義深いはずだ。たとえば人間関係の枠組みが変化したネット時代において，秋幸や「十九歳の地図」の主人公はどう生きるだろうか。　　　　　（佐藤康智）

図1　『中上健次集一』（インスクリプト・2018）

▷1　1933年から1970年まで刊行された，保高徳蔵主宰のやすたかとくぞう
文芸同人誌。左頁の津島佑子も同人だった。

▷2　「岬」（初出『文學界』1975年10月号）「彼は一人になりたかった。息がつまる，と思った。母からも，姉からも，遠いところへ行きたいと思った。あの朝，首をつって死んでいた兄からも自由でありたかった」。

▷3　1978年発足。1990年に中上が開設した文化組織「熊野大学」の前身でもあった。「熊野大学」は中上没後も活動が継続されている。

▷4　その応答ともいえる小説として，父の小説化した複雑な家族関係がSNSを通して洗い直される中上紀『天狗なかがみのり
の回路』（2017）や，母との関係に苦悶する19歳の娘が地図アプリを確認しつつ紀州を彷徨う宇佐見りん『かか』（2019）が挙げられる。

参考文献
　『中上健次全集』全15巻（集英社・1996）／『中上健次集』全10巻（インスクリプト・2018）／『群像日本の作家24　中上健次』（小学館・1996）／高澤秀次『評伝中上健次』（集英社・1998）／高山文彦『エレクトラ　中上健次の生涯』（文春文庫・2010）／高澤秀次監修『別冊太陽　中上健次』（平凡社・2012）／小平麻衣子編『文藝首都——公器としての同人誌』（翰林書房・2020）

一　現　代

14　石牟礼道子（1927〜2018）

熊本県天草生まれ

▷1　「不知火海を漁師たちは〝わが庭〟と呼ぶ。だからここに，天草の石工の村に生まれて天草を出て，腕ききの石工になったものの，〝庭〟のへりに家を建て，家の縁側から釣り糸を垂れて，朝夕のだれやみ用の肴を採ることを一生の念願として，念願かなって明神ガ鼻の〝庭〟のへりに家を建て，朝夕縁先から釣り糸垂らしていて，初期発病患者となって死亡した男がいても，庭に有機水銀があるかぎり不思議ではなかった。」（傍点は，原文ママ）

▷2　チッソ水俣工場が八代海（不知火海）に有機水銀を含む排水を排出し続けたことに起因する公害事件。

▷3　日本近代史家。公私にわたり石牟礼を支えた。『苦海浄土』文庫版（1972）の解説で，この作品は著者の「私小説である」と喝破するなど，卓抜な石牟礼論を展開していることでも知られる。

1　「庶民の目」から見た世界

　1960年代，石牟礼道子は後に『苦海浄土　わが水俣病』（1969年など）と『西南役伝説』（1980年など）として結実することになる作品を矢継ぎ早に発表している。自らの故郷である水俣の地を襲った水俣病事件について書く。その一方で，100歳を超える古老たちが語る西南戦争（1877（明治10）年）の話を「聞き書き」する。渡辺京二（1930〜2022）らも指摘するように，一見遠く隔たっているかに見えるこの二つの仕事は，石牟礼のなかでは分かち難く結びついていたという。石牟礼は後年，『葭の渚　石牟礼道子自伝』（2014年）で次のように述懐している。「「西郷さんの戦さ」の話」を聞き，それを「書くことによって，近代百年を庶民の目で見ていくことは，わたしにはぜひとも必要な仕事で水俣病を書くについても，重要な手がかりとなるはずだった」と。

　「庶民の目」から，「近代」とは何か，「近代化」によって何が失われたのかを問う。人びとの暮らしを限りなく具体的に想像することを通して，一人ひとりが何を思い，いかに生きたかに迫ろうとする。初期の作品を貫くそのスタンスは，著者の幼少期の体験をもとにした『椿の海の記』（1976年），島原の乱を描いた『春の城』（『アニマの鳥』）（1999年）などにも通底するものである。

2　『全集』から新資料へ

　小説，エッセイ，詩，短歌，俳句にとどまらず，能や狂言までものした石牟礼の文業は膨大かつ多岐にわたる。2004〜14年にかけて刊行された『石牟礼道子全集　不知火』（全17巻および別巻）を繙けば，そこに水俣病患者と家族の〈声〉が，水俣病闘争の日々が，水俣の〈いま〉と〈むかし〉が，自然との交感が，祖母「おもかさま」とのやりとりが，しっかと刻まれているのを目にすることができるだろう。あるいはそこに，田中正造（1841〜1913）や高群逸枝（1894〜1964）ら石牟礼が尊敬してやまなかった先達や，さまざまな場所や時代に生きた「棄民」への想いを読み取ることができるかもしれない。

　2014年に発足した石牟礼道子資料保存会の活動により，近年，未発表原稿などの貴重な資料が次々と発掘され，公開されている。環境文学研究をはじめとする諸分野で国際的にも注目される彼女の思想と文学の研究が，新たな資料によっていかなる展開を見せるのか，刮目に値しよう。　　　　　（山田悠介）

参考文献

石牟礼道子『石牟礼道子全集　不知火』全17巻・別巻（藤原書店・2004〜14）／同『葭の渚　石牟礼道子自伝』（藤原書店・2014）／石牟礼道子資料保存会編『残夢童女──石牟礼道子追悼文集』（平凡社・2020）／米本浩二『評伝　石牟礼道子──渚に立つひと』（新潮社・2017）／渡辺京二『もうひとつのこの世──石牟礼道子の宇宙』（弦書房・2013）／野田研一・赤坂憲雄編『フィールド科学の入口──文学の環境を探る』（玉川大学出版部・2020）／『総特集　石牟礼道子（現代思想5月臨時増刊号）』（青土社・2018）

図1　『葭の渚──石牟礼道子自伝』（藤原書店・2014）

一　現　代

15　松本清張（1909〜92）

福岡県企救郡板櫃生まれ

1　純文学からの出発

　今日でこそ「純文学」「大衆文学」という分類はアナクロニズムを感じさせるが，この分類イメージは未だに根強いものがある。推理小説は戦前に探偵小説と呼ばれていた頃から，純文学に対立する大衆文学の陣営にあるジャンルとみなされてきた。その経緯に鑑みると，戦後最大の推理小説作家である松本清張が，そもそもは純文学に与えられる芥川賞を受賞して文壇デビューした経緯は興味深い。松本清張（本名は清張）は1909年に福岡県北九州市小倉北区（当時は企救郡板櫃村）に生まれた。生家が貧しかったため，教育は尋常高等小学校までで，すぐに働きに出た。糧を得るための労働をしながら，日本近代文学の読書に親しみ，夏目漱石，森鷗外，芥川龍之介らの作品を多く読んだ。1929年，左翼の雑誌『戦旗』を持っていた件で検挙された。十数日間で解放されたものの，公権力への深い不信感をこの時に抱いたとされる。1942年，朝日新聞西部本社広告部正社員となるも，43年に招集を受けて軍隊生活に入る。こうしたプロレタリアとしての生活や戦争体験で培った批判精神が，戦後に力強い社会的テーマを持つ純文学として，まずはその才能を花開かせることになった。1950年，『週刊朝日』の懸賞小説に応募した「西郷札」が入選。52年『三田文学』に掲載された「或る「小倉日記」伝」はかつて読書で親しんだ森鷗外を材にした短編で，第28回芥川賞を受賞したのである。

2　社会派推理小説の道を拓く

　しばらくは歴史に材を取った作品を書いていたが，1956年に刊行した短編集『顔』が第10回日本探偵作家クラブ賞を受賞し，戦後推理小説の書き手として認知される。そして現在でもミステリの古典として名高い「点と線」を57年に発表。以降，「ゼロの焦点」（59年），映画が有名となった「砂の器」（61年）など，話題作を次々と執筆。映画化されることも多い。単なる娯楽や猟奇趣味に走るのではなく，鋭い社会批判と等身大の人間像の描出で〈社会派推理小説〉という呼称を生み出す原動力となった。「平凡」という概念を創作の鍵にした清張文学は，やがてその平凡な個人が企業や政治に翻弄されていく社会構造自体に関心を注ぎ始め，1965〜72年『昭和史発掘』全13巻の偉業に直結した。その他，古代史研究分野にも進出し，作品の傾向は実に多岐にわたる。

（小松史生子）

参考文献
『松本清張全集』全66巻（文藝春秋社・1971〜96）／原武史『「松本清張」で読む昭和史』（NHK出版新書・2019）／南富鎭『松本清張の葉脈』（春風社・2017年）／松本清張『対談　昭和史発掘』（文春新書・2009）／藤井康栄『松本清張の残像』（文春新書・2002）／林悦子『松本清張映像の世界――霧にかけた夢』（ワイズ出版・2001）／藤井淑禎『清張ミステリーと昭和三十年代』（文春新書・1999）

▷1　戦後に常用漢字の改定があり「偵」の使用が不可になったため，探偵小説に代わる新しいジャンル呼称が必要となり，推理小説という言葉が生まれた。一説には木々高太郎が発案者とされる。木々高太郎は松本清張を『三田文学』に推薦した作家で，「人生の阿呆」（1936）で第4回直木賞を受賞している。

図1　『ミステリーの系譜』（中公文庫・1975）
　本書は，『週刊読売』（1967〜68）で連載された，横溝正史「八つ墓村」を仮想敵として津山事件を再話した「闇に駆ける猟銃」他，清張の目指す戦後推理小説の理想がかいまみえる連載作品。

▷2　松本清張「推理小説独言」（『文学』1961年4月）に，「特異な環境でなく，日常生活に設定を求めること，人物も特別な性格者でなく，われわれと同じような平凡人であること（略）これを手っ取り早く云えば，探偵小説を「お化屋敷」の掛小屋からリアリズムの外に出したかったのである。」という自負の言葉が述べられている。なお，1980年代後半からムーブメントを起こした新本格ミステリの筆頭格の綾辻行人の仮想敵が，この松本清張の「お化屋敷」発言であったことは有名である。

二　近　代

16 三島由紀夫（1925〜70）

東京都四谷区生まれ

▷1　『輔仁会雑誌』（1938年3月号）。

▷2　「花ざかりの森」第1回が掲載された『文藝文化』（1941年9月号）の「後記」では、編集人の蓮田善明が、「この年少の作者は、併し悠久な日本の歴史の請し子である。我々より歳は遥かに少いがすでに成熟したものの誕生である。」と三島に最大の賛辞を贈っている。

▷3　『人間』（1946年6月号）。『人間』は川端と久米正雄が1945年12月に創刊した文芸誌。

▷4　コリン・ウィルソン／鈴木晶訳『性のアウトサイダー』（中公文庫・2008、原著1988）

1　戦争とロマンティシズム

　三島由紀夫は本名を平岡公威といい、その早熟ぶりは13歳にして短編小説「酸模」を学習院の校友会誌に発表したことで知られる。脱獄囚と少年の交歓を叙情的に綴ったこの作には、すでにのちの三島文学の特徴である日常性の外部をめざすロマンティシズムが胚胎していた。この傾向はやがて、「民族」や「伝統」を賛美し、日本の戦争遂行を後押しした日本浪曼派という文芸思潮への傾倒につながる。16歳のときに初めて「三島由紀夫」の筆名で「花ざかりの森」を寄せたのは、恩師の清水文雄らが創刊した日本浪曼派系の雑誌『文藝文化』だ。太平洋戦争中はこの雑誌を活動の拠点としつつ、東京帝国大学（現・東京大学）に進学した。ここで重要なのは、軍医の誤診により徴兵を免れ、20歳で終戦を迎えたことである。苛酷な軍隊生活を体験することのなかった若き三島は、日本浪曼派の影響下、むしろ日常を超えた戦いによる滅亡の予感に美の純粋性を見据えることになった。だが三島文学には、そうした従来言われてきた美意識の他にも、さまざまな重要なテーマや特徴が隠れている。

2　ジェンダーをめぐる物語

　敗戦後、三島は川端康成の推挙で、少年の同性愛的な恋心を描いた短編小説「煙草」を発表した。1949（昭和24）年には青年が自らの同性愛願望を綴る『仮面の告白』（河出書房）を刊行、これが話題を呼ぶ。さらに『禁色』（1951〜53年）では、男性同性愛者の生活をより実態的に描き出している。

　こうした作品の存在は、のちに三島とその文学に「性のアウトサイダー」のイメージを与えた。だが実際は『禁色』以降、小さな島の若い男女の恋物語『潮騒』（1954年）から最晩年の作に至るまで、中心的に描かれたのは異性愛の姿に他ならない。注目したいのは、むしろ三島作品の多くに見られる、〈男性らしさ〉や〈女性らしさ〉といったジェンダー規範への問いかけである。

　代表作『金閣寺』（1956年）では、吃音や身体の弱さに劣等感を抱えた鹿苑寺徒弟の青年が、女性との肉体関係や金閣放火という行動、言い換えれば〈男性らしさ〉の獲得へと駆り立てられてく。作中では強迫観念化したそうした行動の過程に、〈男性らしさ〉という規範の息苦しさが切実に表れている。

　他方、〈女性らしさ〉も問題化されている。舅の抑圧に苦しむ寡婦の歪んだ欲望を描いた『愛の渇き』（1950年）、人妻が不倫の末に妊娠・中絶をくり返す『美徳のよろめき』（1957年）、そして家の主婦ではなく主人であろうとした女性を主人公とする『鏡子の家』（1958〜59年）。このような作品では、女性たちが窮屈な〈女性らしさ〉の枠組みに抗い、もがこうとする。

三島文学の新たな面を知る上でジェンダーの問題は欠かせない視座と言える。

3 エンターテインメントとしての三島文学

　ノーベル文学賞候補にもなった三島は「純文学」作家として知られる。だが，じつは生涯に残した計31作の長編小説のうち，大衆向けの女性誌や週刊誌あるいは新聞に連載されたものが16作にも及ぶ。つまり三島の長編小説のうち約半分はいわゆる「大衆文学」と呼ばれる作品なのだ。とくに婚約中の若い男女のドタバタ劇を軽やかに描いた『永すぎた春』は，もとは主婦向けの家庭実用誌『婦人倶楽部』に連載されたものだったが，単行本として刊行されるやベストセラーとなり，その標題が当時の流行語にまでなった。一方，前述の『美徳のよろめき』も純文学系の文芸誌『群像』に連載された小説ながら，大衆の間で大いに人気を博した。三島のこうした仕事のあり様を改めて顧みるとき，三島文学を単純に思想的・政治的な主題をもった「純文学」とだけ捉えるのではなく，大衆を魅了する戦略に立った，いわばエンターテインメント文学として捉え直してみることも重要であることに気づくだろう。

4 『豊饒の海』を読むこと

　三島の最晩年の『豊饒の海』四部作（1965〜71年）は，輪廻転生の思想に基づき，大正から戦後にかけて次々に生まれ変わる人物を配した大作である。第1部『春の雪』では華族の青年である松枝清顕のはかない恋愛と死が，第2部『奔馬』では昭和維新を志した青年・飯沼勲の挫折と悲壮な自死が描かれる。これにより三島文学の真骨頂とも言える，滅びの美学あるいは情念に賭けた夭折者たちの悲劇が美しく映し出される。続く第3部『暁の寺』，第4部『天人五衰』に至ると，清顕の親友だった本多繁邦を主人公として，さらに仏教の唯識思想を下敷きに，舞台をタイやインドなどにも広げて，不可能なもの（非日常）へと向けられた人間のさまざまな欲望が物語化されている。

　この『豊饒の海』にも当然，先述したようなジェンダーをめぐるテーマやエンターテインメントとしての特徴が底流している。とくに『春の雪』で家父長的な力に敗北した綾倉聡子が，『天人五衰』の結末にふたたび現れ，恋人だった松枝清顕の存在を否定し，本多の記憶を破壊し尽くす顛末には，ジェンダー抑圧への抗いを指摘できる。加えて，生まれ変わりのモチーフはもとより，悲劇的な純愛物語やタイ・インドのエキゾチックな描かれ方には，大衆を惹きつけるエンターテインメント的要素を捉えることも可能である。

　晩年，三島が民兵組織「楯の会」を創設するなど政治的傾向を強め，『豊饒の海』の結末の原稿を残して45歳で割腹自殺を遂げたことはあまりにも有名である。だが，そのような作家の目立った行動のみに囚われることのない多角的な作品読解が，これからの三島文学研究には求められていると言える。（武内佳代）

参考文献
『決定版三島由紀夫全集』全42巻・補巻1・別巻1（新潮社・2000〜06）／『三島由紀夫』（「新潮日本文学アルバム22」新潮社・1983）／『三島由紀夫事典』（勉誠出版・2000）／佐藤秀明『三島由紀夫　悲劇への欲動』（岩波新書・2020）／有元伸子・久保田裕子編『21世紀の三島由紀夫』（翰林書房・2015）／『彼女たちの三島由紀夫（中央公論特別編集）』（中央公論新社・2020）／『三島由紀夫小百科』（水声社・2021）

▷5　『豊饒の海』四部作は一作品として算出した。

▷6　以下，紙幅の都合上，作品名と連載年のみを列挙する。「純白の夜」（1950），「夏子の冒険」（1951），「にっぽん製」（1952〜53），「恋の都」（1953〜54），「女神」（1954〜55），「幸福号出帆」（1955），「永すぎた春」（1956），「お嬢さん」（1960），「獣の戯れ」（1961），「愛の疾走」（1962），「肉体の学校」（1963），「音楽」（1964），「複雑な彼」（1966），「三島由紀夫レター教室」（1966〜67），「夜会服」（1966〜67），「命売ります」（1968）。

▷7　『天人五衰』の結末部では，本多が約60年ぶりに再会した聡子から，「松枝清顕さんという方は，お名をきいたこともありません。そんなお方は，もともとあらしゃらなかったと違いますか？」と言われる。本多はあまりの衝撃に「記憶もなければ何もないところへ，自分は来てしまった」と自失する。

二　近　代

17　織田作之助（1913〜47）

大阪府大阪市生まれ

図1　『夫婦善哉』（大地書房・1947）
（個人蔵）

1　生い立ちと死

　織田作之助は1913年10月26日，大阪市南区生玉前町で生まれた。1926年に高津中学，1931年に第三高等学校に入学。劇作家を志望するようになり，学内の雑誌に戯曲を発表し始めた。1935年から同人雑誌『海風』に参加。1938年から小説に手を染め，『海風』に「ひとりすまう」（6月），「雨」（11月）を発表。1939年9月に発表した「俗臭」が，翌年2月に芥川賞候補に選ばれる。さらに1940年4月に，やはり『海風』に発表した「夫婦善哉」が，7月に改造社の「文藝推薦」賞を受け，新進作家として認められた。

　私生活では1939年7月に宮田一枝と結婚。同じ頃から新聞記者として生計を立てた。日本敷物新聞社，日本織物新聞社を経て，9月から日本工業新聞社で働き，やがて夕刊大阪新聞社の社会部に勤める。1940年8月に短編集『夫婦善哉』（創元社）を出した後，1941年に『青春の逆説』（万里閣），1942年に『五代友厚』（日進社），『西鶴新論』（修文館），『漂流』（輝文館），1943年に『素顔』（撰書堂），『わが町』（錦城出版社），『清楚』（輝文館）などを刊行。同人雑誌『大阪文学』では中心的な役割を果たすなど，戦時下にも大阪を拠点に，精力的に活動した。戦後には，「世相」（『人間』），「競馬」（『改造』，共に1946年4月）など，話題作を文藝誌や総合誌に立て続けに発表。同時に，婦人雑誌に連載を持ち，新聞小説を複数執筆するなど，一躍流行作家になった。創作と並行して『改造』に発表した「二流文楽論」（10月），「可能性の文学」（12月）などの評論も評判になったが，12月に喀血し，1947年1月10日に世を去った。

2　大阪の作家

　作之助は大阪に生まれ，大阪に住み，大阪を描いた作家として知られている。大阪を舞台にした小説，大阪に言及した随想や評論は，枚挙にいとまがない。法善寺横丁の「夫婦善哉」や「正弁丹吾亭」，千日前の「自由軒」や波屋書房といった作品に登場する店のいくつかは現在も残り，生國魂神社境内には銅像が立ち，口縄坂には「木の都」（『新潮』1944年3月）の末尾を記した文学碑がある。作之助は今も「オダサク」という愛称で大阪の人々に親しまれている。

　ただ，作之助が京都で学生生活を送り，東京で三年間暮らした後に大阪を書き始めた，という事実は見逃せない。作之助は他の都市での生活を経験し，外から見る目を培った上で大阪を描いた。自分が幼少期から親しんだ町を描く際にも，北尾鐐之助『近代大阪』（創元社，1932年）などの文献を参照した。

　また，「東京文壇に与ふ」（『現代文学』1942年10月）などの評論では，中央の文壇から距離を取る姿勢を強く打ち出しているが，それは本心というより，新

▷1　「口縄坂は寒々と木が枯れて，白い風が走つてゐた。私は石段を降りて行きながら，もうこの坂を登り降りすることも当分あるまいと思つた。青春の回想の甘さは終り，新しい現実が私に向き直つて来たやうに思はれた。風は木の梢にはげしく突つ掛つてゐた。」

▷2　「東京の標準の感覚で見た標準人を標準語で描くやうな文学に愛想をつかしたのである。」

人としての自分の個性を演出する意図もあったと思われる。

3 「無頼派」の作家

　文学史では，作之助は「無頼派」として登録されている。作之助の存命中に
この用語はなかったのだが，1955年頃から「無頼派」と呼ばれ，括られるよう
になった。もっとも生前から，敗戦直後の目覚ましい活躍，志賀直哉に代表さ
れる文壇の権威への反発，面白い小説を書くことへの志向などの点で，太宰治,
坂口安吾らと共通する性質を持つことは認められていた。三人が座談会で意気
投合したこと，太宰も安吾も作之助の追悼文を書いたこと，そこで「死ぬ気で
ものを書き飛ばしている男」（太宰治「織田君の死」『東京新聞』1947年1月13日）
と表現されたことなどが，「無頼派」イメージに拍車を掛けた。むろん，締切に
間に合わせるために注射を打つ作家が描かれた「郷愁」（『真日本』1946年6月）
など，作之助自身の作品が与えた印象もあるだろう。

　「無頼派」というと，全てを投げ打って創作だけに勤しむ，他に生きる道を
見出せぬ作家の姿が想像されやすい。が，流行作家であった作之助は，少なく
とも著述に関しては器用であった。『新潮』にも『キング』にも小説を書き，文
壇を挑発する評論や大阪の現在を報告する随想を綴る傍ら，ラジオドラマや映
画のシナリオも書いた。作之助は，極めて多才な作家だったのである。

4 実験小説家──「可能性」の追究

　同時に作之助は，文学形式の実験を心がけた作家だった。戦後の文壇にその
名を知らしめた「世相」は，敗戦直後の歳末の大阪を背景にしながら，1940年
頃の大阪も描かれ，世相をいかに書くかに悩む作家の「私」の語りが複数の話
を統合する，という複雑な構成になっていた。絶筆となった『土曜夫人』（『読
売新聞』1946年8～12月）では，連載100回近くになっても作中時間は一日半し
か流れておらず，中心となる登場人物は20人近くもいて，彼らが偶然絡み合う
様子に世相を浮き彫りにしようと試みた。他の新聞小説でも，同じ紙面の記事
や広告と連鎖させて読める書き方をするなど，奇抜な工夫を凝らした。

　エンターテインメント性に富んだ，破天荒な小説を書くのと並行して，「可
能性の文学」などの評論では，私小説に代表される伝統的な日本近代文学の方
法に縛られず，虚構性や偶然を重視した，面白い小説を書くことを訴えた。そ
の点において作之助は，道半ばで斃れたとはいえ，様々な実験を試みた戦後文
学や，この後に流行した中間小説の先駆けでもあったのである。（斎藤理生）

▷3　「こんなにまでして仕
事をしなければならない自分
が可哀想になつた。しかし,
今は仕事以外に何のたのしみ
があらう。戦争中あれほど書
きたかつた小説が，今は思ふ
存分書ける世の中になつたと
思へば，可哀想だといふ位ら,
ほかの人より幸福かも知れな
い。」

▷4　「そして，このことは
結局，偶然といふものの可能
性を追究することによつて,
世相を泛び上らせようといふ
作者の試みのしからしめると
ころであるが，同時にまた,
偶然の網にひつ掛つたさまざ
まな人物が，それぞれ世相が
うんだ人間の一人として，い
や日本人の一人として，われ
われもまた物語の主人公たり
得るのだと要求することが,
作者の足をいや応なしに彼等
の周囲にひきとどめて，駈足
で時間的に飛躍して行かうと
する作者をさまたげるのだと
も言へよう。」

参考文献
浦西和彦編『織田作之助文藝事典』（和泉書院・1992）／大谷晃一『織田作之助──生き愛し書い
た』（沖積舎・1998）／関根和行『増補・資料織田作之助』（日本古書通信社・2016）／尾崎名津子
『織田作之助論──〈大阪〉表象という戦略』（和泉書院・2016）／斎藤理生『小説家，織田作之
助』（大阪大学出版会・2020）

二 近 代

18 太宰 治（1909〜48）

青森県金木村生まれ

図1 太宰の生家

図2 『晩年』（砂子屋書房・1936）
（国立国会図書館蔵）

1 大地主の子，共産主義運動，そして作家へ

太宰治という作家は，1909（明治42）年，青森県北津軽郡金木村（現・五所川原市）に生まれた。本名は津島修治。青森県でも有数の大地主の子どもだった。津島家が台頭したのは，太宰の曾祖父の時代からである。金貸し業を営んでいた曾祖父は，農村不況のなか，生活が苦しくなっていった農民たちの土地を次々に買い入れ，大地主となっていったのだ。太宰の父の時代には，金貸し業は正式に銀行となり，父は金木銀行頭取を務める傍ら，県会議員から衆議院議員，そして貴族院議員へと政治の世界でも活躍していった。

そのような家に生まれた太宰が，作家を志望したのはかなり早い時期だった。中学生の頃には，友人たちと同人雑誌をつくり始めている。また，高校に入ってからは共産主義思想にも傾倒するようになり，生家を告発するような小説を発表したために，父亡きあと家長となっていた長兄と衝突したこともあったようだ。

戦前の日本では社会保障制度というものは無いに等しく，貧しい者の生活は悲惨を極めた。そのようななかで，平等な社会を訴える共産主義思想は，現状に批判的な若者たちに大きな力を持っていった。太宰もまたそのような思想に共鳴し，特に大学に入学してからは，かなり深く共産主義運動に関わっていたと言われている。だが一方で，生家に対しては甘えているようなところもあった。だからこそ芸者であった小山初代と結婚することを理由として，1930（昭和5）年に生家から除籍された際，太宰は激しく動揺し，バーで女給をしていた田辺あつみと心中未遂事件を起こしたりもするのである。

1933（昭和8）年には共産主義運動に加わっていた作家の小林多喜二が官憲に殺される事件が起きるなどして，同年に共産主義運動は急速に瓦解していく。太宰が長兄などからの説得により，共産主義運動から離れたのはその前年の1932（昭和7）年だった。1933年からは「太宰治」という筆名を用い，後に『晩年』（1936年）に収められる短編群を次々に発表していく。そこで太宰が描いたのは，共産主義という「理想」なきあとの空虚な青年たちの姿だった。そして太宰は徐々に一部の青年たちの間に熱狂的な支持者を生みだしていくようになる。ただし，その数は決して多くはなかった。小学校卒業後は働かなければならないような者が大部分だった時代において，太宰の小説で描かれた青年の苦悩を理解できる者の数もまた限られていたのである。

2 ユーモアという魅力

太宰の『正義と微笑』（1942年）は役者を目指す若者を描いた小説だが，その

主人公・芹川進は，自分の墓碑に刻んでもらいたい文句として，「かれは，人を喜ばせるのが，何よりも好きであった！」を挙げている。これは作者の太宰治にもある程度，あてはまるだろう。

太宰が芥川龍之介の芸術至上主義に憧れていたことは有名だし，それは事実なのだが，一方で彼は誰よりも読者を喜ばせることに心を砕いた作家でもあった。何度も自殺未遂を繰り返したという先入観で太宰の小説を読んでみると，実は笑える小説が少なくないことに意外な思いを抱く人も多いだろう。

太宰は，自分の書いた小説を他人の前で朗読することが好きだったという。1939（昭和14）年に師の井伏鱒二の紹介で津島（旧姓・石原）美知子と再婚して以降，太宰は「女生徒」や「駈込み訴え」などの力作を次々に発表し好評を博すが，それらの作品は，太宰が口述し，津島美知子が筆記していくというスタイルで書かれた。そして，その時期以降の作品において，太宰のユーモラスな側面も大きく花開いていったのである。

③　スキャンダラスな死と戦後の受容

太平洋戦争が始まり，戦況がだんだん厳しくなっていくなかでも，太宰は小説を書き続けた。『津軽』『新釈諸国噺』『惜別』『お伽草紙』……他の作家に比して，戦争末期の太宰の執筆量は異常と言ってもいいくらいだ。疎開先の津軽の生家で敗戦を迎えた後，太宰の人気もだんだん高まっていく。だが，太宰の人気を決定的にしたのは，自らのスキャンダラスな死であった。1948（昭和23）年6月13日深夜に愛人の山崎富栄と玉川上水に入水し，19日に遺体が見つかるまで，新聞やラジオで連日報道されたことによって，太宰の知名度はそれまでとは比べ物にならないほど高まった。『斜陽』（1947年）も，刊行されてから太宰が亡くなるまでの発行部数は3万部に留まっていたのに対し，その後の約9カ月間のそれは9万部となっている。『人間失格』（1948年）など，その他の著書も軒並み売れて，一躍，太宰ブームが巻き起こったのだった。

そのブームは一過性のものとも見られていたようだが，1950年代や60年代にも定期的に太宰ブームが起こって，太宰の人気は不動のものとなっていく。太宰の著書が最も売れたのは，いわゆる高度経済成長期においてであった。経済的にはだんだん豊かになっていくなかにあって，それでも満たされぬ何かを抱えた者たちに，太宰は必要とされたのである。

現在では，太宰作品の多彩な側面が見直されつつある。没後70年以上を経て，太宰はいまだ新しい作家であり続けていると言えるだろう。　　　　（滝口明祥）

▷2　太宰は中学生の時に井伏の「幽閉」（「山椒魚」の原型となった作品）を読んで，「無名不遇の天才」を発見したと思い，興奮したという。大学に進学するために上京したのちに弟子入りした。以来，井伏は何かと太宰の世話を焼くことになったが，太宰の晩年は関係がうまくいかなくなっていたようだ。

▷3　「女生徒」（初出『文學界』1939年4月）「いま，という瞬間は，面白い。いま，いま，いま，と指でおさえているうちにも，いま，は遠くへ飛び去って，あたらしい「いま」が来ている。ブリッジの階段をコトコト昇りながら，ナンヂャラホイと思った。ばかばかしい。私は，少し幸福すぎるのかも知れない」。太宰の愛読者であった有明淑が約3カ月の間つけていた日記をもとにして，1日の出来事に再構成した作品。この1作によって，文壇での太宰評価は格段に高まった。

▷4　たとえば，「走れメロス」（1940）は，シラーの詩「人質」をもとにして書かれたものだが，「人質」が人を信じることの大切さを高らかに謳いあげたものだとしたら，「走れメロス」はそのパロディであるといってよい。メロスの性格は単純かつ自己中心的なものに変えられ，笑いの要素が充満している。

参考文献
『太宰治全集』全10巻（ちくま文庫・1988～89）／『太宰治全集』全13巻（筑摩書房・1998～99）／山内祥史『太宰治の年譜』（大修館書店・2012）／相馬正一『評伝太宰治』（津軽書房・1995）／津島美知子『増補改訂版　回想の太宰治』（人文書院・1997）／日本近代文学館編『図説太宰治』（筑摩書房・2000）／滝口明祥『太宰治ブームの系譜』（ひつじ書房・2016）

二　近　代

19 　坂口安吾（1906〜55）
さかぐちあんご

新潟県新潟生まれ

図1 『青い馬』創刊号
（三人社刊の復刻版・2019）

▷1　安吾が『青い馬』（創刊号，1931年5月）に発表した「風博士」を作家・牧野信一から激賞されて注目を集めた。「諸君，偉大なる博士は風となったのである。果して風となったか？　然り，風となったのである。何となればその姿が消え失せたではないか。」牧野が「厭世の偏奇境から発酵したとてつもないおしやべりです」と評したこの小説は，「蛸博士」に侮辱を受けた「風博士」が「風」となって失踪し，「蛸博士」をインフルエンザに罹患させるというようなナンセンス物語である。

▷2　評論家・大井広介に誘われて参加した雑誌『現代文学』で，安吾は平野謙，荒正人，佐々木基一ら，のちに雑誌『近代文学』を立ち上げ，戦後文壇をリードすることとなる面々と密に交流していた。

1 　戦後に形成された「無頼」のイメージ

　辺り一面に反故や古新聞が堆積し，吸い殻で汚れた灰皿や蚊取り線香などが放置された部屋の真ん中で，ペンを片手にこちらを睨みつける「無頼」な作家の姿——。坂口安吾という作家は写真家・林忠彦が1946（昭和21）年に撮影した写真の鮮烈なイメージとともに記憶されている。敗戦から間もない1947年に発表された「堕落論」（『新潮』1946年4月）の「人間は生き，人間は堕ちる。そのこと以外の中に人間を救う便利な近道はない」という力強いメッセージもまた，戦後の混乱期を生き抜く人々にとっての道標として機能した。坂口安吾という小説家の存在は今日，戦後日本の混沌としたイメージと結びついた形で文学史に登録されているといってよいだろう。しかし，戦争が終わった1945年を40歳で迎えた安吾は，そのときすでに15年ほどの活動歴を持つ中堅作家だった。

2 　紆余曲折の果てに

　新潟市を拠点とする衆議院議員にして地方新聞『新潟新聞』の社主であり，漢詩人としての顔も持つ父・坂口仁一郎の五男として1906（明治39）年に生まれた安吾（本名・炳五）は，県立新潟中学に進学するもドロップアウトし，東京の私立豊山中学に編入した。卒業後は小学校の代用教員を務めた後，東洋大学の印度哲学倫理学科に進学，仏教哲学を猛然と学んで神経衰弱に陥り，それを克服するために今度はフランス語やラテン語を学ぶべく，語学学校アテネ・フランセに入学する。こうした紆余曲折の過程において，安吾の中で高まっていた文学の世界への情熱は，葛巻義敏（芥川龍之介の甥）ら同級生との交友の中で本格化し，同人誌『言葉』『青い馬』の刊行へつながった。

　現実と非現実が境界なく交錯するようなファルス（笑劇）「風博士」▷1を書いた安吾は，その新奇な表現によって注目され，新世代のモダニズム作家としての活動を文壇の一隅で出発させたが，その後は華々しい活躍からは縁遠い十数年を過ごす。日中開戦後，にわかに到来した出版界の好況に乗じて刊行を実現した渾身の書き下ろし長編小説『吹雪物語』（竹村書房，1938年7月）は，故郷・新潟を舞台に本格的なロマンの構築を目指す野心的な試みだったが，まったくといってよいほど反響を得ることがなかった。

3 　戦時下の動向

　しかし，それでも何故か人脈に恵まれ続けた安吾は▷2，戦時下のジャーナリズムの中に細々とした活動の場を与えられながら，時局に対して鋭い批評性を発揮する作品を書き継いでいく。盲目的な日本主義とは縁遠い筆致で小気味よい

文化批評を展開する評論「日本文化私観」（『現代文学』1942年2月）や，真珠湾攻撃に参加した勇士の偉業と開戦当日における自己の怠惰な「日常」とを対照しながら，対米英開戦前後の高揚感を骨抜きにするような構造を持つ小説「真珠」（『文藝』1942年6月）などは，後年代表作の一つに数え上げられることとなる。「紫大納言」（『文体』1939年2月）のように古典に材を得た作品が書かれ始めるのもこの頃のことで，こうした作風は戦後の「桜の森の満開の下」（『肉体』1947年6月）のような作品へとつながる。

　また，この時期の安吾は，詩人・三好達治の勧めで読み始めたキリシタン文献への関心を入口に，日本の歴史全般に関心を深めていった。最初の歴史小説「イノチガケ」（『文學界』1940年7，9月）を執筆した後，安吾はさらに島原の乱に取材した長編小説を構想したがこれは実現せず，いくつかの断片や構想ノートだけが残された。しかし，キリシタン史への関心をきっかけに，その後の安吾は日本の歴史への関心をジャンル横断的に書き続けることとなる。

図2　『眞珠』（大観堂・1943年10月）
（個人蔵）

4　歴史への関心とエンターテイナーとしての顔

　戦後の安吾は，最初に言及した「堕落論」と対をなす作品と目される小説「白痴」を代表格として，生々しいセクシュアリティと観念的思考とが絡まり合った一群の小説を書いて注目を集めたが，一方で孝謙天皇と道鏡を描いた小説「道鏡」（『改造』1947年1月）を発表した頃から，日本の古代史への関心を深めていく。このことは，「堕落論」の中で批判されていた日本人のメンタリティ，すなわち「天皇を拝むことが，自分自身の威厳を示し，又，自ら威厳を感じる手段でもあった」という日本的な政治形態に対する明確な批評意識によって貫かれている。実地踏査に基づきながら史書に対する大胆な推理を繰り広げた「安吾の新日本地理」，古代から幕末までを視野に独特の筆致で人物評を繰り広げた「安吾史譚」など，その文業は狭義の小説家の枠組みに収まらない広がりを見せた。江戸川乱歩に激賞された「不連続殺人事件」に代表される探偵小説の執筆など，戦後の安吾はメディアの中でエンターテイナーとしての側面も存分に発揮した。探偵役の主人公と勝海舟とが推理合戦を繰り広げる「明治開化　安吾捕物」（『小説新潮』1950年10月〜1952年8月）のような作品は，歴史への関心と娯楽的な要素が混交した特異な仕事として，本格的な評価が待たれるところである。
　　　　　　　　　　　　　　　　　　　　　　　　（大原祐治）

▷3　「白痴」（『新潮』1946年6月）「その家には人間と豚と犬と鶏と家鴨が住んでいたが，まったく，住む建物も各々の食物も殆ど変っていやしない。」空襲下における男女の奇妙な情交を描いたこの作品は，発表直後から大きな話題となった。

▷4　「安吾の新日本地理」（『文藝春秋』1951年3〜12月）は伊勢神宮を皮切りに，飛騨高山や高麗神社などを訪問取材した上で，古代史に関する大胆な推理を展開している。

▷5　「安吾史譚」（『オール讀物』1952年1〜7月）

▷6　「不連続殺人事件」（『日本小説』1947年9月〜48年8月）の連載中，安吾は誌上で犯人当ての懸賞を敢行，一般読者からの回答の投稿を募ったほか，雑誌『現代文学』以来の知友である大井，平野，荒らを回答者として指名した。

参考文献
『坂口安吾全集』全18巻（ちくま文庫・1989〜91）／『坂口安吾全集』全16巻・別巻1（筑摩書房・1998〜2012）／『坂口安吾事典』作品編・事項編（至文堂・2001）／『坂口安吾作品集　残酷な遊戯・花妖』（春陽堂書店・2021）／七北数人『評伝坂口安吾　魂の事件簿』（集英社・2002）／Dorsey, James Slaymaker, Doug (edit), *Literary Mischief: Sakaguchi Ango, Culture, and the War* (Maryland: Lexington Books・2010)

二　近　代

20　小林多喜二（1903〜33）

秋田県北秋田郡下川沿村生まれ

▷1　この建物は1923年に北海道拓殖銀行小樽支店として竣工したもので，多喜二は新築間もないピカピカの建物に新人銀行員として勤め始めたことになる。1969年に小樽支店が移転となり閉鎖されたのち，ホテルなどとして使われた。写真はホテル営業当時のもの。2017年営業を終了し，ニトリ小樽芸術村内の似鳥美術館として使用されている。1991年，小樽市指定歴史的建造物となっている。

図1　旧北海道拓殖銀行小樽支店
（筆者撮影）

▷2　「「おい，地獄さ行ぐんだで！」
　二人はデッキの手すりに寄りかかって，蝸牛が背のびをしたように延びて，海を抱え込んでいる函館の街を見ていた。──漁夫は指元まで吸いつくした煙草を唾と一緒に捨てた。巻煙草はおどけたように，色々にひっくりかえって，高い船腹をすれずれに落ちて行った。彼は身体一杯酒臭かった。」
　名高い「蟹工船」の冒頭だが，多喜二の草稿ノートを見ると，もとの構想では現在とはずいぶん異なった構成，内容を考えていたことがわかる。多喜二の工夫が偲ばれる。

1　小林多喜二を育んだ小樽の街

　小林多喜二は1903（明治36）年12月1日，秋田県北秋田郡下川沿村に，父末松，母セキの次男として生まれた。末松の兄・慶義の勧めにより，1907（明治40）年末に一家で小樽に移住，翌年1月，小樽に住居をさだめ，両親は慶義の経営する三星パン店の支店を開いた。1910（明治43）年，小樽区立潮見台尋常小学校に入学。1916（大正5）年，北海道庁立小樽商業学校に入学，伯父の家に住み込み，パン工場の手伝いをしながら通学する。1921（大正10）年，小樽高等商業学校（現・小樽商科大学）に入学，1924（大正13）年に卒業し，北海道拓殖銀行に就職，札幌本店を経て小樽支店に配属となった。その年10月，不幸な境遇にあった田口タキを知る。1925（大正14）年12月，多喜二はタキの借金を肩代わりして自由の身とし，翌年4月には自宅に住まわせるが，タキはたびたび姿をくらまし，その後も多喜二との関係は紆余曲折をたどることになる。銀行員生活の中，習作を書きつづけつつマルクス主義を学び，1927（昭和2）年には小作争議等に側面から参加し，情報提供，ビラ制作などに携わっていった。生まれは秋田であるが，少年時代，学生時代，銀行員時代を過ごした小樽という街は，生涯にわたって彼の文学と切り離せない重要な素材となった。

2　「蟹工船」の成功から上京，虐殺まで

　多喜二は1927年8月「労農芸術家連盟（労芸）」に，11月には分裂してできた「前衛芸術家同盟（前芸）」に加盟，プロレタリア文学に急接近する。翌1928（昭和3）年3月15日の弾圧後，「日本無産者芸術連盟（ナップ）」が成立，多喜二は5月，その小樽支部創設に加わる。同年の『戦旗』11，12月号に「一九二八年三月十五日」を，翌1929（昭和4）年の同誌5，6月号に「蟹工船」を発表して，一躍プロレタリア文学の新進として注目を浴びた。

　「蟹工船」の執筆に，多喜二は並々ならぬ決意と方法的な自覚を持って，準備を行っていた。この作品に出てくる蟹工船のボロ船ぶりや漁夫・雑夫らの虐待はすさまじいばかりだが，それらの多くは当時実際にあった事実をモデルにしたものである。しかしここで多喜二が描こうとしたのは，事物としての蟹工船そのものではなく，その「特殊な一つの労働形態」の背後にある，より一般的・普遍的な政治・経済の仕組みであり，直接には，植民地や未開地における搾取の実情・圧倒的多数の労働者が未組織である実態・帝国主義戦争の本質，およびこれら相互の関係といった事象であった。

　同年11月，拓殖銀行を解雇となり，翌1930（昭和5）年3月に上京，5月に関西方面を巡演，大阪で逮捕される。いったん釈放のあと，6月再逮捕，治安

維持法違反で起訴され，豊多摩刑務所に翌年1月まで収監される。釈放後「オルグ」を『改造』1931（昭和6）年5月号に発表，7月には「日本プロレタリア作家同盟（ナルプ）」書記長となり，さらに「当世女性気質」（『都新聞』8月23日〜10月31日），「転形期の人々」など旺盛な執筆活動を展開する。この時期，伊藤ふじ子と知り合い，生活を共にすることとなった。1932（昭和7）年4月上旬，地下活動に移行。1933（昭和8）年2月20日，赤坂にて連絡中逮捕され，築地警察署で拷問を受け，虐殺された。死後「党生活者」（『中央公論』1933年4，5月号，発表時タイトル「転換時代」）などが発表された。

図2 「蟹工船」草稿ノート
（筆者撮影）

3 プロレタリア文学の時代と多喜二

　日本のプロレタリア文学は，小牧近江らによって1921（大正10）年に発刊された雑誌『種蒔く人』がその先駆とされる。1924（大正13）年には『文芸戦線』が創刊され，新しいプロレタリア文学の中心的な雑誌となった。1927（昭和2）年には「労農芸術家連盟」「日本プロレタリア芸術連盟」「前衛芸術家同盟」の三つの団体が分立する状態であった。1928（昭和3）年3月「プロ芸」と「前芸」は，組織的にも合同して，新たに「ナップ」を結成した。多喜二がプロレタリア文学に急接近し，作家として世に出たのは，まさにこの時期である。

　この間プロレタリア文学運動は隆盛を迎えるが，一方では弾圧も苛烈となっていった。多喜二の虐殺や，共産党指導者たちの相次ぐ転向の中，プロレタリア文学も徐々に衰退し1934（昭和9）年2月には「ナルプ」も解散を表明して，組織的なプロレタリア文学・文化運動は終息することとなった。

4 「世界文学」として復活した「蟹工船」

　多喜二没後75周年となる2008（平成20）年春頃から，「蟹工船」再認識のブームが忽然と巻き起こった。日本国内では，文庫本が100万部を超すほどの売れ行きを示し，新聞，雑誌，テレビなどすべてのメディアに取り上げられた。国外でも各国語による翻訳・紹介が相次ぎ，一過性のブームというよりは「蟹工船」現象とでもいえる事態が現出し，改めて世界的に再評価されることとなった。多喜二文学は，今日の日本と世界を巡るさまざまな状況につながっている。そこに目を開き，ごまかされることなく状況の変革に向かうことの重要性を語っている点において，この作品の生命はまったく失われていないばかりか，むしろ今日にあって改めてその徹底ぶりを評価されるべきであることはいうまでもない。

（島村　輝）

図3 外国（仏・中・韓・英）で翻訳出版された「蟹工船」
（筆者撮影）

参考文献———
小林多喜二『蟹工船・党生活者』（新潮文庫・1953）／荻野富士夫編『小林多喜二の手紙』（岩波文庫・2009）／ノーマ・フィールド『小林多喜二——21世紀にどう読むか』（岩波新書・2009）／島村輝『小林多喜二の代表作を読み直す——プロレタリア文学が切り拓いた「時代を撃つ」表現』（「読み直し文学講座Ⅴ」かもがわ出版・2021）／映画『小林多喜二』　今井正・監督，1974年公開／「蟹工船」他　The Crab Cannery Ship and Other Novels of Struggle Translated by Jeliko Cipris（University of Hawai'i Press・2013）

二　近　代

21 梶井基次郎（1901〜32）

大阪市生まれ

図1　1907（明治40）年頃の京都丸善
（丸善雄松堂株式会社蔵）

▷1　梶井自身は，現在の京都大学の前身でもある第三高等学校では理系に入学している。梶井の文学への目覚めは，北野中学在学中と考えられるが，それでも梶井が理系に進学したことは銘記しておくべきことだ。文学を相対化しうる視座を梶井は確保していたという点において。

▷2　アメリカの思想家スーザン・ソンタグは，結核やエイズなどの病は社会において単に忌むべき病であるだけでなく，その社会において象徴的価値を持つとし，それを「隠喩としての病」と呼んだ。また，この時期の日本社会における結核が持つ，病を超えた「隠喩として」の意味づけについては，参考文献の福田（1995）が詳しく論じている。
　ちなみに，梶井基次郎の結核は，彼の祖母スエに由来するとされる。幼い基次郎は，結核で臥せっていたスエのところにしばしば遊びに行っていたが，その際スエから，彼女が口にいれていたあめ玉をもらったりしていたという。

1 「檸檬」におけるテロ

　梶井基次郎は，テロリストである。

　もちろん，旅客機を高層ビルに激突させたり，劇場で銃を乱射して人々を恐怖のどん底に陥れるような無法者としてのテロリストではない。梶井は，人々が無意識のうちに信奉し，また囚われている価値観を破砕し，爽やかな覚醒をもたらすことで社会転覆を果たした。

　梶井によるテロは，まずは，今日においても複数の高校国語教科書に収録されている「檸檬」において実践された。

　小説家の安岡章太郎によると，かつて梶井基次郎は，中島敦，太宰治と並んで文学青年の三種の神器だった。つまり梶井は，文学を志す者にとって必読の作家だったのだが，梶井が据えた檸檬爆弾は，かつての梶井自身も持っていた，こうした文学を神聖視する見方自体をも破砕しようとした。▷1

2 天才願望と結核

　「檸檬」執筆前の三高生であった梶井は，文学者への強烈な憧れを持っていた。それは，京都の四条大橋を友人と散策している折に梶井があげた「肺病になりたい，肺病にならんとええ文学はでけへんぞ」という叫びに示されている。このとき20歳であった梶井は，12年後に彼の命を奪う結核に冒されていたと考えられるが，当時根本的治療方法のない死病であった結核は，単に恐ろしいだけの病ではなく，芸術的天才のかかる病としての象徴的価値を有していた。強烈な天才願望を持っていたこの頃の梶井は，結核によって天才作家たらんことを熱望していた。梶井が「檸檬」で瓦解させようとしたのは，かつての梶井自身が持っていたこうした文学・芸術観でもあった。▷2

　「檸檬」において，「えたいの知れない不吉な塊」によって心を押さえつけられていた「私」は「見すぼらしくて美しいものに強く」惹かれていた。それは，2，3銭の価値しかないびいどろや南京玉だが，それが見すぼらしいのは，柄谷行人が指摘しているように2，3銭という交換価値（貨幣価値）によってである。しかし「私」がそれを美しいと捉え惹かれるのもまたこの交換価値を前提にしている。見すぼらしいが美しいという捉え方自体，見栄えがしてつまり高価で美しいという一般的な評価を反転させたものに過ぎない点で，既存の価値体系に依拠していることになるのだ。「私」を捉えた「えたいの知れない不吉な塊」とは，自身の感受性自体も既成の価値観により規定されているかもしれない閉塞感だった。しかもその価値観は，結局は人間が作り出したものに過ぎず絶対根拠を持たない。つまり幻想にしか過ぎない。だからこそ，「私」は，

それまでの「私」が愛好していた丸善に代表される西洋およびその芸術を神聖視する価値観を破砕する必要があった。「私」が好んだアングルなどの画集の上に爆弾に見立てられた檸檬を置いてきたのもそのためだった。[43]

ところで「私」によって実行された爆弾テロによって、「私」を苦しめていた「得体の知れない不吉な塊」から「私」は解放されたのだろうか。答えはNOだ。幻想を幻想と批判したところで人は幻想から完全に自由にはなれない。ある秩序、価値観を幻想として破壊してもまた人は次の秩序つまり幻想に依拠せずにはいられないからだ。

３ 「のんきな患者」におけるユーモア

テロリストとしての梶井の真価が発揮されるのは、実は、彼の遺作「のんきな患者」においてだ。中央公論に掲載されたこの作品において、梶井が実践して見せたのは、ユーモアによるテロ、価値転覆だった。

末期の結核患者である吉田に対し周囲の人々は奇妙な勧誘をしてくる。吉田の母は、人間の脳味噌の黒焼を食することを勧める。結核患者に効くとされるからだ。縊死した人が使った首吊りの縄が結核にいいと言う者、鼠の丸焼きで結核が快癒した患者がいるという者も現れたりする。吉田はそうした荒唐無稽な申し出に応じないが、迷信に満ちた人々の態度を愚かなものとして否定しない。「人間の無智というのはみな程度の差」でしかないからだ。そして、「のんきな患者」の末尾に記されたように、蒙昧さの度合いに関わりなく死へと「みんな同列に」「嫌応なしに引摺」られていくしかない。梶井もこの小説を発表した３カ月あまり後に31年間の短い生涯を終えることになる。

しかし、この救いのない結末は決して絶望的なものではない。当時死病であった結核を前に脳味噌の黒焼きやら首吊りの縄を食べたりすることは、人知の限界を如実に示している。しかし、死を前にした愚かしい振る舞いも少し距離を置いて見れば愛すべき滑稽なものに見えないだろうか。[44]この作品で梶井が実践して見せたのは、滑稽な信念に囚われる人間のおろかさを指弾することではなく、愛すべきものとして抱擁し、勇気づけることだった。このユーモア的態度こそ、梶井の行ったテロの最良の効果だ。価値転覆は、われわれから生への意欲を奪うことではなく、生きる勇気を与えることなのだ。死を間近に控えていた梶井の残した「のんきな患者」は、「檸檬」以上に爽やかな思いをわれわれに伝え、われわれの生を鼓舞し続けている。 （千葉一幹）

▷3 「檸檬」で試みられた価値転覆の技法は、その後の梶井の作品においても実践される。こうした態度は、梶井作品のキーワードと言ってよい「旅情」という言葉に表れている。旅情とは、眼前の現実をよそ者として距離を置いて見る、つまり既存の秩序や価値体系を無前提に共有しないという態度を表している。

図2 『梶井基次郎全集』（ちくま文庫・1986）

▷4 「世界はとても危険に見えるけど実はこんなものなんだよ、子供の遊びなんだから、茶化してしまえばいいだよ」（フロイト／石田雄一訳「フモール」（『フロイト全集』岩波書店・2010））。

参考文献
『梶井基次郎全集』（ちくま文庫・1986）／河野龍也編『梶井基次郎「檸檬」のルーツ──実践女子大学蔵「瀬山の話」』（武蔵野書院・2019）／千葉一幹『クリニック・クリティック』（ミネルヴァ書房・2004）／鈴木貞美編『梶井基次郎『檸檬』作品論集』（クレス出版・2002）／鈴木貞美『梶井基次郎の世界』（作品社・2001）／福田眞人『結核の文化史』（名古屋大学出版会・1995）／大谷晃一『評伝梶井基次郎』（河出書房新社・1989）

二　近　代

22　川端康成（1899〜1972）

大阪府大阪生まれ

▷1　エドワード・ジョージ・サイデンステッカー（1921〜2007）は米国の日本文学研究者・翻訳者。川端のほか谷崎潤一郎，『源氏物語』等の翻訳がある。
▷2　2015年のデータ。坂井セシル「川端康成と21世紀文学──カノンの効果をめぐって」（坂井セシルほか編『川端康成スタディーズ　21世紀に読み継ぐために』笠間書院・2016年12月）。
▷3　「重松清さんと読む百年読書会」の１回目（『朝日新聞』2009年12月27日）。
▷4　マイケル・ボーダッシュ「冷戦時代における日本主義と非同盟の可能性──「美しい日本の私」再考察」（坂井セシルほか編『川端康成スタディーズ　21世紀に読み継ぐために』）「この数十年間，英語圏の学者による川端論は他の作家の研究に比べるとかなり少ない」。

図１　雑誌グラビアの川端康成の写真
（『婦人文庫』（1950年12月）。日本近代文学館蔵）

1　読まれていない──その受容と生い立ち

　日本人作家として初めてのノーベル文学賞受賞者である川端康成は，1956（昭和31）年のサイデンステッカーによる「雪国」の英訳をはじめ40カ国語あまり1155本と日本の作家として最も翻訳が多く，日本国内にとどまらず世界の中でも読まれてきた作家ともいえる。しかし一方で，「雪国」が「「冒頭は知られているが最後まで読まれたことがない名作ランキング」の上位常連」とされ，近年の英語圏での研究が少ないとの指摘もあり，知名度ほどには読まれていない。また，国語便覧などでは「日本の伝統美を追及」といった紹介がされがちだが，ノーベル賞受賞記念講演の題名が「美しい日本の私──その序説」（1968年12月）であったことゆえ無理からぬことではあるものの，川端の作家人生から見たとき，ごくわずかな側面を述べているに過ぎない。

　川端康成は1899（明治32）年大阪市に生まれ，数え３歳で父栄吉，４歳で母ゲン，８歳で祖母かね，11歳で姉芳子，16歳で「十六歳の日記」（『文藝春秋』1925年８，９月）に記されることになる祖父三八郎を失う。一高生時代の1918（大正７）年の伊豆旅行を基に執筆された「伊豆の踊子」（『文藝時代』1926年１月）の「私」が「孤児根性で歪んでいる」と自己規定しているのも，このような履歴に起因しているとはいえる。帝大生の時に菊池寛（1888〜1948，作家・実業家）と会い，横光利一（1898〜1947，作家）を紹介され，横光らと1924（大正13）年に『文藝時代』を創刊し，千葉亀雄（1878〜1935，新聞記者・評論家）に「新感覚派」と呼ばれ，「淺草紅團」（『東京朝日新聞』夕刊など1929年12月〜30年５月）の連載により一般にも知られた作家となる。

　「水晶幻想」（『改造』1931年１，７月）などの新心理主義的小説も含め，初期の川端は前衛的な作家とみなされていて，その傾向は「眠れる美女」（『新潮』1960年１〜翌年11月）など後半生にまで見られる。「日本の伝統美」的に把握されるようになったのは敗戦後のことであり，その代表的な作品である「千羽鶴」（『読物時事別冊』ほか1949年５月〜）や「山の音」（『改造文藝』ほか1949年９月〜）などもその時期のものである。

2　見ること／認識すること

　川端といえばその目力の強さに言及されることがしばしばある。随筆「熱海と盗難」では，就寝時に侵入した泥棒と目が合ったことによる顛末を梶井基次郎と笑いあったというエピソードが語られている。川端の文学傾向は小説以上に随筆等の記述を基に言及されることが多く，初期の代表的なものとしては「新進作家の新傾向解説」（『文藝時代』1925年１月）や「末期の眼」（『文藝』1933

年12月）が挙げられるが，これらも目と結びつく「見ること」と関わっている。後者は芥川龍之介の「遺書」の「自然の美しいのは，僕の末期の眼に映るからである」という言葉を「あらゆる芸術の極意」と評した部分が有名で，単に目を対象に向けて形や存在を確認するという意味の「見る」ではなく，「見る」主体が対象をどのように捉えるかという認識の問題として考える必要がある。その点で前者の流れを汲んでいる。

「新感覚派」と名付けられたことを受けた前者のいくつかのトピックのうち言及されることの多いものの一つに「百合の内に私がある。私の内に百合がある。この二つは結局同じである。」と述べつつ展開される主観と客観をめぐる認識論としての「万物一如」といわれる主張がある。「主観の絶対性を信仰すること」ともあり，見る対象＝客体を主体が恣意的に把握する認識法と措定することもできる。この措定に従えば，この問題系はその挫折とともに後の様々な小説に見出せる。例えば，殺害された二人の女性の弟子の訴訟記録と向き合いながら小説家「私」がその事件を「小説」として記述していく「散りぬるを」（『改造』1933年11月）は，訴訟記録から生まれる「私」の空想，それを否定しかねない訴訟記録，それに抗おうとする「私」といったように，主体の恣意的な把握があり，それを他者から否定されかける様が記されている。

これは「雪国」にも見出すことができる。西洋舞踊を紹介する文筆家島村と後に芸者となる駒子との雪深い温泉町での交流を描くこの小説において，実際には見ないで西洋舞踊について書いていることを「踊る幻影を鑑賞している」とする島村は，駒子のことを「女を西洋舞踊扱いしていたのかもしれない」としている。しかし，生身の他者である駒子との関係が進むにつれその幻影は崩れていき，関係に行き詰まりを感じていくことになるのである。

3 「雪国」と「日本回帰」

川端と「日本の伝統美」を結びつける根拠として取り上げられるのが敗戦後の随筆「哀愁」の「日本回帰」的な言葉であるが，戦後になって生じたこの種の把握を戦前のものに事後的に適用するのには抑制的であるべきだ。「雪国」は1937（昭和12）年に単行本として一度まとめられ，戦中戦後に書き継ぎ・書き直しを経て現行本文となった小説だが，川端がこの小説に「日本のふるさと」を意識するのは初めの単行本より後の1938（昭和13）年の選集のあとがきからである。安易に「日本の伝統美」などと寿ぐことは，排外的ナショナリズムのようなものにつながりかねず，慎重であらねばならない。　（三浦　卓）

参考文献

『川端康成全集』全35巻・補巻2巻（新潮社・1980）／羽鳥徹哉・原善編『川端康成全作品研究事典』（勉誠出版・1998）／小谷野敦・深澤晴美編『川端康成詳細年譜』（勉誠出版・2016）／羽鳥徹哉・林武志・原善監修『川端康成作品論集成』全8巻（おうふう・2009）／羽鳥徹哉・林武志・原善編『川端康成作品研究史集成』（鼎書房・2020）／川端康成『雪国』（新潮文庫・1947）／川西政明編『川端康成随筆集』（岩波文庫・2013）

▷5　「熱海と盗難」（初出『サンデー毎日』1928年2月）。「ぼんやり目を合わせていたから不思議だ。突然泥棒が，／「駄目ですか。」と奇妙なことをいったのに誘われて私が，／「え？」とか何とかいう暇もなく，さっと身を翻してどたどた逃げ出した。」

図2　上：『雪国』（創元社・1937），下：決定版『雪国』（創元社・1948）

（筆者蔵）

▷6　「雪国」（初出『文藝春秋』1935年1月）など。「研究とは名づけても勝手気儘な想像で，舞踊家の生きた肉体が躍る芸術を鑑賞するのではなく，西洋の言葉や写真から浮ぶ彼自身の空想が踊る幻影を鑑賞しているのだった。」

▷7　「哀愁」（初出『社会』1947年10月）。「敗戦後の私は日本古来の悲しみの中に帰ってゆくばかりである。私は戦後の世相なるもの，風俗なるものを信じない。」

二　近　代

23　宮沢賢治（1896〜1933）

岩手県花巻生まれ

図1　宮沢賢治銅像写真
（筆者撮影）

図2　宮沢賢治「銀河鉄道の夜」の原稿のすべて
（宮沢賢治記念館蔵）

［1］生前は無名だった賢治──その生い立ちと死

　今日，日本近代文学において最も著名な作家といっても過言でもない宮沢賢治も生前は無名に近い存在だった。存命中に出版した本は，『春と修羅』第一集と『注文の多い料理店』の二冊のみ。代表作の「銀河鉄道の夜」や「風の又三郎」といった作品は生前未発表。「雨ニモマケズ」に至っては，メモ帳に書かれたもので，彼自身発表の意志があったかも定かでなかった。東日本大震災後，ロンドン・ウエストミンスター寺院での追悼式で「雨ニモマケズ」が読み上げられたが，もし賢治がそれを目にしたら驚愕したことだろう。

　宮沢賢治は，1896（明治29）年岩手県花巻（出生当時は稗貫郡里川口町）で生まれた。父は政次郎，母イチ，五人兄弟の長男だった。長姉トシ，賢治の死後，彼の作品出版に尽力した弟清六，シゲとクニの二人の妹がいた。

　質・古着商を営む宮沢商店の発展は，父政次郎の商才によって可能になった。開業直後の東北本線等を乗り継ぎ，政次郎は関西・四国まで足を伸ばした。流行遅れとなった服を買い付けるためだった。最新流行の服は花巻の人には派手すぎた。日本の近代化を支えた鉄道は，宮沢家に富をもたらし，賢治に「銀河鉄道の夜」などの作品の霊感源となった。

　しかしまた，鉄道は，妹トシと賢治を死へと導く結核蔓延の一要因でもあった。新型コロナウイルス禍がグローバリズムによってもたらされたように，結核が1910年から50年まで日本国内で毎年10万人以上の人命を奪ったのは，交通網の発達と都市化がその大きな原因だったからだ。

　反面，結核によるトシや賢治の夭逝は，皮肉にも結核のロマン主義化（＝天才と美人のかかる病というイメージ）に寄与し，その悲劇的な死によって彼らの名を後生まで残すことにもつながった。

［2］東北に生まれ育った意味

　宮沢賢治について語る上で，彼が東北の地で生まれ育ったことは重要だ。一つには，言語という点で。もう一つは，彼が農業技術者であった点で。

　賢治が小学校に上がる1903（明治36）年に国定教科書制度が発足し，東京の中流社会の言葉を基準として「標準語」が制定された。学校内では「標準語」で話すことが義務づけられ，方言への劣等感が植え付けられていく。賢治もまたこうした趨勢と無縁ではなかった。動植物たちの裁判をユーモラスに描いた「どんぐりと山猫」の山猫別当は上手く標準語が使えないことに劣等感を抱くものとして描かれている。また山で遭難した二人の兄弟の生死を描いた「ひかりの素足」において，現世では方言で話していた兄弟は冥界ににおいては標準

語で話している。熊撃ちの悲劇を描いた「なめとこ山の熊」でも普段，方言を話す淵沢小十郎は動物とは標準語で話している。そこに方言よりも標準語の方が汎用性が高いとみなす賢治の言語観が現れている。賢治がエスペラントに示した情熱も方言への劣等感と無縁ではない。

農業技術者としての賢治が羅須地人協会等において行った活動は，東北の農業改良だった。それは東北がケガチ（飢饉）の地であったからだ。飢饉を生む冷害は寒冷地には不向きな水稲単作を推し進めた明治維新以降の農業政策の一帰結だった。現実には実現したとは言い難い農業技術者としての賢治の願いは，「ありうべかりし自伝」とも呼ばれた「グスコーブドリの伝記」において結実した。ブドリは，イーハトーブを冷害から救うための自己犠牲的死を遂げる。

3　二つの転機

賢治にとっての人生の転機は，二度あった。盛岡高等農林卒業後，稼業の質・古着商を厭った賢治は東京に出奔する。八紘一宇という語の創始者としても知られる田中智学に率いられた日蓮宗系の新興宗教団体国柱会の布教活動に従事するためだった。その活動の終止符を打ったのは，妹トシの病だった。

二度目の転機はそのトシの死だった。そのとき賢治26歳，トシ24歳。トシの命日の日付を持つ「永訣の朝」「松の針」「無声慟哭」において賢治は死の床にあるトシの姿を詠った。死を目前にしたトシが口にしたのは「うまれでくるたて／こんどはこたにわりやのごとばかりで／くるしまなあよにうまれてくる」だった。自己犠牲的人生を願う妹の遺言は賢治の導きの糸にもなった。

4　「銀河鉄道の夜」の成立

賢治の代表作「銀河鉄道の夜」がジョバンニとカムパネルラが銀河鉄道に乗り様々な人に出会い別れていく様を描く現在のような姿になったのは1970年代だった。入沢康夫，天沢退二郎の両者は，膨大な書き込みのある賢治の生原稿にあたり，「銀河鉄道の夜」（図２）には３回の改稿，結果四次稿まであったことを発見，それまでの「銀河鉄道の夜」の過ちを正した。四次稿（最終形）においては，三次稿まで登場していたブルカニロ博士という超越的人物は姿を消し，ジョバンニはひとり，カムパネルラとの悲しい別れに耐え，「ほんとうのさいわい」を求めて生きていくことを予感させる結末になっている。それは，賢治自身の願いであり，同時に読者に求めたことでもあった。　　（千葉一幹）

参考文献
『宮沢賢治全集』全10巻（ちくま文庫・1995）／『新校本宮澤賢治全集』第十六巻下補遺・資料年譜篇（筑摩書房・2001）／千葉一幹『宮沢賢治——すべてのさいはひをかけてねがふ』（ミネルヴァ書房・2014）／天沢退二郎・金子務・鈴木貞美編『宮澤賢治イーハトーヴ学事典』（弘文堂・2010）／見田宗介『宮沢賢治　存在の祭りの中へ』（岩波現代文庫・2001）／天沢退二郎『宮沢賢治の彼方へ』（ちくま学芸文庫・1993）／松岡幹夫『宮沢賢治と法華経』（昌平黌出版会・2015）

▷1　「グスコーブドリの伝記」初出「児童文学」（1932年３月）「そしてちょうど，このお話のはじまりのようになる筈の，たくさんのブドリのお父さんやお母さんは，たくさんのブドリやネリといっしょに，その冬を暖かいたべものと，明るい薪で楽しく暮すことができたのでした。」

▷2　1921（大正10）年１月宮沢商店にいた賢治は，棚から日蓮宗関係の書物が落ちてきたのを啓示のように受け取り東京へと旅立つ。賢治は，本郷の東大赤門前にあった文信社で校正係として働きつつ，国柱会の布教活動に従事した。昭和の妖怪とも言われた岸信介は賢治と同じ1896年生まれだった。岸は東京帝国大学を1920年に卒業しているが，本郷のどこかで賢治と岸はニアミスをしていたかもしれない。

▷3　「またひとにうまれてくるときは／こんなにじぶんのことばかりで／くるしまないようにうまれてきます」と標準語訳が『春と修羅』第一集（1924）には付されている。標準語の汎用性を認めつつ，他方賢治はトシの言葉は方言で忠実に記そうとした。そこに賢治のトシへの，そして郷土への思いが読み取れる。

▷4　「僕もうあんな大きな暗の中だってこわくない。きっとみんなのほんとうのさいわいをさがしに行く。どこまでもどこまでも僕たち一諸に進んで行こう」とジョバンニがカムパネルラに告げた直後に彼の姿は見えなくなる。少なくとも賢治の死の前年（1932年）くらいまでは賢治はこの「銀河鉄道の夜」の推敲を続けていたと考えられている。ジョバンニとカムパネルラの別れには，トシとの別れをはじめ賢治が経験した多くの人との別れが仮託されているだろう。また読者であるわれわれは，去っていったカムパネルラに賢治の姿を読み込むこともできる。

二　近　代

24 吉屋信子（1896〜1973）
（よしやのぶこ）

新潟県新潟市生まれ

図1『花物語』第1回「鈴蘭」（『少女画報』1916年7月）
（国立国会図書館デジタルコレクション）

▷1　「それは――月見草が淡黄の葩を顫わせて，かぼそい愁を含んだあるかなきかの匂いをほのかにうかばせた窓によって佳きひとの襟もとに匂うブローチのように，夕筒がひとつ，うす紫の窓に瞬いている宵でしたの」（「月見草」『少女画報』1916）などのような独特の装飾的文体が『花物語』の特徴である。
（うすき・はなびら・ふる・うれい）

1　投稿から少女小説作家へ

　吉屋信子は，1896（明治29）年1月12日，新潟県に生まれた。幼少期には地方官吏であった父とともに各地を転々とし，1908（明治41）年に栃木高等女学校に入学，この頃から『少女世界』『文章世界』などに投稿を始めた。次第に常連投稿者として知られるようになり，文学の道に進む意志を高めていく。1916（大正5）年に『少女画報』に送って採用された『花物語』は，当時の少女たちに圧倒的な支持を受けて長期連載となり，時代を代表する少女小説作品となった。

　少女たちの親密な「エス」の関係を描いた本作は，今日の「百合」と呼ばれるジャンルの始祖ともみなされるが，現代とは異なる歴史的状況におけるものであることにも留意が必要である。当時，女学校などで多く見られる流行現象でもあった「エス」は，あくまで精神的なものであること，また卒業や結婚によって解消される一時的なものであることによって許容されたが，それは肉体的な関係を含むような女性同性愛，あるいは女性ジェンダーの規範を逸脱するようなふるまいをする男性的な女性を異常視する視線と表裏一体のものである。本作の多くが少女たちの別れを結末とすること，その避けがたい別れへの嘆きが繰り返されていることの意味も，そのような歴史性とともに読み解かれる必要があるだろう。

2　流行作家としての活躍

　吉屋は少女小説の分野で成功を収めたものの，次第に行き詰まりも感じるようになる。そこに転機をもたらしたのが，1919（大正8）年『大阪朝日新聞』の懸賞小説の募集に応じて書かれた長編小説『地の果まで』の一等当選であった。これによって彼女の名はさらに広く知られるところとなり，新聞や婦人雑誌などを中心に活躍の場を広げた。特に1933（昭和8）年の『女の友情』（『婦人倶楽部』），1936（昭和11）年の『良人の貞操』（『東京日日新聞』『大阪毎日新聞』）などは大きな反響を呼んで，彼女は当時の文壇でも一，二を争うほどの流行作家となる。吉屋の小説の多くは，中上流階級の女性を主人公として，その友情や恋愛・結婚などの問題を取り上げたものである。男性中心主義的な現状への批判と，女性同士の連帯と精神的向上のメッセージを基調としつつ，趣味豊かで軽妙な日常生活の描写によっても広く女性読者の共感と関心を集めた。ただし大きな成功を収めたとはいえ，吉屋の小説はあくまで「女子ども」向けの「通俗小説」と見なされ，文壇からは高い評価を得ることはなかった。

　現在でもこの時期の吉屋の小説に対する注目度は低い。『花物語』などと比

図2「良人の貞操」第1回（『東京日日新聞』1936年10月6日）
（毎日新聞社データベース）

して，男女の恋愛や結婚などを描くようになったことをもって，大衆的な傾向に迎合したと見なされるのであろう。しかしこれらの小説は，女学校を出た後の女性たち（それはすなわち『花物語』の外に出た少女たちのことでもある）が，強固な異性愛規範のなかで，いかにして結びつきを維持していくことができるかを模索しているともいえる。直接的には表明されずとも，そこにあるクィアな可能性を見逃すべきでないだろう[2]。

3　戦争協力の問題

　日中戦争の勃発以降，当時『主婦之友』と専属契約を結んでいた吉屋は，同誌の取材記者として戦地を奔走している。そこでの取材を報告文として発表するとともに，1939（昭和14）年『女の教室』（『東京日日新聞』『大阪毎日新聞』）などの小説では，戦時下で自らの使命に目覚め，医師として公的な仕事に邁進していく女性たちを描いている。戦争は，それまで公的な領域から退けられていた女性たちに地位の向上をもたらす契機でもあったが，それは同時に女性たちを戦争の暴力へと動員していくことでもあった。

　当時の作家たちは文学報国会として国策宣伝への協力を要請されていた。このような時代にあって，特に吉屋のような著名な作家の戦争協力は不可避のものであっただろう。ただ，それを単に時代の圧力だけに還元して不問にするのでなく，その時代の言説の力学のなかで，吉屋がどのような論理をもって戦争を捉え，どのように描いたのかを厳しく見極めていくことも必要だろう。

4　戦後から晩年まで

　終戦後，吉屋は各誌で執筆を再開し，戦前戦中の作の再刊なども始まった。その際には全面的にテクストの改稿・削除がなされているが，これらの改稿の具体的な作業が，作家と出版社の間でどのように行われたのか，詳細は現在も不明のままである。今後さらに調査・検証の必要なところである。

　戦後は『安宅家の人々』（毎日新聞社，1952年）や，『鬼火』（中央公論社，1952年）などによって改めて評価を高め，また『自伝的女流文壇史』（中央公論社，1962年）などの回想的エッセイ，『徳川の夫人たち』（朝日新聞社，1966年）などの歴史小説などによって新境地も開いた。

　その後，吉屋は，田辺聖子ら後続の作家たちによって再評価された。80年代頃の氷室冴子らによる少女小説の復活にも影響を与えている。また近年でも，中島京子などが作中に吉屋の小説を取り入れている[3]。　　　　　　（竹田志保）

▷2　吉屋については，実生活で門馬千代という女性パートナーと長く共同生活を送っていたことも今日多くの関心の寄せられるところである。二人は，1926年頃から暮らし始め，1957年には養嗣というかたちで籍を入れている。対外的には「秘書」などと説明されたが，実質的には「結婚」であったと言ってよいだろう。メディアには二人への好奇のまなざし，揶揄するような言説が絶えず囁かれていくこととなるが，両者は長く良好な信頼関係を維持し続けた。ただし，この時代にそのような女同士の生活が可能であったことについては，吉屋が例外的に大きな成功を収めた作家であったという経済的要因を無視することはできない。また，作家の生活上の実践と，小説として書かれたものとの安易な結び付けにも慎重であるべきだろう。

▷3　氷室冴子『クララ白書』（集英社・1980）の主人公は吉屋信子読者であることが描かれる。中島京子は『女中譚』（朝日新聞社出版・2009）で吉屋信子の「たまの話」（『小さき花々』実業之日本社・1936）にオマージュを捧げ，また『小さいおうち』（文藝春秋・2010）にも吉屋信子作品を登場させている。

参考文献
　吉屋信子『花物語』上・下（河出文庫・2009）／同『鬼火・底の抜けた柄杓』（講談社文芸文庫・2003）／田辺聖子『ゆめはるか　吉屋信子』上・下（朝日文庫・2002）／久米依子『少女小説の生成』（青弓社・2013）／竹田志保『吉屋信子研究』（翰林書房・2018）

二　近　代

25 江戸川乱歩（1894〜1964）

三重県名張生まれ

［1］世界と日本のミステリ・ジャンル勃興概略

　謎を読者に提示して，それを解き明かしていく面白さを持つストーリーの創作は，人類が〈物語〉という娯楽を意識するようになった頃から延々と続いてきた。神話や説話，伝承に材を取った聖書や「千夜一夜物語」などにも，謎解きの構造を持つ物語は多々見られる。しかし，謎解きのストーリーを一時的な興味で済まさず，人間の論理的な思考が超自然的世界観に挑戦し，それを凌駕し得るものとみなし，認識論のレベルにまで高めたのは，19世紀の近代科学の発展および近代合理主義を迎えた時代になってからであった。アメリカの作家エドガー・アラン・ポー「モルグ街の殺人」（1841年）は国際都市パリを舞台にすることで，大都会に集う雑多な人々が漠然と抱いていたアイデンティティ不在の不安を，巧みに浮上させたのである。やがてポーに続き，コナン・ドイル（英）が「緋色の研究」（1887年）でヴィクトリア朝ロンドン風俗を背景にシャーロック・ホームズを生み，ガストン・ルルー（仏）が「黄色い部屋の秘密」（1907年）で密室殺人という不朽のテーマを打ち出し，G・K・チェスタートン（英）が「ブラウン神父の童心」（1911年）でカトリックの世界観と合理的思考の奇妙な融合を提示するなど，19世紀初頭の西洋においてミステリの物語構造はジャンルとして確立していく。一方，日本においてミステリ・ジャンルが翻訳という形で読者に紹介されていくのは神田孝平「楊牙児ノ奇獄」（1877〜78年）あたりからで，就中，黒岩涙香の「法庭の美人」（1887年）や「有罪無罪」（1888年）といった翻案物の大ブームが果たした功績は甚大だが，本格的な展開はやはり江戸川乱歩が「二銭銅貨」で文壇デビューした1923年以降である。乱歩のデビューによって，西洋の作品の翻訳や翻案ではない，日本人作家が日本を舞台にして書く探偵小説が量産されていくようになるのだ。ポーの「モルグ街の殺人」から数えて，約75年後のことであった。

［2］江戸川乱歩の生い立ち

　江戸川乱歩は1894年三重県名張に平井家の長男・太郎として生まれ，1897年には名古屋市に一家で移住。18歳までを名古屋の地で過ごした。[注1]早稲田大学に入り，卒業後は鳥羽造船所や大阪毎日新聞広告部など関西方面で就職。1923年に「二銭銅貨」で作家デビュー，1926年に家族と共に上京する。つまり，日本の三大都市（東京・大阪・名古屋）にそれぞれ居住歴を持つ作家で，近年こうした彼の経歴が作品に影響しているのではないかとみる研究も現れてきている。近代都市文化の発展と歩みを同じくする人生を送った作家であるため，モダニズム世相と近代文学の相関性において非常に明解な例になり得るためだ。一方，

図1　書斎の江戸川乱歩
（立教大学江戸川乱歩記念大衆文化研究センター蔵）

図2　江戸川乱歩『貼雑年譜』から東海圏の引っ越し地図
（図1に同じ）

▶1　「三重県及名古屋市ニ於ケル住居移転図」（江戸川乱歩『貼雑年譜』講談社・1989年7月）。

彼は放浪癖があり，北は青森の恐山（おそれざん）から南は九州長崎まで足を運び，そこで触れた地方風景を小説の舞台に利用することも多い。そうした彼の足跡は，モダン都市を背景とした探偵小説の世界観に説話や伝承といった民俗学領域のモチーフが入り込む契機となり，やがて彼以降の探偵小説作家達に影響を与えていくことになる。

３ 初期短編の世界

乱歩の作品は，デビュー時から1929年頃までの初期短編の時代と，1930年頃から戦後までの後期長編の時代，戦後の評論の時代と，大きく３つに区分できる。「屋根裏の散歩者」や「人間椅子」「押絵と旅する男」「パノラマ島奇談」などの初期短編は推理もさることながら，人間心理に潜む闇を洞察した幻想怪奇に近しい作風で，既成文壇からも高く評価され，現代でも人気が高い。娯楽雑誌にメディアを移してからは「蜘蛛男」「黄金仮面」「人間豹」など大衆向けの長編の発表で知名度が上がり，自意識としては煩悶を抱えながらも売れっ子作家となっていった。これらの長編は娯楽作品とはいいながら，海外ミステリを換骨奪胎（かんこつだったい）したサスペンスフルなストーリー展開と，ノスタルジーを喚起する情景描写，なめらかで明瞭な文体は卓抜な技量を示すもので，メディア記号論の方面からも研究対象に選ばれることが多い。戦後に探偵小説が検閲による発禁から解放されると，推理小説と名称を変じて幾多の本格作品が発表される世の中となるが，乱歩は実作よりも評論に活動を振り向け，アガサ・クリスティー（英）やエラリイ・クイーン（米），ジョルジュ・シムノン（仏）といった海外ミステリ黄金期の作家達の作品を日本人読者に精力的に紹介し，また新人作家の発掘に尽力するようになる。探偵作家クラブの結成（1947年）や江戸川乱歩賞の制定（1954年）などは，その成果である。大人向けの実作はほとんど書かなくなったとはいえ，「怪人二十面相」（1936年）から始まった少年物のシリーズはライフワークとして執筆を続行し，世代を越えて児童文学の金字塔となった。

４ 現代への影響

今日に至るまで，乱歩作品は演劇や映画，ラジオドラマ，テレビドラマ，マンガ，ゲーム等，あらゆるメディア領域で展開している。読みやすい文体と明確なキャラクター設定，郷愁を誘う世界観が，そうした展開を可能にする原動力となっている。同性愛に理解を示す作風であることから，今日のBL文化やLGBTの問題とも深く関わるテクストであるといえよう。　　　（小松史生子）

▷2　作家活動中，乱歩はスランプから何度も休筆して東京を逃げ出している。

▷3　折からフロイト精神分析が日本で一般に普及し始めた時代で，『変態心理』『変態資料』といった雑誌が陸続と刊行された。乱歩は1933年に発足した大槻憲二主催の精神分析研究会に参加している。

▷4　乱歩は『講談倶楽部』『朝日』『日の出』といった大衆雑誌（こうかいふはく）に精力的に作品を発表した。小酒井不木との往復書簡には，これからの探偵小説にはアルセーヌ・ルパン物のような痛快娯楽性が必要と語る乱歩の言が見える（参考文献の浜田（2004））。

▷5　戦時中，探偵小説は軍部の検閲によって敵性文学とみなされ，その物語構造に根本的に潜む民主主義的価値観や反骨精神は秩序を乱すものとして睨まれた。結果，乱歩の小説は発禁の対象となり，これがために戦時下では乱歩は「知恵の一太郎」「偉大なる夢」等の国策小説以外は小説を書かなくなる。しかし，その間に井上良夫との文通を契機に海外ミステリ濫読に勤しみ，これが戦後の評論活動に結実していくことになった。

参考文献
『江戸川乱歩全集』全30巻（光文社文庫・2004〜05）／千葉俊二編『江戸川乱歩短編集』（岩波文庫・2008）／浜田雄介編『江戸川乱歩作品集』Ⅰ〜Ⅲ（岩波文庫・2017〜18）／石川巧・落合教幸・金子明雄・川崎賢子『江戸川乱歩新世紀──越境する探偵小説』（ひつじ書房・2019）／小松史生子『乱歩と名古屋──地方都市モダニズムと探偵小説原風景』（風媒社・2007）／浜田雄介編『子不語の夢──江戸川乱歩小酒井不木往復書簡』（皓星社・2004）／中相作編『江戸川乱歩リファレンスブック』1〜3（名張市立図書館・1997〜2003）

二　近　代

26 芥川龍之介（1892〜1927）
（あくたがわりゅうのすけ）

東京都京橋区生まれ

▷1　美和町生見に現存する
新原家の菩提寺・真教寺境内
には，1988年に龍之介の三男
芥川也寸志（1925〜89）と長
男比呂志（1920〜81）の妻
（龍之介の姪）芥川瑠璃子
（1916〜2007）によって建立
された「本是山中人」と刻ん
だ記念碑がある。

図1　新原家の菩提寺真教寺境内に建つ「本是山中人」の碑（山口県玖珂郡美和町生見中村2505）
（筆者撮影）

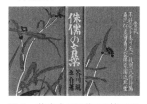

図2　龍之介の死後に刊行された『侏儒の言葉』（文藝春秋社・1927年12月）
装丁は，龍之介と親交の深かった画家・小穴隆一（1894〜1966）による。

▷2　東京・駒場の日本近代
文学館には，洋書だけでも
809冊にものぼる芥川龍之介
旧蔵書が所蔵されており，龍
之介の書き込みやアンダーラ
インを確認することができる。

［1］江戸趣味の旧家と野性的な血を引く龍之介

　芥川龍之介は，父新原敏三（1850〜1919）と母ふく（1860〜1902）との長男として1892年3月1日，築地外国人居留地で生まれた。父敏三は山口県玖珂郡美和町の出身で，10代で長州藩御楯隊として四境戦争に参加，上京後に務めた箱根の耕牧舎牧場で渋沢栄一（1840〜1931）にその手腕をかわれ，1883年から外国人や宮内省，帝国ホテルなどに牛乳やバターを提供する耕牧舎本店の支配人を任された。江戸幕府の御奥坊主を代々勤めた芥川家の三女ふくと1885年に結婚，長女（夭逝）・次女に次いで龍之介が生まれた。江戸趣味の流れをくむ生粋の東京育ち，繊細で洒脱な都会派のイメージのある芥川龍之介だが，一方では，明治維新の革命に参加し，近代化に乗じて実業家として西洋文化の輸入を進めた父，長州人の進取の気性に富んだ野性的な血も流れているのである。

　生後8カ月で母ふくが精神に異常をきたしたため，母の実家，墨田区両国の芥川道章（1849〜1928）・儔（1857〜1937）夫妻と伯母ふき（1856〜1938）のいる芥川宅に引き取られ，生涯独身のふきに早くから文字や数を教わり，読み聞かせなど愛情を注がれて育つ。幼少時代から巌谷小波編集『日本昔噺』や『西遊記』『水滸伝』などを愛読し，貸本屋，大橋図書館，帝国図書館で広く古典文学や近代文学に触れ，雑誌『少年世界』を通して翻訳作品にも親しむ一方，『日本外史』や『ナショナル・リーダー』で早期教育も受けていた。

［2］創作への道──才能と幸運なデビュー

　小学校時代から回覧雑誌を刊行した龍之介が，府立第三中学校時代には，既に人道主義や社会主義の観点から炭鉱労働者への共感を寄せる「日光小品」，木曽義仲の革命的精神や野性的資質を評価する論文「義仲論」などを執筆。第一高等学校から東京帝国大学英吉利文学科に進学する1910年代は，熱心に文学，美学，哲学などを学びシャルル・ボードレール（1821〜67）やフョードル・ドストエフスキー（1821〜81）など古今東西の文学を渉猟する一方，西洋芸術や思想の影響下，文学と美術の交流が盛んとなる新しい芸術思潮の胎動期に，アンリ・マチス（1869〜1954）やヴァン・ゴッホ（1853〜90）などに惹かれ，盛んに文展や美術展，音楽会に通う。多感な青年期は，近代化の最先端・東京という都市空間の中で新しい時代の空気を存分に吸いこみ鋭敏に看取することで，多彩な文学世界を構築していくことになる。実際，大学在学中からW・B・イェーツ（1865〜1939）の翻訳や「老年」（1914年），「羅生門」（1915年）などを発表した龍之介は，卒業前の1916年2月，第4次『新思潮』創刊号に掲載した「鼻」を夏目漱石（1867〜1916）に激賞されたことで創作の道を歩み始める。卒

業論文でウイリアム・モリス（1834〜96）を論じた後の同年12月からは，横須賀海軍機関学校嘱託教授として英語を教えながら創作活動に従事し，1918年には塚本文（1900〜68）と結婚，鎌倉で創作意欲に満ちた幸せな新婚生活を送る。1919年には大阪毎日新聞社の特別契約社員の立場で職業作家として自立し，田端の自宅で養父母と伯母，妻，三人の息子の一家を抱え，小説家として生計を立てていく。龍之介の創作活動時期は1914年から自殺する1927年の約14年間ほどだが，その間，小説を約150編，翻訳，評論，随筆なども含めると200作以上執筆し，短歌や俳句も日常的に多数詠んでいた。

3 モダニズム文学としての評価──世界文学の視座から

　龍之介の表現世界は実に多彩である。『今昔物語集』の近代的評価を高めた「羅生門」「鼻」をはじめ「芋粥」「地獄変」など広く日本古典文学を創作に活かした視座は，伝統の再発見と近代的潤色による日本文学の一新にとどまることなく，ヨーロッパにおける民族文化・伝承の復活，オーギュスト・ロダン（1840〜1917）やモリスなどによる中世芸術回帰など，同時代の西洋芸術思潮の文脈に連なっている。「舞踏会」「神神の微笑」「雛」「西方の人」などキリスト教や文明開化期を題材とした作品群には，宗教と風土，伝統と西洋化をめぐる洋の東西の歴史的，文化的葛藤が内包され，日本近代の精神文化の再考を促してくる。第一次世界大戦を実感した横須賀海軍機関学校の経験や，排日運動中の各地を4カ月ほど巡り革命家とも対面した1921年の中国滞在は自身の歴史認識や社会意識を深め，大正モダニズムやプロレタリア文学運動，植民地政策や関東大震災など当時の時事的事象を背景に，時宜を得た批評精神と審美的な詩的精神による創作営為を生涯貫いた。「手巾」「将軍」「江南游記」「一塊の土」「馬の脚」「河童」「歯車」などはそうした成果といえる。一方，雑誌『赤い鳥』に「蜘蛛の糸」「杜子春」などを発表して児童文学にも寄与し，雑誌『文藝春秋』にはアフォリズム「侏儒の言葉」を5年に亘り連載した。「藪の中」のような独白体小説や映画，コラージュ，ミステリなど様々な手法を用いた実験的小説も手がけた。こうした言語芸術の可能性と限界を時代の動向に沿いつつ懐疑精神と最先端の手法によって突き詰めた龍之介の創作の軌跡は，第一次世界大戦を契機に興隆した欧米モダニズム文学の動向と軌を一にしており，21世紀の今日，50カ国以上に翻訳され日本文学を代表する作家の一人として世界文学の視座からも再評価されている。特に，ジェイ・ルービン訳『Rashomon and Seventeen Other Stories』（Penguin Books, 2006）が，日本の近代作家としては初めて，世界の古典的名著シリーズ「ペンギン・クラシックス」（イギリス）として出版されたことは注目に値する。なお，谷崎潤一郎（1886〜1965）の分骨とともに東京・駒込の慈眼寺に眠る芥川龍之介の河童忌（7月24日）には，毎年，ファンが集う。2023年には田端に芥川龍之介記念館も開館する。（髙橋龍夫）

参考文献
『芥川龍之介全集』全24巻（岩波書店・1998）／関口安義『芥川龍之介とその時代』（筑摩書房・1999）／関口安義・庄司達也編『芥川龍之介全作品事典』（勉誠出版・2000）／関口安義編『芥川龍之介新辞典』（翰林書房・2003）／ジェイ・ルービン編，村上春樹「序」『芥川龍之介短篇集』（新潮社・2007）／関口安義編『生誕120周年　芥川龍之介』（翰林書房・2012）／庄司達也編『芥川龍之介ハンドブック』（鼎書房・2015）

▷3　文展の設置，パンの会の隆盛，洋行から帰国した画家，彫刻家，作家の活躍，雑誌『明星』『スバル』『方寸』『白樺』の刊行などがあげられる。

▷4　1922年頃から中国滞在後の作家の責務の深化と心身の疲労，関東大震災後の社会変化や文壇の変容，苦労を重ねた『近代日本文芸読本』全5巻（興文社・1925）編集にまつわる風評，さらには1927年の義兄の自殺による借金や遺族への対応など，個人的及び社会的苦境による継続的な胃腸の不調，神経衰弱，不眠症にあって創作を続けたが，数編の遺書と原稿を遺し1927年7月24日未明，自宅にて自殺した（青酸カリ説，睡眠薬の致死量説がある）。

▷5　龍之介は1921年3月から7月にかけて，大阪毎日新聞社の中国特派員として上海，杭州，南京，漢口，長沙，洛陽，北京，天津などを巡った。上海では，章炳麟（1868〜1936），鄭孝胥（1859〜1938），李人傑（1890〜1927）と対面。その体験は『支那游記』（改造社・1925年11月）にまとめられている。

▷6　谷崎潤一郎「饒舌録」（『改造』1927年2〜12月）と論争した「文芸的な，余りに文芸的な」（『改造』1927年4，5，6，8月）の冒頭「一「話」らしい話のない小説」で，龍之介は「「善く見る目」と「感じ易い心」とだけに仕上げることの出来る小説」を「最も純粋な小説」と提唱し，「二　谷崎潤一郎氏に答ふ」でその根幹を「詩的精神」の有無にあると論じている。

▷7　一高時代からの友人・菊池寛（1888〜1948）が1923年1月に創刊。

▷8　モダニズムとは，第一次世界大戦前後の社会不安を契機に欧米で興隆した前衛芸術運動の総称で，根本的な懐疑精神に支えられた批評としての新たな芸術表現を意味するが，芥川龍之介の作風や方法にもその傾向が顕著である。

二　近　代

27 石川啄木（1886〜1912）

岩手県南岩手郡生まれ

▷1　親孝行の歌と思われがちだが，「たはむれに」に注意したい。ふざけて背負ってみた際の，母があまりにも軽かったことへの驚きがうたわれている。

▷2　「はたらけどはたらけど」ではなく，「はたらけど」という呟きの後，「はたらけど猶わが生活楽にならざり」と一気に読み下し，その後，手をみつめつつ反省的に自己を捉え直している歌である。改行箇所は，心理的な「間」を形成している。

▷3　この歌に少年時代の将来への憧れを読み取る解釈もあるが，心が吸い寄せられるような青空をみていた過去の時間を，〈現在〉の自分が回想している点に注意したい。空を見なくなった〈現在〉の〈我〉が顧みられている。

▷4　「ふるさとの訛」が，ふと聞こえてきたのではなく，「訛なつかし」という感情が先にあって，わざわざ「聴」きにいっている点に着目したい。

▷5　高山樗牛（1871〜1902）評論家。「美的生活を論ず」（1901）など。

1　近代日本と石川啄木

　石川啄木といえば，まず次のような短歌がよく知られている。

　　たはむれに母を背負ひて／そのあまり軽きに泣きて／三歩あゆまず▷1
　　はたらけど／はたらけど猶わが生活楽にならざり／ぢつと手を見る▷2
　　不来方のお城の草に寝ころびて／空に吸はれし／十五の心▷3
　　ふるさとの訛なつかし／停車場の人ごみの中に／そを聴きにゆく▷4

　啄木は，〈母〉をはじめとする家族のこと，日々の生活を営むことの苦しさ，故郷と過去へのノスタルジーをうたった。近代は，故郷や家族と離れ，都会で暮らすことになった人々を数多く生み出した。啄木がすくいあげたのは，意のままにならぬ都会生活の中に生きる彼らの思いであり，平易な日本語で書かれた三行書きの短歌は彼らの愛唱歌となった。

　啄木は，岩手県生まれ，父親は曹洞宗の僧侶であった。幼少期を渋民村で，高等小学校と中学校時代を盛岡市内で過ごした。盛岡中学校時代に高山樗牛▷5の評論や与謝野晶子が活躍した『明星』に親しんだ。文学を志して中学を中退し上京したのは，経済的に進学が望めなかった彼の人生を切り拓くための選択だったかもしれないが，病を得て帰郷した。その後，『明星』に浪漫的な詩を発表し，詩集『あこがれ』（1905年）を刊行するが，文学者として身を立てることは難しく，渋民村の代用教員を経て，北海道に渡り，新聞記者等の仕事に就いた。しかし，文学への志を捨てがたく，自然主義文学の隆盛時代に上京し小説を書くがほとんど売れず，苦しむなかで湧き出て来たのが短歌だった。

2　「東海の小島の〜」の歌について

　このとき作られた歌の一首が「東海の小島の磯の白砂に／われ泣きぬれて／蟹とたはむる」である。後，啄木の第一歌集『一握の砂』（東雲堂書店，1910年）の冒頭に置かれた。同時代の詩人土井晩翠（1871〜1952）の詩の一節に「東海の君子国」（『富嶽の歌』『帝国文学』1899年10月）という言葉があるように，「東海の小島」は日本列島を示す。歌の語り手は，世界を俯瞰し，日本を東の方にある小国と位置付ける。その小国の，とある海岸の砂浜に「我」がいる。そして，その「我」は，泣きながら自分よりさらに小さな存在である「蟹」と戯れている。一見，感傷的にみえる歌だが，泣いている「我」を俯瞰してみつめる〈我〉がいることは見過ごせない。欧文は「蟹行文字」とも言われる。「蟹とたはむる」は，小国にとどまって欧文書物をながめるだけで，広い世界に出ていけない「我」の姿を象徴的に示したものとも読める。また，歌集の冒頭歌であることから，「蟹」は「短歌」の象徴とも読めるだろう。

3 「時代閉塞の現状」・韓国併合・『一握の砂』

　1909年に啄木は東京朝日新聞校正係となり，文学活動においては，諦念的な人生観を迫ってくる自然主義文学との内的な対決を続けていた。理想は現実のなかにあるとするプラグマティスト田中王堂（1867〜1932）に導かれながら，自然主義文学批判の評論活動を展開した。1910年に起きた大逆事件に対しては素早く反応し，評論「時代閉塞の現状」（1910年8月頃）を執筆する。しかし，青年たちに自然主義を捨て「国家」を敵と見据えることを提唱し，文学に批評を求めたこの評論を生前に発表することはできなかった。

　その頃，日本国家は韓国を併合している。啄木は「九月の夜の不平」（『創作』1910年10月）と題する連作の中で「地図の上朝鮮国にくろぐろと墨を塗りつつ秋風を聴く」という短歌を詠んだ。明示されてはいないが，併合への違和感を表明したこの歌が歌集に収録されることはなかった。

　散文による文明批評を志し，「歌は私の悲しい玩具である」（「歌のいろいろ」『東京朝日新聞』1910年12月）と考えていた啄木だが，同年12月に『一握の砂』を刊行している。全五章で，「我を愛する歌」と題する現在の自分を詠んだ歌を収めた章にはじまり，中学生時代や少年時代を故郷とともに詠んだ「煙」，故郷の自然に思いを馳せた「秋風のこころよさに」，「忘れがたき人人」という，啄木の北海道時代を回顧した章が続く。そして，最終章「手套を脱ぐ時」で，再び現在の〈我〉にもどって来るという構成となっている。

　　　手套を脱ぐ手ふと休む／何やらむ／こころかすめし思ひ出のあり[6]
　　　曠野より帰るごとくに／帰り来ぬ／東京の夜をひとりあゆみて[7]

　歌集の〈我〉は，望郷と回想の世界を経て，〈我〉が生きていく場である都会に帰還する。ここに歌集にこめられた意図をよみとることができるだろう。

　故郷を離れた移住者たちが都会で暮らし始めた近代において，啄木の望郷・回顧の歌が享受されたことは先に述べた。しかし，啄木は，「悲しき移住者」の「第三代目」にもなると，「思慕すべき田園」も「思慕すべき一切」も失うだろうと〈予言〉している（「田園の思慕」『田園』1910年）。その〈予言〉のとおり，戦後の高度経済成長時代が終わり，啄木の歌に以前の〈強度〉は失われたかのようにみえる。しかし，現在から，過去，過去から再び現在にもどる『一握の砂』の〈物語〉は，厳しい都会の現実に生きようとする私たちに対し慰めを与えるとともに，〈現実〉を生き抜くことの意味を，今も問い直している。

（田口道昭）

▷6　手套を脱ぐ手が自然に止まり，ふとよぎった記憶を思い出そうとする。その内容ではなく，思い出そうとする現在の自分に焦点が当てられている。

▷7　「今や凡ての人間も，嘗て追はれたる楽園を忘れて，人間の故郷は実に人間現在の住所に外ならざるを知り，あらゆる希望憧憬を人間本位に集中するに至り候，近代文明の特色は此にあり，将来の趣向も此にあり」（「百回通信」『岩手日報』1909年10月5日）と，啄木は書いている。

参考文献
『石川啄木全集』全8巻（筑摩書房・1980）／『新編　啄木歌集』（岩波文庫・1993）／国際啄木学会編『石川啄木事典』（おうふう・2001）／木股知史ほか『和歌文学大系　一握の砂／黄昏に／収穫』（明治書院・2004）／松本健一『石川啄木望郷伝説』（勁草書房・2007）／河野有時『石川啄木』（笠間書院・2012）／田口道昭『石川啄木論攷──青年・国家・自然主義』（和泉書院・2017）

二　近　代

28 岡本かの子（1889〜1939）

東京都東京市赤坂区生まれ

1 新しい時代の女性歌人

　岡本かの子の生家である大貫家は，江戸時代には「大和屋」と号した幕府御用商で，大地主だった。九名の兄妹があったが，なかでもかの子と深い繋がりを持ったのは，次兄大貫雪之介・晶川（1887〜1912）である。晶川は谷崎潤一郎などと『第二次新思潮』を結成した文学青年で，かの子は，芸術に対する深い情熱を兄と共有していた。1902（明治35）年，跡見女学校に入学。在学中に，兄とともに与謝野鉄幹・晶子が主宰する「新詩社」に参加し，『明星』や『スバル』に短歌を発表した。卒業後は，平塚らいてう（1886〜1971）など新しい時代をつくる女性たちとの繋がりもでき，1911（明治44）年，日本で最初の女性が主宰した女性雑誌『青鞜』にも参加した。かの子は，「折々は閉ざせる我の扉をばゆるめて君の入るにまかする」「悉く君に我をば投げたりと思へるあとにまた我のたつ」など，新しい女が登場した時代に，異性との熱い交情の中にも濃密に浮かび上がる「我」の存在を詠い，青鞜社から最初の歌集『かろきねたみ』を出した。他に『愛のなやみ』『浴身』『わが最終歌集』がある。

2 稀有な関係

　岡本かの子の詩情溢れる作品の背景には，異性との経験がある。女学校卒業の頃の恋愛の相手であった東京帝大生は神経衰弱の末に急逝し，小説家志望の伏屋武竜との恋愛では駆け落ちまでしたが周囲の反対にあって別れることとなった。岡本一平と知り合ったのは，1909（明治42）年である。一平の求愛に応えて翌年に結婚し，長男太郎を出産した。しかし，一平との結婚は安逸なものとはならなかった。かの子は，家事も育児も得意ではなく，また一平は，後に漫画家として大成したが，当時は経済的余裕がないという問題も抱えていた。1912（大正元）年，一平は朝日新聞社に入社し収入が増えたが，家庭を顧みず放蕩するようになる。一方，かの子は，早稲田大学の学生堀切茂雄と恋愛関係に。茂雄は，一平公認で岡本家に1年余り同居したが，かの子と別れた後，結核で死去した。かの子はこの時期を「魔の時代」と呼んでいる。晶川と母の相次ぐ死も重なり，かの子は，深刻な神経衰弱に陥った。一平はかの子に対する態度を反省し，生活を立て直すべく，二人で仏教に傾倒することとなった。その後も，岡本家の家事や育児を支えた恒松安夫や，かの子が慶応病院に入院した際に知り合い愛人となった新田亀三が，岡本家に同居した。1929（昭和4）年から4年にわたった渡欧にも，一平，かの子，太郎とともに，恒松，新田が同行した。夫と愛人との同居という生活は，昔も今も稀有だろうが，一平はかの子の「純情」を深く愛し，また恒松も新田もかの子との生活を人生で最も豊

▷1　かの子は，自らを三つの瘤を持つ駱駝だといった。三つの瘤とは，歌と小説と宗教である。

▷2　「我が扉」と題された5首の冒頭2首。『青鞜』1912年3月。

▷3　『かろきねたみ』（青鞜社・1912）。

▷4　『愛のなやみ』（東雲堂・1918）。

▷5　『浴身』（越山堂・1925）。

▷6　『わが最終歌集』（改造社・1929）。

▷7　岡本一平（1886〜1948）東京美術学校卒。『朝日新聞』での漫文付きの漫画という新しい社会派漫画を生み出し，漫画界の中心的人物となった。

▷8　岡本太郎（1911〜96）。幼少時，執筆中のかの子に甘えようとすると，細紐で箪笥に結わえつけられたという。日本美術界に問題作を次々に発表し，絵画，彫刻，舞台美術など，多面的に活躍した。代表的な作品に大阪万博の「太陽の塔」（1970）がある。

かで幸福な時間として回想している。一夫一婦的な制度におさまらないかの子の熱情の激しさと，人としての魅力の大きさがうかがわれる。

3　仏教との出会い

　かの子は，生きることの苦しみから仏教の道に進み，大乗哲学を極めた。『歎異抄』の「善人なおもて往生を遂ぐ，いわんや悪人をや」の一節にあるように，罪をもそのままに受け止めてゆく大乗仏教の慈愛と恩寵の思想を，芸術的への情熱の中に汲み上げていった。その考究が，はじめにまとまって著されたのは，1928（昭和3）年，『読売新聞』の宗教欄に連載した「散華抄」（全256回）である。これをもってかの子は仏教研究家として認められた。また1934（昭和9）年の釈尊生誕二千五百年の際には，仏教界の復興運動の気運が高まり，『総合仏教聖典講話』『観音経　付法華経』『仏教読本』の3冊を立て続けに刊行するなど，一平の言葉を借りれば「仏教界の大スター」となった。

4　いのち華やぐ

　かの子が小説家として活躍したのは，最後の3年間である。1936（昭和11）年，芥川龍之介との交流を描いた「鶴は病みき」が第6回文学界賞を受賞し，小説家として認められるようになる。ヨーロッパに残してきた息子太郎に対する愛情を，若い男との関係に重ねて描いた「母子叙情」は高く評価され，かの子の文壇での地位を確かなものにした。同時代から現在に至るまで，多くの評者が母性愛の物語として読んできたが，女性を子供に縛りつける規範化された感情とは無縁であることを忘れてはならない。「芸術餓鬼」と呼ばれる母は，「木の芽のような軟い心と，火のような激情の性質をもった超現実的な娘」のまま，その存在の全てで息子を見つめている。一方の息子は，突出した個性を持ち，後に「芸術は爆発だ」と叫んだ岡本太郎である。芸術への滾る情熱の中で結ばれた無二の関係であった。かの子が描く女性は，美しく逞しく生命力を漲らせている。「花は勁し」の華道家・三保谷桂子は，親しかった小布施の死を悲しむ間もなく，建物一館を会場にした大華展で，全館の花々に囲まれながら「永遠に新しき息吹」に身をゆだねていく。絶賛された「老妓抄」が描いたのも，若い男を，その「一途な姿」を見るために身近におく老女であった。「老妓抄」の最後は，「年々にわが悲しみは深くして　いよよ華やぐいのちなりけり」の一首で閉じられる。かの子自身の生涯もまた，最後まで燦々と輝くものだった。

（飯田祐子）

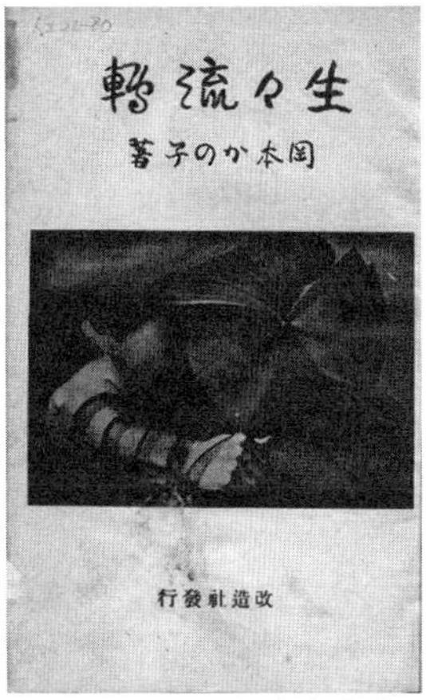

図1　岡本かの子『生々流転』（改造社・1940）扉
（岡本太郎「傷ましき腕」(1936)。国立国会図書館デジタルコレクション）

▷9　交蘭社。再刊時に『光をたづねて』と改題。

▷10　大東出版社。再刊時に『観音経を語る』と改題。

▷11　大東出版社。再刊時に『人生読本』と改題。

▷12　「鶴は病みき」（初出『文學界』1936年6月）。

▷13　「母子抒情」（初出『文學界』1937年3月）。

▷14　「花は勁し」（初出『文藝春秋』1937年6月）。末尾の一文は，「夜風が徐ろに桂子の服の裳を揺ると，桂子それ自身が一つの大きな花体となって佇っているのであった」。桂子は大きな花と化し，充溢する生命に合流していく。

▷15　「老妓抄」（初出『中央公論』1938年11月）。

参考文献
　岡本一平『かの子の記』(小学館・1943)／三枝和子『岡本かの子』(新典社・1998)／『岡本かの子全集』全15巻・補巻・別巻3巻（冬樹社→復刻版，日本図書センター・2001)／岡本かの子『老妓抄』(新潮文庫・2004)／『岡本かの子』(「ちくま日本文学37」ちくま文庫・2009)／外村彰編『撩乱の牡丹——かの子未刊随筆集』(菁柿堂・2010)／瀬戸内晴美『かの子撩乱』(講談社文庫・2019)

二　近　代

29　谷崎潤一郎（1886〜1965）
（たにざきじゅんいちろう）

東京市日本橋生まれ

図1　浅草公園六区の雑踏
（『東京名所写真帖』尚美堂・1910。国立国会図書館デジタルコレクション）

▷1　「「自働車」と「活動写真」と「カフェー」の印象」（初出『中央公論』1918年9月）。のち「浅草公園」と改題。

▷2　「鮫人」（初出『中央公論』1920年1〜10月）。「浅草公園が外の娯楽場と著しく違って居る所は，単に其の容れ物が大きいばかりでなく，容れ物の中にある何十何百種の要素が絶えず激しく流動しつつあると云う特徴に存する。（略）云うまでもなく社会全体はいつも流動する。いつもぐつぐつと煮え立って居る。けれども浅草ほど其の流動の激しい一廓はない。それは緩慢な流れの中に一つの圏を描いて居る或る特別な渦巻きである。」

1　「大谷崎」と呼ばれた作家
（おおたにざき）

　谷崎潤一郎は，20世紀の文豪とされる作家である。1886（明治19）年に東京日本橋に生まれ，1910（明治43）年に文壇デビューし，1965（昭和40）年に79歳で亡くなる直前まで，およそ55年もの間，ほぼ一貫して第一線で活躍した。これほど長い期間にわたって注目を集め続けた作家は，少なくとも近代の日本文学においてはほかに例を見ない。ではなぜ，明治末から大正，昭和戦前期，そして戦後といった激動の時代を通して活躍することができたのか。それは谷崎が，長い作家生活において絶えず変化し続けたからにほかならない。その変化の過程で，社会・文化状況に対して批評的な立場をとり，同時にまた，時代を先取りするような作品を生み出し続けたのだ。そのすべてを記すことはできないが，谷崎文学のいくつかの特徴を時代ごとに整理しながら見てみよう。

2　近代都市東京の文学

　「刺青」（1910年），「少年」（1911年），「秘密」（同）など，〈悪魔主義〉とも評された初期作品に見られた，谷崎自身が生まれ育った日本橋界隈や，浅草に代表される江戸情緒とモダン都市とがせめぎ合う都市空間の様相は，「お艶殺し」（つや）（1915年），「お才と巳之介」（同）といった毒婦もの，「神童」（1916年），「異端者の悲しみ」（1917年）といった自伝的作品，そして，「白昼鬼語」（1918年），「呪われた戯曲」（1919年），「途上」（1920年），「私」（1921年）など探偵小説の先駆と目される作品，といった多様なテーマの作品に通底している。

　1918（大正7）年に朝鮮・満州・中国を旅行した谷崎は，帰国後に中国体験にもとづいた作品を発表するが，なかでも「鮫人」（こうじん）（1920年）は，近代日本が独自に受容した欧米文化を中国文化と交差させた作品である。「文明のメルチング・ポット」▷1浅草を舞台に，虚実をない交ぜにして近代文明の混沌を混沌のままに描き出そうとする視点に貫かれている。▷2その後，1920（大正9）年に横浜に設立された大正活映の文芸顧問として映画制作に関わるなど，さまざまな実験的な試みをふくむ多彩な創作活動を展開したのである。

3　関西文化と古典回帰

　1923（大正12）年9月に発生した関東大震災をきっかけに関西に転居したことは，谷崎にとって大きな転機となった。関西移住後もしばらくは，中期の代表作となった「痴人の愛」（ちじん）（1924〜25年）をはじめ，「友田と松永の話」（1926年）や「青塚氏の話」（1926年）といった東京周辺を舞台とした都市モダン小説を引き続き書いていたが，「卍（まんじ）」（1928〜30年）で関西を舞台にした都

市小説を手がけ，さらに「蓼喰う虫」（1928〜29年）で文楽の世界を作中に取り込んだあたりから古典および伝統文化を扱う方向に転じる。続いて発表された「吉野葛」（1931年），「盲目物語」（同），「蘆刈」（1932年），「春琴抄」（1933年）などは「古典回帰」の作品群とされ，谷崎文学の「豊饒の時代」と高く評価される。作品テーマに日本の古典美が選ばれたのみならず，文体の上でも，ひらがなを多用した長いセンテンスによる和文体を意識したものに改変されていくことと連動していた。現代口語文に対する違和感と日本語の文章に対する意識は，「文章読本」（1934年）にまとめられ，その後の1935（昭和10）年あたりから取り組んだ『源氏物語』の現代語訳を挟んで，戦中から戦後にかけて書き継がれた長編「細雪」（1943〜48年）に結実する。

4 文学への問い，そして戦後へ

谷崎が作風の転換や文体変革に取り組んだ昭和初年代は，大正期以来の新感覚派，プロレタリア文学といった新たな動きと，大衆文学が読者市場を席巻する状況によって，既成文学が危機に瀕した時代であった。そうした状況に対する谷崎の価値観は，芥川龍之介との間で「小説の〈筋〉論争」をくり広げたことで知られるエッセイ「饒舌録」（1927年）にその一端が表されている。この中で谷崎は，中里介山「大菩薩峠」を「真の大衆文芸」と賞揚するなど，文学の通俗的側面に一定の理解を示している。そうした姿勢は，〈古典回帰〉作品と並行して，「乱菊物語」（1930年）や「武州公秘話」（1931〜32年）といった大衆文学に通じるような時代小説を手がけたことにも表れている。「饒舌録」は谷崎の文学観が述べられたものであり，日本文化論をまとめた「陰翳礼讃」（1933〜34年）や上述した「文章読本」と並んで，谷崎の意識を窺うことのできるエッセイである。昭和初期から始まった文学および文体変革は，文学の価値をめぐる谷崎の試行錯誤の過程と捉えることができるだろう。

戦後も，再び古典に材を取った「少将滋幹の母」（1949年），近親相姦的な要素を扱った「夢の浮橋」（1959年），老いと性の問題を中心に据えた「鍵」（1956年）および「瘋癲老人日記」（1961〜62年）など，次々と問題作を世に問い続けた。晩年には数度にわたってノーベル文学賞候補になったことも知られている。

没後50年にあたる2015年から，従来の全集の不備を補って「決定版」と銘打たれた『谷崎潤一郎全集』全26巻が中央公論新社から刊行された。全巻の巻末には，初出，単行本，その他諸本の本文異同を含めた詳細な解題が付されており，現在の谷崎研究における必須文献となっている。 （日高佳紀）

▷3 「盲目物語」（初出『中央公論』1931年9月）。「お肌のいろがまっしろでいらっしゃいましたのはもとより天品でござりますけれども，ながのとしつき日の眼のとゞかぬおくのまに寝雪のようにとじこもっておくらしなされ，すきとおるばかりにおなりあそばして，たそがれどきにくらいところでものおもいにしずんでいらっしゃるお顔のいろの白さなど，ぞうっと総毛だつようにおぼえたそうでござります。」

▷4 『潤一郎訳 源氏物語』として中央公論社より1939年1月から41年7月に刊行された。なお谷崎は，戦後に旧訳の不備を補って全面的に改訳した『潤一郎新訳 源氏物語』（同・1951年5月〜54年12月），さらに晩年には新訳を新字・新仮名遣いに改めた『潤一郎新々訳 源氏物語』（同・1964年11月〜65年10月）を刊行している。

▷5 中村光夫は『谷崎潤一郎論』（河出書房・1952）で，「この危機を自己の芸術の「完成」に逆用した唯一の作家」であると谷崎を評している。

参考文献
伊藤整『谷崎潤一郎の文学』（中央公論社・1970）／野口武彦『谷崎潤一郎論』（中央公論社・1973）／千葉俊二編『潤一郎ラビリンス』全16巻（中公文庫・1998〜99）／千葉俊二『谷崎潤一郎必携』（學燈社・2002）／小谷野敦『谷崎潤一郎伝』（中央公論新社・2006）／『谷崎潤一郎全集』全26巻（中央公論新社・2015〜17）／五味渕典嗣・日高佳紀編『谷崎潤一郎読本』（翰林書房・2016）

二　近　代

30 萩原朔太郎（1886〜1942）

群馬県前橋生まれ

1 朔太郎の詩的イメージの源泉

　萩原朔太郎。名前と作品はあまりにも有名であるが，その詩業の歴史的価値についてはあまり知られていない様に思われる。そこで，その詩業を文学史上の位置から考えてみたいと思う。前橋の生家が開業医であった朔太郎は，当然の後継として期待されていたが，前橋中学校時代から短歌創作に夢中になり，徐々に父の期待に添えない存在となっていった。

　大学進学の関心と入れ替わるように，マンドリンの演奏に夢中になり演奏家・比留間賢八に入門する程であった。この時期は，初の歌集である『ソライロノハナ』▷1を編集し，白秋の雑誌に投稿したりしながら徐々に短歌だけではなく詩への関心を強めてゆく時期だが，並行して音楽に強い関心をもっていたことは重要だ。後の朔太郎の詩観には「うた」への意識が通底しているからだ。

　室生犀星，山村暮鳥と，宗教や音楽の研究を目的とした人魚詩社を設立し，『卓上噴水』『感情』などの雑誌に関わり詩を発表，朔太郎の詩想の基盤はこの時期につくられたといっていいだろう。精神面においても，人妻佐藤ナカとの交際，破局を経験したことは，後の朔太郎詩の「猫」のイメージの源泉となっているし，同時期にドストエフスキーに強い影響を受けている。

2 詩の「改革」者としての朔太郎

　1917（大正6）年に第一詩集『月に吠える』▷2を自費出版するに至るが，これが「風俗壊乱」により発禁の内達をうけた。こうした詩の「内容」に関しては，さきに述べた人妻との交際，破局という個人的事件に加え与謝野晶子あるいは北原白秋から受けた性の率直な表現という問題をも考えるべきだろう。

　また，ここに「形式」の意味を合わせて考えれば，やはり口語自由詩，抒情詩の新たな領域を開拓したことを考えなくてはならない。この詩型の「改革」は森鷗外らの絶賛を受け，朔太郎は時代の寵児となった。同年5月に『文章世界』誌上に発表した「三木露風一派の詩を追放せよ」というタイトルからも分かるように，それまで詩といえば文語詩であり特に詩壇では象徴派と呼ばれる，難解な漢語などによる抽象度の高い観念的な詩が主流であった。また，大衆レベルでも島崎藤村の『若菜集』以来，文語詩に七音や五音の音数律を中心とした文語定型詩がもてはやされていた。

　新進気鋭の朔太郎は，それまでの詩壇を三木露風らの象徴詩に代表させ，その形式を単なる口語の使用のみならず，平易な口語詩，それも音数律的束縛から自由になった詩として示して見せたのである。

▷1　1913年4月に編まれた自選自筆歌集。初めて発見されたのは1977（昭和52）年。妹の親友馬場ナカに思慕の念を抱くが，エレナは1908年に結婚。その後肺結核を患い転地療養していることを知った朔太郎は，この詩集を手に妹のユキとともに，転居先を捜すが見つけることは出来なかった。
　1913年10月1日付『上毛新聞』が初出の一首。「煤黒き温泉宿の立ち並ぶ露地を出づれば冬の海みゆ」。

▷2　『月に吠える』より「竹」。「ますぐなるもの地面に生え，／するどき青きもの地面に生え，／凍れる冬をつらぬきて，／そのみどり葉光る朝の空路に，なみだたれ，／なみだをたれ，／いまはや懺悔をはれる肩の上より，／けぶれる竹の根はひろごり，／するどき青きもの地面に生え。」

図1　『月に吠える』（感情詩社・1917）

③ 「改革」者の悲哀

だが，こうした型の完成とは逆に考えれば，口語定型詩などの可能性を閉ざしてしまったことを意味する。文語を旧世代の桎梏と捉えた朔太郎は，口語詩に「改革」の意識をのせるが故に，表面的な散文との違いを急速に失い，詩を詩とたらしめるものは何かという難問を呼び込むこととなる。

1923（大正12）年１月に第二詩集『青猫』[3]，翌年には『純情小曲集』を刊行する。『月に吠える』で見られた口語と文語詩の不思議な緊張関係は，『青猫』においては見事に口語自由詩に昇華され，まさに日本の口語自由詩の型を完成させた。だが，『純情小曲集』には，自らの故郷の想いとともに既に文語回帰の傾向が見てとれる。この時期に妻子を伴い上京し，田端町（現・北区）に移り住むが，この間，詩人団体「詩話会」の委員となり雑誌『日本詩人』[5]の編集に尽力する。この『日本詩人』の時期としては，形式面としてはアフォリズムや散文詩[6]という表現との出会い，内容面ではニーチェへの傾倒が重要だと思われる。だが，これらはますます，詩の形式的特徴を失わせてゆくものであった。

④ 時は繰り返される

形式的には前衛とも言うべきアグレッシブな面が目立つ朔太郎の詩業であったが，晩年には日本古典回帰の傾向が形式面においても目立つようになる。

既に家庭は破綻し荒廃した生活の中，1928年12月に朔太郎は詩論『詩の原理』を刊行しているが，ここで最後に詩を支えている概念として「うた」を見出す軌跡は，朔太郎の「改革」が詩の形式的特徴を喪失させる過程でもあったことをよく示している。苦悩する日々の中生み出される，万葉から新古今に至る和歌の解説書『恋愛名歌集』（1933年）や個人雑誌『生理』などにおける与謝蕪村や松尾芭蕉などへの傾倒には，単なる古典回帰の傾向のみならず，近代人にとっての故郷といった，朔太郎の個人史を越えた問題も合わせて考えてみる必用があるだろう。

時代は，『詩と詩論』に代表されるモダニズム前夜であり，若き日の朔太郎と同じ様に，春山行夫たちは朔太郎を前世代の象徴とみなし，詩論なき時代の旧世代の詩人と批判した。1934年の詩集『氷島』[7]はこうした回帰を明確に示した文語詩集である。不自然な病的瑕疵と批判した三好達治の批判に，朔太郎は「退却」という言葉をもって応えたが，「退却」を単なる自虐的なそれと考えることは早計だろう。さきの春山らの批判への応答や「退却」の意味は，『氷島』の読解から試みられなくてはならない。

（疋田雅昭）

参考文献

萩原葉子『父・萩原朔太郎』（中公文庫・1980）／『萩原朔太郎』（「新潮日本文学アルバム15」新潮社・1984）／坪井秀人『萩原朔太郎論〈詩〉をひらく』（和泉書院・1989）／三好達治『萩原朔太郎』（講談社文芸文庫・2006）／安智史『萩原朔太郎というメディア──ひき裂かれる近代／詩人』（森話社・2008）

▷3 『青猫』より「みじめな街燈」（冒頭部）。「雨のひどくふつてる中で／道路の街燈はびしよびしよぬれ／やくざな建築は坂に傾斜し／へしつぶされて歪んでゐる（以下省略）。」

▷4 『純情小曲集』の「旅上」より。「ふらんすへ行きたしと思へども／ふらんすはあまりに遠し／せめては新しき背広をきて／きままなる旅にいでてみん。汽車が山道をゆくとき／みづいろの窓によりかかりて／われひとりうれしきことをおもはむ／五月の朝のしののめ／うら若草のもえいづる心まかせに。」

▷5 アフォリズムと言えば，芥川龍之介の「侏儒の言葉」が有名だが，朔太郎のこのアフォリズムへの評価は低かった。だが，朔太郎のアフォリズムはあまりにもストレートすぎる側面があることも否めない。「正義はどこにあるのか。正義は常に踏みつけられた虐げられた者の中にある。」という朔太郎の言葉を同じ話題の芥川のそれと比べてみる。「正義は武器に似たものである。武器は金を出しさえすれば敵にも味方にも買われるであろう。正義も理屈をつけさえすれば，敵にも味方にも買われるであろう。」

▷6 朔太郎の散文詩は1939年に刊行された『宿命』に多く収録されている。「死なない蛸」（『新青年』1927年４月）などが有名。これらは，非常に詩的緊張感の高い散文でありながら，形式的にはもはや「詩」である根拠を失いつつあった。

▷7 「漂泊者の歌」の冒頭より。「日は断崖の上に登り／憂いは陸橋の下を低く歩め り。／無限に遠き空の彼方／続ける鉄路の柵の背後うしろに／一つの寂しき影は漂う。」

二　近　代

31 志賀直哉（1883〜1971）

宮城県石巻生まれ

図1　志賀直哉
（国立国会図書館蔵，近代日本人の肖像）

▷1　大野亮司「神話の生成——志賀直哉・大正5年前後」（『日本近代文学』第52集，1995年5月）。

▷2　例えば次のような一節は名文として高く評価されている。「ある朝の事，自分は一疋の蜂が玄関の屋根で死んでいるのを見つけた。足を腹の下にぴったりとつけ，触角はだらしなく顔へたれ下がっていた。他の蜂は一向に冷淡だった。巣の出入りに忙しくその傍を這いまわるが全く拘泥する様子はなかった。（略）それは三日ほどそのままになっていた。それは見ていて，いかにも静かな感じを与えた。淋しかった。他の蜂が皆巣へ入ってしまった日暮，冷たい瓦の上に一つ残った死骸を見る事は淋しかった。しかし，それはいかにも静かだった」。

1　志賀直哉のリアリズム——「小説の神様」の表現技法

　志賀直哉は1883（明治16）年2月，宮城県石巻で，父直温と母銀の次男として出生した（兄，直行は直哉が生まれる前に夭逝）。直温は当時，第一国立銀行石巻支店に勤務していたが，2年後に職を辞し一家は相馬家の家令を務めていた祖父直道，祖母留女が住む東京麹町区内幸町の相馬家旧藩邸内の家に移る。直哉は祖父母に溺愛されて成長した。

　志賀直哉といえばそのリアリズム技法をどう評価するかが問題となろう。1931（昭和6）年，プロレタリア文学全盛の時代に，小林多喜二が奈良の直哉（ブルジョア既成作家の代表）の住居を訪ね1泊したのも，直哉のリアリズム技法に敬意を持っていたからである。だが敗戦直後の無頼派作家からの批判や1955（昭和30）年前後の批評家による批判，特に中村光夫が直哉の文学をほぼ全否定したことや，直哉の小説の社会性の欠如を難じた本多秋五が「旦那衆のリアリズム」と評したことなどは確認しておきたい。しかし，1970年代以降，象徴的・神秘的次元でのリアリズムと捉える批評が多数発表されたことは見逃せない。後年には，本多も直哉の「好人物の夫婦」の冒頭を「たったふた筆で，寝静まった沼べりの村と，平和な家庭の空気とが，名画のように浮かび上がって来る」と高く評価するようになる。直哉のリアリズム技法の評価は今後も変遷し続けるだろう。

2　〈志賀直哉神話〉の確立——大正時代の文壇評価

　1913（大正2）年1月，直哉の第一創作集『留女』が刊行され，夏目漱石が賞賛したことはよく知られている。同年12月に武者小路実篤を介して漱石から『東京朝日新聞』に連載小説の執筆を依頼され承諾した。だが直哉は執筆に難渋し，翌1914年7月に当時住んでいた松江から上京，漱石山房を訪れ執筆辞退を申し出た。漱石は寛大にもそれを受け入れた。

　漱石に対する面目なさもあったのだろう，1914年4月に「児を盗む話」を『白樺』に発表後，直哉は小説を全く発表しなくなる。ところが奇妙なことに小説を発表しなくなってから2年後の1916（大正5）年，文壇の期待が俄に直哉に寄せられるようになる。大野亮司は文壇で高まった〈人格主義的コード〉によって，当時我孫子で康子夫人と生活していた直哉が，都会の喧噪を避け次の小説執筆のため〈沈黙〉していると捉えられた結果だと指摘している。同年12月に漱石が逝去し，重圧から解放されたのだろう，翌1917年5月に「城の崎にて」を『白樺』に発表し作家活動を再開する。私生活でも，8月に長年不和が続いていた父直温と和解する。そのことを描いた「和解」を10月，『黒潮』に

発表し，文壇から絶賛された。また，山本芳明は文学が実質的に職業として自律したのは1920（大正9）年前後であると論証した[3]。綜合雑誌『改造』（1919年）などが創刊され，原稿料の大幅な上昇が見られたためである。そのため作家の地位は向上したが，一方，大正10年代は「文学の職業化・商品化」という厄介な事態が文壇を見舞うことになる。文学の職業化を批判する言説が湧出し，作家たち自身も自らの創作が職業化してしまったことを嘆くという有様だった。そうしたなか，特に1923（大正12）年以降，京都・奈良といった古都に居を移した直哉は古美術鑑賞などを題材にした文章を発表。寡作であったことと相まって，直哉は落ち着いた環境のなかで創作衝動を得て初めて筆を執るというイメージを文壇で獲得した。自らの創作が職業化してしまったという劣等感を抱いていた文壇作家たちは，直哉の作品に過剰なまでに〈芸術性〉を確認することになる。大正時代，志賀直哉が絶大な地位を確立したのは以上のような文壇状況も大いに影響したものと思われる。

3 代表作「暗夜行路」

　志賀直哉の唯一の長編小説「暗夜行路」（『改造』1921（大正10）年1月〜1937（昭和12）年4月）は完成まで16年を要し，直哉の代表作とされている。前編はスムーズに連載され，完結後の1922年7月には新潮社から単行本として刊行された。後編も最初のうちは比較的遅滞なく掲載されたが，やがて停滞するようになり，1928（昭和3）年6月以降はすっかり放置された状態だった。それが1937年4月に53枚が一挙に『改造』誌上に発表され完結したのだから，インターネットがなかった時代に後編をフォローすることはほぼ不可能であった。完成直後の文壇の反応があまり芳しくなかったことも肯ける。だが同年に刊行が開始された改造社の九巻本全集に前編とともに後編も収録され，全編が通読できるようになった。谷川徹三，河上徹太郎，小林秀雄らによる賞賛によって「名作」という評価が定着する。翌1938年には岩波書店が文庫化し幅広い読者層が「暗夜行路」にアクセスすることが可能となった。日中戦争に出征中だった映画監督，小津安二郎が戦地で「暗夜行路」を読み，非常な感銘を受け，以後直哉に対して終生深い尊敬の念を抱き続けたことは有名である[4]。「暗夜行路」は主人公，時任謙作が生死不明のまま幕を閉じるが，志賀直哉は1971（昭和46）年10月に88歳で天寿を全うした。

（永井善久）

参考文献
　『志賀直哉』（「ちくま日本文学21」ちくま文庫・2008）／本多秋五『志賀直哉』上・下（岩波新書・1990）／阿川弘之『志賀直哉』上・下（新潮文庫・1997）

▷3　山本芳明『文学者はつくられる』（ひつじ書房・2000）。

▷4　『暗夜行路』は1959（昭和34）年に文芸映画の名匠，豊田四郎によって映画化された。小津の代表作『東京物語』で助監督を務めた高橋治の"ノンフィクション・ノベル"『絢爛たる影絵――小津安二郎』（講談社・2003）には，映画化を知った小津が「天に唾吐く行為だな。ものを知らん奴には勝てん」と吐き捨てるように語ったと記されている。映画『暗夜行路』は140分ほどの大作だが，公開当時は「長篇小説「暗夜行路」のダイジェスト化」（北川冬彦），"動く「暗夜行路」""目でみる「暗夜行路」"（山本裕）などと揶揄された。だが大山下山後，瀕死に陥った謙作（＝池部良）の枕元を三匹のカブト虫が這いずり回っているショットなど，映画『暗夜行路』には原作にはないキッチュな魅力がある。

二　近　代

32　有島武郎（1878〜1923）

東京小石川水道町生まれ

図1　有島武郎
（鎌田研一『小説有島武郎』新潮社・
1939。国立国会図書館蔵，近代日
本人の肖像）

▷1　「二つの道」（初出『白
樺』1910年5月）。「二つの道
がある。一つは赤く一つは青
い。凡ての人が色々の仕方で
其上を歩いて居る」「人の世
の凡ての迷いは此の二つの道
がさせる業である。」

▷2　有島は札幌農学校の先
輩で旧師でもあった新渡戸稲
造の勧めで，クエーカー（フ
レンド派）系のハヴァフォー
ド大学に留学した。フィラデ
ルフィアの近郊にあるこの大
学で学び，修士論文「日本文
明の発展——神話時代から将
軍権力の没落まで」（英文）
を提出して，文学修士の学位
を授与されている。その後，
フレンド派の精神病院でアル
バイトをし，またマサチュー
セッツ州ケンブリッジのハー
ヴァード大学大学院で聴講し，
社会主義者の集会に参加した。
間借りしていた弁護士ピーボ
ディの紹介でホイットマンの
詩に感銘を受けたのは，1905
年1月のことである。

1　「二つの道」——両極を凝視した作家

　『白樺』派の自己主張と思想を共にしながら，同時に批判的な立場に立ち，それを起点として近代の根元的な相対化に至ろうとした作家，それが有島武郎である。有島は1878（明治11）年，東京小石川水道町52番地（現・文京区水道1丁目）で父・武，母・幸の長男として生まれた。父は薩摩藩士族の出身で，明治維新後は藩閥政府の下で取り立てられ，大蔵省の官僚として財を成した。この士族の末裔の父から，有島は厳しい朱子学的教育を授けられ，また税関長を勤めた父に従って横浜に住み，横浜英和学校で英語やキリスト教，欧米の自由主義的教育をも受けた。この儒教と洋風教育との二重性が有島の個性を形作り，一方では倫理的な追求，他方では自由思想，ひいては社会主義・アナーキズムに接近する資質の両方をこの作家にもたらした。初期の評論「二つの道」では，自分の中にある両極の存在を凝視する態度を明確に表している。

2　ホイットマンと「本能的生活」論

　有島は学習院高等科卒業後，札幌農学校（北海道大学の前身）へ進学し，友人の影響によりキリスト教の信仰を得た。先輩でもある内村鑑三の札幌独立教会に所属したが，やがて教義に疑問を抱いて脱会した。その大きな契機となったのは1903（明治36）年から1907（明治40）年にかけての米欧留学の旅である。アメリカで詩集『草の葉』（初版1855年）を知り，19世紀アメリカの詩人ウォルト・ホイットマン（1819〜92）に心酔する。ホイットマンの思想は，人類に普遍的な生命力を根底とした人間の創造力に信頼を置き，世界・宇宙の無窮の発展と向上をうたう，一種の汎神論的な宇宙進化観である。有島はこのホイットマン思想を展開し，「個性」「魂」「愛」などと言い換えられる生命的核心から湧き出る思想と文学を追求した。1920（大正9）年の『惜みなく愛は奪う』は，自己一元の調和的境地を理想とする「本能的生活」論を主張したことにより，有島の生命力思想を代表する評論となった。

3　「個性」の作家から未来派へ

　1910（明治43）年に創刊された『白樺』に協力して作家活動を開始した有島の作品は，1917（大正6）年の「カインの末裔」，1919（大正8）年の『或る女』などのように，いずれも主人公の内的欲求が外的環境に対抗して生き抜こうとする有様を，私小説の形式とは対極に位置する本格的様式において表現した。
　「カインの末裔」では，主人公広岡仁右衛門が北海道K村の松川農場で他の

小作人となじまず掟破りを続ける。娘を凌辱した疑いをかけられ，小屋に火をつけ，妻と二人どこへともなく去って行く。自然のサイクルと農業経済との関連，生命力と社会規範との相克を描きながら，小作制度の問題性を鋭く追及した作品として，プロレタリア作家・小林多喜二らに大きな影響を与えた。[3]

『或る女』では，主人公早月葉子が，周囲に決められた婚約者と結婚するためにアメリカへ向かうが，船の事務長倉地と激しい恋愛に陥り，帰国して東京の隠れ家で倉地との生活を始める。だが倉地の前妻や自分の妹と倉地との関係を妄想し，子宮を病んで破滅の道をころげ落ちる。社会派的な思想性と，耽美派的な芸術性とが統一され，近代フェミニズム文学の一頂点をなす作品である。[4]

さらに有島は『惜みなく愛は奪う』などで，「個性」と表現とが一体化した芸術として未来派を称揚し，実際に最晩年の1923（大正12）年には，未来派的な表現の横溢した小説「或る施療患者」を書いている。記号・表象が自己表現の域を脱し，自立した表現を行うポスト印象派以降の前衛芸術にも親近性を見せた有島の文学は，まさしく近代から現代への橋渡しをするものでもあった。

4 「宣言一つ」の近代批判

アメリカ留学中から，有島は社会主義・アナーキズムに親炙した。欧州からの帰国途中，ロンドンに亡命中のロシアのアナーキスト・クロポトキンを訪ねている。社会主義研究会を催して官憲に監視され，『種蒔く人』など濫觴期のプロレタリア文学運動に資金を提供した。1921（大正10）年の講演「泉」では，ホイットマン的な生命力論とアナーキズム思想とを融合させた「芸術的衝動」論を説く。有島は，大杉栄らの大正アナーキズムと極めて近い位置にいた。

しかし，1917年のロシア革命を契機とする革命運動の高まりの中で，有島はブルジョア階級という出自にこだわり，思想と実行との矛盾に挟撃され，その問題を1922（大正11）年の評論「宣言一つ」に結晶させる。そこでは，あらゆるイデオロギーについて，労働者階級が自らの行動規範を自主的に生み出さず，他の階級から与えられることを否定している。これは，生命的な営為を共通項として自己と他者とを同型と見なしたそれまでの思想の自己批判である。またそれは，無前提な革命思想の流行に対して警鐘を鳴らし，戦後の「政治と文学」論争の先駆となった言説であるとともに，人々が進歩的な思想を鵜呑みにして未来を目指すという，近代を彩った啓蒙という概念全般の相対化とも言えるだろう。このような思想的転回の中で有島は創作欲の減退に見舞われ，1922（大正11）年の長編小説『星座』は未完に終わり，最後は1923（大正12）年に女性記者波多野秋子と情死を遂げることになる。　　　　　　　（中村三春）

▷3　「カインの末裔」（初出『新小説』1917年7月）。「天も地も一つになった。颯と風が吹きおろしたと思うと，積雪は自分の力から舞い上るように舞い上った。それが横なぐりに靡いて矢よりも早く空を飛んだ。」これは仁右衛門が妻と農場を去る結末へと続く，作中名高い場面である。

▷4　『或る女』（『有島武郎著作集』第8・9輯，1919年3，6月）。「女というものが日本とは違って考えられているらしい米国で，女としての自分がどんな位置に坐る事が出来るか試してみよう。自分は如何しても生まるべきでない時代に，生まるべきでない所に生まれて来たのだ。自分の生まるべき時代と所とはどこか別にある。」

参考文献
有島武郎『或る女　改版』（新潮文庫・2013）／荒木優太『有島武郎——地人論の果てへ』（岩波新書・2020）

二　近　代

33 与謝野晶子（1878〜1942）

大阪府堺県生まれ

1　与謝野晶子と『みだれ髪』

　与謝野晶子の歌集『みだれ髪』は，1901（明治34）年に刊行された。

　　夜の帳にささめき尽きし星の今を下界の人の鬢のほつれよ ▽1

　　その子二十櫛にながるる黒髪のおごりの春のうつくしきかな

　　やは肌のあつき血汐にふれも見でさびしからずや道を説く君

　　乳ぶさおさへ神秘のとばりそとけりぬここなる花の紅ぞこき

　星や黒髪，「やは肌」や「乳ぶさ」に表された浪漫性や官能性，そしてそこにうたわれた〈恋愛〉は，当時の若い世代を魅了し，『みだれ髪』は和歌から近代短歌への移り変わりを象徴する歌集となった。「やは肌の〜」の歌は，「さびしからずや」と挑発的なそぶりをみせながらも，「道」に向かって精進する「君」に向かって，「やは肌」の下を流れる熱い恋心を訴える歌だ。

　『みだれ髪』の表紙は，藤島武二 ▽2 がアルフォンス・ミュシャ ▽3 の絵画に描かれた女性の横顔を模したものである。晶子の歌が発表された文芸雑誌『明星』（1900年創刊）は，西洋文芸や絵画を積極的に紹介している。

　「乳ぶさ〜」は，神秘のベールをそっと蹴ると，そこには官能的な世界がひろがっていたという歌で，『明星』1901年2月23日号に掲載された。この歌が掲載された頁と次頁との見開きに「ジョルジォオ子の眠れるヱヌス」（上田敏解説） ▽4 と題された上半身裸体のヴィーナスの画が掲載されていた。『明星』を編集した与謝野鉄幹（寛） ▽5 は，この歌との呼応を考えたと思われる。

　晶子は，当時の大阪府堺県生まれ，菓子商駿河屋の娘だった。堺女学校補修科卒業後，旧派の和歌を詠んでいたが，短歌革新運動に先鞭をつけた鉄幹の歌に刺激され，1900（明治33）年8月に鉄幹とはじめて会う。鉄幹には妻子がいたが，晶子は，同じ『明星』同人だった山川登美子とともに鉄幹への憧れを募らせていった。その後，登美子は親の勧めに従い，二人のもとを去った。『みだれ髪』に掲載された歌の多くは，現在進行形で進む晶子の恋愛を背景に作られたものであり，妻子と別れた鉄幹と結ばれたことも後押しとなって，若い世代にとって『みだれ髪』は恋愛のバイブルとして〈神話化〉 ▽6 されていった。

2　「君死にたまふこと勿れ」から評論活動へ

　『明星』の中心的存在となった晶子は，1904（明治37）年9月，日露戦争の最中，詩「君死にたまふこと勿れ」 ▽7 を発表した。弟の無事の帰還を訴えるその詩は，家族を想う詩として普遍的な共感を呼ぶものであり，〈孝〉を〈忠〉につなぐ教育勅語の論理とは相反するものであった。『太陽』で文芸時評の筆をとっていた大町桂月からは「危険」な詩と批判されたが，晶子は，「ひらきぶみ」

▽1　星が地に降りて下界の人になってしまったという説，幸せな星たちと悩める下界の人との対比説などさまざまな解釈があるが，「鬢のほつれ」は艶めかしさを表しており，星も下界の人も官能的な一夜を過ごしたものと読むことができるだろう。

図1　『みだれ髪』の表紙（藤島武二画）
（堺市博物館蔵）

▽2　藤島武二（1867〜1943）近代の洋画家。白馬会などで活躍。

▽3　アルフォンス・ミュシャ（1860〜1939）チェコ出身のアール・ヌーヴォーを代表する画家。

（『明星』1904年11月）で「歌よみならひ候からには，私どうぞ後の人に笑はれぬ，まことの心を歌ひおきたく候」と堂々と反論した。

　日露戦後，自然主義文学が席巻するなか，『明星』は1908（明治41）年に終刊する。晶子は，失意の寛をヨーロッパに留学させるが，1912（明治45）年５月，自らも単身，シベリア鉄道経由でヨーロッパに赴く。この時期の見聞や経験が，大正期の評論活動の原動力となった。

　1915（大正４）１月より連載を開始した「鏡心燈語」（『太陽』）で，晶子は「欧洲の旅行から帰つて以来，私の注意と興味とは芸術の方面よりも実際生活に繋がつた思想問題と具体的問題とに向ふことが多くなつた」と書いているが，生活実感に裏付けられたリアリズムと，文明人たらんとする理想を高く掲げる姿勢が晶子の思想の特徴である。晶子は，良妻賢母批判を展開した女子教育論や婦人参政権運動，米騒動やシベリア出兵に関するもの等さまざまなテーマについて論じた。スペイン風邪の流行時には，政府の対応への要望とともに貧困・格差問題にも言及している。

　平塚らいてう，山川菊枝，山田わかとの間で行われた〈母性保護論争〉では，「母性保護」の主張を「依頼主義」と批判し，経済的自立を中心とした「女子の徹底した独立」（『婦人公論』1918年３月）を主張した。それは，商家の娘として働き，結婚後は，多くの子供を抱えながら家計を支えているという自負と，紫式部を平安時代の職業婦人と捉え，そこに女性の生き方の理想を見出す姿勢があったからである。

③ 昭和の与謝野晶子とその評価

　しかし，1920年代の長引く不況から世界恐慌，昭和恐慌に至る時代の流れの中で，〈女子の経済的自立〉の主張も平和主義の理念も後退を余儀なくされていった。人口過多を抱える日本，という観念は，1928（昭和３）年の満鉄の招待による満蒙旅行の体験とあいまって，晶子に満州事変を容認させた。

　　哈爾濱は帝政の世の夢のごと白き花のみ咲く五月かな

　寛と共著の紀行文集『満蒙遊記』（1930年５月）に掲載されたこの歌は，はからずも「満州帝国」の未来を暗示するものとなった。

　晶子は，生涯27冊の歌集（共著も含む）や15冊の評論・随筆集をはじめ，詩集，小説，童話，『源氏物語』をはじめとする古典の現代語訳など多彩なジャンルで活躍した。昭和期も含めた晶子の文学活動が近代の女性たちの生き方も含めた日本の知的風土に果たした役割とその功罪について，今後あらためて検証される必要があるだろう。

　　　　　　　　　　　　　　　　　　　　　　　　　　　　（田口道昭）

▷4　古澤夕起子「歌の裸体画　『明星』にみる与謝野晶子のうた」（京都橘大学女性歴史文化研究所『CHRONOS』2014）。

▷5　与謝野鉄幹（1873〜1935）。

▷6　山川登美子（1879〜1909）の結婚を旧道徳とのたたかいにやぶれたものとして，「星の子のあまりによはし袂あげて魔にも鬼にも勝たむと云へな」と詠んだ歌がある。

▷7　「あゝをとうとよ，君を泣く，／君死にたまふことなかれ，／末に生れし君なれば／親のなさけはまさりしも，／親は双をにぎらせて／人を殺せとをしへしや，／人を殺して死ねとて／二十四までをそだてしや」（第一連）。

▷8　晶子は，パリで寛と再会したときのことを「ああ皐月仏蘭西の野は火の色す君も雛罌栗われも雛罌栗」（『夏より秋へ』1914）と詠んでいる。

参考文献
『鉄幹晶子全集』全40巻（勉誠出版・2011〜2021）／『与謝野晶子評論集』（岩波文庫・1985）／俵万智『チョコレート語訳みだれ髪』（河出文庫・2002）／上田博・富村俊造編『与謝野晶子を学ぶ人のために』（世界思想社・1995）／今野寿美『24のキーワードで読む与謝野晶子』（本阿弥書店・2005）／木股知史『画文共鳴──「みだれ髪」から「月に吠える」へ』（岩波書店・2008）／太田登『与謝野寛晶子論考』（八木書店・2013）

二　近　代

34 柳田國男（1875〜1962）

兵庫県神東郡田原村辻川生まれ

図1　柳田國男銅像
（千葉一幹氏撮影）

1 民俗学と文学の秘められた関係

　柳田國男は日本民俗学を創った人である。民俗学とは，名もなき常民にくくられる「普通の人々」の暮らしや生業，信仰や祭り，物語や伝承などを研究する学問である。〈あるく・みる・きく〉を基本とするフィールドワークによって，資料やモノを採集し，それを元にして常民の歴史を探究することをめざしてきた。柳田は日本文化の未踏の領域を耕し，文字の資料にもとづく歴史学の届かない小さな民の精神世界を掘り起こすために，たくさんの旅をおこない，膨大な論考やエッセイを書き，すぐれた著作を数多く残した。

　その柳田國男が若き日に，「恋の詩人」と呼ばれ，好んで恋や死や黄昏をうたう文学者であったことは，日本民俗学のうえに大きな影を落としている。柳田のいまに読み継がれている文章は，文学的な香気が高く，そのいくつかは確実に文学作品として評価されている。大正期の三陸の旅のひと齣である「清光館哀史」という紀行などは，高校の教科書などにも採用されてきた。むろん，もっともその名を知られる『遠野物語』はすでに，すぐれた文学的な古典として読まれている。

2 「感じたるままを書きたり」とは何か

　『遠野物語』はしばしば，日本民俗学の発祥の記念碑といった評価とともに語られてきた。しかし，実は民俗学を専攻する研究者のなかでは，そうした評価はけっして広く受け入れられているわけではない。民俗研究の一次資料としては，いわば加工が施されすぎており，そこに民俗の生きられた姿を認めることがむずかしいからである。

　とはいえ，『遠野物語』がたった三百五十部の自費出版の形で刊行されたのは，1910（明治43）年のことであり，たとえば録音機材といったものはそもそも存在しなかった。遠野の人・佐々木喜善（筆名は鏡石）の語る伝承や物語を，そのままに記録することは不可能だった。その「序文」のなかには，「鏡石君は話上手にはあらざれども誠実なる人なり。自分もまた一字一句をも加減せず感じたるままを書きたり」と見える。「感じたるまま」を書くとは，いったい何を意味するのか。誠実な記録者であれば，「聞きたるまま」を書くべきではなかったか。当然な批判のように感じられるが，録音機材など生まれていない時代には，「聞きたるまま」を書くことは不可能であったことを確認しておいたほうがいい。むしろ，「感じたるまま」を書くことこそ，文学的にはまさしく誠実な態度ではなかったか。

図2　かっぱ渕
（千葉一幹氏撮影）

3　三島由紀夫の「遠野物語」への眼差し

　『遠野物語』を文学として高く評価した人は多いが，作家の三島由紀夫はその代表的な人である。『遠野物語』の「序文」を名文として，そこに「若き日の抒情と哀傷」を認め，「詩的な力にあふれている」と評した。聞き書きによって集められた物語は，かぎりなく簡潔で断片的な挿話が多いけれども，それがかえって，「言いさしてふと口をつぐんだような不測の鬼気を呼ぶ」という。

　三島はこの短いエッセイのなかで，『遠野物語』が漂わせる不思議な印象をきわめて適確にとらえている。それは「民俗学の原料集積所」であり，それゆえに，データそのものでありながら文学でもある，という謎めいた事情が見いだされる。すなわち，どの話も真実性の保証はないにもかかわらず，そのように語られたことは否定しがたく，語り口や感受性はすべてがファクトになるのだから，それは学問の対象である，ということだ。

　そして，三島は『遠野物語』には，無数の死がそっけなく語られているが，この死と共同体を抜きにして伝承を語ることはできない，それが「近代現代文学の本質的孤立に深い衝撃を与える」と書いていたのだった。おそらく，この三島の原稿用紙三枚ほどのエッセイは，もっとも傑出した『遠野物語』についての考察のひとつである。

4　「遠野物語初稿本三部作」について

　ところで，『遠野物語』にはいまだ公刊されていないが，「初稿本三部作」と呼ばれている，『遠野物語』誕生の謎を解き明かすための一級資料が存在する。遠野市立博物館に寄贈されており，レプリカの閲覧は可能である。「初稿本三部作」は，佐々木喜善から聞いた話をしたためた「毛筆本」，それを原稿用紙に清書した「ペン書き本」，印刷ゲラに朱を入れた「初校本」から成る。いくつかの先駆的な研究はあるが，閲覧の難しさがあって，開かれた研究はいまだ行なわれていない。

　やがて，これが公刊されたときには，おそらく『遠野物語』の成立の事情や背景を明らかにするための研究が本格的に幕を開けるはずだ。なぜならば，遠野に語り継がれてきた伝承世界があり，それを喜善が柳田に語り，いくつかの段階を経て，柳田國男を「作者」とする『遠野物語』という「作品」が誕生するまでのプロセスのすべてが，そこに埋もれているからだ。語りと文字テクストの関係や，作者や作品の「発生」などについて探究するための一級資料として，『遠野物語』が再発見されるときが訪れようとしている。　　　（赤坂憲雄）

▷1　三島由紀夫は「遠野物語」（『読売新聞』1970年6月12日）と題されたエッセイのなかで，『遠野物語』について，「日本民俗学の発祥の記念碑ともいうべき名高い名著であるが，私は永年これを文学として読んできた。殊に何回よみ返したかわからないのは，その序文である。名文であるのみではなく，氏の若き日の抒情と哀傷がにじんでいる。魂の故郷へ人々の心を拌し去る詩的な力にあふれている」と述べている。

▷2　三島はやはり，このエッセイのなかで，「どの話も，真実性，信憑性の保証はないのに，そのように語られたことはたしかであるから，語り口，語られ方，その恐怖の態様，その感受性，それらすべてがファクトになるのである。ファクトである限りでは，学問の対象である。しかし，これらの原材料は，一面から見れば，言葉以外の何ものでもない。言葉以外に何らたよるべきものはない。遠野という山村が実在するのと同じ程度に，日本語というものが実在し，伝承の手段として用いられるのが言葉のみであれば，すでに「文学」がそこに，軽く塵を立て，紅い物をいささかひらめかせて，それを一村の緑に映しているのである」と書いている。

▷3　たとえば，小田富英「初稿本『遠野物語』の問題」（『国文学』第27巻 第1号，1982年1月）など。

▷4　原本遠野物語編集委員会編『原本　遠野物語』（岩波書店・2022）。

参考文献
　柳田国男『新版 遠野物語』（角川ソフィア文庫・2004）／三浦佑之『村落伝承論』（五柳書院・1987）／赤坂憲雄『増補版 遠野／物語考』（宝島社・1994）／後藤総一郎監修，遠野物語研究所編著『注釈　遠野物語』（筑摩書房・1997）／石井正己『柳田国男と遠野物語』（三弥井書店・2003）

二　近　代

35 泉　鏡花（1873〜1939）

石川県金沢市生まれ

図1　泉　鏡花
（国立国会図書館蔵，近代日本人の
肖像）

▷1　島村抱月（「小説界の
新潮を論ず」『早稲田文学』
1896）。

▷2　手術の場面では高峰と
夫人の間で以下のやり取りが
なされている。
「痛みますか」／「いいえ，あ
なただから，あなただから」
／（略）／「でも，あなたは，
あなたは，私を知りますま
い！」／謂うとき晩し，高峰
が手にせる刀に片手を添えて，
乳の下深く掻き切りぬ。医学
士は真蒼になりて戦きつつ，
／「忘れません」／　その声，
その呼吸，その姿，その声，
その呼吸，その姿。

▷3　自分にない力を与えて
くるという向かい干支（自分
の干支から6つ目）の兎の玩
具を大切にして多数集めるな
ど，鏡花の迷信の深さは有名
だった。

1 一瞥の恋という奇想

　「純愛小説」といって，最初に思い浮かぶ小説は何だろう？　以前，出版された『泣ける純愛小説ダイジェスト』（2005年）では泉鏡花「外科室」（1895年）は「椿姫」（アレクサンドル・デュマ・フィス）等とともに収録されていた。純愛小説の定義はひとまず措くとして，確かに「外科室」は作品発表当時から，「地上の罪悪は純愛の前に消滅す」[1]という観念を表していると捉えられていた。「恋愛」という語が西洋から輸入されたLoveの翻訳語だったこと，またこの小説が西洋の小説の翻案ではないかという同時代評もあったことを思えば，「外科室」は西洋流の純愛を描いた小説だったともいえる。しかし，ここで描かれる恋愛の形は，なんとも奇妙だ。「外科室」のあら筋は次の通り。──ある手術現場。周囲の勧めにもかかわらず，夢うつつの状態となって秘密を口走ることを恐れ，頑なに麻酔薬を拒む貴船伯爵夫人を，執刀医である医学士・高峰は麻酔なしで執刀する。高峰がメスを入れた時，夫人は片手をメスに添え自ら乳の下深くかき切り，嬉しげな笑みを残して息絶え，同日，高峰もまた自ら命を絶つ[2]。実は高峰と夫人は植物園で9年前すれ違い一瞬邂逅していたという仲であった。──9年前，一瞬見ただけで心に秘めたまま想い合い，再会したその日に心中めいたことをするという，この一瞥の恋は不自然に思われる。しかも，この小説は高峰の友人「予」の語りによって展開されるため，夫人と高峰の心情や真相は不明のままだ。二人の死をどう捉えたらいいのか。読者の思考はストップし考えさせられる。作品発表時，「恋愛」という語が流行していたことを思えば，この小説は，そうした風潮と一致するかのように見せつつ，当事者の内面が不明のままの奇異にも思われる出来事を描くことで，「恋愛」なるものの内実自体を問うているともいえる。そこに傍観者にはわからない，二人を繋ぐ前世からの因縁を見てもよい。また夫人が既婚者であることを顧みれば，当時の婚姻制度のあり方を問い直した作品であるともいえるだろう。

2 「お化け」好き

　このように鏡花の小説が有する不思議で奇妙な世界は，日常のルールや現実の認識を捉え返すきっかけを読者に与える。もっとも「外科室」は鏡花作品の中では，そこまで不思議な世界を描いてはいない。帰省の際に出会った旅僧から山奥の一ツ家で人間を動物に変える女の話を聞くという「高野聖」（1900年）をはじめ多くの作品では怪異現象とも呼べるものが描かれており，鏡花自身「おばけ好きのいはれ少々と処女作」（1907年）で親ゆずりの随分な迷信家であり，超自然力を信じていると告白している[3]。

鏡花の父・泉清次は博覧会に香炉を出品したこともある金沢の金工で，鏡花の小説のモデルにもなった。母・すずは，加賀藩御手役者葛野流太鼓師の長女で，鏡花の伯父は能楽師だ。幼少期に母を亡くしているが，能楽の知識や母から受けた草双紙の絵解きの体験は，鏡花の小説でも重要なモチーフとなっており，母への思慕とも重なる形で，鏡花作品の不思議な世界を形成している。自然主義全盛期の明治40年代には，小説に「お化け」を書くことに対して批判を受け，一時期不遇な生活を送ることになった。しかし鏡花は，お化けは私の感情の具体化だと述べ書き続ける。幼い頃に聞いた残酷な鞠歌等を鮮明に覚えており，それが何とも言えぬ美しさで胸に沁みて譬えようのない微妙な感情が起こるので，お化けを書かずにはいられないのだ。

③ 現実を打破するエネルギー

　現在では，鏡花の作品は二次創作されることも多く人気を博している。水木しげるの漫画「高野聖」などもその好例だろう。特に1970年代には，鏡花作品に秘められた危うい怪しさを三島由紀夫や澁澤龍彦（1928〜87）らが海外の幻想小説にも通じると称賛し，幻想文学作家として鏡花の名声は高まった。

　鏡花作品にある危うい怪しさには，現実の閉塞を打ち破るエネルギーがある。「外科室」でも萌芽が見られたように，日常のルールや現実の認識への問い直しを呼び起こす鏡花の作品では，お化けやアンチ・ヒーローが生き生きと描かれている。「黒百合」（1899年）では，権力を振りかざし無理矢理，お雪を手に入れようとする警察や，博物学の流行に則り珍しい植物を欲する知事の娘が描かれる一方で，子爵でありながら，実は掏摸である瀧太郎が登場する。恋人を守るため，魔所といわれる場で知事の娘が求める黒百合採集を試みるお雪を瀧太郎は助けるが，お雪は洪水で命を落とす。最終的に瀧太郎は，お雪の恋人で，罪を被せられた海軍大尉の息子である「盲目」の理学士と，知り合いの盗賊一味とともに冒険船に乗って，「日本晴の盗賊」として旅出つことが示唆され物語は幕を下ろすのである。警察権力があらゆるものを統治し規制したいという欲望を，博物学があらゆる物を手中に収め分類したいという欲望を象徴すると考えれば，そのようなものに支配される日常に反旗を翻し，現実を飛び超えていくアンチ・ヒーロー・瀧太郎の姿は痛快だ。

　現実はしばしば理不尽で息苦しい。鏡花のお化けやアンチ・ヒーローは，そんな現実を打破するエネルギーを感じさせてくれる。鏡花作品が今なお多くのメディアに翻訳され，人気が高い理由もそこにあるのではないか。

（西川貴子）

▷4　水木しげる『水木しげるの泉鏡花伝』（小学館・2015）。水木しげる（1922〜2015）は『ゲゲゲの鬼太郎』の作者でもある漫画家。同書で泉鏡花の伝記と「黒猫」も漫画化している。「高野聖」の漫画化に関しては，参考文献の怪異会談研究会編／清水（2018）に詳しい。

▷5　澁澤龍彦（1928〜87）は小説家・仏文学者・評論家。幻想文学についての評論が多くある。

▷6　作家・水上瀧太郎の筆名はこの瀧太郎と，鏡花の小説「風流線」の登場人物・水上規矩夫に由来する。水上は，鏡花が潔癖症で生物を食べず，鍋も煮えきって佃煮のようになった物しか食べないため，食べ遅れることが多かったという逸話を挙げている。

図2　泉鏡花『風流線』挿絵（春陽堂・1904）
（国立国会図書館デジタルコレクション）

参考文献
『鏡花全集』全30巻（岩波書店・1986〜89）／怪異会談研究会編，清水潤『鏡花と妖怪』（青弓社・2018）／澁澤龍彦『日本作家論集成』上（河出文庫・2009）／『特集　泉鏡花文学の位相——没後70年』（『国文学　解釈と鑑賞』ぎょうせい・2009）

二　近　代

36　島崎藤村（1872〜1943）

岐阜県中津川生まれ

1　文学に描かれた一生

　「まだあげ初めし前髪の／林檎のもとに見えしとき」で始まる島崎藤村の新体詩「初恋」は，今も国語教科書に掲載されていることもあり，知っている人も少なくないだろう。伝統的な七五調にキリスト教由来のモチーフや自由な男女交際への憧れを結合した作品を携えて詩人として出発した藤村だが，明治30年代後半には散文に転じ，その後はリアリズム小説，とりわけ自分や家族，友人をモデルとした小説を多く書いた。作者の分身を主人公とするこれらのテクストは，一個人の観点からとはいえ，明治，大正，昭和という長いスパンで，鋭くそして詳細に日本の様々な「近代化」を描いている。

　島崎藤村（春樹）は1872（明治5）年，筑摩県第八大区五小区馬籠村（現・岐阜県中津川市馬籠）で生まれた。父は正樹，母はぬひ，四男三女の末子であった。島崎家は古くから木曽街道馬籠宿の本陣・問屋・庄屋を兼ねていた。父正樹は平田派の国学者であったが，明治維新後の諸政策に失望し，世の中のめまぐるしい変化と歩調を合わせることができず，やがて精神に異常をきたして死んだ。その詳細は藤村の長編小説『夜明け前』（1929〜35年）に描かれている。教育熱心だった正樹は，10歳の息子を上京させて泰明小学校に通わせた。卒業後，若い春樹は中国の古典『詩経』を学びながら英語の勉強にも励んでいたが，そんななか牧師の木村熊二に出会い，明治学院に入学した翌年（1888年）には彼からキリスト教（プロテスタント）の洗礼を受けた。この時期の戸川秋骨や馬場孤蝶との交際，巌本善治の仲介で得た『女学雑誌』及び明治女学校での仕事，北村透谷とその作品からの感化は，『桜の実の熟する時』（1913〜18年）において描かれている。また，同じ青年たちのその後の成長や同人誌『文學界』における活躍は，『春』（1908年）として作品化されている。

　藤村のプロテスタントへの執着は次第に薄れ，1893年には教会から退籍した。[1]それでも青年期にキリスト教と接触したことは西洋思想への接近のきっかけとして極めて重要な意味を持ち，巌本善治や北村透谷をはじめとする周囲の多くのキリスト教信徒が藤村の一生に多大な影響を与えた。その後，大正初期のフランス滞在を契機に，彼は再びキリスト教精神に接近し，その経験を描いた『新生』（1918〜19年）では，姪との「過ち」（性的関係を持ったこと）が，「罪」の意識と「懺悔」，そして「救い」の枠組みから語られている。

2　『破戒』とその評価

　被差別部落民であることを隠すようにという父親の「戒め」と自己アイデンティティの追求の間で揺らぐ小学校教師・瀬川丑松の葛藤を描いた『破戒』

SHIMAZAKI TOSON
Legămîntul
călcat

図1　『破戒』ルーマニア語版表紙（世界文学出版社・1966）

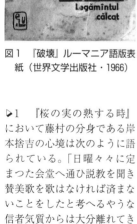

▷1　『桜の実の熟する時』において藤村の分身である岸本捨吉の心境は次のように語られている。「日曜々々に定まつた会堂へ通ひ説教を聞き賛美歌を歌はなければ済まないことをしたと考へるやうな信者気質からは大分離れてきた。（略）ではお前は神を信じないか，とまたある人に聞かれたら自分は幼稚ながらも神を求めて居るものの一人だと答へたかつた。」

（1906年）は，20世紀初頭の文壇で画期的なリアリズム小説として迎えられた。『千曲川のスケッチ』（1911年；執筆は1899年頃）において既に模索されていた自然と人間の〈写生〉が，この小説では写実的な場面展開や主人公の内面の描写として生かされ実を結んだ。同時代評では議論の焦点は丑松の苦悩の告白に当てられていたが，昭和初期のプロレタリア運動の盛期には『破戒』は社会主義文学の先駆けとして再評価され，1931年にナタリア・フェリドマンによってロシア語に翻訳された。戦後も下層労働者に対する差別的まなざしの問題と関連付けて読まれる傾向が続き，ソ連の影響下にあった社会主義各国で受容されていった。

図2 『藤村読本　第四巻』（研究社・1926）
口絵：フランスへの旅。
（国立国会図書館デジタルコレクション）

3 モデル問題

1907（明治40）年6月，藤村は『文芸倶楽部』に短い小説「並木」を発表した。登場人物は，馬場孤蝶や戸川秋骨をはじめとする文壇人をモデルとしている。「材料」にされた馬場と戸川は作者の依頼に応えて，それぞれの「並木観」を『趣味』と『中央公論』に発表したが，それに伴い実在の人物をモデルに取ることの文芸上の価値と道徳上の問題が様々な雑誌で議論されるようになった。仮作の部分と写生の部分を混在させてモデルに迷惑をかけるなどと批判された藤村は深く反省したというが，後に開き直って多くのモデル小説を書き続けた。その10年後，姪との性的関係を公にした『新生』の発表の際にも道徳的考慮の必要性が幾分問題となった。しかし，この頃私小説が最盛期を迎えていたこともあり，文学における事実の告白に最大の芸術的価値が付加され，モデルのプライヴァシー侵害は後景に退いた格好となった。

4 異国への旅

『新生』の主人公で藤村の分身でもある岸本捨吉は，姪との関係に決着をつけるため日本を発ち，フランスで3年を過ごす。そこで彼はまず日本の男性知識人が作る「巴里村」に身を置くが，第一次世界大戦が勃発すると，リモージュの田舎で「銃後」を経験し，「エトランゼエ」（異邦人）である自分とフランス人女性の立場を重ねながら，その不自由さを描いてみせる。

藤村は晩年に南米を訪れ，再び「エトランゼエ」の体験をする。『巡礼』（1937〜40年）で語られるアルゼンチンやブラジルへの訪問は，日本ペンクラブ会長の立場で行われたものだが，この旅の中で藤村は積極的に日本人移民との交流を求め，理解を深めようとした。しかし彼が二世の子供たちに語った未知の世界への楽しい旅という「桃太郎」の変奏形は，移民社会の理想化及び単純化という藤村自身の思考様式を図らずも露わにしているといえる。

（ホルカ・イリナ）

▷2　その当時の出来事について藤村は「新片町より」（『文章世界』1909年4月）において次のように述べている。「私は筆を折つて，文壇を退かうとも考へた。けれども，私は行ける処まで行つて見るより外に，自分の取る道は無いと思つた。で，今では拙劣なのは仕方ないが是も出来るだけ勉めて見やうし，正しく物を視る稽古もしやうし，又，一部を写す場合にも成るべく全体を忘れないやうにして，余計な細叙は省きたいと心掛けて居る。」

▷3　移民の子供に聞かせたのは，おそらく『藤村読本　第一巻』（研究社・1925）収録の「桃の子ども」という童話であろう。藤村の桃太郎は，広い世界を見たいと言い旅に出て，好奇心に富む遠い島の人々に歓迎されたとある。

参考文献

『藤村全集』全19冊（筑摩書房・2000）／高橋昌子『島崎藤村──遠いまなざし』（和泉書院・1994）／Michael Bourdaghs, *The Dawn That Never Comes: Shimazaki Toson and Japanese Nationalism*（Columbia University Press・2003）／中山弘明『溶解する文学研究──島崎藤村と〈学問史〉』（翰林書房・2016）／細川正義『島崎藤村文芸研究』（双文社出版・2013）／ホルカ・イリナ『島崎藤村，ひらかれるテクスト──メディア・他者・ジェンダー』（勉誠出版・2018）

二　近　代

37　田山花袋（1872〜1930）

群馬県館林生まれ

1　生い立ちと文学的出発

　群馬県館林出身の田山花袋は、「上毛かるた」にも「誇る文豪田山花袋」とその名が挙げられている。花袋の父・鋪十郎は旧館林藩士だった。警視庁巡査となった父を追って上京したが、父は西南戦争で戦死する。その後も、帰郷，上京を繰り返す。花袋が三度目に上京したのは1886（明治19）年のことで、英語学校に通ったり、桂園派歌人・松浦辰男に入門したり、広く文学的な教養を身につけていった。硯友社の代表的作家である尾崎紅葉から紹介された江見水蔭の力添えで、小説「瓜畑」（1891年）を発表し文壇デビューする。

　花袋には『東京の三十年』という回想録がある。幼少期の思い出、その文学的出発、そして、尾崎紅葉、国木田独歩、島崎藤村などの文学者たちとの交流が語られ、明治の文学シーンを知る上でも重要な記録である。

2　紀行文作家としての田山花袋

　田山花袋の小説「少女病」（1907年）には「観察も思想もないあくがれ小説」——少女小説を書いている、しがない文学者が登場する。「少女病」は、電車のなかで少女に見惚れているうちに電車から転落し、対向車線からやってきた電車に轢き殺されるという悲惨な話である。「蒲団」でブレイクする前の花袋は、「少女病」で自虐的に描かれているように、売れない小説家であった。1899（明治32）年、初めての単行本『ふる郷』を刊行してはいたが、同時代の泉鏡花や小栗風葉、小杉天外らの若手作家の活躍に比べれば、目立たない存在であった。

　しかし、明治20年代後半〜30年代前半の花袋は、小説家としてよりも紀行文作家としてその地位を確立したといってもよいだろう。身長170センチ、当時としては大柄で、体が丈夫な健啖家で、旅好きの花袋は青年時代から各地を旅していた。その体験をもとに数多くの紀行文を執筆している。

　また、花袋は「紀行文について」（1907年）という文章で、「田舎の一村落にしても、無名の山水にしても、それを巧に詳しく描きさへすれば、立派な紀行文が出来る」と書いている。旅をしながら風景を観察し、その土地の風土に触れようとする態度は、自然主義文学が重んじた客観描写にも通じるであろう。

3　「蒲団」の衝撃

　さて、田山花袋の代表作といえば「蒲団」である。1907（明治40）年9月に発表された「蒲団」はさまざまな意味で話題となった。主人公の竹中時雄は小説家であるが、日常生活に倦怠を感じていた。そこに、横山芳子が弟子入りをする。若い女弟子から先生、先生と慕われ、時雄の味気ない生活は一変するが、

▷1　尾崎紅葉（1867〜1903）小説家。代表作は『伽羅枕』，『金色夜叉』など。

▷2　「その時分は、東京は泥濘の都会、土蔵造の家並みの都会、参議の箱馬車の都会、橋の袂に露店の多く出る都会であった」と始まる『東京の三十年』（博文館・1917）は、文学者たちとの交流のほかにも、明治の東京の光景が生き生きと描かれている。

▷3　国木田独歩（1871〜1908）小説家。代表作は「牛肉と馬鈴薯」「竹の木戸」など。

▷4　島崎藤村（1872〜1943）詩人・小説家。代表作は『破戒』『春』など。

▷5　花袋は、『南船北馬』（1899），『日本一周』（1914〜16），『温泉めぐり』（1918），『花袋行脚』（1925）など数多くの紀行文集を出版している。

図1　田山花袋の旧居（群馬県館林市）
（筆者撮影）

芳子に田中という恋人ができると，時雄は恋の「温情なる保護者」として二人を見守らざるをえなかった。しかし，芳子と田中の関係は深まり，とうとう芳子を田舎へ帰すことになる。残された芳子の蒲団に，時雄は顔をうずめて泣く——という場面で「蒲団」は終わる[16]。

「蒲団」が注目をあびた理由の一つは，モデル小説であったということだ。芳子のモデルは広島出身の岡田美知代で，彼女はのちに田中のモデルであった永代静雄と結婚する。このあたりの事情は花袋の『縁』(1910年)に描かれている。また，中年男性の秘めた思いを〈性〉の「告白」として描いたことも重要なポイントだ。『早稲田文学』の「『蒲団』合評」で島村抱月が「此の一篇は肉の人，赤裸々々の人間の大胆なる懺悔録」であると評したことによって，人間の醜い部分までをありのままに描く自然主義文学の路線が決定的となった[17]。

「蒲団」以後，田山花袋は長編三部作『生』(1908年)，『妻』(1908〜09年)，『縁』，『時は過ぎゆく』(1916年)や『百夜』(1927年)などを発表し，自然主義作家の大御所となる。島崎藤村『破戒』(1906年)とともに自然主義文学の嚆矢といわれる「蒲団」であるが，『破戒』が部落差別という社会的問題を扱う一方，中年男性の欲望や煩悶を告白した「蒲団」はその社会性のなさが批判されることもある。しかし，「蒲団」が示した方向性は，私小説へつながってゆくものとして文学史的にみても重要であるとともに，「告白」する対象としての〈性〉や〈欲望〉を見出したという点においても，のちの文学作品に大きな影響を与えたといってよいだろう[18]。

4　近代を記録する眼，その多彩な活動

田山花袋には従軍作家としての顔もある。従軍記『第二軍従征日記』(1905年)や，「苦しい」とうめきながら戦地で病死してゆく兵隊を描いた小説「一兵卒」(1908年)などは，日露戦争の体験から生まれた作品だ。また，満州・朝鮮を旅行した記録『満鮮の行楽』(1924年)など，花袋は小説だけではなく，戦争体験，そして植民地の風景も書き残している。

最後に，花袋の仕事として特筆しておきたいのが関東大震災後の東京を記録した『東京震災記』(1924年)だ。紀行文作家としての足，自然主義作家としての眼で震災を記録する『東京震災記』は関東大震災の貴重な記録の一つである。

このように自然主義作家としての田山花袋の観察眼，描写力は小説だけではなく，紀行文，従軍記，震災記録など近代を記録する眼としての役割も果たしている。

（光石亜由美）

▷6　「性慾と悲哀と絶望とが忽ち時雄の胸を襲った。時雄はその蒲団を敷き，夜着をかけ，冷めたい汚れた天鵞絨の襟に顔を埋めて泣いた。／薄暗い一室，戸外には風が吹暴れていた。」というのが「蒲団」の最後の場面。

▷7　しかし，そうした「性欲」や「肉」への注視は，世間からわいせつな文学として揶揄される原因ともなった。たとえば，1908 (明治41) 年に起こった出歯亀事件の犯人が女湯をのぞいていたことから，自然主義の別名として「出歯亀主義」という言葉もできた。

▷8　柄谷行人「告白という制度」『日本近代文学の起源』(講談社文芸文庫・1988)。

図2　『花袋集』(易風社・1908)に所収された「蒲団」
(国立国会図書館デジタルコレクション)

参考文献
田山花袋『蒲団・重右衛門の最後』(新潮文庫・2003)／田山花袋『東京の三十年』(岩波文庫・1981)／田山花袋『東京震災記』(河出文庫・2011)／柄谷行人『日本近代文学の起源』(講談社文芸文庫・1988)／五井信『日本の作家100人　田山花袋——人と文学』(勉誠出版・2008)

二　近　代

38 樋口一葉（1872〜96）
ひ　ぐちいちよう

東京都千代田区生まれ

図1　『一葉全集』（博文館・1897）
（国立国会図書館デジタルコレクション）

1 一葉の著作とその流通──近代出版制度との関わり

　樋口一葉（本名なつ。奈津，夏などとも表記）が残した小説作品は，未完のものも合わせて二十数編である。その半数は，のちに「奇蹟の一四ヶ月」と呼ばれる晩年に集中して創作された。作品が広く読者のもとに届き，急激に評価が高まったその時，一葉は結核によって満24歳の短い生涯を閉じる。

　生前唯一の図書は，手紙の文例集である『通俗書簡文』（博文館，1896年）であったが，死後すぐに全集編纂の動きが生じ，1897（明治30）年1月に『一葉全集』（博文館）が刊行される。この夭折作家の小説は，全集によってはじめて単行本化された（図1）。さらに，1912（明治45）年，残されていた日記が，『一葉全集』（博文館）の前編として公開される。四十数冊を数える和綴じの日記は，1887（明治20）年から死の4カ月前までが断続的に綴られ，その時々の生活や心境を象徴したようなタイトルが付されたものである。編集のあとも認められるなど，一定の表現意識のもとの執筆とも想像されるが，妹邦子には「死ぬときに焼き捨ててくれ」と遺言したという。この『一葉全集』は，作家の未発表の文章をも網羅しようとした，近代的な全集編纂の最も早い時期のものであった。のちに触れる雑誌の特集号などもそうだが，一葉の著作の流通は，近代出版制度の発展と，その戦略とともにあった点は興味深い。

2 〈女〉としての困難と葛藤──生い立ちと作家としてのあゆみ

　一葉の日記は，明治という時空の中で書き手となっていった一人の女性の姿を鮮明に伝えているが，とりわけ注目されてきたのは，「われは女成りけるものを」という述懐である。「何事のおもひありとてそはなすべき事かは」と続く内面の吐露とその葛藤は，ジェンダーをめぐる規範や困難が，さまざまに一葉を捕らえていたことを物語っている。

　1872（明治5）年父則義，母たきの次女として東京都千代田区（当時の東京府第二大区小一区）に生まれた一葉は，小学校高等科第四級を首席で卒業するも，女子に学問は必要ないという母の反対から進学は許されなかった。当時の女子就学率が3割程度であったことを考慮すると，一定の教育を享受したといえるが，日記には進学が叶わなかったことを「死ぬ斗悲しかり」と綴っている。

　その後，向学心の衰えなかった一葉に許されたのは，歌塾・萩の舎への入門であった。ここでの姉弟子・田辺（三宅）花圃（1868〜1943）との出会いが，一葉を作家への道を歩ませる契機となる。兄，父の相次いだ死によって，母妹3人の生計を担う女戸主となっていた一葉は，花圃が『藪の鶯』（1888年）によって小説家としてデビューし，原稿料を得ていたことに刺激され，東京朝日新聞

図2　閨秀作家の肖像
（『文芸倶楽部』閨秀小説特集号，1895年12月）。

小説記者であった半井桃水（1861～1926）に小説の指導を請うこととなった。生活苦の中，桃水主宰の『武蔵野』に小説を発表するなど執筆活動をスタートさせるが，桃水との仲がうわさされ，好意を寄せていた師との絶縁も余儀なくされた。

やがて『文學界』などに寄稿し，さらには雑誌王国と呼ばれた出版社，博文館刊行雑誌にも作品が掲載されるなど評価は高まるが，日記には「我れをただ女子と斗見るよりのすさび」と綴られた。その要因は，例えば1895（明治28）年12月に博文館から刊行された『文芸倶楽部』閨秀小説特集号に窺うことができる。印刷技術に力を注いでいた博文館は，この時，女性作家の肖像写真を掲載した（図２）。だが，同雑誌のそれまでの巻頭写真は各地の名妓の肖像であり，芸妓たちと同質の好奇に満ちたまなざしが女性作家にも注がれたことを如実に語っているのである。一葉の生涯と執筆，そしてメディア上での流通もまた，〈女〉としての困難と葛藤とともにあったことは見過ごせない。

3 一葉作品の特徴──空間・制度の変容のなかに

桃水と絶縁した後，経済的に困窮した一葉は，下谷竜泉寺町に移り住み，生活雑貨を売る荒物屋を営む。吉原遊廓に隣接したこの地は，「たけくらべ」の舞台である。この地の少年少女の姿を通して描かれたのは，明治になって変容する江戸吉原の姿であった。その後，本郷区丸山福山町に移住し，執筆を本格化させるが，銘酒屋の立ち並ぶこの新開地は，「にごりえ」の世界に通じている。

「たけくらべ」は，1895（明治28）年１月から翌年１月まで，『文學界』に断続的に連載された後，『文芸倶楽部』（1896年４月号）に一括掲載され，大評判となる。この時，森鷗外によって「まことの人間」が描かれていると絶賛されるが，自らの境遇やその変転に翻弄される，行き場の無い女性たちの〈声〉を湛えた一葉作品の特徴を言い得たものであるだろう。

4 文化としての一葉

一葉という作家像，そしてその作品世界は，さまざまな人の手で繰り返し表象されてきた。とりわけ後続の女性作家たちにとって一葉は，乗り越えるべき存在として意識されている。また，数え切れないほどのアダプテーション事象の存在は，一葉文学の奥行きを伝えるものであるだろう。〈一葉〉という名のもとに集束してきた表象や言説が何を語り得ているのか。その文化圏の特徴を捉えることもまた，一葉文学の深淵と，その位相を明らかにすることに通じるであろう。

（笹尾佳代）

参考文献━━
『樋口一葉』（ちくま文庫・2008）／『樋口一葉全集』（おうふう・1996）／前田愛『樋口一葉の世界』（平凡社・1993）／関礼子『姉の力　樋口一葉』（筑摩書房・1993）／同『語る女たちの時代──一葉と明治女性表現』（新曜社・1997）／新・フェミニズム批評の会編『樋口一葉を読みなおす』（學藝書林・1994）／菅聡子『時代と女と樋口一葉』（日本放送出版協会・1999）／笹尾佳代『結ばれる一葉──メディアと作家イメージ』（双文社出版・2012）

▷1　初対面時の桃水の印象を，一葉はその日の日記に次のように書き留めている。「色いと良く面おだやかに少し笑み給へるさま誠に三歳の童子もなつくべくこそ覚ゆれ」（「若葉かげ」1891年４月15日）。苦況の中で出会ったおだやかな師に，出会いから思いを寄せた様子を窺うことができる。一葉日記が流通した頃，桃水は，「幾度も繰り返される」質問への応答として「故女史とは親友であった，言得べくんば兄姉であった」と記している（『女学世界』1912年８月）。

▷2　「たけくらべ」は，その冒頭部「廻れば大門の見返り柳いと長けれど，お歯ぐろ溝に灯火うつる三階の騒ぎも手に取る如く」において，吉原遊廓に隣接した土地の特徴を示している。

▷3　森鷗外・幸田露伴・斎藤緑雨による「三人冗語」の「たけくらべ評」（『めさまし草』1896年４月）で鷗外は「吾人と共に笑ひ共に哭すべきまことの人間」が描かれていることを評し「われは縦令世の人に一葉崇拝の嘲を受けんまでも，此人にまことの詩人という称をおくることを惜まざるなり」と絶賛した。

▷4　「たけくらべ」の美登利は「ゑゝ厭〵，大人に成るは厭やな事」と嘆き，「にごりえ」（『文芸倶楽部』1895年９月）のお力もまた，「行かれる物なら此ま〲に唐天竺の果までも行つて仕舞たい，あゝ嫌だ嫌だ嫌だ」と嘆く。

二　近　代

39　尾崎紅葉（1868〜1903）

江戸芝中門前町生まれ

図1　尾崎紅葉
（『国史肖像大成』富文館・1941。国立国会図書館蔵，近代日本人の肖像）

▶1　イヴ・コゾフスキー・セジウィック（1950〜2009）。上原早苗・亀澤美由紀訳『男同士の絆──イギリス文学とホモソーシャルな欲望』（2001）を書いたアメリカの文学研究者。

▶2　主に男性の，同性間の社会的な強い結びつきのこと。異性愛の形態をとるが，ミソジニーとホモフォビアを含む。

▶3　フランスの小説家・劇作家マリヴォーの「愛と偶然の戯れ」（1730）が原作。

図2　『金色夜叉』続編（1902）
鏑木清方による口絵。
（筆者蔵）

1　愛と金の近代

　紅葉は，近代の問題を多彩に描き分けている。新型コロナ以降の関心から，弟子がコレラにかかったかと疑われる時間経過を克明に描き，公衆衛生制度の抑圧を浮かび上がらせた「青葡萄」（1895年）を挙げてもよい。妻の死をひたすら悲しむ男性を抒情的に描いたようでありながら，セジウィックなら同性社会性とでもいう関係性をいち早く形式化した「多情多恨」（1896年）。また翻案ではあるが，上流階級の女性が見合いに際して相手の本心を見抜こうと下女に扮するが，相手も下僕と入れ替わっていてひと悶着起こる喜劇「八重襷」（1898年）。だが何といっても代表作は「金色夜叉」（1897〜1902年）である。

　結婚にあたっての金と愛の対立をテーマとしたこの作品は，近代社会が生んだ最も大きな問題を取り扱っている。事情あって鴫沢宮の家で兄妹のように育ってきた間貫一は，ゆくゆくは彼女と結婚するのだろうと思っていたが，宮は突然金持ちの富山唯継と結婚してしまう。復讐のために高利貸になった貫一は，世話になっている高利貸の一家や女性同業者，またかつての親友など，金銭による人生の浮沈を目のあたりにしながら，宮との再会を果たす。

　資本主義下，結婚をゴールとする恋愛は，その成り立ちからして矛盾している。そのテーマが複数の人物によって差異をはらみながらくり返され，対位法の作曲のように変奏されるさまは，自然主義から私小説に至る事実性を重視する文学観に立てば，作り物めいて見えもする。だが，小説のストーリーや構成と，事実性のどちらが芸術にとって重要なのか，またどちらが世界をより解き明かすことができるのかは，文学史上長い間議論されてきた。紅葉小説の構成性を後に谷崎潤一郎も評価した。「金色夜叉」のように概念化された人物によって問題に迫るのも，近代小説のもう一つの方法である。

2　〈女物語〉の褒貶

　紅葉はこうした方法を，主に新聞小説を書く中で開発してきた。簡単に振り返れば，出発期に山田美妙らと文学の愛好グループである硯友社を結成，日本で最初の文学雑誌といわれる『我楽多文庫』を創刊。「二人比丘尼色懺悔」（1889年）で文名を上げ，帝国大学在学中に読売新聞社に入社，学業は廃して執筆に専念する。遊女の一代記である「伽羅枕」（1890年）や，二人の姉妹の結婚の明暗を描く「二人女房」（1891〜92年），富豪と三人の愛人の物語「三人妻」（1892年）などは，自らも〈女物語〉と呼んだ。

　紅葉は，夏目漱石と同年代の作家であるが，近代文学の創成期にいち早く作家として立ち，漱石が小説執筆を始めた頃には，既に没していた。文体も，井

原西鶴に学んだ擬古文調から言文一致体まで，さまざまに書き分けたが，「七たび生れかはつて文章を大成せむ」と遺言したほどの華麗な文彩は，自然主義以降やはり乗り越えるべき旧習とされて評価が下がったのである。

そうした時期が長く続き，再び注目されるのは，近代文学研究において主に1990年代ごろ，事実性や作家の思想性だけでなく，メディア分析や文化研究が方法に加わって以降だといえる。紅葉は，読売新聞社や博文館という出版社と密接な関係をもち，硯友社関連の作家たちの掲載の場を確保し，また，当時興隆してきた百貨店のPR誌のプロデュースなども行った。本人の意図を超えたところでも，起伏のあるストーリーから予想されるとおり，「金色夜叉」は演劇化などによって広く人口に膾炙した。新たな研究方法によって掘り起こされる要素は多くあった。

一方で，フェミニズムやジェンダー論が興隆したことも，再注目されるきっかけのひとつといえる。紅葉作品で女性作中人物が重要な役割を占めるのは述べた通りであり，女性が置かれた状況の分析や，男性中心社会において価値を減じられていた〈女性的〉な文化イメージを，創造的な読みによって可能性に転じることが行われたのである。笑いの要素を含む作品があることも，支配的な規範をパロディとして浮上させるのに大いに役立っているといえる。

③ メディア論以降の研究

先行研究として，金子明雄「〈見ること〉と〈読むこと〉の間に——近代小説における描写の政治学」（『日本近代文学』55集，1996年10月）は，島崎藤村や菊池幽芳の作品と共に，「金色夜叉」の〈語り〉と挿絵に注目し，身分，経済，道徳，性に関わる作中人物の見る／見られる関係が，読者の欲望をも巻き込んでいく様相を論じた。参考文献に挙げた菅聡子『メディアの時代』（2001年）は，著作権意識の確立，執筆と経済的報酬との交換というシステムから論じ，瀬崎圭二『流行と虚栄の生成』（2008年）は，百貨店のPR雑誌に着目，消費の欲望をあおる媒体として紅葉作品が機能したことを分析している。関肇『新聞小説の時代』（2007年）は，「金色夜叉」をめぐる『読売新聞』読者投稿欄の役割や，演劇化における大衆の欲望の反映を論じている。紅葉は，英語の翻訳ではあるが多くの外国文学を読んだことから比較文学や，さらに狂詩や俳句，言文一致体をはじめとして近代語の成立に及ぼした影響を扱う研究もある。挿絵についても，初期には紅葉自ら下絵を描く一方，近代的な小説描写が挿絵を不要としていた時期でもあり，過渡期の様相が注目される。馬場美佳『「小説家」登場』（2011年）は久しぶりのまとまった紅葉論であったが，メディア論や文化研究以降のさらなる発展の余地はある。　　　　　　　　　　　　（小平麻衣子）

▷4　「そんな悲い事をいはずに，ねえ貫一さん，私も考へた事があるのだから，それは腹も立たうけれど，どうぞ堪忍して，少し辛抱してゐて下さいな。私はお肚（なか）の中には言ひたい事が沢山あるのだけれど，余り言難い事ばかりだから，口へは出さないけれど，唯一言（たったひとこと）いひたいのは，私は貴方の事は忘れはしないわ——私は生涯忘れはしないわ」

「聞きたくない！　忘れんくらゐなら何故見棄てた」

「だから，私は決して見棄てはしないわ」

「何，見棄てない？　見棄てないものが嫁に帰くかい，馬鹿な！　二人の夫が有てるかい」

「だから，私は考へてゐる事があるのだから，も少し辛抱してそれを——私の心を見て下さいな。きっと貴方の事を忘れない証拠を私は見せるわ」（『金色夜叉』前編）。

▷5　現在の三越百貨店。

▷6　参考文献の菅（2001），小平麻衣子『NHK文化セミナー・明治文学を読む 尾崎紅葉——〈女物語〉を読み直す』（NHK出版・1998）など。

参考文献
『尾崎紅葉全集』全12巻・別巻（岩波書店・1995）／山田有策・木谷喜美枝・宇佐美毅・市川紘美・大屋幸世編集『尾崎紅葉事典』（翰林書房・2020）／菅聡子『メディアの時代——明治文学をめぐる状況』（双文社出版・2001）／瀬崎圭二『流行と虚栄の生成——消費文化を映す日本近代文学』（世界思想社・2008）／関肇『新聞小説の時代——メディア・読者・メロドラマ』（新曜社・2007）／馬場美佳『「小説家」登場——尾崎紅葉の明治二〇年代』（笠間書院・2011）

二　近　代

40 徳冨蘆花（1868〜1927）

熊本県水俣生まれ

▷1　『不如帰』の英訳 *Namiko*（1904）は，蘆花の序文を付して，アメリカのターナー社から刊行。

図1　徳冨蘆花（1920）
（『蘆花全集』第9巻・蘆花全集刊行会・1928）

図2　逗子の海辺で物思いに沈む浪子（黒田清輝画）
（『不如帰』民友社・1900）

1 明治のベストセラー作家

　明治文学のなかで屈指のベストセラー作家にあげられるのが，徳冨蘆花である。代表作『不如帰』（民友社，1900年）は，尾崎紅葉の『金色夜叉』と並び称される人気を誇り，刊行から10年足らずで100版を突破，アメリカ，イギリスで英訳が出たほか，フランス，スペイン，ロシアなど各国語にも翻訳された。

　そうした海外にまでおよぶ幅広い支持とはうらはらに，徳冨蘆花の文学的な評価は，これまで決して高くはなかった。自然主義にも反自然主義にも与せず，独自の道を歩んだ蘆花の文学は，当時の文学愛好者を中心とする狭い圏域よりも，むしろ多数の一般読者が形成する社会空間において広く受容されてきた。

　しかし，文学も芸術も，現実の社会から独立した特権的な価値体系ではなく，つねに社会のシステムや文化のネットワークに深く組み込まれている。高級芸術とポピュラー・カルチャーの垣根が解体しつつあり，文学それ自体の価値が問い直されている現在こそ，大衆的な人気を集めた蘆花文学の持つ意味を読み解いていく必要があるだろう。

2 民友社からの文学的出発

　徳冨蘆花は，1868（明治元）年，熊本県水俣に生まれた。本名は健次郎。その5歳年上の兄で，明治大正を代表する言論人となる徳富蘇峰（猪一郎）の庇護のもと，蘆花は同志社や兄が開いた大江義塾に学び，やがてキリスト教に入信する。そして熊本英学校の教師を経て，1889年に上京，蘇峰が結成した民友社の社員となり，『国民之友』および『国民新聞』に翻訳や翻案，評論，紀行文などを発表しはじめる。

　平民主義を掲げる若きオピニオン・リーダーとして，ジャーナリズムで縦横に活躍する兄の蘇峰に対して，ひたすら文学者をめざした蘆花は，何かと優秀な兄と比べられて劣等感に苛まれ，この兄弟の関係には，生涯にわたるいくつかの屈折があった。しかし，蘆花が民友社から出発したことの意味は大きく，ここに社会的な弱者へのまなざし，田園や自然に親しむ反都市的な志向，ヒューマニスティックな理想主義という文学的な基盤が形づくられていく。

　民友社での下積み時代は約10年続いたが，逗子に居を移し，『国民新聞』に連載した『不如帰』が単行本化されると，蘆花は一躍脚光を浴びることになる。陸軍大将・大山巌の娘にまつわる哀話にもとづくこの小説は，臨終の床にあるヒロイン浪子の「もう――もう婦人なんぞに――生まれはしませんよ」という悲痛な言葉に託して，家族制度の転換期における女性の不幸を追求している。また，文集『自然と人生』（1900年）は，「此頃の富士の曙」にはじまる清新な

自然スケッチの小品集「自然に対する五分時」を主体とする流麗な文章で広く知られ，小説『思出の記』（1901年）は，九州生まれの主人公が多くの艱難を乗り越えて成長していく向日的な精神形成の物語であり，明治期の理想的な青年像を生き生きと描いて好評を博し，いずれも昭和の初めまで売れ行きが衰えることはなかった。▷3

③ メロドラマとしての『不如帰』

メロドラマは，善と悪の二元論的な対立にもとづき，薄幸のヒロインが度重なる苦難をひたすら耐えつづける展開をたどり，どんでん返し的な大団円を迎えることもあれば，主人公の死で終わることもある。蘆花の出世作『不如帰』は，このメロドラマの範型にそくした強固な枠組みに支えられている。

ヒロインの浪子は，実家では継母から冷遇され，川島武男と結婚した後は，結核に冒され，姑に離縁に追い込まれる。浪子の不幸は，愛する夫の川島武男とのすれ違いの繰り返しによって一層増幅されていくのであり，結核という病は，ここでは貞淑の美徳を体現する彼女の至純の愛情を浮かび上がらせるロマンチックな表象となっている。浪子が武夫に遺した絶筆に，「身は土と朽ち果て候うとも魂は永く御側に付き添い──」とあるように，死後においても浪子は武男を永遠に愛しつづける。そのセンチメンタルな物語は，読者を甘い涙に誘い，実生活の苦しみを忘れ，つかの間の美しい世界を夢見させるだろう。

④ 小説から演劇・映画・ラジオ劇へ

芥川龍之介の短編小説「葱」（1920年）の主人公でカフェの女給お君は，『不如帰』を愛読し，徹夜で「浪子夫人に与ふべき慰問の手紙」を書いて涙ぐんだりする。芸術家気取りの常連の青年たちは，お君を揶揄的に「通俗小説」と渾名しているが，ここには『不如帰』がいかに熱心に一般読者に受容されていったかがうかがえる。お君は「新派悲劇の活動写真」のファンでもあるとされるが，『不如帰』は小説だけでなく，芝居や映画としても高い人気を獲得してきた。▷4

『不如帰』がベストセラーとなり，長らく圧倒的な人気を保ち，一般読者の裾野を拡大してきた要因は，この小説がジャンルを越境して，演劇や映画などに繰り返しアダプテーションされたことに求められる。『不如帰』劇は，新派の隆盛期に繰り返し上演され，初期の活動写真では芝居の舞台を実写化し，トーキーへの移行期にも映画化された。また，ラジオ放送の開始直後にもドラマ化されている。自在にジャンルを越境する『不如帰』は，新しいメディアが社会に浸透していくときの有力なコンテンツとしても機能したのである。

（関　肇）

参考文献
徳冨蘆花『不如帰』（岩波文庫・2012改版）／中野好夫『蘆花徳冨健次郎』第1～3部（筑摩書房・1972～74）／藤井淑禎『不如帰の時代──水底の漱石と青年たち』（名古屋大学出版会・1990）／福田眞人『結核の文化史──近代日本における病のイメージ』（名古屋大学出版会・1995）／関肇『新聞小説の時代──メディア・読者・メロドラマ』（新曜社・2007）

▷2　初出は『国民新聞』1898年1月25日掲載。逗子の浜からの眺めが，「心あらん人に見せたきは此頃の富士の曙」と書き出され，「請う瞬かずして見よ。今富士の巓にかゝりし紅霞は，見るが内に富士の暁闇を追い下ろし行くなり。一分，──二分，──肩──胸。見よ，天辺に立つ珊瑚の富士を。桃色に匂う雪の肌，山は透き徹らんとすなり」といった美文調で時々刻々と変化する自然を捉えている。

▷3　蘆花は1927年9月に没するが，この時点での民友社発行の重版状況は，『不如帰』が189版，『自然と人生』が365版，『思出の記』が144版を数える長期のベストセラーになっていた。

▷4　新派劇の「不如帰」は，1901年2月，高田実一座が大阪朝日座で上演したことにはじまり，以来，人気が高まるにつれて「新派の独参湯」（観客が不入りの時の起死回生の妙薬）と称される定番の演目となっていく。

二　近　代

41 幸田露伴（1867〜1947）

江戸下谷生まれ

▷1　作家。「流れる」（『新潮』1955）や「おとうと」（『婦人公論』1956〜57）などの代表作があり、父・露伴のことも随筆で多く書いている。

図1　幸田露伴
（正宗白鳥『文壇人物評論』中央公論社・1932。国立国会図書館デジタルコレクション）

図2　「五重塔」が収録されている『小説　尾花集』の表紙
（『小説　尾花集』青木嵩山堂・1892。国立国会図書館デジタルコレクション）

1 難しそうな小説？

　幸田露伴（本名・幸田成行）と聞いて、おそらく、まず思い浮かぶのが明治の文豪、尾崎紅葉と共に紅露時代を築いた作家、あるいは幸田文（1904〜90）の父ということだろう。同じく1867（慶応3）年に生まれた夏目漱石とは異なり、現代ではその作品自体はあまり読まれていないというのが実情だ。

　谷崎潤一郎は少年時代から露伴の作品を貪り読んだという（「饒舌録」『改造』1927年12月）。露伴の小説は仏教思想などを背景に哲学的色彩を帯び、なかなか難しいといわれていたので、子供のくせに読みこなすのが偉そうに思えたから、というのがその理由だった。そのため、一時期、その思想や哲学が逆に目障りとなり、好まなくなったこともあるという。確かに五重塔建立に対する職人の一徹な熱情を描いた「五重塔」に代表される初期作品では、文語体で漢語や仏教語が多用され、難しい印象を与えがちだ。しかし声に出して読むとリズミカルでテンポがいい。谷崎はその後、歴史小説「運命」（『改造』1919年4月）を読み考えが変わったという。和漢混交体調でありながら古臭い感じがなくフランスの作家・スタンダール（1783〜1842）の歴史物を彷彿させると絶賛した。この他、饒舌な語り手が話をする形式の「観画談」のような小説や、広範な知識に基づきつつ、連想ゲームのように次々と話を展開させていく「蒲生氏郷」や「幻談」などの作品もある。

2 掃除をめぐる思想──「格物致知」

　幸田露伴といえば、掃除に対して厳しかったことで有名である。娘・幸田文は、14歳の時、ハタキの作り方、補修の仕方の講釈から始まり、翌日はハタキをかける場所、順序、姿勢などの道理を教えられ、さらに箒、雑巾がけ、水の性質について一つ一つ丁寧に教え込まれた経験を語っており、そこに露伴の「格物致知」（＝物事の道理や本質を深く追求し理解して、知識や学問を深め得ること）の思想の表れを指摘している（幸田文「あとみよそわか」『創元』1948年11月）。こうした掃除をめぐる思想は露伴自身が幼少期の体験から得たものでもあった。露伴の家は代々徳川幕府の表御坊主衆の家であった。父は成延、母は猷。八人兄妹のうちの露伴は四男で、次兄に郡司家に入り北千島の開拓・探検を行った成忠、弟に日本史学者となる成友、妹にピアノとヴァイオリンの名手となる延子、ヴァイオリンの名手となる幸子がいる。1867年という大政奉還の年に生まれた露伴は、維新後、質素な生活をせざるを得なくなる。そんな中、露伴は小学校卒業後、中学校を中退、電信修技学校の給費生となり、北海道余市の電信技手として赴任するも、義務年限一年を残し、突然、職を捨て東京へ

戻ってきてしまった。そしてその後，小説を発表しはじめる。したがって露伴の知識は，先にあげたような掃除にはじまる生活に密着したもの，また私塾で学んだ漢学や，図書館通いで得たほぼ独学が根底となったものだった。立身出世コースに則ったアカデミズムの枠内で培われ体系化されたものとはいささか異なっているのである。「観画談」は，ある人から聞いた話として，田舎から上京し大学でも恐ろしい倹約と勉強をしていたところ神経衰弱にかかってしまった苦学生・晩成先生が療養に出た際に遭遇した不思議な体験談が語られる小説である。晩成先生が，最終的に大学に戻らなかったという設定には，アカデミズム内の偏った学問への違和感が見てとれる。また，この作品では同時に晩成先生の不思議な体験を語り手が自身の知識でたびたび意味付けようとするものの，うまく意味付けられないという事態も露呈されている。学のある都会人として一方的に意味付けをする語り手のあり方自体も問い直しているのである。

３　連想の妙──一つの筋に集約される物語からの回避

　水好きの露伴は，水に関する話をよくしたというが，晩年に口述筆記で書かれた「幻談」もその一つだろう。この小説の核となるのは，海に浮かぶ死体が握っていた釣竿に惚れ込んだ釣り人が竿を取ったところ，翌日も同じように海から竿が浮かんでいるのを見，前日に取ったものを海に戻し念仏を唱えたという部分である。しかし，独特なのは，そうした核となる話の内容自体よりも，話の構成，展開だろう。釣り人の不思議な体験の話に入るまでに，まずは山における怪異の話からはじまり，それから釣りの話へ，そしてさらにカイズという魚の話へ……と話が飛び，それらの話が連鎖しながら展開していくのである。しかも最終的に，釣り人の体験が本当に怪異だったのかはわからないまま終わっている。こうした手法によって，エピソード同士・言葉のイメージ同士の繋がりを読者に想起させ，連想の妙を味あわせながら，一つの筋に集約される完結した物語をあえて拒むような形をとっているのである。そこには，ある一つの思考の枠組みに囚われることを避けようとする姿勢を見てとることができるだろう。この手法は歴史上の人物について語った作品でもとられており，一つの正しい歴史といわれるものへの疑義が提示されている。と同時に，様々な立場で書かれた史料を集め精査した上で，可能性の一つとして，自分の解釈が提示されているのである。

　色々な立場の様々な「事実」を出来るだけ集め精査し，どう解釈するか。──露伴の作品は，たくさんの情報が飛び交う現代にも通じる問題を提起しているといえるだろう。

（西川貴子）

▷2　「五重塔」（『国会』1891年11月〜1892年3月）。以下は嵐が来た時の描写である。「江戸四里四方の老若男女，悪風来りと驚き騒ぎ，雨戸の横柄子緊乎と挿せ，辛張棒を強く張れと家々ごとに狼狽ゆるを，可憐とも見ぬ飛天夜叉王，怒号の声音たけだけしく」。

▷3　「観画談」（『改造』1925年7月）の冒頭部分は次の通り。「ずっと前の事であるが，或人から気味合の妙な話を聞いたことがある。」

▷4　「幻談」（『日本評論』1938年9月）。

▷5　露伴は，1908年に，京都文科大学の講師として招聘されるが翌年の夏休みに東京に帰ったまま辞職した。京都では好きな釣りができないというのが理由の一つだった。露伴の座談は学生に喜ばれたが講義はうまくなかったという（参考文献の塩谷（1977））。

▷6　「蒲生氏郷」（『改造』1925年9月）では，蚊の嘴─連歌師─蠅─片倉小十郎が豊臣秀吉を蠅に喩えた逸話へと話が展開し，伊達政宗と蒲生氏郷の二人をめぐる様々な話が展開されていく。その際，種々の史料の性質や書かれ方の違いが検討され，その上で自らの想像が語られており，読者にも史料や逸話の解釈を想像する余地を与えている。

参考文献
『露伴全集』全41巻・別巻上・下（岩波書店・1949〜80）／柳田泉『幸田露伴』（中央公論社・1942）／塩谷賛『幸田露伴』全4冊（中公文庫・1977）／幸田露伴『蒲生氏郷　武田信玄　今川義元』（講談社文芸文庫・2016）／幸田文『父・こんなこと』（新潮文庫・1955）

二　近　代

42 夏目漱石（1867～1916）

江戸牛込馬場横町生まれ

図1　『吾輩は猫である』上（大倉書店・1907）挿絵
（国立国会図書館デジタルコレクション）

▷1　「恋愛を重大視すると同時に之を常に踏みつけんとす，踏みつけ得ざれば己れの受けたる教育に対し面目なし」と書かれている。

▷2　『吾輩は猫である』（大倉書店／服部書店・1905）。「吾輩は猫である。名前はまだない。」と始まり，猫の目で，苦沙味先生一家の様子が，ユーモアのある筆致で描かれる。「送籍」も話題のなかに登場する。

▷3　名誉ある職である大学教師から「新聞屋」への転身は，世の人々を驚かせた。それに対して漱石は，『朝日新聞』に発表された「入社の辞」で「新聞屋が商売ならば，大学屋も商売である」と語った。

1 「文学」をめぐる思い違い

　漱石は1867（慶応3）年，明治維新の前年に生まれた。ありとあらゆる価値が，西洋との邂逅によって変化した明治。その転換が漱石にもたらしたのは，「文学」という言葉をめぐる大きな思い違いだった。江戸の文化が残る明治初頭に，漱石は漢詩や漢文学に親しんだ。漱石はその世界が好きだった。そしてまた，生涯をかける価値のあるものだとも考えた。しかし，時代の趨勢は西洋を向いている。そこで，「漢」ではなく「英」と文学を足して，英文学の道に入ったのである。ところが英文学は，漢文学とは似ても似つかない世界だった。

　1900（明治33）年から約2年半の留学を経て，英文学者・夏目金之助として書いた『文学論』（1907年）は，日本では稀有な堂々たる文学理論書だったが，執筆の経緯を記した序に晴れがましさは感じられない。英文学への違和感や，こんなはずではなかったという苦々しさ，不愉快さが連綿と綴られている。なかでも「東西両洋思想の一大相違」として漱石が最も大きく抵抗したのは，西洋の詩や小説が神聖かつ芳醇なものとして掲げてきた「恋愛」だった。恋愛は，漱石が「東洋人」として受けてきた教育からすれば「罪悪」に他ならなかったからだ。漢詩文の世界に憧れて文学を志した漱石は，不意打ちをくらうようにして「恋愛」を描く「文学」に出会ったのだった。もちろん，英文学を夢中になって読んだことがあるとも書かれている。けれど東洋の読者である自分に理解できているのかという問いからは逃れられなかった。読者としての漱石にとって英文学は，簡単に近づくことのできない異文化のものだった。

2 作家漱石の誕生

　読者として苦しんだ漱石は，作家に転じることで「小説」と出会い直す。漱石の最初の小説作品は「吾輩は猫である」（1905年）である。漱石は38歳だった。「写生文」として長編にする予定など全くなく書き始めたところ，評判が高く続きを執筆することになり，まとまったときには「小説」として読まれることになった作品である。この後，漱石は大学の教師を続けながら，作品を執筆し続けた。たとえば「坊っちゃん」（1906年）。「親譲りの無鉄砲」な「おれ」が，中学教師として松山へ行き，同僚の山嵐とともに一暴れする痛快な物語だった。創作は，大学で教えることとは全く異なる面白さを感じさせたのだった。そして1907（明治40）年，ついに大学をやめ，漱石は朝日新聞社の専属小説家となった。

③ 新聞小説家という仕事

　新聞小説は，広い読者に向けて，彼らを満足させるべく書かれなければならない。漱石が最初に書いた新聞小説『虞美人草』（1907年）の人物配置は，実は，大ヒットした『読売新聞』の新聞小説，小栗風葉の『青春』（1905年）にほとんど重なっている。とはいえ，だからこそ違いが重要である。『虞美人草』では，ヒロイン藤尾と小野と宗近という二人の男からなる三角形によって「恋愛」模様が描かれながらも，最後には，藤尾の異母兄で宗近の友人でもある甲野によって「恋愛」が否定され，恩と義理という道義を語る物語にスライドしていく。新聞小説らしく「恋愛」を描きながらも，漱石の他の作品に共通する「非恋愛」の物語がせり出してくるのである。読者の期待をいかに自分の世界に結び合わせていくかというのが，作家の腕の見せどころになる。

④ 「恋愛」と「非恋愛」を合わせもつ三角形の物語

　漱石は，その後も三角関係ばかりを描いた。なぜなら，三角形では，男と女の物語を語りながら，同時に男と男の物語を濃密に語ることができるからだ。「恋愛」と「非恋愛」を組み合わせる装置になるのである。女を挟んだ三角形の二つの項になることで，男たちは互いの生き方をめぐってぶつかりあう。どちらかの男が女を手に入れた後も，その出来事は過去に封じ込めることができない。去った男は残された男の生涯にその影を深く落とし続けるのである。『三四郎』（1908年），『それから』（1909年），『門』（1910年），『彼岸過迄』（1912年），『行人』（1912年），すべて三角形の物語である。その最終形が，『こころ』（1914年）である。先生とKの関係は，静と先生の関係よりはるかに複雑で深い。静は，Kと先生の間に何が起こっていたのかを知ることも許されていない。二人の血の滴る秘密を受け継ぐのは「私」と名乗る青年であり，男たちの物語を男が受け継いでいくのである。漱石は「恋愛」を語らなければならないという要請に応えながらも，そのなかで「恋愛」とは異なる物語を語る方法を編み出したのだといえるだろう。漱石的三角形は，谷崎潤一郎「二人の芸術家の話」（1918年），芥川龍之介「開花の殺人」（1918年），武者小路実篤「友情」（1919年）など，その後も繰り返し変奏された。現在も，さまざまな時と場所で機能する，きわめて強力な物語装置である。

　英文学に対する違和感に苦しんだ漱石は「自己本位」という態度にたどり着いて，ようやく不安を払拭したと言っている。[5]「恋愛」を組み込みながらも，それとは異質な「非恋愛」を語る漱石的三角形。それは英文学との苦い出会いを「自己本位」に組み変えた，漱石自身の「文学」だった。　　　　（飯田祐子）

図2　『明暗　漱石遺著』（岩波書店・1917）表紙
（国立国会図書館デジタルコレクション）

▶4　二人の男の関係を父と息子と考えると，息子が母を手に入れることで父を超えようとするエディプスの物語としても読める。先生と青年を父と息子の関係と読んで，青年と静との関係の深まりの可能性を指摘する小森陽一らの論が提示されたときには，先生への裏切りがあるはずがないとする三好行雄らの立場との間に「こころ論争」が起こった。

▶5　1914（大正3）年に，学習院で行った講演「私の個人主義」で，「私はこの自己本位という言葉を自分の手に握ってから大変強くなりました」と語っている。また，「私共は国家主義でもあり，世界主義でもあり，同時にまた個人主義でもある」というように，「個人主義」を「国家主義」などと対立させていくとらえていく姿勢を示した。

参考文献

今西幹一企画，佐藤裕子・増田裕美子・増満圭子・山口直孝編『「坊っちゃん」事典』（勉誠出版・2014）／原武哲・石田忠彦・海老井英次編『夏目漱石周辺人物事典』（笠間書院・2014）／小森陽一・飯田祐子・五味渕典嗣・佐藤泉・佐藤裕子・野網摩利子編『漱石辞典』（翰林書房・2017）／『漱石作品集』全25点（27冊）（岩波文庫・2015）／『定本漱石全集』全28巻・別巻（岩波書店・2016〜20）

二　近　代

43　正岡子規（1867〜1902）

愛媛県松山生まれ

▷1　東京の学生時代に子規は夏目漱石と知り合っている。互いに寄席好きで、また漢詩文を披露しあって実力を認め合い、長文の書簡で文学論を戦わせるなど意気投合した。子規が結核で学業に嫌ぜしがさした頃、漱石は精神物理学（心理学）の受講を強く薦めたこともあった（子規はこの講義で「印象」等の心理学術語を学び、俳論に活用した）。大学卒業後の漱石が松山中学校に英語教師として赴任した際、日清戦争の従軍記者から帰郷した子規が漱石の下宿に転がりこみ、二カ月弱ほど一緒に住んだ。子規の影響で漱石の俳句熱は高まり、松山時代の彼は多くの句を詠んでいる。

▷2　子規は、「明治二十九年の俳諧」（『日本』1897年1月）で碧梧桐句を次のように評した。「印象明瞭とはその句を誦する者をして眼前に実物実景を観るが如く感ぜしむるを謂ふ。（略）椿の句の如き之を小幅の油絵に写しなば只地上に落ちたる白花の一団と赤花の一団とを並べて画けば即ち足れり」。

▷3　新聞『日本』1901年4月の随筆「墨汁一滴」に発表。

1　賊軍の士族として

　子規は松山藩士族の家に長男として生まれ、父を早く亡くしたため一家を担う存在として育った。松山藩は明治維新時に賊軍とされ、政治経済を牛耳る薩長閥に敵視されたため、旧松山藩は士族の子弟に学業を奨励し、自力で立身出世の道を歩みうる環境を整えざるを得なくなった。後に子規が帝国大学まで進学したのは正岡家の長男としての責任感とともに、旧松山藩士族として雪辱を果たすという気概も与っていた。しかし、子規は大学在籍中に結核に罹ったため学業意欲を失い、小説家として身を立てようと執筆したが挫折し、大学を中退する。彼は日本新聞社に入社し、以後は新聞社員として生計を立てた。

　新聞『日本』は憂国の士ともいうべき士族らの集う硬派新聞で、浅薄な欧化政策を推進する薩長政府批判を繰り返しては発行停止となった。政治経済が専門ではない子規は紙面の片隅に俳句や俳論を掲載し、短詩革新運動を始める。

　日清戦争勃発後、子規は旧藩主拝領の刀を握って形見の写真を撮り、結核の身でありながら従軍記者として大陸に渡るも病状が悪化し、重篤状態で神戸に送還されてしまう。やがて脊椎カリエス（結核菌が脊椎を冒し、腰骨等が溶ける業病）が発覚し、余命数年を覚悟した彼の筆鋒は俄然鋭くなり、俳諧宗匠らを激烈に批判して革新運動を鮮明にするとともに、短歌革新にも乗り出した。俳句雑誌『ホトトギス』では写生文を推進して文章革新も手がけたが、1902（明治35）年、34歳で病没した。

2　革新の軸となった「写生」

　子規が俳句や短歌、文章の革新を試みた際、主軸となった認識は「写生」である。それは「私」が体験した出来事を今まさに読者の眼前で起きたかのように追体験させる描写だった。例えば、子規は「赤い椿白い椿と落ちにけり　碧梧桐」を「写生」句と称賛したが、従来の椿句は「ひとさかりよふ程赤き椿かな」「落ちてすら花の崩さぬ椿かな」等のように、いかにも椿らしい風情をヒネって詠むのが定番とされた。ゆえに俳諧宗匠らは子規派の句をヒネリのない素人の凡作と批判したが、子規はヒネらずに詠んだ碧梧桐句こそ俳句と評したのだ。今まさに赤椿と白椿が落ちたという「現在」の出来事が臨場感とともに一瞬脳裏をよぎれば文学たりえる、子規はそのように主張したのである。

　子規は俳句の「写生」を短歌や文章にも応用した。一例を挙げると、彼が病床で詠んだ「瓶にさす藤の花ぶさみじかければたゝみの上にとゞかざりけり」は、古典の藤の花らしい情緒に囚われず、「私」の「現在」の出来事として描かれている。「写生」は約千年間に渡り醸成された和歌や謡曲、漢詩文から生活

の隅々に浸透した美意識を振り切って，ほかならぬ「私」が体験した日常の些事を現出させた点が革新的であった。評論家の福田和也（1960〜）は「写生」を次のように評している。「視覚を通して，今，まさに見ている，その前に事物があり，出来事があるという，観察される外界を媒介とすることで，はじめて話言葉は，形式や常套句，故事成語といった，記号化された教養的蓄積を逃れることが出来た」[4]。子規は伝統の短詩型たる俳句や和歌を「写生」によって価値観そのものを変容させ，また階級や教育に左右されにくい文章——江戸期までは身分や職業，男女等で文章形式が大幅に異なっていた——を創出することで，近代日本の国民が接しやすい文学像を提示したのである。

図1　正岡子規（1900年，病床で撮影）
（小泉苳三『正岡子規根岸短歌会の位相』立命館出版部・1934年10月，扉写真。国立国会図書館デジタルコレクション）

3　批評家として

　子規は幼少時より漢詩を詠み，韻文から小説等の散文に至るまで多くの創作をなしたが[5]，その本領は批評にあった。彼は江戸期の松尾芭蕉のように傑作を詠んで文学史を転回させたのではなく，批評によって従来の俳句観と異なる価値を創出する，つまり何をもって俳句と見なすか，その土台を丸ごと変容させた点に凄味がある。例えば，江戸期以来の俳諧宗匠は個人で詠む発句よりも連衆による連句を重視し，芭蕉を俳聖と崇めたが，子規は連句を文学ではないと否定するとともに，芭蕉句の大半は駄句と公言して憚らなかった。画人として注目されがちだった与謝蕪村を傑出した俳人と再評価し，『古今和歌集』を「くだらぬ集」「紀貫之は下手な歌よみ」[6]などと罵倒して『万葉集』を礼讃したが，いずれも一刀両断に近い独断であり，多くの賛否両論を招いている。昭和期の評論家である保田與重郎（1910〜81）は，かような子規の姿を次のように評した。「子規は創作家であるよりも批評家である，さらに天才的な鑑賞家であり，一代の価値の決定者であった」[7]。同時に，子規は室町連歌から江戸俳諧に至る膨大な発句の分類研究を行い，漢詩文や和歌その他の古典の魅力も承知の上で従来の価値観を変容させた節があり，そこに近代化を急激に図る明治期の切迫した変革の気運に加え，近代日本の自己否定に近い不安定さを見ることもできよう。

4　大量の作者を促した「写生」

　子規の「写生」は，平凡な「私」の日常の些事が書くに値するという発見を含意していた。ゆえに彼の俳句や短歌，随筆及び評論に接した読者の多くは，やがて「私」の日常の出来事を作品として描く作者となり，特に俳句や短歌では「写生」を掲げる作者群が主流を占めることになる。　　　　（青木亮人）

▷4　『現代人は救われ得るか』（新潮社・2010）。

▷5　子規の句は「掛稲に蝱飛びつく夕日かな」（1894），「柿の花土塀の上にこぼれけり」（1895）等のように，地味な小景を嫌味なく詠んだ佳句が多い。

▷6　子規「歌よみに与ふる書」新聞（『日本』1898年2月）。

▷7　『英雄と詩人』（人文書院・1936）。

図2　亡くなる約1カ月半前に描いた林檎の画
（「果物帖」1902年6〜8月。国立国会図書館デジタルコレクション）

参考文献
正岡子規『子規句集』（岩波文庫・1993）／同『仰臥漫録』（岩波文庫・1983）／同『病牀六尺』（岩波文庫・1984）／保田與重郎『英雄と詩人』（「保田與重郎文庫2」新学社・1999）／復本一郎『子規との対話』（邑書林・2002）／坪内稔典『子規とその時代』（「坪内稔典コレクション2」沖積舎・2010）／青木亮人『近代俳句の諸相』（創風社出版・2018）

二　近　代

44　二葉亭四迷（1864〜1909）

（ふたばていしめい）

東京生まれ

1　異文化の摂取者

　永井荷風（1879〜1959）がアメリカ体験をもとに書いた「林間」（1908年刊
『あめりか物語』所収）という小説がある。雑木林のなかで男女の会話を書き手
が聴く物語だが，この作品には二葉亭四迷が訳したツルゲーネフ（1818〜83）
の『あひゞき』（原著1850年，1888年訳）の影響があきらかだ。荷風は『狐』
（1907年）にも，ツルゲーネフを読む作家の姿を書いていた。

　20世紀前半の日本文学において先端的な存在でありつづけた荷風が5年近い
西洋体験をくぐりぬけてなお二葉亭を読んでいた事実には，日本の近代文学に
おけるこの作家の位置があらわれているだろう。何らかの形で〈異文化〉に触
れた日本人たちは，その接触体験をことばに純化しえた貴重な存在として，二
葉亭を意識していたのだ。

2　『浮雲』

　二葉亭の文学的デビューは前述の『あひゞき』，そしてオリジナルの小説
『浮雲』（1887〜90年）である。作家本人は東京外国語学校でロシア語を学ぶ以
前に陸軍士官学校を志望するなど，文学にとどまらず様々な事業を胸に描いて
いたのだが，結果的にこれらの文学作品が彼の名前を史上にとどめることにな
った。

　上の両作は近代日本のいわゆる「言文一致」文体（しゃべるように書く文章）
の先駆的試みとして紹介されるが，言文一致体の先例そのものは江戸時代の戯
作や明治初期の新聞，演説筆記などに多く見える。これらの例に対する二葉亭
の特徴は，幸田露伴が「地質の断面図を見るやうでおもしろい」と評したと言
われる執拗なまでの細密描写と，言文一致文を他の日本語文体と対位法的に使
いわけてゆく卓抜なバランス感覚にある。

　『あひゞき』の「自分は座して，四顧して，そして耳を傾けてゐた」にはじま
る一節は絵画にいう一点透視法の遠近感を持ちこんだ例で，現代でも十分に読
むにたえる翻訳の精密さとともに当時の文学者に強烈な印象を残した。『浮雲』
第一篇ではこの正確なパースペクティヴが心理描写に適用され，たとえば主人
公・文三が眠りに落ちる寸前に目まぐるしく変転する恋人・お勢の幻影を見る
描写などがある。ただし『浮雲』の見どころは役所を免職になって失意におち
いっていく文三の心理とともに，旭日昇天の勢いで出世してゆく本田というラ
イバルの自在な言葉づかいを対比的に描いたところにある。お勢やその母親に
まんまと取りいってゆく本田が使っているのは江戸戯作の語彙や言いまわしを
ふんだんに使用したネオ江戸語とでもいうべき言葉であり，第二篇ではこのテ

**図1　『新編浮雲』第一篇（1887）
表紙**
　著者名は，二葉亭に教示をあたえた
坪内逍遙（春のや主人）の名義に
なっている。
（高知市民図書館・近森文庫蔵。国
文学研究資料館，近代書誌・近代
画像データベースより。）

ンポのはやい言葉が文三の重たい言葉を駆逐してゆく。つまり『浮雲』は転落する男と立身出世する男の対立構造のうらに新旧二文体の対立をしのばせた作品であるわけで，落ちぶれてゆく男に新しい言文一致体が割りふられ，出世する男に古い文体が割りふられているという設定上の逆転と，第三篇の中絶にちかい終わりかたは無縁ではない。古い言葉でも新しい言葉でも物語をつづることが難しい時代が日本に到来していることを，この作品は語っている。

3 『其面影(そのおもかげ)』『平凡』と翻訳

　二葉亭がふたたび小説を書くのは『其面影』（1906年）。妻の妹とただならぬ関係におちいってしまう教師の物語であり，「熱き唇と冷かなる唇とが，あゝ，遂に相接した（略）」といったセンセーショナルな文と，ボロボロに落ちぶれた哲也を細密画さながらの冷徹さで描く文を書き手が使いわけている点に，文章家としての二葉亭の面目を見ることができるだろう。

　見るも無惨な哲也の姿はアンドレーエフ（1871〜1919）の翻訳『血笑記(けっしょうき)』（原著1904年，1908年訳）などに通じるものだが，この時期に二葉亭が翻訳した絶望的な物語群は『あひゞき』と同じく文学者を引きつけていた。園池公致(そのいけきんゆき)が書いた『遁走(とんそう)』（1912年）は「大変面白く読んだ「血笑記」」を持って旅行する青年を描く。戦場における「狂人」像が日露戦争後の社会で受けとめられた様は，谷崎潤一郎や正宗白鳥(まさむねはくちょう)の文章にも見ることができるだろう。

　国木田独歩の『武蔵野』（1898年，原題『今の武蔵野』）に『あひゞき』が引用されていることは有名だが，独歩は『あひゞき』の正確なパースペクティヴをあえて乱し，木々が錯綜する迷路のような空間として武蔵野を描いていた。『其面影』につづけて発表された『平凡』（1907年）については，掲載紙『東京朝日新聞』の渋川玄耳(しぶかわげんじ)が連載に先立って送った手紙に二葉亭のコメントが残っている[▶1]。二葉亭は新聞小説につきものである「挿絵」を拒否し，今回の小説は「徹頭徹尾愚痴をこぼしづめ」だから「強ひて描かば腕組をして考へ込んで居る姿を毎日く描く事になつてしまひませう困りましたなア」といい，同時にこの枠組みは「トルストイの我懺悔といつた様なゆきかた」だと述べたのだという。世界的なトルストイブームの倫理性とはおよそ異なる，「徹頭徹尾愚痴をこぼしづめ」の文学として見るまなざし。この，特定の価値意識にとらわれない言葉の読み方と書き方において，二葉亭は今日なお日本文学の突出した存在の一人である。

（多田蔵人）

図2　『二葉亭四迷　各方面より見たる長谷川辰之介君及其追懐』（1909）
二葉亭の死後，文壇人たちの追想をあつめた文集。
（国文学研究資料館蔵。近代書誌・近代画像データベースより。）

▶1　1907年10月4日付，『大阪朝日新聞』の渡邊霞亭(わたなべかてい)宛て。宮城県亘理町立郷土資料館江戸清吉コレクション蔵。

参考文献
　十川信介『二葉亭四迷論』（筑摩書房・1984）／加藤百合『明治期露西亜文学翻訳論攷』（東洋書店・2012）

二　近　代

45　森　鷗外（1862〜1922）

現・島根県津和野生まれ

1　近代文学の基盤

　近代の文学者に与えた影響という点で，鷗外ほど大きい存在はなかなかいない。作品に鷗外の文章や翻訳の影響を具体的にとどめる作家としては，樋口一葉，泉鏡花，永井荷風，芥川龍之介，太宰治，三島由紀夫，といった名前がすぐに挙がる。中野重治が『鷗外　その側面』（1952年）で鷗外の文業を徹底的に分析しているように，文学者たちは教科書を読むようにして鷗外の文章を調べ，吸収してきた。鷗外没後に複数回刊行された『鷗外全集』とその関連資料を見てゆくと，この作家が「近代文学」の基盤となっていることがわかる。日本の近代文学をより広い時空に開くきっかけは，この少々難しくみえる作家の文学を執拗に読んでみることで見えてくるはずである。

2　言葉の改革期を生きる

　津和野藩（現・島根県）の医者の家に生まれた鷗外は，はやくから秀才として頭角をあらわした。1874（明治7）年に最年少で現在の東京大学医学部に入学し，新聞や雑誌にたびたび論文や漢詩を投書している。1881（明治14）年に陸軍に入り軍医となった後，ドイツ留学体験（1885〜88）をもとに，「ドイツ三部作」といわれる「舞姫」（1890年），「うたかたの記」（同），「文づかひ」（1891年）を書き，落合直文や小金井喜美子などと，和漢の語彙によって西洋の詩を翻訳した詩集『於母影』（1889年）をも発表した。

　江戸以来の漢文学や国学（日本古典学）の素養をバックボーンとしつつ，急速な西洋化の道を否応なく歩んだ近代日本文学のなかで，鷗外はトップに立って状況を見わたすことのできる希有な存在だった。上記にあげた作品群や翻訳作品を収めた単行本『水沫集』（1892年），そしてアンデルセン（1805〜75）の翻訳『即興詩人』（1902年）は，後続世代に属する文学者たちの蔵書目録に必ずといっていいほど登場する本である。[1]

3　和漢洋の「融和」をめざして

　「舞姫」の時期の文章を読むと，この作家が日本語の文章を「統一」することに対してためらいを覚えていることがうかがえる。しかし明治後期には，鷗外は一転して日本語のなかに和漢洋の三文化を「融和」（『即興詩人』序）する試みに積極的に取り組んだ。

　彼の膨大な知識と鋭敏なセンスは，文学にかぎらず，広く芸術諸ジャンルのなかで存在感をもっている。演劇論『つき草』（1896年），『かげ草』（1897年），美術論『洋画手引草』（久米桂一郎・岩村透・大村西崖との合著，1898年），『審

図1　アンデルセンの翻訳『即興詩人』の初版本と重版本
『即興詩人』は小さいサイズの「縮刷本」になった後も長く読みつがれた。
（筆者蔵）

▷1　鷗外に関しては，各地の記念館・文学館・図書館の精力的な取り組みも見逃せない。島根県津和野の森鷗外記念館発行の『鷗外本聚成』は，鷗外が明治期に出した書物を全点カラー図版で収載した，古今東西にあまり類例のない「書物学」の成果である。東京大学総合図書館の「鷗外文庫書入本画像データベース」では，鷗外蔵書への書きこみを閲覧することができる。

美極致論』（1902年）があるほか，歌壇の主要流派を総合した短歌会「観潮楼歌会」を開いた。戯曲『玉篋両浦嶼』（1902年），『日蓮聖人辻説法』（1904年）は，おなじく演劇改良の先駆者でありロマンチシズム受容をめぐって「没理想論争」（1891〜92年）を戦わせた坪内逍遙との緊張関係を示すものであるとともに，小山内薫の自由劇場をはじめ，20世紀初期における演劇運動の先がけをなした作品群である。『青年』（1910年），『灰燼』（1911年），『雁』（同）などの中長編は当時文壇に登場した夏目漱石と比較されることも多い。物語の密度の高さでは漱石に，物語構造の斬新さでは鷗外に，それぞれ一日の長があるといえよう。

　なお九州・小倉に赴任した時期（1899〜1902）には仏教哲学とフランス語を集中的に学んでいる。興味のある書物は全て読むという異様な向学心は鷗外の生涯を貫くもので，たとえば小倉での経験は永井荷風などのフランス風の作品を高く評価し，新時代の動向を作りだしてゆく際に役立っている。さらに九州では，次にふれる歴史小説の基礎資料をも多く読んだ。

4　歴史小説

　明治天皇の死（1912年7月30日）につづく乃木希典の殉死（同年9月13日）を受けて，鷗外は「興津弥五右衛門の遺書」（同年10月）を発表した。江戸時代の殉死事件に関する実在の文書に基づいた本作以降，鷗外には日本の伝統的制度をテーマとし，歴史文書を取りあげた作品がめだつようになる。「阿部一族」（1913年），「山椒大夫」（1915年），「最後の一句」（同），「高瀬舟」（1916年）などの系譜だが，ただし鷗外が乃木の殉死以前から『西周伝』（1898年），『能久親王事蹟』（1908年），『阿育王事蹟』（大村西崖との合著，1909年）などの歴史文書に基づく著作を発表していた事実は見のがせない。「かのやうに」（1902年）には国家神道の問題に苦しむ歴史家が出てくるけれども，鷗外の歴史文学は，さまざまな内的・外的要因によって言葉にできない歴史をどう言葉にするか，という一点をめぐって継続していたと言える。

　その達成が『渋江抽斎』（1916年），『伊沢蘭軒』（1916〜17年）以下の「史伝小説」と呼ばれる作品系列である。もしこれらの作品を手にとる機会があったら，登場人物の誕生や死，あるいは結婚の表記にあたってどんな漢字が選ばれているか，ぜひとも注目してみてほしい。江戸時代の儒学者・医者の伝記を淡々とつづってゆくこれらの作品は，『春秋左氏伝』の時代から漢字文化圏で展開しつづけた言葉と歴史の闘争を，現代日本語に移しかえた試みとして読むことができるだろう。

（多田蔵人）

▷2　明治後期から大正初期にかけての鷗外の幅広いジャンル交流については，東京都文京区の森鷗外記念館が積極的な紹介と研究を行っている。「鷗外と画家 原田直次郎〜文学と美術の交響」（2013），「暁の劇場——鷗外が試みた，或る演劇」（2014），「明治文壇観測——鷗外と慶應3年生まれの文人たち」（2018），「荷風生誕140年・没後60年記念 永井荷風と鷗外」（2020）などの展覧会図録はいずれも最新の研究動向を踏まえており必携。

図2　『池田京水文書』（1917製作）
史伝小説『伊澤蘭軒』執筆にあたって鷗外が作成したノート。
（東京大学総合図書館森鷗外文庫蔵『鷗外文庫書入本画像データベース』）

参考文献
小堀桂一郎『若き日の森鷗外』（東京大学出版会・1969）／尾形仂『鷗外の歴史小説——史料と方法』（岩波現代文庫・2002）

三　近　世

46 『南総里見八犬伝』
曲亭馬琴（1814-42年刊行）

1 あらすじ

　曲亭馬琴の読本『南総里見八犬伝』（以下，『八犬伝』と略す）は全9輯180回あまり，今日もっとも流布している岩波文庫本では10冊に及ぶ大長編である。本作の梗概を限られた分量で紹介するのは容易でないが，その骨子ばかりを示すと，以下の通りである。

　1441（嘉吉元）年，下総国（現・千葉県北部，茨城県）における結城合戦▷1に敗れた里見義実は，安房国（現・千葉県南部）に逃れる。この地で義実は里見家を再興するが，のち隣郡の安西景連に攻められて苦戦する。籠城の最中，義実は飼い犬の八房に，「もしも景連を討ち取ったら，娘の伏姫を与えよう」と冗談を言った。これを信じた八房は，景連をかみ殺してその首を持ち帰る。伏姫は父義実の戯言を履行して，八房とともに安房国内の富山に籠もる。やがて腹部に異変を感じた伏姫は，自身が妊娠したと誤解し，身の潔白を証明するために切腹する。時に1458（長禄2）年秋，伏姫は17歳であった。その際，彼女の珠数から「仁義礼智忠信孝悌」の文字が浮かぶ8個の珠が飛散する。のち，この珠を所持する犬塚信乃・犬川荘介・犬山道節・犬飼現八・犬田小文吾・犬江親兵衛・犬阪毛野・犬村大角の八犬士が関東各地に出生する。犬士たちは波乱に富んだ離合集散を経て，1483（文明15）年に里見義実との対面を果たし，揃って里見家の家臣となった。

　同年11月，里見家や八犬士を敵視する関東管領▷2の扇谷定正が，対立していた山内顕定と手を結んで，里見家討伐の大軍を催した。しかし，里見家は八犬士の活躍や伏姫神霊の加護によって勝利し，のちに双方は朝廷や幕府の仲介で和睦する。犬士は里見家の八人の姫と婚姻し，老後は富山に入って仙人となった。

　生涯にわたって読書欲の旺盛であった馬琴は，『八犬伝』の中にも自らの知識を過剰なまでに詰め込んでいる。中でも，『三国演義』や『水滸伝』に代表される中国白話小説（明清代の口語体小説）は，『八犬伝』の筋立てや構成に多大な影響を与えており，典拠作品との比較を通して，馬琴の独自性を確認していくことも，本作を楽しむための一方である。

2 執筆と刊行

　『八犬伝』の出版は，28年に及ぶ大事業であったが，その道のりは決して平坦なものではない。刊刻の進捗状況を，板元（刊行書肆）▷3ごとに整理してみると，以下のようになる。

1814（文化11）〜23（文政6）年　肇輯〜第5輯　山青堂山崎平八

1827（文政10）〜30（天保元）年　第6・7輯　涌泉堂美濃屋甚三郎

1832（天保3）〜42（同13）年　第8・9輯　文渓堂丁子屋平兵衛

　各輯の刊行年は刊記（奥付）に従った。このデータだけを見ると，最初の5輯分を刊行した山崎平八の尽力が突出しているように思えるが，実際に彼が関与したのは，作品全体の3割に過ぎない。山崎の跡を継いだ美濃屋甚三郎は，第6輯と第7輯上帙（第7輯の前半）を担当したものの，資本が続かずに板木を大坂の河内屋長兵衛へ売却してしまう。美濃屋による第7輯下帙（後半）の刊行を援助し，第8輯以下の刊行を担ったのが丁子屋平兵衛であり，彼こそが『八犬伝』の続刊に最も力を尽くした書肆である。

　『八犬伝』の編成は極めて不均衡であり，全体の半ば以上が「第9輯」と称されている。ちょうど10分冊の岩波文庫本（新旧両版とも切り方は同じ）を例に取ると，第5冊の後半が「第9輯上套」（第9輯の第1回刊行分。1835年刊）であり，以後同文庫の第10冊まで，延々と「第9輯」が続く。

　その第9輯の最終冊「回外剰筆」では，架空の頭陀（僧侶）と作者馬琴との問答が展開されており，その文章の末尾には，大業を終えた馬琴の心境が，以下のように吐露されている。

　　盧生の栄華は五十年，本伝作者の筆労は，正に是二十八年，孰か夢にあらざりける。（「邯鄲の夢」の主人公，盧生が夢の中で見た栄華は50年間であったのに対して，この『八犬伝』の作者である私の執筆は28年に及んだ。どちらも同様にはかない夢のようなものではないか）

　二度の板元交替や，長男興邦（宗伯）の死，そして自身の視力低下といったさまざまなアクシデントに見舞われながらも，馬琴は30年に近い歳月を費やして，古典小説屈指の長編を完結せしめたのである。

3 テキストと注釈書

　『八犬伝』のテキストは，前述した岩波文庫本が，長らく標準的なものとして用いられてきた。今日では，濱田啓介による新潮日本古典集成本が，配慮の行き届いた本文として利用されている。しかし，両書ともに注釈が施されていないので，全巻の通読は容易なことではない（筆者も中学生時代，冒頭数ページで早々に挫折した経験がある）。近時，徳田武『南総里見八犬伝全注釈』第1冊（第1〜10回）が刊行されたので，伏姫・八房の富山入りまでの物語は，同書によって味読することが可能である。

　　　　　　　　　　　　　　　　　　　　　　　　　（神田正行）

▷4　木版印刷で，文字や絵を彫りつけて刷るための板。板木の売買に伴い，作品を刊行する権利も移動した。

▷5　唐代小説『枕中記』に見える。盧生という青年が，邯鄲の町で枕を借りて寝たところ，栄華を極めた夢を見る。しかし目覚めてみると，眠る前に炊きはじめた黄粱が，まだ煮えていない程の短い間であった。

図1　『八犬伝』第103回の挿画
長らく行方不明であった犬江親兵衛（右中央）の再登場には，当時の読者のみならず，作者馬琴もまた，『八犬伝』の遠からぬ完結を予感したはずである。しかしこの挿画は，岩波文庫本では第5巻の末尾に見えるものであり，物語はいまだ半ばに至ったものに過ぎなかった。
（筆者蔵）

参考文献
濱田啓介校訂『南総里見八犬伝』全12冊（「新潮日本古典集成別巻」新潮社・2003〜04）／小池藤五郎校訂『南総里見八犬伝』全10冊（岩波文庫・1990新版）／徳田武『南総里見八犬伝全注釈』1（勉誠出版・2017）／石川博『南総里見八犬伝』（「ビギナーズ・クラシックス　日本の古典」角川ソフィア文庫・2007）／犬藤九郎佐宏『図解里見八犬伝（F-Files）』（新紀元社・2008）

三　近　世

47 『東海道四谷怪談』
四代目鶴屋南北（1825年7月，江戸中村座初演）

図1　「江戸廼花名勝会く五番組」

三代目豊国画の「於岩の亡霊」，貞秀画の「四ッ谷於岩稲荷社」など新宿区の四谷に因んだ絵が描かれる。
（国立国会図書館蔵）

▷1　「トまた歌になり，くだんの櫛にて髪をすく事。（中略）落ち毛，前へ山のごとくにたまるをみて，櫛も一つにもって，
お岩　今をも知れぬこの岩が，死なばまさしくその娘，祝言さするはこれ眼前。ただうらめしきは伊右衛門殿。喜兵衛一家の者どもも，何安穏にあるべきや。思へば思へば，エエ，うらめしい。」（2幕目「雑司ヶ谷四谷町の場」）

▷2　代々の市川団十郎の当たり芸を18種集めたもので，1832（天保3）年に七代目団十郎が制定。『勧進帳』『毛抜』『暫』『助六』『鳴神』など。早口芸の『外郎売』が含まれるように荒事のみで構成されるわけではない。

1 お岩の怪談

　お岩と言われて，片目の腫れたその恐ろしい容貌がすぐに思い浮かぶ人は今でも多かろう。日本で一番有名な幽霊・お岩のイメージは，歌舞伎『東海道四谷怪談』（以下，『四谷怪談』）で作者南北によって創り上げられた。隣人・伊藤喜兵衛の計略によって「面体変わる毒薬」を飲まされたお岩。髪を梳くも，薬の効果で毛が抜け落ちていく。その悲しみのなか，喜兵衛の孫娘お梅と祝言する夫・民谷伊右衛門の裏切りを恨みつつお岩は絶命する。『四谷怪談』において最もおどろおどろしい「髪梳き」の場面であるが，南北は1809（文化6）年初演の自作『阿国御前化粧鏡』で既にこの趣向を用いていた。その再利用ということになる。

　その後，伊右衛門が新妻お梅と枕を交わそうとすると，その姿がお岩に変わる怪異が起こる。即座に刀を抜いてお岩の首を刎ねる伊右衛門。しかし，落ちた首はお梅のものであった。日本には古く，夫が新しい妻を娶ったときに，前妻が後妻を襲撃する〈後妻打ち〉と呼ばれる習俗があった。これが芸能に採り入れられた例が中世では能の「葵上」や「鉄輪」であり，近世の歌舞伎では女形の〈嫉妬事〉の芸と結びつく。歌舞伎十八番の『嫐』もその派生作である。お岩の怪談はこうした〈後妻打ち〉の系譜上にも位置付けられる。

　お岩は実在する人物で，四谷左門町（現・新宿区）の於岩稲荷にまつわる巷説を元に南北は本作を創った。ここで題名に織り込まれた「東海道」との地理的相違に気がつく。新宿区の四谷に東海道は通っていない。実は〈四谷〉の地名は東海道に別に存在し，藤沢宿と平塚宿の間にある四ッ谷（現・藤沢市）という立場は，大山阿夫利神社へと通ずる大山道への分岐点となっていた。南北は『四谷怪談』初演の同じ年の1月，『御国入曾我中村』という作品でこの藤沢の四ッ谷を登場させている。南北には，『四谷怪談』を『御国入曾我中村』と同じ場所が舞台になる連作にしようとする構想があったのかもしれない。しかし，実際の作中において最終的に舞台となったのは新宿の四谷でも藤沢の四ッ谷でもなく，雑司ヶ谷の四家町（現・豊島区）という第三の〈四谷〉であった。

2 小平の怪談

　伊右衛門は，お岩の死の責任を使用人の小仏小平になすりつけて殺害，お岩・小平ふたりの死骸を戸板の表・裏に打ち付けて神田川に流す。当時，旗本の妾と中間が密通し，戸板に釘付けになった両人の死骸が神田川へ流されるという事件が起こった。話題性のある出来事を採り入れるのは歌舞伎の常套的な作劇法である。南北はこの事件を当て込むべく，東海道の四ッ谷から雑司ヶ谷

の四家へ場所を変更したのであろう。雑司ヶ谷は神田川に近接していた。

その後，戸板は深川の隠亡堀（現・江東区）に流れ着き，釣りをする伊右衛門の前にお岩と小平の幽霊が現れる。『四谷怪談』の初演時には三代目尾上菊五郎がこの2役を勤め，戸板を表面から裏面へとひっくり返す一瞬で，お岩から小平へと早替りする仕掛けが見せ場となった。『四谷怪談』に登場する幽霊はお岩だけではない。戸板の趣向は，この物語がお岩の怪談とともに，小平の怪談でもあることを象徴的に表している。

小平は，山東京伝作の読本『復讐奇談安積沼』（1803年）に始まる小幡小平次の怪談の系譜に連なる人物である。妻とその浮気相手の共謀によって殺されるのが本来の設定であるが，本作ではそれがアレンジされ，お岩と密通したという濡れ衣を着せられ殺されるという形に変容している。小平は，元の主人である小塩田又之丞の足の病気を治すため，民谷家に代々伝わる「ソウキセイ」という特効薬を欲していた。その後，質屋の手に渡ったこの薬を幽霊となった小平が盗み出し，又之丞の足は全快する。

3 直助の悲劇

『四谷怪談』は「忠臣蔵」の外伝の枠組みで構想された作品で，この又之丞のほか，佐藤与茂七といった実在の義士をモデルにした人物が登場する。その一方で，討ち入りの計画に参加せず，忠義とは無縁の不義士として描かれるのが伊右衛門であった。初演当時，まだ若手だった七代目市川団十郎が演じた伊右衛門は，色男でありながら悪人という〈色悪〉の役柄の典型とされる。最後は与茂七に成敗される伊右衛門であるが，彼と並んで悪の魅力を発揮したのが，〈実悪〉のベテラン・五代目松本幸四郎が演じた直助である。

直助のモデルは，1721（享保6）年，主筋に当たる中島隆磧という町医者を殺して処刑された下人である。この殺された医者は元の名を小山田庄左衛門といった赤穂藩士で，討ち入り前に逃亡した不義士であった。その関連から，忠臣蔵物の作品において，〈直助〉という名を持つ人物が〈主殺し〉を犯すという筋立てがしばしば仕組まれた。『四谷怪談』での直助は，お岩の妹のお袖に恋慕し，恋敵の与茂七と勘違いして旧主の奥田庄三郎を殺すことになる。儒教の徳目が尊重される江戸時代において，主人の殺害は大罪である。

直助が犯した罪はこれだけではない。念願叶って枕を交わしたお袖が，実は血を分けた妹であったことが後に判明する。〈主殺し〉と〈近親相姦〉。人間として許されざる2つのタブーを犯した直助は自ら死を選ぶ。単に幽霊が出るだけではない怖さが，『四谷怪談』の物語には隠されている。　　（光延真哉）

▷3 「戸板返し」と呼ばれる演出。三升屋二三治『作者年中行事』（1848）によれば，南北は紙の模型を作って菊五郎にトリックを説明したという。

▷4 南北も『彩入御伽草』（1808）で題材にする。

▷5 1702（元禄15）年12月，大石内蔵助以下47名の旧赤穂藩士が主君浅野内匠頭の敵の吉良上野介を討つ事件が起こる。『仮名手本忠臣蔵』はこの事件を題材にした代表的な作品で，実名を用いると幕府の取り締まりの対象となるため設定を室町時代にずらし，内匠頭を塩冶判官，吉良を高師直に仮託する。

▷6 南北作では『菊宴月白浪』（1821），『仮名曾我当蓬莱』（1824）などがある。

図2　豊原国周画
三代目中村仲蔵の直助と，丸のなかには四代目中村芝翫の伊右衛門が描かれる。
（国立国会図書館蔵）

参考文献
郡司正勝校注『東海道四谷怪談』（「新潮日本古典集成」新潮社・1981）／諏訪春雄編著『東海道四谷怪談』（「歌舞伎オン・ステージ18」白水社・1999）／河竹繁俊校訂『東海道四谷怪談』（岩波文庫・1956）／古井戸秀夫『鶴屋南北』（「人物叢書」吉川弘文館・2020）／高田衛『お岩と伊右衛門「四谷怪談」の深層』（洋泉社・2002）／横山泰子『四谷怪談は面白い』（平凡社・1997）

三　近　世

48　菅　茶山──江戸漢詩

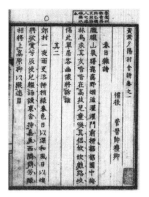

図1　『黄葉夕陽村舎詩』巻頭
（国文学研究資料館蔵，日本古典籍データセットより。DOI 10.20730/200010251）

▷1　たとえば，『文政十七家絶句』（1829（文政12）年）には，「秋日雑詠」などの日常生活に材を取った詩や，「遠州途上」など旅中の情景を描いた詩が収録されている。

▷2　富士川英郎『江戸後期の詩人たち』（麦書房・1966）には，この詩に対して，次のような印象的な解説が付されている。「あの中国地方に特有のそよとの風も吹かない，灼きつくような暑さの夏の午後。直射日光に眩しく照り映えている道路。たいていの家ではもう何もする気力もないひとびとが昼寝をしていて，闃として人声の絶えてしまったひと時。そんな情景や，魚売りの若者のどことなくうつろな叫び声までが，眼に見え，耳に聞こえるようではないだろうか。」この富士川の文章が，本詩の評価に大きな影響を与えたと考えられる。

▷3　福島理子「茶山風の形成─混沌社社友と菅茶山」（『近世文藝』51，1989）。

1　江戸の漢詩文化とその評価

　江戸時代において，漢詩文は日本人にとって重要な教養であり，とくに漢詩は詩歌の一ジャンルとして，多くの人々に親しまれた。本章では，江戸後期を代表する漢詩人の一人である菅茶山を取り上げる。茶山は，1748（延享5）年に備後国神辺（現・広島県福山市）に生まれ，この地で私塾廉塾を開き，教育に尽力しつつ，全国の文人と交流した。その詩集『黄葉夕陽村舎詩』（以下，『黄葉』という）などによって，二千数百首以上の詩を発表し，1827（文政10）年に没した。この茶山の詩の中から，よく知られるもの2首について，これまでの研究の歴史をも視野に入れながら見てゆこう。

2　菅茶山の詩と神辺の風景

　茶山の本領とされるのが，神辺での日常生活や旅の情景について詠った詩である。彼が神辺の風景を叙した「即事」（『黄葉』巻3）を，例として掲げる。

　　渓村無雨二旬餘，石瀬沙灘水涸初。満巷蝉声槐影午，山童沿戸売香魚。
　　渓村　雨無くして　二旬餘，石瀬　沙灘　水　涸れ初む。満巷の蝉声　槐影の午，山童　戸に沿ひて　香魚を売る。

　　（谷あいの村では，もう二十日ほども雨が降っていない。川では水がかれはじめ，岸辺や砂州が露わになった。昼になると，蝉の鳴き声が村のあちこちから聞こえ，槐の木が濃い影を落としている。そのなかを，山から来た子どもが，家をまわって鮎を売っている。）

　詩は，故事などを用いず，平明かつ細やかに夏の山村の景物を詠っており，あたかも俳句や近代の叙景詩を読んでいるかのような趣きがある。たとえば，蝉の声や魚売りの声の描写は，それ以外に何の音も聞こえない，昼下がりの村のしんとした静けさを表しているとも言える。

　こうした茶山の写生詩は，すでに江戸時代後期からよく知られていたが，とくに1960年代以降，富士川英郎や中村真一郎らが，比較文学的な見地から江戸漢詩を再検討し，その価値が高く評価されるようになった。この「即事」も，そうした文脈の中で注目が集まった作である。近年では，さらにその表現の分析が進み，明時代の中国文人の書画や詩，あるいは俳諧などと，茶山の細やかな詩風との関係が明らかにされている。

3　菅茶山の詩と南朝，楠木正成

　茶山の詩は，自然を詠ったものばかりではない。次に引く「宿生田（生田に宿す）」（『黄葉』巻4）は，楠木正成という歴史人物への敬慕を，詩の内容とし

ている。

　　千歳恩讐両不存，風雲長為弔忠魂。客窓一夜聴松籟，月黒楠公墓畔村。
　　千歳　恩讐　両つながら存せず，風雲　長へに為に忠魂を弔ふ。客窓　一
　夜　松籟を聴く，月は黒し　楠公墓畔の村。

　（激しく争った南朝と北朝も，ながい時を経た今日では，ともに消え去り，た
　だ風と雲だけが，忠臣である正成の墓のあたりに去来し，彼を弔っているか
　のようである。旅の一夜，窓辺に松風の音を聞いて，あたりを見ると，正成
　の墓があるこの村の上に，月が薄暗くかかっている。）

　正成は，南北朝時代の武将であり，後醍醐天皇の南朝を支えたが，足利尊氏
の軍を迎え撃つため，湊川に赴き，奮戦の後，自ら命を絶った。1692（元禄５）
年，徳川光圀が，この地に「嗚呼　忠臣楠子之墓」と自ら記した墓碑を設け，田
畑の中に石碑が立っている状態であった。[5]

　茶山は，1794（寛政６）年，京や大和への旅の途中，墓にほど近い生田の地
を訪れており，その折，目にしたのであろう。[6] 優れた人物の墓が，詣でる人も
ないまま放置されていることを，茶山は残念に思っている。月が暗いと詠われ
るのは，そのような茶山の気持ちを象徴したものとも言える。なお，この「月
黒」については，月光を雲が遮っていると取り，承句に述べる「風」と「雲」
を，転句の松風や，結句の月にかかる雲というかたちで展開させていると理解
することもある。[8]

　この「生田に宿す」の詩は，江戸後期から広く知られたが，旧制中学の漢文
教科書に多く収録されるなど，戦前においてとくに親しまれた。正成の忠節を
尊ぶことが，この時期の思潮と合致し，読者にとって規範になると考えられた
からであろう。時代とともに，注目される詩が異なっていることが分かる。

4　近年の研究の展開

　茶山の詩については，近年も，なお多くの議論がなされている。たとえば，
法隆寺所蔵の唐代に作られた七絃琴を題材としつつ，中国，日本の治乱興亡に
ついて批評した長編古詩「開元琴歌」（『黄葉』巻３）こそ，茶山の詩の真面
目と考えるべきだといった主張もなされている。[9] また，草稿段階における改作
なども視野に入れながら，凶作や災害などに際して作られた政治批判の詩を，
茶山の文学活動を分析する上で中核に据えるべきであるとの考察もある。[10]

　茶山に限らず，江戸時代の漢詩文は，現代を生きる我々にも身近な情緒や知
識を詠った，理解しやすいものが多い。今後も，様々な文脈から，新たな魅
力・価値が見いだされてゆくと考えられる。[11]　　　　　　　　　（合山林太郎）

参考文献
　猪口篤志編『日本漢詩』上・下（「新釈漢文大系45・46」明治書院・1972）／『江戸詩人選集』全10
巻（岩波書店・1990～93）／富士川英郎『江戸後期の詩人たち』（麦書房・1966，後，筑摩書房・
1973，平凡社（東洋文庫）・2012から再刊）／中村真一郎『江戸漢詩』（岩波書店・1985，後，同・
1998）／池澤一郎『江戸時代田園漢詩選』（農山漁村文化協会・2002）／鈴木健一『日本漢詩への招
待』（東京堂出版・2013）／揖斐高編『江戸漢詩選』上・下（岩波書店・2021）

▷4　朱秋而「菅茶山の漢詩
に表れた俳諧性──日中の
「物売り」像の比較を通して」
（『和漢比較文学』25，2000）。

▷5　『摂津名所図会』（1796
～98（寛政8～10））矢田部
郡（八部郡）上。同書によれ
ば，「湊川　二町　計　北坂本村
田圃の中にあり。初は一堆の
家のみにして家上に松　梅の
二木の印あり（略）碑石の外
に瓦　葺方三間の雨露覆あり」
といった状態であった。現在
は，1872（明治5）年に創設
された湊川神社の境内にある。

▷6　富士川英郎『菅茶山』
（福武書店・1990）。

▷7　池永潤軒『和漢名詩講
話』（京文社書店・1933）の
「今夜偶然と自分は旅館の窓
に松吹く風の響を聞いて昔を
忍んでゐると，月色暗く楠公
の墓近くの村は明かに見えな
い。月も心あつて照らさない
のだらうか」といった解釈や，
『菅茶山詩集・頼山陽詩集』
（「新日本古典文学大系66」岩
波書店・1996）中の水田紀久
による「ここ楠公の墓碑のほ
とりの村では，月も雲にかく
れ，わが思いが通じるかのよ
うだ」といった注がそれにあ
たる。

▷8　三島竹堂『和漢名詩類
選註釈』（文進堂・1928）の
「第三句は第二の風の字より
来り，第四句は同雲の字より
生ず。大に心して読むべきな
り」という説明など。

▷9　『江戸詩人選集』第4
巻（岩波書店・1990）黒川洋
一解説。

▷10　小財陽平『菅茶山とそ
の時代』（新典社・2015）。

▷11　本解説の内容について
は，「日本漢詩文とカノン」
（『リポート笠間』58，2015）
も参照のこと。

三 近 世

49

『雨月物語』
上田秋成作（1768（明和5）年脱稿・1776（安永5）年刊行）

1 『雨月物語』と秋成の自負

　『雨月物語』は，江戸時代の怪異小説の中でも，珠玉の作品として親しまれてきた。作者は，大阪生まれの上田秋成（1734〜1809）。作品名の由来については諸説あるが，「雨」（小雨）と「月」（朧月夜）の組み合わせでこの世とあの世の曖昧な境界を創り出し，怪異出現の効果を狙った物語と一応考えておこう。近代の泉鏡花，芥川龍之介，谷崎潤一郎，三島由紀夫，村上春樹などからも，傑作と評された物語である。9つの短編作品（1「白峯」，2「菊花の約」，3「浅茅が宿」，4「夢応の鯉魚」，5「仏法僧」，6「吉備津の釜」，7「蛇性の婬」，8「青頭巾」，9「貧福論」）から成る。これらについての最新の研究も含めた研究史と参考文献については，秋成研究会編『上田秋成研究事典』（笠間書院，2016年）にまとめてある。同書は，『雨月物語』に限らず，『春雨物語』をはじめ秋成の学問思想に至るまで丁寧に解説と参考文献が紹介されているので，これから秋成研究を始めようとする人にとっては大そう有益である。ウェブサイトにも「上田秋成文献目録」が掲載されている。

　秋成は，序文において，素晴らしい文章力で人々を魅惑した羅漢中（中国元末〜明初期）の『水滸伝』や紫式部の『源氏物語』を引き合いに出し，自分の『雨月物語』は稚拙な文章を並べたにすぎない，と謙遜する。しかし，『水滸伝』や『源氏物語』と並べて云々すること自体，強烈な自負心の裏返しというべきだろう。また，序文の末尾に「剪枝畸人」の署名がある。疱瘡を患って親指を切り落としたように短くなった自分の身体を指すらしい。だが，「畸人」は，身体や精神が人と異なる反面，天に近い存在であることを意味するともいう。ならば，そこに秋成は，自作に対する相当の自負を込めていることになろう。[1]

2 典拠と作品の読み

　『雨月物語』の9編の短編作品は，中国小説を典拠にしたり，和歌や謡曲，漢籍等の表現や情趣を下地にしている。したがって，ある程度の知識をもった読者層が想定される。なお，先述した『上田秋成研究事典』には，典拠となった以下の中国小説の原文・書き下し文・日本語訳が掲載されている。「范巨卿鶏黍死生交」（「菊花の約」），「愛卿伝」（「浅茅が宿」），「魚腹記」（「夢応の鯉魚」），「牡丹燈記」（「吉備津の釜」），「白娘子永鎮雷峰塔」（「蛇性の婬」）。『雨月物語』の各作品を原文に即して「読む」には，まず，典拠となった作品に目を通すだけでなく，下地となった重要な語句の意味や用例，その背景となる時代状況等を調べる必要がある。その上で作者がどのようにそれらを活用しながら作品を創り上げたかを理解しなければならない。典拠その他を押さえつつそ

▷1　序文の解釈については，これまで多くの研究者が言及してきたが，参考文献の長島（1998）がわかりやすい。

の作品を如何に「読む」か，これは研究史上で幾度となく繰り返されてきた問題で，今後も続けられていくべき基本であるといえよう。

3 「怪異」に託された主題

『雨月物語』を読むにあたっては，いろいろな切り口があるが，怪異を通して導き出される主題を追うのが有効だろう。「浅茅が宿」「吉備津の釜」は男女の愛を扱うが，貞淑な女は怪異にならなければ家業を嫌って浮気心に走る男に秘めた思いを伝えることができない悲劇を描くし，「蛇性の婬」は異類になってまでも純愛を貫こうとする女を描いたとも読める。「白峯」の崇徳院は，保元の乱に敗れて讃岐に流された崇徳院が怨念を晴らすには怪異にならざるを得なかった模様が描かれる。「菊花の約」は，9月9日の重陽の節供に逢うという約束を果たすために赤穴宗右衛門は捕らわれていた城から切腹して霊となって長谷部左門のところにやってくるという怪異譚。「夢応の鯉魚」は，死後蘇生譚として語られる絵師興義の鯉魚変身譚。秀吉に自害に追い込まれた秀次一行の亡霊と高野山で出会う夢然父子，人肉を食らうような大盗賊が快庵禅師によって悔悟する「青頭巾」。いずれも，怪異にならなければ描けない何かを導き出す。怪異自体の恐怖心よりも，それを通して滲み出る人間的哀感が主題だといえようか。

4 善悪を越えた人間の「性」

以前からよくいわれていることだが，怪異を通してあらわれてくるのは，やはり人間の「性」の問題であろう。「性」とは，変えようにも変えられない人間生来の性質である。善悪の道徳的価値を越えている。男と女の場合も，どちらか一方の善悪が明白なら事は単純だが，生来の気質＝「性」は容易に道徳的判断を許さない。お互いの「性」が食い違えば，怪異の力を借りないと思いは伝わらないのである。作者秋成は，人間の「性」の問題から決して目をそらさなかった。崇徳院も，勝四郎・宮木，正太郎・磯良，豊雄・真女児たちのすれ違いも，道徳的価値を越えた「性」の違いが生み出したもの。『雨月物語』の登場人物たちは，「性」に従って一生懸命に生きようとしただけなのだ。また，国学者賀茂真淵は人間本然の「直き心」を求めたが，その流れを汲む秋成は，「性」に従って生きる心を「直き心」と呼んだ。善悪・賢愚とは無縁で，状況次第でどちらにも染まり得る白紙の状態だ。戦乱の中で「直き心」であり続ける勝四郎，少年との愛欲に溺れる「青頭巾」の鬼僧，最後は「丈夫心」になって真女児と対決する豊雄，怪異になってまでも愛を貫く女たち。皆そうである。

（山下久夫）

▷2 多くの研究者が典拠を指摘した上で作品論を展開しているのだが，「典拠」とは何かを問いつつ語釈との区別を意識的に行ったのは，飯倉洋一・木越治編『秋成文学の生成』（森話社・2008）第7章の井上泰至「『雨月物語』典拠一覧」である。

▷3 本文で紹介した『上田秋成研究事典』に参考文献が載るが，内容の簡潔な要約も示されているので，自分の要求に従って選べばよい。誰しもが当たる古典的な参考文献としては，鵜月洋『雨月物語評釈』（角川書店・1969）が挙げられよう。最近では，井上泰至『雨月物語の世界──上田秋成の怪異の正体』（角川選書・2009）が，『雨月物語』所収の各短編作品間を自由に往還しつつ，怪異小説としての『雨月物語』の魅力に迫っているのが注目される。

参考文献

長島弘明校注『雨月物語』（岩波文庫・2018）／高田衛・稲田篤信校注『雨月物語』（ちくま学芸文庫・1997）／青木正次『雨月物語　全訳注』上・下（講談社学術文庫・1981）／秋成研究会編『上田秋成研究事典』（笠間書院・2016）／長島弘明『雨月物語の世界』（ちくま学芸文庫・1998）

三　近　世

50 『曾根崎心中』
近松門左衛門（1703（元禄16）年初演）

1 1703（元禄16）年度の近松——京都の事件

「なむあみだぶつときへてあしたは卯月の五日せみの小川に名をながす思ひと恋とゑ」（「心中しゆん」『落葉集』1704年）と歌われたように，米屋庄兵衛・八百屋おしゅんの事件，世に言う米屋心中は1703年4月5日のことであった。京都の万太夫座では，お夏・清十郎に仮託して『河原心中』と題した作を上演し，同じく早雲座でも，半七・三勝に仮託した『心中半七三勝七年忌』（「三本木の川原の心中」）が出された。

ところが，屏風屋手代による辛崎心中が同月28日に起こると，早雲座では，幕を開けてまだ間もない『心中半七三勝七年忌』は劇中劇として残し，『からさき八景屏風』へと狂言替えがなされた。その狂言本の内題下に「近松門左衛門作」，脇方簽に「作者　近松門左衛門」とあること，また，第二冒頭に掲げる，座本大和屋藤吉による口上から，興行政策にも深く関わりつつ近松によって『からさき八景屏風』は制作されたと知れる。この作は，5月の遅くとも中旬に上演されたと考えられる。これに先立つ二の替狂言『けいせい三の車』でも狂言本の内題下に「近松門左衛門作」，脇方簽に「作者　近松門左衛門」とあり，未見ながら「評判の心中半七三かつ七ねんきといふ本」が刊行されたと狂言本中で喧伝される『心中半七三勝七年忌』も同様であった可能性が高い。

これらを要するに，1703年度，早雲座における狂言作者というのが近松の，いわば「本業」であった。

2 大坂の事件

その「早雲座の近松」が米屋心中の劇化構想に取りかかっていた頃であろうか，4月7日には，大坂曾根崎の天神で心中が起こる。当時京都住まいの近松が「あと月（＝4月）ふつと御当地（＝大坂）へくだりあはせまして，かやうのことこさりましたを承り，何とぞおなぐさみにもなりまする様にと存して，則浄るりに取り」んだ，と言う（絵入本『曾根崎心中』見返し・辰松八郎兵衛口上）。『今昔操年代記』は，経営難に喘いでいた竹本座の面々が次の出し物の相談をしているところへ，「やれ曾根崎の天神で。見事な心中」があった，との知らせがもたらされ，「是を一段浄るりにこしらへ。そねさき心中と外題を出し」たところ，大好評であった，と伝える。

『曾根崎心中』の初日は5月7日であるが，上演直前あるいは上演後でも細部の手直し等を求められることくらいはあったかもしれないが，近松が『曾根崎心中』を書きあげたのは，辛崎心中が起こった4月28日以前であったと考えるのが合理的である。また，辰松の口上では，たまたま大坂に来た近松が，耳

▷1　表紙左上に貼られているのが，外題と呼ばれる作品名などを記した題簽で，その右側に貼られているのが脇方簽である。その一番左に「作者　近松門左衛門」と見える（図1参照）。

図1　『からさき八景屏風』表紙
（国立国会図書館蔵）

▷2　ここまでの記述については，松崎仁「米屋心中の狂言と「曾根崎心中」」（『元禄演劇研究』東京大学出版会・1979）を参照。

にした事件を自発的に浄瑠璃に取り組んだかの如くに読める文脈であるが,「早雲座の近松」という当時の立場を考えれば,竹本座の求めに応じて近松が筆を執ったと考えるべきだ,ということも言うまでもなかろう。

けっしてその評価を貶めるものではないが,早雲座における歌舞伎制作という近松の「本業」からすれば,「片手間」として成った浄瑠璃が『曾根崎心中』であった。大坂の竹本座の経営状態を改善しよう,ましてや,浄瑠璃の歴史に一石を投じよう,といったようなことを目論む立場にはなかったことはたしかである。が,そう考えてしまう。しかし,それは,『曾根崎心中』の大当たり,および,その後の近松の「偉業」を知っている現代人の思い込みに過ぎないのであり,近松が置かれていた当時の状況はそのような見方は許さない。

3 『曾根崎心中』その後

また,ある現代人は言う。『曾根崎心中』の好評によって近松は歌舞伎を離れ,浄瑠璃に専念するようになった,あるいは,『曾根崎心中』の大当たりを契機として近松は竹本座の座付作者となった,と。が,それらも明らかな間違いである。『曾根崎心中』の大当たりが齎したのは,それによって借財を完済した竹本筑後掾の引退表明であった(『今昔操年代記』)。

一方の近松は,1704(元禄17・宝永元)年度は前年度に引き続き早雲座(『娘長者羽子板絵合』役割番付)の,1705(宝永2)年度は万太夫座(『吉祥天女安産玉』他狂言本)の座付作者として京都で歌舞伎制作に勤しんでおり,この期間,近松が竹本座に浄瑠璃作品を提供したことは確認し得ない。

というより,竹本座そのものの存続が怪しい。1703年7月の,竹本采女改め豊竹若太夫による豊竹座の旗揚げも無関係ではなかろうが,筑後掾引退という道頓堀の危機に乗り出してきたのが「竹田氏」であり,筑後掾に翻意を促し,竹本座の体制を一新した。そのプロジェクトの一環として近松は竹本座の座付作者に据えられた。『曾根崎心中』の大当たりがなければ,筑後掾の引退表明もなく,竹本座は赤字経営を続け,場合によっては経営破綻していたのかもしれない。そういう意味では,『曾根崎心中』の大当たりは,竹本座における,後の浄瑠璃作者近松を生み出した,と言えるのかもしれない。しかし,それは,風が吹けば桶屋が儲かる式の理屈ではあっても,要因の意でも,きっかけの意でも契機とは言わないのが良識である。

ひとり『曾根崎心中』に限らず,現代人の感覚や性急な文学史記述に惑わされてはいけない。

(井上勝志)

▷3 『浄瑠璃連理丸』が『曾根崎心中』を評して,「ふし付文句あやつり上々吉/近年の大あたり 作者近松門左衛門」と言うように,筑後掾の語り(「ふし付」),辰松の人形(「あやつり」)と並んで,作者近松の作文(「文句」)も大当たり招来の要因であったことはまちがいない。「色で。道引情で教へ。恋を菩提の橋となし。渡して救ふ観世音」によって,心中したおはつ・徳兵衛は「未来成仏疑ひなき恋の。手本となりにけり」と,近松は『曾根崎心中』を結んでいる。

▷4 新体制の竹本座としての再出発を言祝いで,1705年に上演されたのが近松作『用明天王職人鑑』。その絵本見返し図に,「本座 竹田出雲掾」とともに「作者 近松門左衛門」も描かれる。『用明天王職人鑑』の意義などについては,阪口弘之『古浄瑠璃・説経研究―近世初期芸能事情―下巻 近世都市芝居事情』(和泉書院・2020)第三篇所収の各論を参照されたい。

図2 『用明天王職人鑑』見返し図
(東京大学霞亭文庫蔵)

参考文献
信多純一校注『近松門左衛門集』(「新潮日本古典集成〈新装版〉」新潮社・2019)/山根為雄ほか校注・訳『近松門左衛門集(1)〜(3)』(「新編日本古典文学全集74〜76」小学館・1997〜2000)/諏訪春雄訳注『曾根崎心中 冥途の飛脚 心中天の網島』(角川ソフィア文庫・2007)/近松生誕三百五十年記念近松祭企画・実行委員会編『近松門左衛門 三百五十年』(和泉書院・2003)/井上勝志編『近松門左衛門『曾根崎心中』『けいせい反魂香』『国性爺合戦』ほか』(「ビギナーズ・クラシックス 日本の古典」角川ソフィア文庫・2009)

三　近　世

51 『奥の細道』
松尾芭蕉（1694年成立・1702年刊行）

1 旅と作品のタイムラグ

　松尾芭蕉が東北・北陸方面の旅を行ったのは，1689（元禄2）年。3月末に深川を発ち，8月後半に大垣（現・岐阜県大垣市）へ着くまで，約5カ月の間，各地で発句（現在の俳句）を詠み，土地の俳人と連句を興行し，少し長めの前書をそれらの一部に付していた（多くは世話になった人への贈り物であった）ことが知られている。現存するそれらの資料を見ると，部分的に『奥の細道』の原形をなすと認められるものがあり，芭蕉はおそらくそれらを手控えの帳面に付けていたとおぼしい。それでも，約2年半に及ぶ上方滞在中，この旅の紀行文を書き始めた形跡はなく，執筆が始まるのは，1691（元禄4）年10月に江戸に戻り，さらに2年近く経過したころのこと。推敲が重ねられ，書家の素龍に清書させた本（西村木）が完成するのは1694（元禄7）年4月。「おくのほそ道」という自筆の題簽を貼ったこの本を携行して，芭蕉は最後の旅に出発し，10月12日に大坂（現在の大阪）で客死する。伊賀上野の兄に遺されたこの本を譲り受けた去来は，1702（元禄15）年にこれを出版。実際の旅と作品完成の間には5年ほどの時間があり，芭蕉生前は未刊であったという事実を，まずは承知する必要がある。

2 旅の事実と作品の真実

　1943（昭和18）年，旅に同行した曽良の日記・書留が発見され，日記の記述と比べると随所に相違が確認されることから，『奥の細道』は旅の正確な記録ではなく，芭蕉が自身の旅を題材に創作した作品であることが明らかになった。また，旅中の芭蕉が句文を案じて何かに書き付ける場合，曽良は脇からそれを書き写していたらしく，その書留は『奥の細道』の意図を探る上でも重要な資料となる。

　たとえば『奥の細道』の大石田（現・山形県北村山郡大石田町）の段では，最上川を船で下るべく日和を待つ間，土地の人に俳諧の指導を頼まれて歌仙（36句からなる連句）を巻き，船に乗ってはその景観を楽しみ，水量の多さにひやひやしながら「五月雨をあつめて早し最上川」と詠んだ，ということになっている。ところが，曽良の日記を見ると，芭蕉たちは一栄という俳人を訪ね，船問屋でもあるその家に3泊したことが知られる。さらに，ここを発っては陸路で新庄に向かい，2泊した後，その先の本合海（元合海とも）で船に乗ったのであった。また，書留には，芭蕉・一栄・曽良・川水による歌仙が記録され，その発句は「五月雨を集て涼し最上川」となっている。

　夏に他人を訪問した際，「涼し」は最高のほめ言葉になる。つまり，これは，

▷1　『奥の細道』の主要な本には，西村本のほか中尾本・天理本などがある。中尾本は，1996（平成8）年に発見された自筆の初稿本と目されるもので，貼紙などによる訂正が無数にある。訂正後の中尾本を門人が忠実に写したのが天理本で，これにも墨や朱による訂正が数多く入ったため，素龍に清書させて最終形態としたわけである。ただし，西村本には素龍による書き誤りや意識的改変とみられる箇所もあり，本文の異同には注意を向ける必要がある。

図1　西村本（複製）の表紙
（筆者撮影）

図2　最上川の風景
（大垣市教育委員会写真提供）

この家には川風が入って実に過ごしやすいですね，という挨拶句なのであり，連句の最初に挨拶の心を込めるのは常識であった。芭蕉は，一語の変更でこれを船下りの実感を詠んだものに作り直し，『奥の細道』に収めたわけであって，二句は別の作とみるのが妥当である。本文では，一栄の名も宿泊した事実も伏せ，ただ偶然の出会いで一座をし，最高の時間を過ごしたとする。志を等しくする人との出会いも，その土地ならではの体験も，旅の効用には違いがなく，芭蕉はこの段でそういうことを書きたかったのだと考えられる。

つまり，『奥の細道』に書かれていることは，事実とは異なる箇所が多いものの，主人公の「予」にとってはすべてが真実なのであり，芭蕉は "ここではこれが書きたい" という内容をしぼり，各段を書いたようなのである。

3 作品全体の構成と主題

では，『奥の細道』の全体で，芭蕉が書きたかったことは何か。これまで，この作品の構成や主題をめぐっては，さまざまな意見が出されてきた。構成では，往路と復路の対比を中心に，構造的な見方をする説が多いのに対し，それを否定して，巻物のように進むにつれて新たな局面の現れる作品なのだ，という見解もある。主題に関しても同様で，不易流行の世界観，理想的な旅のあり方，自然と人生への賛歌など，さまざまなとらえ方が示されてきた一方，この作品に統一的な主題はなく，意味の焦点（小主題）が次々に展開しているのだ，という考え方も示されている。すぐれた作品がすべてそうであるように，『奥の細道』も種々の読み方を許容するところに，奥の深さがあるのかもしれない。

基本的には，過度に構造的な把握や，何か一つの主題に向かって書かれているといった理解には，限界があると感じられてならない。その意味で，小主題の連続という見方には魅力があり，巻物的な作品というのも合点がいく。それでも，前半と後半の呼応や書き分け（とくに後半になると句が多くなる）には無視できないものがあり，芭蕉にも何らかの構成意識に近いものがあったのではないかと推測される。稿者自身は，芭蕉は "序破急の呼吸" を意識したのではないかとの仮説を立て，白河・尿前・鼠（念珠）という3つの関を越えることで新局面に入る，という見方をしている。白河までの〈日光路〉が "序" で，鼠の後の〈北陸路〉が省略に富んだ "急"。白河と鼠の間が波瀾万丈の "破" で，その間が尿前の前後で〈奥州路〉〈出羽路〉に二分される。そうしたゆるやかな流れのなかで，出会いと別れがくり返され，変化し続ける諸相の向こうにかいま見える永遠なるものや，愛と契，死と再生といった話題までが出てきて，さまざまな感慨を抱かされ，読むたびにそれが更新されていく作品。『奥の細道』をそのようなものと考え，何度も何度も読み続けることをお勧めしたい。

（佐藤勝明）

▷2 『奥の細道』の本文には「このたびの風流，爰に至れり」とあり，これは "最高の風流を味わった" の意と解される。芭蕉にとっての「風流」は，俳人としての自分を高揚させるものの総称と考えるのが妥当。中尾本の貼紙下には，新しい俳風と古い俳風の入り乱れた歌仙になった，といった記述があり，こちらが芭蕉の本音なのであろう。それを「このたびの……」と直すことで，大石田の段は実に印象深い記事に生まれ変わることになる。なお，原文に章段名などはなく，「大石田」などは後人が便宜的に付けた仮称なのだけれど，芭蕉にも一種の章段意識があったであろうことは，改行などによって推察される。

▷3 堀切実の諸稿（『俳道──芭蕉から芭蕉へ』（富士見書房・1990）など）。

▷4 佐藤勝明「『おくのほそ道』の白河前後」（『文学・語学』215，2016年4月），同「『おくのほそ道』の越後路前後」（『国語と国文学』95-3，2018年3月）。

参考文献
久富哲雄『おくのほそ道 全訳注』（講談社学術文庫・1980）／尾形仂『おくのほそ道評釈』（角川書店・2001）／頴原退蔵・尾形仂『新版 おくのほそ道』（角川ソフィア文庫・2003）／佐藤勝明『松尾芭蕉と奥の細道』（吉川弘文館・2014）

三　近　世

52 『好色一代男』
こうしょくいちだいおとこ

井原西鶴（1682（天和2）年刊行）
いはらさいかく

▷1　西山宗因を総帥とし，
にしやまそういん
1670年代（延宝年間）を中心
ていほう
に流行した一派。先行の貞門
派の微温な滑稽味のマンネリ
ズムからの脱却を図り，謡曲
のもじりや素材の新規さ，破
調，意外な着想などから生ま
れる滑稽味を主眼とした。

▷2　近世初期に京の三十三
間堂で行われた通し矢の競技
（一昼夜24時間に矢を射て，
堂の長さ66間（約120メート
けん
ル）を射通す本数を競う）に
倣い，一昼夜に即興の独吟で
連句を詠み，句数の多さを競
うもの。西鶴は1677（延宝
5）年一日一夜独吟1600句を
興行し『西鶴俳諧大句数』を
さいかくはいかいおおくかず
刊行して先鞭を付け，続いて
1日で4000句を詠み『西鶴大
矢数』として刊行。対抗馬も
たにす
出る中で，西鶴は2万3500句
という驚異的な数の句を詠み，
自ら終止符を打った。

▷3　世之介が生涯で契った
女性3742人，男性725人と記す。
女性の数は在原業平伝説で業
平が契ったと伝わる数より少
し多い。近世前期は男色が盛
んで，世之介は女色男色とも
たしな
に嗜んだ。

1 作者と成立事情

　作者は井原西鶴（1642（寛永19）～93（元禄6）年）で，浮世草子というジャ
うきよぞうし
ンルを拓いた作。全8巻54章。西鶴は浮世草子作者として有名だが，若い頃か
ひら
ら談林派の俳諧師として活躍していた。大坂の中流の町人で，芝居通で知られ
だんりんは　▷1
るが，伝記は不明な点が多い。本作は，すでに俳諧師として実績のあった作者
が41歳にして創作した，小説の第一作。彼が矢数俳諧の興行を行ったことも，
やかず　▷2
散文創作に繋がっていよう。最初は専門書肆からの刊行でなく私家版のような
つな　　　　　　　　　　　　　　　　　しょし
形で出したらしく，版下（原稿の清書役）は俳友の水田西吟が務め，挿絵は西
はんした　　　　　　　　　　　　　　みずたさいぎん
鶴自身が描いている。

　主人公世之介の7歳から60歳までの54年間の奔放な性の遍歴を1年で1章ず
▷3
つ全54章で描く形式は，『源氏物語』に拠るのみならず，『伊勢物語』の影響も
受けている。先行の遊女評判記や遊里指南書の類や，俳諧師としての素養を活
かして多くの古典や謡曲などから，趣向や表現を利用している。発想の元を
『義経記』『曽我物語』とする説もある。
ぎけいき

2 構成と内容

　巻1～4の前半は世之介の成長・放浪時代。世之介は京に住む豪商の父と元
は高級な遊女であった母の間の一人息子。幼少時から性に早熟で，素人女や遊
女との遊蕩に耽ったため，19歳の時に父から勘当される。諸国を放浪し，職を
ふけ
転々としたり金持ちの太鼓持ちになったりしつつ，恋を重ねる。父が死去し母
から勘当を許され，実家の莫大な財を相続する。巻5～8の後半は富裕となっ
た世之介が，主に三都（京・江戸・大坂）の廓の高級な遊女の客となる。各章
くるわ
毎に実在した高級な遊女を取り上げ逸話を記す列伝形式で，ほとんどの章で世
之介は主人公というより狂言回し，能のワキの如き存在となる。以下，前半と
後半から1章ずつ取り上げて，内容を紹介する。

　巻1の1「けした所が恋のはじまり」は，本作の冒頭章（図1も参照）。世之
介が7歳の夏の夜，起きて小用へ立ち，手燭を持って供をする腰元の袖を引い
てしょく
て灯りを消すよう促し，「恋は闇といふ事をしらずや」（「恋は闇」ということを
知らないのか）と口説く。その一方で「乳母が近くにいないか」と恐れる。
くど

　主人公の異常な早熟ぶりを示す話である。挿絵を見ると町人の屋敷でなく公
家の御殿の如く見え，本文では世之介に対し敬語が使われている。並み外れた
富豪ぶりを示すと同時に，世之介と光源氏や在原業平といった貴族の「色好
ありわらのなりひら
み」のイメージを重ねる意図が窺える。世之介の言動は年齢や常識に照らして
不釣り合いで，「恋は闇」の諺の意味は本来「恋は盲目。恋すると人は理性を失
ことわざ

う」意なのに，文字通り闇を暗い意にとっている。乳母にばれるのを恐れているが，乳母は後ろでしっかりと見ている（図1参照）ことに気付かずにいる。読者の笑いを誘うところである。世之介は性のスーパーヒーローであるものの，全作を通じて（特に前半は）しばしば失敗し，女性に振られもする。両面性を持っている。

巻5の1「後は様つけて呼」は後半の遊女列伝の最初の章。京の廓が六条三筋町にあった頃の実在の太夫（最高級の遊女），吉野の話。吉野は，自分を一途に恋い慕う若い職人（小刀鍛冶）の真情を哀れみ，一度だけ思いを晴らさせる。太夫は職人風情の相手をしてはならぬという廓の掟を，あえて破る行為だった。世之介は「女郎の本意」（遊女として本来あるべき姿）と称え，吉野を身請け（遊女の身柄を遊女屋から大金で買い取ること）し，正妻とする。気位の高い親戚達は体裁を憚って怒り，世之介と絶交。親類達を招いた席で吉野が見事な技芸の数々を披露して応対し，親戚達は吉野を見直して二人の仲を許す。

吉野が京の豪商の灰屋紹益に身請けされ正妻となった実話（『色道大鏡』に載る）が典拠（ただし前半の職人とのいきさつは，ほとんど西鶴の創作）。典拠では吉野はひたすら謙虚な女性で，親戚の側から吉野の評判を耳にして夫婦仲を許す。宴席でも吉野はただ遜るばかり。それを西鶴は，吉野が自ら夫に策を授けて親戚の女性達を自宅に招き，自らの培った技芸・教養を披露することで自分を認めさせる筋に変えている。従来の古典に常套の〈美しいが運命に流される姫君〉と異なる，〈自ら道を切り開く新たな女性像〉の創出と言える。

3 特徴と課題

前半と後半で大きく話のタイプが分かれるのを，亀裂とみる説と有機的に一体化してみる説とがある。主人公像に関しては，前半の貴種流離譚から後半の名妓達との交わりを経て粋に至る一代記とみる説と，世之介は短編を繋ぐための存在で主人公と言えず，むしろ周辺に描かれる遊里や世間の描写に重点があるとみる説がある。

主人公像や作品のテーマとも関連し注目されるのが，本作の結末である。還暦を迎え老いを自覚した世之介は，使い残した財を山奥に埋め，友人達を誘い，滋養強壮の品と淫具を揃え，女護島へ向け船出する。女護島（別名「女人国」）は当時の地図で日本の南方に載る，女ばかりが棲むとされていた島。女護島への船出の解釈は，青春の賛歌，新興商人の可能性の追求，男性の理想の実現や，絶望の象徴，生きながらの葬式，補陀落渡海の寓意など様々である。

その他，俳諧的とされる文体や表現，作中幾つも見られる筋立て上の齟齬，挿絵，モデル，未解明の典拠など，なお課題は多い。 　　　　　（佐伯孝弘）

参考文献

前田金五郎校注・訳『好色一代男全注釈』上・下，2冊（「日本古典評釈・全注釈叢書」角川書店・1980，1981）／暉峻康隆・東明雅校注・訳『井原西鶴集（一）』（「新編日本古典文学全集66」小学館・1996）／暉峻康隆編『西鶴』（「鑑賞日本古典文学27」角川書店・1976）／宗政五十緒・長谷川強編『西鶴集』（「鑑賞日本の古典15」尚学図書・1980）／西鶴研究会編『西鶴が語る江戸のラブストーリー――恋愛奇談集』（ぺりかん社・2006）

図1 「けした所が恋のはじまり」挿絵
（国文学研究資料館蔵。DOI 10.20730/200003076）

▷4 1678（延宝6）年頃に成立した遊女評判記。作者藤本（畠山）箕山が30年以上かけて全国の遊里を踏査してまとめた，当時の遊里・性風俗の百科全書とも称すべき書。写本で流布し，西鶴も創作に利用している。

▷5 補陀落山は，インドの南海岸にあり観音菩薩が棲むとされた仏教上の聖地。この聖地を目指して南紀熊野の海岸から，行者が船に乗り海上に出船する。行者が船室に入ると外から出入り口は塞がれ，僅かな食料のみで櫓や櫂などの漕具はない。生還することのない極限の入水往生であり，主に中世に行われた。

四　中　世

53 『新撰菟玖波集』
宗祇ほか撰（1495年成立）

▷1　最初の准勅撰連歌集。
二条良基・救済撰。

1 『菟玖波集』を受け継いで

　『新撰菟玖波集』は，『菟玖波集』（1356〜57年）に続く2番目の准勅撰連歌集である。当代の一流連歌師であった宗祇（1421〜1502）を中心に，門弟の兼載・肖柏・宗長・玄清ら，公家の三条西実隆・一条冬良ら，幕府方の二階堂行二らの協力のもと，守護大名の大内政弘の後援を受けて編纂された。一条冬良の序文によれば，『菟玖波集』以後，二条良基は『玉梅集』を，父の一条兼良は『新玉集』を企画したが，いずれも完成しなかったため，その志を継いで『新撰菟玖波集』の編纂を決意したという。『菟玖波集』に対する意識は『新撰菟玖波集』という命名からも明らかであり，連歌師と公家が協力して編纂に当たった点，綸旨によって准勅撰集となった点などが両集に共通する。

　なお，勅撰和歌集は『新続古今和歌集』（1439年）を最後に途絶えている。准勅撰とはいえ，『新撰菟玖波集』が勅撰集の系譜の掉尾を飾ったことは，連歌が和歌と同等の価値を認められるようになった文学状況，また朝廷・幕府が撰集を主導する求心力を持ち得なかった政治状況を表していよう。

2 『実隆公記』にみる編纂の過程

　三条西実隆の日記『実隆公記』には，『新撰菟玖波集』編纂の様子がつぶさに記録されている。主要な出来事を取り上げてみたい。

　1495（明応4）年正月6日，宗祇邸において撰集の成功を祈念する連歌会が行われた。以降，全国各地から連歌懐紙や句集が撰者のもとに届けられ，4月19日には春上の草稿ができ，5月10日には全体の撰句がほぼ完了した。それでも入集希望者が後を絶たず，5月14日に撰集資料の提出が打ち切られた。こうして編集作業が終盤を迎えた矢先の5月18日，細川成之の発句をめぐって宗祇と兼載が対立し，翌19日宗祇に仲裁を頼まれた実隆は，20日兼載に書状を送って事態を収拾した。6月8日に中書本が完成。奏覧は6月21日を予定していたが，後土御門天皇の体調不良により延期を余儀なくされた。その後，実隆の推薦によって姉小路基綱の手で奏覧本の清書が進められた。ところが7月4日，京都大火で基綱邸もろとも原稿が焼失するという惨事が起きる。結局，奏覧が実現したのは9月26日，准勅撰の綸旨が発せられたのは9月29日のことであった。

▷2　細川成之（1434〜
1511）は阿波国・三河国のち
讃岐国の守護大名。『新撰菟玖
波集』に付句14，発句1が
入集。宗祇と兼載の対立理由
は不明だが，成之と親交のあ
った兼載が成之の発句を増や
そうとし，宗祇に却下された
か。

3 『新撰菟玖波集』の構成と作者

　『新撰菟玖波集』は全20巻から成る。20巻構成は『古今和歌集』（905年）に始まる勅撰集の標準的な形で，『菟玖波集』も20巻であった。各巻の部立は，春上，

春下，夏，秋上，秋下，冬，賀・哀傷，恋上，恋中，恋下，羈旅上，羈旅下，雑一，雑二，雑三，雑四，雑五・聯句，神祇・釈教，発句上，発句下となっており，付合1802，発句251を収める。

　作者は255人で，のちに「七賢」と呼ばれる7人の連歌師を重視したことが知られる。それぞれの入集句数を示すと，心敬124，宗砌122，専順111，智蘊66，宗伊46，能阿42，行助34である。心敬の124は集中最多，7人の合計は545で全体の約4分の1に及ぶ。このほか入集句数が目立つのは，後土御門天皇108，大内政弘75，宗祇62，勝仁親王（のちの後柏原天皇）57，兼載53，宗長39，肖柏33，三条西実隆31，西園寺実遠30，足利義政28，一条冬良26などで，公武の権威に配慮しつつ，撰者の作も積極的に入集させる。一方，当時連歌師として名を知られた存在であったはずの桜井基佐の句は1句も採られておらず，宗祇との間に何らかの確執があったかと推測される。

4 宗祇の目指した正風連歌

　宗祇は，連歌論書『老のすさみ』（1479年）の中で，「連歌の正風は，前に寄る心，誹諧になく，一句のさま，常のことをも，詞の上下をよく鎖りて，いかにも安らかに云ひ流」すものだとし，俳諧的な滑稽さに拠らない正統的な句作りを重視した。「正風」を掲げ俳諧を排する宗祇の姿勢は，『菟玖波集』にあった「誹諧」の部を『新撰菟玖波集』で削除した点においても明確である。

　宗祇の理想とした幽玄・有心の風体が窺える作品を集中から2つ挙げる。

　　　　果てはただ良きも悪しきもなき世にて
　　花散るあとは風も残らず　　　　　心敬（春下290）

　　　　草木の中の古道の月
　　片鶉帰るを幾夜頼むらむ　　　　　宗祇（秋下910）

　心敬の作は，最終的にこの世に善悪の区別はないのだ，とする仏教的な境地を詠む前句に対して，それを実感させる具体的事象として花と風を持ち出し，花を散らす風を恨んだものだが，もはや花も風すらも残っていない，と付ける。宗祇の作は，月光に照らされた草木の生い茂る古道に，つがいの帰りを待つ片鶉の姿を添え，『伊勢物語』123段において深草に住む女が心変わりした男に送った「野とならば鶉となりて鳴きをらむ狩にだにやは君は来ざらむ」という歌をふまえて，男を待ち続ける健気な女のありさまを鶉に投影する。眼前にないものが湛える情感，すなわち余情の美に焦点を当てたところが両作の特徴であり，『新古今和歌集』（1205年）以来の中世の美学を体現している。

（生田慶穂）

▷3　1476（文明8）年，宗祇は七賢の撰集句集『竹林抄』を編んでおり，『新撰菟玖波集』の七賢の句の大半はここから採録された。

▷4　入集の偏りについては諸方面から批判があったらしい。兼載の談話を筆録した『兼載雑談』（1501〜10頃）は，「新撰菟玖波集の時，句数多少贔屓あるとて，相論の沙汰しげかりし時，兼載云はく，「わが句を一句もこの集に入れずして，集のいろひをやむべし」とありしに，宗祇云はく，「兼載と我等が句入れざらば，この集おもしろくあるべからず」とありしとなり」と伝える。撰句に依怙贔屓があるとの批判に対して，兼載が撰者の句を削除しようと提案すると，それでは撰集はつまらないものになってしまう，と宗祇が制止したという。

参考文献
伊地知鐵男校注『連歌集』（「日本古典文学大系39」岩波書店・1960）／奥田勲・岸田依子・廣木一人・宮脇真彦編『新撰菟玖波集全釈』全9冊（三弥井書店・1999〜2009）／金子金治郎『新撰菟玖波集の研究』（風間書房・1969）／廣木一人『連歌入門——ことばと心をつむぐ文芸』（三弥井書店・2010）／綿抜豊昭『連歌とは何か』（講談社・2006）

四　中　世

54 『風姿花伝』
世阿弥著述編（1419年頃成立）

▷1　『風姿花伝』など世阿弥の能楽論は，次のシリーズに収められている。
表章校注『世阿弥 禅竹』（「日本思想大系」岩波書店・1974）／表章校注・訳『連歌論集・能楽論集・俳論集』（「新編日本古典文学全集」小学館・2001）。

▷2　足利政権期には，都（京都）の広場や河原で勧進能がたびたび催された。室町幕府公式の催しであった可能性が高く，興行を成功させた役者は能の芸の第一人者と認められたと推測される。『風姿花伝』ではそれを「天下の許され」（「天下の名望」）を得ると表現している。「天下」とは当時中央政権があった京都を中心とする世界を指し，「許され」は特別に高い評価を受けることをいう。

▷3　当時京都で活動した演能グループに，世阿弥が率いた大和猿楽の座や増阿弥が率いた田楽の座がある。田楽と猿楽は本来，各地の寺社の芸能であり，大和猿楽は多武峰や興福寺・春日大社の信仰行事に参勤し，田楽新座も奈良の興福寺に参勤した。田楽・猿楽の芸は，信仰色の濃い儀式的な本芸と，娯楽性の高い能の演目に大別される。京都で世阿弥や増阿弥が主に演じたのは後者であったが，『風姿花伝』完成期の世阿弥は，猿楽の信仰芸能としての面に注目している。

1 逆境が生んだ芸論——若い時の芸の「花」と高齢になってからの「花」

　『風姿花伝』の成立は1419年頃，世阿弥（1364?～1436以降）が50歳台後半の時期であったと推定されている。しかしそれは，約20年前に執筆した『花伝』▷1（能役者であった弟に1400年に相伝したがその本は現存しない）をもとに，多くの書き替え・書き足しを行い，書名も新たに「風姿」と冠した末に完成したものであった。その間に世阿弥が書き足したと見られる内容の一つに，「まことの花」と「時分の花」の論がある。12～13歳の役者はかわいらしい声と外見によってもてはやされ，大人の役者としてスタートする24～25歳の時期も，本人の若々しさに鑑賞者のものめずらしさも加わって高く評価される。しかし，そのように役者が身体的条件や周囲の環境におのずと恵まれて人気を得ることを，世阿弥は「時分の花」（一時的な花やかさ）と呼び，高齢に至るまで保たれる「まことの花」ではないため，それだけではいずれ芸の「花」が失せてしまう時が訪れると警告する。この「花」の論は，当初『花伝』を執筆した30歳台半ば過ぎの世阿弥には思いも寄らなかったアイデアであったと想像される。その頃の世阿弥は，足利義満政権下の京都において勧進能▷2を成功させ，芸に大きな自信を得た時期にあたっていた。しかしそれから10年余り，足利義持政権期に移り，世阿弥は大きな逆境に遭遇する。義持は，世阿弥よりも若い他の座の能役者，増阿弥を厚遇するようになったのである。世阿弥の父の観阿弥は52歳で没するまで将軍家に認められ続けたから，世阿弥にとってこの事実はショックであったろう。なぜ待遇が逆転したのか，どのようにすれば芸に「花」を保ち，能の催しを成功させることができるのか。『風姿花伝』にはそのような逆境になければ書けなかったと思われるアイデア，当初著されたと見られる部分とは全く違う考えや発想が多く見受けられる。逆境にあった役者の必死の思いが芸論を大きく展開させたのである。

2 「道」の思想——能の芸道書の嚆矢

　そのような逆境に陥った世阿弥は，自身が率いる大和猿楽観世座の存続を危惧するようにもなった▷3。それを反映しているのが，芸の「道」の思想である。「道」とは和歌の道（歌道）や能の芸の道，田楽に対する猿楽など，子孫や弟子が継いでいくジャンルや芸の系統（芸系）と，その芸系の芸の規範や在りかたを指す。『風姿花伝』完成期の世阿弥は，増阿弥が属した田楽に対して猿楽の芸系を意識し，猿楽の起源や存在意義を主張した。たとえば同書の神儀篇では，猿楽を「申楽」と表記し，その理由を，神代の神楽から分かれた由緒ある芸系であるため「神」の字の旁「申」を用いたと説き，別説として「楽しみを申ぶ

る」（芸によって世の中に楽しさを行きわたらせる）からであると述べる。もちろん附会説であるが，実はこの説は中国後漢の許慎が撰述した字書『説文解字』の学識がなければ考案することはできず，世阿弥と交流のあった漢籍に造詣の深い知識人がこのような説を作って著述に協力したと考えられる。また『風姿花伝』序文では，推古天皇の時代，聖徳太子が「天下安全」と「諸人快楽」のため，大和猿楽の先祖とされる秦河勝に芸能を演じさせ，「申楽」と名付けたと述べている。世に楽しみをもたらす猿楽の「道」の存在意義が，ここでも強調されている。さらに『風姿花伝』奥義篇において世阿弥は，その当時の「この道の輩」の芸の稽古工夫がおろそかであると嘆き，「源を忘て流れを失ふ事，道すでにすたる時節か」と訴えている。増阿弥の存在によって世阿弥が自座の存続に危惧をおぼえたことが『風姿花伝』の「道」の論の動機となったが，単に座が生き延びるということではなく，芸の稽古と工夫を重んじ，代々猿楽の「道」を受け継ぐことの意義に説き及んだところに特色がある。その思想は，禅竹（1405〜71以前）の能楽論や室町後期以後に数多く執筆され相伝された能楽伝書にも影響を及ぼし，能の芸道書の嚆矢となった。

③ 児の芸と「女」の芸──義満が好んだ視覚的な「幽玄」美

　それでは，世阿弥の座が高く評価されていた足利義満政権期におけるその芸とはどういうものであったか。世阿弥は12〜13歳の役者の外見を「幽玄」と形容している。それは自身が少年期に義満周辺でもてはやされた経験をもとにしたと推測される。またその父の観阿弥は，女性芸能者に扮した「幽玄」この上ない芸によって義満に認められ，都の芸の第一人者の地位を得たという。「幽玄」とは本来，暗かったりおぼろげであったりしてものの姿や意味などがわかりにくいことをいい，「花」（花やかさ）とは対照的な概念である。ところが『風姿花伝』にいう上の「幽玄」は，当時の人々が少年や女性の容姿に見た，柔和ではんなりした視覚美を指しており「花」を伴うものであった。世阿弥の前半生にわたって政権を握った足利義満は，公家の文化に憧れたと同時に，禅僧を介して当時の日本人が知りえた中国の宋代風の文化にも関心をもち，舶来の上質の花瓶や水墨画・花鳥画を蒐集した。義満周辺の貴顕の人々が，それらの文物を飾り，児の舞楽や能などの芸能を鑑賞して行った社交の会が，「花」を伴う視覚的な美である「幽玄」愛好の背景だったと考えられる。『風姿花伝』に述べられた「花」や「幽玄」の美は，そのような義満政権期の文化的環境の一端をのぞかせたものであると言える。[4]

　なお，参考文献は単行本を下記参考文献欄に載せ，論文等は右側注に示した。[5]

（重田みち）

図1 『二曲三体人形図』「女舞」

世阿弥の娘婿で能役者・能楽論者だった禅竹が筆写した本。世阿弥自筆本は失われたが，世阿弥の描いた図を模写したと推測される。「幽玄輝絹たる由懸出所」という注記が「女舞」の柔和であでやかな特徴を示している。

（野上記念法政大学能楽研究所蔵）

▷4　このような「幽玄」の視覚美は，世阿弥能楽論『二曲三体人形図』の「女舞」の図によく示されている（図1）。

▷5　重田みち「世阿弥の「幽玄」「夢幻能」「歌舞能」を問い直す」（松田浩・上原作和・佐谷眞木人・佐伯孝弘編『古典文学の常識を疑う』勉誠出版・2019）／同「世阿弥の能楽論における朱子学の影響」（芳澤元編『室町文化の座標軸──遣明船時代の列島と文事』勉誠出版・2021）。

参考文献
岩波講座　能・狂言Ⅱ『能楽の伝書と芸論』（岩波書店・1988）／別冊太陽『世阿弥──日本のこころ173』（平凡社・2010）

四　中　世

55 五山文学 (ござんぶんがく)

1 禅僧の文学

　現在も京都・鎌倉観光の目玉になっている「五山」と呼ばれる禅宗寺院は，14世紀末，室町幕府第三代将軍足利義満によって最終的に定まったもので [1]，これらの寺院で行われた文学を五山文学と呼んでいる。ただし，ここに属さない禅宗寺院（大徳寺・妙心寺など）における文学活動も含め，広く禅僧によるものの総称として用いることも多いので，ここでもそれに従う。

　禅宗（臨済宗・曹洞宗）は鎌倉時代，中国南宋に留学した栄西・道元によって開かれた新しい宗派であるが，その後も臨済宗においては日本人僧の留学，中国人僧の来日が盛んだったため，寺院運営や修行方法をはじめ，あらゆる活動において宋代の禅宗寺院を模範とした。文学もその例外ではない。

　当時の中国の禅宗寺院では，修行の一環として自己の禅的境地を詩の形を借りて表現する偈頌が盛んに作られた。また，禅の教えが当時の支配者層である文人官僚に浸透し，彼らとの交流が盛んになると，文人的な文化を身につけ，必ずしも禅とは関わりない詩文を作る機会も多くなった。この両面が，来日僧や留学僧によってもたらされ，花開いたのが五山文学である。

2 鎌倉・南北朝時代

　一山一寧・大休正念といった来日僧，およびその弟子の日本人僧らを初期の五山文学とすると，その次の世代にその後の五山文学のあり方を決定づけた僧が現れた。虎関師錬・義堂周信・絶海中津である。

　虎関師錬（1278〜1346）は東福寺において学問の基礎を作った。『元亨釈書』は最初の日本仏教通史として知られる著作で，禅宗および東福寺の優位性を説くが，さまざまな説話的要素を含んでいて，文学作品としても興味深い。『聚分韻略』は，詩や聯句を作るための韻書であるが，漢字を意味分類しているのが画期的で，中世に発達した国語辞書である節用集の先駆けとされる。

　義堂周信（1325〜88）は，足利尊氏に尊崇され天龍寺開山となった夢窓疎石の弟子だが，学問は40年の間中国に滞在した建仁寺の学僧龍山徳見に学び，鎌倉・京都両方の五山で重きを成した僧である。日記『空華日用工夫略集』は時の権力者，公家の学者，周囲の禅僧たちが登場し，政治・学問・文学などさまざまな記事を含んだ興味深い資料である。詩文集『空華集』は多様な詩体・文体を駆使した彼の文才をよく示している。

　絶海中津（1336〜1405）も夢窓晩年の弟子だが，やはり龍山に学び，また義堂にも薫陶を受けた。明への留学を果たし，帰国直前には初代皇帝洪武帝に謁見し，漢詩のやりとりをしている。帰国後は足利義満に重用され，明や朝鮮へ

▷1　京都は南禅寺・天龍寺・相国寺・建仁寺・東福寺・万寿寺，鎌倉は建長寺・円覚寺・寿福寺・浄智寺・浄妙寺。将軍家菩提寺として創建された相国寺を加えるため，南禅寺を「五山之上」と別格扱いしたため，京都のみ六ヶ寺ある。全国にはこの下に十刹および諸山というランク付けをされた寺院もあり，それらの住持は相国寺に置かれた僧録という官職の僧によって管理された。

▷2　複数の人間が交代で作った漢詩句を連ねて一つの作品とするもの。中国でも作られているが，五山では対句を作る訓練として盛んに行われ，連歌と融合した和漢聯句も16世紀から17世紀にかけて盛んだった。

の外交文書の執筆も行った。詩文集『蕉堅藁』は五山文学の最高峰として時代を超えて広く読まれ，夏目漱石が愛読したことでも知られる。

3　室町時代

　前代の三人が切り開いた可能性のなかから，選択と集中が行われ，そのなかで洗練されていく時代となった。

　漢詩は七言絶句という短い形式が好まれるようになり，一方四六駢儷文という対句を多用した文体による「疏」という文章も寺院の儀礼のためなどで盛んに作られた。これらの作品は，漢詩でいえば唐詩選集『三体詩』，杜甫・蘇軾・黄庭堅ら唐宋の詩人の詩集を，疏では元代の禅僧 笑 隠大訢の『蒲室 集 疏』を規範と仰いだため，これらの講義が盛んに行われ，その内容が「抄物」と呼ばれる注釈書としてまとめられた。読書範囲はそれに限らず，仏書（特に禅籍と呼ばれる禅僧の著作）はもちろんのこと，歴史書・儒学書に広がり，漢籍研究[注3]の中心地となっていく。建仁寺の江西 龍 派（1375～1446），相国寺の瑞渓 周 鳳（1392～1473）らが代表的な存在である。

　応仁の乱に始まる幕府の弱体化は五山制度にも動揺をもたらし，公家（博士家と呼ばれる儒学専門の清原家や詩文・史書専門の高辻家など）や足利学校（15世紀前半に復興された，儒学・兵学・易占などを学ぶ場）の学問を取り込んで，より実用的な方向へと踏み出していく。相国寺の桃源瑞仙（1430～89），建仁寺の月 舟 寿桂（1470～1533）らがその代表である。一方で，大徳寺など五山に属さない禅宗寺院が，大名や豪商の支援を受けて勢力を伸ばしてきた。そのなかから出たのが一 休 宗純（1394～1481）である。特に大徳寺の僧侶と堺の商人の文化的交流のなかから生まれた茶の湯は，室町文化を後代に伝える重要な役割を果たすことになる。

4　五山文学の終焉

　戦国時代には地方大名のブレーンとして，外交・軍事にも活躍する僧がいた。徳川家康も幼少期，今川家の人質として静岡の禅宗寺院で教育を受けている。彼は朝廷・公家や戦国大名と関わりが深い五山を，組織として利用するのではなく，その知識を書物という形で吸収し，あらたに儒者という身分の人間を直接召し抱えることでその役割を担わせた。これが林羅山らである。各地の藩や民間にも僧侶ではない学問・漢詩文の担い手が育っていくことで，相対的に五山の地位は低下し，五山文学も終わりを迎えたのである。　　　　（堀川貴司）

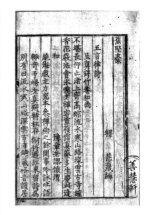

図1　絶海中津『蕉堅藁』五山版の本文冒頭
（国立国会図書館デジタルコレクション）

▷3　仏典・禅籍に限らず，需要の多い漢籍は五山寺院において出版された。これらを五山版という。宋元の出版物の形態・内容を模しており，江戸時代以降の日本の出版文化に大きな影響を与えている。

参考文献
玉村竹二『五山詩僧』（「日本の禅語録8」講談社・1978）／入矢義高『五山文学集』（「新日本古典文学大系48」岩波書店・1990）／島尾新編『東アジアのなかの五山文化』（「東アジア海域に漕ぎだす4」東京大学出版会・2014）／玉村竹二『五山文学——大陸文化紹介者としての五山禅僧の活動』（至文堂・1966）

四　中　世

56 『徒然草』
つれづれぐさ
兼好法師（1331（元弘元）年頃の成立か）
けんこうほう し

図1　狩野探幽筆　兼好法師像
（神奈川県立金沢文庫蔵）

1　作者は吉田兼好ではない

　『徒然草』の筆者兼好法師については，小川剛生の一連の研究によって近年
おがわたけお
急速に従来説の見直しが進められ，実像が明らかになりつつある。これまで兼
好は，吉田家傍流の卜部兼顕の子で，後二条天皇の蔵人をつとめ，さらに左
うらべかねあき
兵衛佐に任じられた五位の官人と考えられてきた。しかし小川は諸史料の渉
ひょうえのすけ
猟と緻密な考証の結果，これらが後代の吉田兼倶による捏造であること，実際
よしだかねとも
は六位の「侍」程度の身分で蔵人所に仕えた下級の廷臣であり，さらにその後，
金沢貞顕（1302（正安4）年より六波羅探題南方をつとめ後に鎌倉幕府の執権と
かねさわさだあき　　　　　　　　　　　　　　ろくはらたんだい
なった）の家臣として仕えていたと認められることなどを明らかにした。小川
の新見は，従来の兼好の伝記研究に大幅な再考を迫るものであり，また必然的
に，本作全体の解釈に大きな影響を及ぼすものといえる。中でも出家後の兼好
（彼の出家は1313（正和2）年以前，『徒然草』執筆より前であることは動かない）
が，金沢貞顕らとの縁から東国の幕府，堀川家をはじめとする大臣家，仁和寺
にんなじ
や醍醐寺等の諸寺などと人脈的なつながりを有し，それらと積極的に関わって
だいごじ
いたことは看過できない。俗世を捨てた遁世者による隠者文学といった，『徒
然草』に対するこれまでのティピカルな認識は，いったん白紙に戻して議論す
ることが求められるだろう。

2　『徒然草』は随筆ではない

　作者の問題と同様に，今後再考を余儀なくされるのが，『徒然草』を随筆と
いうジャンルで認識する弊害についてである。随筆という文学用語がこの書を
指して用いられるようになるのは，はるか下って江戸期以降のことであり，執
筆時において，彼が自分の書き記したものを随筆だと思っていた可能性は皆無
だろう。まして「三大随筆」というしばしば教科書や学習参考書等で目にする
文学史用語は，『枕草子』『方丈記』とよく似た作品であるという先入観を与え
ることで，『徒然草』の文学史的な位置づけに対するわれわれの認識を大いに
誤らせてきたと言わざるを得ない。これに関連する今後の課題について，以
下に2点ほど指摘しておく。まず『徒然草』の有する内容・文体の両面に及ぶ
多様性は，これまでのいかなる作品と比較しても群を抜いており，その新しさ
やユニークさ，およびそのような書を成立させている文学的な意匠について，
改めて丁寧に検証していく必要があるだろう。そしてもう1点，かかる検証に
際し，『徒然草』が平安期以降の文学史的な動態の中で産み出されたものであり，
宋学や法語あるいは芸道の書などといった様々な先行テクストの影響下にある
ことが検討されなければならない。

▷1　『徒然草』における宋
学や法語の影響については，
荒木浩『徒然草への途――中
世びとの心とことば』（勉誠
出版・2016），芸道書との影
響関係については，中野貴文
『徒然草の誕生――中世文学
表現史序説』（岩波書店・
2019）等を参照されたい。

3 『徒然草』序段と浮舟の手習

　上述の問題意識に関わるものとして，ここで『徒然草』の著名な序段を俎上に載せよう。近世初期から現代に至るまで分厚い注釈の蓄積を持つこの序段について，近年注目されているのが『源氏物語』の影響についてである。中でも「硯にむかひて」という表現に注目したい。荒木浩や稲田利徳が明らかにしたように，この「硯にむかひて」という連語は存外珍しく，用例の源泉を辿るとほぼ『源氏物語』「浮舟」へと行き着くという。入水後，横川の僧都一行に助けられた浮舟は，しかし心穏やかならず，僧都の身内の尼君たちと同じ心に言葉を交わすこともできず，ひとり孤独に手習，すなわち書記行為にのみ慰みを求めていく。そこでの浮舟の様子が，「ただ硯に向かひて，思ひあまる折は，手習をのみたけきことにて書き付け給ふ」と描出されているのだ。普通，「硯」は「引き寄せる」「召す」と続くことが一般的であり，ここで「硯に向かふ」と表現されていることは，浮舟の孤独や，書くことそれ自体が目的化していることなどを暗示するものだろう。この特徴的な表現を借りることによって，『徒然草』の書き手は，筆を執っては思いを書き記す浮舟に寄り添い，自らの書記行為を支える源泉としていたのである。

4 閑居の文人を装う

　序段について，もう一つ『源氏物語』の影響を指摘しておきたい。かの物語の中で，浮舟以外で「つれづれ」の寂寥に筆を執ったと明記されているのが，「賢木」から「須磨」にかけての光源氏である。この時期の源氏は父帝の庇護を失い，政治的に沈淪を余儀なくされていた。須磨への下向以前から実質的に蟄居し，かといってすぐに出家することもできず懊悩していた源氏が，書記行為に慰みを求める様が幾度も描写される。「つれづれ」に筆を執るという点において，序段を記す兼好の脳裏に，浮舟と並んで光源氏もまた呼び起こされていたのではなかったか。結果，序段以降かなりの章段にわたり，『徒然草』の内容は，書き手として無聊を筆で慰める隠遁文人の存在を思わせるのだ。これは，先述した兼好の実像とは大きくかけ離れたものであり，『徒然草』の虚構性という，また別の大きな問題に行き当たる。兼好が思うままに胸中を書き残したもの，という認識自体が，素朴に過ぎるということであろう。いったい兼好は，何を書いていたのだろうか。『徒然草』は，その根底から問い直される時を迎えている。

（中野貴文）

参考文献
小川剛生訳注『新版　徒然草』（角川ソフィア文庫・2015）／三木紀人『徒然草　全訳注』全4巻（講談社学術文庫・1979〜82）／小川剛生『兼好法師——徒然草に記されなかった真実』（中公新書・2017）／同『徒然草を読みなおす』（ちくまプリマー新書・2020）／川平敏文『徒然草——無常観を超えた魅力』（中公新書・2020）

▷2　荒木浩「心に思うままを書く草子（上）（下）——徒然草への途」（『国語国文』1989年11・12月，後に前掲の荒木（2016）所収）。

▷3　稲田利徳『徒然草論』（笠間書院・2008）。

▷4　中野貴文「「つれづれ」と光源氏」（『日本文学』2010年6月，後に前掲の中野（2019）所収）。

▷5　『徒然草』の有するかかる性格にいち早く注目したものとして，稲田利徳「『徒然草』の虚構性」（『国語と国文学』1976年6月，後に前掲の稲田（2008）所収）が挙げられる。また，参考文献の川平（2020）は，『徒然草』の中に極めて多様な文体・内容があらわれることに触れた上で，「ある時は厳しい仏教の伝道者，ある時は物語作者，ある時は説話作者，ある時は有職故実家，ある時は市政の観察者。そうした「なりきり」で書かれた部分が，この作品には所々にある」と，ひとりの人格に収まりきれない書き手の多様性について指摘している。

四　中　世

57 『平家物語』
13世紀中頃

▷1　かつては「源平合戦」とされていたが，最近の歴史学の用語としては「治承・寿永の内乱」が用いられる。

▷2　兼好法師『徒然草』二二六段に『平家物語』成立伝承がある。後鳥羽院の時代に，天台座主の慈円（『愚管抄』の作者。九条兼実の弟）が扶持していた「信濃前司行長」が『平家物語』を作り，琵琶法師の「生仏」に語らせたという。生仏から情報を得て，東国武士について書いたとか，東国出身の生仏の発声で『平家物語』は語られたとする。他にも『平家物語』成立伝承はあるが，音声と文字との出会いのなかで，しかも宗教的な中心地のひとつである比叡山で『平家物語』が生成したという点で，『平家物語』のひとつの側面を浮かび上がらせる興味深い記事である。

▷3　『平家物語』がもっと身近であった時代には，列車の無賃乗車を「薩摩守」と隠語で示した。「平忠度」が「薩摩守」であったことによる。〈忠度（ただのり）＝只乗り〉→「薩摩守」という掛詞と換喩的な思考である。近代になっても，歌舞伎や能が安価に観ることができたり，村歌舞伎（能も）が盛んであったり，歌舞伎的な芸能が村々を巡業していた時代には，『平家物語』はもっと日常のものであっただろう。

▷4　兵藤裕己『琵琶法師』（岩波新書・2009），CD『肥後の琵琶弾き』参照。

▷5　ベネディクト・アンダーソン『定本　想像の共同体』（書籍工房早山・2007）。

1　『平家物語』とは

『平家物語』とはなにか？　一言で言うのは簡単なようで難しい。保元・平治の乱につづく，源平の合戦と壇の浦での平家の滅亡（1185年）までを描いたテクスト，源氏・平家・朝廷の内乱を描き，平家一門の滅亡を描いたテクスト，治承・寿永の内乱を描いたテクスト……。説明になっているだろうか。

「祇園精舎」の章段を持ち，平清盛の死（一番最初に出来上がった『平家物語』はここまでで終わっているという説もある），「木曾最期」，平家一門の壇の浦での敗北，清盛の孫・六代の死，清盛の娘で高倉天皇の中宮，安徳帝の母・建礼門院が大原に蟄居しているところへ後白河法皇（高倉天皇の父・かつては清盛と盟友であったが袂を分かつ）が訪れる場面をもつもの。

あるいはもう少し専門的かつ同時に一般的な解説をすると，琵琶法師が語り全国津々浦々を語り歩いた『平家物語』（代表的なものが覚一本）と，寺社を中心に「唱導」（仏教による教化）のために作製・使用された『平家物語』（代表的なものが，古態を残している延慶本。記事が多い『源平盛衰記』がある）とに，大きく分かれるが，その成立過程はいまだに不明である。

2　〈共通語〉としての『平家物語』は

『平家物語』と聴いてどのようなイメージを思い浮かべるだろう。無常観，琵琶法師，武将たちの悲劇，女人哀話。多くは学校の教科書では触れたのではないか。中学の授業では意味もわからないまま「祇園精舎の鐘の声，諸行無常の響きあり」と暗唱させられた記憶がある人は多いだろう。歌舞伎や能などの芸能を通して，典拠の『平家物語』を知ったのではないか。原文で『平家物語』を通読して，その内容を知ったという人は，やはり少ないであろう。

まさに『平家物語』のイメージだが，『平家物語』が生産する“常識”化した「美学」，イデオロギー装置として機能する様相が抜け落ちているよう。

『平家物語』の特徴は現存諸本を見るかぎり，「方言」の使用はほとんどない。芸能に特有な〈共通語〉性をもった言葉で語られている。もちろん語り物を携えて全国を歩き回って琵琶法師が現在の本文とまったく同じ言葉を語っていたとは考えられない。が，20世紀を生きた最後の琵琶法師・山鹿良之は，やはり〈共通語〉性をもった芸能の言葉で語り物を上演していた。

唱導の場において解かれる『平家物語』，村々の辻や墓場で語られた『平家物語』は，プレ・プリントキャピタリズム（出版資本主義）として，近代の新聞などが「想像の共同体」を構築するより以前に，想像の〈日本〉を作りあげた。〈日本〉と呼ばれる空間を『平家物語』は語る。創造された〈日本〉中を

『平家物語』は移動し（語りや書物として），享受者に“常識”を教育＝訓練し，〈日本〉的なものを定着させていくのである。

③ 『平家物語』が創造する〈美学〉は

　紙幅もないので一例だけあげよう。生き残った女性が夫や恋人の後世を弔うという“常識”についてである。女性は貞女であらねばならない（中世以降『女訓抄（じょくんしょう）』が多く作られる）。二夫に見（まみ）えてはいけないのである。『平家物語』に登場する生き残った女性たちは，死んだ男たちの後世を弔う。ときには，女性にはほぼ不可能とされた「女人往生」が可能となったとする。[46]

　たとえば，建礼門院の母（清盛の妻）・二位尼（にいのあま）＝平時子は，安徳（あんとく）天皇を抱いて壇の浦で入水を遂げる直前に，建礼門院（けんれいもんいん）に次のように言ったと建礼門院の記憶ではされる（実際の入水場面を描いた箇所にはない発話）。

> 生き残った女性を敵は殺さないのが昔ながらの風習であるから，お前（門院）は生きながらえて，安徳天皇や我々平家一門の菩提を弔っておくれ
> （灌頂（かんじょう）巻「六道之沙汰」）

　これは建礼門院による記憶の捏造であろう。生き残ってしまったことを納得し，近親者の死によるメランコリーから抜け出そうとしている。と同時に，生き残った女性の“常識”的な身振りが内面化されていることをも示している。

　逆に，平維盛（たいらのこれもり）（清盛の孫。清盛の長男・重盛の子）は，平家一門が木曽義仲に破れ，都を落ちていくとき，妻子は都に留まらせようする。そのとき北の方（妻）に，「たとえ自分が死んだと聞いても出家はするな。再婚して自分たちの子どもを育ててほしい」と言う（巻第七「維盛都落」）。なかなか脱常識的なことを言うと褒めたいところなのだが，維盛の妻の願いはひとまず「一緒に行きたい」なのである。維盛は妻の言葉を聞く気がない。やがて維盛の死を知った妻は出家してしまう（巻第十「三日平氏」）。

　しかし，角田によると，維盛の妻は再婚しているのである。[47]『平家物語』は女人哀話を創造し，女性の“常識”的な身の振り方（『平家物語』が創りあげた）を〈教育〉する。“われわれ”は美談に騙されてはいけない。

　〈美学化〉の呪縛から解放されたとき，テクストを批判しながら，そこにオルタナティヴな〈力〉を見つけ出すのが，『平家物語』を読む“われわれ”の責務なのである。

　なお，『平家物語』の比較的入手しやすい本文として，「語り本系」の覚一本は小学館・新編日本古典文学全集には現代語訳が付いている。岩波文庫版は全四冊。講談社文庫，講談社学術文庫，角川文庫もある。「語り本系」の百二十句本は註釈付きで，新潮日本古典集成で読める。寺社で作られたとされる「読み本系」で，古態を残すとされる延慶本は，汲古書院から十二冊分冊で刊行されている。

（高木　信）

参考文献
大津雄一『挑発する軍記』（勉誠出版・2020）／高木信『平家物語・装置としての古典』（春風社・2008）／同『亡霊たちの中世——引用・語り・憑在』（水声社・2020）／角田文衞『平家後抄——落日後の平家』（講談社学術文庫・2000）／兵藤裕己『平家物語の読み方』（ちくま学芸文庫・2011）／川合康『源平合戦の虚像を剝ぐ——治承・寿永内乱史研究』（講談社学術文庫・2010）／兵藤裕己『王権と物語』（岩波現代文庫・2010）

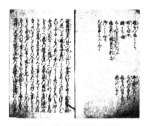

図1　『平家物語』序章

『平家物語』は序章「祇園精舎」からはじまる。無常観を表出した名文と言われるが，小林秀雄「無常といふ事」は中世の常識的な無常観だとした。現在では『平家物語』が単なる無常観の文学ではないとされている。
（相模女子大学図書館蔵）

▷6　仏教では，女性は穢れた存在であるので「往生」できないとされる。中世では，血の穢れにより血の池地獄に堕ちるとされている。女性が往生するためには『法華経』を学び，変成男子（へんせいなんし）（男になる）することで往生が可能であるとされていた。

▷7　参考文献の角田（2000）を参照。

図2　『曾呂利物語（そうり）』巻第四「耳切れうん市が事」

ラフカディオ・ハーン『怪談』で有名な「耳なし芳一」であるが，耳を失った琵琶法師は芳一だけではない。『曾呂利物語』では「うん市」，民間伝承では「団一」が耳をちぎられている。耳を切る刑罰があったこと（たとえば，清水克行『耳鼻削ぎの日本史』文春学藝ライブラリー・2019）から考えると，なんらかの罪を犯した可能性はある。琵琶法師が属していて当道座の『当道要集』のなかに，泥棒や人妻と関係した者が厳しく罰せられるという記述がある（「当道大記録全」（『当道座・平家琵琶資料』大学堂書店））。耳のない琵琶法師たちの真の姿が垣間見えよう。
（早稲田大学図書館・古典籍綜合ライブラリー蔵）

四　中　世

58 『小倉百人一首』

（おぐらひゃくにんいっしゅ）

原型としては，藤原定家撰（1235（文暦２）年頃成立）

（ふじわらていか）

図１　藤原定家『新三十六歌仙画帳』
（フェリス女学院大学図書館蔵）

▷1　『明月記』の原文は以下の通り。「予，本自不知書文字事，嵯峨中院障子色紙形，故予可書由，彼入道懇切，慰染送之，古来人歌各一首，自天智天皇以来，及家隆・雅経卿」。

▷2　名児耶明「定家様と小倉色紙」（『和歌文学論集９百人一首と秀歌撰』風間書房・1994）。

▷3　「小倉色紙と「嵯峨中院障子色紙形」──紙背と成立を中心に」（『かがみ』第50号・大東急記念文庫・2020年３月）。

▷4　吉海直人「もう一つの『百人秀歌』──新出冷泉家所蔵為村筆本の「跋文」の翻刻と解題」（『同志社女子大学学術研究年報』第70巻，2019）など。

1　『百人一首』の原型

　『小倉百人一首』（以後，『百人一首』と呼ぶ）を論じるときに問題となるのは，「小倉色紙」『百人秀歌』との関係である。

　『百人一首』の原型を語ると推測される記事が，『明月記』1235年５月27日条に見える。

> 予，本より文字を書くことを知らず。嵯峨中院の障子の色紙形，ことさらに予書くべきの由，彼の入道懇切なり。極めて見苦しき事といへども，なまじひに筆を染めてこれを送る。古来の人の歌おのおの一首，天智天皇以来，家隆・雅経に及ぶ……（以下略）

　「予」は藤原定家，「彼の入道」は宇都宮蓮生。二人は，子ども同士が結婚しているので縁戚関係にあたる。蓮生の山荘が嵯峨中院にあり，蓮生はその山荘の障子（襖）に貼る色紙形の和歌の執筆を依頼したのだ。「古来の人の歌おのおの一首，天智天皇より以来」までは，現在の『百人一首』と合致していること，各人一首という点で，現在の『百人一首』の原型と推定されている。

　世に言う「小倉色紙」は，約50枚が現在に伝わっている。この「小倉色紙」が『明月記』に言うところの「色紙形」と一致するならば，原形を今に見ることができるわけだが，残念ながら，その大半は後代の筆跡と目されている。ただし，徳川美術館蔵「こひすてふ」（壬生忠見），五島美術館蔵「あひみての」（藤原敦忠），「たちわかれ」（在原行平），「しのぶれど」（平兼盛），「さびしさに」（良暹法師）は，自筆に近いという。田渕句美子は，「こひすてふ」と「さびしさに」の紙背に見える詠草の作者が晩年の藤原定家とごく親しい歌人によるものであることなどから，この色紙が特別な目的で作られた巻子本の断簡を裏返して継がれたもので，蓮生に贈る「色紙形」の試し書きをした下書きであった可能性を指摘している。屏風や障子は当時消耗品と見なされ，貼られた絵や和歌も廃棄されることが常であったことを考えると，障子に貼った色紙形そのものが現存しているという可能性は低いはずで，首肯すべき見解である。

　「小倉色紙」と『百人一首』との関係，『百人一首』と97首が一致し，後鳥羽院・順徳院の和歌を欠く『百人秀歌』との関係も，これまで議論の的となってきた。吉海直人は，「冷泉家所蔵為村筆本百人秀歌」を紹介し，百人秀歌草稿・原本説，『百人一首』への改編は為家の手によると記す跋文を取り上げ，二条流と『百人一首』，冷泉家と『百人秀歌』という関係性に注目しつつ，この二書はどちらが原本かという問題であって，内容の差は些末なことという認識があったと指摘している。

　また，久保田淳は『百人一首』定家撰説に立ち，定家は『百人秀歌』を土台

として色紙形和歌を染筆し，その後『時代不同歌合』の初撰本か再撰本（あるいは『定家家隆両卿撰歌合』も）を目にしたことが一つのきっかけとなって，自ら『百人秀歌』から三首を除き，その末二首に後鳥羽・順徳両院の詠を「隠岐院御製」「佐渡院御製」といった形で加えるなどの改訂を行ったと結論づける[15]。講演録ではあるが，長年定家の生涯と和歌に向き合ってきた久保田が，多くの論議をふまえたうえで導いた結論として貴重である。

2 和歌の再解釈の可能性

百首の和歌は，歌合や日常生活といった場で詠まれたものが，私家集・私撰集などを経て，勅撰和歌集に入集し，『百人一首』に撰ばれた。この経緯の中で，歌の本文や意味が変化するということは，十分に起こりうる。『万葉集』の歌などは，和歌本文の理解が非常に流動的で，原歌とは異なる歌に変化したり，作者がすり替わったりしている。平安以降の和歌にも起こりうることで，有名な例が17番の「くくる（括る）」「くぐる（潜る）」である[16]。『古今和歌集』の顕昭注に藤原定家が密勘を加えた『顕注密勘』の記述をもとに，「括る」を定家は「潜る」と理解していたという近年の解釈も，見直しがはかられている[17]。また，この17番については，初句を「ちはやぶる」と濁音で読み慣わしてきたが，『百人一首』としては清音「ちはやふる」と読むべきではないかという提言もある[18]。稿者も93番「世の中は」の歌について，従来無常観の吐露と理解されることが多かったが，『百人一首』とほぼ同時代に成立した『﨟子入内屏風和歌』と並べたときに浮かび上がってくる徳政の風景，為政者の風貌に注目した[19]。

3 『百人一首』の世界

『百人一首』の撰歌意識については，吉海直人[10]，島津忠夫[11]が詳細な検討を行っている。歌人の詠歌意図と撰者の解釈のずれ，秀歌というだけでなく，人生を象徴するような歌が撰ばれているという指摘は興味深い。謎の多い『百人一首』であるが，百首の和歌と百人の歌人が撰ばれた理由を明らかにすることは，引き続き重要な課題であろう。

数ある歌集の中でも，『百人一首』は和歌が粒揃いで，かつバラエティーに富んでいる。菅原道真や崇徳院のように政争に敗れ，配流された悲劇の歌人なども含み，様々な人生，心の型がまるでショーケースのように並んでいる。構成も意図的で，一番（巻頭）は，大化の改新を成し遂げた古代のヒーロー天智天皇，二番はその娘の持統天皇，99番・100番（巻末）は承久の乱に敗れ，隠岐・佐渡に配流された後鳥羽院・順徳院親子が配置され，古代から鎌倉時代初期までの王朝和歌史を眺めているようである。『百人一首』は，これからも研究が深化してゆくと同時に，さらに多くの読者に愛され続けていくことを願ってやまない。

（谷　知子）

参考文献
島津忠夫『新版　百人一首』（角川書店・1999）／谷知子『百人一首（全）』（「ビギナーズ・クラシックス　日本の古典」角川ソフィア文庫・2010）／吉海直人『百人一首の新考察──定家の撰歌意識を探る』（世界思想社・1993）／谷知子『百人一首解剖図鑑』（エクスナレッジ・2020）

▷5　久保田淳「後鳥羽院の『時代不同歌合』と藤原定家の『百人秀歌』」（『日本學士院紀要』76巻1号，2021年10月）。

▷6　「ちはやふる神代も聞かず竜田川からくれなゐに水くくるとは」（17番）は，業平が昔の恋人清和天皇妃高子の前で披露した和歌。屏風に描かれた絵を見て詠んだもので，けれんみたっぷりの和歌である。

▷7　中川博夫「古注の言説と和歌の実作と現代の注釈と──「括る」か「潜る」か」（『国文鶴見』53号，2019年3月）。

▷8　吉海直人「「ちはやぶる」幻想──清濁をめぐって」（『同志社女子大学大学院文学研究科紀要』2017年3月）。

▷9　谷知子「『百人一首』はなぜ流行したのか」（松田浩ほか編『古典文学の常識を疑うⅡ──縦・横・斜めから書きかえる文学史』勉誠出版・2019）。

▷10　参考文献の吉海（1993）。

▷11　参考文献の島津（1999）。

四　中　世

59 『新古今和歌集』

後鳥羽院下命・藤原有家・藤原家隆・藤原定家・藤原雅経・源 通具撰（1205年成立）

図1　後鳥羽院

『新古今和歌集』の撰進を命じただけ
でなく，その編纂に際しても様々な意
見を述べていたことが知られている。
優れた歌人で有り，『後鳥羽院御集』
に千七百首を超える和歌を残している。
院政を敷き朝廷の最高権力者として
君臨していたが，承久の乱で鎌倉幕府
と戦って敗れ，現在の島根県隠岐島へ
配流となった。それから後も『新古今
和歌集』の切り継ぎを続けている。歌
論書『後鳥羽院口伝』も隠岐で書か
れたとする説がある。
（『若鶴百人一首』筆者蔵）

1 『新古今和歌集』の成立——重ねられる切継

　『新古今和歌集』は撰者の一人藤原定家の日記『明月記』，編纂のため下命者後鳥羽院の御所に設けられた和歌所で開闔（実務責任者）を務めた人物の手による『源 家長日記』により撰進の様子がうかがえる。『明月記』1205年3月2日条で，後鳥羽院の指示により，撰者の藤原家隆と藤原定家，俊成 卿 女の歌をそれぞれ秋下，恋二，恋五の巻頭歌に置いていることから明らかな通り，撰者のみならず院の意図が撰歌，配列に反映しているのがその特徴と言える。1205年3月26日に日本紀 竟 宴（講読終了後の祝宴）に倣い竟宴が行われたことで，形式的に成立したこととなっているが，その後も切継と呼ばれる編集作業が繰り返されたことは，現存諸本に1207年に詠まれた『最 勝 四天王院 障子和歌』の詠等それより後の歌が収められていることから明らかである。幾つかの写本には1216年12月26日に源家長によって加えられた奥書が見えることから，この年が最終的な集の完成時期ととらえられてきたが，家長書写本あるいはその転写本が現存せず，書写者の立場や奥書の内容等から奥書は家長の私的な本に記されたものであるとされる。集の完成はそれより前であろう。近年の注釈書では国立歴史民俗博物館蔵の伝冷泉為相筆本が底本に使われているが，今後も伝本の研究を進めていくことが求められている。また，承久の乱で鎌倉幕府に敗れた後，隠岐に流された後鳥羽院が自らの側近ということで入集させた和歌などを削除し，精選された秀歌選を意図した隠岐本も冷泉家時雨亭文庫，宮内庁書陵部に写本が存する。

2 本歌取と本説取

　『新古今和歌集』が先行表現の摂取を盛んに行っていることは言うまでもない。『古今和歌集』を始めとする勅撰集，『伊勢物語』等の歌物語，『源氏物語』等の作り物語の和歌，場面の叙述から盛んに表現を取り入れている。先行する和歌の表現を使う方法を本歌取，漢詩，物語の地の文等和歌以外の先行作品を踏まえる方法を本説取と呼ぶ。ただ，撰者の一人藤原定家が記した歌論書『近代秀歌』（本文の引用は「新編日本古典文学全集」による）の中で，「詞は古きを慕ひ，心は新しきを求め」，つまり歌に用いられることばは古いものを大切にし，歌の内容は新しいものを求めるべきだと述べられているように，古い歌，物語等をその内容まで踏襲するのではなく，表現を借りながらも新しいものを生み出そうとする意図が見られるのである。例えば，『百人一首』に撰ばれたことで著名な恋一の「玉の緒よ絶えなば絶えね長らへば忍ぶることの弱りもぞする（私の命よ。もし絶えてしまうのならば絶えてしまえ。このまま生き長らえている

と，恋の思いを我慢することが弱くなってしまい他の人に知られたら困るから）」
は式子内親王[1]によって詠まれた現存しない百首歌が出典となっているが，詞
書に記される「忍ぶる恋」という歌題は恋の初めにおける男性の煩悶を歌うこ
とが多いこと，『源氏物語』の柏木巻（以下，本文の引用は「新編日本古典文学
全集」による）で光源氏の正妻・女三の宮と密通した後，源氏に皮肉を言われ
て衝撃の余り病の床についた柏木という男性貴族の心中描写「せめてながらへ
ば，おのづから，あるまじき名をも立ち，我も人も安からぬ乱れ出で来るやう
もあらむ（無理をして生き長らえていたのならば，自然にあるまじき密通の噂が
立ち，自分にも女三の宮にも穏やかでは済まない事件が生じるであろう）」との表
現の重なりから男性の立場での歌と考えられている。『源氏物語』を参考にして，
人目を忍ぶ恋の苦しさを詠んでいよう。多くの和歌が歌合や定数歌，歌会に予
め題を与えられて詠まれており，自分の率直な思いや感覚とは異なる作品が求
められたのである。本歌取，本説取はそのような条件を満たすための極めて有
効な方法であった。

3 『新古今和歌集』と『万葉集』

　藤原定家手沢本を源流とする広瀬本（現・関西大学図書館蔵）の発見によっ
て鎌倉時代初期の『万葉集』のほぼ全巻の姿を見ることができるようになった。
現在私達が上代文学研究の成果により目にする『万葉集』の本文と，『新古今
和歌集』に収められている『万葉集』を出典とする和歌の一部には明らかな表
現の相違を確認することができるが，それは仮名表記が確立されていない時代
に漢字だけで記された『万葉集』の和歌に対する新古今時代の訓読が今日と異
なることに起因する。例えば，『百人一首』にも見える「田子の浦に打ち出でて
見れば白妙の富士の高嶺に雪は降りつつ（田子の浦に進み出て見ると真っ白な
富士山の高い嶺に今も雪が降り続いている）」は現在の『万葉集』テキストでは
「田子の浦ゆ打ち出でて見れば真白にぞ富士の高嶺に雪は降りける（田子の浦
から進み出て見ると真っ白な富士山の高い嶺に今も雪が降っていることよ）」で
ある。第三句の相違が著しいが，これは万葉本文に記された「真白衣」を新古
今時代までの『万葉集』の写本では何れも「白妙の」と訓読していることに基
づくものである。「衣」が「ソ」の音仮名であることに気付かずに，意訳的に訓
読したものと考えられる。歌ことばとして定着した「白妙の」を用いた訓読が
平安・鎌倉期の歌人達の共感を得た結果として，『新古今和歌集』の本文に反
映されたと考えられるのである。第五句の「雪は降りつつ」は眼前の風景への
詠嘆を表現する万葉歌と継続・反復の助詞を伴っている新古今歌の違いが見て
取れる箇所である。二つの歌集に見える本文の相違は，時代が異なる歌人のそ
れぞれの感性を知る手がかりにもなり得よう。　　　　　　　（五月女肇志）

参考文献
　久保田淳校注『新古今和歌集』上・下（「新潮日本古典集成」新潮社・2018）／峯村文人『新古今
和歌集』（「新編日本古典文学全集」小学館・1995）／久保田淳『新古今和歌集全注釈』全6巻（角
川学芸出版・2011〜12）／田渕句美子『新古今集――後鳥羽院と定家の時代』（角川選書・2010）
／寺島恒世『後鳥羽院和歌論』（笠間書院・2015）／田中大士『衝撃の『万葉集』伝本出現』（はな
わ新書・2020）／小川靖彦『万葉学史の研究』（おうふう・2007）

▷1　生涯独身の作者が密か
に思っていた相手に後世強い
関心が示され，様々な説が出
された。例えば能の『定家』
では，藤原定家と逢瀬を果た
したと語られる。内親王が帰
依した法然の死後作成された
『法然上人絵伝』では法然が，
面会を求める病臥中の「聖如
房」に向け書状を記したこと
が描かれ，「聖如房」が式子
内親王と考えられることから
（岸信宏「聖如房に就て」
（『仏教文化研究』5，1951）），
法然への思いを詠んだ歌とす
る説も出された（石丸晶子
『式子内親王伝――面影びと
は法然』朝日新聞社・1989）。
両説共に同時代の史料による
確証がなく，男性の立場の題
詠の歌として読むのが今日で
は有力な解釈である（後藤祥
子『平安文学の謎解き』（風
間書房・2019））。

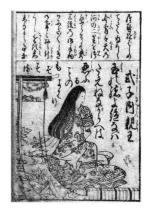

図2　式子内親王
後白河天皇の第三皇女。11歳から21歳
までの間，賀茂神社の神に仕える斎院
という役割を勤めていた。その間異性
との交際はあり得ず，そのこともあっ
て，1201（正治3）年正月に53歳で亡
くなるまで独身で過ごした。『式子内
親王集』に3つの百首歌と勅撰集入集
歌が収められる。藤原俊成に和歌を学
び，俊成の子・定家とは主従関係の間
柄に終始したことが『明月記』等当時
の記録から知られる（今村みゑ子『鴨
長明とその周辺』和泉書院・2008）。
（『若鶴 百人一首』筆者蔵）

四　中　世

60

こんじゃくものがたりしゅう
『今昔物語集』
撰者不詳（12世紀前半成立）

▷1　平安後期，白河，鳥羽，後白河三代の上皇による院政が行われた時代。

1　『今昔物語集』の編纂と成立

　『今昔物語集』の形成された12世紀前半の院政前期は，古代から中世に転換する大きな変動期に当たり，末法への危機意識などを背景に宗教文化がひろまる時代でもあった。日本に伝わった仏教は，当初は鎮護国家の国家仏教であったが，次第に貴族ら上層社会から一般の名もない民衆にまで広まっていく。『今昔物語集』には多くの様々な身分階層，各地域の人々が登場しており，仏教が日本の社会にいかに広範にひろまっていったかをよく表している。『今昔物語集』の具体的な編纂と撰者及び成立時期などの問題には，まだたくさんの謎が存在する。未完成のまま埋もれて中世に再発見されて近代になってから研究が本格化するにもかかわらず，古典としての評価はゆるぎのないものになっている。

2　『今昔物語集』の三国観・仏法説話と世俗説話・表記文体

　撰者はすでに説話化された情報を自らの説話集に採録したのであり，文字化された何らかの文献を対象に自らの文体に改めている。口頭で語られていたものを直接筆録したわけではない。現在も出典の分からない説話はたくさんあるが，それらのすべてもこれに該当するとみなせる。説話の構成は天竺・震旦・本朝の三国に及び，当時の全世界を網羅し，体系づけようとしており，壮大な規模を持っている。その世界観は物語の始まりが釈迦の伝記（仏伝）から始まるように，仏教の形成と流布（仏法の伝来や求法，弘通，仏菩薩や経典の霊験，僧聖の修行の験徳，奇蹟等々）に応じている。さらに仏法部だけでは終わらずに，国王（天皇）や臣下（貴族），武士や種々の職芸者から名もない庶民等々に至る世俗の世界をも対象にしている。この仏法と世俗の両方を体系化しているところに，『今昔物語集』の大きな特徴があるといえる。仏法と世俗の双方は対立するわけではなく，仏伝に始まる仏の追究が人間の探究に及んだ結果であり，すべて仏法に包摂されるものであろう。

▷2　小峯和明は近年これを「片仮名小書き体」と呼んでいる。

▷3　『今昔物語集仏伝の研究』（勉誠出版・2016）。

　『今昔物語集』の表記文体は漢字片仮名交じりで，片仮名を漢字より小さく書く，「片仮名宣命書き」で表されていることである。その表記の意味するものが何か，本田義憲の説では，梵語の経典を漢訳する際，仏典を読み上げ，筆記し改訂する作業に『今昔物語集』の編纂をなぞらえており，説得力があると思われる。この文体表記は音読されたものを速く書ける速記的な文体としての意味があったと考えられる。その文体の基本は漢文訓読体で，硬質の力強いイメージがあり，苦行や霊鬼，盗賊，殺害などの『今昔物語集』を特徴づける説話の内容に適応していると言えよう。

3 未完成としての大作として

『今昔物語集』の話はすべて「今ハ昔」で始まり，「トナム語リ伝ヘタルトヤ」の形式で終わる。話を語った後には必ず，「此レヲ思フニ」とか，「然レバ」といった口調で，事件のいわれや人物の批評，感想，周囲の風評，教訓などが語られる。これは「話末評」と呼ばれ，撰者の意識がよく表されている。

天竺・震旦・本朝部に応じて仏法部，世俗部それぞれに，巻ごとの主題も明確で，個々の説話の配列も，いわゆる二話一類の形式で何らかの連想やつながりで並べようとしていることである。きわめて精密な組織として組み立てられている。そのような構成に緻密さをもとめた結果として，いろいろな内部の矛盾を招き，編集方針が錯綜して編集が中断し，未完成に終わらざるをえなかった，と考えられている。全三十一巻の三巻分（巻八，十八，二十一）は欠巻であり，最初からなかったとされる。また，表題だけで説話の中身がなかったり，説話が途中で終わってしまったり，「意識的欠字」と言われる，固有名詞や漢字表記の慣習のない和語などが本文の中で空白になっている箇所が多数みられる。いずれも編集方針に見合った説話の資料がなかったり，編集方針が錯綜して矛盾を起こしてしまい，結果として欠けてしまったもので，未完成の目印が随所に見られる。

▷4　巻ごとの各話は何らかの連想契機によって二話ずつのまとまりで配列されている。

4 『今昔物語集』の価値

世界の多様性に応じて，『今昔物語集』は様々な読まれ方をしてきている。江戸時代の国学者は歴史の史料として扱い，仏教徒は『今昔物語集』から仏法の真実を読み取り，芥川龍之介に代表される日本近代文学の作家はその中から，あらたな創作のインスピレーションを摂取し，あるいは，柳田國男の『遠野物語』序への影響のように民俗学にもつながった。博物学者の南方熊楠も，『今昔物語集』の仏典からの影響などの研究を進め，漢籍類をはじめ蔵書の多くに『今昔物語集』に関する書き込みを残している。また，近年では夢枕獏も『今昔物語集』の説話をアレンジして，『鬼譚草子』などの大衆文学を書き，箏曲として上演された。多くの文学者や研究者が『今昔物語集』を説話の宝庫として注目することで，『今昔物語集』は古典となったと言える。未完成の大作は後の時代の人々に語り継がれて，後の異なった時代の人々に影響を与えつつあること自体に，『今昔物語集』の魅力が見いだせるであろう。　　　（高　陽）

▷5　『小説現代』（第52巻第1号，2014）に紹介されている。

参考文献
『今昔物語集』全5巻（「新日本古典文学大系」岩波書店・1994）／『今昔物語集』全4巻（「新編日本古典文学全集1」小学館・1997）／小峯和明『説話の森』（岩波書店・2001）／同編『今昔物語集を読む』（吉川弘文館・2008）

四　中　世

61 『俊頼髄脳』
（としよりずいのう）

源　俊頼（みなもとのとしより）（1111（天永2）〜14（永久2）年頃成立か）

▶1　源俊頼（1055か〜1129）の代表歌には『百人一首』所収の「憂かりける人をはつせの山おろしよはげしかれとは祈らぬものを」などがある。それまでの伝統的な表現だけにとらわれない新奇な和歌も詠んだ歌人として知られ、『後鳥羽院御口伝』は俊頼の詠作について、「うるはしくやさしき姿」と「もみもみと人はえ詠みおほせぬやうなる姿」の二様があると評している。

▶2　いわゆる定家本と称される伝本。参考文献の冷泉家時雨亭叢書『俊頼髄脳』（2008）に影印がある。

▶3　いわゆる顕昭本と称される伝本。顕昭（1130頃か〜没年未詳）は、平安後期〜鎌倉初期の歌人。『六百番歌合』に出詠し、藤原俊成の判詞への反論を記した（『顕昭陳状』、『六百番陳状』とも）。歌学書『袖中抄』や、『顕注密勘』のもとになった古今集注釈（『古今秘注抄』）などの著作がある。

1　書名・成立・伝本

「俊頼髄脳」と呼ばれるこの書物は、平安後期の白河・鳥羽院政期に活躍した歌人で、五番目の勅撰和歌集『金葉和歌集』の撰者である源俊頼が著した歌学書である。「髄脳」とは、骨髄と脳の意から転じて、ものごとの肝要な部分・心髄を表す語で、「和歌の髄脳、いと所狭う、病、避くべき所多かりしかば」（源氏物語・玉鬘）とあるように、和歌についての肝要なことを述べた書物のこともいった。『俊頼髄脳』には数多くの伝本が現存し、本文の異同が少なくない。写本によって「無名抄　俊頼」「俊秘抄」「俊頼無名抄」「俊頼口伝」「唯独自見抄」などの外題で伝わるので、もともと明確な書名は無かったのであろう。書写伝来が明らかな最古の写本に、冷泉家時雨亭文庫が所蔵する藤原定家書写本があり、注目すべきである。また、顕昭による奥書をもつ伝本もあり、その奥書には、俊頼が関白藤原忠実の依頼によって、忠実の娘泰子（鳥羽天皇皇后、院号高陽院）のために著述した、という経緯が記されている。実際『俊頼髄脳』には、身分の高い女性のために和歌の手引きとして書いたと察せられる叙述があり、上記奥書にあるような経緯で成立したと推定されている。

2　和歌史上の位置と叙述構成

「やまとみことの歌は、わが秋津洲の国のたはぶれあそびなれば、神代よりはじまりて、けふ今に絶ゆることなし」。『俊頼髄脳』の冒頭、序文の書き出しの一文である。このように、和歌とはいかなるものかを定義し、和歌は神代の昔に始まるとその起源を語る論は、『古今和歌集』仮名序の「やまと歌は、人の心を種として、よろづの言の葉とぞなれりける」、「この歌、天地のひらけ始まりけるときより出で来にけり」に拠ったものである。ただ、仮名序を規範としつつも、和歌を「たはぶれあそび」ととらえる視点と、神代から「けふ今」に至るまで絶えないと和歌の伝統を意識する姿勢に、『俊頼髄脳』の和歌史上の位置が読みとれよう。平安和歌の始発というべき『古今和歌集』から200年余りを経た位置にあって、それまで詠まれてきた和歌表現の蓄積を継承すべき伝統と認識し、伝統から脱却した新しみを求める意識も醸成されていたのである。

そのような意識のもとで著された『俊頼髄脳』は、序文にはじまり、歌の種類、歌病、歌題と詠み方、秀歌例、物の異名、歌語、連歌、和歌および歌語の由来にまつわる説話など、さまざまな内容で構成されている。最後に掲げた説話的な部分が、全体の3分の2程度を占めており、先行する歌学書である藤原公任『新撰髄脳』にはそうした部分が見られないことから、『俊頼髄脳』の特徴のひとつであると言っていい。

3 院政期における歌学

　たとえば，「わが心なぐさめかねつ更級や姨捨山に照る月を見て」（古今和歌集・雑上）について，育ての親である老女（おば）を山に捨てに行った者が詠んだ歌だと語る，いわゆる姨捨伝説の説話がある。『大和物語』にも記され，『源氏物語』などの文章に引かれ，『更級日記』の主題の下敷きにされているので，平安中期の段階で広く浸透していた話だったことがうかがえる。その説話を『俊頼髄脳』では，「わが心」歌と歌語「姨捨山」の注釈という形で記している。

　『俊頼髄脳』が著された院政期には，他にも藤原仲実『綺語抄』，隆源『隆源口伝』，藤原範兼『和歌童蒙抄』，藤原清輔『奥義抄』『袋草紙』，顕昭『袖中抄』などといった歌学書が陸続と成立した。これらに共通するのが，和歌や歌語の由来を注釈する形をとって説話を叙述する傾向である。では，なぜ院政期の歌学書にそうした傾向が現れたのだろうか。一つには，和歌表現の伝統を認識して新しみを求める意識から，古歌のことばに対して，どのような由来をもち，実作でどのように用いるのかを注釈的に理解しようとする傾向が生じたのであろう。次に，歌学書に書かれた叙述の背景に，和歌や歌語をめぐって歌人たちが口頭で語らい議論を交わすような，いわば歌学の場とで言うべきものがあったことが想定される。というのも，『俊頼髄脳』では，「この歌の心，たしかに書きたる物なし」，「ただ物がたりに人の申すは」などと前置きしたうえで，和歌や歌語の由来をめぐる説話を述べることがある。これは，書記言語としては伝えられていなかった事柄を書き留めたのだと示す姿勢をものがたっていよう。そして，他の歌学書に比して『俊頼髄脳』には，より豊かに筆を費やして説話を叙述する姿勢が認められるのである。

4 後代における享受

　『俊頼髄脳』は，成立直後から歌学書・注釈書にしばしば引用されており，『今昔物語集』や『十訓抄』などの説話集の叙述の原拠にもなった。また，たとえば謡曲『姨捨』があるように，能などの芸能の素材になった部分もある。後代に与えた影響はきわめて大きく，広範である。「やまとみことの歌」すなわち和歌について論じた書物であるが，単に和歌という範疇にとどまらず，日本の言説空間においてジャンルを横断して広く受容され，新たな文学を再生産させる源泉として，長きにわたって享受された作品なのである。（岡﨑真紀子）

図1　『俊頼髄脳』冒頭
（国立国会図書館デジタルコレクション）

参考文献

『歌論集』（「新編日本古典文学全集87」小学館・2002）／『日本歌学大系』第一巻（風間書房・1956）／『俊頼髄脳』（「冷泉家時雨亭叢書79」朝日新聞社・2008）／小峯和明『院政期文学論』（笠間書房・2006）／鈴木徳男『俊頼髄脳の研究』（思文閣出版・2006）／岡﨑真紀子『やまとことば表現論——源俊頼へ』（笠間書院・2008）

五　古代後期

62

『栄花物語』『大鏡』

『栄花物語』正編：制作の中心人物は赤染衛門か（1029〜33年ごろ成立）
『栄花物語』続編：出羽弁が制作に関与したか（1092年2月以後成立）
『大鏡』：藤原能信の関係者によって制作されたか（1070〜80年代成立）

[1] 東アジアから見た歴史物語

　11世紀の東アジアでは，中国の宋（北宋）・北方の契丹（遼）・朝鮮半島の高麗によって三つ巴の国際関係が展開されており，国家のアイデンティティを内外に広く知らしめることを企図して，国家事業としての漢文の正史の編纂が各国で盛んに行われていた。漢字・漢文は東アジアの共通言語でもあったからである。一方，10世紀前半にアジア諸国との公的交渉を絶ち，国家の正統性の喧伝も不要となった日本では，901年の『日本三代実録』を最後に正史の編纂も終焉を迎え，それと入れ替わるようにして，11世紀前半に仮名文の歴史叙述——歴史物語が誕生する。その嚆矢が『栄花物語』である。日本国の歴史と天皇家の正統性を示す公文書としての権威を帯びていた六国史とはおよそ異なる，私的で文化史的な歴史叙述であったとはいえ，「真名」（まことの文字）と呼ばれた漢字に対して非公式・非正統の文字とされていた仮名で女性たちが歴史を書いたことは，古代東アジアにおいて他に類を見ない稀有の出来事であった。

[2] 平安女性表現の集大成——『栄花物語』

　『栄花物語』の三人称の語りや，年立（年表）の作成が可能な編年的な構成のあり方はまさしく物語文学のそれであり，事実，同じ彰子（藤原道長の長女・一条天皇の中宮）の後宮で先行して制作された『源氏物語』の多大な影響も見られるが，女性が仮名文で歴史的事象を記録したものという点では，女房日記[1]やその流れを汲む『紫式部日記』を発展的に継承したものともみなしうる。また，草創期の平仮名の用途は手紙と和歌であったが，『栄花物語』にはその手紙と和歌の引用も多く見られる。平仮名の普及から150年余の間に培われてきた物語・日記・和歌・手紙などの多彩な女性表現の方法が，『栄花物語』には渾然一体となって活かされているのである。『栄花物語』のそうした多様性は，物語あるいはその下位ジャンルである歴史物語の枠組みを超越するものであり，そこには平安時代の女性表現の集大成ともいうべき性格が認められる。さらに『栄花物語』には，漢文の願文や仏書を和文に翻訳・翻案したとみられる特異な文体を持つ巻もあり，『栄花物語』じたいが平仮名の和文による表現のさらなる可能性を貪欲に模索していたことも看過してはならないであろう。

[3] 異端の物語——『大鏡』

　『栄花物語』に続く第二の歴史物語として制作された『大鏡』は，作り物語や

▷1　天皇の后妃に仕える女房たちが，主人の身の回りで起こった日常的な出来事を賛美的に記録した日記。一個人の立場からではなく，女房の仕事の一環として書くもので，現代の職場などで書かれる日誌に近い。

歌物語を含めた平安時代の物語文学の中でも，異端と評すべき特異性を帯びている。たとえば，それまでの物語では実体性の薄い機能的存在であった語り手（ナレーター）を大宅世継・夏山繁樹という二人の現実離れした高齢の老翁として実体化し，摂関時代史の生き証人である彼らの対話による歴史語りを皇太后姸子（道長の次女・三条天皇の中宮）の女房が聞くという重層的な語りの構造を顕在化させていること，〈みやび〉〈あはれ〉といった平安文学の規範的な美意識に抗って，強靱な意志と荒々しい行動力を高く評価し，その源泉である〈心魂〉に最大の価値を見出していることなどは，その端的な例である。話題への関心のあり方も，物語よりもむしろ説話に近く，『今昔物語集』と共通する逸話も多数見られるほか，古老が語る貴族社会の故実や伝承を聞くという体裁は『江談抄』『中外抄』『富家語』などの言談[▶2]にも通じている。文章もきわめて特異で，引歌などの和歌的修辞がほぼ皆無であること，出来事の描写に際して語り手自身の意見や批評が強く打ち出されること，因果の認定が極度に単純化されており，原因と結果とが一対一で完結して他の話題との連関を持たないことなど，平安時代の仮名散文の中でもひときわ異彩を放っている。こうした『大鏡』のスタイルは物語文学としては実験的でありすぎたようで，多くの影響作を生むまでには至らなかったが，対話を通じた物語内容の展開という斬新な様式は，後続の『今鏡』以下の歴史物語群をはじめ，『無名草子』[▶3]や歌論などの批評性を帯びた文学によって受け継がれてゆくことになった。

4　二つの摂関時代史

　『栄花物語』と『大鏡』はともに藤原道長の栄華を描くことに主眼を置き[▶4]，9世紀後半から11世紀前半にかけての摂関時代史を歴史叙述の対象としている点でも共通しているが，各々が描き出す摂関時代像には相当の差異がある。女房たちによって叙情的・情緒的に綴られた文化史の物語である『栄花物語』に対して，『大鏡』は権力への現実的で冷徹な視点を持つ男性官人による政治史の物語であり，ほぼ同じ時代と人物を扱いながら，それぞれの読後感が大きく異なる主因の一つはそこにある。女性は政治の話題に口を出すべきではない，という貴族社会のジェンダー規範が『栄花物語』を政治史から遠ざけたことも否めないが，道長の後を継いで半世紀余にわたって関白の座にあった長男頼通の周辺で制作されたとみられる『栄花物語』に対して，『大鏡』は頼通とは不仲であった異母弟能信の周辺で『栄花物語』への異議申し立てとして制作されたと推定されており，そのことが，権力闘争の裏事情を鋭く掘り下げて描き，道長の栄華を『栄花物語』以上に賛美しつつ，それを相対的に客観視する冷静さも兼ね備えた『大鏡』の視座をもたらしたものと考えられる。　　　　　（桜井宏徳）

図1　藤原道長
（菊池容斎『前賢故実』。国立国会図書館デジタルコレクション）

▶2　有識者や摂関家の長老などが語る貴族社会の故実や伝承についての談話を書き留めたもの。説話集とみなされる場合もある。院政期に多く制作された。

▶3　鎌倉時代初期の評論。作り物語やその作中人物，平安時代史にその名を刻んだ実在の女性たちなどについて，架空の女房たちが批評を繰り広げるという物語の体裁をとり，女性版『大鏡』ともいうべき性格を持つ。

▶4　『栄花物語』は「殿の御前（道長）の御有様」（巻第三十「つるのはやし」）を，『大鏡』は「ただ今の入道殿下（道長）の御有様」（序）を主要なテーマとすることを，それぞれ作中で明言している。

参考文献
橘健二・加藤静子校注・訳『大鏡』（「新編日本古典文学全集34」小学館・1996）／石川徹校注『大鏡』（「新潮日本古典集成」〈新装版〉新潮社・2017）／渡辺実『大鏡の人びと』（中公新書・1987）／永井路子『大鏡』（「古典を読む11」岩波書店・1984）／加藤静子『王朝歴史物語の生成と方法』（風間書房・2003）／福長進『歴史物語の創造』（笠間書院・2011）／桜井宏徳『物語文学としての大鏡』（新典社・2009）

五　古代後期

63 『本朝文粋』[①1]
藤原 明衡撰（1053〜1064年頃（天喜・康平年間））

▷1　書名は現在「ほんちょうもんずい」と読み慣わしているが，平安時代から江戸時代に至るまで，漢音（唐の長安地方の中国音に従った日本漢字音）によって「ほんちょうぶんすい」と読まれた。

▷2　儒者とは，大学寮で漢学を学び，対策及第後，然るべき専門職（式部大輔，大学頭，東宮学士，文章博士，大内記など）に就いた者を指す。

図1　『本朝文粋』1629（寛永6）年刊古活字版
（慶應義塾大学附属研究所斯道文庫蔵）訓点は書入れ。

▷3　大学寮は漢学を学ぶための教育機関で，儒教経典を専門とする明経道，歴史・文学を専門とする紀伝道，律令を専門とする明法道，算術を専門とする算道の四道に分かれていた。道は，現代の学部に当たる。

1 『本朝文粋』の概要

　平安時代の貴族たちは読み書きに漢文を用いることを常とした。それゆえ，文章の規範をまず中国の名文に求めた。当時，名文と言えば，梁の蕭統が撰した『文選』の所収作品に及ぶものはなく，貴族はこれを熱心に学び，自らの文章表現の彫琢に利用した。しかし，『文選』がいかに名文の宝庫であるといっても，平安時代から300年以上も前に作られた異国のアンソロジーである。時代も社会も文化も異なる当時の日本人がこれを実用に資するに当たっては，かなり違和感を感じたのではあるまいか。時代が下るにつれ，日本人作者の名文を内容とするアンソロジーの出現が待ち望まれたとしても何ら不思議ではない。

　『本朝文粋』十四巻は式家藤原氏の儒者，藤原明衡（？〜1066）によって編纂された。嵯峨朝から後一条朝までの間（8世紀前半〜11世紀前半）に作られた漢文体の作品四百三十二篇（内三篇が重複）を収める。『文選』に倣い，作品は文体ごとに排列されている。所収の四十一種類の文体を次に示そう。（　）内は作品数である。

　賦（15），雑詩（28），詔（6），勅書（1），勅答（7），位記（2），勅符（3），官符（3），意見封事（3），策問（13），対策（13），論奏（2），表（46），奏状（37），書状（17），書序（6），詩序（139），和歌序（11），詞（1），行（1），文（1），讃（5），論（1），銘（9），記（5），伝（2），牒（5），祝文（1），起請文（1），奉行文（1），禁制文（1），怠状（1），落書（2），祭文（3），呪願文（2），表白文（1），発願文（2），知識文（1），廻文（1），願文（27），諷誦文（6）。

　この内，雑詩はさらに古調詩（6），越調詩（11），字訓詩（2），離合詩（1），廻文詩（1），雑言詩（1），三言詩（1），江南曲（2），歌（3）に細分することができる。作者は六十七名で，その殆どが大学寮紀伝道出身の儒者・文人によって占められている。大江匡衡（47），大江朝綱（45），菅原文時（38），紀長谷雄（37），菅原道真（36），源順（32），大江以言（26），慶滋保胤（22），兼明親王（19），紀斉名（12），都良香（11）といったところが上位入集者である。

2 書名と巻数

　『本朝文粋』を研究する上での問題点をいくつか取り上げてみよう。まず書名の「本朝」は中国に対する呼称であり，「文粋」は文章の精粋の意である。これは中国伝来の文章に対置する意味をこめて名づけた書名と見なしてよいであろう。しかし，これを宋の姚鉉撰『唐文粋』に倣ったものとすることには疑問がある。たしかに『唐文粋』は『本朝文粋』に先行する宋の1011（大中祥符4）年の成立だが，この書が明衡以前に将来されていたことを確認することが

できない。日本の文献に『唐文粋』の引用がいつ頃から現れるのかを精査する必要がある。

　巻数の十四という切りの良くない数字は，いかにも本書が未完成であったような印象を与える。しかし，この点については『扶桑集』十六巻と併せて三十巻とし，『文選』三十巻に匹敵させようとする撰者の意図があったのではないかとする説が有力である。この説は，『文選』が詩を多く収める（全七百五十四篇中，詩が四百三十五篇を占める）のに対して，何故『文粋』には詩が殆ど収められていないのかという疑問に端を発している。明衡が『文粋』を編纂しようとした時期にはすでに『扶桑集』『本朝麗藻』▷4という漢詩の総集が存在していた。特に紀斉名撰『扶桑集』は十六巻から成り，詩人七十六名の作品を収める大規模な漢詩集であった。▷5しかも所収範囲が嵯峨朝から一条朝までであり，これは『本朝文粋』とほぼ重なっていた。したがって明衡が『文粋』を編纂するに当たって殊更に詩を選抜する必要は無く，ただ『扶桑集』に漏れていた（と思われる）定型外の詩を加えるだけで十分であったのだ。傾聴すべき説だが，欠点もある。例えば『文粋』の主要作者で詩人としても名を馳せた大江以言，紀斉名の詩が『扶桑集』には一首も見られないことである。▷6もし明衡が『扶桑集』と『文粋』とを併せて『文選』に匹敵させようとしたのであれば，以言・斉名の詩は不可欠であったに違いない。二人の詩を欠く点をどのように説明すればよいのだろうか。解明すべき点は多い。

③　アンソロジーか，実用書か

　現在，本書を詩文の詞華集アンソロジーと捉えるのか，それとも実用書と捉えるのかについて議論がある。アンソロジーと見る研究者は，明衡に日本の『文選』を作ろうとする意図があったのであれば，当然『文粋』は『文選』と同じく詩文のアンソロジーと捉えるべきである，とする。▷7これに対して，実用書と見る研究者は，『文粋』の利用の仕方に着目する。『文粋』には全巻揃いの伝本が少なく，一部分の巻だけの伝本が圧倒的に多い。ここには『本朝文粋』の必要な巻だけを部分的に所持して利用するという，実用書としての傾向が強く見受けられる，とする。▷8両者の主張にはそれぞれ理があり，この問題に結論を出すことは難しい。ただ，『文粋』所収作品を，儒者・文人が自らのために作った作品（賦・詩・詩序・記など）と，他人（天皇や上級層貴族）のために作った作品（勅答・奏状・願文など）とに大別してみると，前者にはアンソロジー的要素が強く，後者には実用的要素が強い。したがって『文粋』は編纂当初からアンソロジーと実用書との双方の性質を兼ね添えていたと見ることができるのではなかろうか。

　　　　　　　　　　　　　　　　　　　　　　　　　　　（佐藤道生）

▷4　『本朝麗藻』は高階積善撰。二巻。

▷5　但し，現存するのは巻七・巻九の二巻のみ。

▷6　鎌倉初期に成立した百科事典『二中歴』巻十二に「扶桑集七十六人」として『扶桑集』作者が挙げられているが，その中に大江以言・紀斉名の名は見られない。

▷7　川口久雄「藤原明衡と本朝文粋」（『三訂　平安朝日本漢文学史の研究　下篇』明治書院・1988）。

▷8　大曾根章介「解説」（新日本古典文学大系27『本朝文粋』岩波書店・1992）。

参考文献
大曾根章介・金原理・後藤昭雄校注『本朝文粋』（「新日本古典文学大系27」岩波書店・1992）／柿村重松『本朝文粋註釋』（新修版，冨山房・1968）／後藤昭雄『本朝文粋抄』既刊6冊（勉誠出版・2006〜20）

五　古代後期

64 『源氏物語』
紫　式部（通説）（1008（寛弘5）年頃成立）

1 「もう一つの歴史」を仮構する物語

『源氏物語』の作者は誰か，という問いに答えるのは実は難しい。同時代に書かれた『紫式部日記』に見えるエピソードは，紫式部（図1）を作者とする証拠とされているが，彼女がどこからどこまでを書いたのかは実際には分からない。特に最終盤の宇治十帖については，かつて大弐三位（紫式部の娘）を作者とする説などがあり，また近年も，宇治十帖とそれ以前の部分に文体の違いを認める統計的結果が出されるなど，議論が尽きない。

ただ，この物語が少なくとも紫式部の時代に書き始められたことは確からしい。「いづれの御時にか（＝どの天皇の御治世だっただろうか）」から始まる『源氏物語』は，光源氏という空想上の人物を主人公とする「作り物語」でありながら，宇多天皇・伊勢・紀貫之といった歴史上の人物に言及し，作中の桐壺帝・朱雀帝・冷泉帝の治世は歴史上の醍醐天皇・朱雀天皇・村上天皇をモデルにしたと言われる。言うなれば『源氏物語』は，紫式部が生きた一条天皇の時代から「もう一つの歴史」を仮構した物語であり，作中の人物や出来事のモデルを実際の歴史に求める「準拠」の研究は，現在も盛んに行われている。

2 三部構成とメイン／サブストーリー

全54帖という大長編である『源氏物語』を読み解く上で，一般的な見方として全体を三部構成に分ける説がある。光源氏の誕生から栄華の獲得までを描く，第1帖「桐壺」から第33帖「藤裏葉」までが第一部。栄華の陰りから，最愛の紫上を失った光源氏の落日を描く，第34帖「若菜上」から第41帖「幻」までが第二部。そして光源氏亡き後に彼の血を受け継ぐ二人の貴公子，匂宮と薫の恋と喪失を描く，第42帖「匂宮」から第54帖「夢浮橋」までが第三部である。

一方，この物語を彩る光源氏の恋愛に注目し，その恋の相手によって全体を分けていくと，『源氏物語』はメインストーリーとサブストーリーの二本立てで構成されていると見ることもできる。藤壺・紫上・朧月夜・花散里といった，高貴な身分の女性との恋愛がメインであるのに対して，サブとして描かれるのは，空蟬・軒端荻・夕顔・末摘花・玉鬘といった中流貴族や没落貴族の女性との恋愛である。そして興味深いのは，後者のサブストーリー格の人物が登場する巻（＝玉鬘系）と，登場しない巻（＝紫上系）が，はっきり分かれるという事実であり，その成立の前後関係は今もなお謎に包まれている。

また，このメイン／サブの区分と奇妙に連動する概念に「並びの巻」というものがある。これは，『源氏物語』の古写本の表紙や，巻順を示した目録などにみえるもので，おおむねサブストーリーの巻が「○○の並び」として扱われて

▷1　「この物語の作者は，『日本紀（＝日本書紀）』を講筵なさるべきだ」という天皇の言葉から，同輩に「日本紀の御局」と呼ばれた，という話が見える。

図1　『源氏物語』を執筆する紫式部のイメージ
（国文学研究資料館蔵。渓斎英泉『源氏物語絵尽大意抄』。DOI 200003499）

▷2　平安時代物語のうち，登場人物が架空の人物である物語の総称。これに対して，登場人物が歴史上の人物である物語は，「歌物語」（『伊勢物語』など）や，「歴史物語」（『栄花物語』など）といった区分に収まる。

▷3　玉鬘系とされる巻は，第2帖「帚木」〜第4帖「夕顔」，第6帖「末摘花」，第15帖「蓬生」，第16帖「関屋」，第22帖「玉鬘」〜第31帖「真木柱」。

いる（図２）。こうした古くからの見方を頼りに、メインの巻、サブの巻を分けて『源氏物語』を読んでみる行為も、新たな発見に繋がる可能性を秘める。

3 どれが、どこまでが『源氏物語』か

　他の平安時代物語に同じく、『源氏物語』の作者原稿は失われている。いま読むことができるのは、数世代にわたる書写を経た鎌倉期以降の写本であり、中でも藤原定家（1162（応保２）年～1241（仁治２）年）が纏めた「青表紙本」を基準とし、それに近い内容を持つ写本から作られたのが現在のテキストである。

　これに対して、源光行（1163（長寛元）～1244（寛元２）年）・親行（生没年不明）の親子が纏めた「河内本」、青表紙本・河内本のどちらとも異なる「別本」と呼ばれる写本も、現在に伝わる。全体の筋書きに違いはないが、これらの写本は青表紙本とは異なる文章表現を持ち、しかも違い方の程度は一つ一つの写本ごとに様々で、ほとんどの場合どの文章がオリジナルかを決められない。こうした違いは、書写者が内容を自由に書き換えたという平安時代物語の特性に由来するもので、文章のそれぞれ違う写本どれもが『源氏物語』だとも言える。もし奇跡的に作者原稿が発見されて、これまでのテキストとは違う文章が書かれていたとしても、それは数ある『源氏物語』の一種類に過ぎない。

　そして平安時代物語のもう一つの特性として、登場人物を利用して物語世界を広げる営みが行われた、という点がある。例えば『源氏物語』にも名の見える「交野の少将」という人物が、おそらく散逸した『交野の少将物語』の主人公でありながら、現存する『落窪物語』の中にも登場するのが有名だが、『源氏物語』の場合、その営みは新たな巻を直接付け加えるという形で現れた。古くは鎌倉時代にさかのぼる資料をひもとくと、現存する全54帖のほかに、「桜人」「狭筵」「巣守」といった巻名が記され、資料によってはその巻に登場する独自の人物についての詳細が記されている（図３）。

　また後の時代にも、『源氏物語』の空白を埋めようとする、あるいは結末に物足りなさを感じ続きを書こうとする営みが行われた。室町時代に書かれたとみられる『雲隠六帖』は、第二部の終わり「幻」と第三部の初め「匂宮」の間にかつてあったが失われたと噂される「雲隠」の巻を補い、さらに最終帖「夢浮橋」の続きとして「巣守」「桜人」「法の師」「雲雀子」「八橋」を置く。また同じく室町時代頃に成立の『山路の露』も、「夢浮橋」の続きを別の形で著す。そうした営みに繋がる想像力を大いに奮い立たせる面でも、『源氏物語』は平安時代物語の中で抜群の大作だった、と評することができよう。（岡田貴憲）

図２　鎌倉期写本にみえる「二のならひの二 夕かほ」
（国文学研究資料館蔵。榊原本『源氏物語』夕顔巻。DOI 200016474）

▷4　有名な例に、第7帖「紅葉賀」の次の文章がある。青表紙本「鄂州にありけむ昔の人」（白居易の詩に現れる女性を連想）／河内本「文君などいひけむ昔の人」（『史記』『漢書』等に引く司馬相如の妻、卓文君を連想）。

図３　「巣守」巻に登場した「巣守 三位」の記述
（国文学研究資料館蔵『光源氏系図』。DOI 200014741）

参考文献

柳井滋・室伏信助・大朝雄二・鈴木日出男・藤井貞和・今西祐一郎校注『源氏物語１～９』（岩波文庫・2017～21）／Edward G. Seidensticker, *The Tale of Genji* (U.S., Alfred A. Knopf, 1976)／今井源衛『源氏物語への招待』（小学館ライブラリー・1997）／大野晋『源氏物語』（岩波現代文庫・2008）／秋山虔・小町谷照彦編『源氏物語図典』（小学館・1997）

五　古代後期

65 『和漢朗詠集』
（わかんろうえいしゅう）
藤原公任撰（1012（長和元年）年頃）
（ふじわらのきんとう）　　　　（ちょうわ）

図1　『和漢朗詠集』江戸初期写本
（筆者蔵）

図2　『倭漢朗詠集私註』1629（寛永6）年刊本
（筆者蔵）

1　最も読者を獲得した書

　平安時代に著された古典文学作品の中で，これまで最もよく読まれたものは何か，と問われたら，皆さんはどの作品を挙げるだろうか。『源氏物語』『枕草子』『大鏡』などいろいろと思い浮かぶだろうが，正解は『古今和歌集』『伊勢物語』『和漢朗詠集』である。それは現存する写本・刊本の圧倒的多さを見れば容易に理解できよう。また，これら三書には平安時代から江戸時代に至るまで，「古今注」「伊勢注」「朗詠注」と総称される極めて多くの注釈書が作られた。三書が平安時代だけでなく，遙か後代まで長く読み継がれたことが知られる。どうしてこれほど息の長い文学作品となり得たのか。本項では『和漢朗詠集』を取り上げて，その問題を考えてみたい。

2　撰者と成立事情

　『和漢朗詠集』は藤原公任（966〜1041）が朗詠に適した詩歌を集成した書である。上下二巻から成り，巻上を春，夏，秋，冬の四部に分かち，巻下を雑部として，さらに各部立内に主題（後に朗詠題と呼ばれる）を立て，中国の漢詩文，本邦の漢詩文，和歌の順に排列している。所収作品数は八百三首で，その内訳は漢詩文五百八十七首，和歌二百十六首である。但し，漢詩文は作品全体ではなく，特に優れた部分を収めており，これを「摘句」と呼び慣わしている。

　平安時代の貴族社会では，朗詠という，詩歌を一定の旋律に載せて謡うことが盛んに行われた。朗詠は貴族のたしなみであったと言えよう。したがって，貴族文化が頂点に達した平安中期，一条朝前後の時期に朗詠の詞華集が編纂されたのも，まさに時代の要請によるものなのであった。『大鏡』（太政大臣頼忠）は藤原公任が詩歌管絃のいずれにも優れた，いわゆる「三舟の才」を備えていたことを伝えている。この時期，公任こそが『和漢朗詠集』を編集するに最も相応しい人物であったことが知られよう。

3　受容史と「朗詠注」

　平安時代の文学作品で撰者自筆の原本が残っているものは一つも無い。どの作品でも現存する最古写本は成立から少なくとも何百年かを経たものばかりである。例えば『源氏物語』。現存最古の写本は藤原定家の手によるものであり，作者の紫式部の時代から二百年を経ている。これが古典文学作品の一般的な現存状況である。しかし，『和漢朗詠集』だけは，撰者藤原公任の自筆と確認できるものは見当たらないものの，公任と同時期の古写本が複数確認できる。それだけ『和漢朗詠集』が成立当初から貴族社会に受け入れられていたことを立証

しているわけだが，しかし，それだけでは本書が近代に入るまで長らく読み継がれた理由にはならない。

　実は，その大きな理由は，早くに幼学書の一つに加えられたからである。幼学書とは，幼年期（十歳前後の時期）に誰もが学習する書籍のことで，平安時代を通じて中国伝来の『千字文』[1]『百二十詠』[2]『蒙求』[3]の三書が利用された。それが平安末期に至って，これらに国書の『和漢朗詠集』が加えられたのである。幼学書の学習方法は，始め全文を暗誦して覚え，後に注釈書を用いて内容の理解を深めるというものであった。『和漢朗詠集』の写本・刊本やその注釈書が数多く現存しているのは，このような理由による。

　今，子どもの頃に暗誦して学習するものと言えば，誰しも掛け算九九を思い浮かべるだろう。その掛け算九九は，幼年期にいったん暗記してしまえば。大人になっても忘れることがない。それと同様に，『和漢朗詠集』を始めとする幼学書から得た知識や表現は，学習者が成人した後も忘れ去られることはなく，時として無意識に言葉となって現れることがある。古典文学作品中に幼学書の断片的言い回しが散見されるのはそのためである。幼学書は程度の低いものではあるけれども，その影響は計り知れないのである。

　それに加えて，幼学書には注釈書が備わっており，それの及ぼす影響が相当大きいのである。『和漢朗詠集』に「朗詠注」と総称される注釈書があることは先に述べた。注釈書というと，現代の感覚では，正しい解釈を追求した学術的価値の高いものという印象があるが，「朗詠注」はそうではない。もちろん正しい解釈を追求したものもあるが，大半の「朗詠注」は非現実的な解釈を含んでいる。「ウソから出たマコト」の諺があるように，荒唐無稽の説も語り継がれるうちに，真実味を帯びてくる。「朗詠注」に見られる解釈にはその類いの俗説が多いのである。[4]

4 研究方法

　これまで述べたことからお分かりのように，『和漢朗詠集』研究には，この書自体を中心に据え，平安時代の文学作品として考察する方法と，「朗詠注」を対象としてその受容の様相を探る方法とがある。前者には江戸時代の国学以来の研究蓄積があるが，後者にはそれが殆ど無い。「朗詠注」は未知の研究分野と言っても言い過ぎではない。これから『和漢朗詠集』を学ぼうとする人たちには，「朗詠注」を併せて読むことをお勧めしたい。　　　　　（佐藤道生）

参考文献
大曾根章介・堀内秀晃校注『和漢朗詠集』（「新潮日本古典集成」新潮社・1983）／菅野禮行校注『和漢朗詠集』（「新編日本古典文学全集19」小学館・1999）／佐藤道生・柳澤良一校注『和漢朗詠集・新撰朗詠集』（「和歌文学大系47」明治書院・2011）／三木雅博訳注『和漢朗詠集』（角川ソフィア文庫・2013）／伊藤正義・黒田彰・三木雅博『和漢朗詠集古注釈集成』全三巻（大学堂書店・1989〜97）

▷1　『千字文』は梁・周興嗣撰。

▷2　『百二十詠』は唐・李嶠撰。

▷3　『蒙求』は唐・李瀚撰。

▷4　一例を挙げよう。本書の巻下，禁中題（作品番号523）に，唐の章孝標の「三十仙人誰得聴，含元殿角管絃声。（三十の仙人　誰か聴くことを得たる，含元殿の角の管絃の声）」という詩句が収められている。ここに言う「三十仙人」とは科挙の及第者を指し，句意は「私と同じく及第した三十人の仙人たちよ，我々以外に誰が聴くことができよう，含元殿の祝宴で奏でられているこの管絃の音色を」ほどの意味である。ところが，この「三十」には早くから「三千」の異文が生じ，これに対応して鎌倉時代には次のような解釈が生まれた。楚の襄王の時，含元殿の角に三千の仙人がやって来て管絃を奏でた。その音色は襄王にしか聞こえず，臣下の者たちには聞こえなかった，というのである。これは『和漢朗詠註抄』に見える説だが，さらに時代が下ると，漢の武帝の招きで三十人の仙人が含元殿にやって来て，よもすがら管絃を奏したが，武帝以外にこれを聞く者はいなかった，という異説も現れた（見聞系「朗詠注」）。中世の「朗詠注」を通覧すると，このような俗説が『和漢朗詠集』所収句の殆ど全てに付随していたという驚くべき事実に気づかされる。そしてそれらの俗説は説話や軍記物語の中で繰り返し語られることで中世社会全体に浸透し，日本人の一種の教養として定着したのである。『和漢朗詠集』及び「朗詠注」の日本文化に果たした役割が極めて大きかったことを理解することができよう。

五　古代後期

66 『枕草子』
清少納言（平安時代中期（1000年前後）に成立）

1 中宮定子と清少納言

　作者の清少納言は一条天皇の中宮である定子の後宮に女房として仕えた。定子は中関白家と称する藤原道隆の娘で，990（正暦元）年正月に一条天皇の最初の后として入内，同年2月には女御となり，10月に立后して中宮となった。清少納言という呼び名は，宮中に出仕することによって与えられた女房名である。清少納言の父は清原元輔で『後撰和歌集』の撰者の一人として，第二の勅撰和歌集の編纂に関わった歌人として有名である。元輔の祖父にあたる清原深養父も，『古今和歌集』をはじめとする勅撰和歌集に数多く入集しているように，清原家は歌詠みを輩出する家系であった。父元輔の名声については清少納言も自覚していたようで，『枕草子』には和歌を詠むことに慎重になる場面もみられる。宮中では和歌や漢詩文の教養は円滑な人間関係を築くうえで必須のものであり，清少納言もしばしば会話や手紙などで漢詩文の故事を交えて当意即妙に返答するなど，文化的知性に富んだ定子の社交界の一員として活躍した。清少納言の代表的な歌には『百人一首』「夜をこめて鳥のそら音ははかるとも世にあふ坂の関はゆるさじ」（62番歌）がある。

　清少納言が出仕した頃，中関白家は栄華を極めていたが，995（長徳元）年に藤原道隆が病で逝去すると中関白家の基盤は大きく揺るぐことになる。さらに不幸は続き，1000（長保2）年には定子が他界する。作者清少納言は，繁栄を極めた時期と死別や没落などの中関白家一門の凋落という不安極まりない事態に遭遇しているのであるが，『枕草子』にはその悲哀を明確に語る部分はみられず，一貫として定子を賛美する華やかで洗練された後宮の美の世界がただよう。

2 日本で初めての随筆文学

　『枕草子』は宮仕え生活での出来事や人々との交流，世の中や四季のさまざまな自然情趣がみられる散文である。伝本や章段の区切り方によって数え方の相違はみられるが，総じて300余りある章段は，①類聚的章段，②日記的章段，③随想的章段の3つの形態に分類できる。①は自然や人事に関する連想を次々に列挙していくため「もの尽くし」の段ともいわれる。②は定子を中心とする後宮生活の事柄を断片的に叙述したもので，内容や実在の人物の登場から年時が特定できる章段もみられ日記的要素が強い。③はある事象に対しての批評や感想などが，作者の豊かな発想や感性によって自由な形式で述べられる段である。分類はあくまでも便宜的なものであり，『枕草子』は3つの形態の章段が混ざり合ってひとつの世界観が形成されることに価値があるのであり，鋭い感

▷1　『枕草子』「五月の御精進のほど」には，定子から清少納言に宛てた手紙に，「元輔がのちといはるる君しもや今宵の歌にはづれてはをる（歌詠みで有名な元輔の後継であるあなたが，なぜ今夜の歌会に参加しないのですか）」という和歌がみられる。この数日前，ほととぎすの声を求めて出かけて行った清少納言一行は，道中で和歌を詠むことになっていたのだが，一向に和歌を詠まなかった。歌を詠む機会が何度か提供されるにもかかわらず，言い訳をして詠歌を拒む清少納言に定子が，なぜ「元輔がのち」である清少納言が歌会に参加しないのか，とほととぎすの件と合わせて問いかける場面である。清少納言は，「その人ののち（誰かの子ども）」と言われない身分だったら，すぐに歌を返すことができますのに，と和歌を詠まない理由を和歌でもって返答している。

▷2　雪が降り積もる日，格子をおろした状態で女房たちと談笑していると，定子が，「少納言よ。香炉峰の雪いかならむ」と清少納言に尋ねる場面が，『枕草子』「雪のいと高う降りたるを」にある。清少納言は定子の意向が『白氏文集』の漢詩「香炉峰ノ雪ハ簾ヲ撥ゲテ看ル」を踏まえていることを即座に理解して，女官に格子を上げさせて，簾を高く巻き上げた。

覚で物事を捉え新しい見方を表現する方法は，今までの時代にはない「随筆」というスタイルを生み出した。

　『枕草子』は「随筆」文学の起源とされ，鎌倉時代に成立する兼好法師の『徒然草』などにも随筆の伝統が受け継がれていく。随筆とは，体験したことや見聞したこと，心に思い浮かんだことを自由な形式で書いた文章のことである。『枕草子』三巻本の跋文（あとがき）には，「この草子，目に見え心に思ふ事を，人やは見むとすると思ひて，つれづれなる里居のほどに，書き集めたる（この草子は，私が目にしたり心に思ったりすることを，まさか誰かが見ることはないと思って，所在ない里住まいの間に，書き集めてある）」ものであり，他人には不都合な文言もあるので隠しておいたのだが，気が付くと心ならずも世間に洩れてしまった，と書かれてある。この跋文は『枕草子』の成立を知るうえでも興味深い内容であるが，伝本によって本文が異なるため解釈が揺れ動く箇所でもある。続いて跋文には，「ただ心一つにおのづから思ふ事をたはぶれに書きつけ（心の中で自然と考えることをたわむれに書きつけ）」た，という一文もみられる。

　随筆はエッセーもしくはエッセイ（essay［英］，essai［仏］）ともいわれる。しかし，西欧でいうエッセーは16世紀のフランスの哲学者ミシェル・ド・モンテーニュの『エセー（*Les Essais*)』（原著1580年）にその言葉の起源がみられるように，あるテーマをめぐって自身の生き方を省察する主張や第三者への説得に力が注がれるものであり，日本でいう随筆とは本来は一線を画するものである。

③　「をかし」の文学

　紫式部の『源氏物語』を「あはれ」の文学，そして『枕草子』は「をかし」の文学と，しばしば並び称される。その理由は作品全体の分量からみても『枕草子』には「をかし」という語が頻出するからである。『枕草子』に「あはれなるもの」という章段は存在するが「をかしきもの」はない。あえて「をかし」という主たる章段を設定する必要がないほど，「をかし」の理念が底流しているということだろう。「をかし」は現代語訳や翻訳をしようとすると，「趣がある，風情がある，興味がひかれる，おもしろい，美しい，かわいらしい，優れている，絶妙だ，見事だ，おかしい」等の意味を持つ種々の言葉に換言できる。「をかし」という一語には美的観念や諧謔的な意味合いが含まれ，明るく快い心情をあらわすのが特徴である。一方で，「をかし」の事例を幾重にも羅列させていく『枕草子』には，「をかし」とは相反する「にくし」「わろし」「ねたし」などの不快な印象を与える言葉もかなり多くみられる。　　　　（園山千里）

▷3　一晩中，鶏の鳴きまねをしてだまそうとしても，函谷関で通行が許されたのとは違って，ここ逢坂の関は決してお通りになれませんよ。私があなたと逢うことはないのですから。

▷4　『枕草子』の伝本には，三巻本系統本，能因本系統本，前田家本，堺本系統本の四種がある。

図1　御簾を巻き上げる清少納言
（鈴木弘恭訂正増補『枕草子春曙抄　上』青山堂・1893。国立国会図書館デジタルコレクション）

参考文献
松尾聰・永井和子校注・訳『枕草子』（「新編日本古典文学全集18」小学館・1997）／萩谷朴『枕草子上・下』（「新潮日本古典集成〔新装版〕」新潮社・2017）／石田穣二訳注『新版　枕草子　付現代語訳』上・下（角川ソフィア文庫・1979〜80）／藤本宗利『感性のきらめき　清少納言』（新典社・2000）／萩野敦子『清少納言―人と文学』（勉誠出版・2004）／萩谷朴『枕草子解環』一〜五（同朋舎出版・1981〜83）

五　古代後期

67 『土左日記』ᵥ1
きのつらゆきᵥ2
紀貫之（935（承平5年）頃成立）

▷1　現存伝本はすべて「土左日記」である。とくに藤原定家筆本（現・尊経閣文庫蔵）と藤原為家筆本（現・大阪青山歴史文学博物館蔵）は、蓮華王院宝蔵にあった貫之自筆本から直接に書写しているが、定家本奥書によると外題（書物などの表紙に記された題）に「土左日記ᵥ貫之筆」とあったという。こちらは別人によって付けられた可能性が高い。そもそもこの時代の仮名テクストは、作者自身が命名するということは稀であったため、作者以外の人物によって便宜上命名された可能性もある。一方で「土左」は、国名「土佐」とは異なるフィクショナルな地名を示すとする見方もあるが、国名「土佐」は「土左」とも表記されることがあるので、あたらない。

▷2　作者が紀貫之であることは早くから認識されていたようであるが（『恵慶法師集』『古今和歌六帖』など）、本文では明示されていない。周辺的な情報から貫之が浮かびあがってくるのであって、テクストは書き手として女性を設定している。作者はその外側の存在ではあるが、まずは貫之を前提とせずに、テクストに寄り添いながら読むのがよいだろう。「作品」には「（著作権者たる）作者」がいるといった、近代的な文学観は、古典に対することで相対化される。

▷3　これについては第Ⅰ部の「日記」（68-69頁）を参照。

1 近代国文学的『土左日記』観

「土佐守の任期を終えた紀貫之が、土佐から帰京するまでの55日間の旅日記。女性に仮託して仮名で書かれた最初の日記文学であり、仮名で書くことによって、繊細な心情表現が可能となった」、というような解説を読んできた人が多いのではないだろうか。しかし、本文中には土佐守が紀貫之であったことは書かれていないし、出発地が土佐であったことも、はっきりとは書かれていない。「それのとし」「あるひと」などとぼかされて書かれていることの意味を考えるほうがテクストに寄り添うことになるだろう。また、「日記文学」というジャンル概念は近代の産物であるし、仮名で書くことによって「繊細な」「豊かな」ᵥ3心情表現が可能となった云々というのは、仮名至上主義ともいえる近代国文学特有の言説である。ᵥ4

たしかに、仮名であることで可能となった心情表現はあるだろうが、そのような評価の背景には、「日本人」には「日本語」を表記できる仮名のほうが良いに決まっているという思い込みがある。「日本人」も「日本語」も不変ではありえないし、この時代の知識層は「真名」たる漢字漢文にも習熟していた。漢文でも「繊細に」「豊かに」表現が可能であった。そもそも思考の表象として言語があるのではなく、その反対だ。思考は言語に縛られるのであって、いかなる言語であっても、その表現は不自由なのである。

2 仮名散文の可能性をひらく

『土左日記』は、仮名で書くことの可能性を追求したテクストである。冒頭で「をとこもすなる日記といふものををむなもしてみむとてするなり」と、男に紐づけられた「漢字」ではなく、女の立場で、仮名で「日記」を書くことを宣言する。当時にあっては、文は漢文で書かれるものであり、仮名文は発展途上であったが、『古今和歌集』の撰集を経て、和歌の修辞技巧などのような、漢字漢文で表象することとは異なる、仮名表現の可能性が見出されつつあったなかで、誕生したのである。

本文は作者自筆本を忠実に写したとされる藤原為家筆本が現在に伝わっている。ᵥ5これをみると、漢字の使用は限定的であり、たとえば、日記のインデックスとしての日付は漢字表記されるが、文中の日付は「しはすのはつかあまりひとひ」と仮名表記されている。日付が省略された日が一日もないのも、具注ᵥ6暦などに書かれたため、書くことのあるなしにかかわらず、日次の形式をとっていた男性官人の日記を前提としているからであろう。こうした形式をふまえつつ、本文は仮名で書くことで徹底していることがわかる。ᵥ7

③ 仮名世界の構築とパラレルワールド

『土左日記』は，仮名で世界を構築すると同時にパラレルワールドの存在をたびたび示唆することで成り立っている。漢文世界がそのひとつであり，和歌を中心に描かれる世界のなかで漢詩にたびたび言及があるのがそれである。しかし，「からうたはこれにえかかず」（十二月二十六日条），「とぞいふなる」（十二月二十七日条），「からうたなどいふべし」（正月十八日条）などと，不可能，伝聞，推量などの用法を駆使して言及はしても，それ自体は書かない。

対表現が多くなされているのも同様である。空と海，風と波，ものとこころ，都と鄙など，それぞれが互いを映し出す「鏡」として描かれている。「ふなぢなれどむまのはなむけす」（十二月二十二日条），「にしぐになれどかひうたなどいふ」（十二月二十七日条）などの反転的な表現，繰り返される亡児哀傷のテーマや都の行事への想いのような，あってほしいものが「ない」，「ないないづくし」の表現もテクストの構築する世界を対象化している。

また，風と波に翻弄されつづける船旅にあって，白波からの連想で海賊の影におびえることになる。これも「ない」ものに，テクスト内部で現実的に存在する「我々」が影響されていることへの言及である。和泉国に近づいてくると風波が少なくなってくるとともに，海賊への恐怖もなくなるのであった。

『古今和歌集』や『伊勢物語』など，別の仮名テクストの世界も暗示されている。とくに正月二十日条においては，その日に出た月について，八日条と同様に『伊勢物語』をふまえて描かれつつ，阿倍仲麻呂（あべのなかまろ）の故事が想起されている。和歌に詠まれた「こころ」が，筆談によって別の世界の人々に理解されたということであり，テクストにおける空と海との関係を考えれば，月が両方を行き来する存在として認識されているのと同時に「こころ」の表象であり，「こころ」は，仮名世界でも漢文世界でも同じなのだということが強調されている。

なお，楫取（かぢとり）の発した言葉が「みそもぢあまり」であったというような，和歌の始原にかかわるであろう言及（二月五日条）や，甲斐歌（十二月二十七日条），舟歌（正月九日条）への言及，淡路専女（あわぢのとうめ）や普段和歌を詠まない人，子供などの和歌を多く記すとともに，紀貫之に擬せられる「船君」の和歌がつまらない，劣っているという評価がされていることなど，都の，おおやけとは異なる「うた」の世界も構築されている。一方で，口頭言語的世界を描いているかのような本テクストにあって，最後に「とくやりてむ」としているのは，物質として書かれたものを強く意識しているからであった。　　　　（中丸貴史）

▷4　明治維新後，国民国家としての日本が成立するが，「国文学」も国民としてのアイデンティティを担うものとして成立した学問である。そこでは，それまでの文学において不可分の存在であった漢文を他者とし，仮名文偏重の傾向がある。この枠組みは現在においても強固に存在している。

▷5　▷1参照。著者のオリジナル（原典）にさかのぼれるテクストは大変珍しい。たとえば，『万葉集』や『源氏物語』の完本（そもそも完本とは何かも問われるべきであるが）は鎌倉時代に書写されたものしか残っていない。かつての古典研究はこの原典を目指して進められた面もあるが，原典不在のまま享受されてきた状況と，写本というメディアのありかたを考えると，現在的な価値観とは異なる観点から見ていく必要があるだろう。なお，定家筆本も自筆本から書写しているが，冒頭が「をとこもすといふ日記」と改変している。ここにも現代とは異なる原典への対応がある。

▷6　第Ⅰ部の「日記」図1（69頁）参照。

▷7　『影印本　土左日記（新訂版）』は，為家筆本を忠実に転写した青谿書屋本（現・東海大学付属図書館蔵）の影印（原本を写真印刷したもの）であり，現在手軽に手に入るものとして参考文献にあげた。活字化され，漢字が宛てられる以前のテクストの姿を確認してほしい。

参考文献

萩谷朴編『影印本　土左日記（新訂版）』（新典社・1989）／菊地靖彦校注『土佐日記』（「新編日本古典文学全集」小学館・1995）／大岡信『紀貫之』（ちくま学芸文庫・2018）／神田龍身『紀貫之——あるかなきかの世にこそありけれ』（ミネルヴァ書房・2009）

五　古代後期

68 『伊勢物語』
作者未詳（10世紀初め～10世紀後半成立か）

1 在原業平──物語の主人公

　『伊勢物語』は，主人公の元服から死までを一代記的に語る，歌物語である。多くの段は「昔，男ありけり」と語り出される。この「男」とは，実在の歌人，在原業平（825～880）を想起させる。業平は，阿保親王（平城皇子）と伊都内親王（桓武皇女）を父母として生まれた。（異母）兄に，やはり有名な歌人，行平がいる。平城皇統の運勢は薬子の変（810年）を契機に暗転する。業平は没落してゆく王統の名門に生を享けたのである。「体貌閑麗，放縦にして拘はらず，略才学無し，善く倭歌を作る」という『日本三代実録』卒伝の評言は，現代にも通ずる業平像の原点である。業平は，『古今和歌集』（以下，『古今集』）の優れた歌人，六歌仙の一人であり，三十首ほど入集している。「月やあらぬ春や昔の春ならぬ我が身一つはもとの身にして」（古今集・恋五，伊勢物語・四段）のような，情熱的で心情の溢れ出た，破格で形式にとらわれない歌風を，紀貫之は「その心余りて詞足らず」と評した（仮名序）。「から衣着つつなれにしつましあればはるばるきぬる旅をしぞ思ふ」（古今集・羈旅，伊勢物語・九段）は，「萎れ／馴れ」「褄／妻」「張る張る／遙々」「着／来」の掛詞を多用し，「から衣」の縁語で一首をまとめ，さらに句頭に「かきつばた」を詠み込んだ折句の歌である。巧みな技巧によって，都に残した妻恋しさ，望郷の思いが掻き立てられてゆく。古今的修辞の極致である。

2 物語の内容

　通行本の定家本は，百二十五段を有しており，主人公の和歌を中心に，さまざまな出来事が語られる。元服した主人公は，旧都奈良の春日で美しい「女はらから」と出逢い，心の惑乱を歌に詠んで贈った（初段）。ひそかに通っていた名家の姫君（藤原高子）は，やがて入内（二条后），男の手の届かぬ存在となった（二～六・六十五・七十六段など）。閉塞した都の生活から逃れ，新天地を求めて東・陸奥へと旅立つが（東下り），やはり望郷の念は抑えがたい（七～十五段など）。岳父・親友の紀有常（十六段など），不遇の惟喬親王（八十二・八十三・八十五段）など，男同士のうるわしい交流も語られる。母皇女（八十四段）や兄行平（七十九・八十七・百一段）も登場する。筒井筒の幼な恋（二十三段）は，樋口一葉「たけくらべ」に影響を与えた。特に注目されるのは，六十九段での，伊勢の斎宮との禁忌の恋である。『伊勢物語』の書名は，深刻かつ重大な，この章段に因むと考えられる。神をも畏れぬ大胆な振る舞いにより，重い罪を背負いつつ，男はまさに物語の主人公となる。このように話題はさまざまだが，その多くは虚構であり，必ずしも事実ではない。東下りは貴種流離譚の話型を

▷1　平城はわずか在位3年で弟の嵯峨に譲位，平城京に移った。寵臣藤原仲成・薬子兄妹の思惑もあり，上皇は復位を決意，二所朝廷という異例の事態となった。政変は嵯峨が勝利し，上皇は出家した。平城の皇子，高岳は皇太子を廃され，出家した。阿保は大宰権帥として左遷された。

▷2　姿容貌がうるわしく，性格は自由奔放で些細なことに拘わらない，男子官人に必須の漢詩文の素養には欠けるが，和歌を詠むのは巧みである，の意。

▷3　物語とは異なる，業平の実像を明らかにした論文に，目崎徳衛「在原業平の歌人的形成」（『平安文化史論』桜楓社・1968）がある。

踏まえた創作とみられる。六十九段の斎宮の物語は，唐代伝奇『鶯鶯伝』の巧みな翻案である。

3 成立と作者

この物語は，短期間に一人の作者によって書かれたものではない。複数の作者によって段階的・多元的に成立したとみられ，『古今集』や『業平集』などの歌集との関連が注目されてきた。歌集の詞書が手を加えられ，物語となったとする説があった。これとは逆に，小規模な『伊勢物語』が，しだいに章段を増補してゆく過程で，その和歌が歌集に採られたとする説も唱えられた。いずれにせよ，『古今集』所収の，業平真作の和歌を原点として，物語が成長・発展したことは確実である。業平の和歌の魅力が，人々の想像力を刺激し，物語主人公としての業平像を育んだのである。物語の作者は，当然，一人ではあり得ない。業平本人，在原氏の人々，伊勢，紀貫之などが作者に想定されてきた。また，二条后や河原左大臣源融の文芸サロンで成立したとする説も有力である。

4 物語の主題──「みやび」

『伊勢物語』は「みやび」の文学であると，しばしば評される。用例は「昔人は，かくいちはやきみやびをなむしける」（初段）のみだが，主題的な語とみてよい。和歌の応酬によって恋愛遊戯を楽しみ（十八・五十段など），困窮する親類や友人に，物心両面から温かい手を差し伸べ（十六・四十一段），親しい仲間たちと脱俗的な風流に遊び（八十一・八十二・八十七段），歌の威力をもって権門を挑発する（九十七・百一・百十四段）。このように，物語には「みやび」の諸相が描かれている。都会風で洗練されているさまが「みやび」の本義である。都市の成立は，共同体の崩壊をもたらし，人と人の絆は断ち切られた。和歌を詠み交わすことで，人々の連帯の回復をめざすのが『伊勢物語』の「みやび」である。物語はかかる和歌の力を高らかに宣言するところから始発したが，しだいに「思ふこと言はでぞただにやみぬべき我とひとしき人しなければ」（百二十四段）と歌の無力さに絶望してゆく。しかし，歌を断念してもなお，死という人生最後の局面において，男は「つひに行く道とはかねて聞きしかど昨日今日とは思はざりしを」（百二十五段）と詠まずにはいられない。ここに，歌を通じて「みやび」に生きた男の姿を見るのである。 （大井田晴彦）

▷4　池田亀鑑『伊勢物語に就きての研究　研究篇』（大岡山書店・1934），福井貞助『伊勢物語生成論』（有精堂・1965）。

▷5　参考文献の片桐（1968）。

▷6　秋山虔「伊勢物語」（『王朝の文学空間』東京大学出版会・1984）。

参考文献
石田穣二『新版 伊勢物語 付現代語訳』（角川ソフィア文庫・1979）／竹岡正夫『伊勢物語全評釈』（右文書院・1987）／福井貞助・片桐洋一・高橋正治・清水好子校注・訳『竹取物語・伊勢物語・大和物語・平中物語』（「新編日本古典文学全集12」小学館・1994）／片桐洋一『伊勢物語の研究　研究篇・資料篇』（明治書院・1968〜69）

五　古代後期

69 『古今和歌集』
きのつらゆき・きのとものり・おおしこうちのみつね・みぶのただみね
紀貫之・紀友則・凡河内躬恒・壬生忠岑撰（905年，一説913年成立）

▷1　「礼」は社会の秩序を定め，「楽」は人心を感化するものとして，古代中国の儒家によって尊重された。「楽」は人の内的心情に訴えかけることによって，外的な側面から規定する「礼」と相互補完的な役割を果たし，刑政（礼楽の補足）とともに民心を和らげ太平の世を実現させる手段であり，王者が必ず定めなければならない国家の基本的な制度である。これがいわゆる「礼楽」という概念の由来である。儒教的礼楽思想は，法や武力による支配ではなく，「礼」の規定作用と「楽」の教化作用によって，人格を完成させつつ，社会全体の秩序と調和を実現するという政治思想である。日本の礼楽思想の受容史において，初めて「礼楽」を和歌の勅撰思想と結び付けたのが『古今集』である。

▷2　古代中国では，詩は必ずうたわれるべきものであり，「毛詩大序」に見える「詩」が天地鬼神を動かせるわけは，それが詠唱されてこそ初めて，その「楽」たる霊能が発揮できたのである。「楽」の基本的要素である「詩」「歌」「舞」の理論はいずれも楽論に由来する。例えば，「楽者，聖人之所楽也，而可以善民心。其感人深，其移風易俗」（『礼記』楽記），「故象天地而制礼楽，所以通神明，立人倫，正性情，節万事也」（『漢書』礼楽志），「感天地　通鬼神　漢書曰，夫楽者，聖人所以感天地，通鬼神，安万民。……礼記曰，

1　勅撰と礼楽思想

905（延喜5）年に醍醐天皇の下命により編纂された日本史上最初の勅撰和歌集である。『新続古今和歌集』に至るまでの二十一代集という和歌勅撰集の伝統を開くものとして極めて大きな意味がある。従来「国風文化を宣言するもの」と位置付けられてきたが，天皇（院）の名の元に企画，遂行される国家的な事業である勅撰集の編纂は，古代東アジアにおける儒教的文治思想，特に礼楽思想の観点を抜きにしては語れない。礼楽の本質は，人々の感情を節制・陶冶し，美徳を養成することである。勅撰集編集の内的な根拠はこういう人心に対する統治にある。勅撰集が礼楽思想とかかわりを持ち得たのは，それが勅撰であるがゆえにイデオロギー的な使命を外から押し付けられたというより，「うた」固有の性質に根ざした「礼楽的」な要素が大きく機能していたからである。

2　「うた」とは何か

日本古代の「うた」が漢字表記では，「詩」でなく「歌」と記されるように，和歌は漢語の「歌」の概念に類似ないし同一のものと認識されており，その本性は，声長く吟詠・朗唱されるもの，音楽性・韻律性を内包するものとして存在する。「力をも入れずして，天地を動かし，目に見えぬ鬼神をも哀れと思はせ，男女の仲をも和らげ，猛き武人の心をも慰むるは，歌なり」（仮名序），「動天地，感鬼神，化人倫，和夫婦，莫宜於和歌」（天地を動かし，鬼神を感ぜしめ，人倫を化し，夫婦を和すること，和歌より宜しきは莫し。真名序）という「和歌効用論」は，古くから展開されていた和歌音楽論の系譜の中に位置づけられたものであり，『古今和歌集』（以下，『古今集』）が初めて唱えたものでも，「毛詩大序」からの直接的な借用でもない。和歌の効用論をはじめ，『古今集』の和歌の本質論・発生論・起源論なども，詩論を媒介とした楽論に根拠を持っている。

3　内なる礼楽

「うた」は「楽」に，勅撰集編纂は礼楽思想に由来するとは言っても，『古今集』個々の歌は政事を表現するものではなく，むしろ時間の移ろいに対する極端な敏感さからくる優美繊細な季節詠（6巻）と，きめ細かい心理の変化を描く恋愛歌（5巻）が主流である。歌自体は勅撰集にふさわしい典雅な美意識の現れではあるが，「勅撰」の意味は，集められた歌々の内容や表現ではなく，それらをどういう基準で並べ，配列して，一つの全体としての集を構築するかにある。その端的な現れは整合的な部類である。四季歌の配列は自然時間の推移

によるものではなく，天子の優れた治世のしるしとしての四季順行という思想，いわゆる儒教的な時令思想[3]に基づいている。それ以外の各部立についても，すべての抒情のあり方を秩序立てて範列化しており，いずれも天子・王者の恩寵によってもたらされた気候の調和・四季の順行と人間感情様式の規範化，つまり『古今集』の「内なる礼楽」が具現化している。これは『古今集』が後世の勅撰集に規範を示した最たるものでもある。

4 礼楽のテクスト

　『詩経』が民間の歌を集めて国家の楽にしたのと同じように，『古今集』は民間や貴族の間に散在していた個別の歌々を，政教的な意味を体現する一つのまとまりである勅撰集に変身させた。もともと「国風」（くにぶり）といって，地方の歌謡でしかなかった和歌が，十世紀半ばから「我朝風俗」と呼ばれるようになり，日本を代表する「我朝風俗」になってゆく過程において，『古今集』は大きく寄与したはずである。都は，各地の「俗」を取り込み「日本」を表象すると同時に，これらの「俗」を序列化し「雅なる俗」にまとめるという論理に，地方歌謡である多様な「風俗」を中央に統一し「雅正の楽」，つまり勅撰集の歌に変身させるという『古今集』の論理は重なっているのである。これはまた，「六義」（りくぎ）の一つとして和歌の理論体系に取り入れられた「風」（そへ歌）とも関係している。「風歌」（そへ）の例歌，「帝の御初め」と「歌の父」としても名高い「難波津に咲くやこの花冬籠り今は春べと咲くやこの花」（仮名序）は，目上の人をさとすという「下は以て上を風刺す」（した／うへ）の内容を持つと同時に，仁徳天皇の徳をテーマにして「上は以て下を風化す」（ふうくわ）の内容も有する。勅撰集の意義は，難波津の歌が象徴しているように，下への「風化」と上への「風刺」である。したがって，勅撰集とは王者が「士の賢愚」（をのこ／けんぐ）と「民の欲」（たみ／ねがひ）を知ろうとし，また人民を教化するために編纂した礼楽のテクスト，国を治めるのに資する文化的経典そのものである。

5 『古今集』の和歌史──「古今」について

　「古を仰ぎて，今を恋ひざらめかも」（いにしへ）（仮名序）は「古今」という名称の由来とされる。万葉時代を象徴とする古代に憧れ，そのしるしである文化の繁栄を今の世に再現しようとするのが『古今集』の理想である。治世と緊密につながっている「教誡の端」（けうかい／はし）たる古代和歌から，心の真実が希薄化し情が放埒に流れてしまう「耳目の翫」（じもく／もてあそび）たる近代和歌へという和歌史の構図や，そこに内包された「古」への憧憬・讃美意識は，自国の史実を語るというより，礼楽隆盛の古代から邪音氾濫の近代へという礼楽史の論理と，礼楽思想（ないしは儒教思想）における尚古主義が重ねられたものである。　　　　　　（尤　海燕）

夫礼楽之行_乎陰陽_，通_乎鬼神_」（『初学記』巻十五楽上雅楽第一）など多数。

▷3　天の理想的巡行にそって王者がマツリゴトを執行する，また天子の徳によって四季が順行するという天人合一・天人感応の儒教思想。代表的な書は『礼記』「月令」（がつりょう）である。春上1番の「年内立春」と2番「東風解凍」はいずれも「月令」によることがつとに指摘された。

参考文献

小島憲之・新井栄蔵校注『古今和歌集』（「新日本古典文学大系5」岩波書店・1989）／尤海燕『古今和歌集と礼楽思想──勅撰和歌集の編纂原理』（勉誠出版・2013）／渡邊秀夫『和歌の詩学──平安朝文学と漢文世界』（勉誠出版・2014）

五　古代後期

70 『竹取物語』
作者未詳（9世紀後半〜10世紀初め成立か）

▷1　石作の皇子・車持の皇子・右大臣阿倍御主人・大納言大伴御行・中納言石上麻呂足。壬申の乱で天武方に従って軍功のあった，ほぼ同名の五人がモデルになっているとされる（加納諸平『竹取物語考』1840頃）。

図1　『竹取物語』から昇天の場面
（国立国会図書館蔵）

▷2　『竹取物語』で，かぐや姫が求婚者たちに求めた品は，仏の御石の鉢・蓬莱の玉の枝・火鼠の皮衣・龍の首の珠・燕の子安貝。『今昔物語集』では，空に鳴る雷・優曇華・打たぬに鳴る鼓の三つの品となっている。『今昔物語集』の竹取説話のほうが古態を伝えているのかもしれない。

▷3　柳田國男「竹取翁」（『昔話と文学』創元社・1938）。

1　物語の梗概

　『源氏物語』「絵合」巻に「物語の出で来はじめの祖」と呼ばれるように，最初期の作品として，物語文学史の原点に位置するのが『竹取物語』である。竹取を生業とする卑しい翁は，竹の中から光り輝く小さな少女を見つけ，愛育する。翁は裕福な長者となった。「なよ竹のかぐや姫」と名付けられた美しい姫君に，世の男性たちは挙って求婚する。特に熱心な五人の求婚者たちに，姫は難題を課す。所望の品を獲得し，持参した者に「心ざし」の深さを認め，結婚するという。彼らがことごとく失敗し，破滅した後に登場するのが帝である。帝は翁の家まで行幸して入内を要請する。帝に心惹かれるものの，自身がこの世の人でないことを自覚する姫は，拒否の姿勢を貫く。やがて姫は物思いがちに月を眺めるようになる。姫は月の世界で罪を犯し，この穢れた地上へと追放されたのだった。罪も赦され，八月十五夜に月の使者が迎えに来る。帝は大軍を派遣し帰還を阻止しようとするが，全く力及ばない。天の羽衣を纏い，人間の感情を失った姫は月へと帰っていった。この世に残され，悲嘆に沈む帝は，形見の不死薬を飲もうとはせず，駿河（現在の静岡県）にある，最も天に近い山（すなわち富士山）の頂上で焼却させるのだった。現在もなお，その煙は絶えることなく立ち上っているという。

2　物語の構造・話型

　竹から生まれたかぐや姫が，やがて月へと帰ってゆく，いわゆる白鳥処女説話（羽衣型・天人女房譚とも）を大枠とし，その中に難題求婚譚（難題婚）の物語が嵌め込まれることで，『竹取物語』は成立している。伝奇的・浪漫的性格が強い前者に対し，後者は，当時の貴族社会の実態を，批判を込めて風刺的に描く。これら二系統の物語が絡み合いつつ，天と地上の世界を互いに相対化しながら物語が展開してゆく。神話や伝承にみられる古来の話型を踏まえながらも，『竹取物語』は新たな物語を開拓しようとする。五人の貴公子たちに課された難題の品々は，『今昔物語集』の竹取説話（巻三十一・第三十三）の類型的なそれとは大いに異なり，漢籍や仏典の該博な知識による独自なものである。作者の想像力が発揮された，説話の「自由区域」といえよう。また，従来の天人女房譚では飛行の道具であった「天の羽衣」が，喜怒哀楽，人間的な感情を消失させる装置とされている点にも，物語の新たな創意が認められる。

3　物語の表現・文体

　この物語の作者は不詳だが，漢籍や仏典，和歌の相当な素養に恵まれた人物

であることは確実である。「そもそも」「いはむや」「たがひに」などの語句や，会話文の「言はく（言ふやう）〜と言ふ」という構文は，漢文訓読に由来し，作者が漢詩文に馴染んだ人物であることを示す。その一方で，まだ発明されたばかりの仮名文字を存分に駆使して，物語の文体を開拓してもいる。「うみ山の道に心をつくし果てないしのはちの涙ながれ」「年を経て波立ち寄らぬ住江のまつかひなしと聞くはまことか」は，それぞれ難題の「石の鉢」「貝」を詠み込んだ技巧的・遊戯的な和歌である。また，各段の末尾は，「夜は安き寝も寝ず，闇の夜にもここかしこよりのぞき，垣間見あへり。さる時よりなむ，「よばひ」（「呼ばひ」ならぬ「夜這ひ」）とは言ひける」のように，偽りの語源譚で結ばれるのが特徴的である。神話や古伝承において神聖な信ずべきものとされた事物の由来を，見事に駄洒落へと転じてしまう。仮名との出逢いが作者の言語感覚を鋭敏にさせ，戯作精神を発揮させているといえよう。

4 物語の主題

さまざまな珍しい出来事を通じて，人間の普遍的な姿を描くのが物語の本質である。異郷から訪れたかぐや姫と人々の交流を通して，人間と世の中の実相を『竹取物語』は描こうとする。美しいがどこか血の通わない冷たい印象が，当初のかぐや姫にはあった。やがて，貝を取り損ねた石上中納言の死によって「少しあはれ」との感情を姫は抱く。一人の女のために我が身を滅ぼした，この愚かしい人間という存在に，姫は理解しがたい，しかし何か心ひかれるものを感じ始めている。次第に姫は人間的な存在へと変貌してゆく。月への帰還が近づくにつれ「あはれ」の語が頻出する。「今はとて天の羽衣着る折ぞ君をあはれと思ひ出でける」は「あはれ」の極まった絶唱であり，人間としての自己への惜別の歌でもあった。一方，地上に取り残された帝は，形見の不死薬を飲もうとはせず，焼却させる。姫のいない地上で永遠に生き続けるのは，この上ない苦痛だからである。帝は，自ら人間として生き，死ぬことを選んだ。姫や帝を通じて，人間を模索してきた物語は，ようやく人間を「発見」したのであった。

5 文学史的意義

この古風な物語の真価を最も深く理解し，自ら血肉化したのが『源氏物語』であった。『源氏物語』における『竹取物語』の影響は多大であり，女君のいずれもが，かぐや姫の面影を宿している。結ばれないことで，かえって強い心のつながりを確保してゆく男女の恋のかたち，結婚拒否の物語が『源氏物語』には繰り返されるが，その原点に『竹取物語』のかぐや姫と帝の恋がある。

（大井田晴彦）

参考文献
野口元大『竹取物語』（「新潮日本古典集成」新潮社・1979）／片桐洋一・高橋正治・清水好子校注・訳『竹取物語・伊勢物語・大和物語・平中物語』（「新編日本古典文学全集12」小学館・1994）／大井田晴彦『竹取物語』（笠間書院・2012）

五　古代後期

71 『菅家文草』『菅家後集』

菅原道真（『菅家文草』900（昌泰３）年成立・『菅家後集』903（延喜３）年成立）

図１　道真が11歳で初めて詠んだ「月夜見梅花」詩

父の是善（「厳君」）が，島田忠臣（「田進士」）に命じて道真に作らせた。

（1700年刊『菅家文草』巻一。国立国会図書館蔵）

▶1　大学寮は今の大学に当たる。平安時代当時は四種の学科で構成される。紀伝道は文章科で，中国の文学，歴史を学ぶ。他に明経道（儒学を学ぶ），明法道（律令を学ぶ），算道（算術を学ぶ）がある。紀伝道の学生を，文章生と呼び，そこから優秀な二名が推薦され，文章得業生となり，最難関の国家試験である対策を受験する。

1　菅家文草の成立

　『菅家文草』は，菅原道真が自ら編纂した，道真自身の漢詩文集である。900（昌泰３）年８月16日に，道真が，祖父清公の『菅家集』六巻，父是善の『菅相公集』十巻とともに醍醐天皇に献上した。全十二巻で，前半六巻に漢詩が年代順に並べられ，後半六巻に漢文が文体毎にまとめられている。『菅家文草』の成り立ちについては，道真自身の文章に説明があり（「献家集状（家集を献ずる状）」），編纂の経過も知られる。このような経過がわかるのも，当時の漢詩文集のなかではめずらしい。それ以前に，平安時代の漢詩人で，漢詩文集がほぼ完全な形で残ること自体も稀で，しかも道真自身が編纂した形で残るのだから，資料としての価値も非常に高い。

2　菅家文草の内容

　『菅家文草』で注目したいのは，900年８月という成立時期である。道真が大宰府に左遷されたのが，翌年正月25日で，結果として道真が大宰府に赴く以前の作品を編纂した集になったことである。

　巻一は，道真が11歳で初めて詠んだ漢詩から，越前に到って詠んだ作まで，巻二は，式部少輔に任じられて以後の作から，885（仁和元）年夏に詠まれた作まで収める。この二巻は，道真の最初の詩から，大学寮紀伝道受験，対策受験を経て官僚となり，さらに祖父，父が継承した，文章博士という，紀伝道の教官の地位に就いた頃の作品を収める。巻一には，紀伝道受験（文章生試という）の際に課題として出される漢詩を作る模擬試験として，父是善が出した課題で詠んだ漢詩があったり，少壮官僚として出勤する途中を詠んだ作がある（「雪中早衙」）。巻二には，文章博士となった道真が講義後に学生に詠みかけた漢詩（「講書之後，戯寄諸進士」（講書の後，戯れに諸進士に寄す））など，道真の生活を示す作品とともに，昇進や学才を妬まれたためか誹謗中傷を受け，それに反論する作品（「博士難」「有所思」「詩情怨」）もある。また渤海使が訪れた際に，渤海大使とやりとりした作品や，弟子たちが紀伝道に合格した際に祝った漢詩，さらには，息子の死を悼む漢詩など，様々な情況下での道真の心情を表した作品がある。巻三，四には，讃岐守に任じられた時期の道真の漢詩が収められる。そこには国司としての職務が詠まれ，当時の地方官の業務や生活が描写されている。「行春詞」（巻三）は，讃岐守道真の讃岐巡行を詠んだ作であり，「寒早十首」（巻三）は，地方の貧しい人々の患苦を訴えた連作である。都へ帰りたいという思いを詠みつつも，讃岐での生活・行事を描写した作品もあり，当時の地方官の情況・心情を知ることができる。巻五，巻六は都へ戻り，右大

臣となるまでの作が収められる。これらの巻には，宮廷詩宴で詠まれた漢詩が多いが，他に，道真を讒言して左遷に追い込んだとされる，藤原時平とやりとりした漢詩も残る。また皇太子時代の醍醐天皇の命によって詠んだ連作もあり，公卿となった道真の，漢詩を通じた交流が窺われる。

『菅家文草』全体を通じて，特に都にいた頃の作品として，宮廷詩宴での漢詩が数多く残されている。これらは儀礼的で技巧的であり，個人の心情が表現されにくいという理由で，現在では評価が低いが，自分で編纂した漢詩文集にこれだけの数の応制詩が収められるのは，道真自身がそれらを価値があると認識したからであろう。道真は応制詩を詠む自分を「詩臣」と呼んでいる。

巻七〜巻十二には，漢詩以外の文章が収められている。ここですべてを紹介することは難しいが，例えば，巻九，巻十には様々な人物から依頼されて執筆した文章が収められており（多くは官職を辞職するための文章），道真が文章家として高い評価を得ていたことが知られる。巻十一，十二には，法会のために作成される願文が主として収められるが，これも様々な人からの依頼によって作成されたものである。これらからも道真の交流が知られる。

3 菅家後集

『菅家後集』は道真の大宰府時代の作品を収める。死に臨んだ道真が，大宰府での作品を一巻にまとめて『西府新詩』と名づけ，都の友人，紀長谷雄に送った。これが『菅家後集』のもととなった。この『菅家後集』には，「恩賜の御衣は（略）」で著名な「九月十日」や，自ら生涯を省みた二百句に及ぶ長編「叙意一百韻」が収められ，最後は，帰京を思う「謫居春雪」で閉じられる。望郷の思いを基調とした作品が多いが，大宰府という土地で平穏を得ようとする心情もほの見える。

4 菅家文草・菅家後集の意義

『菅家文草』『菅家後集』は，右大臣に至り，地方官を経験した官僚が，その折々に作った作品を収める集として，まずは貴重であろう。特に大宰府での作品は，道真の望郷の思いが痛切に描かれており我々の胸を打つが，それ以外にも，讃岐での職務を詠んだ作品，現代的な視点からは評価が難しい宮廷詩宴の作，また，多くの人々から依頼されて作った文章がある。しかも，作者の自選である。平安時代に中国の学問を学んだ学者であり，官僚であるという存在を総合的に理解する上で欠くことのできない作品集として，高く評価されるべきであろう。

（滝川幸司）

▷2 宮廷詩宴とは，宮中で，天皇が主催して開く宴で，漢詩を詠むことが必要とされる会をいう。正月二十日前後に開かれる内宴，九月九日の重陽宴（菊花宴）が，その代表的なもの。

▷3 天皇の命令によって詠む漢詩。「制」は天皇の命令の意。日本では「応製」と表記されることが多い。

参考文献
小島憲之・山本登朗『菅原道真』（「日本漢詩人選集1」研文出版・1998）／文草の会『菅家文草注釈　文章篇巻七』上・下（勉誠出版・2014，2019）／川口久雄校注『菅家文草　菅家後集』（「日本古典文学大系72」岩波書店・1966）／滝川幸司『菅原道真——学者政治家の栄光と没落』（中公新書・2019）

五　古代後期

72

勅撰三集
ちょくせんさんしゅう

小野岑守等撰『凌雲集』（814年成立）・仲雄王等撰『文華秀麗集』（818年成立）・
おののみねもり　　　りょううんしゅう　　　　　　　　　なかおおう　　　　ぶんかしゅうれいしゅう

滋野貞主等撰『経国集』（827年成立）
しげののさだぬし　　　けいこくしゅう

1　勅撰三集——最初期の勅撰集群

　勅撰三集は，嵯峨・淳和両朝に相次いで編纂された勅撰（天皇の命令による
編纂）の漢詩文集である。『凌雲集』1巻，『文華秀麗集』3巻は多くの詩人の
漢詩から特にすぐれたものを選録し，『経国集』20巻は漢詩を含めた四種類の
文体（賦・詩・序・対策）を収録している。勅撰三集は，初の勅撰和歌集であ
る『古今和歌集』（905年）より約80年程前に編纂されたアンソロジーである。
実は，単に日本史上初の勅撰集といった場合，『古今和歌集』ではなく，『凌雲
集』が該当するのである。和歌に先んじて，漢詩文の価値が天皇によって平安
朝社会に知らしめられたということになる。以後，価値に多少の変動はあるも
のの，漢詩は中世に至るまで公的文芸として作られ続けることとなる。

2　編纂の時代背景——平安朝初頭の唐化政策

　勅撰三集は九世紀初頭の13年間に相次いで編纂された。『古今和歌集』が905
年に編纂されてからほぼ半世紀のちに『後撰集』（951年）が編纂されたのと比
較すれば，9世紀初頭における平安貴族の漢詩文実作の意欲が空前に高まって
いたことがわかるだろう。それではなぜ，漢詩文がこの時期にもてはやされた
のだろうか。このことを理解するためには，同時期の時代背景を知っておく必
要がある。

　周知の通り，平安時代は桓武天皇（737〜806）の平安遷都（794年）によって
はじまる。平安京は唐王朝（618〜917）の首都・長安に似せて設計された都市
であり，遷都翌春の正月の賀宴では「新京楽。平安楽土。万年春」（『類聚国
史』踏歌）という漢詩が合唱された。つまり平安京は中華王朝的な装いを持つ
帝都として建設されたのであり，桓武天皇の目標とは，同時代の最先進国であ
る唐王朝的な文化国家を建設することであった。桓武天皇の政治路線は唐化政
策と呼ばれ，この路線は長男の平城天皇（774〜824），次男の嵯峨天皇（786〜
842）へと継承されてゆく。

　文化政策で顕著な業績を上げたのが嵯峨天皇である。嵯峨天皇の治世は政治
的に安定し，桓武天皇の唐化政策が更に推し進められた。律令政治の補助法令
集の『弘仁格』『弘仁式』，年中行事の儀式次第を定めた『内裏式』など，いわ
ば政治を運営するためのマニュアルブックが相次いで編纂され，唐王朝的な装
いを整えた平安朝廷が現前することとなる。つまり，このような政策の一環と
して，ソフトパワーたる漢文学の振興が図られ，空前の活況を呈したのである。
いわゆる漢風全盛時代である（和文学の衰退という一面に着目して国風暗黒時代

▷1　足で地を踏みながら，
調子をとってうたう歌曲。中
国伝来の行事で，列を作って
行進し，その歌をうたって新
年を祝うもの。桓武天皇は正
月の宴という状況を，唐王朝
の皇帝のように過ごそうとし
たのである。以降，平安時代
を通じ宮中の正月行事として
断続的に開催される。

▷2　この風潮には，嵯峨天
皇個人の漢詩文愛好が大きく
作用している。天皇は桓武・
平城両朝の頃よりも頻繁に宴
会を開き，漢学者を召して詩
を作らせ，自らも詩を作った。
宴会という集団の場で複数人
が自作を読み合うのであるか
ら，自ずと競争心理が働き，
作詩技術が向上していったの
である。

とも呼ばれている）。

3 勅撰三集の詩風

　勅撰三集に採録されている詩の作風を一言で言い表せば，修辞的と言える。このことについては，『文華秀麗集』の部類（詩を内容や形式によってカテゴライズしたもの）を例に，詩が作られた状況から俯瞰してみよう。内訳は上巻（遊覧・宴集・餞別・贈答），中巻（詠史・述懐・艶情・楽府・梵門・哀傷），下巻（雑詠）である。個々の部類の意味について説明すれば，「遊覧」は天皇の行楽，「宴集」は宴，「詠史」「艶情」はそれぞれ歴史と恋を題材にしたもの，「述懐」は深い思い，「楽府」は漢詩の詩体，「梵門」は仏教に関連するもの，「哀傷」は死没者への哀悼をささげるもの，「雑詠」は上記の部類に含まれないさまざまなテーマの詩を取りそろえたものである。これらの部類からわかるように，嵯峨朝では，特定の場で，具体的な他者に向けられて作られる漢詩が重んじられていた。天皇を中心とする官僚社会の人間関係から生じた悲喜哀歓を，集団で共有しやすいように表出したものが好まれたのである。『凌雲集』や『経国集』を繙いても，やはり集団の場で享受される漢詩が，現代人のイメージする，作者の孤独な内面をえぐり出すような文学よりも，圧倒的に多いのである。

　情調を他者と共有する，という点から出発して作られる文芸は，「何を表現するか」より，「いかに表現するか」に重点が置かれるものである。例えば「遊覧」であれば自然の美しさを，「贈答」であれば友情の貴さを，「哀傷」であれば悲哀の深さをそれぞれ詩に表現することが場の雰囲気に合っている。場に即した感情を共有することで作り手と聞き手は一体感を獲得し，散漫に流れてゆく日常と全く違う世界にいるかのような心地に浸る——誰しもが経験したことがあるだろう。そして嵯峨朝の詩人は，自作が読み上げられる場を可能な限り劇的なものにするために，単語を慎重に選び，句を戦略的に配置し，一篇の詩を作り上げる。読者（作者もまた自作の読者である）に鮮烈な感動を与えられるように，修辞を凝らすのである。

　このような，言葉の外形的な美しさに創作と鑑賞の力点が置かれる詩風は，完全に平安朝独自のものというわけではなく，貴族が時代の主役だった中国六朝の文学の美意識を継承し，発展させたものである。漢風全盛の風潮は，嵯峨天皇の崩御と共に消失し，嵯峨朝漢詩のスタイルも途絶えてしまうのだが，四季折々の風情を，技巧の限りを尽くして麗しく表現する嗜好そのものは，平安朝漢文学に流れる通奏低音として受け継がれてゆくのである。　　　（宋　晗）

参考文献━━━━━━
後藤昭雄『補訂版 平安朝漢文学論考』（勉誠出版・2005）／大津透『古代の天皇制』（岩波書店・1999）／藤原克己『菅原道真と平安朝漢文学』（東京大学出版会・2001）

六　古代前期

73　『万葉集』
大 伴家持ほか編纂か（759（天平宝字3）年以降成立）

1　標語〈天皇から庶民まで〉の発明

　万葉集の価値はどこにあるのか。新元号発表の際の首相談話に「天皇や皇族，貴族だけでなく，防人や農民まで，幅広い階層の人々が詠んだ歌が収められ，我が国の豊かな国民文化と長い伝統を象徴する国書」と，万葉集の作者が全階級にわたることが強調されていたが，品田悦一によれば，このフレーズは前年に大日本帝国憲法が公布施行され，第一回帝国議会が開会された1890（明治23）年出版の，三上参次・高津鍬三郎『日本文学史（上・下）』（金港堂）が「奈良の朝は，和歌の時代なり。上は万乗の貴きより，下，匹夫に至るまで，皆，歌を詠まざるなし。而して其精粋は，万葉集に載れるもの即是なり。」と述べて以来ステレオタイプ的に繰り返されてきたもので，明治近代国家が国民一体化の象徴として発明したものだった。東城敏毅によれば，そもそも防人歌を詠んだ兵士も全くの庶民とは言い難く，郡司の子弟等で防人らを統率する役職を担っていたと推定される。確かに勅撰集などと比べると歌人の層は幅広いが，それを「国民文化」とまでディフォルメして受容するわけにはいかない。

2　文字と出会った万葉集

　万葉集は現存最古の歌集だが，これは日本の文学がそれを書き記す文字と初めて出会った際の記録でもある。しかも平仮名や片仮名はまだ発明されておらず，漢字を用いるしかなかった。この時代，〈書く〉という文化には中華の思想と文学の莫大な蓄積が抱き合わせになっていたのだ。万葉びとは主に3種の用法を組み合わせることで歌を書き表そうとした。意味は中国語のままで読みは日本語の「正訓字」，漢字から意味を切り離して音は中国語のまま当て字にする「音仮名」，そして同じく当て字だが，音までも日本語の音で当てる「訓仮名」だ。この他，仏教語や律令用語など和語に置き換えづらい語には，意味も読みも中国語のままの「正漢字」を例外的に用いる場合もあった。これを例えば側注に掲げた図1の巻十三・3240歌では，漢字本来の用法と一致する主に自立語（体言や用言）の部分については「弥遠」や「里離来」などと正訓字で記し，漢字本来の用法にない主に付属語（助詞や助動詞）の部分については「丹」や「奴」のように仮名を当てて記している。ここにわれわれは現在の漢字かな交じり文の起源を見てよい。歌の記し方にはこの他に音仮名だけで字を当てる「音仮名主体表記」がある。こちらは当時の遺跡から出土した歌木簡とも共通する記し方で，例えば馬場南遺跡出土の「秋萩木簡」には「阿支波支乃之多波毛美智」と墨跡が残っていた。この歌は万葉集巻十・2205「秋芽子乃下葉　赤荒玉乃月之歴去者風疾鴨」（萩の下葉が赤らんだ。月日が経ち，秋風がいたく吹

▷1　品田悦一『万葉集の発明』（新曜社・2000）。

▷2　東城敏毅『万葉集防人歌群の構造』（和泉書院・2016）。

▷3　「令和」の典拠の淵源が中国の詩文集『文選』にあるのもこれと関わる。当時文章を綴る際に中国の名文を範としないことはあり得なかった。

▷4　『京都府埋蔵文化財情報』（107号，2008）。

▷5　日本のパンデミックで特に深刻なのは，735（天平7）〜737（同9）年の天然痘の流行だった。『続日本紀』巻十二末に「近代以来未だこれ有らず」と記された「豌豆瘡」の感染拡大は巻の記述のほとんどを割くほどで，舎人皇子や新田部皇子ら皇族を始め，公卿8名の半数を占めた藤原四兄弟の武智麻呂，房前，宇合，麻呂をも死に至らしめた。恐らくこの病を列島に運んだのが『万葉集』巻十五前半を占める遣新羅使人たちで，任務でも門前払いだった挙句，病に罹患して大使阿倍継麻呂など多くの死者を出した。なお四兄弟を主人公とする小説『四神の旗』（中央公論新社）を直木賞作家馳星周が2020年4月に出版している。

くようになったせいかなぁ）の下線部と一致しており，万葉歌が木簡に記された可能性も指摘されているが，両者における書記の様相の違いもまたここに際立っている。

③　動乱の時代を個々の心の面から記録する

　古代国家「日本」の形成と時期を同じくする万葉集の時代は，動乱の時代でもあった。白村江（はくすきのえ）の大敗や壬申（じんしん）の乱などの外征内戦だけでなく政変も頻発し，また幾度もの遷都が繰り返された。万葉集はこの時代を史書のように事件や偉人の功績の面からでなく，歌を詠む個々の内面の表現の集成として描いている。

　　梧桐（ごとう）の日本琴（やまとごと）一面　対馬の結石山（ゆひしせん）の孫枝（そんし）なり

　いかにあらむ日のときにかもこゑしらむひとのひざのへわがまくらかむ
　〔いったいいつの日にわたしは「知音」とすべき人の膝の上を枕として己れの居所にできるのだろうか〕
　　　　　　　　　　　　　　　　　　　　　　　　　　　　（巻五・810）

　この歌は大伴淡等（たびと）（旅人）が長屋王の変（729（神亀6／天平元）年）後に，大宰府から藤原房前に琴を贈った際の信書に添えられたものだ。歌にはこの琴が夢で以下のように語って歌を詠んだのだよと述べる漢文の序が備わっている。

　　わたしはその根を離島の高山に根付かせ，幹を優しい陽の光に晒す毎日を送っておりました。腰から霞を長く長く遊ばせて山川の隅々へ逍遥し，遠くに風波を眺め渡しながら雁や木々と交わっていたものです。ただわたしは百年の後，空しく溝の間に倒れ込んで朽ち果てる自分の未来を恐れておりました。そのとき偶然にも良い匠に遭って，こうして小さな琴となったのです。音質も粗く声量も少ないわたしですが，常に君子の傍らに置かれて愛用されることを願っています。

　「こゑしらむひと」は故事に基づく表現だ。中国春秋時代の琴の名手伯牙（はくが）が曲のよき聴き手である鍾子期の死後琴の絃を絶ったという「知音（ちいん）」の故事に，『呂氏春秋（りょししゅんじゅう）』孝行覧第二「本味」は「賢者もまた同じことだ。もし賢者がいても，礼を以て接しなければ賢者が忠義を尽くしたりはしない。喩えるなら腕のいい御者がなければ，名馬でも千里を駆けないようなもの」と述べている。旅人は琴の底に政権を強奪する無礼への当てこすりを潜ませながら，この幻想的な歌を房前に贈ったのだ。漢文末尾からは，無礼なる藤原四兄弟の中でも我が知音となるならば君を置いて他にはないとの暗示も読み取れよう。長屋王を葬り去った四兄弟の結束に，旅人は文芸の楔を打ち込んだと言える。「心の故郷」などと呼ばれ，典雅な印象を抱かれがちな『万葉集』の歌の背景には，このような息詰まる内面の攻防が展開されているのだ。時代順を原則とする歌の配列からも，この集が一種の歴史として編纂されたことを窺ってよい。（月岡道晴）

参考文献——
佐竹昭広ほか校注『万葉集』一〜五（岩波文庫・2016）／伊藤博訳注『新版　万葉集　付　現代語訳』一〜四（角川ソフィア文庫・2009）／中西進『万葉集　全訳注原文付』一〜四（講談社文庫・1978）／新海誠監督『言の葉の庭』（東宝・2013）／Ian Hideo Levy, *The Ten Thousand Leaves:A Translation of Man'yoshu, Japan's Premier Anthology of Classical Poetry*（Princeton University Press・1981）／リービ英雄『英語でよむ万葉集』（岩波新書・2004）／リービ英雄英訳，中西進現代語訳・本文，井上博道写真，高岡一弥アートディレクション『万葉集 Man'yō Luster 新装版』（パイインターナショナル・2014）

図1　伝青蓮院尊円筆金沢文庫
本万葉集巻十三・3240歌断簡
（巾3×縦31.6cm）
（筆者蔵）

六　古代前期

74　『日本書紀』
舎人親王等撰（720年成立）

▷1　「是より先、一品舎人親王、勅を奉けたまはりて日本紀を修む。是に至りて功成りて奏上ぐ。紀卅巻系図一巻なり」。

▷2　721（養老5）年の日本紀講（宮中で行われた『日本書紀』講読会）を認めれば、2021年は『日本書紀』研究1300年紀となる。

▷3　代表的なものは鎌倉時代の卜部兼方『釈日本紀』、室町時代の一条兼良『日本書紀纂疏』、江戸時代の谷川士清『日本書紀通証』、河村秀根・益根父子『書紀集解』。

▷4　神野志隆光『古事記の世界観』（吉川弘文館・1986）による批判。

1　日本最古の編年体による史書

　奈良時代の歴史を記した『続日本紀』の720（養老4）年5月条に、『日本書紀』奏上の記事がある。ここを成立とすれば、『日本書紀』は現存する日本最古の編年体の史書となる。編年体とは、年月日を記して出来事を書く様式のことで、「何年何月何日に、こういうことがあった」という記事を年月の経過順に並べていく形式である。この形式を史書と呼ぶならば、『日本書紀』は現存する日本最古の史書として成立後1300年を経ていることになる。そのため、研究の歴史は他のどの古典作品よりも長い。『日本書紀』を解説する研究書には、それ自体が平安〜江戸時代に古文漢文で著された「古典作品」もあるほど、長く古典研究の代表としてあり続けた。江戸時代以降も盛んに研究されたが、戦中には軍国主義が自由な研究を抑圧することになる。その反発もあり、戦後の『日本書紀』研究は自由な議論を至上の学風とした。

2　史料批判という唯一の分析手法

　自由とはいっても、勝手気ままが許されるわけではない。戦後の『日本書紀』研究は唯一の分析手法によって一糸乱れず集中的に実践されてきた。それは、『日本書紀』が「歴史学」の対象テキストとされたことと無関係ではない。言い換えれば、他の日本古典作品ならば扱う「日本文学」分野がこれを主要研究対象としてこなかったのである。皆無ではなくとも、『古事記』という主菜の添え物という扱いが大多数であった。かつては、「記紀」と総称して『古事記』と混淆して論じる時期もあった。むろん、その場合も『古事記』が主役で、その引き立て役として挙げられるに過ぎず、『日本書紀』を対象とした文学研究の専著があったわけではない。文学分野では等閑視されてきたのである。

　その主たる理由は、歴史学——正確には日本古代文献史学——が持つ関心の偏りに拠る。『日本書紀』が編年体であることが歴史資料であるという認識を生み、これが「その歴史記事は事実か否か」という関心に研究を偏らせたのである。たとえば、645（皇極4）年6月12日には、蘇我入鹿が暗殺されたことが記される。これが本当にあった事実なのかどうか、ということである。つまり、それが歴史的事実なのか否か、これが日本古代文献史学の主要な研究関心だったのである。なれば、その分析の主軸は『日本書紀』の各記事を真偽判定にかけることにある。このような、真偽を見極める研究手法を「史料批判」という。戦後の国内古代文献史学の主要論文において史料批判を前提としない論文は存在しない。つまり、史料批判という研究手法に従って読解されてきたのが戦後

日本の『日本書紀』研究の概要であった。真偽判断がなされるのであれば，当然，古代史は「真」のみで語り，「偽」は捨て去るべきである，という前提がそこにあることになる。戦後『日本書紀』研究史は歴史学が史料批判という唯一の読解手法で主導してきた一糸乱れぬ統一をその概括とすることができる。それは個人を超越して集団で継続されていく大事業であり，偉大な達成ではあった。

3 全体の読解という新世界へ

とはいえ，結局のところそれは『日本書紀』を年月日ごとの個別記事に裁断し，各個に真偽を問い，「偽」は読解しなかったことを意味する。すなわち，『日本書紀』は部分的な読解しか果たされていないのである。具体的にいおう。『日本書紀』巻第11「仁徳紀」の65年条に，「宿儺」という人物の反乱記事がある。この人物は，頭一つに顔が二つあり，腕が四本あったという。これまでの『日本書紀』読解手法たる史料批判に拠れば，そのような人間が存在するはずはないのだから，歴史的事実ではないと判断され，研究対象から外されることになる。つまり，従来の研究では読解されなかった記事ということになる。『日本書紀』は選ばれた記事しか読解されず，全体の研究は実現していないのである。

しかし，この記事には出典がある。奈良時代当時には，過去の文献を模倣しながら書く「典拠を踏まえる」という文筆作法があり，これを踏まえた読解が必要となる。これは，中国の史書『後漢書』を模倣する部分である。そこでは，洛陽で頭が二つの子が生まれたとされる。そしてそれは董卓の反乱の前兆だったと記される。漢王朝が始まって以来の災厄とも評される董卓出現の前兆を思わせる記事としてある，ということになる。なれば，後漢王朝の皇帝が前兆を前に無策のまま董卓出現を許したこととは反対に，仁徳天皇はこの前兆の意味を解読して反乱を未然に防いだ賢君である，という仁徳天皇像がそこに描かれていることになる。ゆえに「聖帝」の御代なのである，という次第である。従来のように「偽」だから切除して読解しないという立場では，このような仁徳天皇像の析出は不可能であったろう。つまり，日本古典作品としての『日本書紀』研究は，部分の読解を欠いているのが現状である。なれば，部分の検討を不問にしたまま全体を論じてきた概説にすぎないという評価を振り切ることはできまい。これでは他の古典作品研究との研究深度に差が開くばかりである。

とはいえ，現在，文献史学からも真偽判断で終始せず全体として分析すべきとの主張が出されている。史料批判を前提としつつも，記事を個別裁断せずに全体的文脈生成の下に読解する研究である。新たな『日本書紀』研究の出発点と評価できる。『日本書紀』を歴史資料として文献史学に委ねるのではなく，古典作品として文学研究の側も奮起していかなければなるまい。（山田　純）

参考文献
神野志隆光・金沢英之・福田武史・三上喜孝校注『新釈全訳　日本書紀』上・巻第一〜巻第七（講談社・2021）／坂本太郎・家永三郎・井上光貞・大野晋校注『日本書紀』上・下（「日本古典文学大系67・68」岩波書店・1967，1965）／山田英雄『日本書紀の世界』（講談社学術文庫・2014。原題『日本書紀』（教育社・1979））／神野志隆光『古代天皇神話論』（若草書房・1999）／遠藤慶太『東アジアの日本書紀』（吉川弘文館・2012）／遠藤慶太『六国史』（中公新書・2016）

▶5　六十五年に，飛驒国に一人の人有り，宿儺といふものあり。其の人，壱体に両面有り。面各相背けり。頂合ひて項なし。各手足有り。其れ膝有りて膕踵なし。力多く以て軽捷く，左右に剣を佩きて，四つの手並に弓矢を用ゐる。是を以て皇命に随はず，人民を掠略ひて楽とす。是に於て，和珥臣の祖難波根子武振熊を遣して之を誅さしむ。

六十五年
飛驒国有一人，曰宿儺。
其為人，壱体有両面，
面各相背。頂合無項，
各有手足。其有膝而無膕踵，
力多以軽捷，左右佩剣，
四手並用弓矢。是以
不随皇命，掠略人民為楽。
於是，遣和珥臣祖難波根子
武振熊而誅之。

▶6　（光和）二年，雒陽の上西門外に，女子兒を生めり。両頭にして，異肩共膂，倶に前に向けり。以て不祥とし，地に堕し棄つ。此より之後，朝廷霧乱し，政私門に在り，上下別無し。二頭の象なり。後董卓太后を戮し，被らすに不孝の名を以てし，天子を放廃し，後復之を害す。漢元以来，禍之より踰しきは莫し。

（光和）二年，
雒陽上西門外，女子生兒。
両頭，異肩共膂，倶
前向。以為不祥，堕地棄之。
自此之後，朝廷霧乱，
政在私門，上下無別。
二頭之象。後董卓戮太后，
被以不孝之名，放廃天子，
後復害之。漢元以来，
禍莫踰此。

▶7　遠藤慶太『日本書紀の形成と諸資料』（塙書房・2015）。

六　古代前期

75 『古事記』
稗田阿礼誦習・太安万侶撰録（712年成立）

図1　天武天皇

壬申の乱の後，天武天皇は『古事記』編纂を命ずるが，その完成をみることなく崩ずる。その事業を引き継ぎ，完成させたのが元明天皇であった。

（『集古十種』「古画肖像之部」。国立国会図書館デジタルコレクション）

▷1　『古事記』「序」は，天武天皇の勅を受けて「誦習」を行った稗田阿礼の人となりを「為人聡明，度レ目誦レ口，払レ耳勒レ心（為人は聡明にして，目に度れば口に誦み，耳に払るれば心に勒す）」と伝えている。阿礼は，目で見た漢文資料を即座に口頭で「上古の言」に変換し，それをひとたび声に出せば二度と忘れることはないという卓越した能力を持っていたという。

▷2　ひらがなやカタカナのなかったこの時代に，漢字の音を用いて，やまとことばの音韻を表した書記方法。例えば，クラゲ（海月）は「久羅下」と記される。『万葉集』に多く見られる書記法であるために万葉仮名とも呼ばれる。

▷3　陰陽（プラス・マイナス）の気の働きによって万物の生成変化が生じるとする説で，陰陽論を説く『易経（周易）』は，律令の理念を支える儒教経典の筆頭に位置する書物であり，大宝律令では大学寮の教科書にも指定されていた。

1 『古事記』の編纂——その目的と書記法

　『古事記』編纂の目的と書記法は，その「序」に記されている。天武天皇は諸氏族が各々伝える「帝紀（王の系譜記事）」・「旧辞（神話・歴史の伝承）」に多くの誤りがあることを嘆き，その偽りを削り，実を定めて一本化することで，これを「邦家の経緯（国を治める根本の道理）」・「王化の鴻基（王による教化の基礎）」としようとした。その作業は，稗田阿礼が「帝紀・旧辞」を誦習し，それによって音声化を経たものを，太安万侶が部分的に音仮名表記を用いつつ改めて撰録するものであり，「上古の言」による語りの姿を書記の上で表現する試みであった。その書記法は変体漢文とも倭文体とも呼ばれる。

　『古事記』（712年成立）は，その編纂が天武天皇の命によるという点，奈良時代初頭に完成するという点で『日本書紀』（720年成立）と等しいが，律令制度の成立の歴史を語る『日本書紀』とは，神話や歴史の細部を違えている。その相違点に，『古事記』の目的の内実や書記法の意義を見いだすことができる。

2 『古事記』における天地開闢と国土生成

　冒頭で天地開闢が語られ，イザナキ・イザナミの二神（以下「キミ二神」）が婚姻をなして日本の国土を生みなすという大枠は『記』『紀』に共通する。しかし，その細部には看過できない相違がある。『日本書紀』では，陰陽の働きによって天地が開け，陽神・陰神と位置づけられたキミ二神が自らの意思で国土を生む。これは，律令制度の思想基盤に陰陽説があることと対応する。

　これに対して『古事記』は，天地が分かれた時から始まり，天（高天原）において神々が誕生する。キミ二神は自らの意思ではなく，高天原の「天つ神」の「命（御言）」による「言依し（言葉で委任すること）」に従って国土を生む。そして，その国土を統治すべき王もまた，高天原の司令神であるアマテラスの「命」による「言依し」によって指名され，天照大御神の孫・ニニギが地上に降臨する（天孫降臨）。そして，このニニギが天皇家の始祖となる。

　天と地にはその初発から明確な区別があり，その天の神の御言が，地上の国土の存在，さらにはその統治者の存在を保障するのであり，ここに高天原と「天つ神」の御言の力の絶対性と権威とが語られているのである。

3 『古事記』の語る「言」の秩序

　キミ二神が生んだ国土（葦原中国）には，天孫降臨まで正統な支配者はいなかったが，その間，葦原中国を実効支配したのが，大国主神である。その大国主神の始祖たるスサノヲの性質を，『古事記』は以下のように語る。スサノ

ヲは，誕生から成人に至るまでずっと泣き続けていた。その様子は「八拳須心前に至るまで，啼きいさちき」と記されるが，これは言葉を通わすことができないことを表す類型表現である。この「啼きいさち」は，葦原中国に「悪神の音狭蠅なす皆満ち，万の物の妖悉くに発りき」という事態をもたらす。「音」は言語としての意味をなさない音声であり，神々が言葉を発することなく蠅のように唸り，葦原中国には様々なモノの災いが発生したという。モノは，コトの対概念として，言葉で把握できない・言葉として未分節なものを表す。『古事記』は，スサノヲを「言」を話さず泣き続ける神として誕生させ，「言」で把握できないモノの災いを発生させる神として描き出す。そのスサノヲの子孫として，またスサノヲから国土支配の能力を授かった神として大国主神が葦原中国を領有するのである。

　そうした葦原中国の神々の言葉は，高天原の神にとって「さやぎてあり（木の葉がざわめいている）」と聞こえるものであった。『古事記』は，「さやぐ」地上世界を高天原の神が平定することを「言向け」というこの書物特有の語で表す。平定することは，古語に「向く」というが，『古事記』では，それに「言」が冠せられる。そこには，「言」の秩序を持たぬ世界を，高天原の「言」の秩序へと取り込むという意識があるのであろう[4]。それは，国生み神話において高天原の神々の「言」が国土生成にあたって絶対的な力を持つことと対応する。

4 『古事記』の神話が保障するもの

　こうした「言」の秩序の力は，高天原の司令神にして皇祖神であるアマテラスに集約される。アマテラスは，天孫ニニギの葦原中国統治を「言依し」によって保障し，そのための平定を「言向け」を命ずることで実現する。天皇はこのアマテラスの子孫として国家に君臨することとなる。

　古代律令国家の制度を神話的・歴史的に保障するものとして『日本書紀』が捉えられるとき，それと並行して企図された『古事記』の神話・歴史が担うのは，その制度の上に君臨する王家の，血統とそれによって継承されるべき王の能力——「御言」の力の絶対性——の起源を語るものとして捉えることができる。それは，皇祖神であり高天原の「言」の秩序を担うアマテラスを祭る伊勢神宮創建の起源が天孫降臨神話の中で語られる『古事記』のあり方ともつながっているものと考えられる。

　そして，「上古の言」を表現しようとする『古事記』の書記法もまた，皇祖神アマテラスの「言」の力を語る書物としてある『古事記』のあり方と関わるものであろう。

（松田　浩）

▷4　「言向け」が通常の「向け」る行為（平定）とどのように異なるのかについては，今なお諸説がある。すなわち，「言の力によって平定する」，「対手に服属の言葉を言わせることで平定する」，あるいはまた「相手を言による秩序に組み込むことで平定する」などである。諸説の検討については，松田浩「『古事記』における「言向」の論理と思想」（『上代文学』123号，2019年11月）を参照されたい。

参考文献────
　神野志隆光・山口佳紀校注『古事記』（「新編日本古典文学全集1」小学館・1997）／西郷信綱『古事記注釈』全8巻（ちくま学芸文庫・2005〜06）／三浦祐之『口語訳　古事記』（文春文庫・2006）／三浦祐之『古事記神話入門』（文春文庫・2019）／多田一臣『古事記私解』全2巻（花鳥社・2020）／神野志隆光『古事記と日本書紀』（講談社現代新書・1999）

■人名・作品名索引■

• 原則として人名に続けてその作品名を列記している。また，太字は項目見出しであることを示す。

執筆者紹介（氏名／よみがな／現職／五十音順／＊は編著者）　　　執筆担当は本文末に明記

青木亮人（あおき・まこと）
愛媛大学教育学部准教授

赤坂憲雄（あかさか・のりお）
学習院大学文学部教授

天野知幸（あまの・ちさ）
京都教育大学教育学部教授

飯田祐子（いいだ・ゆうこ）
名古屋大学大学院人文学研究科教授

生田慶穂（いくた・よしほ）
山形大学人文社会科学部准教授

石川　透（いしかわ・とおる）
慶應義塾大学文学部教授

井上勝志（いのうえ・かつし）
神戸女子大学文学部教授

猪股ときわ（いのまた・ときわ）
東京都立大学大学院人文科学研究科教授

大井田晴彦（おおいだ・はるひこ）
名古屋大学大学院人文学研究科准教授

大橋崇行（おおはし・たかゆき）
成蹊大学文学部准教授

大原祐治（おおはら・ゆうじ）
実践女子大学文学部教授

岡﨑真紀子（おかざき・まきこ）
奈良女子大学文学研究資料館研究部教授

岡田貴憲（おかだ・たかのり）
九州大学大学院人文科学研究院准教授

押野武志（おしの・たけし）
北海道大学大学院文学研究院教授

小平麻衣子（おだいら・まいこ）
慶應義塾大学文学部教授

神田正行（かんだ・まさゆき）
明治大学法学部准教授

木村　功（きむら・たくみ）
岡山大学学術研究院教育学域教授

木村陽子（きむら・ようこ）
大東文化大学文学部准教授

河野真太郎（こうの・しんたろう）
専修大学国際コミュニケーション学部教授

合山林太郎（ごうやま・りんたろう）
慶應義塾大学文学部教授

高　　陽（こう・よう）
清華大学人文学部外文系准教授

小松史生子（こまつ・しょうこ）
金城学院大学文学部教授

斎藤理生（さいとう・まさお）
大阪大学大学院文学研究科教授

佐伯孝弘（さえき・たかひろ）
清泉女子大学文学部教授

榊原理智（さかきばら・りち）
早稲田大学国際教養学部教授

桜井宏徳（さくらい・ひろのり）
大妻女子大学文学部准教授

笹尾佳代（ささお・かよ）
同志社大学文学部准教授

佐々木孝浩（ささき・たかひろ）
慶應義塾大学附属研究所斯道文庫教授

佐藤勝明（さとう・かつあき）
和洋女子大学人文学部教授

佐藤道生（さとう・みちお）
慶應義塾大学名誉教授

佐藤康智（さとう・やすとも）
文芸評論家

重田みち（しげた・みち）
京都芸術大学大学院教授

島村　輝（しまむら・てる）
フェリス女学院大学文学部教授

関　肇（せき・はじめ）
関西大学文学部教授

宋　晗（そう・かん）
フェリス女学院大学文学部准教授

五月女肇志（そうとめ・ただし）
二松学舎大学文学部教授

園山千里（そのやま・せんり）
国際基督教大学教養学部准教授

高木　信（たかぎ・まこと）
相模女子大学学芸学部教授

髙橋龍夫（たかはし・たつお）
専修大学文学部教授

滝川幸司（たきがわ・こうじ）
大阪大学大学院文学研究科教授

滝口明祥（たきぐち・あきひろ）
大東文化大学文学部准教授

田口道昭（たぐち・みちあき）
立命館大学文学部教授

武内佳代（たけうち・かよ）
日本大学文理学部教授

竹田志保（たけだ・しほ）
中央大学文学部特任准教授

多田蔵人（ただ・くらひと）
国文学研究資料館研究部准教授

田中　仁（たなか・ひとし）
大正大学文学部准教授

谷　知子（たに・ともこ）
フェリス女学院大学文学部教授

千野裕子（ちの・ゆうこ）
学習院大学准教授

＊千葉一幹（ちば・かずみき）
編著者紹介参照

月岡道晴（つきおか・みちはる）
國學院大學北海道短期大学部教授

冨樫　進（とがし・すすむ）
東北福祉大学教育学部准教授

永井善久（ながい・よしひさ）
明治大学商学部教授

中野貴文（なかの・たかふみ）
学習院大学文学部教授

＊中丸貴史（なかまる・たかふみ）
編著者紹介参照

中村三春（なかむら・みはる）
北海道大学大学院文学研究院教授

＊西川貴子（にしかわ・あつこ）
編著者紹介参照

萩野了子（はぎの・りょうこ）
白百合女子大学文学部専任講師

疋田雅昭（ひきた・まさあき）
東京学芸大学教育学部准教授

日高佳紀（ひだか・よしき）
佛教大学文学部教授

日比嘉高（ひび・よしたか）
名古屋大学大学院人文学研究科教授

深澤　徹 （ふかざわ・とおる）
神奈川大学国際日本学部教授

藤巻和宏 （ふじまき・かずひろ）
近畿大学文芸学部教授

堀川貴司 （ほりかわ・たかし）
慶應義塾大学附属研究所斯道文庫教授

HOLCA Irina （ホルカ・イリナ）
東京外国語大学大学院国際日本学研究院准教授

＊松田　浩 （まつだ・ひろし）
編著者紹介参照

三浦　卓 （みうら・たく）
志學館大学人間関係学部准教授

光石亜由美 （みついし・あゆみ）
奈良大学文学部教授

光延真哉 （みつのぶ・しんや）
東京女子大学現代教養学部教授

村上克尚 （むらかみ・かつなお）
東京大学大学院総合文化研究科准教授

村上陽子 （むらかみ・ようこ）
沖縄国際大学総合文化学部教授

本橋裕美 （もとはし・ひろみ）
愛知県立大学日本文化学部准教授

山下久夫 （やました・ひさお）
金沢学院大学文学部名誉教授

山城むつみ （やましろ・むつみ）
東海大学文化社会学部教授

山田　純 （やまだ・じゅん）
相模女子大学学芸学部教授

山田悠介 （やまだ・ゆうすけ）
大東文化大学文学部専任講師

山本芳明 （やまもと・よしあき）
学習院大学文学部教授

尤　海燕 （ゆう・かいえん）
華東師範大学外国語学院日本語科教授

渡邉　卓 （わたなべ・たかし）
國學院大學研究開発推進機構准教授

《編著者紹介》

千葉一幹（ちば・かずみき／1961年生まれ）
　大東文化大学文学部教授，文芸評論家
　「文学の位置──森鷗外試論」（群像新人文学賞，1995年）
　『宮沢賢治──すべてのさひはひをかけてねがふ』（島田謹二記念学藝賞受賞，ミネルヴァ書房，2015年）
　『コンテクストの読み方──コロナ時代の人文学』（NTT出版，2021年）
　『現代文学は「震災の傷」を癒やせるか──3・11の衝撃とメランコリー』（ミネルヴァ書房，2019年）
　『『銀河鉄道の夜』──しあわせさがし』（みすず書房，2005年）

西川貴子（にしかわ・あつこ／1974年生まれ）
　同志社大学文学部教授
　『建築の近代文学誌──外地と内地の西洋表象』（共編著，アジア遊学226号，勉誠出版，2018年）
　「〈境界〉に挑む者たち──幸田露伴「魔法修行者」論」（小松和彦編著『進化する妖怪文化研究』せりか書房，2017年）
　「「嘘」か「実」か──『文芸春秋』懸賞実話と橘外男「酒場ルーレット紛擾記」」（『日本文学』第62号第11号，2013年）
　「〈言〉をめぐる物語──幸田露伴「平将門」論」（『藝文研究』第109号第1号，2015年）
　"SPATIAL TRANSFORMATIONS IN IZUMI KYOKA'S A MAP OF SHIROGANE", *COGITO*, Vol. IV No. 1,
　　Journal of "Dimitrie Cantemir" Christian University, 2012.

松田　浩（まつだ・ひろし／1972年生まれ）
　フェリス女学院大学文学部教授
　『古典文学の常識を疑う』（共編著，勉誠出版，2017年）
　『古典文学の常識を疑うⅡ──縦・横・斜めから書きかえる文学史』（共編著，勉誠出版，2019年）
　『和歌・短歌のすすめ──撰百人一首』（分担執筆，島村輝・谷知子編，花鳥社，2021年）
　「『古事記』における「言向」の論理と思想」（『上代文学』第123号，2019年）
　「歴史叙述の中の大物主神──三輪の酒と『記』『紀』の論理と」（『古代文学』第58号，2018年）
　「御肇国天皇と男女の調──『日本書紀』の読みの基底を考える」（『日本文学』第67巻1号，2018年）
　「梅花の宴歌群「員外」の歌──大伴旅人の〈書簡〉の中で読む」（『文学』第16巻3号，岩波書店，2015年）

中丸貴史（なかまる・たかふみ／1979年生まれ）
　防衛大学校人文社会科学群准教授
　『『後二条師通記』論──平安朝〈古記録〉というテクスト』（和泉書院，2019年）
　『時範記逸文集成』（共編著，岩田書院，2018年）
　「病の起源とその願望──遣新羅使・和泉式部・藤原師通を語るテクスト生成」（『物語研究』第21号，2021年）
　「『土左日記』の筆談──初期仮名テクストの生成」（『防衛大学校紀要（人文科学分冊）』第118輯，2019年）
　「『御堂関白記』における藤原彰子」（桜井宏徳・中西智子・福家俊幸編『藤原彰子の文化圏と文学世界』武蔵野書院，
　　2018年）

シリーズ・世界の文学をひらく⑤
日本文学の見取り図
——宮崎駿から古事記まで——

| 2022年2月25日　初版第1刷発行 | 〈検印省略〉 |
| 2023年4月30日　初版第2刷発行 | 定価はカバーに
表示しています |

	幹子浩史
編著者	一貴
	葉川田丸貴貴
	千西松中

| 発行者 | 杉田啓三 |
| 印刷者 | 田中雅博 |

発行所　株式会社　ミネルヴァ書房
〒607-8494　京都市山科区日ノ岡堤谷町1
電話代表　（075）581-5191
振替口座　01020-0-8076

ISBN978-4-623-09284-0
Printed in Japan

———————— ミネルヴァ書房 ————————
https://www.minervashobo.co.jp/